DOSSIER BENTON

Patricia Cornwell est née à Miami. Chroniqueur judiciaire, puis informaticienne au bureau du médecin légiste de Virginie, elle s'est lancée en 1990 dans le roman criminel avec *PostMortem*, qui a remporté les quatre plus prestigieux prix de littérature policière, notamment le Edgar Award, ainsi que le Prix du Roman d'Aventures 1992.

Patricia Cornwell est également l'auteur de *Mémoires mortes, Et il ne restera que poussière, Une peine d'exception* (couronné par le Gold Dagger Award), *La Séquence des corps, Une mort sans nom, Mordoc, Morts en eaux troubles, Combustion* et *Cadavre X*. Dans sa série d'humour noir, elle a écrit : *La Ville des frelons, La Griffe du Sud* et *L'Île des chiens*.

PATRICIA CORNWELL

Dossier Benton

ROMAN TRADUIT DE L'AMÉRICAIN PAR HÉLÈNE NARBONNE

CALMANN-LÉVY

Titre original :

THE LAST PRECINCT
(Première publication : G. P. Putnam's Sons, New York, 2000)

Pour Linda Fairstein
Procureur. Romancière. Mentor. Meilleure amie.
(Celui-ci est pour toi)

PROLOGUE

APRÈS LES ÉVÉNEMENTS

Les mauves maladifs d'un crépuscule glacial se fondent peu à peu dans une obscurité compacte. Je suis soulagée que les lourds doubles rideaux de ma chambre me protègent du monde extérieur tandis que je prépare mes bagages. Ma vie ne pourrait pas être plus chaotique qu'en ce moment.

J'ouvre un tiroir de commode en soliloquant :

— J'ai besoin d'un verre. Oui, je vais me faire un feu de cheminée, me servir quelque chose et préparer des pâtes. Des pâtes nature et aux épinards, avec des poivrons et une saucisse. Le *pappardelle del contunzein*. Après tout, depuis le temps que je rêve de prendre un congé sabbatique, de partir en Italie, d'apprendre la langue, de la parler, vraiment. Pas seulement réciter le nom des plats. Ou peut-être la France ? Bonne idée, je vais partir en France. Peut-être même tout de suite.

Ma voix résonne dans la pièce, tendue de rage et de désespoir.

— Je pourrais parfaitement vivre à Paris.

C'est tout ce que j'ai trouvé pour rejeter en bloc la Virginie et tous ceux que j'y fréquente.

Le capitaine Marino, de la police de Richmond, ses grosses mains enfoncées dans les poches de son jean, reste planté au milieu de ma chambre comme une

7

gigantesque tour. Il ne m'a pas proposé de m'aider à faire mes sacs, parce qu'il me connaît sur le bout des doigts. Marino parle, agit comme un bouseux, du reste, tout chez lui évoque un bouseux, mais c'est un homme sensible, perspicace, d'une intelligence rare. Je sais que, à cet instant précis, son cerveau aligne les faits : il y a à peine vingt-quatre heures, par une nuit neigeuse de pleine lune, un homme du nom de Jean-Baptiste Chandonne a remonté ma trace jusqu'à chez moi. Il est parvenu à me convaincre d'ouvrir ma porte. Je connaissais déjà parfaitement le *modus operandi* de Chandonne, et j'ai peu de doutes sur ce qu'il m'aurait fait subir si je ne m'étais pas défendue. Il m'est encore peu tolérable d'imaginer en détail mon corps mutilé comme s'il s'agissait de planches anatomiques ; pourtant, qui d'autre que moi est plus à même de le faire ? Je suis médecin légiste, diplômée en droit, et médecin expert de l'Etat de Virginie. J'ai pratiqué l'autopsie des deux femmes que Chandonne a assassinées ici à Richmond et étudié les dossiers concernant ses sept victimes parisiennes.

Qui, mieux que moi, peut raconter ce qu'il faisait à ces femmes ? Il les battait sauvagement, mordait leurs seins, leurs mains et leurs pieds, puis s'amusait avec leur sang. L'arme qu'il utilisait variait. Hier soir, il avait opté pour un marteau de maçon, une sorte de pic à main utilisé dans le bâtiment. Je connais exactement les ravages que peut laisser un tel outil sur un corps humain, parce que c'est ce que Chandonne a utilisé jeudi, il y a deux jours, pour massacrer Diane Bray, directrice adjointe de la police de Richmond, sa seconde victime américaine.

— Quel jour sommes-nous, Marino ? Samedi, non ?

— Ouais.

Tout en ouvrant le soufflet latéral de mon sac de voyage, je débite à toute vitesse :

— 18 décembre, une semaine avant Noël. Joyeuses fêtes.

— Ouais, le 18.

Il m'observe comme s'il craignait que je perde la raison d'une seconde à l'autre. Une sorte de circonspection se lit dans ses yeux injectés de sang ; du reste, la méfiance est palpable dans chaque recoin de la maison. C'est comme une fine poussière que l'on respire, que l'on sent, c'est comme l'humidité qui s'infiltre. Tout s'alourdit de méfiance : le crissement des pneus sur l'asphalte détrempé, le piétinement des hommes, la discorde des voix et des scanners de police. Car la police investit toujours mon domaine. J'assiste au viol de ma maison comme à mon propre saccage. Chaque centimètre carré est retourné, chaque facette de ma vie exposée. Je pourrais être un de ces corps étalés nus sur une table d'Inox de ma morgue. C'est pour cela que Marino ne m'a pas proposé son aide. Il sait, il sait à quel point je ne tolérerais pas qu'il touche quoi que ce soit, aucun de mes objets, si anodin soit-il.

La police veut que j'abandonne ma robuste maison de pierre, ce rêve que j'ai construit au cœur du voisinage paisible et protégé du West End. Je ne parviens pas à y croire ! Je suis certaine que Jean-Baptiste Chandonne, le Loup-Garou, puisque c'est ainsi qu'il veut se nommer, est traité avec davantage d'égards que moi. La loi respecte scrupuleusement les droits civiques et humains des individus de son espèce. Il sera installé confortablement, loin des regards curieux, logé et nourri gratuitement. S'il tombe malade, il recevra les soins attentifs du département de médecine légale de la faculté de médecine de Virginie dont je suis membre.

Marino est debout depuis vingt-quatre heures et il n'a pas eu le temps de se changer. Lorsque je le frôle, l'odeur révoltante de Chandonne me soulève le cœur. Mon estomac se contracte péniblement et j'ai la sensation que mon cerveau devient aveugle. Une sueur glacée m'inonde. Je me raidis, inspirant profondément afin d'annihiler ce qui n'est qu'une hallucination olfactive. Le son d'une voiture qui ralentit retient mon attention. Je sais reconnaître tous les bruits de la rue, jusqu'à cet infime ralentissement qui me prévient que quelqu'un se gare devant chez moi. J'ai suivi ces progressions des heures durant. Des voisins, bouche bée. Des badauds qui s'étonnent et pilent au beau milieu de la rue. Une invraisemblable succession d'émotions me secoue et j'oscille entre terreur et confusion, épuisement et obsession, dépression et inertie, et puis, au fond, cette agitation incontrôlable qui fait battre mon sang.

Le bruit d'une portière que l'on claque, juste sous mes fenêtres :

— Et puis quoi encore ? Qui ? Le FBI ?

J'ouvre à la volée un autre tiroir, mime un geste obscène et poursuis :

— Marino, j'en ai assez ! Sortez-les de chez moi. Tous. Maintenant.

La fureur m'envahit :

— Je voudrais terminer mes bagages et me tirer d'ici. Enfin, ils peuvent tout de même me laisser le temps de partir !

Mes mains tremblent et je fouille maladroitement dans les chaussettes.

— C'est déjà assez qu'ils aient envahi mon jardin, du reste, c'est assez qu'ils soient là.

Je jette une paire de chaussettes dans un fourre-tout.

— Ils pourront revenir lorsque je serai partie.

Une autre paire de chaussettes rejoint la première. Je rate l'ouverture du sac et elle tombe par terre.

— Enfin, je suis tout de même chez moi, non ?

Encore une paire.

— Je ne demande pas la mer à boire : juste pouvoir faire mes bagages et quitter ma maison en paix.

Je récupère une des paires de chaussettes dans le sac pour la replacer dans le tiroir.

— Et puis merde, à la fin, pourquoi fouillent-ils la cuisine ?

Finalement, je ressors les chaussettes que je viens juste de ranger.

— Et pourquoi mon bureau ? Je leur ai pourtant expliqué qu'il n'y avait pas mis les pieds !

— Faut qu'on fasse le tour.

C'est tout ce que Marino trouve à répondre.

Il s'assied au bout de mon lit. Ça ne va pas ! Il faudrait que je lui dise de se lever et de ficher le camp de ma chambre. Je me retiens pour ne pas lui intimer l'ordre de sortir de chez moi et de ma vie. Tout ce que nous avons partagé, tous nos combats, rien ne semble plus avoir d'importance.

— Comment va le coude ? demande-t-il en désignant d'un geste le plâtre qui m'immobilise le bras.

— J'ai une fracture. Ça fait un mal de chien, dis-je en claquant un tiroir.

— Vous prenez vos médicaments ?

— Je survivrai.

Il épie chacun de mes mouvements :

— Faut prendre les trucs qu'ils vous ont donnés, Doc !

Nos rôles se sont subitement inversés. Je deviens le flic mal embouché, et lui le médecin posé, logique, que je suis censée être. Je retourne vers la penderie plaquée de cèdre pour en sortir quelques corsages que j'étale soigneusement dans mon sac, m'assurant que chaque bouton est convenablement boutonné, aplatissant de ma main droite la soie et les cotons. Je sens des élancements dans mon coude gauche, je transpire et la peau me dévore sous le plâtre. J'ai passé la plus grande partie de la journée à l'hôpital, non que la pose d'un plâtre sur une fracture prenne très longtemps, mais parce que les médecins ont insisté pour m'examiner sous toutes les coutures. J'ai pourtant passé mon temps à répéter que j'étais tombée sur les marches de mon perron en m'enfuyant de chez moi, rien de plus. Jean-Baptiste Chandonne ne m'a pas effleurée. « Je m'en suis tirée, tout va bien », répétais-je comme un leitmotiv alors que l'on me poussait d'une salle de radiographie dans une autre. L'hôpital m'a gardée jusqu'en fin d'après-midi, des inspecteurs allant et venant dans la salle d'examen.

Ils ont ramassé tous mes vêtements et Lucy, ma nièce, a dû m'en apporter d'autres. Je n'ai pas pu fermer l'œil.

La sonnerie du téléphone qui se trouve sur ma table de chevet me transperce les tympans.

— Docteur Scarpetta...

Prononcer mon nom ravive le souvenir de tous ces appels en pleine nuit, lorsqu'un inspecteur me prévenait d'un nouveau meurtre, quelque part. Le son posé, professionnel, de ma propre voix permet aux images que j'ai réussi à repousser jusque-là de s'imposer : mon corps martyrisé jeté sur le lit, du sang souillant les murs et le sol de la chambre, ma chambre, l'expression qui se peindrait sur le visage de mon assistant principal lorsqu'il recevrait l'appel de la police, de Marino, probablement, lui annonçant que je viens d'être assassinée et que quelqu'un doit se rendre sur les lieux du crime. Soudain, je me rappelle qu'aucun de mes subordonnés ne pourrait répondre à cet appel. J'ai contribué à mettre sur pied en Virginie une des meilleures stratégies d'urgence du pays. Nous pouvons faire face à une catastrophe aérienne, une inondation, ou même un acte terroriste. Mais que ferions-nous si quelque chose m'arrivait ? Sans doute auraient-ils recours à l'expertise du légiste d'un Etat voisin, pourquoi pas Washington ? Le problème, c'est que je connais personnellement tous les légistes de la côte Est, et que l'autopsie de mon cadavre se révélerait être une vraie vacherie pour eux. Il est très difficile de travailler le corps de quelqu'un que l'on connaît. Toutes ces pensées s'entrechoquent dans mon esprit et Lucy, à l'autre bout du fil, veut savoir si j'ai besoin de quelque chose. Je la rassure, poussant le grotesque jusqu'à affirmer que tout va bien.

— Tu ne peux pas aller bien, réplique-t-elle.

— Je fais mes valises. Marino est près de moi et je fais mes valises.

Je me répète, le regard fixé sur Marino. Il contemple ma chambre et je réalise que c'est la première fois qu'il y pénètre. Je ne souhaite pas imaginer où vont ses fantasmes. Je le connais depuis si longtemps que je suis convaincue que le respect qu'il éprouve pour moi est intimement lié à un gigantesque sentiment d'insécurité et à une attirance sexuelle qu'il contrôle mal. Marino est massif et son gros ventre plein de bière déborde de sa ceinture. Ses cheveux de couleur incertaine abandonnent son scalp pour pousser ailleurs et n'arrangent en rien un visage perpétuellement maussade. J'écoute ma nièce tout en suivant le regard de Marino qui prend peu à peu possession de mon territoire : mes commodes, ma penderie, les tiroirs béants, le linge empilé dans mon sac, mes seins. Lucy, lorsqu'elle a déposé des vêtements de rechange à l'hôpital, avait pensé aux tennis, aux chaussettes et au survêtement, à tout sauf à un soutien-gorge. Lorsque je suis rentrée, j'ai enfilé à la hâte une vieille blouse de labo bien épaisse que je porte comme vêtement de travail lorsque je bricole chez moi.

— Et donc, ils ne veulent pas non plus de toi, poursuit la voix de ma nièce à l'autre bout du fil.

C'est une longue histoire. Disons que ma nièce est un des agents du Bureau des alcools, tabac et armes à feu, l'ATF. Lorsque les policiers sont arrivés chez moi, ils n'ont eu de cesse de la renvoyer au plus vite. L'intelligence et la connaissance sont des armes redoutables, et sans doute ont-ils craint qu'un grand chef d'agent fédéral mette le nez dans leur enquête. Je ne sais pas. Toujours est-il que je la sens coupable, comme si elle se reprochait de ne pas avoir été présente lorsque Chandonne m'a agressée, me ratant de peu, et aussi d'être à nouveau loin de moi. Je tente de la convaincre que je ne lui en veux pas du tout. Pourtant, je ne peux m'empêcher d'imaginer comment les choses auraient tourné si elle avait été présente au moment de l'attaque de Chandonne, au lieu de s'occuper de sa petite amie blessée. Peut-être aurait-il senti que je n'étais pas seule et n'aurait-il pas osé continuer, peut-être aurait-il été surpris par cette autre présence dans la maison et aurait-il pris la fuite ? Ou alors, peut-être aurait-il remis ses projets meurtriers au lendemain, à la nuit suivante, à Noël ou au nouveau millénaire ?

J'arpente la chambre, l'oreille collée au téléphone sans fil, écoutant les explications rapides de Lucy. Je saisis mon reflet dans le miroir en pied. Mes courts cheveux blonds sont ébouriffés et ma pâleur me surprend. Le regard bleu que me renvoie la glace est lisse de fatigue, absent. La grande ride qui barre mon front hésite entre le chagrin et la réprobation. L'épaisse blouse de laboratoire défraîchie qui me couvre est tachée et je ressemble à tout sauf à un médecin expert. Mon envie d'un verre, d'une cigarette, vire à l'obsession, intenable, comme si le fait d'avoir frôlé la mort m'avait transformée en camée. J'ai envie d'être chez moi, dans ma maison, seule. Rien de tout cela n'a jamais existé. Voilà, je contemplerais un feu de cheminée, une cigarette entre les doigts, un verre de vin français devant moi. Un bordeaux, je crois, parce que les vins de Bordeaux sont moins compliqués que les bourgognes. Un bordeaux, c'est un peu comme un vieil ami évident, connu. La réalité fait exploser le fantasme : ce que Lucy a fait ou n'a pas fait n'a aucune importance. Tôt ou tard, Chandonne aurait tenté de me tuer. C'est comme si une sorte de terrible sentence avait pesé sur toute ma vie, signalant ma porte à l'ange de la Mort. Etrangement, je suis toujours là.

I

Lucy a peur, sa voix la trahit. Ma brillante et énergique nièce, pilote d'hélicoptère, obsédée de forme physique, agent du gouvernement, est effrayée, et c'est si rare...

— Vraiment, je m'en veux, répète-t-elle à l'autre bout du fil.

Marino s'avachit de plus en plus au bout de mon lit et je continue à faire les cent pas.

— Eh bien tu as tort, Lucy. La police a jeté tout le monde et crois-moi, tu fais bien d'être ailleurs. Je suppose que tu es auprès de Jo, et c'est une bonne chose.

Je dis cela comme si c'était sans importance, comme si cela m'était égal qu'elle ne soit pas là et que je ne l'aie pas vue de la journée. Mais c'est faux, ça me mine. C'est plus fort que moi, il a toujours fallu que je ménage une échappatoire aux gens. Je ne supporte pas d'être rejetée, surtout pas par Lucy Farinelli, ma nièce, que j'ai élevée comme ma fille.

Elle hésite un peu avant de poursuivre :

— En fait, je suis en ville, au Jefferson.

Au Jefferson ? L'hôtel le plus huppé de Richmond, un des plus élégants et des plus chers. Que va-t-elle faire là-bas ? Des larmes me brûlent les yeux, et je fais un effort démesuré pour les retenir. Je ravale ma peine et, après m'être éclairci la voix, parviens à sortir quelques mots :

— Oh. C'est une bonne nouvelle. Jo est avec toi ?

— Non, elle est restée avec sa famille. Ecoute, tante Kay, je viens juste de prendre une chambre. Une deuxième t'attend. Si tu veux, je peux passer te prendre.

Un vague soulagement. Lucy a pensé à moi, elle souhaite ma présence à ses côtés.

— L'hôtel n'est sans doute pas la meilleure solution en ce moment, Lucy. Anna m'a proposé de m'héberger chez elle. Je crois que c'est le mieux. Elle a ajouté qu'elle serait ravie de t'accueillir aussi. Mais tu es déjà installée.

— Comment Anna est-elle au courant de cette histoire ? Par la télé, la radio ?

L'agression dont j'ai été victime ayant eu lieu à une heure tardive, elle ne sera vraisemblablement relatée que dans la presse de demain. Sans doute une vague de communiqués a-t-elle inondé les ondes et le petit écran. C'est vrai, maintenant que j'y pense, comment Anna a-t-elle appris la nouvelle ? Lucy me quitte en précisant qu'elle ne peut pas bouger de l'hôtel pour l'instant, mais tâchera de passer un peu plus tard.

— Si les journalistes découvrent que vous êtes à l'hôtel, vous êtes cuite. Ils feront le siège derrière chaque buisson, commente Marino. (Il a un visage de fin du monde et une ride mauvaise barre son front.) Où elle est, Lucy ?

Je lui répète notre conversation, finissant presque par regretter que ma nièce m'ait appelée. En définitive, je me sens encore plus mal qu'avant. Prise au piège, c'est exactement ce que je ressens. C'est un peu comme si j'étais bouclée dans une cloche sous-marine, trois cents mètres sous la surface, indifférente à tout, ailleurs, et que le reste du monde soit devenu irréel, méconnaissable. Je me sens anesthésiée, et pourtant à la limite de la crise de nerfs.

— Le Jefferson, éructe Marino. Vous rigolez, là ? Elle a gagné au loto, ou quoi ? Et je suppose qu'elle se fout de savoir si les médias vont lui tomber dessus ? Bordel, mais qu'est-ce qu'elle a dans la tête ?

Je me concentre sur mes préparatifs. Je n'ai pas de

réponses à lui donner. Du reste, j'en ai assez de ces interminables questions.

— Et donc, elle est pas chez Jo, c'est ça ? Intéressant, ça. J'ai jamais pensé que ça durerait.

Marino bâille bruyamment. Il passe la main sur son visage lourd, dévoré par l'ombre d'une barbe, en me regardant étendre mes tailleurs sur le dossier d'une chaise, sélectionner les vêtements que je compte emporter. Je dois reconnaître qu'il a été d'humeur remarquablement égale, plein d'attentions, même, depuis mon retour de l'hôpital. Les comportements civils et corrects ne sont pas vraiment dans sa nature, même lorsque les circonstances s'y prêtent, ce qui n'est certainement pas le cas ce soir. Il est harassé, dopé par l'abus de caféine et de cochonneries sucrées. Il convient d'ajouter à cette liste que je lui ai interdit de fumer chez moi. Je ne m'étais jamais leurrée : sa maîtrise devait craquer tôt ou tard pour laisser réapparaître le flic grossier et grande gueule que je connais si bien. Et la métamorphose se produit, ce qui, d'une certaine façon, me soulage. J'ai désespérément besoin de repères familiers, si déplaisants soient-ils. Marino revient sur les événements de la veille, lorsque Lucy a pilé devant ma maison pour nous découvrir, Jean-Baptiste Chandonne et moi, rampant dans la neige qui recouvrait ma cour.

— Bon, c'est pas que je lui en veuille d'avoir voulu exploser la cervelle de ce tordu, commente-t-il. Mais, je suis désolé, c'est à ce moment-là que tout cet entraînement qu'on s'est tapé doit refaire surface. Rien à foutre que ce soit votre tante ou même votre gosse, faut faire ce qu'on vous a dressé à faire ! Et c'est pas ce qu'elle a fait, bordel, non ! Ce qu'elle a fait, c'est péter les plombs.

— Je crois me souvenir que je vous ai également vu péter les plombs un certain nombre de fois, Marino !

— Ben, je vais vous dire mon sentiment : ils

auraient jamais dû la coller sur ce boulot de taupe à Miami.

Lucy travaille pour le Bureau de Miami. Elle est en Virginie pour ses vacances, entre autres choses. Marino poursuit :

— Vous savez, des fois, on finit par trop côtoyer les méchants, et à ce moment-là, on commence à se trouver des points communs avec eux. Lucy est passée sur le programme « tueuse ». Elle aime le flingue, Doc !

— Vous êtes injuste...

Mince, j'ai entassé trop de paires de chaussures dans mon sac.

— ... Et puis d'ailleurs, qu'auriez-vous fait à sa place, en imaginant que vous soyez arrivé en premier sur les lieux ?

Je m'interromps et le regarde.

— Ben, au moins, j'aurais pris une nanoseconde pour comprendre la situation avant de me précipiter et de coller mon flingue sur la tempe de cet enfoiré. Putain, le mec était dans un tel état qu'il ne savait même pas ce qu'il faisait. Il hurlait à la mort à cause de cette merde de produit chimique que vous lui aviez balancée dans les yeux. A ce moment-là, il n'avait plus d'arme. Il ne pouvait plus nuire et c'était évident, comme il était évident que vous étiez blessée. Alors si ça avait été moi, j'aurais d'abord appelé une ambulance. Mais ça, Lucy n'y a même pas pensé. Je vous dis que cette fille a une case de vide. Et c'est vrai, j'en voulais pas ici, avec tout ce bordel. C'est pour ça qu'on a pris son témoignage au poste, un endroit neutre, pour qu'elle décompresse.

— Je n'aurais jamais cru qu'une salle d'interrogatoire puisse être un « endroit neutre » !

Je sais qu'il n'a pas tort, mais le sarcasme qui perce dans ses phrases commence à me taper sur les nerfs.

— Enfin, c'est comme je vous le dis : je le sens assez mal, qu'elle soit seule dans cet hôtel en ce moment.

Il se frotte à nouveau le visage. En dépit de ses sor-

18

ties fielleuses, Marino adore ma nièce, et il ferait n'importe quoi pour elle. Il l'a connue lorsqu'elle avait tout juste dix ans. C'est lui qui a initié Lucy aux camions, aux armes, à toutes ces choses considérées comme des passions strictement masculines et qu'il lui reproche maintenant d'aimer.

— Ouais, ben, il se pourrait que j'aille rendre visite à cette petite conne après vous avoir déposée chez Anna. Bon, je sais que tout le monde se fout de mes mauvais pressentiments, mais quand même.

Il saute du coq à l'âne pour lâcher :

— C'est comme ce Jay Talley. Je sais, c'est pas mes oignons. Enfoiré d'égomaniaque !

Il me faut à nouveau défendre Jay, tenter de contourner la jalousie pathologique de Marino :

— Je vous signale qu'il est resté avec moi tout le temps que j'étais à l'hôpital...

Jay sert de trait d'union entre l'ATF et Interpol. Je ne le connais pas vraiment bien ; toujours est-il que j'ai couché avec lui, il y a quatre jours, à Paris.

— C'est-à-dire treize ou quatorze heures. Ce n'est pas ma définition de l'égocentrisme.

Marino me fixe, le regard hargneux :

— Putain, je peux pas le croire ! Qui c'est qui vous a raconté ce bobard ? Il vous a fait croire qu'il était resté à l'hôpital tout ce temps ? Ben, c'est pas vrai, c'est de la couille en barres. Il vous a conduite là-bas sur son foutu destrier tout blanc et il a rappliqué aussitôt ici. Ensuite, il a appelé l'hôpital pour savoir quand ils allaient vous laisser sortir et il s'est faufilé là-bas pour vous ramener et vous faire croire cette connerie.

Marino méprise Jay, du reste, cette inimitié remonte à leur première rencontre en France.

Je ne veux surtout pas qu'il perçoive ma consternation, aussi je biaise :

— Eh bien, cela me semble parfaitement logique. Cela aurait été idiot de rester à l'hôpital tout ce temps, sans rien pouvoir faire. De surcroît, Jay n'a jamais prétendu y être resté. C'est ce que j'ai cru, c'est tout.

— Ah ouais, et pourquoi, à votre avis ? Parce qu'il s'est débrouillé pour vous le laisser croire. Il ne vous détrompe pas, au contraire, et ça ne vous pose pas de problème ? Ben, vous voyez, ça, chez moi, ça s'appelle un gros défaut. Même que ça s'appelle « mentir »... Quoi ?

Son ton change brutalement. Quelqu'un se tient dans l'embrasure de la porte.

Une jeune femme en uniforme, dont le badge annonce qu'elle se nomme Calloway, avance d'un pas et s'adresse à lui :

— Désolée, capitaine. J'ignorais que vous étiez là.

— Ouais, ben maintenant, t'es au courant, réplique-t-il, l'œil torve.

Ses yeux écarquillés vont de Marino à moi. Elle se lance :

— Docteur Scarpetta... Il faut que vous me parliez de cette fiole de produit chimique, le farmaldyde...

— Formaldéhyde, corrigé-je calmement.

— Oui, c'est cela. Où, au juste, se trouvait cette fiole lorsque vous l'avez attrapée ?

Marino est toujours assis au bout de mon lit, comme si c'était l'endroit où il passe ses journées. Il palpe ses vêtements à la recherche d'un paquet de cigarettes.

— Sur la table basse, dans le grand salon. Je l'ai déjà dit et répété à tout le monde.

— Bien sûr, madame, mais où exactement sur la table basse ? Parce qu'elle est très grande. Je suis vraiment désolée de vous ennuyer avec ça, mais on essaye de tout reconstituer au mieux. Vous comprenez, plus on tarde, plus c'est dur de se souvenir des choses avec précision.

Marino fait sauter une Lucky Strike de son paquet. Sans même lever le regard vers elle, il attaque :

— Calloway, depuis quand t'es inspecteur ? J'ai pas le souvenir que tu appartiennes à l'unité A.

Marino est à la tête de cette unité A du département de police de Richmond, celle à laquelle reviennent tous les crimes de sang.

Calloway rougit :

— C'est qu'on n'est pas certains de l'endroit où se trouvait la fiole, capitaine.

Sans doute les flics ont-ils cru que j'accueillerais plus aisément une autre femme, et que je répondrais plus volontiers à ses questions. Ou alors, ils lui ont refilé la corvée parce que aucun d'entre eux ne souhaitait se colleter avec moi.

— Lorsque vous entrez dans le grand salon et que vous vous trouvez face à la table, la fiole se trouvait sur le coin droit de la table, le plus proche de vous.

Je ne sais plus combien de fois j'ai raconté la même chose. Mes souvenirs se brouillent, deviennent flous, leur réalité perd de sa définition.

— Donc, vous vous teniez à peu près à cet endroit lorsque vous lui avez balancé le produit chimique ? insiste-t-elle.

— Non, je me trouvais de l'autre côté du canapé, près des portes coulissantes. Il me poursuivait et c'est là que je me suis précipitée.

— Et donc, ensuite, vous êtes sortie de la maison... ?

Calloway griffonne quelque chose sur son petit calepin. Je l'interromps :

— Je me suis ruée dans la salle à manger. C'est là que j'avais laissé mon revolver, un peu plus tôt dans la soirée. Sur la table. J'admets que j'aurais pu trouver un meilleur endroit...

Mon esprit vagabonde. Je me sens bizarre, comme désorientée par un décalage horaire :

— ... J'ai enclenché l'alarme et j'ai couru dehors. Avec mon pistolet, un Glock. Mais j'ai glissé sur une plaque de verglas et je suis tombée en me fracturant le coude. Je ne parvenais pas à armer le Glock, pas d'une seule main.

Calloway écrit quelques mots. Et pourtant, mes phrases sont toujours les mêmes, répétitives jusqu'à la nausée. S'ils me posent encore les mêmes questions, je crois que je vais m'énerver ; pourtant, aucun flic ne peut prétendre m'avoir jamais vue perdre mon sang-froid.

Calloway passe la langue sur ses lèvres et lève les yeux vers moi :

— Donc, vous n'avez pas tiré une seule balle ?

— Je ne pouvais pas l'armer.

— Vous n'avez jamais tenté de tirer ?

— Ça veut dire quoi, au juste, « tenté de tirer » ? Je vous dis que je ne pouvais pas l'armer !

— Mais vous avez essayé ?

Marino explose soudain, fixant le jeune officier d'un air vachard, comme s'il l'ajustait avant d'appuyer sur la détente :

— T'as besoin d'une traduction simultanée ou quoi ? Le flingue n'était pas armé et elle n'a pas tiré, jusque-là tu suis ?

Il détache chaque syllabe avec une grossièreté volontaire. Puis, se tournant vers moi, demande :

— Il y a combien de balles dans le chargeur ? Dix-huit ? C'est un Glock 17, ça veut dire dix-huit projectiles dans le chargeur et un autre dans la chambre.

— Je ne sais pas, Marino. Mais pas dix-huit, non, vraiment pas. On a du mal à mettre autant de balles dans le chargeur, parce que le ressort est dur.

— Bon. Vous souvenez-vous de la dernière fois où vous avez tiré ?

— La dernière fois que j'ai mis les pieds au stand de tir. Plusieurs mois, je crois.

— Mais vous nettoyez toujours vos armes après une séance d'entraînement, n'est-ce pas, Doc ?

C'est une constatation, pas une question. Marino connaît toutes mes petites habitudes.

Je suis là, au milieu de ma chambre. La lumière me blesse les yeux et je cligne des paupières. Une migraine prend possession de mes tempes.

— Oui.

Le regard de Marino change à nouveau pour redevenir mauvais, presque meurtrier :

— Calloway, t'as examiné le flingue, non ? Je veux

dire, t'as bien regardé ? Eh ben alors, raconte ? insiste-t-il en la balayant d'un geste de main méprisant. Qu'est-ce que t'as trouvé, Calloway ?

Elle hésite. Je sens qu'elle répugne à lâcher des informations devant moi. La question de Marino attend sa réponse, devient comme un mur, compacte. Finalement, je vais prendre deux jupes, la bleu marine et la grise. Je les dépose soigneusement sur le dossier de la chaise.

D'un ton martial, Calloway finit par lâcher :

— Il y avait quatorze balles dans le chargeur et aucune dans la chambre. Le pistolet n'était pas armé et le canon a l'air propre.

— Tiens, tiens... Donc, le fameux Glock n'était pas armé et elle n'a pas tiré. Ainsi font, font, font les petites marionnettes... Bon, qu'est-ce qu'on fait ? On continue à tourner en rond ou on tâche d'avancer un peu ?

Il transpire et sa sueur ravive d'autres odeurs corporelles. Encore un peu et je vais fondre en larmes. J'en tremble, je me sens glacée et les relents immondes sécrétés par la peau de Jean-Baptiste Chandonne m'étouffent à nouveau. J'explose :

— Je n'ai rien à ajouter !

Calloway s'avance de sorte à éviter que son regard ne tombe sur Marino :

— Et pour quelle raison cette fiole se trouvait-elle chez vous ? Et que contenait-elle, au juste ? C'est ce machin que vous utilisez à la morgue, c'est ça ?

— Du formol. Il s'agit d'une dilution au dixième de formaldéhyde. On l'utilise pour fixer des prélèvements de tissus. C'était de la peau, dans le cas qui nous intéresse.

J'ai mutilé un être humain en lui jetant la solution caustique dans les yeux. Peut-être même perdra-t-il la vue. Et je l'imagine, ligoté dans son lit du neuvième étage, l'étage de détention de la faculté de médecine de Virginie. J'ai sauvé ma peau, et pourtant je n'en éprouve aucune satisfaction. En fait, je suis dévastée. Calloway poursuit :

— En d'autres termes, vous aviez rapporté chez vous des prélèvements humains ? Un bout de peau portant un tatouage. Cet échantillon provenait du corps non identifié qu'on a découvert sur le port, c'est bien cela ?

Sa façon de parler, son crayon, le bruit des pages du calepin sur lequel elle prend des notes, tout m'évoque une journaliste.

— ... Ecoutez, docteur Scarpetta, je suis peut-être lourde, mais pourquoi aviez-vous ce genre de truc chez vous ?

Et j'explique encore et encore que nous avons eu un mal fou à identifier le corps découvert dans le conteneur. Il n'y avait aucun indice pour nous aider, si ce n'est ce tatouage. Il avait même fallu que je rende visite à un tatoueur professionnel de Petersburgh, la semaine précédente. J'étais rentrée directement chez moi ensuite, ce qui justifiait que la fiole de prélèvement s'y trouve hier soir.

— Il est clair que ce n'est pas le genre de chose que je garde d'habitude chez moi.

Elle a une moue dubitative et insiste :

— Vous avez gardé la fiole toute une semaine ?

— Ça n'a pas été une semaine de tout repos. Kim Luong a été assassinée. Ma nièce a failli être descendue dans une fusillade à Miami. Il a fallu que je parte en catastrophe à Lyon, en France. Interpol souhaitait me rencontrer. Ils voulaient discuter de sept autres meurtres perpétrés en France qu'il... je veux dire que Jean-Baptiste Chandonne avait probablement commis à Paris. Ils pensaient que le cadavre non identifié du conteneur pouvait être Thomas Chandonne, le frère, le frère du tueur. Ce sont les fils du cartel Chandonne, que la moitié des flics de l'univers tente de coincer depuis une éternité. Et puis, Diane Bray a été tuée. Aurais-je dû rapporter la fiole de prélèvement à la morgue ? Sans doute...

Mon cœur s'emballe et la rage perce dans mon débit :

— ... J'ai oublié, j'avais la tête ailleurs.

— Donc, vous avez oublié, répète l'officier Calloway.

Marino se tasse de fureur. Il la méprise, mais, d'un autre côté, c'est un flic qui interroge un témoin.

— Docteur Scarpetta, détenez-vous d'autres tissus humains dans cette maison ? demande alors Calloway.

Une douleur en étoile explose derrière ma rétine gauche. La migraine s'installe.

— Mais qu'est-ce que c'est que cette question de merde ? hurle presque Marino.

— C'est juste que je voulais m'assurer qu'on ne risquait pas de tomber sur d'autres trucs, du sang ou des machins chimiques...

Je nie d'un mouvement de tête en portant mon regard sur une pile de pantalons et de polos proprement pliés :

— Non, juste des lames.

— Des lames ?

— D'histologie.

— De quoi ?

Marino soulève sa masse du lit et assène d'un ton cassant :

— Calloway, ça suffit !

— Je voulais être certaine qu'il n'y avait pas de danger pour nous, chimique ou biologique.

Elle le fixe et le fard de ses joues, l'éclat de son regard, démentent sa soumission. Elle le hait, mais c'est réciproque.

— Le seul danger biologique dont tu devrais te préoccuper, c'est moi. Pourquoi tu laisserais pas le doc un peu tranquille, juste un petit sursis, histoire qu'elle se remette de tes questions à la con ?

L'officier Calloway est une femme assez terne, sans charme, qui cumule de grosses hanches épaisses avec un menton fuyant et des épaules tombantes. Elle est raide de colère, d'humiliation aussi. Elle tourne les talons et sort de ma chambre. L'écho de ses pas disparaît vite, absorbé par le tapis persan du couloir.

— Mais qu'est-ce qu'elle croit ? Que vous collectionnez des petits souvenirs de chaque cadavre ? Que vous les rapportez chez vous comme l'autre enfoiré de Jeffrey Dahmer ? Putain !

Je range quelques polos dans le fourre-tout :

— J'ai vraiment ma dose.

— Ouais, ben malheureusement, ça ne fait que commencer. Mais bon, pour aujourd'hui, on affiche complet.

Il se rassied lourdement au bout de mon lit.

— Marino, je vous conseille de m'épargner vos flics. Je ne veux plus en voir un seul ! Ce n'est pas moi le coupable. Moi, je n'ai rien fait de répréhensible !

— S'ils ont besoin de quelque chose, ils passeront par moi d'abord. De toute façon, c'est mon enquête, même si des rigolos comme Calloway ont pas encore percuté. C'est pas de moi dont vous devez vous préoccuper. Il y a tellement de gens qui prétendent qu'ils doivent impérativement vous parler qu'on va finir par distribuer des numéros, comme à la poissonnerie.

J'ajoute quelques pantalons sur la pile des polos, puis, réflexion faite, inverse l'ordre de rangement pour que les chemises ne se froissent pas.

— Remarquez, pas autant quand même que ceux qui veulent discuter avec lui, ajoute-t-il en faisant référence à Chandonne. Tous ces profileurs, ces psychiatres légaux, les médias et tout le bordel, précise Marino en récitant le Who's who de la médecine légale.

Je suspends mon geste. Je n'ai pas l'intention de trier la lingerie que je compte emporter avec Marino comme témoin.

— Pourriez-vous me laisser quelques minutes toute seule, s'il vous plaît ?

Il me détaille de la tête aux pieds, avec son ventre de femme enceinte, boudiné, tout débraillé dans son jean et son sweat-shirt, ses énormes bottes sales. Ses yeux sont injectés de sang et ses joues violacées. Même son crâne chauve s'empourpre. Je l'entends presque penser. Il ne veut pas me laisser seule et pèse le pour et le contre en silence. Une bourrasque de paranoïa me submerge : il n'a pas confiance en moi. Peut-être croit-il que je vais attenter à mes jours ?

— Marino, s'il vous plaît. Pouvez-vous sortir quelques minutes de cette chambre et faire en sorte que personne ne me dérange ? Pendant ce temps, vous pourriez aller chercher ma mallette médicale dans le coffre de la voiture. Après tout, je peux en avoir besoin : on peut m'appeler. La clé est rangée dans un des tiroirs de la cuisine, en haut à droite, là où je range toutes mes clés. S'il vous plaît. D'ailleurs, je peux avoir besoin de ma voiture. C'est cela, je vais la prendre, comme ça, il est inutile de sortir ma mallette du coffre...

Tout est si confus dans ma tête. Marino hésite :

— Vous pouvez pas prendre votre voiture.

— Quoi ? Ne me dites pas qu'en plus ils doivent passer ma voiture au peigne fin ! Mais c'est insensé !

— Ecoutez, lorsque votre alarme s'est déclenchée pour la première fois hier soir, c'est parce qu'un individu avait tenté de s'introduire dans votre garage.

— Comment cela, un *individu*... ?

La migraine me vrille les tempes et brouille ma vision.

— Nous connaissons l'identité de cet individu. Il a forcé la porte de mon garage parce qu'il voulait que l'alarme se déclenche. Il voulait que la police fasse une ronde. Ça justifiait une deuxième visite un peu plus tard sous prétexte qu'un voisin avait appelé pour signaler un intrus dans ma propriété.

Mais c'est Jean-Baptiste Chandonne qui s'était présenté, se prétendant flic. Comment avais-je pu tomber dans le panneau ?

— On n'a pas encore toutes les réponses à nos questions, rétorque Marino.

— C'est bizarre, mais j'ai le sentiment que vous ne me croyez pas.

— Le mieux, c'est d'aller chez Anna. Une bonne nuit de sommeil, c'est ça qu'il vous faut.

— Il ne s'est pas approché de ma voiture. Il n'a pas pénétré dans le garage. Je ne tolérerai pas que l'on y touche et, de surcroît, j'ai bien l'intention de la prendre ce soir. Laissez ma mallette dans le coffre.

— Pas cette nuit.

Marino sort de ma chambre et referme la porte derrière lui. J'ai impérativement besoin d'un verre pour reprendre le contrôle de mes idées. Et je fais quoi ? Je fonce vers le bar en conseillant aux flics de se tirer de là pendant que je cherche la bouteille de scotch ? Bien sûr, l'alcool n'inhibera pas ma migraine, mais cela m'est égal. Je me sens si mal, si profondément, que je me contrefiche de ce qui est bon ou mauvais pour moi. Je fouille les tiroirs de la salle de bains. Quelques tubes de rouge à lèvres m'échappent et roulent entre le siège des toilettes et la baignoire. Je me penche pour les ramasser en tâtonnant, mais mon plâtre me gêne et rend mes gestes incertains. Pour couronner le tout, je suis gauchère. J'examine les bouteilles de parfum soigneusement alignées sur la tablette du lavabo et me décide pour la petite bouteille en métal doré d'Hermès 24, Faubourg. Je la décapuchonne et les effluves épicés, sensuels, qu'adorait Benton me font monter les larmes aux yeux. Mon cœur s'affole. C'est la première fois depuis un an que je retrouve ce parfum, depuis le meurtre de Benton. Quelqu'un m'a assassinée aujourd'hui à mon tour, Benton. Pourtant, je suis toujours là, je suis toujours là.

Benton était profileur du FBI, un expert dont le métier consistait à disséquer l'esprit des monstres, à prévoir leur comportement. Je suis sûre que tu aurais vu venir tout cela, n'est-ce pas ? Tu l'aurais prévu et tu l'aurais empêché. Pourquoi n'étais-tu pas là, hier soir ? J'irais tellement mieux si tu étais à mes côtés.

Les coups frappés contre la porte de ma chambre me font sursauter. J'essuie mes yeux, éclaircis ma voix avant de jeter :

— Une minute !

Je m'asperge le visage d'eau froide, fourre le flacon d'Hermès dans mon sac et ouvre, m'attendant à découvrir Marino. Au lieu de cela, Jay Talley se tient devant moi, vêtu de l'uniforme de terrain de l'ATF. C'est sans doute un des hommes les plus beaux que j'aie jamais rencontré, et sa barbe de la veille ajoute une ombre dangereuse à ses traits parfaits. Chaque millimètre carré de son corps d'athlète exsude une sorte de sensualité irrésistible.

Son regard plonge dans le mien et j'ai l'impression qu'il me caresse, qu'il me découvre à nouveau. Je retrouve le souvenir de ses lèvres, de ses mains. Il y a quatre jours, en France.

— Je venais voir comment tu te débrouilles.

Je le précède dans ma chambre, soudain consciente de mon allure. Je ne veux pas qu'il me voie dans cet état.

— Comment je me débrouille ? Je dois abandonner ma maison. Noël est tout proche. Mon bras me fait mal, ma tête aussi. A part cela, tout va bien.

— Je peux te conduire chez le docteur Zenner. J'y tiens, Kay.

Je suis vaguement surprise qu'il connaisse ma destination. Marino m'avait assurée qu'il s'agissait d'un secret. Jay referme la porte et saisit mes mains. Une seule pensée tourne dans ma tête : il m'a laissée seule à l'hôpital, et ce soir il veut me conduire ailleurs.

— Je t'en prie, laisse-moi t'aider. Tu m'es précieuse, Kay.

— Vraiment ?

Après tout, il n'a jamais cherché à me détromper, lorsqu'il m'a raccompagnée chez moi, alors que je le remerciais d'être resté à l'hôpital tout ce temps. J'attaque :

— Toi et tous tes agents internationaux ! En tout cas, cela n'a pas empêché ce tordu de sonner à ma porte. Tu prends l'avion de Paris pour assurer la coordination de l'équipe de police internationale, la chasse au gros est ouverte, et c'est le gag ! On se croirait dans une mauvaise série B. Tous ces superflics avec leurs flingues d'assaut et tout le reste, et ce monstre s'amène tranquillement chez moi.

Le regard de Jay se pose sur moi, me frôle comme si mon corps était un territoire acquis. Cela me choque et me répugne qu'il puisse penser à ce genre de choses dans un tel moment. Pourtant, à Paris, j'ai cru que je tombais amoureuse de lui. Mais c'est faux, je ne l'aime pas, et cette conviction s'impose maintenant, au milieu de ma chambre, tout comme la certitude que ce qui l'intéresse est ce que cache ma vieille blouse.

— Tu es bouleversée, Kay. Et c'est tout à fait normal. Je m'inquiète pour toi. C'est pour cela que je suis venu.

Il tend la main vers moi, mais je recule.

— Nous avons partagé une après-midi, Jay. Quelques heures, une rencontre.

Je lui ai déjà dit cela, mais aujourd'hui je suis sincère.

— Une erreur, peut-être ?

La peine rend sa voix coupante et ses iris s'obscurcissent de colère.

— Jay, n'essaie pas de transformer une après-midi en grande histoire d'amour, en quelque chose d'éternel. Ça n'a rien à voir. Je suis navrée...

Et puis, soudain, l'indignation me fait perdre mon calme :

— Bon Dieu, n'attends rien de moi pour l'instant ! Mais qu'est-ce que tu fais, à la fin, hein, qu'est-ce que tu fais ?

Je m'écarte de lui, le repoussant d'un geste de mon bras valide.

Il tend la main, baisse la tête, cherchant à parer mes accusations, reconnaissant son erreur. Est-il sincère ?

— Je ne sais pas ce que je suis en train de faire. Le crétin, c'est sûr, répond-il. Je suis un imbécile. Je me conduis comme un imbécile à cause de ce que j'éprouve pour toi. Je t'en supplie, ne m'en veux pas, Kay !

Son regard se colle au mien et il rouvre la porte :

— Tu peux compter sur moi, je t'aime, Kay.

Il a cette façon de dire au revoir qui me fait craindre de ne jamais le revoir, mais de cela aussi, je viens juste de me rendre compte. Cette panique si ancienne, que je connais à la perfection, noie mon cerveau. Je me contrains à rester là, à ne pas le rappeler pour lui demander pardon, pour lui promettre que nous nous reverrons autour d'un verre, d'un dîner, bientôt. Je ferme les yeux un instant en me massant les tempes, adossée aux montants du lit. Il faut que je me persuade que je suis en train de perdre les pédales et qu'il vaut donc mieux que je ne tente rien.

Marino est dans le couloir, une cigarette éteinte collée au coin des lèvres. Je sens qu'il voudrait lire mes pensées, qu'il cherche à deviner ce qui a pu se produire entre Jay et moi, derrière la porte close de ma chambre. Mon regard parcourt le couloir, une partie de moi espérant découvrir la silhouette de Jay, l'autre le redoutant.

Marino empoigne mes sacs de voyage et les flics présents dans le grand salon deviennent muets à mon approche. Ils évitent mon regard et, durant quelques secondes, seuls les craquements de leurs gros ceinturons et le cliquètement de leurs appareils rompent le silence. Un enquêteur prend des photos de la table à café dans des éclairs de flash d'un blanc aveuglant. Quelqu'un d'autre filme la pièce et un technicien installe la grosse lampe à lumière alternative que l'on appelle une Luma-Light. Elle permet de détecter des empreintes, des traces de drogue ou de fluides corporels invisibles à l'œil nu. Nous en possédons une, à la morgue, que nous utilisons quotidiennement pour arracher leurs secrets aux cadavres et aux scènes de crime. Mais en voir une ici, chez moi, me fait un effet indescriptible.

De la poudre sombre recouvre tous les meubles, s'accroche à tous les murs. Le tapis persan a été repoussé, découvrant les lames d'un parquet en vieux chêne français. Une des lampes est débranchée, posée sur le sol. Le grand canapé a été dépossédé de ses coussins et seule demeure leur empreinte en creux. L'air est encore âcre de formol. La salle à manger, située non loin de l'entrée, fait suite au salon, et j'aperçois un sac de papier marron scellé du ruban qui signale les pièces à conviction. Il porte une date et la mention « vêtements-Scarpetta ». A l'intérieur se trouvent le pantalon, les chaussures, les chaussettes et la culotte que je portais hier, les vêtements que l'on m'a pris à l'hôpital. Les policiers l'ont posé sur cette grande table de Jarrah que j'adore, au milieu de lampes de flash et de tout un fatras d'équipement, comme s'il s'agissait d'une vulgaire paillasse de labo. Ils ont jeté leurs manteaux sur les chaises et leurs empreintes de chaussures, mouillées, boueuses, maculent tout le parquet. J'ai la gorge sèche et j'hésite entre la rage et la honte.

Un flic aboie :

— Hé, Marino ! Righter te cherche.

Buford Righter est l'attorney de la ville. Je cherche Jay du regard, en vain.

— Ben, dis-lui de prendre un numéro et de faire la queue, répond Marino, qui tient à sa métaphore commerciale.

J'ouvre la porte principale et il allume sa cigarette. L'air glacial griffe ma peau et me fait venir des larmes aux yeux.

— Marino, vous avez ma mallette ?

— Elle est dans le coffre.

Il a le ton du mari condescendant qui rassure sa femme à la recherche de son sac à main.

— Pour quelle raison Righter veut-il vous parler ?

— C'est rien qu'une bande de voyeurs, marmonne Marino.

Son pick-up est garé en face de chez moi, et la neige qui couvre mon jardin garde la cicatrice des empreintes de quatre gros pneus. J'ai travaillé sur pas mal d'enquêtes en collaboration avec Righter, et cela me fait un petit coup au cœur qu'il n'ait pas jugé souhaitable de me parler directement. Du reste, il ne s'est même pas fendu d'un coup de téléphone pour prendre de mes nouvelles, ni même pour manifester son soulagement de me savoir encore en vie.

— Vous voulez que je vous dise ? Les gens veulent voir votre taule. Tout ça, c'est des faux prétextes pour venir chez vous.

Je descends prudemment l'allée. Une bouillasse froide de neige fondue transperce mes chaussures.

Marino poursuit sur sa lancée :

— Vous pouvez pas savoir le nombre de personnes qui ont essayé de me tirer les vers du nez. Ils veulent savoir comment c'est chez vous. Bordel, on dirait que vous êtes Lady Di. Bon, en plus, Righter est une vraie fouine. Il peut pas supporter d'être hors circuit. Et puis, putain, c'est la plus grosse affaire depuis Jack l'Éventreur ! On a eu Righter en permanence sur les fesses.

La lumière des flashes explose, zébrant l'obscurité par saccades, et je manque de glisser en poussant un juron. Les journalistes sont parvenus à tromper la vigilance du poste de garde qui protège l'entrée du parc résidentiel dans lequel j'habite. Trois d'entre eux se précipitent vers moi, m'aveuglant de leurs flashes. Je me débrouille comme je peux de mon bras valide pour me hisser sur le siège passager du véhicule de Marino.

— Hé, vous ! hurle Marino au reporter le plus proche, une femme. Espèce de garce !

Il tente de repousser l'appareil photo d'un revers et elle perd l'équilibre, s'affale au milieu de la rue glissante, entraînant avec elle tout son équipement qui heurte l'asphalte dans un bruit sourd.

— Espèce de trou du cul, hurle-t-elle, trou du cul !

Marino se tourne vers moi en ordonnant :

— Montez dans le pick-up, montez !

— Enfoiré !

Mon cœur me remonte dans la gorge.

— Je vais te faire un procès, enfoiré !

D'autres flashes. Un pan de mon manteau est pris

dans la portière et je dois la rouvrir pour le dégager. Marino balance mes sacs de voyage à l'arrière et grimpe à la hâte sur le siège conducteur. Le moteur démarre en grondant. La photographe tente de se relever et je me dis qu'il faudrait sans doute que j'aille vérifier qu'elle n'est pas blessée.

— Marino, on devrait voir si elle n'a rien.

— Mon cul, oui !

Le véhicule fait une embardée, zigzague un peu, puis Marino accélère.

L'adrénaline m'électrise, et des points lumineux dansent devant mes yeux.

— Mais qui était-ce ?

— Des connards ! (Il décroche le micro.) Unité 9.

— Unité 9, répond l'agent des communications.

Tout ceci est tellement injuste, tellement insupportable. Je contrôle difficilement ma voix :

— Marino, je ne veux pas qu'ils prennent des photos de ma maison.

Une voix grésille. Marino répond :

— 10-5, unité 23. Demandez-lui de me rappeler sur mon téléphone portable.

Quelques secondes, et le téléphone bourdonne comme un gros insecte. Marino débite :

— Il semble que des types des médias aient réussi à pénétrer dans la propriété. Des photographes. Selon moi, ils ont dû se garer quelque part dans Windsor Farms, et puis ils ont fait le mur, sans doute au niveau du grand talus herbeux, juste derrière le poste de garde. Envoyez des gars vérifier que personne n'est garé où il devrait pas. S'ils trouvent des bagnoles, c'est direct la fourrière ! Ils ont pénétré indûment dans la propriété du doc. Bouclez-les !

Il claque d'un coup sec l'abattant de son téléphone, avec l'expression d'un capitaine Kirk lançant l'*Entreprise* au combat.

Marino ralentit lorsque nous arrivons à hauteur de la guérite des services de sécurité, et Joe vient à notre rencontre. C'est un vieil homme, si fier d'arborer son uniforme marron de Pinkerton. Il est très courtois, gentil et protecteur, même si je prie pour n'avoir jamais besoin de lui ou de ses collègues pour quelque chose d'un peu sérieux. Du reste, cela ne me surprend pas vraiment que Chandonne ou même les reporters aient pu s'introduire dans notre parc. Une certaine gêne se lit sur le visage ridé de Joe lorsqu'il m'aperçoit dans la voiture de Marino.

D'un ton peu amène, Marino lui jette par la vitre baissée :

— Hé, mon pote, comment ça se fait que les journalistes soient là-bas ?

Joe est immédiatement sur la défensive et ses yeux se rétrécissent pour scruter la rue déserte, glissante de flaques de neige fondue qui brillent sous le halo jaune des hauts projecteurs.

— Quoi ?

— Devant chez le doc. Au moins trois.

— Ils ne sont pas passés par la grille, déclare Joe.

Il rentre dans sa guérite et décroche le téléphone.

Marino démarre :

— On peut pas faire grand-chose, Doc. A part vous cacher la tête dans le sable. Il va y avoir des photos et tout le tremblement, un peu partout...

Mon regard s'évade par la vitre et suit les ravissantes maisons géorgiennes, joliment parées pour les festivités de fin d'année.

— La mauvaise nouvelle dans tout ça, c'est que vous venez de grimper d'un nouveau degré sur l'échelle de Richter de l'insécurité. Parce que maintenant la moitié de la planète va connaître votre belle maison et savoir où vous habitez. Le problème, et c'est ce qui m'emmerde, c'est que ce genre de trucs donne toujours des idées à d'autres tordus. Ils commencent à vous imaginer en victime et ça les fait bander. C'est un peu comme ces enfoirés qui fouinent dans les palais de justice pour assister aux procès pour viol.

Marino a pris un ton sentencieux pour débiter sa tirade, mais je sais déjà tout cela, et je n'ai pas vraiment envie d'en parler.

Il ralentit au croisement entre Canterbury Road et West Cary Street. Les phares d'une berline de couleur sombre inondent l'intérieur de l'habitacle. La voiture tourne et s'arrête à notre hauteur. Je reconnais ce mince visage insipide : Righter. Les deux conducteurs baissent leurs vitres.

— Vous partez..., commence Righter pour s'interrompre aussitôt, parce qu'il vient de se rendre compte de ma présence.

J'éprouve le sentiment déroutant d'être la dernière personne qu'il ait envie de voir. Il poursuit :

— Je suis vraiment désolé pour cet incident.

Etrange, c'est un peu comme si ce qui venait de me tomber dessus n'était qu'un désagrément anodin et passager.

— Ouais, c'est ça.

Marino tète sa cigarette, sans aucune intention de s'étendre davantage. Il est vrai qu'il m'a expliqué un peu plus tôt ce qui motivait l'intérêt de Righter pour moi et ma maison. Si Righter pensait vraiment que sa visite des lieux pouvait receler une quelconque importance pour l'enquête, pourquoi n'était-il pas passé un peu plus tôt, lorsque j'étais à l'hôpital ?

Righter serre le col de son pardessus autour de son cou, et les verres de ses lunettes étincellent sous la lumière des lampadaires qui éclairent la rue. Il a un petit mouvement de tête et me lance, comme si, à la réflexion, cet « incident » prenait un peu plus d'importance à ses yeux :

— Prenez soin de vous. Je suis content que vous alliez bien. C'est vraiment dur pour nous tous...

D'autres mots lui viennent, mais il se ravise avant de les formuler, et je sais que la conversation s'arrêtera là.

— Bon, je vous appelle bientôt, Marino.

Celui-ci remonte sa vitre, et nous redémarrons.

— Donnez-moi une cigarette, Marino, s'il vous plaît. Righter n'est pas passé chez moi dans la journée, c'est ça ?

— Ben, en fait, si. Vers 10 heures, ce matin.

Il m'offre le paquet de Lucky Strike sans filtre et me tend la flamme de son briquet.

La colère se love sous mon diaphragme, comme une boule, ma nuque est en feu et le sang cogne contre mes tempes, douloureux. Et puis la peur se réveille. Mauvaise, j'enfonce l'allume-cigares, ignorant grossièrement le bras tendu de Marino et son briquet. Ma voix est sèche, cassante, lorsque je lui lance :

— Je vous remercie de m'avoir prévenue. J'espère ne pas abuser en vous demandant qui d'autre est venu chez moi, et ce qu'ils ont tripoté ?

— Du calme, c'est pas la peine de vous en prendre à moi !

Je sais à son ton qu'il perd patience et qu'il commence à en avoir soupé de moi et de mes ennuis. Nous sommes à deux doigts de l'affrontement, et ce n'est vraiment pas le moment, parce que je ne peux pas me fâcher avec Marino maintenant. Le bout de la cigarette grésille au contact de la résistance chauffée au rouge et j'inhale à pleins poumons. La nicotine me fait tourner la tête. Le silence s'installe entre nous, durant plusieurs minutes. Lorsque je le romps enfin, ma voix est étrange, comme cotonneuse, j'ai l'impression que mon cerveau est anesthésié de froid, et l'angoisse tapie dans ma cage thoracique se transforme en douleur.

— Ecoutez, je sais que vous faites le maximum, croyez bien que je vous en suis reconnaissante ! Même si je ne le montre pas.

Mes mots sortent péniblement. Marino tète toujours sa cigarette, et nous nous tournons tous les deux vers les vitres entrouvertes pour exhaler des bouffées de fumée.

— Vous en faites pas, Doc. Vous avez pas à vous expliquer. Je sais ce que vous ressentez.

Le ressentiment me brûle la gorge, comme une nausée :

— Je ne vois pas comment. Moi-même, j'ignore ce que je ressens.

— C'est parce que vous me croyez plus bête que je suis. Un jour, vous vous en apercevrez. Bien sûr, pas maintenant, parce que c'est impossible. On se croirait dans un trou à merde, et ça devrait pas s'arranger dans les jours ou les semaines à venir. Et la vraie cassure est même pas encore là. Je l'ai vue des centaines de fois. J'ai vu les ravages de ce qu'ils appellent la « victimisation »...

Je ne veux pas qu'il aborde cela, pour rien au monde.

— ... Enfin, c'est une rudement bonne chose que vous alliez chez Anna. C'est exactement ce que le docteur avait conseillé.

Je rectifie d'un ton irrité :

— Je n'ai pas accepté l'invitation d'Anna parce que cela convenait au docteur, mais parce que c'est une amie.

— Ecoutez, vous êtes une victime, il faut apprendre à vivre avec, et en plus vous avez besoin d'aide pour y parvenir. Et c'est pas le fait que vous soyez un légiste grand docteur blanc qui change quoi que ce soit !

Il n'a pas l'intention de me lâcher, en grande partie parce qu'il cherche la bagarre. Il lui faut un objet de discorde, et je remplis ce rôle. C'est tellement gros que ma colère devient presque physique, elle me remonte le long du cou, s'infiltre sous la peau de mon crâne. Il persiste et signe :

— Finalement, le fait d'être une victime remet toutes les pendules à l'heure.

Marino dans le rôle du spécialiste international de la « victimisation ». J'articule posément, parce que je sais que ma voix tremble de rage :

— Je ne suis pas une victime. Il existe un monde de différences entre être une victime et être victimisée. Je ne me sens pas une bête curieuse dans le zoo des troubles comportementaux. (Mon ton durcit encore.) Chandonne n'a pas réussi à faire de moi ce qu'il voulait. Même s'il était parvenu à ses fins, je lui aurais encore échappé. Je serais sans doute morte, mais pas altérée. Il n'aurait jamais pu m'amoindrir. Juste me tuer.

Je sens que Marino se tasse dans son coin d'obscurité, à l'autre bout du grand habitacle. Il ne comprend pas ce que je veux dire, et sans doute ne parviendra-t-il jamais à le ressentir. Il a la même réaction que si je venais de le gifler.

— Moi, je me contente des faits. Faut bien que quelqu'un s'y colle.

— Les faits, c'est que je suis toujours vivante.

— Ouais, c'est un vrai putain de miracle !

J'entends le son de ma voix, calme, glacée.

— J'aurais dû me douter que vous diriez cela. C'était si prévisible. C'est toujours la proie qui est coupable, n'est-ce pas, pas le prédateur ? C'est toujours la victime qui n'a pas agi comme elle aurait dû, pas le connard qui l'a brutalisée. Allez vous faire foutre, Marino !

— Eh ben merde, à la fin ! Je peux pas croire que vous ayez ouvert cette putain de porte ! hurle-t-il.

Ce qui m'est arrivé le panique parce qu'il se sent impuissant. Mais je ne vais pas le rater :

— Et vous et vos hommes ? Où étiez-vous, hein ? Ça aurait été sympa que l'un d'entre vous surveille la maison. Vous aviez si peur qu'il me traque !

Il biaise et contre-attaque :

— Je vous ai appelée, vous vous en souvenez, de ça, non ? Et vous m'avez assuré que tout allait bien. Je vous ai dit de rester tranquille, qu'on venait de découvrir où ce salopard se planquait. J'ai même ajouté qu'il avait quitté le nid et qu'il chassait sans doute sa prochaine victime pour la battre à mort et la déchiqueter. Et qu'est-ce qu'elle fait, la grande doctoresse blanche ? Elle ouvre sa putain de porte parce que quelqu'un frappe, et à minuit, en plus !

Mais je croyais qu'il s'agissait de la police. C'est ce qu'il avait annoncé de l'autre côté du panneau.

— Pourquoi ? Bordel de merde, pourquoi ? hurlet-il à nouveau en martelant sauvagement son volant.

Nous connaissions depuis plusieurs jours l'identité du tueur. Nous savions qu'il était tordu, au propre comme au figuré. Chandonne. Un Français, rejeton d'une grande famille parisienne appartenant au crime organisé. L'individu derrière ma porte n'avait pas le moindre soupçon d'accent français.

— *Police, madame.*

— *Je n'ai pas appelé la police.*

— *Nous avons reçu un appel nous prévenant qu'un individu louche avait pénétré dans votre propriété, madame. Ça va ?*

Il n'avait pas d'accent. Pourquoi n'ai-je jamais imaginé qu'il puisse parler ma langue à la perfection ? C'est une erreur si classique que je serais encore capable de la commettre. L'enchaînement était logique : la police venait de partir de chez moi lorsque l'alarme s'était à nouveau déclenchée. Qu'ils reviennent aussitôt n'a pas éveillé ma méfiance. J'ai dû inconsciemment me rassurer en songeant qu'ils patrouillaient autour de chez moi. Tout s'est passé si vite. J'ai ouvert la porte, la lanterne qui éclaire mon porche était éteinte. Et soudain, au creux de cette nuit glaciale, une odeur d'animal sale, mouillé.

Marino me cogne l'épaule et s'exclame :

— Hé, y a quelqu'un ?

— Ne me touchez pas !

Je sursaute, et me recule vivement.

Un silence de plomb, l'air se fige. Des images monstrueuses tournent dans mon esprit. La cendre de ma cigarette oubliée est si longue que je n'atteins pas le cendrier à temps. Elle tombe sur mes genoux.

— Vous n'avez qu'à tourner à Stonypoint, au centre commercial. C'est plus rapide.

II

La maison du docteur Anna Zenner est éclairée comme un phare dans la nuit. Son manoir, ainsi que le désignent ses voisins, emprunte beaucoup au style hellène, comme en témoignent les larges colonnes d'inspiration corinthienne qui l'ornent. C'est une parfaite illustration du credo partagé par Thomas Jefferson et George Washington : l'architecture d'une nouvelle nation doit exprimer toute la dignité et la grandeur du monde antique. Du reste, Anna est un produit du Vieux Continent, une Allemande. Je crois qu'elle y est née, bien que nous n'en ayons jamais parlé.

Des guirlandes lumineuses clignotent dans les arbres et toutes les fenêtres de la maison s'éclairent d'une multitude de chaleureuses bougies. Ma mémoire vagabonde vers ces Noëls de Miami, lorsque j'étais enfant. C'était la fin des années 50. Lorsque la leucémie qui rongeait mon père nous offrait une trêve, il adorait nous conduire à Coral Gables pour que nous nous y repaissions de ces magnifiques maisons qu'il appelait des villas. Ce monde si différent du nôtre que nous touchions du regard nous appartenait durant quelques instants. Je me souviens comme j'ai rêvé de ces gens, des élus qui vivaient dans ces maisons protégées de hauts murs élégants, de leur Bentley. Nul doute qu'ils avaient les moyens de manger des steaks et des crevettes tous les jours. Nul doute qu'aucun d'entre eux n'était pauvre ou malade, ou humilié par ceux qui n'aimaient ni les Italiens, ni les catholiques, ni les immigrants répondant au nom de Scarpetta.

Scarpetta n'est pas un nom fréquent, et je n'en connais pas bien l'origine. Nous sommes dans ce pays depuis deux générations, c'est du moins ce que prétend ma mère. Je n'ai jamais rencontré le reste de ma famille, j'ignore si j'en ai. Il semble que nous soyons originaires de Vérone, et que mes ancêtres étaient des fermiers et des ouvriers des chemins de fer. Ce que je sais, par contre, c'est que, en dehors de ma mère, j'ai une sœur plus jeune que moi, Dorothy. Elle a été très brièvement mariée à un Brésilien qui avait l'âge d'être son père, le géniteur supposé de ma nièce. J'insiste sur le terme « supposé » car, connaissant Dorothy, seule une empreinte ADN pourrait me convaincre que le monsieur avec lequel elle se trouvait au lit lorsque Lucy a été conçue était bien son mari. Ma sœur a épousé un certain Farinelli en quatrièmes noces. Lucy en est restée là, lasse de devoir sans cesse changer d'identité. A ma connaissance, je suis la seule Scarpetta, si l'on exclut ma mère.

Marino stoppe devant une monumentale grille métallique noire et tend le bras pour enfoncer le bouton de l'Interphone. Le bourdonnement électronique est immédiatement suivi d'un déclic, et la grille s'ouvre comme deux grandes ailes. Je n'ai jamais su pour quelles raisons Anna avait quitté Vienne pour s'installer en Virginie, ni pourquoi elle est restée célibataire. Pourquoi a-t-elle choisi de monter son cabinet de psychiatre dans notre petite ville sudiste, plutôt qu'ailleurs ? C'est curieux que je me pose maintenant toutes ces questions à son sujet. Les pensées suivent de curieux méandres. Je descends avec précaution du pick-up de Marino et reste debout sur les pavés de granit. Mon cerveau ressemble à un ordinateur qui s'emballe : des fichiers s'ouvrent et se ferment sans avoir été appelés, des messages d'erreur s'affichent sans que je les comprenne. Quel âge peut avoir Anna ? Je dirais dans les soixante-quinze ans. Je ne crois pas me souvenir qu'elle m'ait parlé de ses études de médecine, et j'ignore où elle les a poursuivies. Nous avons tant parlé, tant échangé nos points de vue durant toutes ces années, et pourtant nous n'avons jamais abordé notre vie privée, ni nos fragilités.

Et soudain, je m'en veux de savoir si peu de choses au sujet de mon amie, cela m'exaspère. Je gravis une à une les marches de son perron en m'aidant de la rampe en fer forgé, glaciale contre ma paume. Anna ouvre la porte et son beau visage intelligent s'adoucit. Son regard tombe sur mon gros plâtre et remonte le long de l'écharpe bleue qui maintient mon bras plié. Elle m'accueille avec sa gentillesse habituelle :

— Kay, je suis si contente de vous voir.

— Comment ça gaze, docteur ?

Marino se lance, forçant son enthousiasme comme à chaque fois qu'il fait un gros effort pour convaincre les gens qu'il est charmant, et que je ne suis qu'un détail à ses yeux.

— Humm, ce que ça sent bon, dites donc ! Vous m'avez encore préparé un petit plat ?

— Pas ce soir, capitaine.

Anna se contrefiche de Marino et de ses fanfaronnades. Elle m'embrasse, me frôlant à peine lorsqu'elle m'étreint de peur de me faire mal, mais je sens toute son affection dans la légère pression de ses doigts. Marino dépose mes bagages dans l'entrée, sur le magnifique tapis de soie qu'éclaire un lustre de cristal dont les gouttes ressemblent à des éclats de glace.

— Voulez-vous emporter un peu de soupe, capitaine Marino ? J'en ai préparé suffisamment. C'est très sain, sans graisse.

Evitant mon regard, il décline :

— Ah, si c'est pas gras, c'est contraire à ma religion. Bon, je dois y aller.

— Où est Lucy ?

Anna m'aide à retirer mon manteau pendant que je me débats avec la manche qui serre mon plâtre. Je m'aperçois alors avec consternation que je porte toujours ma vieille blouse de labo.

— Mon Dieu, Kay, il n'y a pas d'autographes, quel dommage !

Il est hors de question que quiconque signe mon plâtre, mais Anna possède un humour à froid. Elle peut pourtant être très drôle sans même ébaucher un sourire, si l'on a l'esprit assez vif pour saisir la plaisanterie au vol, faute de quoi on passe totalement à côté.

— Votre taule est pas assez chouette pour Lucy, c'est pour ça qu'elle est au Jefferson, ironise Marino.

Anna suspend mon manteau dans l'armoire de l'entrée. L'énergie nerveuse qui m'a tenue jusque-là me lâche. Un effroyable découragement m'envahit.

Mon cœur se contracte douloureusement. Marino continue d'agir comme si j'étais transparente.

— Bien sûr, Lucy est toujours la bienvenue chez moi. Pourquoi ne s'installe-t-elle pas avec nous ? Cela me ferait très plaisir.

Les années n'ont pas amoindri l'accent germanique d'Anna. Il lui faut parfois faire une délicate gymnastique intellectuelle pour traduire sa pensée en mots, et elle utilise rarement les contractions si fréquentes en américain. Selon moi, l'allemand lui convient mieux, et elle ne s'exprime en anglais que par obligation.

Marino nous quitte, et mon regard le suit au-delà de la porte toujours ouverte.

— Pourquoi vous êtes-vous installée ici, Anna ?

Voilà que je me mets à parler à tort et à travers.

— Ici ? Vous voulez dire dans cette maison ?

— Non, à Richmond.

— Oh, c'est tout simple. L'amour.

Elle annonce cela d'un ton plat, comme elle l'aurait fait d'une banalité.

La nuit s'est épaissie et il commence à faire très froid. Les grosses bottes de Marino écrasent la croûte de neige et s'enfoncent dans un bruit de déchirure.

— Quel amour ?

— Quelqu'un qui s'est révélé être une totale perte de temps.

Marino cogne le bout de ses bottes contre le marchepied de son véhicule pour les débarrasser de leur neige et grimpe sur le siège de son pick-up, dont le moteur vrombit en crachant d'impressionnantes volutes de gaz d'échappement. Il sait que je le suis du regard, aussi me la joue-t-il décontracté, indifférent. Il claque la portière, embraye et démarre son monstrueux engin. Des gerbes de neige propulsées par la progression des larges pneus accompagnent son départ. Anna referme la porte et je reste là, le regard collé au panneau, perdue dans ma tête, tentant d'organiser ce désordre de pensées, de sensations. Elle frôle mon bras :

— Venez, nous allons vous installer.

— Il est en colère contre moi.

— S'il n'était ni en colère ni grossier, je m'inquiéterais pour sa santé.

Je poursuis d'une voix lasse :

— Il m'en veut parce que j'ai failli me faire tuer. Tout le monde m'en veut.

Anna s'immobilise dans la grande entrée, attentive :

— Vous êtes épuisée.

C'est si injuste qu'il faut que cela sorte :

— Quoi, il faudrait que je présente mes excuses parce qu'on a voulu me tuer ? C'est de ma faute, c'est cela ? J'ai fait quelque chose de mal ? D'accord, j'ai ouvert ma porte et je n'aurais pas dû. Mais je suis toujours en vie, non ? Nous sommes tous toujours en vie, n'est-ce pas ? Alors pourquoi tout le monde m'en veut-il ?

— Pas tout le monde, Kay.

— Pourquoi est-ce de ma faute ?

Anna me regarde comme si elle pouvait voir au plus profond de moi :

— Vous pensez vraiment que vous êtes coupable ?

— Bien sûr que non. Je sais que ce n'est pas de ma faute.

Elle verrouille la porte, enclenche le système d'alarme et me précède jusqu'à la cuisine. Quand ai-je mangé pour la dernière fois ? Et quel jour sommes-nous ? Ah oui, samedi. A chaque fois, c'est un effort de s'en souvenir. Il y a vingt-quatre heures, j'ai failli mourir. La table a été dressée pour deux convives. Un faitout de soupe réchauffe sur la cuisinière. L'odeur du pain qui cuit dans le four me lève le cœur, et pourtant je suis affamée. Et puis, un curieux détail me frappe : si Anna espérait que Lucy m'accompagnerait, pourquoi n'y a-t-il que deux assiettes ?

Elle soulève le couvercle du faitout et plonge une

grande spatule de bois dans la soupe. Comme si elle lisait mes pensées, Anna demande :

— Quand Lucy part-elle pour Miami ? Qu'est-ce que je vous sers ? Un scotch ?

— Oui, un grand.

L'ambre précieux d'un Glenmorangie Sherry Wood teinte le cristal taillé des verres à whisky, recouvrant les glaçons.

— J'ignore quand elle repart. (Il faut que je lui explique.) L'ATF a participé à une embuscade à Miami qui a mal, très mal tourné. Il y a eu une fusillade et Lucy...

Elle me tend un verre et m'interrompt de ce ton impatient qui, chez elle, est davantage une façon de s'exprimer que l'indice d'un énervement :

— Oui, oui, je sais cela, Kay. Tous les médias en ont parlé, et je vous ai téléphoné. Vous vous en souvenez ? Nous avons discuté de Lucy.

— Ah oui, en effet.

Elle s'installe sur la chaise qui me fait face, les coudes posés sur la table, l'inclinaison de son buste traduisant son attention. Anna est une femme à la surprenante intensité, elle est grande, et son corps n'a rien cédé aux années. C'est une Leni Riefenstahl que l'âge n'ébranle pas. Son survêtement bleu renforce la nuance violette de son regard. Ses cheveux d'un blanc argenté sont ramassés en queue-de-cheval retenue par un fin ruban de velours noir. Elle ne m'a jamais fait de confidence, et je ne jurerais pas qu'elle s'est fait lifter, mais je soupçonne la chirurgie plastique d'avoir contribué au maintien de sa beauté. Anna pourrait aisément passer pour une femme de cinquante ans.

— Je suppose que Lucy s'est installée chez vous durant l'enquête. Ça doit être un drôle de fatras administratif !

L'embuscade avait très mal tourné, aussi mal que possible. Lucy avait abattu deux des membres d'un gang spécialisé dans le trafic d'armes, dont nous pensons maintenant qu'il possède des liens avec la famille Chandonne. Lucy avait involontairement blessé Jo, un agent de la DEA, sa compagne à cette époque. A ce stade-là, on ne peut plus parler de « fatras administratif ».

— Je ne sais plus si je vous ai raconté ce qui s'est passé avec Jo, la collègue de Lucy qui appartient à l'HIDTA.

— Déjà, il faudrait que je sache ce qu'est l'HIDTA, Kay.

— High Intensity Drug Trafficking Area. C'est une équipe constituée d'agents des différents corps de police fédéraux dont l'ATF, la DEA et le FBI. Lorsque tout a mal tourné, il y a quinze jours de cela, Jo a été blessée à la jambe. L'enquête a confirmé que la balle provenait de l'arme de ma nièce.

Anna m'écoute attentivement en buvant son scotch à petites gorgées. Je poursuis :

— Donc, Lucy blesse Jo involontairement et, bien sûr, leur relation privée est étalée. C'était très dur pour elles. Du reste, j'ignore où elles en sont. En tout cas, Lucy est à Richmond, sans doute pour toutes les vacances, et puis ensuite, qui sait...

— Parce que Lucy avait rompu avec Janet ?

— Oh oui, ça fait un moment.

La nouvelle semble l'affecter :

— Ça me désole, j'aimais beaucoup Janet.

Je contemple mes mains posées à plat sur la table. Cela fait bien longtemps que Janet a disparu de nos conversations. Lucy n'évoque jamais son nom. Je me rends soudain compte que la jeune fille me manque. Je suis toujours convaincue qu'elle avait une influence stabilisatrice sur ma nièce, parce qu'elle était plus mûre. Si je veux être parfaitement honnête, j'admets que je n'ai jamais aimé Jo, bien que n'ayant rien de spécifique à lui reprocher. Peut-être est-ce juste parce qu'elle n'est pas Janet.

Anna insiste, à l'affût des détails de l'histoire :

— Jo est-elle à Richmond ?

— C'est assez curieux, mais elle est originaire de notre ville, bien qu'elle ait rencontré Lucy à l'autre bout du pays, à Miami, lors d'une enquête. Jo est rentrée chez ses parents durant sa convalescence. Je me demande comment tournera cette histoire, parce qu'il s'agit d'une famille de chrétiens fondamentalistes, en d'autres termes pas vraiment le genre de personnes qui cautionnent le style de vie de leur fille.

— Ah, mais Lucy ne peut rien faire de simple, lâche Anna à juste titre. Des fusillades, encore et encore. Qu'est-ce qui se passe en elle ? Heureusement qu'elle n'a tué personne la dernière fois.

L'angoisse me suffoque à nouveau, et mon sang cogne contre mes tempes.

Mon amie reprend :

— Qu'est-ce que c'est que cette fascination de Lucy pour les armes, les coups de feu, tuer ? Cela m'inquiète, enfin du moins si l'on croit ce que raconte la télévision.

J'avale une gorgée. J'ai envie d'une cigarette. J'aurai passé ma vie à arrêter de fumer.

— Je n'ai pas regardé la télé depuis un moment, je ne sais pas.

— Ils disent qu'elle a failli abattre ce Français, Jean-Baptiste Chandonne. Elle lui aurait collé son arme sur le front, mais vous l'avez dissuadée de tirer. Dites-moi.

Elle me fixe, à la recherche de tous ces secrets enfouis dans mon cerveau. Je reviens pour elle sur cet épisode effrayant. Lucy était allée chercher Jo à la faculté de médecine de Virginie pour la raccompagner chez elle. Sans doute ont-elles décidé de s'arrêter chez moi. Il était plus de minuit lorsqu'elles sont arrivées. J'étais affalée dans la neige, non loin de Chandonne. Cette jeune femme que je tentais de convaincre était une étrangère, ma nièce. Je me souviens de son visage déformé par la rage, la haine, alors qu'elle pointait son arme sur lui, le doigt crispé sur la détente. Je l'ai suppliée de ne pas tirer. Elle l'insultait, le maudissait, et je hurlais pour qu'elle lâche son arme. Chandonne souffrait le martyre. Le formol l'aveuglait, lui brûlait les yeux. Il essayait d'apaiser la douleur en frottant ses yeux avec de la neige et il sanglotait, suppliait qu'on lui vienne en aide. Anna m'interrompt :

— Il s'exprimait en français ?

La question me déroute et j'hésite :

— Euh, oui, je crois.

— Donc, vous comprenez cette langue ?

— J'en ai fait au collège. C'est juste que j'ai vraiment le sentiment que c'est à moi qu'il criait de l'aider.

— Et l'avez-vous fait ?

— J'essayais de sauver ma peau et de convaincre Lucy de baisser son arme.

— Oui, mais là, c'est Lucy que vous aidiez, pas lui. En fait, ce n'est pas sa vie à lui qui vous importait. Vous étiez terrorisée à l'idée que votre nièce gâche la sienne.

Des pensées tournent dans mon esprit sans jamais apporter de réponses auxquelles me raccrocher. Je reste silencieuse.

— Lucy voulait le tuer, c'est bien cela, Kay, n'est-ce pas ?

J'acquiesce d'un signe de tête, les yeux perdus dans le vague, et les images dévalent à nouveau dans ma mémoire. Je criais son prénom, comme un leitmotiv, il fallait que je sois plus forte que cette rage meurtrière qui l'aveuglait. Je me souviens avoir rampé vers elle dans la neige :

— *Lucy, Lucy. Ne fais pas cela ! Pose ce revolver !*

Chandonne avait roulé dans la neige, se convulsant de douleur, geignant comme un animal blessé. Et Lucy s'était laissée tomber à genoux, en position de combat, agrippant à deux mains son arme, la pointant sur son crâne. Et puis, des flics et des agents de l'ATF armés jusqu'aux dents avaient envahi ma cour. Je ne voyais que les jambes de leurs treillis de combat sombres, leurs bottes. L'indécision avait été palpable, nul ne sachant comment maîtriser ma nièce alors que je la suppliais toujours. J'avais rampé encore vers elle, jusqu'à la toucher, mon bras fracturé me gênant.

— *Lucy, je t'en prie. Il y a eu assez de morts comme ça. Arrête, arrête. Ne fais pas cela, nous t'aimons !*

La voix d'Anna me force à ressortir de ma mémoire :

— Vous êtes certaine qu'elle avait l'intention de tuer, alors même qu'il ne s'agissait pas de légitime défense ?

— Oui, certaine.

— Ne pourrait-on pas pousser le raisonnement et s'interroger sur la réelle nécessité d'abattre ces deux hommes à Miami ?

— Non, Anna, c'est totalement différent. De surcroît, je ne peux pas en vouloir à Lucy pour la façon dont elle a réagi ce soir-là en nous découvrant, Chandonne et moi, par terre, dans la neige. Imaginez-vous : il se trouvait tout près, à moins de trois mètres de moi, et elle connaissait les détails des meurtres de Kim Luong et de Diane Bray. Elle savait pour quelle raison il se trouvait là, et comment il comptait s'occuper de moi. Qu'auriez-vous fait à sa place ?

— Je n'en ai pas la moindre idée.

— C'est exactement cela. Personne ne peut prévoir comment il réagira avant d'être confronté à ce genre de choses. Je me dis que, si j'avais été à sa place, si c'était moi qui avais découvert Lucy rampant, à côté de ce monstre...

Mais finalement, qu'en sais-je ? Rien, et je suis incapable de finir ma phrase.

Elle termine pour moi, tentant de deviner comment j'aurais réagi :

— Vous l'auriez tué.

— Ce n'est pas exclu.

— En dépit du fait qu'il ne présentait plus de menace ? Il souffrait beaucoup, aveuglé, inoffensif...

— Comment peut-on être certain que quelqu'un est inoffensif ? Anna, qu'en savais-je, dehors, dans la neige, le bras invalide, en pleine nuit ? J'étais terrorisée.

— Ah oui ? Pourtant, vous avez dissuadé Lucy de tirer !

Elle se lève et je la suis du regard comme elle décroche une louche du rail scellé au-dessus de la cuisinière. Elle remplit deux bols en terre cuite de soupe fumante et odorante. Sans un mot, elle dépose le bol devant moi, me laissant le temps de chercher, de comprendre. Puis :

— N'avez-vous jamais été frappée, Kay, par le fait que votre vie ressemble à un certificat de décès très compliqué ? *Dû à, dû à*, et encore *dû à.*

Sa main caresse l'air comme pour y rejoindre une idée qu'elle suit avec obstination. Elle poursuit :

— Le fait que vous soyez chez moi en ce moment est *dû à.* On pourrait disséquer votre vie entière, tout s'expliquerait par une multitude de *dû à.* Et tout cela, voyez-vous, nous ramène à la blessure initiale : la mort de votre père.

Je tente de me souvenir des confidences que je lui ai faites sur mon passé.

— Vous êtes devenue la femme d'aujourd'hui parce que la mort vous accompagne depuis si long-temps. Presque toute votre enfance, vous l'avez pas-sée avec votre père mourant.

C'est une soupe de poulet aux légumes, et je per-çois l'odeur du laurier et d'un soupçon de xérès. Je ne suis pas certaine que je parviendrai à l'avaler. A l'aide de gros gants molletonnés, Anna retire les petits pains au levain du four. Elle les sert sur des soucoupes, accompagnés de beurre et de miel.

— On a le sentiment que c'est votre obligation de retourner encore et encore sur les « lieux du crime », si je puis dire. Vers la mort de votre père, la blessure originelle. Comme si vous pouviez y remédier, défaire l'inacceptable. Mais en fait, tout ce que vous obtenez, c'est sa répétition à l'infini. C'est si clas-sique, je le vois tous les jours.

— Ça n'a rien à voir avec mon père, ni avec mon enfance, d'ailleurs. Pour être parfaitement franche, ces années-là sont le cadet de mes soucis en ce moment.

Anna tire sa chaise et se rassied en face de moi.

— Ça a tout à voir avec l'incapacité aux sentiments. C'est une stratégie de défense, n'est-ce pas ? Ça fait si mal de sentir.

La soupe est trop chaude et elle la tourne à l'aide d'une lourde cuiller en argent gravé.

— Lorsque vous étiez une petite fille, cette épée de Damoclès vous était insupportable, comme l'étaient la peur, le chagrin, et la rage. Vous vous êtes bouclée de l'intérieur.

— Il le faut, parfois.

— C'est toujours une très mauvaise idée.

— Je ne suis pas d'accord, c'est une forme d'instinct de survie.

— Non, Kay. C'est un reniement. Renier son passé, c'est se condamner à le répéter. Vous en êtes une preuve vivante. Votre vie est une succession de pertes, depuis cette perte initiale. Assez ironiquement, c'est même devenu votre profession. Le médecin qui parle aux morts, celle qui les accompagne dans le dernier silence. Votre divorce d'avec Tony, la mort de Mark, et puis évidemment le meurtre de Benton l'année dernière. Et puis Lucy qui manque de se faire tuer, et enfin vous. Ce monstrueux individu parvient jusqu'à votre maison et vous manquez de vous perdre vous-même. Des pertes, toujours des pertes !

J'ai encore tellement mal de la mort de Benton... Du reste, je crois que cette souffrance ne s'estompera jamais. Rien ne pourra combler ce vide effrayant, l'écho des chambres désertées de mon âme, parce qu'à présent je l'abrite en moi. La rage s'insinue à nouveau lorsque je revois ces policiers arpentant ma demeure, touchant sans considération les objets qui lui appartenaient, frôlant ses tableaux, maculant de glaise le précieux tapis de la salle à manger qu'il m'avait offert en cadeau de Noël. Tous s'en foutaient. Anna poursuit :

— Ce genre de système, si l'on n'y met pas un

terme, consume toute l'énergie d'un être, et finit par tout entraîner dans le néant. C'est un trou noir.

Je ne peux nier qu'il existe une sorte de système pervers chez moi, il faudrait que je sois obtuse pour cela, par contre, ma vie ne finira pas dans cet anéantissement, ce trou noir qu'elle évoque. Et il y a un point sur lequel je ne transigerai pas :

— Ça me choque vraiment que vous puissiez croire que, quelque part, c'est moi qui ai attiré cet individu. (J'éprouve une sorte de répulsion à prononcer son nom.) Vous insinuez que, inconsciemment, j'aurais balisé le terrain pour me faire tuer, préparer ma mort. Enfin, si j'ai bien compris, si c'est ce que vous avez voulu dire.

— Non. C'est ce que je vous demande.

Elle beurre son petit pain et répète d'un ton grave :

— C'est la question que je vous pose, Kay.

— Pour l'amour de Dieu, Anna, comment pouvez-vous croire que je me serais débrouillée pour déclencher ma propre mort ?

— Vous ne seriez ni la première, ni la dernière. C'est inconscient.

— Non, pas moi, ni inconsciemment, ni subconsciemment, ni n'importe comment.

— Vous finissez par réaliser vos propres prophéties. Votre nièce est pareille. Elle devient ce qu'elle combat. Il faut toujours choisir ses ennemis avec soin, parce qu'on finit par leur ressembler.

Elle me ressert cette citation de Nietzsche, me renvoyant à ce que je lui ai dit un jour.

— Ce n'est pas moi qui l'ai encouragé, de quelque façon que ce soit, à venir chez moi.

Je persiste à éviter de prononcer son nom parce que je veux le priver du qualificatif d'être humain.

— Comment a-t-il appris où vous habitiez ?

— Oh, les médias ont lâché le morceau à plusieurs reprises ces dernières années, malheureusement. En réalité, je ne sais pas.

— Pardon ? Il s'est rendu à la bibliothèque et a visionné des microfilms de journaux ? Cette créature hideuse, contrefaite, qui fuyait la lumière du jour ? Je vous rappelle que cette anomalie se caractérise chez Chandonne par une déformation du visage qui rappelle un mufle, un museau de chien. Tout son corps est recouvert d'une longue toison pâle et fine. Et cela ne l'a pas empêché d'aller à la bibliothèque ?

L'absurdité d'une telle hypothèse prend tout son poids dans le court silence qui suit les paroles d'Anna. Ce qu'elle sous-entend me bouleverse :

— Je ne sais pas comment il a appris mon adresse. Sa tanière n'était pas très loin de ma maison. Pourquoi m'accusez-vous ? Personne ne peut me rendre responsable de ce qu'il a fait. Pourquoi faites-vous cela, Anna ?

— Nous créons nos propres mondes et nous les détruisons, Kay. C'est aussi simple que cela.

— Je ne parviens pas à comprendre comment vous pouvez croire que je voulais qu'il me tue. Moi.

La vision du corps de Kim Luong resurgit dans mon esprit. J'ai presque l'impression de sentir à nouveau le craquement de ses os brisés sous mes doigts protégés de gants de latex. Je me souviens de l'odeur écœurante du sang coagulé dans l'air trop chaud de la réserve où Chandonne avait traîné la femme mourante pour donner libre cours à sa fureur malsaine en la frappant, en la mordant et en maculant le sol et les murs avec le sang qui s'échappait de ses plaies. Tout ceci me blesse tant :

— Ces femmes n'ont pas non plus cherché leur mort !

— Je ne connaissais pas ces femmes, je ne peux donc pas en discuter.

Les images de Diane Bray se substituent à celles de Kim Luong. Bray, son arrogante beauté saccagée, détruite avec une telle férocité, le spectacle de ce carnage crûment étalé sur le matelas nu de sa chambre... Elle était méconnaissable lorsqu'il l'a abandonnée. Son acharnement contre elle était unique, sans comparaison avec celui qu'il avait déployé pour martyriser Kim ou ces autres femmes, les victimes françaises qu'il aurait assassinées avant son départ pour les Etats-Unis. Je demande soudain à Anna s'il est possible que Chandonne se soit reconnu en Diane Bray, si cette analogie pouvait jouer le rôle d'un catalyseur à sa haine de lui-même. Diane Bray était malfaisante et impitoyable. Elle était elle aussi féroce, abusant de son pouvoir, sans l'ombre d'un remords.

— Vous aviez toutes les raisons de la détester.

Ces quelques mots me figent, et je suis incapable d'y répondre sur l'instant. Je tente désespérément de me souvenir si j'ai jamais déclaré détester un être humain, ou pire, si j'en suis coupable. La haine est une calamité, c'est un crime contre l'esprit qui génère d'autres crimes, des crimes de chair, de sang. C'est la haine qui conduit tant d'êtres dans ma morgue. Lorsque j'ouvre à nouveau la bouche, c'est pour affirmer que je n'ai jamais détesté Diane Bray. Certes, son but ultime était d'être la plus forte, et elle avait presque réussi à me faire renvoyer. Bray était pathologiquement jalouse et ambitieuse. Mais non, je n'ai jamais exécré Diane Bray. Elle était diabolique, mais ne méritait pas ce qu'il lui a fait subir. Et je suis convaincue qu'elle n'a pas invité la mort chez elle. La réplique d'Anna met en doute tout ce que je viens de lui confier :

— Vous êtes certaine de ce que vous dites, n'est-ce pas ? Si l'on se limite aux symboles, ne croyez-vous pas qu'il lui a infligé ce qu'elle tentait de vous faire subir ? L'obsession. S'immiscer par tous les moyens dans votre vie lorsqu'elle vous savait vulnérable. Attaquant, abîmant, détruisant, un pouvoir absolu qui l'excitait, peut-être même sexuellement. C'est quoi, déjà, ce que vous répétez sans cesse ? Ah oui, les gens meurent comme ils ont vécu.

— La plupart d'entre eux.

— Et dans son cas ?

— Symboliquement ? Peut-être.

— Et vous, Kay, avez-vous failli mourir de la façon dont vous avez vécu ?

— Je ne suis pas morte, Anna.

— Presque. Et avant même qu'il ne frappe à votre porte, n'aviez-vous pas démissionné de votre vie, ne serait-ce que partiellement ? N'est-ce pas ce que vous avez fait après le décès de Benton ?

Les larmes me viennent aux yeux. Anna continue :

— Selon vous, que seriez-vous devenue si Diane Bray était toujours en vie ?

Bray dirigeait le département de police de Richmond. Elle avait admirablement manœuvré, leurrant tous les gens importants. Elle s'était rapidement taillé une réputation et un nom en Virginie. L'ironie suprême de tout cela est que son insatiable goût du pouvoir et de la célébrité, son narcissisme sans limites, ont probablement attiré Chandonne vers elle. L'a-t-il pistée longtemps avant de passer à l'attaque ? M'a-t-il traquée ensuite ? La réponse est sans doute affirmative.

Le regard intense d'Anna ne se trouble pas, rien ne le fera dévier :

— Croyez-vous vraiment que vous seriez toujours le médecin légiste expert de Virginie si elle avait vécu ?

J'avale une cuiller de soupe et mon estomac se contracte péniblement :

— Je ne me serais pas laissé faire. Elle était diabolique, certes, mais peu importe, je me serais battue jusqu'au bout. Je ne lui aurais jamais abandonné le contrôle de ma vie.

— Au fond, n'êtes-vous pas satisfaite qu'elle soit morte ?

— Le monde se porte mieux sans elle. C'est ce que je pense. Le monde n'a pas besoin de gens comme Bray, ou comme lui.

Je repousse mon set de table et mon assiette.

— Comme Chandonne ?

J'acquiesce d'un mouvement de tête.

— Peut-être alors avez-vous souhaité, au fond de vous, que Lucy appuie sur la détente ? Peut-être pourriez-vous être celle qui enfonce le « piston de la seringue », comme on dit ?

Anna sait exiger la vérité de quelqu'un sans jamais devenir agressive ou moralisatrice.

— Non. Je n'enfoncerais jamais le « piston de la seringue ». Je suis incapable d'avaler ma soupe. Je suis désolée, vous vous êtes donné tant de mal. J'espère que je n'ai pas attrapé quelque chose.

— Nous avons suffisamment bavardé, dit-elle du ton du parent qui signale l'heure du coucher. Demain, nous sommes dimanche, c'est parfait pour rester tranquillement chez soi. Je vais repousser toutes mes consultations de lundi. Et si nécessaire, j'annulerai celles du reste de la semaine.

Je tente de l'en dissuader, en vain.

— C'est un des grands privilèges de l'âge : n'en faire qu'à sa tête ! On peut m'appeler en cas d'urgence. Et en ce moment, vous êtes ma plus pré-occupante urgence, Kay.

— Je ne suis pas une urgence, dis-je en me levant de table.

Anna m'aide à transporter mes bagages le long du couloir, jusqu'à l'aile ouest de sa magnifique demeure. Le grand lit en bois d'if de la chambre d'amis qu'elle m'a attribuée pour un laps de temps indéterminé est blond pâle, comme la plupart de ses meubles. La sobre élégance qui prévaut chez elle, les lignes pures et simples des meubles pourraient trom-per. Mais ces énormes édredons de plume, ces oreillers mousseux comme des nuages, ces lourds doubles rideaux de soie champagne qui caressent le parquet patiné la trahissent. Le principal moteur d'Anna est le bien-être des autres, soigner, apaiser, bannir la souffrance et célébrer la beauté des choses.

Elle suspend mes vêtements dans une penderie :

— Avez-vous besoin d'autre chose ?

Je l'aide à ranger mes affaires dans les tiroirs d'une commode et constate que je tremble à nouveau.

— Voulez-vous quelque chose pour dormir ? pro-pose-t-elle en alignant proprement les chaussures en bas du placard.

Un sédatif, une proposition tentante à laquelle je résiste :

— J'ai toujours redouté l'accoutumance. Vous connaissez ma faiblesse avec les cigarettes, on ne peut pas me faire confiance.

— Il faut dormir, Kay, l'insomnie fait le lit de la dépression.

Je crois comprendre ce qu'elle veut me dire. Je suis déprimée, et il y a peu de chances que cela s'arrange pour l'instant. Le manque de sommeil rend si vulnérable. L'insomnie est une vieille compagne que je parviens parfois à maîtriser. Lorsque je suis devenue médecin, il m'a fallu toute ma volonté pour résister à la tentation d'ouvrir ma merveilleuse bonbonnière, pleine de pilules. Je peux obtenir tous les médicaments que je veux, mais je me suis toujours débrouillée pour les éviter.

Après qu'Anna a refermé la porte de ma chambre derrière elle, je reste là, assise sur le bord de mon lit, fixant les ténèbres. Pour un peu, je finirais presque par croire que tout ceci n'est qu'un autre de mes mauvais rêves, qui n'attend que le matin pour se dissiper, un de ces horribles cauchemars qui ne parviennent à resurgir que lorsque je somnole. J'ai beau chercher, retourner toutes les hypothèses, je ne parviens pas à trouver une explication qui tienne : pourquoi ai-je failli mourir, mutilée, torturée ? Je sais que je traînerai cela en moi toute ma vie, mais comment ? Mon Dieu, je vous en prie, aidez-moi ! Je m'allonge et me tourne sur le flanc en fermant les yeux. J'attends le sommeil. Ma mère priait avec moi. J'ai toujours pensé qu'elle destinait ses mots à mon père malade, couché à l'autre bout du couloir. Parfois, après qu'elle était sortie de ma chambre, je continuais la prière. S'il meurt avant son réveil, Seigneur, accompagne son âme. Et je m'endormais en sanglotant.

III

Des voix confuses me réveillent le lendemain matin. J'ai l'étrange impression que le téléphone n'a pas cessé de sonner de la nuit, mais peut-être est-ce un rêve. Durant quelques pénibles secondes, je tente de me souvenir de l'endroit où je me trouve, et puis tout me revient, encore plus effrayant. Je me redresse contre les oreillers et demeure ainsi, immobile. Un soleil parcimonieux filtre par les doubles rideaux tirés, annonçant un nouveau matin triste et gris.

Je passe le peignoir en éponge épaisse suspendu derrière la porte de la salle de bains, enfile une paire de chaussettes et me décide à sortir de ma chambre pour suivre le son des voix. Je voudrais tant que le visiteur ne soit autre que Lucy. Je la trouve effectivement dans la cuisine, en compagnie d'Anna. Les grandes baies vitrées donnent sur le jardin et sur la calme petite rivière d'un gris d'étain. De légers flocons de neige commencent à tomber, presque à regret. Les branches dénudées des arbres tranchent contre le jour morose et la cheminée d'un voisin crache des volutes de fumée. Lucy porte un vieux survêtement fané décoré du sigle du MIT, qu'elle a conservé du temps où elle suivait là-bas des cours de robotique et d'informatique. Elle a peigné ses courts cheveux auburn avec ses doigts. Elle a son visage des très mauvais jours, et je sais à ses yeux rougis qu'elle a trop bu la veille.

Je vais l'embrasser :

— Tu viens d'arriver ?

Elle me serre, si fort, contre elle :

— Non, hier. Je n'ai pas pu résister. Je me suis dit que j'allais vous rendre une petite visite et qu'on se ferait une soirée pyjama. Tu étais déjà dans les bras de Morphée. Il est vrai que je suis arrivée très tard.

— Oh non... Tu aurais dû me réveiller. Pourquoi ne l'as-tu pas fait ?

— Certainement pas. Comment va le bras ?

Je mens :

— Ça fait moins mal. Tu as rendu ta chambre du Jefferson ?

— Non, pas encore.

Son expression est indéchiffrable. Elle s'assied soudain par terre et retire son pantalon de survêtement, découvrant un collant de marathon noir, zébré d'un bleu flamboyant.

— Votre nièce a une influence déplorable, précise Anna. Elle est arrivée avec une excellente bouteille de Veuve Cliquot et nous avons bavardé jusque très tard dans la nuit. Je ne tenais pas à ce qu'elle rentre à l'hôtel.

Une désagréable crispation. Est-ce de la peine ou de la jalousie ?

— Du champagne ? On célèbre quelque chose ? est tout ce que je trouve à dire.

Anna se contente de hausser légèrement les épaules. Tant de choses la préoccupent, des choses qu'elle ne tient pas à me faire subir, et soudain je repense à la sonnerie têtue du téléphone perçue dans mon sommeil. Lucy enlève le haut de son survêtement. Le justaucorps bleu et noir moule comme une peinture son corps musclé et parfait.

D'un ton dont l'aigreur est perceptible, elle lance :

— Ouais, c'est ça : nous célébrons un grand événement ! L'ATF vient de me mettre en congé administratif.

Je n'en crois pas mes oreilles. Le congé administratif n'est qu'une version de la suspension, c'est-à-dire un premier pas vers la radiation pure et simple. Mon regard cherche celui d'Anna : était-elle au courant ? Mais sa surprise semble aussi complète que la mienne.

— Ils m'envoient à la campagne...

C'est l'argot de l'ATF pour « suspension ». Lucy adopte un ton blasé, détaché, mais je la connais trop pour me laisser gruger. Je fréquente depuis des mois, non, des années, cette effroyable colère qu'elle porte en elle, et je la sens aujourd'hui si profonde, mauvaise.

— ... Ils vont lister toutes les bonnes raisons qui expliquent mon renvoi et je n'aurai plus qu'à faire appel. Sauf bien sûr si je décide de tous les envoyer chier avant, et que je donne ma démission. Ce qui n'est pas exclu. Je n'ai pas besoin d'eux.

— Mais pourquoi ? Que s'est-il passé ? Ce n'est tout de même pas à cause de lui ? dis-je, décidément incapable de prononcer le nom de Chandonne.

L'attitude classique, à de rares exceptions près, lorsqu'un agent est mêlé à une fusillade ou quelque chose d'aussi grave, est de le rapprocher du soutien de ses pairs, et de lui attribuer une mission moins exigeante et stressante, comme l'investigation sur les incendies criminels. Si l'agent en question est vraiment traumatisé, il pourra même obtenir un congé spécial qui n'a rien à voir avec ce qui arrive à ma nièce. « Congé administratif » est un euphémisme pour « sanction », c'est aussi simple que cela.

Lucy lève les yeux vers moi, toujours assise sur le sol, les jambes tendues, les mains en appui derrière elle :

— Ah, c'est le sempiternel « tu morfles si tu le fais, tu morfles si tu ne le fais pas ». Si je l'avais descendu, j'en aurais pris plein la gueule. Je n'ai pas tiré, et devine quoi ? J'en prends plein la gueule !

— Tu t'es retrouvée dans une fusillade à Miami, et tu n'es pas rentrée à Richmond que tu manques abattre quelqu'un, résume Anna.

Peu importe que ce *quelqu'un* soit un serial killer ayant pénétré chez moi. Lucy a un passé. Ce n'est pas la première fois qu'elle a recours à la force, avant même l'incident de Miami.

— Je suis la première à l'admettre, réplique Lucy. Nous voulions tous lui faire la peau. Vous ne croyez pas que Marino en mourait d'envie ? (Elle croise mon regard.) Que tous les flics qui se sont pointés dans la maison ne mouraient pas d'envie de l'abattre ? Mais non, c'est moi la mercenaire, la cinglée qui prend son pied à tuer. En tout cas, c'est ce qu'ils veulent insinuer.

Non sans une certaine brutalité, Anna achève sa pensée :

— Tu as effectivement besoin de prendre du recul. Peut-être est-ce la vraie raison de ce congé.

— Ça n'a rien à voir avec cela ! Allons, soyons lucides. Si un de leurs mecs avait été à ma place à Miami, il serait traité en héros. Si un de leurs mecs avait failli descendre Chandonne, tous les cols blancs de Washington DC applaudiraient sa maîtrise de lui-même. Ils ne chercheraient pas à l'épingler pour l'avoir *presque* tué. Comment peut-on sanctionner quelqu'un pour un « presque acte » ? En fait, qui peut affirmer que quelqu'un allait faire un truc ?

— En tout cas, ils devront le prouver.

C'est la juriste en moi qui refait surface. D'un autre côté, ce « presque acte », comme le nomme Lucy, s'applique aussi à Chandonne. Quelle qu'ait été son intention, il ne m'a pas tuée. Et s'il déniche un avocat assez retors, cela risque de peser lourd dans sa défense.

La peine le dispute à l'humiliation, et Lucy persifle :

— Qu'ils fassent ce que bon leur semble ! Ils peuvent me virer ou me scotcher les fesses à vie dans un bureau poussiéreux quelque part au fin fond du Dakota du Sud, ou même en Alaska ! Ils peuvent aussi m'enterrer dans un département de merde, genre « audiovisuel » !

— Kay, je ne vous ai pas offert de café.

Anna tente comme elle peut de désamorcer la tension qui nous électrise. Je me dirige vers la cafetière posée à côté de l'évier :

— Ah, c'est peut-être pour cela que tout me paraît insensé, ce matin. Je sers quelqu'un ?

Personne ne me répond. Je verse le liquide chaud dans ma tasse pendant que Lucy entreprend quelques mouvements d'échauffement. Elle bouge avec une souplesse déroutante, presque liquide, et ce corps musclé s'affiche sans aucune coquetterie, inconscient de sa perfection. Je me souviens de la fillette rondouillette et molle que j'ai élevée. L'adolescente a ensuite passé des années à modeler, dompter ce corps jusqu'à en faire une machine parfaite et fiable qui réponde à ses moindres ordres, à la manière de ces hélicoptères qu'elle pilote. Lucy est d'une beauté à couper le souffle, une de ces beautés sévères, peut-être, en partie, à cause de ce sang brésilien qui coule dans ses veines. Où qu'elle pénètre, où qu'elle aille, des regards l'accompagnent, mais elle s'en moque.

— Je ne sais pas comment tu fais pour courir par un temps pareil ! s'exclame Anna.

— J'aime souffrir.

Lucy se harnache de sa ceinture de service, son pistolet pendant contre sa fesse.

La caféine réveille mon sang trop lent :

— Il faut que nous discutions, Lucy. On doit trouver une parade.

— Pas maintenant. Après la course, je vais au gymnase. Il faut que je travaille mes muscles.

— Souffrir et encore souffrir, murmure Anna rêveusement.

Je contemple Lucy et, comme à chaque fois, je songe à l'être extraordinaire qu'elle est devenue, et à l'injustice obstinée de la vie à son égard. Elle n'a jamais connu son père biologique. C'est le rôle qu'a tenu Benton, et elle l'a perdu, lui aussi. Elle est devenue une rivale pour sa mère, ma sœur Dorothy, une femme exclusivement préoccupée d'elle-même, et dont je doute fort qu'elle soit capable d'aimer quelqu'un d'autre que sa petite personne. Lucy est certainement la femme la plus intelligente et la plus complexe que je connaisse, ce qui ne lui a pas valu que des amis, loin s'en faut. Elle n'en a jamais fait qu'à sa tête. Je me souviens : elle avait quatre ans et demi et abordait l'école primaire. Elle venait d'être « recalée en conduite ». Dorothy m'avait immédiatement téléphoné pour geindre et se plaindre du calvaire qu'elle endurait à cause de sa fille. Je m'étais étonnée :

— Mais comment cela, « recalée en conduite » ?

— Elle parle sans cesse, interrompant tous les autres élèves, et il faut toujours qu'elle lève le doigt pour répondre aux questions. Tu n'imagines pas ce que son institutrice a consigné sur son rapport ! Attends, je vais te le lire : « Lucy ne sait pas travailler ou jouer en équipe. C'est une Mlle Je-sais-tout qui tente de monopoliser l'attention générale et qui démolit tout ce qu'elle a dans les mains, comme les poignées de porte ou les taille-crayons. »

Lucy se relève et démarre de la cuisine avec l'aisance d'un athlète armé et dangereux.

Ma nièce est lesbienne. C'est probablement le plus injuste dans sa vie, parce qu'elle ne peut pas être autrement, mais qu'elle ne parvient pas non plus à le vivre paisiblement. L'homosexualité est injuste parce qu'elle crée des injustices. C'est du reste ce qui m'a tant peinée lorsque j'ai découvert cette vérité à son sujet. Je voudrais tant qu'elle ne souffre jamais. Je dois me pousser encore un peu pour admettre que j'ai refusé de voir l'évidence. Maintenant, je sais : l'ATF ne sera ni bienveillant ni magnanime, et Lucy le pressent sans doute depuis pas mal de temps. L'administration, dans ses bureaux de Washington DC, ne cherchera pas à faire un bilan objectif de tout ce qu'elle a réussi. Ils analyseront son cas avec toute la jalousie, toute l'intolérance dont ils sont capables.

Anna casse des œufs au-dessus d'un bol. Ma pensée devient audible :

— Ça sera une vraie chasse aux sorcières ! Ils veulent s'en débarrasser.

Elle jette les coquilles dans l'évier, puis ouvre la porte du réfrigérateur pour en sortir une bouteille de lait dont elle examine la date de péremption :

— Mais certains d'entre nous pensent que Lucy est une héroïne, Kay.

— Les flics ou la répression des fraudes tolèrent les femmes. Ils ne les portent pas au pinacle. On n'aime pas les héroïnes, là-bas, on les punit. C'est le vilain secret de tout le monde, mais chut, il ne faut pas en parler !

Anna bat avec vigueur les œufs et le lait, sans me répondre. Je poursuis :

— Nous connaissons bien cette histoire, n'est-ce pas ? Nous avons fait nos études de médecine à une époque où les femmes devaient s'excuser de prendre la place des hommes. On nous a même parfois mises à l'écart, n'hésitant pas à nous tirer dans les jambes. Nous n'étions que quatre femmes en première année de médecine. Et vous ?

— C'était différent, à Vienne.

— Vienne ?

— C'est là que j'ai été formée.

— Oh.

Je me sens à nouveau coupable. Anna est mon amie et j'ignore tant de choses d'elle.

— Mais j'ai découvert tout ce que vous me racontez dès que je suis arrivée dans ce pays. Je m'en souviens comme si c'était hier.

Elle renverse la mousse jaune des œufs et du lait dans un poêlon en fonte.

— Oh, je vois parfaitement ce que vous voulez dire.

— Non, je ne le crois pas, Kay... N'oubliez pas que j'ai trente ans de plus que vous.

Les œufs cuisent, et je surveille distraitement les bulles jaune pâle qui se forment et crèvent, le dos appuyé contre la paillasse, buvant mon café à petites gorgées. J'aurais tellement voulu voir Lucy hier soir, je suis irritée et presque blessée de ne pas avoir pu lui parler. Pourquoi a-t-il fallu que je découvre ce fameux congé administratif au détour d'une conversation ?

— Vous en avait-elle parlé, Anna ?

Elle plie soigneusement l'omelette comme une crêpe et récupère les muffins au blé complet dans le grille-pain :

— En y repensant, je crois qu'elle est venue avec

cette bouteille de champagne dans l'intention de tout vous raconter. Ce n'était sans doute pas le plus approprié, étant donné la teneur de cette nouvelle. C'est étrange... Les gens ont toujours le sentiment que nos patients nous dévoilent les tréfonds d'eux-mêmes. En réalité, ils déballent rarement leurs secrets, en dépit du fait qu'ils nous paient à la séance.

Elle dépose nos assiettes sur la table et conclut :

— En général, les gens nous disent ce qu'ils pensent, c'est bien là tout le problème. Ils pensent trop.

Nous nous installons face à face à la table et je poursuis sur mon idée, obsédée par la réaction de l'ATF :

— Oh, ce ne sera pas franc et massif. Ils vont biaiser, comme le FBI. Car c'est exactement ce que le Bureau a fait. Ils se sont débarrassés de Lucy pour la même raison. A l'époque, elle était leur enfant chéri, leur petit génie de l'ordinateur, pilote d'hélicoptère de surcroît, et la première femme intégrée dans cette élite chargée d'intervenir lors de prises d'otages, le HRT.

Je dévide à nouveau le curriculum vitae de Lucy face à une Anna de plus en plus dubitative. C'est idiot. Elle connaît Lucy depuis tant d'années. Mais je ne parviens pas à m'arrêter :

— Et bien sûr, ils ont balancé son homosexualité sur la table. Elle les a quittés pour intégrer l'ATF, et on prend les mêmes et on recommence. L'histoire se répète. Pourquoi me regardez-vous de cette façon ?

— Parce que vous êtes en train de vous noyer dans les problèmes de Lucy alors que les vôtres s'apprêtent à fondre sur vous.

Mon regard se perd au-delà de la fenêtre, vers le jardin. Un geai, les plumes ébouriffées de froid, picore la provende placée dans la maisonnette à oiseaux. Son bec vorace fait tomber des graines de tournesol dans la neige et je contemple les petits impacts sombres. Le soleil tente frileusement de percer la chape grise de cette matinée. Je tourne machinalement mon café. La douleur de mon coude irradie dans tout mon bras, comme un pouls lent et puissant. Je n'ai pas envie d'aborder la liste de mes problèmes, craignant de leur donner une véritable existence... Comme s'ils avaient besoin de moi. Anna ne me pousse pas dans mes retranchements, et nous demeurons assises en silence. La cuisine résonne seulement du bruit de nos couverts contre nos assiettes. La neige s'épaissit, givrant les arbustes et caressant la surface de la petite rivière comme une brume.

De retour dans ma chambre, je paresse un long moment dans un bain chaud, le plâtre posé sur le rebord de la baignoire. Je décide enfin d'en sortir et de m'habiller. C'est un exercice périlleux, et quant à lacer mes chaussures d'une main, autant faire une croix dessus. La sonnerie de la porte tinte. Quelques instants plus tard, Anna frappe à ma porte, désireuse de savoir si je suis décente.

Je n'attendais personne, et cette visite m'inquiète.

— Qui est-ce ?

— Buford Righter.

IV

L'Attorney Général de la ville est affublé d'une kyrielle de surnoms dont il n'a évidemment aucune idée. Easy Righter, parce que c'est un lâche, Righter-Wrong parce qu'il est fadasse jusqu'à la démesure et qu'avec lui, c'est le dernier qui a parlé qui a raison, Fighter-Righter parce que l'idée de combattre pour une cause est la dernière qui lui viendrait à l'esprit, Booford parce qu'il a peur de son ombre[1]. Il est tou-

---

1. Série de jeux de mots : Easy Righter, jeu de mots sur Easy Rider, pour Righter le dégonflé, Righter-Wrong, jeu de mots sur

jours si parfaitement correct, ce typique gentleman de Virginie, ce pur produit du country club de ses ancêtres. Nul ne l'aime ni ne le déteste. On ne le craint pas, mais on ne le respecte pas non plus. Righter est un de ces êtres sans étincelle. Je ne l'ai jamais vu ému, d'aussi loin que je me souvienne, et aussi dévastatrice qu'ait été l'enquête qui nous réunissait. Pour couronner le tout, Righter est une petite nature, et il a une trouille bleue des détails macabres qui sont mon lot quotidien. Le domaine dans lequel il se cantonne, c'est la loi. Qu'importent les ravages laissés par ceux qui la transgressent.

La morgue étant donc le dernier endroit où l'on peut le croiser, les lacunes de Righter en médecine légale sont incompatibles avec sa charge. Du reste, il est sans doute le seul magistrat, en théorie chevronné, de ma connaissance, qui se contente de donner texto la cause de la mort. En d'autres termes, il tolère que quelques mots en bas d'un rapport se substituent, devant la cour, à l'expérience du médecin expert. C'est une parodie et, selon moi, une faute professionnelle grave. En vérité, la seule personne qui puisse rendre compte aux membres du jury, faire témoigner la victime, son corps maltraité, c'est le médecin légiste. Nos termes cliniques sont incapables d'évoquer toute la terreur, toute la souffrance, c'est du reste pour cela que la défense tente toujours d'annoncer la cause de la mort, pour couper l'herbe sous le pied de l'Attorney Général et éviter qu'il ne s'en serve contre l'accusé.

— Buford, comment allez-vous ? dis-je en tendant la main.

Il détaille mon plâtre, l'écharpe qui le maintient, mes chaussures délacées, et le pan de chemise qui sort de ma ceinture. Il m'a toujours vue soigneusement habillée d'un tailleur, bref, à la hauteur de mon

---

Right or Wrong, pour bien ou mal, Fighter-Righter, Righter le combattant, et Booford, jeu de mots sur Bouh ! Ford au lieu de Buford.

importance professionnelle. Son front se crispe élégamment pour suggérer son infinie compassion et sa généreuse compréhension, bref, l'humilité bienfaisante des élus de Dieu, ceux qu'il a sélectionnés pour diriger notre vie de petites gens. C'est une typologie très répandue dans les grandes familles de Virginie. Ces privilégiés poussiéreux ont poussé le raffinement jusqu'à travestir leur arrogance et leur élitisme en chemin de croix, cherchant à donner l'illusion qu'il est si pesant d'être favorisé.

— La question est plutôt : comment allez-vous, Kay ? me reprend-il en s'installant dans le grand salon ovale au plafond arrondi qui donne sur la rivière.

Je m'assieds dans le rocking-chair :

— Je ne sais pas quoi vous répondre, Buford. A chaque fois qu'on me le demande, j'ai l'impression qu'il faut que je reconnecte tous mes circuits.

Une flambée crépite dans la cheminée, mais Anna a disparu. J'ai la conviction qu'elle ne cherchait pas seulement à être courtoise et discrète.

— Le contraire m'étonnerait. Je me demande même comment vous parvenez à aligner deux pensées après tout ce que vous venez de traverser. (Righter a l'accent lent et sirupeux typique de la Virginie.) Je suis confus de vous tomber dessus de la sorte, mais nous avons du nouveau. C'est un bien bel endroit. (Son regard détaille la pièce.) Elle l'a fait construire ou elle l'a acheté ?

Je n'en sais rien et en plus je m'en fous !

— Vous êtes très proches, n'est-ce pas ? ajoute-t-il.

Je n'arrive pas à déterminer s'il donne dans le bavardage ou s'il tente de pêcher une information.

— Oui, Anna est une très bonne amie.

— Je sais comme elle vous apprécie. Ce que je veux dire, c'est que, à mon avis, vous ne pouvez pas vous trouver en de meilleures mains.

Son sous-entendu m'agace. Je ne suis entre les mains de personne, parce que je ne suis ni malade ni sous tutelle, et je le lui fais savoir.

Sans détacher les yeux des ravissantes huiles accrochées aux murs vieux rose, des sculptures et des beaux meubles européens, il reprend :

— Oh, je vois. En d'autres termes, votre relation n'est pas professionnelle, ne l'a jamais été, je veux dire.

— Pas vraiment. Je ne lui ai jamais demandé de rendez-vous.

— Elle ne vous a jamais prescrit de médicaments, poursuit-il de cette voix perpétuellement affable.

— Pas que je m'en souvienne.

Le regard de Righter s'arrache de la rivière et son attention se reporte sur moi. Il soupire :

— Mon Dieu, qui dirait que nous sommes presque à Noël ?

Lucy le trouverait « ringard », comme elle dit, avec ses pantalons bavarois en grosse laine verte dont le bas est rentré dans des bottes en plastique fourrées de molleton. Il porte un gilet en laine écossaise genre Burberry qu'il a boutonné jusque sous son menton, comme s'il ne parvenait pas à décider s'il irait escalader une montagne ou jouer au golf en Ecosse juste après avoir pris congé de moi.

— Bon, permettez-moi de vous expliquer l'objet de ma visite. Marino m'a appelé il y a environ deux heures. L'affaire Chandonne connaît un développement assez inattendu.

J'ai l'impression qu'on me donne un coup de poignard. Marino ne m'a rien dit. Il a gardé cette information pour Righter. Il n'a même pas eu la décence de m'appeler ce matin pour prendre de mes nouvelles.

Righter croise les jambes et pose presque religieusement les mains à plat sur ses genoux. Sa fine alliance et la chevalière de l'université de Virginie brillent sous la lumière douce des lampes.

— Je vais essayer de vous faire la synthèse des derniers événements. Kay, vous vous rendez bien compte que la nouvelle de votre agression et de l'arrestation de Chandonne était partout, j'insiste sur ce point : *absolument partout*. Mais je suis certain que vous avez suivi les informations, que vous comprenez donc que je n'exagère pas, ainsi que toute l'importance de ce qui nous attend.

La peur est une des émotions les plus fascinantes qui soit. Je m'y intéresse depuis si longtemps, la décortiquant, la scrutant sous toutes ses facettes. Je prétends que la meilleure illustration que l'on puisse donner de son mécanisme est la réaction du conducteur auquel vous venez de faire une queue-de-poisson, vous rabattant devant lui si sèchement qu'il a failli percuter votre arrière. Sa panique cède place à la rage en quelques dixièmes de seconde, il écrase son Klaxon, vous fait des gestes obscènes, et aujourd'hui, il n'est pas exclu qu'il vous descende. C'est exactement ce qui vient de se passer, étape après étape, la fureur s'est substituée à cette peur aiguë que je ressentais.

— Non, je n'ai pas suivi les informations, et si je les ai vues, disons que c'était involontaire. En d'autres termes, je ne suis pas vraiment la mieux armée pour saisir « toute l'importance de ce qui nous attend ». Ce que je saisis parfaitement, par contre, c'est qu'on bafoue ma vie privée et que je n'aime pas cela !

— Les meurtres de Kim Luong et de Diane Bray avaient déjà fait couler beaucoup d'encre, mais ce n'était rien en regard de ce que votre agression a provoqué. Si je vous comprends bien, cela signifie que vous n'avez pas vu le *Washington Post* de ce matin ?

Je le regarde sans répondre, de peur que la colère qui monte en moi n'explose :

— Des photos de Chandonne transporté aux urgences sur une civière étalées en première page, avec vue sur ses épaules découvertes par le drap et ses longs poils de chien. Bien sûr, son visage disparaissait sous les bandages, mais on pouvait aisément se faire une idée de sa monstruosité. Quant à la presse à scandale, je vous laisse imaginer les gros titres : « Un loup-garou lâché dans Richmond », « La Belle et la Bête », j'en passe et des meilleures.

Une nuance de mépris teinte sa voix, comme si le sensationnalisme était une des pires obscénités. Je ne peux pas m'empêcher de l'imaginer faisant l'amour avec sa femme. Je le vois, baisant, tout nu à l'exception de ses chaussettes. Sans doute juge-t-il le sexe indigne. Quoi, cette boursouflure biologique si primitive en imposerait à son parfait esprit ? Les cancans ne manquent pas, on s'en doute. La rumeur veut qu'il refuse d'utiliser les urinoirs en présence d'autres hommes, et c'est un compulsif du lavage de mains. Tout cela me traverse l'esprit alors qu'il reste si mignonnement assis, déballant les ravages que m'a causés la publicité faite autour de Chandonne.

— Savez-vous si des photos de ma maison ont été divulguées par la presse ? Hier soir, lorsque je suis partie, il y avait des photographes embusqués de l'autre côté de la rue.

— Ce que je sais, c'est que des hélicoptères ont survolé le voisinage ce matin. Quelqu'un me l'a dit.

Une sorte de déclic, vague, mais je pressens que ce quelqu'un est Righter lui-même. Il a dû retourner chez moi et il a vu les hélicoptères.

— Ils prenaient des photos, ajoute-t-il, le regard perdu vers le jardin enneigé. Mais avec ce temps, ils se sont sans doute découragés. Le service de sécurité de la résidence a bloqué l'entrée à pas mal de voitures. La presse ou des curieux. C'est une des raisons de plus pour que votre séjour chez le docteur Anna Zenner me soulage. C'est curieux comme vont les choses...

Il s'interrompt, le regard à nouveau captivé par la rivière. Un vol d'oies canadiennes décrit de grands cercles concentriques dans le ciel.

— Normalement, le mieux serait que vous ne retourniez pas chez vous tant que le procès n'a pas eu lieu, c'est vraiment mon sentiment.

— Jusqu'au procès ?

— Oui, enfin, s'il a bien lieu dans notre Etat.

C'était donc cela, et je traduis immédiatement cette phrase sibylline : ils ont l'intention de renvoyer le procès devant une autre cour.

— Parce que le procès n'aura pas lieu à Richmond, c'est bien cela ? Et qu'entendez-vous par « normalement » ?

— J'y venais. Marino a reçu un appel du bureau du District Attorney de Manhattan.

La nouvelle me stupéfie :

— Ce matin ? C'est nouveau ? Et qu'est-ce que New York vient faire dans cette histoire ?

— Cela date d'il y a quelques heures. La femme qui dirige le département chargé des crimes sexuels, Jaime Berger — un drôle de nom d'ailleurs, ça s'écrit J.A.I.M.E, mais ça se prononce *Jamie*. Vous avez sans doute entendu parler d'elle. Si cela se trouve, vous vous connaissez ?

— Je ne l'ai jamais rencontrée, mais j'ai entendu parler d'elle, en effet.

Righter poursuit :

— Il y a deux ans, le 5 décembre, un vendredi pour être précis, le corps d'une femme noire de vingt-huit ans a été découvert dans un appartement de 2nd Avenue, au niveau de 67th Street, c'est dans l'Upper East Side. La femme en question était météorologiste, enfin, c'était elle qui présentait la météo sur CNBC. Cela vous rappelle quelque chose ?

Oui, les faits me reviennent, et je m'en serais passée. Righter continue sur sa lancée sans attendre de réponse :

— Ce matin-là, le matin du 5 donc, on l'a attendue en vain au studio. Comme elle ne répondait pas non plus au téléphone, ils ont envoyé quelqu'un chez elle. Le nom de la victime... (Righter tire de sa poche de pantalon un petit calepin relié de cuir et le feuillette.)... était Susan Pless. Eh bien, on a retrouvé son corps dans sa chambre, allongé sur la descente de lit. Elle était dénudée jusqu'à la taille. Son visage avait été tellement amoché par les coups « qu'on aurait cru une victime d'accident d'avion ». (Il me regarde.) Je cite, c'est vraiment ce que Berger aurait décrit à Marino. C'est quoi, déjà, le mot que vous utilisez dans ces cas ? Vous vous souvenez, quand ces gamins s'étaient lancés dans une course poursuite en pick-up ? L'un d'entre eux a décidé de s'asseoir sur le rebord de la portière, le corps penché à l'extérieur, et, manque de bol, il a pris un arbre en pleine figure.

Je réponds d'un ton morne, tentant d'assimiler ce qu'il me dit :

— Encastré. La face enfoncée par la violence de l'impact. C'est le cas lors des accidents d'avion ou lorsque les gens font une chute vertigineuse et tombent le visage en avant. Il y a deux ans, avez-vous dit ? Mais c'est impossible !

Il feuillette d'autres pages :

— Bon, inutile de m'attarder sur les détails peu ragoûtants. Sachez seulement qu'ils ont trouvé des marques de morsures, notamment aux mains et aux pieds, et de longs poils bizarres adhéraient aux éclaboussures de sang. A l'époque, il avait été conclu qu'il s'agissait des poils d'un animal, un chat angora, ou quelque chose comme cela. Vous voyez où je veux en venir ? conclut-il en levant le regard vers moi.

Pas une seconde nous n'avions douté que la première visite de Chandonne aux Etats-Unis était celle qui l'avait amené à Richmond. Pourtant, nous n'avions aucun argument logique pour asseoir cette certitude, si ce n'est notre conviction que ce monstre à la Quasimodo avait passé toute sa vie terré dans les caves de l'hôtel particulier qu'habite sa puissante famille en France. Nous étions également partis du présupposé qu'il avait fait la traversée depuis Anvers, sur le bateau qui transportait le cadavre de son frère. Et si nous nous étions encore trompés ? Le commentaire de Righter ne m'aide pas beaucoup :

— Moi, j'en suis resté à ce qu'Interpol prétend.

Je connais moi aussi cette version. Elle m'a été fournie par Jay Talley à Interpol, la semaine dernière, à Lyon :

— Oui, que Chandonne a embarqué sur le *Sirius*

sous un faux nom : Pascal, celui-là même qui a été conduit à l'aéroport dès l'arrivée du bateau à Richmond au début décembre. Une urgence familiale aurait réclamé son retour précipité en Europe. Le problème, c'est que nul ne l'a vu monter à bord de l'avion. L'hypothèse émise par Interpol en découle : ledit Pascal serait resté à Richmond pour commencer à tuer. Mais si ce type peut aller et venir à sa guise, alors toutes nos théories s'effondrent, et nous n'avons plus aucune idée de sa date d'entrée aux Etats-Unis.

— Je ne serais pas surpris que d'autres hypothèses se révèlent inexactes sous peu, enfin, bien sûr, je dis cela en toute estime pour Interpol et les autres.

Righter croise à nouveau les jambes. J'ai le sentiment étrange que quelque chose le satisfait assez, sans parvenir à comprendre quoi.

— Est-on parvenu à localiser ce type, ce Pascal ?

Righter n'en sait rien, mais il soupçonne ce Pascal, s'il existe vraiment, d'appartenir au panier de crabes qui gravite autour du cartel criminel de la famille Chandonne. Il précise :

— Encore un faux nom. Peut-être même était-ce un des complices du type mort qu'on a retrouvé dans le conteneur. Le frère, sans doute, Thomas Chandonne. Parce que lui, nous savons qu'il est membre du cartel.

— Berger a dû apprendre la nouvelle de l'arrestation de Chandonne, les détails de ses meurtres, et elle nous a appelés, c'est bien cela, Buford ?

— Elle a reconnu le modus operandi, oui. Elle a précisé que le meurtre de Susan Pless n'avait jamais cessé de la hanter. Elle n'a qu'une hâte, c'est d'établir la comparaison des profils ADN. D'après ce que j'ai compris, ils ont fait procéder à une empreinte génétique grâce à un échantillon de sperme retrouvé sur les lieux du crime. Ça fait deux ans qu'elle la garde.

— Ils ont établi l'empreinte génétique sur un prélèvement de sperme ?

La chose m'étonne un peu. Ce n'est pas une procédure de routine. Ces tests coûtent cher. Les laboratoires sont en général débordés et tirent le diable par la queue. Ils n'ont recours à une analyse de séquence ADN que lorsqu'ils ont un suspect sous la main à qui la comparer, surtout lorsqu'ils n'ont pas de banque de données d'empreintes dans laquelle passer la séquence dans l'espoir qu'elle s'apparie à celle d'un criminel déjà enregistré. Or, en 1997, la banque de données de New York n'était encore qu'à l'état de projet.

— Pourquoi, avaient-ils déjà un suspect ?

— Je crois qu'il y avait un type, que l'empreinte a innocenté, répond Righter. Ce qui est sûr, c'est qu'ils possèdent la séquence ADN du coupable et que nous envoyons le profil génétique de Chandonne au médecin expert. Du reste, il est déjà parti. L'idée derrière cela, c'est évidemment d'obtenir une certitude sur la comparaison avant que Chandonne ne soit traduit en justice à Richmond. Il faut faire vite, mais la bonne nouvelle, c'est que nous bénéficions de quelques jours de sursis en raison de l'état de santé de Chandonne, à cause du produit chimique qui lui a brûlé les yeux. (Il m'explique cela comme si c'était une découverte pour moi). Vous savez, c'est cette fameuse « heure de grâce » dont vous parlez toujours, Kay. Cette période si courte durant laquelle tout peut encore basculer. Eh bien voilà, notre heure de grâce vient de sonner. Et on va savoir si, oui ou non, Chandonne est bien le meurtrier de cette femme, à New York.

Righter a cette manie exaspérante qui consiste à répéter tout ce que je dis. C'est un peu comme si son goût de l'anecdote lui permettait de se dédouaner de son ignorance des choses importantes.

— Vous ne m'avez pas parlé des marques de morsures. Avez-vous des précisions ? Chandonne a une denture très particulière.

— Voyez-vous, Kay, je ne suis pas vraiment entré dans ce genre de détails.

Le contraire m'eût étonnée. Mais ce que je veux vraiment savoir, c'est la raison réelle de sa visite. Aussi suis-je forcée de biaiser :

— Admettons que l'empreinte ADN désigne Chandonne comme coupable. Vous souhaitez obtenir une certitude avant le procès de Richmond. Pourquoi ?

La question est purement rhétorique. Je crois que j'ai une idée assez claire de la réponse, et je n'y vais pas par quatre chemins :

— La vérité, Righter, c'est que vous ne voulez pas qu'il soit jugé dans notre ville. Vous voulez vous en débarrasser et qu'il passe en justice à New York.

Il évite mon regard, et je suis maintenant certaine d'avoir vu juste :

— Mais enfin, pour quelles raisons, Buford ? Pour vous laver les mains de cette enquête ? Balancer le paquet à Ryker's Island et ne plus en entendre parler ? Et qui rendra compte des crimes commis à Richmond ? Allez, soyez franc, Buford. Avouez que, s'il est condamné pour meurtre au premier degré à Manhattan, ce sera une excellente excuse pour laisser tomber le procès de Richmond.

Il a ce regard de petit garçon sincère et commence :

— Toute notre communauté vous a toujours tenue dans la plus haute estime, Kay.

Une désagréable sonnette d'alarme résonne dans mon cerveau :

— Par le passé, c'est cela ?

— Ce que je veux dire, c'est que je comprends parfaitement ce que vous ressentez. Il est évident que vous et les deux autres pauvres victimes méritez qu'il soit puni avec toute la sévérité...

Au fond de moi remue la souffrance, si profonde, cette panique d'être encore abandonnée, encore rejetée. Je lui coupe la parole brutalement, le fixant comme si j'avais l'intention de le brûler :

— Et donc, cet enfoiré ne paiera jamais pour ce qu'il a tenté de me faire ! Il va s'en tirer et tant pis pour ces « deux autres pauvres victimes », comme vous les nommez. C'est cela, non ?

— La peine de mort existe à New York, Kay.

— Oh, je vous en prie, Righter ! (Mon regard l'épingle, sans concession.) Et quand l'ont-ils utilisée ? La réponse est « jamais », et vous le savez aussi bien que moi. Personne n'a jamais vu la seringue à Manhattan.

Righter tente de me raisonner :

— Il n'est pas non plus acquis qu'il soit condamné à mort à Richmond. Je vous rappelle que l'accusé n'est pas américain. Il est atteint d'une maladie bizarre, ou d'une difformité, que sais-je. Nous ne savons même pas s'il parle anglais.

— Je peux vous assurer qu'il maniait très bien notre langue lorsqu'il a sonné chez moi.

— D'autant qu'il est possible que l'expertise psychiatrique lui permette de s'en tirer.

— Ça dépendra de la finesse de l'Attorney Général, Buford !

Il cligne des paupières, et les muscles de ses mâchoires se crispent. Il me fait penser à une caricature hollywoodienne de comptable, avec son gilet propret et bien boutonné, ses petites lunettes, un comptable embarrassé parce qu'un malotru vient de lâcher un pet bien malodorant juste à côté de lui.

— Buford, avez-vous discuté avec Berger ? Admettez que ce plan ne vient pas seulement de vous ? Vous avez conclu un marché, tous les deux, n'est-ce pas ?

— En effet, nous nous sommes consultés. Kay, vous devez vous rendre compte que nous sommes l'objet de pressions. Il est français, je vous le rappelle ! Vous n'avez pas la moindre idée de ce que serait la réaction des Français si on exécutait un de leurs citoyens ici, en Virginie.

— Mais, bon sang ! Le problème n'est pas la peine de mort. Le problème, c'est qu'il paye pour ce qu'il a commis ! Vous savez bien ce que je pense de la peine de mort, Buford, j'y suis opposée. Et plus je vieillis, plus cela me déplaît. Mais il doit rendre compte ici aussi de ce qu'il a fait, bordel !

Righter ne répond rien, le regard à nouveau perdu vers la grande baie vitrée.

Je résume, plus pour moi que pour lui :

— Donc, Berger et vous avez passé un marché : si l'empreinte ADN de Chandonne est comparable avec celle qu'ils possèdent, il sera jugé à Manhattan.

— Réfléchissez, Kay, je vous en prie. Nous ne pouvions pas espérer mieux que Manhattan comme tribunal. (Enfin, son regard retrouve le mien.) Et vous savez parfaitement que le procès n'aurait jamais pu avoir lieu, ici, à Richmond, avec toute la publicité qu'il y aura autour et tout le tremblement. Si ça se trouve, on nous aurait tous expédiés au diable vauvert, dans un petit tribunal de province, à mille kilomètres d'ici, et qu'aurait-on fait dans ce trou, durant des semaines, des mois peut-être ?

Je me lève pour attiser le feu de cheminée, massacrant les bûches à coups de tisonnier, la chaleur me brûlant le visage, des étincelles explosant en gerbes anarchiques.

— C'est juste ! Quel insupportable ennui pour nous tous ! Mon Dieu, une bourgade de province !

Je tisonne le bois comme si je voulais le faire souffrir. La chaleur m'irrite, et je sens les larmes qui montent. Il faut que je m'asseye. Bien sûr, je présente tous les symptômes d'un choc psychologique post-traumatique. Cette anxiété dont je ne parviens pas à me dépêtrer, mes réactions incontrôlables à la moindre surprise. Tout à l'heure, lorsque j'étais dans ma chambre, j'ai allumé la radio. La station diffusait une œuvre de Pachelbel et j'ai éclaté en sanglots, noyée dans un chagrin dont je ne voyais plus la fin. Tous les symptômes, en effet. Je me redresse, faisant un effort pour me reprendre, et déglutis avec peine. Righter me fixe en silence, de ce regard triste et las, mais ni noble ni élégant.

— Buford, que pensez-vous qu'il adviendra de moi ? Dois-je faire comme si ces meurtres, les cadavres des victimes que j'ai autopsiées, n'avaient jamais existé ? Dois-je me convaincre que je n'ai pas failli être massacrée à mon tour lorsqu'il a pénétré chez moi ? Que devient mon rôle dans votre marché, si Chandonne est jugé à Manhattan ?

— Ce sera du ressort de Mme Berger.

— Un pique-nique gratuit, en quelque sorte ?

C'est le terme que j'utilise lorsqu'une victime n'a aucune chance d'obtenir réparation. Si Chandonne est jugé à New York, comme le prévoit le scénario de Righter, je deviens son pique-nique. Etant donné notre législation, il ne peut pas être condamné dans un autre Etat pour un crime qu'il a tenté de commettre en Virginie. Le plus invraisemblable, le pire sans doute, c'est qu'on ne lui fera même pas coiffer un bonnet d'âne pour le meurtre des deux autres femmes de Richmond.

— Vous venez de livrer notre ville aux loups, Buford !

Ce n'est qu'après avoir prononcé ces mots que je saisis leur double sens. Righter aussi, d'ailleurs, je le lis dans son regard. Un loup a déjà ravagé Richmond, un seul. Chandonne, dont le modus operandi consistait à laisser à proximité de ses victimes françaises une signature : le Loup-Garou. Righter vient de brader la justice exigée par les victimes de cette ville à des étrangers. Il n'y aura aucune justice. Tout peut arriver, et tout arrivera. J'ai envie de pousser Righter dans ses retranchements :

— Et que fait-on si la France exige une extradition ? Et si New York accède à leur demande ?

— Avec des « si », on pourrait mettre ce monde dans une bouteille.

Je le fixe, et je n'ai plus envie de dissimuler le mépris qu'il m'inspire. Il m'adresse un autre de ces regards tristes, presque religieux :

— Mais ne prenez pas les choses tant à cœur. Ce n'est pas votre bataille. Au bout du compte, que voulons-nous ? Que cet enfoiré soit retiré du circuit ! Peu importe qui s'en charge.

C'est plus fort que moi, je suis incapable de rester là, civilement assise. Je me lève d'un bond :

— Bordel, mais c'est faux ! Bien sûr que ça compte. Vous êtes un lâche, Buford !

Et je quitte la pièce. Il s'écoule quelques minutes avant que je n'entende, de ma chambre bouclée à l'autre bout de la maison, Anna raccompagnant Righter. La cérémonie d'adieux s'éternise et j'en conclus qu'il s'attarde pour s'épancher. Que peut-il bien raconter sur mon compte ? Assise sur le bord de mon lit, j'attends. C'est effrayant, cette sensation de vide. Me suis-je déjà sentie aussi petite, aussi perdue, aussi lamentablement effrayée ? Je ne crois pas. Les pas d'Anna qui approche de la porte de ma chambre sont comme un soulagement. Elle frappe doucement au panneau de bois.

Je récupère assez de nerfs pour répondre à peu près normalement :

— Entrez.

Elle reste là, immobile sur le pas de la porte, et je suis comme une petite fille, tellement sotte, tellement inefficace, tellement nulle :

— J'ai insulté Righter. Je lui ai balancé qu'il était un lâche et je me fous d'avoir raison ou tort.

— Il est convaincu que vous êtes psychologiquement instable en ce moment. Le pauvre homme est inquiet. Mais d'où je viens, on appelle cela *Mann ohne Rückgrat,* un homme invertébré.

Elle sourit, si légèrement.

— Anna, je ne suis pas instable.

— Mais pourquoi restons-nous ici ? Nous pourrions profiter d'un magnifique feu de cheminée.

Elle veut me parler, et elle ne cédera pas. J'obéis :

— D'accord. Vous avez gagné, Anna.

V

Je n'ai jamais été la patiente d'Anna. Du reste, je n'ai jamais suivi de psychothérapie ou d'analyse, ce qui ne signifie certes pas que je n'en aurais pas eu besoin. C'est même l'inverse, étant entendu que nous pouvons tous profiter d'un conseil intelligent. C'est juste que je suis une femme très réservée et que je fais très peu confiance aux autres, pour d'excellentes raisons. L'absolue discrétion et le secret professionnel sont des foutaises. Je suis médecin, entourée de confrères. Les médecins parlent. Ils parlent à leurs pairs, à leurs familles ou à leurs amis. Ces secrets qu'on avait juré de ne jamais divulguer à âme qui vive en prêtant le serment d'Hippocrate finissent tôt ou tard par s'échanger.

Anna éteint quelques lampes. Cette fin de matinée est si grise, si triste, qu'on se croirait presque au crépuscule. Mais les flammes de la cheminée s'accrochent aux murs peints de vieux rose, créant un univers confortable. Et soudain, je me tends, parce que Anna met en scène ma révélation. Je retrouve mon rocking-chair et elle s'installe sur l'ottomane voisine, comme un grand oiseau perché, vigilant.

— Vous ne vous en sortirez jamais par le mutisme, vous savez, lâche-t-elle brutalement.

La peine est là, coincée dans ma gorge, et je tente de la ravaler, avec le reste.

— Vous êtes sous le choc, Kay, et vous n'êtes pas indestructible. Que croyez-vous, que vous êtes capable de digérer tout cela et de prétendre que rien ne s'est produit ? Je vous ai appelée tant de fois après la mort de Benton. Curieusement, vous ne trouviez jamais le temps de me répondre. Pourquoi ? Parce que vous avez peur de parler.

Quelque chose se casse en moi. Je n'en peux plus. Je contemple les larmes qui s'écrasent mollement sur mes genoux, comme des gouttes de sang.

— Savez-vous ce que je dis toujours à mes patients ? Se taire, fuir ses problèmes, c'est reculer vers l'enfer.

Le torse d'Anna se penche vers moi, comme s'il accompagnait ces mots qui me crucifient.

— Et ce n'est pas ce que vous allez faire. Vous allez vous expliquer, Kay Scarpetta.

Je fixe la toile de mon pantalon, trouble de mes larmes qui la constellent comme de petites étoiles. L'idée idiote qu'elles ont laissé des taches parfaitement rondes parce que leur angle de chute était droit me traverse l'esprit. Je murmure, désespérée :

— Je ne pourrai jamais m'en sortir.

Anna s'accroche à cette amorce :

— Sortir de quoi ?

— Ce que je fais. Tout me renvoie à mon travail. Je ne peux pas en parler.

— Mais je veux que vous m'en parliez.

— Ça n'a pas de sens.

Elle attend, sans impatience. Elle me tend un appât, il ne me reste qu'à mordre à l'hameçon. J'hésite à peine et je déballe pour Anna ces anecdotes sans importance, presque grotesques. Je suis incapable d'avaler un bloody mary ou tout autre breuvage confectionné avec du jus de tomate parce que, lorsque les glaçons commencent à fondre, ils me rappellent les caillots d'un sang qui coagule, qui se sépare progressivement de son sérum. Il y a bien longtemps que je ne mange plus de foie, ni du reste aucun autre abat, depuis la fac de médecine, je crois. Je me souviens pour elle d'une matinée où Benton et moi nous promenions le long de la baie de Hilton Head Island. Le ressac abandonnait peu à peu des replis de sable gris si ridés qu'ils ressemblaient à la muqueuse d'un estomac. Je ne sais pas très bien où me conduisent ces idées qui s'échappent de ma mémoire. Jusqu'à ce voyage en France que j'avais presque oublié. C'était une de ces occasions exceptionnelles où Benton et moi pouvions prendre quelques jours de vacances ensemble. Nous avons fait la tournée des grands vins de Bourgogne avec un arrêt tout particulier aux domaines révérés de Drouhin et Dugat. Nous avons goûté ces fabuleux crus Chambertin, Montrachet, Musigny et bien sûr, Vosne-Romanée. Je dévoile pour Anna ces souvenirs que je croyais disparus à tout jamais, lui expliquant à quel point ce petit voyage m'avait bouleversée.

— C'était un matin de printemps, et la lumière de l'aube s'accrochait encore aux pentes des vignobles. Les cicatrices rugueuses des ceps de vigne taillés pour la nouvelle pousse ressemblaient à des plaies, toutes tournées vers le ciel, offrant ce qu'elles avaient de meilleur. Pourtant, nous négligeons si souvent ces dons, sans prendre la peine de comprendre la subtilité de leur harmonie. Parce que c'est une symphonie, un bon vin, mais il faut l'écouter.

Ma voix se perd quelque part, là-bas, sur ces coteaux, et Anna patiente, m'attend.

— C'est comme lorsqu'on me demande d'évoquer mes enquêtes. Tout ce qui les intéresse, ce sont les détails monstrueux. Ils se foutent de qui je suis réellement. Je ne suis pas un monstre de foire dont on ouvre la cage pour frissonner à bon compte.

— Vous vous sentez si seule, si incomprise, n'est-ce pas ? Sans doute aussi déshumanisée que vos patients de la morgue.

Je ne réponds pas, plongée dans mes souvenirs, ces étranges analogies. Benton et moi avons traversé durant plusieurs semaines la France en train, pour atterrir à Bordeaux, là où les toits des maisons se font plus rouges pour apprivoiser le sud. Un printemps encore timide rehaussait le vert tendre, presque artificiel, des feuilles des arbres. Les ruisseaux, les affluents semblaient comme des veines aspirées par la mer, comme le sang dont la course commence et se termine au cœur.

— C'est une chose qui m'a toujours frappée, cette symétrie naturelle. N'avez-vous pas remarqué comme la géométrie d'un fleuve vu du ciel se superpose au système circulatoire, et les rochers deviennent des os épars. C'est comme le cerveau, cette masse si lisse qui brusquement s'enroule, se convulse et se tasse en dessinant des circonvolutions. A l'image d'une montagne qui s'érode au fil des millénaires, jusqu'à devenir unique. Nous sommes soumis aux mêmes lois de la physique et pourtant nous sommes si différents. Le cerveau, par exemple, ne ressemble pas du tout à ce qu'il peut faire, à première vue c'est aussi fascinant qu'un gros champignon informe.

Anna acquiesce d'un signe de tête. Elle veut savoir si j'ai déjà évoqué ces choses avec Benton. Bien sûr que non. Pourquoi n'ai-je pas partagé avec celui que j'aimais ce qui ne sont finalement que des sensations bien inoffensives ? Je l'ignore. Il faut que je réfléchisse.

— Non, Kay, ne réfléchissez pas. Dites-moi ce que vous sentez.

Je ne peux pas me lancer comme cela.

— Non, Kay. Sentez-le, insiste-t-elle en posant la main à plat sur son cœur.

— Il faut que je réfléchisse, voyons ! Si j'en suis arrivée à ce stade dans ma vie, c'est parce que je me suis toujours servie de ma tête.

Je suis soudain sur la défensive, presque agressive. Je viens de m'arracher à cet univers si peu familier où la mémoire m'avait conduite. Et je suis de retour dans ce salon, consciente de ce qui vient de se produire.

— Non, vous êtes arrivée jusque-là grâce à la connaissance. La connaissance, c'est avant tout la perception. Notre tête ne nous sert qu'à ordonner les informations que nous percevons, et bien souvent elle nous masque la vérité. Pourquoi avez-vous caché cet autre vous, cette sensibilité, à Benton ?

— Parce que ce n'est pas un aspect de moi auquel je tiens. C'est si inutile. Anna, si je comparais le cerveau à un gros champignon face à un tribunal, comme je viens de le faire, je me planterais.

— Ah ? Pourtant vous utilisez sans cesse des analogies pour convaincre le jury. C'est d'ailleurs pour cela que vous êtes si efficace. Vous créez des images qui permettent au commun des mortels de comprendre la science. Alors pourquoi avoir dissimulé ces autres images à Benton ?

J'interromps le balancement de mon rocking-chair et cherche une nouvelle position pour mon bras cassé. Je tourne mon regard vers la fenêtre, vers la rivière, soudain aussi évasive et floue que Righter un peu plus tôt. Des dizaines d'oies du Canada se sont rassemblées autour d'un vieux sycomore. Elles arpentent l'herbe, le cou tendu, battant des ailes, s'ébouriffant, criaillant à la recherche de nourriture.

— Je ne veux pas traverser le miroir, Anna. Ce n'est pas tant Benton qui est concerné, c'est général. Je ne veux pas en parler, à personne. Je ne veux même pas l'aborder. Parce que, voyez-vous, en choisissant de me taire, je ne... je ne, enfin...

Anna acquiesce à nouveau d'un signe de tête, comme un long soupir, avant de finir ma phrase :

— Parce que ainsi vous tenez les rênes de votre imaginaire.

— Je dois rester objective, clinique. Enfin, vous êtes bien placée pour le comprendre !

Elle me détaille en silence quelques instants, puis :

— Est-ce vraiment la raison ? N'est-ce pas plutôt parce que vous évitez ainsi l'insupportable souffrance qui vous tomberait dessus si vous permettiez à votre imagination d'enquêter avec vous ?

Elle se penche vers moi, les coudes posés sur les genoux, et poursuit :

— Que se passerait-il, par exemple, si votre imagination reconstruisait, à l'aide de la science et de la médecine, les dernières minutes de la vie de Diane Bray ? Je veux dire, si la scène pouvait soudain se dérouler devant vos yeux, comme un film ? Et vous la voyez, elle est attaquée, et puis elle se vide de son sang, il la bat à mort et il la déchire avec ses dents. Vous la voyez mourir.

Ce serait effroyable, au-delà des mots.

Et ma voix se coince dans ma gorge.

— Oui, mais imaginez le pouvoir d'un tel film devant un jury, insiste-t-elle.

De minuscules secousses nerveuses explosent sous mon épiderme, rapides, incontrôlables. Anna enchaîne :

— Et si vous passiez de l'autre côté du miroir, comme vous dites, peut-être après tout cela n'aurait-il pas de fin. Peut-être y trouveriez-vous la séquence de la mort de Benton.

Je ferme les yeux, tentant désespérément de lui résister. Non, je vous en prie, pas ça. Je ne veux pas voir cela !

L'obscurité, partout, puis un éclair, la silhouette de Benton. La gueule d'un revolver qui cogne contre sa tempe, le son en pointillé d'un barillet qui tourne, le claquement des menottes qui immobilisent ses mains. Des sarcasmes, des injures. Ils l'humilient, c'est inévitable.

Monsieur FBI, vous êtes tellement intelligent, n'est-ce pas ? Et qu'est-ce qu'il va faire, maintenant, le superagent ? Monsieur profileur, qu'est-ce qu'il voit dans nos têtes, qu'est-ce qu'il lit ?

Mais Benton ne répondra pas, j'en suis certaine. Il ne leur demandera rien, alors qu'ils le poussent dans cette petite épicerie non loin de l'université de Pennsylvanie. Il est juste après 5 heures, la boutique est fermée. Benton va mourir. Ils vont le démolir, le torturer, et il s'y prépare. Il cherche un moyen de dévier ces flétrissures et cette douleur qu'ils lui infligeront s'ils en ont le temps. L'obscurité, la flamme indécise d'une allumette. Le visage de Benton, dont les contours sont déformés par la petite lueur qui vacille à chaque souffle. Ces deux enfoirés de psychopathes visitent leur nouveau domaine : la réserve merdeuse d'une épicerie pakistanaise qu'ils incendieront après avoir abattu leur jouet.

Mes yeux s'ouvrent comme pour gommer les images. Anna parle, mais je ne sais pas de quoi. Des gouttelettes de sueur dégoulinent le long de mes flancs.

— Pardon, vous disiez quelque chose ?

Les traits de son visage s'adoucissent, elle a mal pour moi :

— C'est épouvantable, n'est-ce pas ? Et je suis pourtant incapable d'imaginer jusqu'où va le pire.

Mais je rejoins déjà Benton. Il porte un treillis kaki et des chaussures de sport, des Saucony, la seule marque qu'il achète. Je le taquinais, parce qu'il est tellement maniaque lorsque quelque chose lui plaît vraiment. Il a toujours ce vieux sweat-shirt bleu marine éclairé des grosses lettres orange du sigle de l'université de Virginie, un cadeau de Lucy. Il l'a tant traîné que les couleurs ont passé et que le coton s'est adouci. Il en a coupé les manches parce qu'elles avaient rétréci, et je l'ai toujours trouvé tellement beau, vêtu ainsi, avec ses cheveux argent, son visage presque émacié, et puis ses iris sombres qui cachent tant de mystères. Je le revois, assis, les mains légèrement serrées autour des accoudoirs du fauteuil. Il a des longs doigts qui rythment ses mots et glissent sur ma peau comme s'ils lui appartenaient. Mais ce souvenir s'estompe, lui aussi, et j'ai de plus en plus de difficulté à sentir leur caresse.

J'évoque, au présent pour Anna, un homme mort depuis plus d'un an comme s'il allait pénétrer dans le salon.

— Quels secrets vous cachait-il ? De quels mystères enfouis dans son regard parlez-vous ?

Il faut fournir un tel effort pour contrôler cette voix qui tremble et se dérobe :

— Oh, c'était professionnel, principalement. Il dissimulait certains détails de ses enquêtes, des choses si horribles qu'il pensait que nul autre que lui n'avait à les subir.

— Même vis-à-vis de vous ? Y a-t-il quelque chose que vous n'ayez subi ?

— Leur souffrance. Je n'ai jamais dû voir leur terreur ou entendre leurs hurlements.

— Mais vous l'imaginez.

— Non, ça n'a rien à voir. Parmi les tueurs qu'a chassés Benton, beaucoup aimaient les souvenirs. Ils prenaient des photos, enregistraient les cris de leurs victimes. Certains ont même filmé leurs scènes de torture. Et Benton devait tout visionner, tout entendre, tout voir. A chaque fois, je le savais, parce que lorsqu'il rentrait son visage avait pris une teinte cendrée. Il ne parlait presque pas de la soirée, mangeait peu. Par contre, il buvait pas mal, ces soirs-là.

— Mais il ne vous en parlait pas...

Je l'interromps, pressante :

— Non, jamais ! C'était un peu son cimetière des éléphants, et nul n'avait le droit d'y pénétrer. Vous savez, avant de déménager en Virginie, j'ai enseigné quelque temps à Saint Louis. Il s'agissait d'une formation ayant pour but de préparer les enquêteurs à la médecine légale. J'étais jeune, à l'époque, toujours en poste à Miami, comme assistante du médecin expert. Mon intervention concernait les noyades. Comme j'étais sur place, j'ai décidé d'assister aux autres cours. Une après-midi, nous avons eu une intervention sur les meurtres sexuels. Le conférencier était un psychiatre légal. Il a passé des diapositives. On y voyait les victimes encore en vie. Cette femme, ligotée sur une chaise. Il lui avait lié une corde autour du sein et il lui enfonçait des aiguilles dans le mamelon. Bon Dieu, je verrai toujours ses yeux, cette terreur inscrite dans son regard. Elle hurlait, je me souviens de sa bouche grande ouverte. Et puis, cette vidéo. Une autre femme, attachée dans une cave, je crois, il faisait sombre, torturée juste avant qu'il ne l'achève. Elle sanglotait, elle appelait sa mère, elle le suppliait. La détonation. Et puis plus rien.

Le silence du salon n'est troublé que par les crépitements du feu. J'ajoute d'un ton monocorde :

— Il y avait une soixantaine de flics dans la salle, et j'étais la seule femme.

— Et donc, c'était encore pire pour vous.

La colère me crispe. Je me souviens de la façon dont certains de ces flics fixaient les diapositives, détaillaient les vidéos.

— Certains étaient excités par ce déballage de mutilations sexuelles, je le sentais. Je l'ai retrouvé chez quelques profileurs, des collègues de Benton. Il fallait qu'ils décrivent en détail la façon dont Ted Bundy violait ses victimes par-derrière, en les étranglant lentement. Les yeux qui sortent de leurs orbites, la langue qui gonfle et pend. Il jouissait à l'instant précis où la femme mourait. Mais ces types que fréquentait Benton, ses collègues, aimaient un peu trop en parler. Avez-vous une idée de ce que c'est, Anna ? (Je la fixe, comme si je voulais la blesser.) Imaginez, ces photos étalées devant vous, ces vidéos que l'on vous passe, ces minutes de terreur absolue, de souffrance, et soudain, vous vous rendez compte que certains des spectateurs, juste à côté de vous, prennent leur pied. Ces monstruosités les excitent.

— Benton trouvait-il cela excitant, lui aussi ?

— Non, bien sûr que non ! Il a été le témoin de ces choses, si souvent, presque quotidiennement. Excitant, non, jamais. Lui, il devait écouter leurs cris... (Mon esprit vagabonde à nouveau.) Ces pauvres gens ne savaient pas ! Et même s'ils avaient su, ils n'auraient pu s'en empêcher...

— Ne savaient pas quoi, Kay ?

— C'est ce qui excite vraiment les sadiques, les hurlements, les suppliques, la peur. C'est cela qu'ils recherchent.

— Et selon vous, Benton a-t-il hurlé, les a-t-il suppliés lorsqu'ils l'ont traîné dans cette réserve ?

Anna se fraye un chemin dans ma mémoire, doucement. Je sais qu'elle parviendra là où elle m'attend. Je réussis encore à m'échapper un peu en me réfugiant derrière ces années d'expertise, de descriptions cliniques :

— J'ai lu le rapport d'autopsie, Anna. Je n'y ai rien trouvé qui puisse me permettre d'établir ce qui s'est passé juste avant sa mort. Son cadavre a été très abîmé par l'incendie. Les tissus étaient tellement carbonisés qu'il était impossible d'établir si, par exemple, le cœur battait toujours au moment où ils l'ont incisé.

— Ils lui ont tiré une balle dans la tête, c'est bien cela ?

— Oui.

— Quand, à votre avis ?

Je la regarde, immobile, sans un mot. Je n'ai jamais tenté de reconstruire les instants qui ont précédé la mort de Benton. En fait, je n'en ai jamais trouvé le courage.

— Imaginez, Kay. Allons, vous le *savez* ! Vous connaissez trop la mort pour qu'elle puisse vous dissimuler quelque chose.

Mais c'est comme un voile épais, obscur, comme cette réserve, quelque part à Philadelphie.

Anna insiste, elle se faufile dans mes souvenirs :

— Benton a fait quelque chose, n'est-ce pas ? C'est lui qui a gagné cette partie !

— Gagné ? Gagné, dites-vous ! Ils l'ont dépecé, puis ils ont incendié son corps, et selon vous il a gagné ?

Elle attend, le torse incliné vers moi, le corps à peine retenu par l'ottomane. Elle attend que je comprenne où elle me mène. Mais je ne sais pas. Alors elle se lève, frôle mon épaule et se dirige vers la cheminée. Elle ajoute une bûche dans l'âtre et me demande :

— Kay, pourquoi l'auraient-ils abattu après... *le reste* ?

Je ne réponds rien, me contentant d'un murmure. Les yeux me piquent. Elle poursuit :

— Dépecer le visage de leurs victimes faisait partie de leur modus operandi. C'était ce que Newton Joyce aimait par-dessus tout...

Newton Joyce était le mâle de cette paire de psychopathes initiée par Carrie Grethen. Une association qui aurait pu faire passer Bonnie et Clyde pour des enfants de chœur.

— ... parce qu'il était si quelconque, si défiguré par des cicatrices d'acné. Il aimait exciser proprement la peau et la conserver comme souvenir dans ses congélateurs. Bref, il volait ce qu'il enviait : la beauté !

— Oui, sans doute, et si tant est que nous soyons capables de percer à jour les motivations humaines.

— Donc, il était très important pour Joyce de ne pas abîmer ses trophées. Il lui fallait des masques de peau en parfait état. C'est pour cette raison qu'il n'abattait pas ses victimes, et certainement pas en leur tirant une balle dans la tête. Une balle laisse des traces, et en plus c'est beaucoup trop simple. C'est rapide, presque un acte de miséricorde. Trancher la gorge de sa victime, c'est bien mieux, plus long, plus douloureux. Alors pourquoi Carrie Grethen et Newton Joyce ont-ils abattu Benton d'une balle ?

Elle est debout devant moi, et je lève mon regard vers elle. La réponse vient, enfin :

— Il a dit quelque chose. C'est cela !

— Oui, oui, c'est cela, déclare Anna en rejoignant son ottomane et en m'encourageant d'un geste. Quoi ? Que leur a-t-il dit, Kay ?

Mais je l'ignore. Je ne sais pas ce que Benton a pu dire à Carrie Grethen ou Newton Joyce. Ce que je sens, c'est qu'il est parvenu à leur faire perdre le contrôle de leur jeu. Ce n'était pas prémédité. Ils ne voulaient pas l'abattre, ils voulaient continuer à jouer. L'un des deux a perdu les pédales, et a appuyé sur la détente. Et la partie de plaisir était finie. Benton venait de leur échapper parce qu'ils ne pouvaient plus le blesser ou le torturer. Il était hors d'atteinte, inconscient, peut-être déjà mort, et il n'a pas senti la morsure de la lame. Peut-être même ne l'a-t-il jamais aperçue.

— Vous connaissiez si bien Benton, Kay. Vous connaissiez aussi ces meurtriers, Carrie Grethen du moins. Qu'a pu dire Benton, et à qui ? Qui l'a abattu ?

— Je ne peux pas...

— Mais si !

Je la fixe, perdue :

— *Qui* a perdu le contrôle ?

Anna me pousse encore, vers un recoin de mon cerveau que je n'aurais jamais cru pouvoir atteindre.

— *Elle.* C'est elle qui a perdu le contrôle, Carrie. Elle connaissait trop Benton, depuis si longtemps. Elle l'a fréquenté dès le début, lorsqu'elle était employée par le FBI, à Quantico. Elle travaillait au département d'ingénierie.

— C'est là qu'elle a rencontré Lucy, n'est-ce pas ? Il y a pas mal de temps, une dizaine d'années, je crois ?

— Oui. Benton connaissait Carrie, aussi bien qu'on puisse connaître ce genre de cerveaux pathologiques.

Le regard d'Anna ne lâche pas mes yeux, elle insiste :

— Que lui a-t-il dit ?

— Quelque chose au sujet de Lucy, sans doute. Quelque chose d'humiliant, pour la blesser, la faire sortir de ses gonds. C'est ce que je crois.

J'ai presque la sensation d'avoir abandonné ma voix à une chose lointaine, qui sait tout de moi et que je ne dirige plus. Les mots sortent de ma gorge, sans que j'en sois vraiment consciente.

— Carrie et Lucy avaient une liaison à Quantico, n'est-ce pas, Kay ? Elles travaillaient ensemble sur ce projet d'intelligence artificielle, dans le même département d'informatique ?

— En effet. Lucy était interne, c'était une adolescente, une gamine, presque. Carrie l'a séduite. Quand je pense que c'est moi, sa tante, avec mon influence et mes relations, qui lui avais obtenu ce poste !

— Ça n'a pas tourné comme vous le souhaitiez, c'est cela ?

— Carrie l'a utilisée...

— Elle a rendu Lucy lesbienne ?

— Non, pas à ce point. On ne rend pas les gens homosexuels, Anna.

— Alors, elle a rendu Benton mort ? Qu'en pensez-vous ?

— Je ne sais pas.

— Un passé si flou, quelque chose de très personnel. Oui. Benton a dit quelque chose à Carrie qui lui a fait perdre le contrôle de la situation, et elle a tiré. Sa mort les a beaucoup déçus, ce n'était pas ce qu'ils avaient prévu pour lui, conclut Anna d'un ton presque triomphant.

Je me balance mollement dans mon rocking-chair, le regard perdu vers ce matin si gris. Le vent a pris en force et des rafales teigneuses arrachent des branches mortes pour les disperser au hasard dans le jardin, me faisant penser à cet arbre hargneux du magicien d'Oz qui jetait des pommes à Dorothy.

Anna se lève soudain, sans rien dire, comme pour me signifier la fin d'une séance. Elle quitte la pièce. Nous en avons assez dit pour aujourd'hui.

Je m'installe peu après dans la cuisine, jusqu'au retour de Lucy, aux environs de midi. Elle déboule après son entraînement alors que je tente d'ouvrir une boîte de tomates pelées pour les ajouter à l'embryon de sauce marinara qui mijote sur la cuisinière.

Elle jette un regard aux oignons, champignons et poivrons abandonnés sur la planche à découper :

— Tu veux que je t'aide ? Ça ne doit pas être de la tarte de cuisiner avec une seule main.

— Prends un tabouret, je suis sûre que je vais t'éblouir par ma dextérité.

J'en rajoute un peu, et m'échine à ouvrir cette boîte de conserve avec maestria. Lucy tire un tabouret de sous la paillasse et me sourit. Elle a toujours son justaucorps de sport et cet éclat dans les yeux, cette lumière secrète et presque liquide. Je coince un oignon entre deux doigts de ma main plâtrée pour parvenir à l'émincer sans qu'il m'échappe.

— Tu te souviens de notre jeu ? Tu avais une dizaine d'années, à l'époque. Moi, je n'ai pas oublié. (J'ai retrouvé ce petit ton pincé que j'adopte pour rappeler à Lucy quelle sale gamine elle faisait.) Si tu savais le nombre de fois où j'ai eu envie de te réexpédier par le premier avion, si j'avais pu ! Des tonnes de congés administratifs.

Ce rappel est volontaire. Je veux qu'il consacre la pénible réalité. Peut-être cet inattendu courage me vient-il de ma discussion avec Anna, lorsque je me suis retrouvée sans arme face à elle ? Ce quasi-monologue m'a déroutée tout en m'insufflant une étrange énergie.

— Oh, je n'étais pas si affreuse, quand même, lâche-t-elle, amusée, parce qu'elle adore que je lui rappelle qu'elle était une vraie terreur à cette époque.

Une pleine poignée de lamelles d'oignons rejoint la sauce.

— Le sérum de vérité. Tu te souviens de ce jeu ? Quand je rentrais à la maison le soir, je savais à ton regard que tu avais fait des bêtises. Alors je t'installais sur cette grande chaise rouge dans la salle à manger, près de la cheminée. Tu te souviens de l'ancienne maison de Windsor Farms ? Je t'apportais un grand verre de jus de fruits et on prétendait que c'était du sérum de vérité, et donc, après l'avoir bu, tu devais tout me dire.

Lucy éclate de rire :

— Comme la fois où j'ai reformaté tout ton disque dur ?

— Quand j'y pense ! Dix ans, et voilà que ça formate mon ordinateur. J'ai cru que je me trouvais mal !

— Oui, mais attends ! J'avais fait des copies de sauvegarde. Je voulais juste te donner du fil à retordre !

— Eh bien, j'ai failli te renvoyer chez toi.

J'essuie précautionneusement mes doigts, peu désireuse que mon plâtre empeste l'oignon durant des jours. C'est étrange, cette vague de tristesse qui me vient soudain, presque douce. Je ne me souviens plus trop pour quelle raison Lucy s'est installée chez moi après sa première visite à Richmond. Je n'avais pas vraiment la fibre maternelle et, de surcroît, j'occupais le poste très lourd de médecin expert depuis relativement peu de temps. Dorothy, ma sœur, nous refaisait une de ses crises. Peut-être avait-elle quitté le foyer, ou peut-être était-ce moi la poire de l'histoire. Lucy m'adorait, et c'était une sensation inconnue. Je m'en étais rendu compte à Miami, lorsque je descendais y passer quelques jours. La petite fille me suivait partout, obstinée comme un chiot.

— Non, tu n'allais pas me renvoyer !

Elle me lance un défi, mais je connais cette expression de doute que je lis sur son visage. Elle a toujours eu peur d'être rejetée, et la vie n'a rien fait pour l'en guérir.

— Tu sais, je me sentais si inadéquate, si incapable de prendre soin de toi. Et pourtant, tu avais beau être une vraie peste, je t'adorais. (Lucy rit à nouveau.) Mais non, je ne t'aurais pas renvoyée chez toi, je n'aurais pas pu. On aurait été toutes les deux malheureuses comme les pierres. Mais je suis drôlement fière d'avoir inventé ce petit jeu. Ça me permettait de savoir ce que tu avais derrière la tête et quelles nouvelles bêtises tu allais faire. Bien, dois-je te servir un verre de jus de fruits ou de vin, ou alors te décides-tu à me dire ce qui se passe ? Je ne suis pas tombée de la dernière pluie, Lucy. Tu n'es pas au Jefferson pour le seul plaisir de dormir dans une chambre de luxe. Tu as autre chose en tête.

— Je ne suis pas la première femme dont ils se débarrassent, tu sais.

— Non, mais tu serais la meilleure.

— Te rappelles-tu Teun McGovern ?

— Ah, je ne l'oublierai jamais.

Teun, prononcer « Ti-oune », McGovern était responsable de la section ATF de Philadelphie à laquelle appartenait Lucy, une femme extraordinaire qui m'avait considérablement épaulée après la mort de Benton. La mention de son nom m'inquiète et je demande :

— Ne me dis pas qu'il lui est arrivé quelque chose !

— Elle a démissionné de l'ATF il y a six mois. Ils voulaient la muter à la tête de tout un département à Los Angeles, et crois-moi, il n'y a rien de pire, personne ne veut de L.A.

C'est pourtant un poste très prestigieux, et je ne pense pas que beaucoup de femmes se soient vu offrir ce genre de responsabilités dans une agence gouvernementale. Lucy m'explique que Teun a décliné l'offre et posé sa démission pour monter une agence d'enquêtes, La Dernière Chance. Ma nièce s'anime au fur et à mesure qu'elle parle.

— C'est cool, comme nom, tu ne trouves pas ? La boîte est à New York. Teun a démarché des avocats, des spécialistes des incendies ou des bombes, des flics, bref, tout un tas de gens. Elle a déjà plein de clients, en moins de six mois. On dirait une société secrète. Et ça s'est répandu comme une traînée de poudre un peu partout : « Quand tu es dans la merde jusqu'au cou, appelle La Dernière Chance. C'est ton seul recours ! ».

Je tourne la sauce avant de la goûter :

— Si je comprends bien, tu es restée en étroite relation avec Teun après ton départ de Philadelphie ? (J'ajoute quelques gouttes d'huile d'olive.) Mince, bon, il faudra que ça fasse l'affaire, par contre ça n'ira pas pour la salade. (Je déchiffre l'étiquette de la bouteille d'huile.) Pas étonnant ! Ça, presser des olives non dénoyautées, c'est comme vouloir faire du jus d'orange sans enlever la peau. Il ne faut pas rêver !

— J'ai l'impression qu'Anna n'est pas vraiment experte en matière de cuisine italienne, commente Lucy.

— Mais nous allons l'éduquer ! Tiens, prends le petit carnet à côté du téléphone. Liste de commissions. Huile d'olive extra-vierge, première pression à froid, olives dénoyautées. Ma marque préférée étant la Mission Olives Supremo, mais je ne sais pas si tu en trouveras. Pas une once d'amertume.

Lucy note et précise :

— Oui, Teun et moi sommes restées en contact.

— Cela signifie-t-il que tu es impliquée dans cette agence ?

— On peut le voir comme ça.

— Comme je n'ai pas l'intention de me fatiguer, ajoute « ail émincé ». C'est dans les produits frais, dans de petits pots de verre. Non, je n'ai pas envie de réduire des gousses d'ail en purée, vraiment pas.

J'ajoute à la sauce fumante le bol de steak haché que j'ai fait revenir un peu plus tôt et je plonge dans le réfrigérateur à la recherche d'herbes aromatiques, sans succès, non que la chose me surprenne.

— Impliquée comment ?

— Ecoute, tante Kay, je ne suis pas sûre que tu aimerais ça.

Nous avons perdu l'habitude de discuter vraiment, d'aller au fond des choses ensemble. Du reste, nous ne nous sommes presque pas vues de toute l'année dernière. Après la mort de Benton, Lucy a de nouveau déménagé à Miami, et nous nous sommes chacune barricadées derrière nos remparts. J'essaie de déchiffrer les mots muets que Lucy retient et, sans même le souhaiter, une série d'hypothèses me traverse l'esprit. J'ai des doutes sur la nature de la relation qui unit Teun et ma nièce. Du reste, ce n'est pas nouveau. Ces doutes se sont forgés l'année dernière, lorsque nous avons investi les ruines calcinées d'une ferme de Warrengton, en Virginie, un homicide travesti en incendie. Nous devions découvrir qu'il avait été orchestré par Carrie Grethen.

— De l'origan, du basilic et du persil. Et ajoute aussi une fine tranche de parmesan...

Teun McGovern est de mon âge, ou à peu près. Elle est célibataire, du moins l'était-elle lorsque nous nous sommes rencontrées. Je referme la porte du placard où j'avais espéré dénicher des pots d'épices pour faire face à ma nièce :

— Lucy, dis-moi la vérité. As-tu une relation avec Teun ?

— Nous n'en avions pas dans le sens où tu l'entends.

— Avions ?

98

— Tu ne manques pas d'air, quand même ! Tu oublies Jay ?

— Il ne travaille pas pour moi, et en tout cas, je ne suis pas sous ses ordres ! Et puis, je n'ai pas envie d'en discuter. Nous parlions de toi.

— Je déteste que tu te débarrasses de moi comme cela, murmure-t-elle d'un ton calme.

Je m'en veux :

— Ce n'est pas cela, Lucy. Je m'inquiète simplement parce que c'est toujours une mauvaise chose de mélanger les sentiments et le travail. Il faut respecter certaines limites.

— Si je ne m'abuse, tu travaillais avec Benton ?

C'est une des multiples exceptions à mes propres règles. Je cogne la cuiller contre le rebord du faitout :

— Oui, j'ai fait des tas de choses que je te conseille de ne pas faire. Je sais de quoi je parle, parce que j'ai commis l'erreur avant toi.

Elle étire son dos, fait travailler ses épaules par petits mouvements :

— Tu as déjà travaillé au noir ?

— Non, pourquoi ?

— Bon, ça y est le sérum de vérité fait effet ! Je suis une affreuse travailleuse au noir, et le plus gros commanditaire de Teun. En fait, je suis l'associée majoritaire de La Dernière Chance. Voilà. Et maintenant, toute la vérité !

— Si on s'asseyait ? dis-je en m'avançant vers la table de la cuisine.

— Les choses ont débuté de façon assez fortuite. J'ai créé un moteur de recherche, il y a deux ans. C'était surtout pour moi, au début. C'est à ce moment qu'on a commencé à entendre parler de tous ces gens qui faisaient fortune en un rien de temps avec les technologies Internet. Je me suis dit « et merde, pourquoi pas moi ? », et j'ai vendu mon brevet pour trois quarts de million de dollars.

La chose ne me surprend pas. Je n'ai jamais douté des capacités de ma nièce. Les revenus qu'elle avait acceptés des agences gouvernementales étaient modestes, mais c'était un choix professionnel.

— Ensuite, à l'issue d'une saisie d'ordinateurs au cours d'une opération, il m'est venu une autre idée. Mon boulot consistait à restaurer les fichiers de courrier électronique supprimés. Je me suis dit que nous sommes tous si vulnérables, ce n'est pas sorcier de récupérer d'anciens messages électroniques. J'ai mis au point une sorte de déchiqueteuse informatique qui les réduit en bouillie inutilisable. Maintenant, il y a plein d'autres logiciels similaires. Ça me rapporte un maximum d'argent.

Je ne prends pas de gants pour lui demander si l'ATF est au courant de ses inventions technologiques, dont le résultat risque de rendre inutiles toutes les tentatives des agents fédéraux pour récupérer les messages des truands. Sa réponse ne tarde pas : si elle n'avait pas créé ce logiciel, quelqu'un d'autre y aurait pensé, et on doit protéger la vie privée des honnêtes citoyens. L'ATF ignore tout de ses activités extra-professionnelles, de ses investissements et de sa fortune. Lucy est multimillionnaire et elle est en train de s'offrir un hélicoptère, mais seuls son conseiller financier et Teun McGovern sont au courant.

— Ah, cela ne m'étonne plus que Teun ait pu créer cette entreprise dans une ville aussi inabordable que New York !

— Juste, renchérit Lucy. C'est aussi pour cela que je n'ai pas l'intention de me battre contre l'ATF. Ils finiront par comprendre à quoi j'ai passé mon temps libre, si je contre-attaque. Et ce serait la curée, tout le monde s'y mettrait : l'ATF, le procureur général, tout le monde. Ils me cloueraient au pilori. Pourquoi leur donner le bâton pour me battre ?

— Lucy, si on ne se bagarre pas contre l'injustice, d'autres risquent d'en souffrir, et ceux-là n'auront sans doute pas plusieurs millions de dollars, un hélicoptère et une compagnie à New York pour recommencer leur vie !

— C'est précisément le but de La Dernière

Chance, tante Kay. Combattre l'injustice, et c'est ce que j'ai l'intention de faire, mais à ma manière.

— D'un strict point de vue légal, tes investissements et activités annexes sont hors du champ de l'investigation de l'ATF.

— Attends, tu t'imagines que me remplir les poches en douce ferait chouette dans le tableau et contribuerait à ma réputation de probité ?

— Mais l'ATF ne t'a jamais accusée de malhonnêteté !

— Non, bien sûr. Ils n'oseraient pas aller jusque-là. Mais la vérité, c'est que j'ai désobéi à leurs règles. Tu sais très bien que les agents fédéraux, quelle que soit leur agence d'appartenance, ne sont pas supposés travailler en dehors. Je ne comprends pas la raison de cette interdiction. Les flics ont bien le droit, eux. Finalement, je me demande si je n'ai pas toujours senti que ma carrière fédérale serait brève, alors j'ai prévu. Ou alors, peut-être que j'en ai ras le bol. Je n'ai pas l'intention d'obéir aux ordres de quelqu'un toute ma vie.

Lucy se lève de la table.

— En ce cas, si ton choix est de quitter l'ATF, pourquoi ne donnes-tu pas ta démission, au lieu d'attendre leur décision ?

— C'est mon choix, répond-elle, presque en colère. Bon, il faut que je fasse les courses.

Je l'accompagne jusqu'à la porte, mon bras passé sous le sien :

— Merci, Lucy. Tu ne peux pas savoir comme il est important pour moi que tu m'aies parlé.

Elle enfile son manteau :

— Je vais t'apprendre à piloter un hélicoptère.

— Ce n'est pas une mauvaise idée. Je me suis baladée dans des strates atmosphériques un peu particulières, aujourd'hui. Alors, un peu plus, un peu moins...

VI

C'est une vieille blague de très mauvais goût : les Virginiens vont à New York prendre un bain d'art, et les New-Yorkais font le voyage inverse pour se débarrasser de leurs ordures. Giuliani, le maire, déclencha presque une deuxième guerre civile lorsqu'il lança cette pique lors de sa très médiatique campagne électorale contre Jim Gilmore, à l'époque gouverneur de Virginie. Manhattan, la grosse pomme nordiste, s'était arrogé le droit d'envoyer vers nos décharges sudistes ses millions de tonnes d'ordures ménagères. Quelle sera la réaction des Virginiens lorsqu'ils apprendront que New York détient également le monopole de la justice ?

Jaime Berger dirige le département chargé des crimes sexuels pour le District Attorney de Manhattan depuis au moins aussi longtemps que j'occupe le poste de médecin expert de Virginie. Bien que nous soyons fort souvent associées par la presse, nous ne nous sommes jamais rencontrées. Le mythe veut que je sois « la femme anatomopathologiste la plus célèbre du pays », lui réservant la place de « la femme procureur la plus connue ». Jusqu'à aujourd'hui, mes seules réticences vis-à-vis de ces jugements à l'emporte-pièce naissaient de mon absence de goût pour la célébrité, de ma méfiance pour ceux qu'elle distingue et aussi du fait que « femme » ne devrait pas devenir un qualificatif. L'inverse n'est jamais précisé : on ne parle pas d'un *homme médecin*, d'un *homme président*, ou *d'un homme P-DG*.

Je viens de passer des heures sur Internet, scotchée devant l'ordinateur d'Anna, à la recherche de détails concernant Jaime Berger. Il n'était pas dans mes intentions de me laisser impressionner, mais impossible d'y échapper. J'ai ainsi appris qu'elle était une boursière de Rhodes et que, après l'élection de Clinton, son nom avait figuré en bonne place sur la très courte liste des pressentis au poste de ministre de la Justice. Selon *Time Magazine*, la nomination de Janet Reno l'a secrètement soulagée. Berger n'avait aucune envie d'abandonner son travail de procureur. La rumeur veut qu'elle ait refusé nombre d'offres publiques et privées, dont certaines étaient de vrais ponts d'or. A la prestigieuse université de Harvard, elle a suscité une telle admiration qu'on a créé une bourse portant son nom. Curieusement, Internet est très discret quant aux détails de sa vie privée. On y apprend juste qu'elle pratique le tennis — une excellente joueuse, bien sûr —, qu'elle s'entraîne trois fois par semaine dans un club d'athlétisme sous la supervision d'un entraîneur, et qu'elle court cinq ou six kilomètres chaque matin. Son restaurant préféré est Primola, et je dois avouer que je suis un peu rassurée de savoir qu'elle aime la cuisine italienne.

Lucy et moi avons choisi ce mercredi matin pour sacrifier à la coutume des emplettes de Noël. Je me suis baladée, achetant à peu près tout et n'importe quoi jusqu'à saturation, la tête ailleurs. Le bras me démange comme si une myriade d'insectes avait élu domicile sous mon plâtre, et j'ai envie de fumer comme une camée en manque. Lucy est partie de son côté, je ne sais trop où, dans l'immense centre commercial de Regency Mall. J'essaie de trouver un petit coin légèrement en retrait de la foule qui trépigne comme un monstrueux troupeau. Des milliers de gens ont eu la même idée que nous, attendant ces trois derniers jours avant Noël pour trouver le petit quelque chose qui comblera les êtres aimés. Idéal pour mes nerfs déjà pas mal éprouvés que ce constant brouhaha, cette cohue qui empêche toute concentration et toute conversation à peu près normale en y ajoutant, bien sûr, l'entêtante musique de fête déversée sans interruption par les haut-parleurs. Je m'arrête devant les vitres blindées de Sea Dream Leather, tournant le dos à cette foule criarde, pressée, pas même joviale, pour m'adonner à ma nouvelle dépendance : la boîte vocale de mon téléphone cellulaire. Ça doit faire une bonne dizaine de fois que je la consulte depuis le lever. C'est un peu le seul lien, ténu et secret, qui me retient à mon existence passée, le seul sésame qui me ramène chez moi.

J'y trouve quatre messages. L'un émane de Rose, ma secrétaire, inquiète de ma santé. Ma mère déverse une longue litanie hargneuse sur la vie. Le service des usagers de la compagnie de téléphone souhaite mon opinion sur un petit millier de questions. Enfin, Jack Fielding, mon assistant en chef, veut que je le rappelle, ce que je fais immédiatement.

— Je vous entends très mal, docteur Scarpetta.

J'ai pourtant le téléphone collé contre ma bouche. J'entends en fond les cris de l'un de ses enfants.

— Je ne suis pas vraiment dans un endroit idéal pour téléphoner.

— Moi non plus. Mon ex-femme est ici. La paix soit avec nous !

— Que se passe-t-il ?

— Un procureur de New York vient de m'appeler.

La nouvelle me secoue, mais je parviens à garder mon calme et à lui demander d'un ton presque indifférent de qui il s'agit. Jaime Berger a téléphoné tôt ce matin. Elle souhaitait savoir s'il m'avait assistée lors des autopsies de Kim Luong et de Diane Bray.

— Tiens, c'est intéressant. Mais je vous croyais sur liste rouge ?

— Righter lui a donné mon numéro.

Il n'en faut pas plus pour réveiller ma paranoïa. Trahie, je suis encore trahie. Righter a communiqué à Berger le numéro de Fielding. Pourquoi pas le mien ?

— Pourquoi ne lui a-t-il pas suggéré de m'appeler ?

Jack reste silencieux et un autre enfant hurle, ajoutant son mécontentement au vacarme familial.

— Je l'ignore. Je lui ai expliqué que je ne vous assistais pas officiellement. Je ne signe pas les rapports d'autopsies. Je lui ai conseillé de vous contacter.

— Et qu'a-t-elle répondu ?

— Elle m'a posé d'autres questions. De toute évidence, elle était en possession d'une copie des rapports.

Righter, encore lui, puisqu'en tant qu'avocat général de Virginie il reçoit un double de tous les rapports initiaux établis par les bureaux du médecin expert, c'est-à-dire moi. La tête me tourne. Deux magistrats m'auraient rejetée comme quantité négligeable ? Je ne parviens même plus à déterminer ce qui l'emporte en moi, de la peur ou de la stupéfaction. C'est si moche, si inquiétant que je ne l'aurais jamais cru possible, même dans mes pires moments de doute. Les crachotements qui noient la voix de Jack ajoutent au chaos qui règne dans mon esprit. Je parviens à saisir que Berger appelait d'un téléphone de voiture et qu'il a été question de procureurs spéciaux.

— Je croyais qu'on ne faisait appel à eux que dans les cas très graves : le président, Waco ou ce genre de trucs.

La ligne se dégage et je l'entends hurler, sans doute à son ex-femme :

— Tu ne peux pas les emmener dans l'autre pièce, je suis au téléphone, c'est pas possible, à la fin ! (Puis, à mon profit :) N'ayez jamais de gosses !

— De quoi parlez-vous, Fielding ? Quel procureur spécial ?

— J'ai l'impression qu'ils nous l'expédient pour s'occuper du dossier, étant entendu que Fighter-Righter ne sait quoi en faire.

Je le sens nerveux, non, évasif plutôt, et ma réponse est prudente :

— Ils auraient eu un meurtre à New York. C'est la raison de l'implication de Berger, enfin, c'est ce que l'on m'a dit.

— Un meurtre similaire aux nôtres ?

— Deux ans auparavant.

— Putain ! Ça, c'est une nouvelle. Berger n'a pas

pipé mot à ce sujet. Ce qui l'intéressait, c'étaient ceux de Richmond.

— Combien, ce matin ?

C'est ma phrase habituelle lorsque je m'enquiers du nombre d'autopsies prévues pour le lendemain.

— Cinq jusque-là. On a un excentrique dans le tas qui va pas mal nous casser les pieds. Un Blanc, jeune mec, peut-être un Hispanique, retrouvé dans une chambre de motel. A première vue, la chambre a été incendiée. Pas de papiers d'identité. Trouvé avec une seringue plantée dans le bras. En d'autres termes, on ignore s'il est mort d'une overdose ou asphyxié par la fumée.

Je jette un regard autour de moi avant d'interrompre Fielding :

— Ne parlons pas de cela au téléphone. On verra demain matin. Je m'en charge.

Un silence un peu trop long s'ensuit :

— Vous ? Vous êtes sûre, parce que...

— Oui, je suis sûre, Jack. Cela fait une semaine que je n'ai pas mis les pieds à la morgue. Je passerai vous voir.

Lucy et moi avons prévu de nous retrouver devant Waldenbooks à 19 h 30 et je m'aventure à nouveau au milieu du troupeau des acheteurs. Je parviens enfin au lieu de rendez-vous et soudain, mon regard s'arrête sur un gros homme à la silhouette familière, emporté par l'escalier mécanique. Marino, la dégaine peu triomphante, mord à pleines dents dans un bagel, puis se lèche les doigts en fixant l'adolescente devant lui. Le jean moulant de la fille, son sweater minimaliste laissent peu de mystère quant à ses formes, ses bosses et ses creux. En dépit de la distance qui nous sépare, je sais que Marino est en train d'évaluer chaque courbe en se demandant s'il aimerait en voir un peu plus.

Je le suis des yeux, coincé au milieu de la foule qu'emportent les marches d'acier, mâchant son bagel bouche ouverte, avec application, fantasmant. Il porte un vieux jean délavé et informe dont la ceinture ne parvient pas à retenir la graisse de son abdomen et ses grosses mains sortent, incongrues, d'un coupe-vent rouge. Une casquette de base-ball dissimule son crâne dégarni, la visière presque posée sur d'énormes lunettes grotesques qui pourraient appartenir à la collection d'Elvis. Son visage est ridé de mécontentement, cramoisi des excès d'une vie, et je me rends soudain compte à quel point il vit mal dans ce corps dont il a usé et abusé et qui maintenant l'abandonne. Il est un peu comme ces propriétaires de voiture qui n'ont jamais pris soin de leur véhicule, qui l'ont poussé, inconscients de la rouille qui le rongeait progressivement. Soudain, ils s'en aperçoivent et se mettent à haïr leur tas de ferraille. Marino fait partie de ceux qui balancent des coups de pied dans les pneus, qui claquent les capots avec fracas.

Nous nous sommes rencontrés lors d'une enquête, peu de temps après mon arrivée de Miami. Je me souviens comme si c'était hier de sa condescendance, de sa rare grossièreté, d'autant qu'il faisait preuve vis-à-vis de moi de la jovialité d'une porte de prison. J'en étais arrivée à admettre que ce poste de médecin expert de Virginie que je venais d'accepter était ma plus grosse bêtise. J'avais réussi à gagner l'estime des forces de police de Miami et également celle de la communauté scientifique et médicale. Les médias, là-bas, me traitaient à peu près civilement, et ma petite notoriété m'avait rassurée et donné confiance en moi-même, d'autant que personne ne m'avait jamais fait sentir que mon sexe me disqualifiait. Tout cela devait s'écrouler lorsque je rencontrai Peter Rocco Marino, le digne descendant d'immigrés italiens du New Jersey, des gens durs au travail. Marino avait été flic à New York, il venait de divorcer de son seul amour d'enfance, et il avait un fils qu'il n'évoque plus jamais.

Il me fait songer à ces éclairages impitoyables des miroirs de maquillage. On ne se trouve pas si mal avant de s'y regarder, mais ensuite chaque minuscule imperfection ressort. En réalité, je me sens si décalée en ce moment que je finis par me demander si tous les défauts qu'il me prête ne sont pas réels.

Il tourne enfin le regard vers moi, qui suis toujours adossée contre la grande vitrine, mes emplettes à mes pieds, farfouillant dans mon sac pour y ranger mon téléphone. Il fend, sans hâte, le troupeau des gens préoccupés par leurs achats et qui se fichent bien de meurtres, de procès ou de procureurs newyorkais.

Du même ton qu'il adopterait pour s'adresser à une délinquante, il demande :

— Qu'est-ce que vous faites là ?

— Je cherche votre cadeau de Noël. Et vous ?

Il mord dans son bagel.

— J'suis venu m'asseoir sur les genoux de papa Noël, je voulais une photo souvenir.

— Je m'en veux de vous retarder, en ce cas !

— J'ai bipé Lucy. Elle m'a indiqué où vous deviez vous trouver, au milieu de ce foutoir. J'me suis dit que vous auriez besoin d'un coup de main pour porter vos sacs, puisque vous n'en avez plus qu'une. Vous comptez vous débrouiller comment pour les autopsies ?

Je crois détecter la vraie raison de sa venue. Je ne devrais pas avoir à patienter longtemps avant que la vérité sorte. Je réprime un soupir en songeant que les choses ne font que commencer et qu'il y a fort peu de raisons pour que ma vie s'achemine vers une accalmie.

— D'accord, Marino, quoi ? Que s'est-il passé ?

Il se penche pour agripper mes sacs :

— Ça s'étalera dans les canards dès demain, Doc. Righter m'a appelé. L'empreinte ADN tombe pile. On dirait bien que ce dingue de Loup-Garou s'est fait la petite dame de la météo, il y a deux ans, à New York. Ce trouduc en a marre de l'hospitalité virginienne, et il ne s'oppose pas à une extradition vers la Grosse Pomme. En fait, je pense qu'il est heureux comme un roi de se barrer de chez nous. C'est bizarre, mais il partira le jour de l'office religieux de Diane Bray, la coïncidence est un peu lourde, hein ?

J'éprouve une difficulté presque insurmontable à ordonner les pensées qui se percutent dans ma tête :

— Quel office religieux ?

— A Sainte-Bridget.

J'ignorais que Bray était catholique. J'ignorais surtout que nous avions choisi la même paroisse. Cette soudaine révélation me donne la nausée. Avait-elle véritablement décidé d'occuper chaque parcelle de mon univers pour m'en déloger ? Jusqu'à cette petite église anonyme et sans grand rayonnement, comme si l'arrogance et l'absence totale de remords de cette femme étaient sans limites.

— C'est comme je vous le dis, Doc : Chandonne tire sa révérence à Richmond le jour même de la cérémonie religieuse qui accompagne la dépouille de la femme qu'il a butée !

Marino me parle mais ses yeux radiographient la foule, scannant les badauds qui nous dépassent.

— ... Croyez surtout pas qu'il s'agisse d'une coïncidence ! La presse va suivre le moindre de ses mouvements, et en troupeau, encore. Bray, même morte, ne fait pas le poids ! Chandonne fait saliver les médias, du coup, ils n'en ont plus rien à cirer des pékins qui viendront à l'église offrir leurs derniers respects à l'une de ses victimes. Si tant est que quelqu'un éprouve un quelconque respect pour elle. En tout cas, je passe mon tour. J'y mettrai pas les pieds, pas après toute la merde qu'elle a concoctée pour me rendre la vie paisible ! Ah oui, au fait, Berger ne devrait pas tarder à débarquer à Richmond. Avec un nom comme le sien, les fêtes de Noël devraient pas la retarder.

Lucy émerge soudain de la foule au milieu d'un groupe d'adolescents turbulents et très bruyants. Ils sont indiscernables : même coiffure hérissée à la mode, même jean trois fois trop grand que leurs hanches étroites parviennent difficilement à retenir. Ils tentent de se faire remarquer, gloussent avec lubricité pour attirer l'attention de Lucy moulée dans un pantalon noir, chaussée de bottes militaires, un vieux blouson d'aviateur en cuir jeté sur les épaules. Je me souviens qu'elle l'a acheté dans une boutique de fripes, je ne sais plus trop où. Le regard de Marino perfore ses jeunes admirateurs avec tant d'aménité qu'ils abandonnent leur objet d'exaltation et passent leur chemin en se bousculant, traînant des pieds dans leurs énormes baskets de cuir, patauds comme de jeunes chiots.

— Qu'est-ce que tu m'as acheté ? demande Marino à Lucy.

— Une provision d'un an de racines de Maca.

— C'est quoi ce truc, Maca ?

— La prochaine fois que vous inviterez une petite dame peu farouche au bowling, vous apprécierez mon cadeau.

Je la crois presque : elle en serait capable.

— Tu n'as pas fait cela, Lucy ?

Marino grogne, faisant rire ma nièce. J'ai le sentiment qu'elle est un peu trop joviale pour quelqu'un qui ne va pas tarder à se faire virer, même si elle est millionnaire.

Un air froid et saturé d'humidité nous accueille sur le parking. Des phares zèbrent l'obscurité, et partout j'aperçois des hordes de gens pressés et des voitures. Des couronnes argentées scintillent au sommet des réverbères qui éclairent le parking. Des voitures sillonnent l'asphalte, virant à la manière de requins, à l'affût d'une place toute proche de l'entrée de la galerie marchande. Marcher une centaine de mètres semble être la pire punition qui puisse tomber sur quelqu'un.

— Je déteste cette période de l'année. Je crois que j'aimerais être juive, commente Lucy d'un ton ironique, comme si elle avait entendu la réflexion de Marino au sujet de Berger.

Il entasse nos paquets sur le siège arrière de la vieille Suburban verte de Lucy, et je demande :

— Berger était-elle déjà procureur lorsque vous étiez dans les forces de police new-yorkaises ?

— Elle venait tout juste de prendre ses fonctions. Je l'ai jamais rencontrée.

— Mais vous devez bien avoir entendu des choses à son sujet, non ?

— Sexy, avec des gros nénés.

— Ce que j'apprécie chez vous, Marino, c'est votre haut degré d'évolution, commente Lucy.

— Ecoute, cocotte, me demande pas des trucs si tu veux pas entendre la réponse, OK ?

Il hoche la tête, mécontent, et nous quitte. Je suis du regard sa grande masse qui s'éloigne, sporadiquement éclairée par les phares des voitures, puis diluée par la foule et l'obscurité. Le ciel a cette couleur laiteuse, lunaire, qui annonce la neige, et de petits flocons hésitants commencent à tomber. Lucy prend sa place dans l'interminable file de voitures qui quittent le centre commercial. Au bout de la clé de contact se balance le médaillon d'argent des Whirly-Girls (les Vrombissantes), un nom un peu grotesque pour cette très sérieuse association internationale de femmes pilotes d'hélicoptère. Lucy en est un des membres très actifs. Cette implication est d'autant plus étonnante qu'elle a toujours refusé de faire partie de quelque groupe que ce soit. Bon, même si tout le reste part à vau-l'eau, au moins son cadeau est-il au chaud dans l'un de mes sacs. Cela fait des mois que je manigance avec les joailliers de chez Schwarzchild pour qu'ils réalisent un collier en or décoré de cet insigne. Cela ne pouvait pas mieux tomber, surtout après ses dernières révélations.

Je n'ai pas envie que la conversation retombe sur Berger et New York. L'interrogatoire téléphonique auquel Jack a été soumis m'irrite toujours, quelque chose me trouble, autre chose, mais je ne parviens pas à l'identifier.

— Tu comptes vraiment t'acheter un hélicoptère ? Mais il te servira à quoi ?

Lucy suit la longue file de feux arrière qui s'écoule paresseusement le long de Parham Road.

— Ouais, je l'ai commandé. Un Bell 407. A quoi il me servira ? A voler, bien sûr. Et je compte bien l'utiliser pour le boulot aussi.

— Justement, tu en es où ?

— Ben, Teun vit à New York, c'est donc là que j'ai l'intention d'installer mes quartiers.

— J'aimerais bien que tu me parles un peu d'elle. Elle a de la famille ? Où passera-t-elle les fêtes ?

Lucy regarde droit devant elle, rien ne distraira le pilote de sa conduite :

— Bon, allons-y pour une petite leçon d'histoire, tante Kay. Lorsque Teun a eu vent de la fusillade de Miami, elle m'a aussitôt contactée. Je suis montée à New York la semaine dernière, une semaine affreuse.

Moi non plus, je ne suis pas près de l'oublier. Lucy avait subitement disparu, m'abandonnant en pleine panique. J'étais parvenue à remonter téléphoniquement sa trace, jusqu'à ce bar très en vogue de Greenwich Village, le Rubyfruit on Hudson. Elle était dans un état effroyable, et très saoule. Sur le coup, j'avais mis sa réaction au compte de ses problèmes avec l'ATF, mais aujourd'hui l'histoire évolue singulièrement. Leur collaboration financière dure depuis l'été dernier, mais ce n'est qu'à l'occasion de cette crise que Lucy a décidé de repartir de zéro.

— Ann voulait appeler quelqu'un. Il faut te dire que je n'étais pas vraiment en état de retourner jusqu'au motel.

— Ann ?

— Oui, c'est une ancienne flic, la propriétaire du bar.

— Ah oui.

— Bon, admettons que j'étais pas mal bourrée. Je lui ai demandé de téléphoner à Teun. Et la voilà qui débarque. Elle me force à avaler une bonne dizaine de cafés et nous discutons toute la nuit. On a surtout parlé de moi, de ma relation avec Jo, de l'ATF, tout ça, quoi. Je n'avais vraiment pas la pêche, ce soir-là.

(Lucy me jette un regard.) En fait, tu vois, je crois que j'étais prête à changer radicalement, et depuis un bout de temps, mais je n'ai sauté le pas que cette nuit-là. Pourtant, c'était présent, tout proche, avant même l'autre truc...

« L'autre truc », c'est Chandonne se jetant sur moi. Lucy poursuit :

— J'ai eu une chance folle qu'elle soit à mes côtés.

Je comprends tout de suite qu'elle ne fait pas seulement référence à sa présence dans le bar. C'est une réflexion beaucoup plus globale, un constat qui rend Lucy heureuse, au plus profond d'elle. On prétend que les autres et un boulot ne peuvent suffire à vous rendre heureux. C'est faux dans le cas de Lucy : son bonheur lui vient de La Dernière Chance et de Teun McGovern. Je l'encourage à poursuivre son histoire :

— Mais en ce cas, cela fait déjà quelque temps que tu t'occupes de La Dernière Chance ? Depuis l'été dernier ? C'est à ce moment-là que cette idée t'est venue ?

— En fait, au début, lorsque nous étions encore à Philadelphie, c'était une sorte de blague entre nous. Ça nous prenait lorsque nous en avions marre de ces bureaucrates lobotomisés, de ces gens qui veulent mettre leur grain de sel partout, et aussi lorsque nous étions écœurées de la façon dont des victimes se font laminer par le système. Alors, on fantasmait sur une organisation que j'avais baptisée La Dernière Chance, on avait même inventé une devise : « L'endroit où aller lorsque toutes les portes se ferment ».

Le sourire de Lucy est artificiel, et je sais que derrière cet optimisme forcé se cache quelque chose que je ne tiens pas à apprendre.

— Tu te doutes qu'il faut que je déménage à New York, n'est-ce pas, tante Kay ? Je veux dire bientôt.

Décidément. Righter se débarrasse de l'enquête en expédiant Chandonne à New York et maintenant ma nièce s'y installe aussi. Je monte le chauffage et serre le col de mon manteau autour de mon cou.

— Je crois que Teun m'a trouvé un appartement dans l'Upper East Side. C'est à cinq minutes du parc. Au coin de 67th Avenue et de Lexington.

— Eh bien, c'est rapide ! C'est tout près de l'endroit où Susan Pless a été assassinée. (Je me défends d'y voir un mauvais présage.) Pourquoi là-bas ? Les bureaux sont-ils voisins ?

— A quelques rues. Nos bureaux sont tout proches du 19e commissariat. Je crois que Teun connaît pas mal de flics dans le coin.

— Elle n'a jamais entendu parler du meurtre de Susan Pless ? C'est bizarre, non, qu'elle ait atterri juste à côté.

Je sens que mon humeur bascule vers le doute, l'ombre, et je ne parviens pas à la rectifier.

— Elle est au courant, puisque nous avons longuement discuté de toi. Mais il est vrai qu'elle l'ignorait avant ce qui t'est arrivé, moi aussi, d'ailleurs. En ce moment, la grande préoccupation du quartier, c'est ce violeur, le violeur de l'East Side. Du reste, c'est un de nos dossiers. Ça fait cinq ans que ça dure. C'est le même violeur, on en est certain. Il aime les blondes entre trente et quarante ans. Le protocole varie peu. Il boit quelques verres avec sa victime, et puis il lui saute dessus une fois dans son appartement. C'est le premier ADN anonyme de New York. Nous avons son empreinte génétique, mais aucun indice quant à son identité...

Tous les chemins me ramènent à Jaime Berger, puisqu'il fait peu de doutes que ce violeur soit une de ses priorités.

— Donc, j'ai décidé de me teindre en blonde et de sillonner les bars la nuit, conclut Lucy avec un petit sourire forcé.

La connaissant comme je la connais, je l'en crois tout à fait capable.

J'aimerais tant lui dire que je suis heureuse pour elle et qu'elle a fait le bon choix, mais les mots me font défaut. Ce n'est pas la première fois qu'elle déménage si loin de moi, mais j'ai la curieuse sensation que cette fois-ci les choses sont définitives : elle a grandi et quitte vraiment la maison. Brusquement, je me fais penser à ma mère, critiquant tout, soulignant les seuls aspects négatifs, tous les manques, cherchant la petite bête. Elle parcourait mon livret de notes, qui ne descendait jamais en dessous d'une série de « A », mais non, cela n'avait pas d'importance, ce qui comptait soudain était mon inaptitude à me faire des amis. Je préparais un repas, elle le goûtait puis faisait la moue, insatisfaite. Je faisais le ménage, elle me suivait à la trace, soulevant les tapis pour débusquer quelque poussière oubliée.

— Mais où vas-tu garer ton hélicoptère ? Là-bas ? Cela risque d'être un problème, m'entends-je dire.

— Non, je le mettrai probablement à Teterboro.

— Ce qui implique que tu devras aller dans le New Jersey à chaque fois que tu voles ?

— C'est pas si loin.

J'insiste :

— La vie à New York est si onéreuse. Et Teun et toi...

— Quoi ?

La bonne humeur l'a abandonnée, et une sorte de colère transparaît dans sa voix. Elle lance :

— Quoi, Teun et moi ? Pourquoi faut-il toujours que tu reviennes là-dessus ? Je ne travaille plus sous les ordres de Teun, et elle ne fait plus partie de l'ATF. En quoi cela gêne-t-il que nous soyons amies ?

Mes empreintes sont partout sur la scène du crime de sa déception. Pire que tout, j'ai l'impression de permettre à Dorothy de parler avec mes mots, et cela me fait honte, si honte. Je tends mon bras plâtré vers sa main et parviens à enlacer ses doigts.

— Je suis désolée, Lucy. Je ne veux pas que tu partes. Je me sens égoïste, d'ailleurs je le suis. Je suis désolée.

— Mais je ne te quitte pas. Je ferai des allers-retours. C'est seulement à deux heures d'hélicoptère. Pourquoi ne viens-tu pas travailler avec nous, tante Kay ?

Ce n'est pas une proposition impulsive, je le sens. Je suis certaine que Teun et ma nièce ont beaucoup parlé de moi, et pourquoi pas de la place que je pourrais prendre dans leur nouvelle société. La sensation est si étrange. J'ai toujours soigneusement évité de songer à ma vie future, et la voilà qui s'impose. Bien sûr que j'en suis déjà arrivée à l'idée que la façon dont j'avais vécu jusque-là parvenait à son terme, mais cette compréhension est si intellectuelle et détachée de mes émotions que je ne parviens toujours pas à l'assimiler. Lucy poursuit sur sa lancée :

— Pourquoi ne travailles-tu pas en indépendante, au lieu de tolérer que l'institution te donne des ordres ? Y as-tu déjà pensé ?

— Cela a toujours été mon grand plan « pour plus tard ».

— Eh bien, « plus tard », c'est maintenant. Le XXe siècle se termine dans neuf jours.

VII

Il est presque minuit. Je me suis installée devant la cheminée, dans ce rocking-chair sculpté à la main qui doit être la seule concession de rusticité tolérée dans la maison d'Anna. Elle a opté pour un siège dont l'angle par rapport au mien lui permet de me voir en me ménageant la possibilité de détourner le regard si jamais je devais descendre au plus profond de moi. Je n'ai compris que très récemment que je ne pouvais pas prévoir où me mèneraient mes discussions avec Anna, ni ce que j'y découvrirais. Je deviens mon propre terrain d'investigation. Les lumières du salon sont éteintes et le feu agonise lentement dans la cheminée. Les braises semblent respirer de l'incandescence orangée des dernières flammes. Je reviens à cette nuit, un dimanche de novembre, il y a un peu plus d'un an, une nuit durant laquelle je devais découvrir un Benton capable de me détester. C'était si surprenant de sa part.

— Qu'entendez-vous au juste par « surprenant » ? demande la voix lente et grave d'Anna.

— Il était habitué à mes rituels nocturnes, lorsque je ne parvenais pas à trouver le sommeil et que je me remettais à travailler. Cette nuit-là, il s'est endormi, son livre à la main. Cela lui arrivait assez souvent. C'était l'indice que je pouvais profiter d'un peu de temps rien qu'à moi. J'ai besoin de ce silence, de cette solitude absolue lorsque le reste du monde semble endormi et qu'il ne vous réclame plus rien.

— Vous avez toujours éprouvé ce besoin ?

— Oui. Je suis vraiment vivante dans ces moments-là. J'en ai besoin. J'ai l'impression de parvenir enfin à rentrer en moi.

— Et que s'est-il passé, cette nuit-là ?

— Je me suis levée et l'ai débarrassé du livre qu'il avait lâché. J'ai éteint la lumière de la chambre.

— Que lisait-il ?

Sa question me désarçonne. Je ne m'en souviens plus clairement, mais je crois bien qu'il lisait un document consacré à Jamestown, la première enclave britannique sur le sol américain, située à moins d'une centaine de kilomètres à l'est de Richmond. Benton adorait l'histoire. Du reste, il avait obtenu un diplôme universitaire dans cette matière, ainsi qu'en psychologie. Son intérêt pour Jamestown s'était réveillé lorsque les fouilles archéologiques entreprises sur le site avaient mis au jour les ruines de l'ancien fort. La mémoire me revient par bribes. L'ouvrage que lisait Benton, cette fameuse nuit, était un ensemble de récits dont beaucoup signés de John Smith. Mais je ne parviens pas à me souvenir du titre. Le livre doit être quelque part chez moi, et l'idée de tomber dessus un jour m'angoisse. Je poursuis mon monologue :

— J'ai fermé la porte de la chambre et je suis descendue dans mon bureau. Comme vous le savez,

Anna, lorsque je réalise des autopsies, j'envoie des prélèvements de tissus, parfois même des relevés de blessures au laboratoire d'histologie, qui les montent sur des lames de microscope. Comme je suis toujours en retard, il arrive que je rapporte chez moi des coffrets de lames pour les examiner. Ça m'a du reste valu pas mal d'explications compliquées avec la police ! C'est bizarre, vous savez : mes activités me semblent si banales, si anodines, jusqu'à ce que quelqu'un d'autre commence à s'y intéresser. C'est dans ces moments-là que je me rends compte que je ne vis pas comme les autres.

— Selon vous, pourquoi la police était-elle si intéressée par ces lames ?

— Parce qu'ils voulaient tout savoir.

Je reprends le fil de mon histoire. J'étais dans mon bureau, penchée au-dessus du microscope, perdue dans l'observation d'un enchevêtrement de neurones révélés grâce à une pulvérisation de métaux lourds. Ils me faisaient songer à d'étranges hydres cyclopes, mauves et dorées. J'ai soudain eu conscience d'une présence derrière moi et je me suis retournée, découvrant Benton sur le pas de la porte. Son visage était étrange, baigné d'une lueur presque surnaturelle, menaçante.

— Tu ne peux pas dormir ?

Il était sarcastique, blessant, si différent de l'homme que je connaissais. J'ai reculé ma chaise. Son regard était mauvais lorsqu'il m'a lancé :

— Tu devrais apprendre à cette chose à te baiser. Comme cela, tu n'aurais plus du tout besoin de moi !

Ses yeux brillaient de rage. Il était pâle, seulement vêtu de son bas de pyjama, parcimonieusement éclairé par la clarté de ma lampe de bureau. Sa cage thoracique se soulevait de façon chaotique, les veines saillaient sous la peau de ses bras et la sueur dégoulinait le long de son torse, plaquait ses cheveux sur son front. Je lui avais demandé ce qui se passait et il avait tendu un index accusateur vers moi, m'intimant l'ordre de rejoindre la chambre.

Anna m'interrompt :

— S'était-il produit autre chose avant, je ne sais pas, un signe annonciateur de la crise ?

Anna connaissait bien Benton, et l'homme de cette nuit-là n'avait rien de commun avec lui.

— Non, rien, aucun signe...

Je me balance dans le rocking-chair. Les braises achèvent de se consumer, laissant parfois échapper un claquement désolé.

— Je n'avais aucune intention de me retrouver au lit avec lui. Benton était sans nul doute le profileur star du FBI, mais, en dépit de son habileté à percer l'âme des autres, il pouvait être froid, lisse comme un mur. Me coucher pour demeurer les yeux ouverts toute la nuit à côté d'un Benton muet, respirant à peine, était au-dessus de mes forces. Pourtant, il n'était ni cruel ni violent. Jamais il ne m'avait parlé sur ce ton humiliant, agressif. Voyez-vous, Anna, il existait au moins entre nous deux un immense respect.

— Vous a-t-il expliqué sa réaction ?

— Sa sortie, très grossière, sur mon microscope, me l'avait fait comprendre.

Benton et moi nous étions progressivement installés chez moi. Pourtant, il s'y sentait toujours invité. C'est ma maison, et tout ce qui transpire d'elle la lie à moi. La dernière année avant sa mort avait été pénible pour lui. Elle s'était soldée par une gigantesque désillusion professionnelle et, avec le recul, je me rends compte qu'il était las, sans grand but et paniqué à l'idée de vieillir. Tout cela avait fini par corroder notre intimité. Notre vie sexuelle était devenue une sorte de désert, indécelable de l'extérieur, mais un désert quand même. Nous devions les rares caresses que nous échangions encore à l'habitude et surtout à une sorte d'obligation, à la proximité d'un autre corps, sans doute.

— Lorsque vous faisiez l'amour, qui l'initiait ?

— Lui. C'était plus du désespoir que du désir, je

crois. Peut-être même un sentiment de frustration, oui, c'est cela.

Anna me fixe. Son visage est noyé par l'ombre qui s'épaissit, abandonnée par les dernières lueurs du feu. Son coude se plante sur l'accoudoir, son menton venant rejoindre son index tendu. C'est l'indice que nous sommes reparties dans l'une de ces intenses discussions que nous ne partageons que depuis quelques nuits. Ce salon devient une sorte de confessionnal, où je peux me mettre à nu sans craindre de jugement, sans honte. Ce ne sont pourtant pas des séances de psychanalyse dans mon esprit, plutôt une sorte de voyage mystique et amical, un trajet sacré et rassurant, au cours duquel je peux enfin expliquer ce que c'est d'être moi.

— Reparlons de cette nuit de rage. Quand était-ce ? Vous en souvenez-vous ?

— Quelques semaines avant son meurtre...

Le son de ma voix m'étonne, si calme. Les derniers éclats rouge sombre des braises m'hypnotisent.

— ... Benton connaissait mon besoin d'espace. Parfois, même lorsque nous avions fait l'amour, j'attendais qu'il s'endorme et je me relevais furtivement pour descendre dans mon bureau. C'étaient mes seules infidélités, et il les tolérait...

Je sens, sans le voir, le sourire d'Anna.

— Il se plaignait rarement de trouver ma place désertée à côté de lui. Il acceptait mon besoin de solitude, enfin du moins c'est ce que je croyais. En réalité, je n'ai compris que cette nuit-là à quel point mes habitudes nocturnes le blessaient.

— Doit-on réellement parler « d'habitudes nocturnes », ou de distance ?

— Je ne suis pas distante.

— Vous envisagez-vous comme quelqu'un d'aisé à aborder ?

Je cherche, toujours plus loin, je cherche la vérité, et pourtant je l'ai toujours redoutée.

— Commençons par Benton. Vous êtes-vous laissé

approcher ? Il a été votre relation la plus importante, ou du moins la plus longue.

J'analyse la question, sous tous ses angles.

— Oui et non. Benton était sans doute l'un des hommes les plus exceptionnels, les plus bienveillants que j'aie jamais rencontré. Il était sensible, intelligent. Je pouvais aborder n'importe quel sujet avec lui.

Mais Anna ne lâchera pas prise :

— L'avez-vous fait ? Je n'en ai pas l'impression.

— Je ne pense pas avoir jamais parlé de tout et n'importe quoi avec quiconque.

— Peut-être Benton était-il rassurant, inoffensif ?

— Oui, peut-être. Il n'a pas pu atteindre certains recoins cachés. Je ne le souhaitais pas. Je ne voulais pas que notre relation prenne une tournure si intense, si jumelle. Sans doute n'est-ce pas étranger à la façon dont tout a commencé entre nous. Il était marié. Il fallait qu'il retourne vers sa femme, Connie. Cela a duré des années. On était chacun d'un côté du mur, n'arrachant nos moments d'intimité qu'au prix de stratagèmes. Je ne m'embarquerai jamais plus dans une histoire comme celle-là.

— De la culpabilité ?

— Bien sûr. C'est la règle, chez les catholiques. Au début, je me suis sentie si coupable. Je ne suis pas du genre à outrepasser les règles. Je ne ressemble pas à Lucy, ou plutôt, elle ne me ressemble pas. Si elle juge les règles ineptes ou injustes, elle les contourne ou elle les transgresse. Vous rendez-vous compte que je n'ai jamais pris une contravention pour excès de vitesse ?

Anna avance le buste vers moi, et sa main se tend vers le plafond. C'est le signal. Je viens de dire quelque chose d'important.

— Les règles. C'est quoi, les règles ?

— Une définition ? C'est ce que vous voulez ?

— Oui, votre définition des règles.

— Le bien et le mal. Ce qui est légal, au contraire

de l'illégal. Ce qui est moral et ce qui est immoral. Ce qui est humain, ce qui ne l'est pas.

— Coucher avec un homme marié est immoral, mal, inhumain ?

— En tout cas, c'est stupide. Mais oui, c'est mal. Oh, bien sûr, ce n'est pas une erreur fatale, ou un impardonnable péché, ce n'est pas non plus illégal, mais c'est malhonnête. Vraiment malhonnête. Une règle transgressée.

— Vous admettez donc être coupable de malhonnêteté ?

— J'admets que je peux être stupide.

Anna ne tolérera pas d'échappatoire :

— Mais malhonnête, Kay ?

— On est tous capables de n'importe quoi. Ma liaison avec Benton était malhonnête. J'ai menti par omission. J'ai fait bonne figure devant les autres, notamment Connie. Tout cela était truqué. Alors oui, sans nul doute, je suis capable de mentir.

Cette confession casse quelque chose en moi.

— Et les homicides ? C'est quoi, la règle, en matière d'homicide ? Mal, immoral ? Est-il toujours mal de tuer ? Vous avez tué !

Pour une fois, je suis sûre de ma réponse :

— C'était de la légitime défense. J'ai tué pour protéger ma vie ou celle de quelqu'un d'autre.

— Etait-ce un péché ? *Tu ne tueras pas.*

Cette suggestion m'irrite :

— Non, absolument pas. Il est aisé de porter des jugements sur des choses que l'on ne connaît que de loin, aisé de rester moral et idéaliste. C'est une autre histoire lorsque vous vous retrouvez face à un tueur qui menace d'égorger sa victime ou qui vous vise avec un revolver. Le péché serait de ne pas intervenir, de tolérer le meurtre d'un innocent, ou le vôtre. Je n'ai pas de remords.

— Que ressentez-vous, alors ?

Je ferme les yeux. Le rougeoiement des dernières lueurs du feu s'imprime sur ma rétine au travers de mes paupières.

— Malade. Je ne peux pas évoquer ces morts sans me sentir malade. Ce que j'ai fait n'était pas inacceptable, je n'avais pas le choix. D'un autre côté, il est impossible de s'en débarrasser aussi facilement. Je ne sais pas si je suis claire. Pour décrire ce que j'ai ressenti alors que Temple Gault se vidait de son sang devant moi, me suppliant de l'aider, les mots me manquent, comme ceux qui expliquent ce que je sens toujours à chaque fois que j'y repense.

— C'était dans ce tunnel de métro à New York, n'est-ce pas ? Il y a quatre ou cinq ans ?

J'acquiesce d'un mouvement de tête. Anna poursuit :

— C'était l'ancien complice de Carrie Grethen, c'est cela ? Son mentor dans le crime.

Un autre hochement de tête la renseigne.

— C'est intéressant. Vous avez abattu son partenaire et elle a tué le vôtre. Y a-t-il un lien ?

— Je n'en ai pas la moindre idée. Pour être franche, je n'ai jamais considéré les choses sous cet angle.

Mais cette pensée me secoue. C'est tellement inattendu, et pourtant cela semble soudain si évident.

— Selon vous, Kay, Gault méritait-il la mort ?

— D'aucuns diraient sans doute qu'il a renoncé à son droit de vivre et que le monde se porte un peu mieux sans lui. Mais je vous assure que j'aurais préféré ne pas être celle qui accomplissait la sentence. Jamais, au grand jamais. Le sang dégoulinait d'entre ses doigts. J'ai lu la peur, la panique dans son regard. Ce n'était plus l'être diabolique que nous poursuivions, mais un humain en train de mourir. Et j'étais l'initiatrice de cette mort. Il pleurait, me suppliait d'arrêter l'hémorragie.

Je me suis immobilisée sur le rocking-chair. L'attention d'Anna est presque palpable.

— ... Oui, oui, c'était horrible, Anna. J'en rêve parfois. Je l'ai tué et, d'une certaine façon, il fera toujours partie de moi. C'est le prix à payer.

— Et Jean-Baptiste Chandonne ?

Le regard toujours perdu vers les braises qui se transforment en cendres, je réponds :

— Je ne veux plus faire de mal à personne.

— Oui, mais lui au moins est en vie.

— Oui, et cela ne me rassure pas. Les gens de son espèce ne s'arrêtent jamais de faire le mal, même lorsqu'ils sont bouclés. Le mal ne meurt pas, c'est une énigme pour moi. Je ne veux pas qu'on les abatte et pourtant je sais les ravages dont ils sont les auteurs. D'une façon ou d'une autre, c'est toujours un échec.

Le silence d'Anna me répond. Cela fait partie de sa méthode de travail : offrir un silence plutôt qu'une opinion. L'angoisse me revient, la peur avec.

— J'aurais été punie si je l'avais descendu et, de toute façon, je serai punie de l'avoir épargné.

— Mais vous ne pouviez pas sauver Benton.

La voix d'Anna remplit soudain l'espace entre nous et les larmes me viennent aux yeux.

— Avez-vous le sentiment que vous auriez dû être capable de le protéger ?

J'avale ma salive avec difficulté et les mots se coincent de chagrin dans ma gorge.

— Est-ce votre faille, votre manquement, Kay ? Votre punition est-elle de devoir éradiquer les autres monstres, parce que vous avez permis que deux de leurs congénères assassinent Benton ? Vous n'êtes pas parvenue à sauver sa vie.

Je suis déboussolée, folle de rage aussi :

— Il n'a pas voulu se sauver lui-même, bordel ! Benton est entré dans sa mort, simplement parce que c'était le bon moment. (Je l'ai enfin sorti.) Mon Dieu, il se plaignait sans cesse de ses rides, de sa peau qui se flétrissait, s'affaissait, de petites douleurs, même au tout début de notre relation. Je me demande si sa panique de la vieillesse n'était pas encore plus insupportable parce qu'il était plus âgé que moi. Je ne sais pas. Il ne pouvait plus se regarder dans une glace sans ronchonner. Il répétait : « Je ne veux pas devenir vieux, Kay. » Un jour que nous prenions notre bain ensemble, il a commencé à se plaindre de son corps. J'ai fini par lui répondre que personne ne souhaitait vieillir. Il m'a jeté : « Non, mais moi, je ne veux vraiment pas. Je ne pourrais pas y survivre », à quoi j'ai rétorqué : « C'est un raisonnement égoïste. Et puis après tout, nous avons bien survécu à la jeunesse ! ». Il a mis cela au compte de mon ironie, mais j'étais sérieuse. Je lui ai demandé d'essayer de faire le compte des fois où, adolescents ou jeunes gens, nous avions pensé « ça ira bien mieux plus tard ». Il a réfléchi et puis il m'a enlacée dans la baignoire, me caressant sous l'eau très chaude, mousseuse de sels à la lavande. Il savait exactement comment me retourner, à l'époque, cette époque où il suffisait que nous nous touchions pour perdre la tête. Il y a long-temps, lorsque tout allait bien entre nous. « Oui, tu as raison, Kay. J'ai toujours piaffé d'impatience en attendant "plus tard", parce que les choses devaient forcément être mieux. Mais c'était une forme d'ins-tinct de survie. Parce que si je ne parviens plus à me convaincre que demain, ou l'année prochaine seront meilleurs, pourquoi s'emmerder encore ? »

Je m'interromps, bercée par les oscillations de mon rocking-chair, puis reprends :

— Il a cessé de s'emmerder. Benton est mort parce qu'il ne croyait plus que ce qui restait à venir serait meilleur que le passé. Peu importe si c'est quelqu'un d'autre qui a mis fin à sa vie. C'est Benton qui a pris la décision.

Mes larmes se sont taries, je me sens si vide à l'intérieur, vaincue, furieuse. La lumière agonisante des dernières braises me caresse le regard et je par-viens à articuler dans un murmure destiné aux cendres fumantes de la cheminée :

— Va te faire foutre, Benton ! Va te faire foutre, puisque tu as abandonné !

— Est-ce pour cette raison que vous avez fait l'amour avec Jay Talley, pour que Benton aille se faire foutre ? C'était la juste monnaie de sa pièce pour vous avoir désertée dans la mort ?

— Si tel est le cas, c'était inconscient.

— Que ressentez-vous ?

J'essaie de sentir :

— Morte. Après la mort de Benton. Oui, c'est cela, morte. Je ne pouvais rien ressentir d'autre parce que j'étais morte. Je pense que si j'ai couché avec Jay, c'est...

— Ne pensez pas, sentez, insiste-t-elle doucement.

— Oui, c'est justement de cela dont il s'agit. Ressentir. Avoir ce besoin désespéré de sentir quelque chose, n'importe quoi.

— Et c'était le cas avec Jay ?

— Je pense surtout que je me suis sentie nulle.

— Pas ce que vous pensez ! me rappelle-t-elle.

— Je retrouvais le désir, l'envie de sexe, la colère, l'idée d'exister, la liberté. Oh oui, la liberté.

— Vous vous libériez de la mort de Benton, ou simplement de Benton ? Il était très « contrôlé », n'est-ce pas ? Il était rassurant, inoffensif et doué d'un surmoi en acier trempé. Benton Wesley faisait partie de ces hommes qui font les choses convenablement. Comment cela se traduisait-il dans votre relation sexuelle ? Etait-elle convenable ?

— Prévenante, attentive et bienveillante.

— Ah ! Prévenante ! C'est quelque chose.

La nuance d'ironie que je perçois dans la voix d'Anna me fait soudain prendre toute la mesure que ce que je viens de lui révéler. Je ne sais pas pourquoi au juste, mais cet aveu involontaire me libère d'une contrainte :

— Ce n'était jamais... bouleversant de désir, crûment érotique. J'avoue que parfois j'avais la tête ailleurs, je continuais à penser pendant que nous faisions l'amour. On ne devrait jamais penser, dans ces moments-là. Rien ne devrait exister en dehors d'un insoutenable plaisir.

— Vous aimez le sexe ?

Sa question m'arrache un rire. C'est bien la première fois que quelqu'un me demande ce genre de chose.

126

— Bien sûr, mais c'est très variable. Je crois que j'ai parcouru presque toute la gamme, du très bon au pire en passant par le plus ennuyeux. Le sexe est une étrange créature, et je ne sais pas vraiment quoi en penser. Tout ce que j'espère, c'est de n'avoir pas encore rencontré le « premier grand cru » en la matière.

Car le sexe me fait penser au vin, au bordeaux. Pour être parfaitement franche, mes expériences amoureuses jusqu'à maintenant ne mériteraient que des appellations « village », à flanc de coteaux, assez communes, et peu onéreuses, pas de quoi pavoiser, en vérité. Je poursuis pour Anna :

— Non, je ne crois pas encore avoir rencontré l'exceptionnel, cette éblouissante harmonie sexuelle avec un partenaire. Non, vraiment, toujours pas...

Je divague un peu, incertaine, sautant d'une idée à l'autre, tentant de comprendre tout en me demandant s'il est vraiment souhaitable de percer ce mystère :

— Je ne sais pas ! En fait, je me demande si on doit accorder une grande importance au sexe, quelle importance a-t-il vraiment ?

— Allons, Kay, vous oubliez votre métier. Si quelqu'un est bien placé pour apprécier toute l'importance du sexe, c'est vous. Le sexe, c'est le pouvoir. C'est la vie et la mort. Bien sûr, votre quotidien de légiste, c'est lorsque quelqu'un a surabusé de ce pouvoir, de façon monstrueuse. Chandonne en est une parfaite illustration. Sa gratification sexuelle naît de ses abus de pouvoir, de sa liberté de faire mal, de jouer à Dieu en décidant qui vit et qui meurt et de quelle façon.

— C'est juste.

— Le pouvoir l'excite sexuellement. Du reste, c'est le cas pour beaucoup de gens, insiste Anna.

— Oui, c'est un des aphrodisiaques les plus performants.

— Diane Bray en est un deuxième exemple. Une très belle femme, provocante, qui utilisait son sex-appeal pour contrôler les autres, les tenir à sa botte. C'est du moins l'impression que j'en ai, poursuit Anna.

— En tout cas, c'est celle qu'elle donnait.

— Eprouvait-elle une attirance sexuelle à votre égard ?

Je tente de récapituler, presque clinique. L'idée me met mal à l'aise, aussi je préfère la tenir à distance, l'examiner comme un organe ou un tissu.

— Cela ne m'a jamais traversé l'esprit, j'en conclus donc que non. Je veux dire que, si tel avait été le cas, j'aurais sans doute perçu quelques signaux...

Anna demeure silencieuse, je tergiverse :

— Enfin, ça semble logique.

Mais je ne parviens pas à convaincre mon amie :

— Kay, ne m'avez-vous pas dit qu'elle avait tenté d'utiliser Marino pour se rapprocher de vous ? Elle voulait déjeuner avec vous, mieux vous connaître, et il devait l'y aider, c'est bien cela ?

— C'est ce que Marino m'a révélé.

— Il n'est donc pas exclu que vous l'ayez attirée sexuellement, la consécration de son absolu pouvoir sur vous. Non seulement elle parvenait à démolir votre carrière, mais, en plus, elle usait de votre corps, s'appropriant ainsi les moindres recoins de votre vie. N'est-ce pas ce que font Chandonne et tous ceux de son espèce ? Ils doivent être attirés par leur victime, à ceci près qu'ils ne résolvent pas cette attirance comme le commun des mortels. Nous savons comment vous avez réagi lorsqu'il a tenté d'assouvir son attirance pour vous. Sa plus grave erreur. Il y avait du désir dans son regard et vous l'avez aveuglé.

Elle s'interrompt, son menton reposant toujours sur son index, les yeux fixés sur moi.

Je lui rends son regard. Cette étrange sensation me revient, quelque chose qui ressemble à une alarme, mais que je suis incapable de nommer. La pensée d'Anna chemine, s'oriente :

— Admettons l'existence d'une telle attraction,

comment àuriez-vous réagi ? Qu'auriez-vous fait si Diane Bray vous avait fait des avances ?

— Je sais repousser des avances qui ne me conviennent pas.

— Cela inclut les femmes ?

— Cela inclut tout le monde.

— Ce qui sous-entend que certaines femmes vous ont déjà fait des avances.

— C'est arrivé, en effet...

La réponse est aussi simple que la question, je ne suis pas une ermite.

— Certaines femmes m'ont manifesté une forme d'intérêt que je ne pouvais pas leur rendre.

— Ne pouvais pas ou ne voulais pas ?

— L'un ou l'autre.

— Que ressentez-vous lorsqu'une femme vous désire ? Est-ce différent de ce que vous éprouvez vis-à-vis d'un homme ?

— Que voulez-vous savoir au juste, Anna ? Si je suis homophobe ?

— L'êtes-vous ?

J'essaie de descendre au plus profond de moi pour chercher si l'homosexualité me gêne. J'ai toujours péremptoirement affirmé le contraire à Lucy, n'évoquant que les difficultés d'une telle vie.

— Non, cela ne me pose pas de problème. Je suis très sincère. Simplement, ce n'est pas moi, ce n'est pas mon choix.

— Parce qu'on choisit ?

Je réponds instantanément, sans doute parce que cela ne fait pas l'ombre d'un doute dans mon esprit :

— D'une certaine façon, oui. Je dis cela parce que je suis convaincue que nous sommes tous sujets à des attirances, mais nous les évitons parfois lorsque nous sommes conscients qu'elles ne nous conviendraient pas. Je comprends très bien ma nièce. Je l'ai vue vivre avec ses petites amies, et d'une certaine façon je les envie. Il existe entre elles une sorte de connivence, en dépit du fait qu'elles sont en opposition avec la majorité. Les femmes savent tisser ce genre d'amitié très forte, très spéciale. C'est beaucoup plus compliqué, beaucoup plus difficile, cette communion d'esprits entre un homme et une femme. J'en suis consciente, mais il n'en demeure pas moins que, à la différence de Lucy, je ne cherche pas à devenir l'âme sœur d'un homme. D'autant qu'elle a toujours eu le sentiment qu'ils abusaient de leur autorité. Pour qu'une véritable intimité s'établisse entre deux personnes, il doit exister un équilibre des pouvoirs. Contrairement à ma nièce, je n'ai jamais éprouvé cette sensation de perte de maîtrise avec les hommes, et donc je les choisis. (Anna m'écoute en silence.) Du moins est-ce ce que je parviens à comprendre du problème. Certaines choses ne s'expliquent pas. Les attirances de Lucy, ses besoins en font partie. Les miens aussi.

— Vous pensez donc que vous ne pouvez pas devenir « l'âme sœur » d'un homme ? Peut-être vos attentes sont-elles trop faibles ? Qu'en dites-vous ?

Cette sortie me donne presque envie de rire :

— Pourquoi pas ? Après toutes les relations que j'ai fait foirer, je mérite un programme d'économie.

— Vous est-il arrivé d'être attirée par une femme ?

J'aurais parié qu'elle en viendrait à cette question :

— Certaines femmes m'ont séduite. Je me souviens de certains coups de cœur pour des professeurs, lorsque j'étais jeune.

— Dans votre esprit, « coups de cœur » implique-t-il une attirance sexuelle ?

— Cela tombe sous le sens, même s'il s'agit d'émotions extrêmement innocentes et naïves. Beaucoup de jeunes filles, dans les collèges paroissiaux strictement non mixtes, tombent amoureuses de leurs professeurs féminins.

— Des bonnes sœurs ?

Je ne peux réprimer le sourire qui me vient :

— Oui, vous rendez-vous compte, Anna, tomber amoureuse d'une bonne sœur !

— J'imagine parfaitement que certaines éprouvent des coups de cœur entre elles !

Une curieuse sensation m'envahit, trouble, presque inconfortable, et une sorte d'alarme retentit dans mon esprit. Pourquoi Anna est-elle tellement cristallisée sur le sexe, et surtout sur sa version homosexuelle ? Après tout, elle ne s'est jamais mariée. Se pourrait-il qu'elle soit lesbienne ? Toute cette conversation serait-elle un test qu'elle me ferait passer à mon insu, avant de me révéler, après toutes ces années d'amitié, la vérité sur sa vie et sur elle ? Cette hypothèse me blesse, parce qu'elle signifierait qu'Anna a craint ma réaction. J'ai du mal à supporter cette idée, aussi je me lance à mon tour dans un interrogatoire :

— Vous m'avez confié que vous vous étiez installée à Richmond pour une raison sentimentale, mais que cette personne avait été une grosse déception. Pourquoi n'êtes-vous pas rentrée en Allemagne, Anna, pourquoi être restée ici ?

— Je ne suis pas allemande, mais autrichienne ; du reste, j'ai fait ma médecine à Vienne. J'ai grandi dans un château, près de Linz, sur le Danube, la demeure de notre famille depuis des siècles. Les nazis l'ont investi durant la Seconde Guerre mondiale et nous avons été contraints à la cohabitation, mes parents, mes deux sœurs aînées, mon petit frère et moi. Mauthausen, le tristement célèbre camp de concentration, n'était qu'à quinze kilomètres de chez nous, et on pouvait voir la fumée s'échapper des crématoriums. En fait, c'était une immense carrière, et les prisonniers devaient en extraire d'énormes blocs de granit qu'ils poussaient sur des centaines de mètres. S'ils faiblissaient, ils étaient tabassés ou éliminés. Des Juifs, des Espagnols, des Russes et des homosexuels. De sombres nuages de mort souillaient l'horizon, et mon père détournait les yeux et soupirait lorsque personne ne pouvait l'entendre. Je sentais son chagrin et sa terrible honte. Nous ne pouvions rien faire, aussi était-il aisé de fermer les yeux. Ce fut le cas pour beaucoup d'Autrichiens et, si je ne parviens pas à le pardonner, je sais également qu'ils se sentaient impuissants. Mon père était riche et respecté, mais s'opposer aux nazis signifiait camp de concentration ou exécution sommaire. Je me souviens des rires qui nous parvenaient, du choc cristallin des coupes de champagne, comme si ces monstres devenaient nos meilleurs amis. L'un d'entre eux a commencé à me rendre des visites nocturnes, et cela a duré deux ans. Je me suis tue, parce que je soupçonnais que mon père s'en doutait, mais qu'il ne pouvait rien faire pour me protéger. Oui, j'en suis certaine, maintenant. J'avais si peur que la même chose arrive à mes sœurs, et sans doute avais-je raison. Lorsque la guerre s'est terminée, j'ai repris ma formation et j'ai rencontré à Vienne un étudiant en musique, un Américain. C'était un éblouissant violoniste, bourré d'esprit, si beau, et je l'ai suivi lorsqu'il est rentré chez lui. Mais la vérité, c'est que je ne pouvais plus rester en Autriche, je ne parvenais plus à supporter l'aveuglement volontaire de ma famille. Si longtemps après, la campagne autrichienne me rappelle toujours ce gros nuage sombre, lourd d'épouvante. Je le vois encore.

Le salon est glacé et les braises ne rougeoient plus que par endroits, trouant parcimonieusement l'obscurité qui nous environne.

— Qu'est devenu le violoniste ?

D'une voix teintée de tristesse, elle répond :

— Je suppose que le rêve s'est évanoui, laissant place à la réalité. C'était une chose de tomber amoureux d'une jeune Autrichienne dans une des villes les plus belles, les plus romantiques du monde, c'en était une autre de la ramener en Virginie, à Richmond, ancienne capitale des confédérés, où des nostalgiques hissent encore le drapeau de l'Union devant leur maison. James a été engagé par le symphonique de Richmond et j'ai commencé mon internat à la faculté de médecine de Virginie. Quelques années plus tard, il est parti pour Washington et nous nous sommes séparés. Avec le recul, je suis soulagée de ne m'être jamais mariée, ni d'avoir eu d'enfants. Je me suis au moins épargné cette complication.

— Et votre famille ?

— Mes sœurs sont mortes. Mon frère est installé à Vienne. Il est banquier, comme mon père. Je crois que nous devrions aller dormir.

Je me jette sous mes couvertures en frissonnant. Un oreiller me permet de soulever un peu mon bras plâtré. Ces discussions avec Anna me perturbent, ravivant les fantômes de chagrins si anciens, auxquels s'ajoutent maintenant les révélations de mon amie. Je comprends si bien qu'elle taise ce passé. Une association, si vague soit-elle, avec le nazisme, laisse de terribles cicatrices, si terribles que je commence à percevoir son attitude et sa façon de vivre, d'une manière bien différente. Peu importe qu'Anna n'ait rien pu dire au sujet des occupants du château, peu importe qu'elle n'ait pas eu la liberté de repousser ce nazi lorsqu'elle avait dix-sept ans, elle serait quand même inexcusable aux yeux des autres. Dans l'obscurité de la chambre d'amis, je lève les yeux et murmure : « Oh, mon Dieu ».

Je me relève, traversant la maison plongée dans l'obscurité jusqu'au hall d'entrée, me dirigeant vers l'aile est. La porte de la chambre d'Anna est ouverte. La pâle clarté lunaire dessine les contours de la forme allongée :

— Anna ? Vous dormez ?

Elle se redresse et s'assied dans le lit. Je m'approche, distinguant à peine son visage. Ses longs cheveux blancs sont épars sur ses épaules et elle paraît soudain si âgée.

— Ça ne va pas ? me demande-t-elle d'un ton endormi et presque inquiet.

— Je suis désolée, Anna. Je suis si désolée. Je n'ai pas été à la hauteur de notre amitié.

— Vous êtes l'amie en qui j'ai le plus confiance, Kay.

Sa main saisit la mienne et je sens la pression de ses os fragiles, si minces sous la peau douce et ridée.

Ce n'est plus le titan que j'ai toujours connu, juste une femme âgée, si vulnérable, peut-être parce que je connais maintenant son histoire. Je murmure :

— Vous avez tant souffert, tant supporté, toute seule. Je m'en veux tellement de ne pas avoir été à vos côtés.

Je la serre malhabilement contre moi, et dépose un baiser sur sa joue.

VIII

J'aime beaucoup l'endroit où je travaille, même dans les pires moments, ceux où ma vie m'échappe. Je conserve toujours quelque part à l'esprit la certitude que je dirige un des instituts médico-légaux les plus performants du pays, pour ne pas dire du monde. Je suis également coresponsable de l'Institut de sciences médico-légales de Virginie, une première en la matière. Quant à nos équipements et à nos laboratoires, ce sont les plus modernes qu'il m'ait été donné de visiter.

Notre nouveau domaine, Biotech II, s'étend sur treize mille mètres carrés, et sa construction a coûté la bagatelle de trente millions de dollars. Il est situé au cœur du parc de recherches biotechnologiques dont la création a complètement transformé le centre de Richmond, remplaçant les magasins abandonnés et les immeubles condamnés par d'élégants bâtiments tout de brique et de verre. Biotech a permis de mettre en valeur cette ville martyrisée longtemps après que ses agresseurs venus du Nord s'en furent retirés.

Lorsque j'ai emménagé, à la fin des années 80, Richmond avait le lourd privilège de figurer en permanence sur la liste des villes les plus meurtrières des Etats-Unis. Toutes les entreprises fuyaient vers les comtés voisins, et personne ne se risquait au centre-ville à la tombée de la nuit. Tel n'est plus le cas. Richmond est en train de devenir une cité culturelle et scientifique, et j'admets bien volontiers qu'une telle métamorphose me surprend. Au début, j'ai détesté cette ville, et ce n'était pas seulement parce que Marino se montrait odieux à mon égard ou parce que je regrettais Miami.

Je crois sincèrement que les villes ont une âme, elles se teintent de l'énergie de ceux qui y vivent et président à leur destinée. Lors de sa pire traversée du désert, Richmond, confite dans l'obstination et la mesquinerie, se drapait dans l'arrogance blessée des vaincus qui doivent obéir à ceux qu'ils ont si longtemps dominés ou même possédés. Il flottait dans l'air une telle certitude de supériorité que des étrangers comme moi se sentaient rabaissés, exclus. J'y avais vite détecté la marque de vieilles blessures, d'humiliations aussi irréparables que celles que je retrouve sur les morts. Ce deuil si flou mais si persistant enveloppait tout, les marécages fumants de la chaleur de l'été, les interminables alignements de pins décharnés qui bordent la rivière, les fonderies, les ruines et les prisons vestiges de cette affreuse guerre. Une étrange compassion m'était venue. Pourtant, je n'ai jamais désespéré de cette ville, mais ce matin je résiste difficilement à l'idée que c'est elle qui vient de m'abandonner.

Le haut des immeubles du centre-ville disparaît dans les nuages lourds de neige. Le regard perdu vers la fenêtre de mon bureau, je contemple, l'esprit ailleurs, les flocons de neige qui tombent paresseusement. L'incessante sonnerie des téléphones couvre à peine les sons qui proviennent du couloir. C'est mon grand retour au travail et j'ai bien peur que toutes les institutions ferment leurs portes très tôt en raison du mauvais temps.

— Rose ? Vous suivez la météo ?

Rose, ma secrétaire, occupe le bureau voisin du mien.

— Neige !

— Oui, ça, je vois. Ils n'ont rien bouclé pour l'instant ?

Ma tasse de café à la main, je me laisse étonner par cette implacable tempête neigeuse qui a pris notre ville d'assaut. Les joies de l'hiver et de la neige embellissent fréquemment la région, de l'ouest de Charlottesville au nord de Fredericksburg, mais Richmond en est en général privé. La James River réchauffe la ville, transformant la neige en pluies glaciales qui déferlent, telles les troupes de Grant, pour paralyser la ville.

— Ils parlent d'une couche qui pourrait atteindre une vingtaine de centimètres, quant aux températures en début de soirée, elles plongeraient à sept degrés sous zéro...

Rose s'est probablement connectée au site web de la météo.

— Et on ne peut espérer qu'un petit zéro pour les trois jours à venir. On se prépare un Noël blanc, c'est quelque chose, non ?

— Qu'est-ce que vous faites pour le réveillon, Rose ?

— Pas grand-chose.

Mon regard se balade, effleurant des piles de dossiers d'enquête, de certificats de décès. Je repousse les messages, mails, notes de service qui jonchent mon bureau en tas si serrés que sa surface disparaît sous cet amoncellement, et que je ne sais plus par où commencer.

— Vingt centimètres ? Ils vont déclarer l'état d'urgence. Il faudrait savoir quelles sont les institutions qui vont fermer, en dehors des écoles. Que reste-t-il sur mon planning de la journée, à part ce qui a déjà été annulé ?

Rose doit en avoir assez de me répondre au travers du mur, et pénètre dans mon bureau. Son pantalon gris, son pull à col roulé blanc conviennent à merveille à son allure stricte. Elle porte les cheveux ramassés en un petit chignon haut et ses lunettes en demi-lunes reposent sur le bout de son nez. Elle ouvre le gros agenda qui ne la quitte presque jamais :

— Nous avons d'ores et déjà six affaires, et il n'est pas 8 heures. Vous devez témoigner devant la cour, mais j'ai l'impression que cela sera supprimé.

— Quelle affaire ?

— Voyons... Mayo Brown... Ça ne me dit rien.

— Une exhumation. Empoisonnement meurtrier, un cas assez chancelant, si je puis dire.

Le dossier est enfoui quelque part sur mon bureau. Les muscles de ma nuque et de mes épaules se tendent. La dernière fois que j'ai rencontré Righter, c'était précisément pour discuter de ce dossier qui devait plonger le tribunal dans une inextricable confusion. J'avais passé des heures à lui expliquer que l'embaumement constitue un facteur de dilution qui abaisse la concentration sanguine des drogues et qu'il n'existe aucune méthode satisfaisante pour apprécier la vitesse de dégradation des différentes substances dans les tissus embaumés. J'avais passé en revue avec lui tous les rapports de toxicologie pour le préparer à défendre l'existence d'une telle dilution. J'avais martelé des heures durant que le liquide utilisé pour conserver les cadavres déplace les masses de sang et dilue les drogues. En d'autres termes, cela signifiait que si la concentration plasmatique de codéine retrouvée dans les tissus du décédé se situait à l'extrémité inférieure de l'intervalle des doses létales, on pouvait affirmer qu'elle était bien supérieure juste avant le décès et le protocole d'embaumement. J'avais interminablement insisté sur ce point, prévenant Righter que l'avocat de la défense chercherait à noyer le poisson en opposant héroïne et codéine.

Nous étions installés devant la table ovale de ma salle de réunion privée, des tonnes de papiers alignées devant nous. Righter a pour habitude de souffler très fort lorsqu'il perd pied, qu'il est frustré ou que son humeur s'assombrit. Il s'emparait d'un dossier, le regardait en fronçant les sourcils pour le reposer aussitôt, en soufflant comme une baleine.

— C'est du chinois ! Comment expliquez-vous à un membre du jury que la 6-acétylmorphine est un marqueur de la présence d'héroïne, et que, en dépit du fait qu'on ne l'ait pas détectée, ça ne prouve pas pour autant l'absence d'héroïne, mais qu'au contraire si on la retrouve, alors, à ce moment-là, on peut être certain qu'il y avait aussi de l'héroïne. Alors que la codéine est médicale ?

J'avais encore dû lui expliquer que c'était précisément là que je voulais en venir, tout en sachant qu'il n'avait vraiment pas envie de se concentrer sur ce point. Pour cette raison, il devait ne pas dévier de son explication concernant le facteur de dilution, qui impliquait que la dose de drogue ait été bien supérieure à ce que l'on avait détecté après l'embaumement. La morphine est un métabolite de l'héroïne, mais également de la codéine. En d'autres termes, lorsque ce dernier médicament est métabolisé dans le sang, il se produit une libération de faibles quantités de morphine. La situation n'est donc pas simple, et on ne peut rien affirmer avec certitude, puisque nous n'avons pas de marqueur spécifique pour l'héroïne. Dans le cas en question, nous avions retrouvé de la codéine et de la morphine dans le sang de l'homme décédé prouvant qu'il avait pris quelque chose avant sa mort, volontairement ou pas. J'avais décrit à Righter toutes les subtilités de ce scénario. Mais cela prouvait-il que la femme de Brown l'avait empoisonné avec une overdose de Tylenol ? Certainement pas, et c'était pour cette raison qu'il ne devait pas se laisser embourber par la 6-acétylmorphine.

Je deviens obsessionnelle. Je suis assise devant mon bureau, parcourant avec énervement les tas de papiers qui se sont accumulés durant mon absence. Tout ce temps perdu à préparer Righter, à l'assurer que je serais présente au procès, comme d'habitude, me rend malade. Mais lui n'a pas l'air enclin à me renvoyer l'ascenseur. Je suis une quantité négligeable, comme toutes les victimes virginiennes de Chandonne, une succession de quantités négligeables ! Ça me reste en travers de la gorge, et je commence aussi à en avoir soupé de Jaime Berger.

— Rose, pouvez-vous vérifier si les tribunaux ferment ? Au fait, il sort de l'hôpital ce matin, préparez-vous pour les appels des médias.

Je ne parviens toujours pas à prononcer le nom de Jean-Baptiste Chandonne.

Rose parcourt les pages de mon agenda, évitant mon regard :

— J'ai entendu aux informations que ce procureur de New York venait de débarquer chez nous ? Ce serait marrant qu'elle soit bloquée par la neige.

Je me lève de derrière mon bureau, retire ma blouse pour la poser sur le dossier de la chaise :

— On a de ses nouvelles ?

— Elle n'a pas cherché à vous joindre.

C'est une façon pour Rose de me faire savoir qu'elle est au courant de l'intérêt de Berger pour Jack, ou du moins pour quelqu'un qui m'est proche.

Je suis parvenue à développer, au fil des années, une rare aptitude à m'immerger dans le travail pour faire dévier la curiosité des gens lorsqu'elle concerne un sujet que je ne tiens pas à aborder. Je lance soudain, pour couper l'herbe sous le pied de ma secrétaire et m'éviter un de ses lourds regards :

— On pare au plus pressé. Supprimons la réunion du personnel du matin. Il faut en avoir fini avec nos corps avant que le temps n'empire.

Rose occupe ce poste de secrétaire particulière depuis plus de dix ans. C'est ma mère de bureau. Elle me connaît mieux que quiconque mais n'a jamais tenté de m'influencer dans quelque sens que ce soit. Je sais que l'arrivée de Berger aiguise sa curiosité et fait naître beaucoup de questions dans sa tête, mais elle ne les posera pas. Elle connaît exactement mon sentiment sur le déplacement du procès et se doute que je ne tiens pas à l'évoquer.

— Je crois que les docteurs Chong et Fielding sont

déjà à la morgue, mais je n'ai pas encore aperçu le docteur Forbes.

Même si l'affaire Mayo Brown est jugée aujourd'hui, je suis certaine que Righter ne me téléphonera pas. Il énoncera mon rapport et, si besoin est, appellera les experts toxicologues à la barre. Je l'ai traité de lâche et je le vois mal tentant de me contacter, d'autant que ma sortie est fondée et qu'il doit quand même en être conscient. Il cherchera sans doute un moyen pour m'éviter aussi longtemps que possible, et cette peu réjouissante pensée en amène une autre : en quoi cela influera-t-il sur mon futur ?

Je traverse les toilettes des dames et franchis les portes des vestiaires où nous nous changeons, passant d'un univers civilisé, tout de moquette et de lambris, à un monde de dangers biologiques, d'odeurs et de couleurs agressives. Durant cette traversée, nous ôtons nos chaussures, nos vêtements pour les ranger soigneusement dans des placards vert sarcelle. Je retrouve la paire de Nike que je range à côté de la porte qui ouvre sur la salle d'autopsie. Elles ne fouleront plus jamais l'empire des vivants et, lorsque le temps sera venu, je les ferai incinérer. Une douleur pulse dans mon bras invalide et je parviens, non sans acrobaties, à suspendre mon pantalon, mon chemisier de soie blanche et ma veste à un porte-manteau. Je me contorsionne pour enfiler une longue blouse dont les panneaux de devant et les manches sont imperméables aux virus et dont les coutures sont étudiées pour résister à toute déchirure, à toute pénétration. Je relève le haut col ajusté qui dissimule complètement mon cou et recouvre mes tennis de protections. Suivent un masque et un calot de chirurgie. La touche finale de cette cuirasse est le masque facial qui me garde des éclaboussures dont les pires menaces se nomment hépatite et sida.

Les portes en acier inoxydable s'ouvrent automatiquement devant moi et mes pas produisent un bruit de papier froissé sur le sol en vinyle de la salle d'autopsie aux murs recouverts d'une résine époxy. Des légistes sont penchés au-dessus des cinq tables en acier, abouchées à des éviers métalliques. Le martèlement de l'eau qui coule et le ronronnement des sorbonnes remplissent l'espace d'un bruit incessant. Une file de radiographies exposées contre des caissons lumineux dévoile une série d'ombres en forme d'organes, les lignes minces et opaques d'os et des touches plus brillantes : des éclats de balles, ceux-là mêmes qui ont pulvérisé une machine parfaite, déchiquetant des mécanismes vitaux. Des cartes de séquençage d'ADN pendent dans des cabinets, maculées de sang. Lorsqu'elles sèchent sous la hotte, elles s'envolent comme des guirlandes de petits drapeaux japonais. Les écrans de surveillance scellés dans les coins de la salle projettent toujours les mêmes scènes : le démarrage bruyant d'une voiture dont le moteur ronfle, l'arrivée d'un fourgon mortuaire qui amène un corps, ou le reprend pour le rendre à la vie des siens. Ceci est mon théâtre, c'est là que j'entre en scène tous les jours. Et cette bouffée d'odeurs, d'images, de sons si violents, si morbides, sans doute si inacceptables pour le commun des mortels, m'apaise soudain. C'est comme si une ombre pesante m'abandonnait enfin, alors que je rends leur salut aux médecins déjà à la tâche. Je suis de retour chez moi.

Une odeur âcre de fumée remplit la longue pièce aux plafonds hauts. Je découvre vite, sur une civière rangée le long du mur, le corps nu et mince, recouvert de suie. Seul, si froid, environné de silence, l'homme mort attend, il m'attend. Je suis le dernier être auquel il se confiera avec des mots qui ne sont pas de ce monde mais qui signifient quelque chose. L'étiquette nouée autour de son gros orteil stipule en lettres grasses tracées au feutre que j'ai affaire à un anonyme : « John Doe », écrit avec une faute d'orthographe : « Do ». Je déchire une pochette de gants de latex, m'apercevant avec soulagement que je parviens à les enfiler par-dessus le plâtre, et rabattant la manche imperméable de ma blouse comme seconde protection. J'ai retiré l'écharpe qui retenait mon bras invalide et il faudra que je me contente pour un temps de ma seule main droite pour réaliser mes autopsies. Ce n'est pas toujours évident d'être gaucher dans un monde conçu pour et par les droitiers. Cela ne va pas sans avantages non plus puisque beaucoup de gauchers deviennent ambidextres, ou du moins peuvent-ils se servir de leur main droite à peu près correctement. Mes os fracturés projettent dans mon bras des ondes douloureuses, permanent souvenir que tout n'est pas pour le mieux dans le meilleur de mon monde, même si je me concentre intensément sur mon travail et serre les dents pour le mener à bien.

Je fais le tour de la civière sur laquelle repose l'homme qui m'attend, le détaillant, me rapprochant. Une seringue pend toujours au creux de son bras et des brûlures au second degré font cloquer la peau de son torse. Leurs bords sont très rouges. Le corps est maculé de suie que je retrouve aussi en abondance dans la bouche et la cavité nasale. Il est en train de m'expliquer qu'il vivait encore lorsque le feu a pris. Il respirait, puisqu'il a inhalé la fumée. Son cœur battait toujours, envoyant du sang vers ses brûlures, et expliquant ces bords rouges et ces cloques. A première vue, la seringue toujours enfoncée dans sa veine, cet incendie, pourraient suggérer un suicide. Mais je découvre en haut de sa hanche une contusion pourpre du diamètre d'une mandarine. Ses indurations, sa résistance au toucher évoquent un coup récent. Comment cela a-t-il pu se produire ? L'aiguille est plantée dans son bras droit, ce qui semble indiquer qu'il était gaucher, pourtant la musculature plus développée de son bras droit contredit cette hypothèse. Pourquoi est-il dénudé ?

Je lève la voix pour me faire entendre de Jack Fielding :

— Toujours pas d'identification ?

Il change la lame de son bistouri :

— On n'a rien d'autre sur lui. L'inspecteur chargé de l'enquête devrait être là.

— On l'a trouvé dévêtu ?

— Ouais.

Je passe mes doigts dans l'épaisse chevelure enduite de suie pour tenter d'en préciser la couleur. Il va falloir lui laver les cheveux, mais ses poils pubiens sont très foncés. Il est rasé de près, les pommettes assez saillantes, et ses maxillaires sont carrés. Il faudra que la maison des pompes funèbres recouvre les brûlures qu'il porte au front et au menton avec l'espèce de fond de teint qu'ils utilisent sur les cadavres avant que nous prenions une photo de lui pour la faire circuler. Du moins si nous ne parvenons pas à l'identifier plus aisément. La *rigor mortis* est en plein développement : ses bras raides sont allongés le long de son corps, et ses doigts légèrement crispés. La *livor mortis*, lorsque le sang se fige dans certains endroits du corps après la mort sous la pression de la gravité, est également fixée, et la face externe de ses jambes et de ses fesses est d'un rouge profond, au contraire des zones livides sur lesquelles il reposait. Assis par terre, adossé contre un mur. Je le retourne, le gardant en équilibre sur un flanc, afin de vérifier si son dos garde la trace de blessures, et découvre des abrasions linéaires et parallèles au niveau de l'omoplate. Il a été tiré. Encore des marques de brûlures entre les clavicules ainsi qu'à la base de la nuque. Un étroit fragment de quatre à cinq centimètres de long, d'une matière qui évoque du plastique blanc imprimé de petits caractères bleus, est collé à l'une des brûlures. Ça ressemble à un bout d'emballage alimentaire. Je l'extrais à l'aide d'une pince et l'examine sous une grosse lampe de chirurgie. Le bout de papier semble fait de cette sorte de fin plastique qui entoure habituellement les bonbons ou les barres de friandises. Je parviens à déchiffrer : « Ce produit... 9-4 EST » suivi d'un numéro vert et d'une adresse e-mail incomplète, avant de le placer soigneusement dans un petit sachet à indices.

Je prépare mes imprimés et les diagrammes qui nous permettent de noter nos observations avant d'interpeller Jack. Il traverse la salle d'autopsie, ses larges biceps à l'étroit dans les manches courtes de sa blouse :

— Je n'arrive pas à croire que vous comptez vraiment travailler avec ce foutu plâtre !

Le corps musclé de mon assistant-chef est réputé pour sa perfection, mais ce ne sont ni les interminables séances d'haltères ni les invraisemblables quantités de crème de protéines parfumée au chocolat qui l'empêcheront de perdre ses cheveux. La façon dont cette brutale calvitie s'est produite est presque inquiétante : ses cheveux châtain clair sont tombés à pleines poignées en quelques semaines, recouvrant ses vêtements, essaimant dans l'air à la façon d'un léger duvet, comme s'il muait devant nos yeux.

Il fronce le front en découvrant la faute d'orthographe :

— Le type des pompes funèbres doit être asiatique : John Dooo.

— Qui est chargé de l'enquête ?

— Stanfield. Connais pas. Surtout, ne trouez pas votre gant, ou cette chose va se transformer en danger biologique, et vous êtes coincée avec pour plusieurs semaines, lâche-t-il en contemplant mon plâtre ganté de latex. Tiens, d'ailleurs, que feriez-vous dans ce cas ?

— Je le casse et j'en refais un autre.

— Peut-être devrions-nous nous procurer des plâtres à usage unique ?

— De toute façon, je me cramponne pour ne pas l'enlever tout de suite. Les brûlures que porte ce type me laissent perplexe. On a une idée de la distance qui séparait le corps de l'endroit où le feu a pris ?

— A peu près à trois mètres du lit. Il paraît que seul le lit a brûlé, et partiellement, encore. Il était nu, assis par terre, le dos appuyé au mur.

Je désigne du doigt des brûlures de moindre surface, de la taille d'une pièce d'un dollar :

— Je ne comprends pas pourquoi seul le haut du corps est atteint. Les bras, la poitrine. Là, sur l'épaule gauche, et puis celles-ci au visage. En plus, j'en ai trouvé sur le dos, et ce n'est pas normal, puisqu'il était assis contre le mur. Son dos aurait dû être protégé. Bon, et les marques de traînée ?

— Selon ce que j'ai compris, lorsque les pompiers sont arrivés, ils ont tiré le corps vers le parking. Par contre, un truc ne fait pas de doute : il était inconscient, ou incapable de réagir lorsque l'incendie a débuté. Parce que sans ça, je ne vois vraiment pas pour quelle raison quelqu'un resterait assis en attendant de se faire brûler et en avalant de la fumée. Joyeuses fêtes !

Je sens une telle lassitude chez mon assistant que je suppute que sa nuit fut détestable, peut-être un de ses éternels affrontements avec son ex-femme.

— On dirait que tout le monde veut en finir.

Il me désigne la table d'autopsie où le docteur Chong, grimpé sur un escabeau, prend des photos, et poursuit :

— Cette femme, là-bas, retrouvée morte allongée sur le sol de la cuisine, la tête reposant sur un coussin. Un voisin a entendu une détonation. C'est sa mère qui a découvert le corps. Et chambre 2 (il pointe du doigt vers la deuxième table), un accident de voiture fatal. Les flics sont certains qu'il s'agit d'un suicide. Elle est très amochée. Elle a foncé dans un arbre.

— On a récupéré ses vêtements ?

— Oui.

— On va radiographier la plante de ses pieds et envoyer les chaussures au labo pour analyse. Cela devrait nous dire si elle accélérait ou si au contraire elle a freiné juste avant l'impact.

Je colorie en même temps mon diagramme pour préciser les zones recouvertes de suie. Jack récite pour moi la liste de nos visiteurs du jour :

— Et puis nous avons un diabétique, une overdose. On l'a retrouvé dans le jardin de sa maison. Reste à savoir s'il s'agit d'alcool, de drogue ou d'une overdose médicamenteuse.

— Seuls ou en association !

— Juste. Ah oui, je vois ce que vous voulez dire au sujet des brûlures.

Il se penche vers le corps, clignant fréquemment des yeux. C'est vrai qu'il porte des lentilles de contact.

— C'est bizarre qu'elles soient presque toutes de la même forme et de la même taille. Vous voulez un coup de main ?

— Non merci, je vais me débrouiller. Comment ça va, Jack ?

Je lève les yeux de mon diagramme. Il a l'air fatigué, son beau visage juvénile en porte le témoignage :

— On pourrait peut-être prendre un café ensemble, un de ces jours ? C'est plutôt à moi de vous demander si ça va.

— Aussi bien que possible, dis-je en lui tapotant l'épaule.

J'entreprends l'examen externe de John Doe à l'aide du PERK. C'est un ensemble de tests, tous plus déplaisants les uns que les autres, qui permettent de relever les indices physiques d'un cadavre : échantillons provenant des orifices naturels récupérés à l'aide d'un écouvillon, rognures d'ongles des pieds et des mains, poils corporels, pubiens, cheveux. Nous « perkons » tous nos entrants lorsqu'il existe la moindre suspicion d'une mort non naturelle, et de toute façon tous les corps qui nous parviennent nus, à moins qu'il n'existe une raison cohérente pour justifier cette nudité. Je ne peux pas me permettre d'épargner à mes patients cette série d'humiliations. Les indices cruciaux se nichent parfois dans les cavités les plus sombres, les plus privées, ou s'accrochent sous des ongles. C'est ainsi que je détecte plusieurs cicatrices de déchirure anale. Les commissures de sa bouche sont écorchées et des fibres adhèrent à sa langue et à l'intérieur de ses joues.

Je détaille sous la loupe chaque centimètre carré de son corps et l'histoire qu'il me conte devient de plus en plus trouble. Des marques de frottements sont visibles aux genoux et aux coudes, couverts de poussière et de fibres. Je les récupère grâce à la bande collante de Post-it avant de les placer dans des sachets. Des marques d'abrasion, rondes, incomplètes, rouge brique se dessinent sur les proéminences osseuses de ses poignets. Je prélève du sang de la veine iliaque ainsi que le fluide vitreux de l'œil. La batterie des tubes à essais grimpe au troisième étage par le monte-plats, et atterrira directement dans le labo de toxicologie qui se chargera de l'alcoolémie et de la détection du monoxyde de carbone.

L'homme d'un certain âge qui s'avance vers moi est de grande taille. Il est presque 10 h 30. Je repousse les bords de l'incision en Y. Son large visage porte les signes d'une grande fatigue. Il s'arrête à une distance prudente de la table où j'opère, cramponnant un gros sac en épais papier marron, dont l'ouverture est scellée par le ruban rouge réservé aux pièces à conviction. J'ai soudain la vision de mon sac de voyage posé sur la table en bois de Jarrah de ma salle à manger.

— Inspecteur Stanfield, j'espère ?

Je tire une langue de peau et la dégage de la cage thoracique à petits coups répétés de bistouri.

— Bonjour. (Il se rattrape lorsque son regard effleure le cadavre.) Enfin, pas pour lui.

Stanfield n'a pas pensé à passer un vêtement de protection sur son vilain costume à chevrons. Il ne porte ni gants ni protections de chaussures. Il jette un regard à mon gros bras plâtré sans me demander comment la chose est arrivée, sans doute parce qu'il est déjà au courant. Je dois me souvenir que ma vie a été étalée aux informations, que je refuse catégoriquement de suivre. Anna m'a presque accusée d'être une poule mouillée, enfin, autant qu'un psychiatre puisse accuser et étant entendu que ce qualificatif n'appartient pas à son vocabulaire. « Dénégation, refus » sont ses mots, mais je m'en fiche, je ne permettrai pas aux médias de s'approcher de moi. Je ne veux rien savoir de ce qui se dit de moi.

Stanfield continue :

— Je suis désolé d'être en retard, mais les routes sont en sale état et ça ne va pas en s'améliorant. J'espère que vous avez des chaînes. J'en avais pas et je me suis planté. Il a fallu que je fasse venir les gars du dépannage. C'est pour ça que je ne suis pas arrivé plus tôt. Vous avez trouvé quelque chose ?

— Son CO est à 72 p. 100 (c'est le jargon pour monoxyde de carbone). Vous avez vu la couleur cerise du sang ? C'est typique d'un taux important de CO. Par contre, l'alcoolémie est nulle.

J'attrape une cisaille à côté du chariot de chirurgie.

— Alors, c'est bien le feu qui l'a dégommé, non ?

— Bien sûr, il y avait cette aiguille plantée dans son bras, mais l'intoxication au CO est la vraie cause de la mort. Malheureusement, cela ne veut pas dire grand-chose.

Je coupe les côtes, continuant d'expliquer à Stanfield où nous en sommes, puis pointe les écorchures qui encerclent ses poignets et celles qui apparaissent à la commissure de la bouche de l'homme. :

— L'abrasion anale indique des pratiques homosexuelles. Il a été menotté ou ligoté peu de temps avant sa mort. Et il y a fort à parier qu'il était également bâillonné, ce qui est cohérent avec la présence de fibres dans la cavité buccale...

Stanfield écarquille les yeux.

— Regardez, les marques sont récentes, parce qu'il n'y a pas de croûte.

A l'aide d'une loupe, j'élargis notre vue de la fosse antécubitale, c'est-à-dire le creux du bras. Deux minuscules points rouges sont visibles. Je précise :

— Des marques d'injection récente. Par contre, il n'en existe pas de plus anciennes, en d'autres termes, il est peu probable que nous ayons affaire à un toxicomane. Je vais quand même prélever un bout du foie pour rechercher une éventuelle inflammation des tissus de structure du canal biliaire, de la veine et de l'artère. Et puis nous aurons les résultats de la toxicologie.

Mais ce qui le préoccupe vraiment sort tout à coup :

— Il pourrait être séropositif, non ?

— On va vérifier cela aussi.

Stanfield se recule d'un autre pas comme je retire la plaque triangulaire qui soutient les côtes. C'est le signal que Laura Turkel attend pour entrer en scène. La base militaire de Fort Lee, à Petersburg, nous l'a « prêtée ». Elle est efficace, parfaite, et me salue presque lorsqu'elle arrive à hauteur de la table d'autopsie. Turk, puisque c'est le surnom que tous lui ont donné, ne m'appelle que « chef », je suppose que c'est un grade qui signifie quelque chose pour elle, contrairement à « docteur ».

— Je peux inciser le crâne, chef ?

Ce n'est pas une question, juste une annonce.

Turk ressemble beaucoup à toutes ces femmes de l'armée qui font un passage chez nous. Dures, travailleuses, du genre qui éclipsent vite les hommes qui les entourent. Il faut avouer que souvent ceux-ci sont des natures bien délicates.

Turk engage la scie Stryker sur la ligne de la calotte crânienne :

— Cette dame sur laquelle travaille le docteur Chong, elle a fait son testament, elle a même rédigé son épitaphe. Elle a réglé toutes ses affaires, ses assurances, tout. Elle les a soigneusement rangés dans une chemise cartonnée pour les poser sur la table de la cuisine, à côté de son alliance, avant de s'allonger sur la couverture et de se tirer une balle dans la tête. Vous vous rendez compte ? C'est si triste.

— Oui, c'est affreux.

Je soulève la masse brillante des organes pour la poser sur une planche à dissection. Je précise, au seul profit de Stanfield :

— Si vous restez un peu, il serait souhaitable que vous passiez des vêtements de protection. On vous a montré où on les rangeait dans le vestiaire ?

Il jette un regard éperdu aux poignets de ma blouse trempés de sang, aux éclaboussures rouges qui constellent mon ventre.

— C'est-à-dire, madame, que j'aimerais bien qu'on passe en revue ce que j'ai appris. Si ça vous ennuyait pas, on pourrait peut-être s'asseoir quelque part une ou deux minutes, et puis ensuite je vous quitterais avant que le temps se dégrade encore plus. Si ça continue comme ça, faudra le traîneau du Père Noël pour rentrer chez soi !

Turk attrape un bistouri et trace une longue incision le long de la face postérieure de la tête, d'une oreille à l'autre. La peau du visage s'effondre et se retourne comme un gant, comme une ultime protestation. Je détaille minutieusement le dôme crânien, d'un blanc éclatant : pas d'hématomes, pas de fractures, ni d'enfoncements. Le crissement strident de la Stryker, intermédiaire entre la roulette d'un dentiste et une scie circulaire de bricoleur, reprend. J'ôte ma paire de gants maculée pour la balancer dans la poubelle rouge réservée aux déchets biologiques avant d'entraîner Stanfield vers la paillasse qui court tout le long du mur opposé aux tables d'autopsie.

Stanfield se lance, accompagnant ses premiers mots d'un lent mouvement dubitatif de la tête :

— Faut que je vous dise, madame, on n'a pas un seul début de rien sur cette affaire. Tout ce que je sais, c'est que ce type (il désigne le corps allongé sur la table) a demandé une chambre au Fort James Motel, qui fait aussi camping, hier à 3 heures de l'après-midi.

— Où se trouve ce motel ?

— Au bord de la Route 5 ouest, à dix minutes à peine de William et Mary.

— Vous avez interrogé l'employé de la réception ?

— La dame ? Oui, madame, on a discuté.

Il ouvre une grosse enveloppe jaune et en sort une poignée de Polaroid.

— Son nom, à la dame, c'est Bev Kiffin.

Il l'épelle et chausse des lunettes de presbyte tirées de la poche intérieure de sa veste. Je surprends le tremblement de ses mains alors qu'il feuillette son petit carnet de notes.

— Elle m'a raconté que ce jeune homme lui a demandé le spécial 1607.

J'étais en train de noter ce qu'il me disait mais m'interromps, stylo en l'air :

— Je vous demande pardon ? Le quoi ?

— Cent soixante dollars et soixante-dix cents pour cinq nuits, du lundi au vendredi. Si on abrège, ça fait 1607. Sans ça, le prix pour une nuit, c'est quarante-six dollars, rudement cher pour ce que c'est, si vous voulez mon avis ! Mais c'est des pièges à touristes, ces trucs.

— 1607, c'est la date de fondation de Jamestown.

Quelle curieuse coïncidence. J'en ai parlé la nuit dernière à Anna, en relation avec Benton. Stanfield acquiesce d'un signe de tête entendu :

— Exactement, madame, comme pour Jamestown. C'est un tarif professionnel, c'est comme ça qu'ils disent. Et laissez-moi vous dire un truc, madame, c'est pas un chouette hôtel, oh ça non. Moi, j'appelle ça un pucier.

— S'est-il déjà produit des choses pas nettes dans ce motel ?

— Oh non. Non, madame, pas de problèmes dont j'ai entendu parler.

— Je vois, juste miteux, en quelque sorte ?

— C'est ça, miteux.

L'inspecteur Stanfield a cette façon précise et insistante de prononcer les mots, comme s'il devait faire entrer des notions fondamentales dans le crâne d'un bambin récalcitrant et pas trop futé. Il étale soigneusement les photos les unes derrière les autres sur la paillasse.

— C'est vous qui les avez prises ?

— Oui, madame, c'est bien moi !

Elles lui ressemblent : adéquates et insistantes. La porte de la chambre ornée du numéro 14, une plongée à l'intérieur de la pièce depuis l'entrée, le lit brûlé, les traces de fumée et de suie sur les rideaux et les murs. La chambre est meublée d'une petite commode et découpée d'un renfoncement situé juste derrière la porte. Ce coin, équipé d'une tringle, permet de suspendre quelques vêtements. Les restes d'une couverture et de draps blancs épargnés par le feu. Je demande à Stanfield s'il les a soumis au labo, peut-être aurait-on retrouvé la trace d'accélérateurs de feu ? Selon lui, il ne restait rien d'utilisable sur le lit, sauf les zones carbonisées du matelas. Il en a prélevé un échantillon qu'il a protégé dans un petit pilulier en aluminium, « comme le prévoit la procédure », ajoute-t-il, et il devient évident pour moi qu'il débute dans ce travail d'enquêteur. Toutefois, l'absence de couvertures sur le lit le laisse aussi perplexe. J'insiste :

— Savez-vous si elles étaient sur le lit lorsqu'il a pris la chambre ?

— Mme Kiffin ne l'a pas accompagné jusqu'à la chambre, mais elle est certaine que le lit était correctement fait, puisque c'est elle-même qui a nettoyé la 14 après le départ du client précédent, plusieurs jours auparavant.

Bien, du moins a-t-il pensé à lui poser la question.

— Et les bagages ? La victime en avait-elle ?

— On n'en a pas retrouvé.

— Les pompiers sont arrivés à quelle heure ?

— Ils ont reçu l'appel à 17 h 22.

— D'où émanait l'appel ?

— Un conducteur qui passait devant le motel. Il n'a pas décliné son identité. Il a vu de la fumée s'échapper de la chambre et a téléphoné depuis son téléphone de voiture. L'hôtel est presque vide à cette période de l'année. Selon Mme Kiffin, les trois quarts des chambres sont inoccupées, vous comprenez, c'est juste avant les fêtes et le temps ne se prête pas aux vacances et tout ça, quoi. En fait, si vous regardez le lit, c'est clair que le feu y était localisé, et qu'il n'aurait pas gagné autour...

Il désigne d'un gros doigt brutal plusieurs des photos.

— En fait, c'était déjà presque éteint lorsque les pompiers sont arrivés. Ils ont juste sorti les extincteurs, pas besoin de la lance à incendie, ce qui est pas plus mal pour nous. Ça, là, c'est ses fringues.

Il me montre un tas sombre de vêtements, posés à même le sol, juste à l'entrée de la salle de bains. Je distingue une paire de pantalons, un T-shirt, une veste et des chaussures. Mon regard détaille ensuite les Polaroid pris à l'intérieur de la salle de bains : un seau à glace en plastique d'une couleur cuivrée, des verres jetables recouverts d'une pellicule de Cellophane, un petit savon toujours enveloppé. Stanfield fouille dans sa poche pour en tirer un petit canif grâce auquel il fait sauter le sceau du sac en papier marron qu'il a apporté avec lui.

— C'est ses vêtements, enfin du moins, c'est ce qu'on croit.

— Attendez.

Je me lève, recouvre un chariot de champs propres et enfile une nouvelle paire de gants, tout en demandant à Stanfield si un portefeuille ou d'autres effets personnels ont été retrouvés, mais il m'assure du contraire. Une odeur d'urine me prend à la gorge au fur et à mesure que je sors délicatement les vêtements du sac, au-dessus du drap que je viens d'installer. C'est le meilleur moyen pour ne pas risquer d'égarer un indice qui tomberait du linge. Le slip noir et le pantalon de cachemire Giorgio Armani sont trempés de pisse.

— Il a fait dans son pantalon.

Il hoche la tête, hausse les épaules, mais un doute s'imprime dans son regard, un doute mêlé de crainte. Tout ceci n'a aucun sens, et pourtant, je sens quelque chose de distinct. Cet homme était seul lorsqu'il a demandé une chambre à la réception, mais une autre personne l'a rejoint à un moment quelconque. Pourquoi a-t-il perdu le contrôle au point d'uriner sur lui ? Parce qu'il était terrifié ? Je retourne les poches du pantalon sans rien y découvrir :

— La dame de la réception, Mme Kiffin, se souvient-elle de la façon dont il était habillé ?

— J'ai pas pensé à lui demander. Rien dans les poches ? C'est bizarre, non ?

— Quelqu'un les a-t-il déjà fouillées dans la chambre ?

— Ben, pour être exact, c'est pas moi qui ai placé les vêtements dans le sac. C'est un autre policier qui s'en est chargé. Mais je suis sûr que personne a fouillé, ou alors ils ont rien trouvé, sans cela, ils me l'auraient donné.

— Alors pourquoi ne pas appeler Mme Kiffin maintenant afin de lui demander si elle se souvient comment il était vêtu ? Et la voiture ? En avait-il une ?

Je suis en train de lui expliquer en quoi consiste son boulot.

— On n'a pas de véhicule pour l'instant, madame.

— La façon dont il est habillé laisse supposer qu'il avait les moyens de s'offrir un hôtel un peu plus chic.

Je dessine la forme des pantalons sur un formulaire.

Tout, la veste et le T-shirt noirs, la ceinture, les chaussures et même les chaussettes sortent de chez un couturier. Cela me refait penser à Jean-Baptiste Chandonne, à l'invraisemblable pelage si fin dont il est couvert et que nous avons retrouvé sur le cadavre en décomposition de Thomas, il y a un mois, dans le port de Richmond. J'évoque, au profit de Stanfield, la ressemblance de leurs vêtements. La théorie dominante pour l'instant est que Jean-Baptiste Chandonne a assassiné son frère Thomas, probablement à Anvers. Il a passé les vêtements du mort avant de sceller son corps à l'intérieur du conteneur d'un cargo à destination des Etats-Unis.

— Parce que vous avez retrouvé tous ces poils ? J'en ai entendu parler dans les journaux.

Il tente de comprendre ce qui laisserait perplexe le plus chevronné des flics.

— Oui, en plus d'algues microscopiques, les diatomées. L'espèce que nous avons retrouvée est compatible avec celle qui croît dans l'eau de la Seine, non loin de la demeure des Chandonne, dans l'île Saint-Louis.

Stanfield est perdu, je le sens, tant pis, je poursuis :

— Ecoutez, inspecteur, ce que je peux vous affirmer, c'est que cet homme (toujours ce nom muet !) est porteur d'une maladie génétique rarissime. On pense qu'il se baignait fréquemment dans la Seine, peut-être pensait-il y trouver un remède à sa pathologie. Nous avons des raisons de croire que les vêtements retrouvés sur Thomas, le mort du conteneur, appartenaient en fait à Jean-Baptiste. Vous me suivez ?

Je dessine la ceinture, notant, grâce à la fatigue particulière du cuir, à quel trou il la bouclait.

— Ben, pour tout vous dire, madame, récemment, j'ai entendu parler que de ce truc vraiment bizarre et du Loup-Garou. Je veux dire, on n'entend que ça dès qu'on allume la télé, ou qu'on achète un journal, et vous le savez mieux que moi. A propos, je suis vraiment désolé pour ce qui vous est arrivé, et même que je me demande comment vous faites pour être ici aujourd'hui et garder votre sang-froid, Dieu du ciel ! Ma femme m'a dit que, si un truc comme ça lui arrivait, le type aurait rien besoin de lui faire, parce qu'elle passerait l'arme à gauche d'une crise cardiaque à sa seule vue !

Je détecte ses vraies craintes sous son discours : il se demande si je suis en pleine possession de mes moyens intellectuels. Ne serais-je pas en train de projeter ma propre histoire sur tout le reste, trouvant la marque de Chandonne dans chaque détail ? J'ajoute le dessin des vêtements du mort aux autres papiers qui accompagneront ce nouveau John Doe, pendant que Stanfield retrouve un numéro de téléphone sur son petit calepin. Il bouche son oreille libre et détourne le regard comme si la vue de Turk manœuvrant la scie pour décalotter le crâne de John Doe lui blessait la vue. Je ne parviens pas à suivre sa conversation téléphonique. Il raccroche et me rejoint tout en lisant les messages enregistrés sur l'écran de son *pager*.

— Bon, des bonnes et des mauvaises nouvelles. Mme Kiffin se souvient qu'il était très bien habillé, un costume sombre. Ça, c'était la bonne nouvelle ! Là où ça se gâte, c'est qu'elle se rappelle aussi qu'il jouait avec des clés de voiture, ces grosses clefs électroniques de bagnoles de luxe.

— Oui, mais nous n'avons pas de voiture.

— Non, madame, pas de voiture ! Pas de clé non plus. Ça, c'est clair qu'on lui a donné un sacré coup de main pour ce qui lui est arrivé. Vous pensez pas que quelqu'un l'aurait drogué et ensuite que cette personne aurait foutu le feu pour camoufler les indices ?

J'enfonce une porte ouverte en rétorquant :

— Ce que je crois, c'est que nous devrions garder l'option homicide en tête. Nous allons relever ses empreintes et les envoyer dans l'ordinateur pour voir si nous n'avons pas déjà quelque chose sur lui.

Le système que nous utilisons, l'AFIS, est en fait une identification automatique d'empreintes digitales. Il suffit de les scanner et elles sont immédiatement comparées à une base de données qui peut couvrir tout le pays en cas de recherche approfondie. Si cet homme possède déjà un casier criminel, ou si ses empreintes ont été enregistrées pour toute autre raison, l'ordinateur nous le signalera. J'enfile une nouvelle paire de gants, tentant de mon mieux de couvrir la boucle de plâtre qui entoure mon pouce gauche et traverse ma paume. Un relevé d'empreintes est assez simple à réaliser et ne requiert qu'un petit instrument : la cuiller. Ce n'est autre qu'une sorte de petite gouttière en métal dans laquelle on insinue une bande de papier blanc avant de la coincer dans de petites fentes afin que la bande s'incurve pour épouser la forme rétive et raide d'un doigt. Il suffit ensuite de faire avancer le papier d'un cran à chaque nouvelle prise d'empreinte. Rien de bien compliqué, ni de très exigeant intellectuellement. Pourtant, lorsque j'indique à Stanfield où trouver les cuillers, il fronce les sourcils comme si j'utilisais une langue inconnue. Je m'aperçois rapidement qu'il n'a jamais relevé les empreintes d'un mort.

— Bon, attendez.

Après plusieurs essais infructueux pour joindre le laboratoire d'identification, j'apprends que tout le personnel est parti, craignant une ultime détérioration du temps. En désespoir de cause, je sors la cuiller et le tampon encreur d'un tiroir. J'attends que Turk ait fini d'essuyer les mains de John Doe avant d'enduire d'encre chaque doigt pour les presser sur la lamelle de papier. M'adressant à Stanfield, je propose :

— Si vous n'y voyez pas d'objection, je peux m'assurer que ces empreintes soient scannées au plus vite dans l'AFIS, ce sera toujours ça de fait.

Un air de dégoût sur le visage, Stanfield me regarde pendant que je presse le pouce du cadavre dans la gouttière. Il fait partie de ces gens qui détestent la morgue, et n'ont de cesse d'en partir au plus vite. J'insiste :

— Les labos sont désertés, nul ne nous aidera ce soir. Plus vite nous identifierons cet homme, mieux ce sera. D'autant que j'aimerais transmettre les empreintes et le reste à Interpol, au cas où il aurait des connexions internationales.

Stanfield jette un nouveau coup d'œil à sa montre avant d'acquiescer.

— Inspecteur, avez-vous déjà travaillé avec Interpol ?

— Oh, non, madame. C'est un peu comme des espions, non ?

J'envoie un message sur le pager de Marino pour réclamer son aide. Il débarque quarante-cinq minutes plus tard, bien après le départ de Stanfield. Turk fourre les organes de John Doe dans un épais sac en plastique qu'elle enfoncera dans la cavité abdominale avant de suturer l'incision en Y.

Marino passe les portes métalliques et lui hurle :

— Eh, Turk ! Encore en train de surgeler les restes ?

Elle lève le regard vers lui, un sourcil haussé, un petit sourire en coin aux lèvres. Marino l'aime beaucoup, au point de ne jamais rater une seule occasion d'être grossier avec elle. Il faut dire qu'elle ne ressemble pas du tout au surnom dont on l'a affublée. C'est une petite femme menue, de cette joliesse bien proprette et pleine de santé. Elle a une magnifique peau crémeuse, de longs cheveux blonds qu'elle ramasse en une queue-de-cheval haute. Elle enfile un épais fil enduit de cire dans le chas d'une aiguille à suture, et Marino continue :

— J'te le dis, Turk, si j'ai besoin de couture pour ma peau à moi, c'est pas toi que je viendrai voir !

Elle sourit, imperturbable, et plonge la grande aiguille courbe dans la chair, tirant légèrement sur le fil.

Marino a la tête de quelqu'un qui s'est réveillé avec une gueule de bois, les yeux injectés de sang et bouffis. Sous ses blagues frémit une très mauvaise humeur.

— Vous avez oublié d'aller vous coucher, hier soir, Marino ?

— Y a de ça. C'est une longue histoire.

Il prétend m'ignorer, fixant toujours Turk, mal à l'aise, étrangement ailleurs. Je me défais de ma blouse et de tout mon harnachement, poursuivant, d'un ton professionnel et pas particulièrement chaleureux :

— Combien de temps vous faut-il pour balancer ça dans l'AFIS ?

Il me cache des choses, et je commence à en avoir soupé de son attitude de petit coq de basse-cour.

— On a un vrai problème, Marino !

Son attention se détourne enfin de Turk. Il redevient sérieux, abandonnant ses fanfaronnades adolescentes.

— Et si vous me disiez ce qui se passe pendant que je m'en grille une petite, lâche-t-il, condescendant enfin à me regarder en face pour la première fois depuis longtemps.

Les fumeurs sont strictement interdits dans tout l'immeuble, ce qui n'a pas empêché certains irrécupérables accros de fumer dans les bureaux s'ils savent que leurs collègues directs n'iront pas moucharder. Mais à la morgue, j'interdis, sans autre discussion, à quiconque d'allumer une cigarette. Bien sûr, nos « clients » ne craignent plus le tabagisme passif, mais tout ce qui requiert un contact mains-bouche recèle d'énormes dangers. Cette exigence s'accompagne d'autres interdictions : boire ou manger. Je tente même de convaincre les gens d'abandonner pour un temps leurs chewing-gums ou leurs bonbons. La seule tolérance à ces règles est une minuscule enclave pourvue de deux chaises entourant un gros cendrier sur pied, devant la machine distributrice de boissons. A cette époque de l'année, cette zone non-fumeurs n'a plus rien de confortable, mais du moins est-ce un peu intime. L'enquête de Jamestown n'est pas du ressort de Marino, mais il faut que je lui parle de ces vêtements :

— C'est juste une impression. Je vais tenter de la résumer pour vous.

Il se débarrasse d'une cendre dans le cendrier, les jambes étendues sur la chaise en plastique. Il fait tellement froid dans ce coin non-fumeurs que ma voix se matérialise en buée.

— Ouais, ben, j'aime pas ça non plus ! Bien sûr, c'est peut-être une coïncidence, Doc. Mais ce qui est sûr, par contre, c'est que la famille Chandonne a de quoi filer la trouille. Et on sait pas quelles putains de retombées on risque de se prendre, maintenant que leur canard boiteux de rejeton est bouclé aux Etats-Unis pour meurtre. D'autant que ça a entraîné pas mal de publicité pour son parrain de papa, en plus du reste ! ajoute-t-il assez laconiquement. J'aime pas la pègre, oh non. Faut vous dire que j'ai connu l'époque où ils régnaient en maître partout. (Son regard se fait mauvais.) Putain, ça continue sans doute toujours, sauf que maintenant y a plus de règles, plus de respect. Je sais pas ce que ce mec allait foutre aux environs de Jamestown, mais c'était pas seulement du tourisme, ça, c'est sûr. Avec Chandonne à l'hosto à moins de quatre-vingts bornes de là. Y a un truc !

— Marino, pourquoi ne pas mettre Interpol tout de suite dans le coup ?

Il appartient à la police de signaler certains cas à Interpol. Marino devra contacter la police d'Etat, qui passera le dossier au bureau central d'Interpol à Washington. L'objet de notre requête est simple : demander à Interpol d'émettre une demande de renseignements et passer au crible leur gigantesque banque de données consacrée au crime international, installée dans leur secrétariat général à Lyon. Les demandes de renseignements sont codées par des couleurs : le bleu est réservé aux individus recherchés dont l'identité est incertaine, le rouge signale une arrestation immédiate avec extradition possible, le vert indique que l'individu recherché est un criminel en activité, comme c'est le cas pour les récidivistes tortionnaires d'enfants ou pornographes, le jaune symbolise les personnes disparues, enfin le noir correspond aux corps non identifiés, c'est-à-dire bien souvent aux fugitifs déjà enregistrés en rouge. Mon enquête deviendra donc mon deuxième carton noir de l'année, quelques semaines après le premier, octroyé au corps décomposé retrouvé dans le conteneur sur le port de Richmond, celui de Thomas Chandonne.

— D'accord. On va envoyer à Interpol une photo

du type, ses empreintes et le rapport d'autopsie. Je vais m'en occuper dès ce soir. J'espère juste que Stanfield ne pensera pas que je piétine ses plates-bandes.

Mais il s'en fout. A la vérité, il s'agit plutôt d'une mise en garde que d'un regret vis-à-vis d'un collègue. La seule chose qui inquiète Marino, ce sont les emmerdements que cette usurpation pourrait lui valoir.

— Je crois qu'il nage en plein brouillard, Marino.

— C'est con, parce que le comté de James City a quelques très bons flics. Le problème, c'est que le beau-frère de Stanfield est député. Matthew Dinwiddie. Ça fait que Stanfield est traité comme une petite reine alors qu'il a autant de talent comme détective criminel que la Belle au Bois dormant. Mais je crois que ça le bottait, Stanfield, les enquêtes criminelles, et le beauf a dû intervenir auprès du chef.

— Ecoutez, Marino, faites votre possible.

Il allume une nouvelle cigarette, son regard faisant le tour de la petite baie où nous sommes installés. J'ai presque l'impression de voir ses pensées se former sous son crâne. Je me débats contre l'envie de fumer. C'est un désir odieux et je me déteste d'avoir un jour replongé. Je parviens toujours à me convaincre que je peux fumer juste une cigarette puis m'arrêter et, bien sûr, c'est faux. Nous restons un moment silencieux, un de ces silences embarrassés, puis j'aborde le cas Chandonne et la nature de ma conversation avec Righter, dimanche dernier.

— Allez-vous me dire ce qui se passe ? demandé-je d'un ton calme à Marino. Vous étiez à l'hôpital, n'est-ce pas, lorsqu'ils ont transféré Chandonne ? Vous avez sans doute rencontré Berger.

Il suçote sa cigarette, se donnant le temps de répondre :

— Ouais, Doc, j'y étais. Putain de cirque ! Y avait même des journalistes européens !

Au regard qu'il m'adresse, je comprends que son récit sera partiel, et cela me fiche un coup.

— Moi, je dis qu'on devrait balancer des enfoirés

comme ça dans le triangle des Bermudes et interdire à quiconque de leur parler ou de prendre une photo. C'est pas bien. Au moins, il est tellement affreux qu'il a dû leur donner pas mal de fil à retordre, aux photographes, il a dû foutre en l'air des appareils vachement chers. Ils l'ont sorti de sa chambre lesté par tant de chaînes qu'on aurait dit un porte-avions. Ils le remorquaient comme s'il était complètement aveugle. Il avait les yeux recouverts de bandages et il nous la jouait « handicapé au comble de la souffrance ».

Je pose enfin la question qui me brûle les lèvres :

— Lui avez-vous parlé ?

Son regard se perd au-delà de la baie vitrée, les muscles de ses maxillaires se contractent et il répond d'une étrange façon :

— C'était pas moi la vedette. Ils ont dit qu'ils devraient sans doute lui transplanter des cornées neuves. Putain ! Y a tous ces pauvres gens dans le monde qui peuvent même pas se payer une paire de lunettes et cet enfoiré à poils aura des cornées neuves ! Et je suppose, bien sûr, que c'est le contribuable qui va raquer pour ça, comme il raque déjà pour la légion de docteurs, d'infirmières et le reste, qui veillent sur son cul !

Il écrase rageusement son mégot dans le cendrier et se lève à contrecœur :

— Bon, va falloir que je m'arrache.

A son hésitation, je sens qu'il souhaite ajouter autre chose, mais cela ne vient pas.

— La mère Lucy et moi, on va boire une bonne bière ensemble, tout à l'heure. Paraît qu'elle a un truc important à me dire.

— Alors je n'éventerai pas le secret.

Il me jette un regard en biais :

— Et vous allez me laisser sécher jusqu'à ce soir ?

Ce à quoi je rétorque qu'il ne manque pas d'air en la matière.

— Même pas un indice ? Je veux dire, c'est une bonne nouvelle ou pas ? Me dites pas qu'elle est en cloque, conclut-il ironiquement en retenant la porte pour me permettre de sortir.

Turk retire les champs de ma table d'autopsie pour la nettoyer. Le bruit de l'eau se mêle aux grincements métalliques. Dès qu'elle m'aperçoit, elle me prévient que Rose cherche à me joindre, en criant pour couvrir le vacarme. Ma secrétaire m'informe que les tribunaux sont fermés et ajoute :

— Mais selon le bureau de Righter, il a bien l'intention de produire quand même votre témoignage. Alors, pas d'inquiétude !

— Quel choc !

Comment Anna l'appelle-t-elle, déjà ? *Ein Mann*-je ne sais quoi. Un homme invertébré.

— Ah, au fait, votre banque a tenté de vous joindre. Un homme du nom de Greenwood.

Rose me donne son numéro de téléphone.

Je suis toujours prise d'une bouffée de paranoïa dès que ma banque m'appelle. Les scénarios sont toujours les mêmes : un de mes investissements a pris un gros revers, ou bien je suis à découvert parce que l'ordinateur s'est coincé, ou alors c'est autre chose, mais toujours un problème. J'ai enfin M. Greenwood à l'autre bout de la ligne. D'un ton assez frais, il précise :

— Je suis désolé, docteur Scarpetta. Ce message était une erreur, un malentendu. Vraiment, désolé de vous avoir dérangée.

— Alors, il n'y a pas de problèmes ?

Cela me sidère. J'ai affaire à Greenwood depuis des années et il se conduit comme s'il ne me connaissait pas.

— C'est un quiproquo, répète-t-il de la même voix distante. Encore toutes mes excuses, et bonne journée.

IX

Je consacre les heures suivantes à dicter le rapport d'autopsie de John Doe, à répondre à différents appels, et à avancer un peu dans la paperasserie avant de quitter mon bureau, en fin d'après-midi.

Le soleil parvient à percer au travers de nuages qui s'effilochent et des rafales de vent jettent à terre des feuilles qui tourbillonnent comme si elles étaient désorientées. La neige a cessé de tomber et la température remonte un peu. Le monde dégouline et grésille du son étouffé de la circulation.

Je suis au volant de la Lincoln argentée d'Anna et me dirige vers l'ouest, en direction de Three Chopt Road. Les informations à la radio relatent, jusqu'à la nausée, le transfert de Jean-Baptiste Chandonne vers New York. On s'attarde avec délices sur ses bandages, ses brûlures chimiques. L'histoire de cette mutilation que j'ai infligée pour sauver ma vie a repris de la vigueur. Les journalistes ont enfin trouvé leur angle : la justice est aveugle ! Le docteur Scarpetta a fait subir le châtiment classique. Un présentateur clame sur les ondes : Aveugler quelqu'un, c'est pas rien. Eh, c'est qui le gars dans Shakespeare, vous savez, celui dont on a arraché les yeux. Le roi Lear ? Vous avez vu le film ? Le vieux roi devait se coller des œufs frais dans les orbites, ou un truc comme ça, pour avoir moins mal. C'est vraiment dégueu.

L'allée qui mène à la double porte marron de Sainte-Bridget est détrempée de neige mêlée de sel, et une vingtaine de voitures sont déjà garées sur le parking. Marino avait vu juste : la police, tout comme les journalistes, se fait rare. Peut-être le temps explique-t-il le peu d'enthousiasme des gens et la quasi-désertion de la vieille église gothique tout en brique, mais je crois plutôt qu'il s'agit de la défunte. J'en suis d'ailleurs une illustration, puisque je ne suis là ni par amitié, ni par respect, ni même parce que la mort de cet être génère un vide. Je pénètre dans le narthex, déboutonnant mon manteau, tentant de me mentir, en pure perte : je ne pouvais pas supporter Diane Bray. Je ne suis ici que par devoir, parce qu'elle était officier de police, que je la connaissais, et qu'elle fut l'une de mes patientes.

Une grande photo d'elle trône sur une table dans l'église. Son arrogante beauté, ce regard si froid, si cruel qu'aucun photographe, aucun éclairage, aucun angle n'aurait pu adoucir me font toujours sursauter. Diane Bray me détestait pour des raisons que j'ai toujours du mal à pleinement comprendre. Ce qui est sûr, c'est que je l'obsédais, tout comme mon pouvoir. J'étais devenue son sujet préféré d'investigation. Il est certain que l'appréciation que j'ai de moi-même n'a pas grand-chose à voir avec celle qu'elle m'accordait, et j'ai mis pas mal de temps à me rendre compte qu'elle était sur le sentier de la guerre. Sa stratégie de démolition devait culminer lorsqu'elle eut l'idée de se faire nommer à une position clef qui lui permettait de tenir l'Etat de Virginie.

Diane Bray avait tout planifié. La prochaine étape de son stratagème consistait à faire admettre la nécessité d'un transfert des bureaux du médecin expert, moi en l'occurrence, du département de la Santé au département de la Sécurité. Si tout se passait selon ses prévisions, il ne lui restait plus qu'à manipuler le gouverneur pour se faire nommer à la tête de ce département. Je devrais alors répondre de mes actes devant elle, puisque, d'un point de vue politique, je dépendrais d'elle. Elle se réservait sans doute l'ineffable plaisir de me foutre elle-même à la porte. Mais pourquoi ? Je creuse toujours à la recherche de réponses cohérentes, sans en trouver aucune qui me satisfasse. Je n'avais jamais entendu parler d'elle avant qu'elle n'intègre le département de police de Richmond, l'année précédente. Mais, de toute évidence, elle me connaissait et avait débarqué avec une provision de pièges, de plans pour me démolir sadiquement, lentement, usant de calomnies, de blocages professionnels, de mensonges et d'humiliations jusqu'au moment où, enfin, elle parviendrait à foutre ma carrière et ma vie en l'air. Sans doute se repaissait-elle à l'avance d'un dénouement parfait : ma réputation étant irrémédiablement souillée, je donnais ma démission, si possible juste avant de me suicider en laissant une lettre la désignant comme coupable de ma disgrâce. Au lieu de cela, je suis toujours là. Elle, pas. J'ai examiné son corps martyrisé : quelle saisissante ironie.

Un groupe d'officiers de police sanglés dans leur uniforme de parade bavardent, et le chef Rodney Harris discute avec le père O'Connor près de la porte du sanctuaire. Quelques civils élégants sont là, jetant autour d'eux un regard si perdu que j'en conclus qu'ils ne sont pas du coin. Je prends une des feuilles qui précisent le déroulement du service, attendant mon tour pour parler au chef Harris et à mon prêtre.

— Oui, oui, j'entends bien, murmure le père O'Connor.

Serein dans sa robe crème, il tient les doigts noués sur son ventre. Je me rends compte, non sans une certaine culpabilité, que je ne lui ai pas rendu visite depuis Pâques.

— Eh bien, mon père, je ne peux pas. C'est vraiment quelque chose que je ne puis accepter, continue Harris.

Ses rares petits cheveux roux sont plaqués en arrière sur son front, dégageant un visage flasque et sans charme. Harris est de petite taille, et son corps mou trahit une génétique qui le pousse à l'embonpoint. Ce n'est pas non plus un homme bien, et il n'aime pas les femmes de pouvoir. Je me suis, du reste, toujours demandé pourquoi il avait engagé Diane Bray, et j'en conclus que ce doit être pour de mauvaises raisons. Le père O'Connor insiste :

— La volonté de Dieu nous échappe parfois, puis, m'apercevant : Ah, docteur Scarpetta !

Il me sourit, tendant les mains vers moi :

— C'est bien d'être venue. Vous avez été dans mes pensées et mes prières.

La pression de ses doigts, cette lumière dans son regard m'indiquent qu'il est au courant de ce qui m'est arrivé, et qu'il compatit vraiment.

— Comment va ce bras ? J'aimerais tant que vous passiez me voir, un de ces jours.

— Merci, mon père.

Je me retourne, tendant la main vers Harris :

— C'est une épreuve pénible pour votre département et pour vous, j'en suis certaine.

— Très triste, vraiment, répond-il en balayant du regard les gens qui nous entourent et en me serrant la main, d'une poigne à la fois rustre et négligente.

La dernière fois que j'ai vu Harris, c'était chez Diane Bray. Il venait de découvrir l'effroyable spectacle de son corps dévasté. Ce souvenir restera toujours entre nous. Il n'avait aucune raison de se déplacer, aucune raison de devenir le témoin de l'absolue dégradation de son subalterne. Je crois que je lui en voudrai toujours. J'éprouve une animosité viscérale pour ceux qui contemplent le meurtre d'un regard lisse ou irrespectueux. La visite de Harris ce soir-là n'était que le vilain mélange d'une fascination pour les jeux de pouvoir et d'un certain goût pour le voyeurisme. Il sait que je l'ai deviné.

Je pénètre dans la nef, consciente de son regard rivé sur mon dos. *Amazing Grace* monte de l'orgue, et chacun s'installe de part et d'autre de l'allée centrale. Les saints, les vitraux représentant des scènes de la Crucifixion nous regardent d'en haut, et les croix de marbre ou de cuivre brillent dans la pénombre de l'église. La procession commence. Les étrangers élégants que j'avais remarqués plus tôt s'avancent en compagnie du prêtre. Un jeune enfant de chœur porte la croix. Un homme vêtu de noir le suit, soutenant l'urne émaillée de rouge et d'or dans laquelle reposent les cendres de Diane Bray. Un homme et une femme d'un certain âge, doigts enlacés, essuient leurs larmes.

Le père O'Connor nous accueille en son église et c'est durant son oraison que j'apprends la présence des parents de Diane Bray et de ses deux frères. Ils ont fait le voyage depuis le nord de l'Etat de New York, du Delaware et de Washington DC, et tous aimaient Diane. Le service est simple et bref. Le père O'Connor asperge l'urne d'eau bénite. Nul n'a préparé d'éloge funèbre, sauf le chef Harris, et ce qu'il a à dire est guindé et conventionnel.

— Elle a embrassé avec enthousiasme une profession dont le seul but est d'aider les autres...

Il se tient raide derrière son pupitre, se contentant de lire ses notes.

— Chaque jour, sa vie était en jeu, mais c'est cela la vie d'un policier, et Diane Bray le savait. Nous apprenons à regarder la mort en face, sans fléchir. Nous savons ce que veut dire « solitude », nous savons que l'on nous hait parfois. Pourtant, nous ne fléchissons pas. Nous portons le flambeau de la justice, contre les forces du mal, contre ceux qui abusent des autres.

Le bois des prie-dieu grince sous les mouvements de ceux qui s'y agenouillent. Le père O'Connor sourit gentiment, la tête un peu inclinée sur le côté. Je cesse d'écouter Harris. Ce service religieux bat tous les records de platitude, de vide, et une sorte de consternation m'envahit. La liturgie, le gospel, les chants et les prières, tout est creux, sans passion, sans musique. Car Diane Bray n'aimait personne, pas même elle. De cette rapacité, de cette vie qui voulait digérer toutes les autres, il ne reste presque rien. Nous sortons tous ensemble, silencieux dans la nuit froide, impatients de retrouver nos voitures pour nous enfuir.

Je marche à pas rapides vers mon véhicule, tête baissée parce que je ne veux être interpellée par personne. Un son, j'ouvre ma portière avant de me retourner. Une silhouette s'est approchée de moi.

Les traits raffinés de la femme sont encore accentués par la lumière incertaine que dispensent les lampadaires. Son regard semble naître de la pénombre. Elle porte un long manteau de vison rasé. J'ai l'impression de la connaître.

— Docteur Scarpetta ? J'ignorais que vous assisteriez au service, mais je suis contente de vous trouver.

Son accent new-yorkais... Le choc me tétanise avant même que je comprenne :

— Je m'appelle Jaime Berger, annonce-t-elle en me tendant une main gantée de cuir. Je crois que nous devrions discuter un peu.

— Vous avez assisté au service ? est tout ce que j'arrive à dire.

Et pourtant, je ne l'y ai pas vue. Ma paranoïa me reprend, et je finis presque par croire qu'elle n'est jamais entrée dans l'église, se contentant de m'attendre sur le parking. Je demande :

— Vous connaissiez Diane Bray ?

Berger relève le col de son manteau et de la buée blanchit son haleine. Elle regarde sa montre, dont la pâle fluorescence verte se distingue dans l'obscurité :

— Non, je suis en train de la découvrir. Vous ne retournez pas au bureau, je suppose ?

— Je ne l'avais pas prévu, mais je peux.

Ma proposition manque d'enthousiasme. Berger veut aborder les meurtres de Kim Luong et de Diane Bray. Mais sa curiosité est également piquée par le cadavre non identifié découvert dans le port de Richmond, celui auquel nous avons attribué le nom de Thomas Chandonne. Et, précise-t-elle, si jamais ce meurtre-là est jugé, ce ne sera pas dans notre pays. Thomas Chandonne est donc, lui aussi, une quantité négligeable. Jean-Baptiste Chandonne a assassiné son frère, et il va s'en tirer ! Je monte dans la Navigator d'Anna.

— Vous aimez votre voiture ? demande Berger.

C'est une question si idiote, si peu appropriée que je me sens soupesée. Il existe une excellente raison derrière toutes les questions, tous les faits et gestes de cette femme, c'est une conviction. Elle détaille la luxueuse voiture de sport que m'a prêtée Anna tant que ma berline reste, bizarrement, hors de ma portée.

— C'est un prêt. Sans doute vaut-il mieux que vous me suiviez, madame Berger. Il ne fait pas bon se balader seule, de nuit, dans certains quartiers de la ville.

Elle pointe sa clé électronique en direction de son véhicule : une Mercedes ML 430, immatriculée dans l'Etat de New York. Les feux de détresse clignotent et les portières se déverrouillent.

— Est-il possible de contacter Pete Marino ? Ce serait bien de commencer cette discussion tous les trois.

Je tourne la clef de contact en frissonnant. L'humidité pèse dans l'air nocturne et des filets d'eau neigeuse dégoulinent des arbres. Le froid s'infiltre sous mon plâtre, s'insinuant au creux de mon coude fracturé, irritant les terminaisons nerveuses. La douleur se réveille, impitoyable, irradiant tout le long de mon bras. Je dépose un message sur le pager de Marino, avant de réaliser que j'ignore le numéro de téléphone de la voiture d'Anna. Je plonge la main dans ma serviette à la recherche de mon téléphone cellulaire, pilotant de mes doigts empêtrés par le plâtre, un œil sur le rétroviseur, surveillant les phares de la voiture de Berger derrière moi.

Marino me rappelle quelques interminables minutes plus tard. Je lui raconte brièvement les derniers événements, et sa réaction cynique ne me surprend pas. Pourtant, j'y détecte autre chose, de la colère peut-être, mais je n'en suis pas sûre.

— Ouais, ben je crois pas aux coïncidences, lâche-t-il brutalement. Vous passez à l'église pour assister au service funèbre et comme par hasard Berger est dans le coin, elle aussi. Et puis d'abord, qu'est-ce qu'elle foutait là-bas ?

— Je n'en ai pas la moindre idée. D'un autre côté, si j'avais débarqué de fraîche date en ville, sans connaître tous les protagonistes, j'aimerais bien savoir qui sont ceux qui viendront rendre un dernier hommage à Diane Bray, et les autres, bien sûr. Elle ne vous avait pas prévenu qu'elle viendrait à l'église ? Même pas lorsque vous vous êtes rencontrés la nuit dernière ?

Voilà, c'est sorti. Je veux savoir ce qui s'est dit cette nuit-là.

— Non, elle m'a rien dit. Elle avait d'autres choses en tête.

— Comme quoi ? A moins que nous ne nous cachions des choses.

Il garde le silence quelques longs instants.

— Ecoutez, Doc, c'est pas mes oignons, cette affaire. Elle appartient à New York et je fais ce qu'on me dit de faire. Vous voulez savoir des trucs ? Demandez-lui, parce que, putain, c'est exactement ce qu'elle attend.

Je sens sa rancœur lorsqu'il poursuit :

— Ecoutez, je suis au milieu de ce charmant Mosby Court et je vous assure que j'ai autre chose à foutre que me mettre au garde-à-vous à chaque fois que la dame claque ses jolis doigts de reine.

On pourrait croire, en entendant ce nom, que Mosby Court est un quartier résidentiel. Il s'agit en réalité de l'un des sept projets de logements à loyers modestes financés par la ville. On les a tous affublés du titre « Court », et quatre d'entre eux font précéder cette référence princière du nom d'un Virginien célèbre : un acteur, un enseignant, un marchand de tabac prospère, et un héros de la guerre civile. J'espère que Marino ne s'est pas rendu là-bas pour enquêter sur un autre meurtre.

— Vous n'allez pas me ramener du travail supplémentaire, n'est-ce pas ?

— Une autre incartade meurtrière !

Ce code de langage, qui sent son sectarisme à plein nez, ne me fait pas sourire. Cette étiquette cynique s'applique au meurtre d'un jeune homme, noir, tué par balles multiples, sans doute au beau milieu de la rue, très probablement vêtu de vêtements de sport onéreux et chaussé des baskets qui vont avec, sans doute pour une histoire de drogue, et personne n'a rien vu, rien entendu.

— Bon, je vous rejoins dans le parking de la morgue, lâche un Marino maussade. Dans cinq à dix minutes.

La neige n'a pas recommencé à tomber, et la température demeure suffisamment clémente pour préserver la ville d'un verglas dangereux.

Le centre-ville s'est paré pour les fêtes, s'ornant de guirlandes lumineuses dont quelques ampoules ont déjà grillé. Les gens se sont garés devant le James Center pour admirer la sculpture au néon qui dessine la silhouette d'un attelage de rennes. Le Capitole, dans 9th Street, brille comme un œuf au travers des branches dénudées des arbres séculaires. Juste à côté, les fenêtres d'une demeure jaune pâle brillent de l'élégante clarté d'une multitude de bougies. Sur le parking, des couples en habit de soirée descendent de voiture, et je me souviens, affolée, de la soirée de Noël du gouverneur, qu'il réserve aux officiels. J'ai renvoyé mon invitation, il y a au moins un mois, confirmant ma présence ce soir. Oh, mon Dieu. Le gouverneur Mike Mitchell s'apercevra de ma défection, sa femme Edith également. En pleine panique, je signale mon intention de tourner pour bifurquer dans l'allée qui mène au Capitole. Mais non, c'est ridicule. Je ne peux même pas y faire une apparition. Que ferais-je de Jaime Berger ? La traîner avec moi ? La présenter à tous ? Je souris lugubrement en hochant la tête dans l'habitacle sombre de la voiture à la pensée des regards que cette intrusion me vaudrait, sans même imaginer la réaction de la presse.

Toute ma carrière s'est déroulée dans le domaine public, et je n'ai jamais sous-estimé le pouvoir des mondanités. Le numéro personnel du gouverneur n'est pas sur liste rouge, et, pour la modique somme de cinquante cents, l'opérateur électronique peut composer le numéro. Je tombe sur un officier supérieur de sécurité et, avant que je ne parvienne à expliquer que je souhaite seulement que l'on transmette un message au gouverneur, le signal d'attente retentit à l'autre bout de la ligne. Un drôle de bruit se répète à intervalles réguliers, comme un métronome. Les appels transmis vers la demeure du gouverneur seraient-ils sur écoute ? De l'autre côté de Broad Street, un quartier ancien et sinistre de la ville cède progressivement place à l'empire de verre et de brique de Biotech, dont mes bureaux sont le point d'orgue. Je surveille toujours Berger dans mon rétroviseur, distinguant le mouvement de ses lèvres. Elle est au téléphone. C'est une étrange impression de voir se former des mots qu'on ne peut pas entendre.

La voix du gouverneur résonne soudain dans la voiture d'Anna.

— Kay ?

Ma propre voix me surprend lorsque je débite à toute vitesse une excuse, lui expliquant que je ne voulais surtout pas qu'on le dérange pour si peu, et combien je suis désolée de ne pouvoir assister à cette soirée. Il met un certain temps avant de me répondre, et cette hésitation est une façon de me faire savoir que je commets une erreur. Mitchell sait ce que le mot « opportunité » signifie, du reste, il le manipule à merveille. Mon absence ce soir me prive, selon lui, d'une chance irremplaçable de côtoyer des gens influents, dont lui, et relève de la stupidité, surtout en ce moment. Oui, surtout en ce moment !

— Le procureur de New York vient d'arriver, gouverneur. Elle souhaite me rencontrer au plus tôt, j'espère que vous me pardonnez ?

D'un ton ferme, il insiste :

— Je crois qu'il serait également souhaitable que nous nous rencontrions tous les deux. Du reste, j'avais décidé de vous parler en tête à tête, ce soir.

J'ai l'impression de fouler du verre pilé, terrorisée à l'idée que, si je regarde, je m'apercevrai que mes pieds sont en sang. J'acquiesce aussi respectueusement que possible :

— A votre convenance, gouverneur Mitchell.

— Pourquoi ne passez-vous pas chez moi lorsque vous en aurez terminé avec elle ?

— Je ne pense pas en avoir pour plus de deux heures.

— Eh bien, c'est entendu. Saluez Mme Berger pour moi. Lorsque j'étais Attorney Général, j'ai eu affaire à elle pour une enquête. Je vous raconterai, à l'occasion.

Juste au coin de 4th Street, l'aire de réception des fourgons mortuaires ressemble à un gros igloo carré et gris, étrange excroissance au flanc de mon immeuble. Je traverse le parking pour me garer devant la lourde porte du garage, me rendant soudain compte que le boîtier d'ouverture est resté dans ma voiture, laquelle est coincée dans mon garage, chez moi, qui n'est plus chez moi depuis que j'ai été bannie de ma maison. J'appelle de mon portable le surveillant de nuit. Il répond enfin à la sixième sonnerie :

— Arnold, pourriez-vous ouvrir la porte du garage, s'il vous plaît ?

Une voix incertaine et pâteuse me répond :

— Oh oui, madame, oui. J'arrive tout de suite. Votre boîtier ne marche plus ?

Je me contrains à la patience. Arnold fait partie de ces gens que leur inertie plaque au sol. Il est en lutte permanente contre la gravité, mais elle gagne toujours. Je dois sans cesse garder à l'esprit qu'il serait stupide de m'énerver, après tout, peu de gens très motivés se pressent à ma porte pour obtenir ce genre de boulot. Berger s'est collée à mon pare-chocs, sa voiture est prise en sandwich entre la mienne et celle de Marino. Nous attendons tous les trois que la porte se soulève enfin pour accéder à l'empire des morts. La sonnerie de mon téléphone résonne et la voix de Marino glousse à mon oreille :

— C'est-y pas chou, tout ça ?

— Il semble que le gouverneur connaisse Berger.

Je suis du regard la lente progression d'une four-

174

gonnette sombre qui contourne la Crown Victoria bleu marine de Marino. La porte du garage se soulève en geignant.

— Tiens donc ! Il aurait pas quelque chose à voir dans le transfert à New York de notre loup-garou, quand même !

— Je ne sais plus quoi en penser.

Le garage est assez vaste pour accueillir nos trois voitures. Les hoquets des moteurs, les claquements des portières sont amplifiés par les murs et le sol de ciment cru. Le froid mordant qui règne dans l'enceinte exaspère à nouveau mon coude meurtri et je reste bouche bée devant un Marino en costume-cravate :

— Très chic, finis-je par lâcher d'un ton sec.

Il allume une cigarette, le regard fixé sur la silhouette en manteau de vison qui se penche à l'intérieur de sa Mercedes pour en extraire ses affaires. Deux hommes vêtus de longs manteaux sombres ouvrent le hayon de la fourgonnette. A l'intérieur, sur une civière, un corps recouvert d'une housse n'attend plus rien.

— Vous me croirez peut-être pas, Doc, mais j'avais l'intention d'assister au service religieux, juste histoire de dire, quand ce mec a décidé de se faire buter, précise Marino en désignant la housse de l'index. En fait, ce truc a l'air un peu plus complexe qu'on l'a d'abord cru. Peut-être même que c'est pas simplement une autre preuve du renouveau urbain.

Berger s'avance vers nous, les bras chargés de livres, de dossiers à soufflets, cramponnée à une lourde sacoche de cuir.

Le visage dépourvu d'expression, Marino lâche d'un ton plat :

— Vous avez toutes vos petites affaires.

La civière se déplie dans un cliquètement d'aluminium.

— Je vous remercie vraiment de m'accorder un peu de temps, comme cela, à l'improviste.

Les fines rides qui marquent son visage et les creux

de ses joues accentués par la lumière peu charitable du garage trahissent son âge. Bien maquillée, ou sous un éclairage plus avantageux, elle doit pouvoir passer pour une femme de trente-cinq ans, alors qu'elle est sans doute plus âgée que moi, pas loin de la cinquantaine. Ses traits bien dessinés, ses petits cheveux bruns coupés court et ce sourire parfait se fondent pour composer un visage que je replace : celui de l'expert invité de l'émission de télé « Court TV ». C'est bien l'idée que je m'en étais faite lorsque j'avais récupéré dans le cyberespace des photos et des informations la concernant afin de me préparer psychologiquement à cette invasion.

Marino ne se propose pas de l'aider à porter son chargement. Il l'ignore avec l'application qu'il me réserve lorsqu'il est fâché, vexé, revanchard ou jaloux. Je déverrouille la porte qui permet d'accéder au bâtiment et les deux hommes sombres poussent la civière dans notre direction. Je les connais mais suis incapable de me rappeler leur nom. L'un d'eux fixe Berger comme s'il s'agissait d'une apparition et s'exclame :

— Vous êtes la dame à la télé. Doux Jésus, c'est la dame juge.

Berger leur rend leur regard et sourit :

— Manque de chance, je ne suis pas juge.

— Vous êtes pas la dame juge, parole ?

La civière progresse dans un gémissement métallique de roues :

— On vous le met dans le freezer ? me demande un des deux hommes.

— Oui, s'il vous plaît. Vous savez quel formulaire remplir. Arnold ne devrait pas être loin.

— Oui, madame, je sais.

Rien chez eux n'indique qu'ils ont songé que je deviendrais leur involontaire et très morte passagère le week-end dernier. J'ai déjà remarqué qu'il en faut beaucoup pour perturber les employés des pompes funèbres, tous ces gens qui gravitent autour de la mort. Ces deux types sont bien plus impressionnés par la célébrité de Berger que par le quasi-assassinat de leur chef médecin expert. Il est vrai que, si j'ai de la chance d'être encore en vie, ma popularité médiatique est au plus bas.

— Alors, on se prépare pour Noël ? me lance l'un des deux.

— Je ne suis jamais prête. Mais je vous souhaite d'excellentes fêtes.

— Ça, c'est sûr que ce sera toujours mieux que le réveillon de ce pauvre type, répond un des hommes en indiquant la civière qu'il pousse vers le bureau d'enregistrement de la morgue.

J'ouvre une succession de portes en métal brossé, et nous avançons dans l'odeur lourde du désinfectant de sol et des désodorisants industriels abondamment répandus dans l'espoir de couvrir les relents qui émanent des salles d'autopsie ouvrant sur le couloir. Marino nous raconte l'affaire de Mosby Court, bien que Berger ne lui ait rien demandé. Sans doute croit-il devancer l'appel, ou souhaite-t-il l'impressionner.

— A première vue, on dirait qu'il s'est fait balancer d'une bagnole. D'ailleurs, on l'a retrouvé au milieu de la rue, la tête ensanglantée. Mais maintenant je me demande si c'est pas plutôt qu'il s'est fait renverser.

Je pousse la porte qui mène à l'univers silencieux de l'aile administrative du bâtiment. Marino continue à détailler, au profit de Berger, les moindres aspects d'une enquête dont il n'a pas encore jugé bon de me parler. Je les précède dans ma petite salle de réunion privée et nous nous débarrassons de nos manteaux. Berger porte un pantalon de laine sombre et un gros pull noir qui, sans accentuer sa généreuse poitrine, n'en dissimule rien non plus. Elle a la silhouette ferme et mince des athlètes, et ses bottes éraflées disent assez qu'elle ne reculera devant rien si son travail le requiert. Elle tire l'une des chaises et entreprend d'étaler ses dossiers, ses livres et sa sacoche sur la table ronde.

— Il porte des marques de brûlure, ici et puis là,

indique Marino en pointant un doigt vers sa joue gauche et son cou.

Il tire quelques Polaroid de la poche intérieure de sa veste et a le bon goût de me les tendre.

— Mais pourquoi la victime d'un choc de voiture aurait-elle des brûlures ?

Ce n'est pas une question mais une dénégation, et une sensation déplaisante m'envahit.

— On l'a peut-être balancé de la bagnole, ou alors il s'est fait griller par le pot d'échappement, propose-t-il d'un ton incertain et vaguement indifférent, l'attention ailleurs.

— Ça m'étonnerait, réponds-je d'un ton lugubre.

Marino commence à comprendre où je veux en venir :

— Merde ! Ben, en fait, je l'ai jamais regardé. Il était déjà dans le sac quand je suis arrivé là-bas. Putain, je me suis contenté de ce que les gars qui étaient là m'ont raconté, merde !

Il jette un regard à Berger, le visage congestionné par la gêne et la colère.

— Ils avaient déjà collé le corps dans le sac quand je suis arrivé. Aussi cons que des balais, tous !

Le jeune homme des photos a une peau à peine pain d'épice et des cheveux très frisés, décolorés, couleur jaune d'œuf. Un petit anneau d'or pend à son oreille gauche. Je comprends instantanément que ces brûlures, rondes, de la taille d'une pièce de un dollar, cloquées, n'ont pas été causées par un pot d'échappement, lequel aurait produit des marques de forme oblongue. Il était encore en vie lorsqu'on l'a brûlé. Le regard appuyé que je lance à Marino produit son effet. Il souffle bruyamment en secouant la tête.

— Vous avez une identité, Marino ?

— Rien.

Il lisse ses cheveux en arrière, « cheveux » étant un bien grand mot puisqu'il ne lui reste qu'une pathétique et maigre frange grise qu'il plaque à grand renfort de gel sur le sommet de son crâne chauve. Tant qu'à faire, il devrait se raser complètement.

— Personne du coin semble le connaître, et aucun de mes gars ne l'a vu traîner dans la rue.

Je me lève de mon siège :

— Il faut que j'examine ce corps tout de suite !

Marino m'imite et se lève à son tour. Berger me fixe de ses yeux d'un bleu pénétrant et suspend ses rangements.

— Ça ne vous ennuie pas si je vous accompagne aussi ?

Si. Mais elle est présente, et c'est une professionnelle. Prétendre le contraire ou lui faire sentir que je n'ai pas confiance en elle serait d'une rare grossièreté. Je fais un saut dans mon bureau voisin pour récupérer ma blouse.

— Marino, avez-vous des éléments qui permettent de conclure que ce type était homosexuel ? A ceci près que ce n'est pas vraiment un quartier où il fait bon se balader ou draguer lorsqu'on est gay. Prostitution masculine, peut-être ? Ça existe à Mosby Court ?

— Ben, c'est vrai qu'il a un peu le genre. Un des flics a dit qu'il était assez « mignon », vous voyez, le look bien manucuré du gars qui s'entretient de près. Et puis, il porte une boucle d'oreille. Mais comme je vous l'ai dit, j'ai pas vu le corps.

— Je crois que vous remportez le record des lieux communs ; et dire que je croyais mes gars irrécupérables, lâche Berger.

— Ah ouais, quels gars ?

Marino est à un cheveu du sarcasme.

— Au bureau, rétorque-t-elle d'un ton vaguement blasé. Les gars de mon équipe d'investigation.

— Ah ouais, parce que vous avez vos propres flics à vous ? C'est-y pas sympa ? Combien ?

— Une cinquantaine.

— Et ils travaillent dans vos bureaux ?

Berger menace quelque chose de très sensible chez Marino, je le sens à son ton.

— Oui.

Il n'existe nulle trace de condescendance, ni d'arrogance dans la réponse de Berger. Elle se contente de relater un fait.

Marino la dépasse et jette :

— C'est-y pas quelque chose, tout ça.

Nous retrouvons les deux hommes de la fourgonnette dans le bureau d'Arnold, papotant en sa compagnie. Ce dernier sursaute lorsqu'il me voit, comme si je venais de le prendre la main dans le sac. Mais c'est cela, Arnold. Un homme effacé et silencieux. Il ressemble à l'un de ces papillons qui changent de couleur pour adopter celle de leur environnement. Son teint blafard se couvre d'un reflet gris et malsain. Les séquelles d'allergies chroniques bordent ses yeux larmoyants d'un bourrelet rouge.

Le deuxième John Doe de la journée attend au milieu du couloir, recouvert d'une poche bordeaux frappée du nom de la maison de pompes funèbres : Whitkin Brothers. Et l'identité des deux hommes me revient d'un coup. Bien sûr, il s'agit des frères Whitkin.

— Je m'en charge.

Ils rétorquent, tendus, comme si j'insinuais qu'ils traînassaient :

— Oh, mais on peut le faire.

— Non, ça va. Il faut que je l'examine un peu.

Je pousse la civière au travers d'une double porte puis distribue gants et protections de chaussures, avant de consacrer quelques instants aux nécessaires formalités d'enregistrement qui me permettront d'attribuer un numéro à ce John Doe. Je photographie le corps, et l'odeur d'urine me prend à la gorge.

La salle d'autopsie fraîchement nettoyée brille comme un sou neuf. Le silence qui y règne me surprend et me soulage. L'incessant vacarme de l'eau qui heurte l'aluminium des bénitiers, de l'acier mordant l'acier, de la scie Stryker me fatigue toujours autant, en dépit de toutes ces années. Les morgues sont étonnamment bruyantes et les clameurs muettes des morts y résonnent. Mon nouveau John Doe va me résister, je le sais. La *rigor mortis* est complètement installée et je devrai la combattre pour parvenir à le dévêtir ou à desserrer ses maxillaires afin d'observer sa langue et ses dents. Sous l'éclairage d'une lampe de chirurgie, je palpe la circonférence crânienne sans détecter de fractures. Du sang a dégouliné le long de sa mâchoire pour tacher le devant de son blouson de sport rouge, prouvant qu'il était assis à ce moment-là. J'oriente la lampe vers les narines :

— Il a saigné du nez. Je ne vois toujours pas de blessures à la tête.

Berger se rapproche de moi comme j'examine sous la loupe les marques de brûlures. Des fibres et de la poussière adhèrent à la peau irritée, et je relève la présence d'égratignures à la commissure des lèvres et à l'intérieur des joues. Je remonte ses manches pour examiner ses poignets, qui conservent la trace de ligatures serrées. Deux brûlures à hauteur du nombril et du téton gauche apparaissent lorsque je descends la fermeture Eclair de son blouson.

Berger est si proche de moi que son pantalon me frôle. Je déclare à l'intention de Marino :

— Il fait plutôt frisquet pour se balader en simple blouson de sport, sans T-shirt ni rien d'autre. On a fouillé ses poches, là-bas ?

— Non, valait mieux attendre d'être ici, au moins, on y voit quelque chose.

Je glisse ma main dans toutes les poches de ses vêtements, sans rien y découvrir. Lorsque je descends son pantalon, je découvre un short trempé d'urine. L'odeur âcre et ammoniaquée déclenche un signal d'alarme dans mon esprit, et les petits cheveux de ma nuque se hérissent. Les morts ne m'effraient pas, mais cet homme me terrorise. A l'intérieur de la petite poche de sa ceinture se trouve une simple clé gravée d'un « ne pas reproduire », sur laquelle est inscrit au feutre permanent 233.

— Un hôtel, un appartement ? Peut-être un vestiaire ?

Je place la clé dans un petit sac en plastique transparent, tentant de dissiper la paranoïa que je sens monter de plus belle.

C'était le numéro de notre boîte postale familiale, lorsque j'étais enfant, à Miami. 233 n'est sans doute pas mon nombre fétiche, mais je l'ai bien souvent utilisé dans des codes parce que cette association de chiffres n'est pas trop flagrante et qu'en plus je peux facilement la mémoriser.

— Vous avez déjà une petite idée de la cause de la mort ? me demande Berger.

— Pas encore. Je suppose qu'on n'a toujours rien du côté de l'AFIS ou d'Interpol, à propos du mort précédent, Marino ?

— Que dalle. Qui que soit votre mec du motel, il n'est pas dans l'AFIS. Rien d'Interpol non plus, ce qui n'est pas forcément une bonne chose, parce que quand c'est simple, on a la réponse en une heure.

D'un ton que je contrains au calme, je poursuis :

— On va relever les empreintes de ce type pour les soumettre au plus vite à l'AFIS.

J'examine chaque millimètre carré des deux faces des mains pour m'assurer que nous ne perdrons pas d'indice lorsque nous appliquerons les doigts au fond de la cuiller. Je coupe les ongles et préserve les rognures dans un autre petit sachet, qui va rejoindre sur la paillasse les formulaires consacrés à ce John Doe. Marino maintient la cuiller pendant que je presse chaque doigt sur le tampon encreur. Par prudence, je réalise deux relevés d'empreintes. Berger demeure silencieuse, son attention totalement cristallisée sur le moindre de mes gestes. Elle écoute chaque question, chaque réponse. Je ne la surveille pas, mais suis si consciente de sa concentration qu'une vague idée s'impose dans mon esprit : cette femme est en train de m'évaluer, et il n'est pas évident que ses conclusions me satisfassent.

Je replie le drap sur le corps avant de refermer la

poche. Marino et Berger me suivent alors que je pousse le chariot vers le réfrigérateur. Une bouffée glaciale d'odeur de décomposition nous fouette le visage lorsque j'ouvre la lourde porte en acier brossé. Nous n'avons que six résidents, cette nuit. Je vérifie les étiquettes des housses à la recherche de mon premier John Doe pour montrer à mes deux voisins la similitude des traces de brûlures, des égratignures et des marques laissées sur les poignets. Marino lâche :

— Bon Dieu, qu'est-ce que c'est que ce bordel ! On a un serial killer dans la nature qui s'amuse à ligoter les gens avant de les brûler au sèche-cheveux ?

— Il faut prévenir Stanfield, réponds-je.

De toute évidence, le meurtre du motel n'est pas sans rapport avec le nouveau cadavre découvert à Mosby Court. Je sens la réticence de Marino, qui n'a aucune envie de passer une quelconque information à l'objet de son mépris.

— Je sais, Marino. Mais il faut le faire.

Il se dirige vers le téléphone « mains propres » scellé au mur. M'adressant à Berger :

— Pensez-vous pouvoir retrouver le chemin de la salle de réunion ?

Elle me fixe d'un air absent, perdue dans ses pensées :

— Bien sûr.

— Je vous rejoins rapidement. Je suis désolée pour ce contretemps.

Elle entreprend de défaire sa blouse de chirurgie et commence :

— C'est bizarre. Nous avons eu un cas assez similaire, il y a deux mois environ. Une femme, torturée à l'aide d'un pistolet à chaleur. Les brûlures ressemblaient à s'y méprendre à ce que nous venons de voir...

Elle se baisse pour arracher les protections qui recouvrent ses bottes et les jette dans la poubelle.

— ... Bâillonnée, ligotée, avec ces brûlures rondes sur le visage et les seins.

La similitude me déplaît, et je demande précipitamment :

— On a arrêté l'agresseur ?

Elle réfléchit quelques instants en fronçant le front :

— Oui, un ouvrier du bâtiment qui travaillait dans l'immeuble. Le pistolet servait à brûler les vieilles peintures. Un vrai connard. Il a pénétré dans l'appartement de la femme à 3 heures du matin pour la violer, l'étrangler et tout le reste. Lorsqu'il est ressorti, quelques heures plus tard, il a découvert qu'on lui avait piqué son camion. Bienvenue à New York ! Et que fait-on, dans ces cas-là ? On appelle la police ! Le voilà dans la voiture de patrouille, son sac de marin sur les genoux, remplissant une déclaration de vol de véhicule. Au même moment, la femme de ménage de la dame découvre le corps, se met à hurler et appelle le numéro d'urgence. Lorsque les inspecteurs déboulent en force quelques instants plus tard, le meurtrier est toujours dans la voiture de police. Il les voit et tente de fuir. Bingo. Et on découvre une corde à linge et le pistolet à chaleur dans le sac de cet enfoiré !

— Cette histoire a-t-elle fait du tapage dans la presse ?

— Localement, oui. Le *Times* et les canards à sensation.

— J'espère juste que cela n'a pas donné d'excellentes idées à quelqu'un d'autre.

X

Je dois être capable de supporter n'importe quelle image, n'importe quelle odeur, n'importe quel son sans fléchir. Il ne m'est pas permis de réagir comme le commun des mortels. Mon travail consiste à réinventer chaque souffrance sans lui laisser l'opportunité de me blesser, à reconstruire en détail les pires terreurs sans tolérer qu'elles me suivent au-delà de cette salle. Sans doute faudrait-il que je puisse m'immerger dans les délectations sadiques de Jean-Baptiste Chandonne sans me souvenir que ces mutilations m'étaient également destinées.

C'est l'un des rares tueurs à ressembler à ce qu'il fait : une absolue monstruosité. Mais il ne sort pas d'un roman de Mary Shelley, non, Chandonne est bien réel. Il est hideux. Son visage semble assemblé à partir de deux moitiés asymétriques, à tel point que ses yeux ne sont pas dans l'alignement. Il a de petites dents aiguës, très espacées, celles d'un animal. De longs poils très fins, à peine pigmentés, couvrent l'intégralité de son corps. Mais c'est son regard qui m'affole le plus : j'ai vu l'enfer dans ce regard, une sorte de désir révoltant alors qu'il pénétrait chez moi de force, repoussant d'un coup de pied la porte derrière son dos. Son intelligence perverse, son instinct aussi, sont évidents. Bien que je me défende de toute pitié à son égard, je sais que les souffrances que Chandonne inflige aux autres ne sont qu'une projection de son propre calvaire, la concrétisation du cauchemar sans fin dans lequel il se débat.

Berger est installée dans la salle de réunion et se lève pour m'emboîter le pas le long du couloir. Je lui répète ce que je sais. Chandonne souffre d'une maladie génétique très rare : l'hypertrichose. La pathologie touche un sujet sur un milliard, si tant est que ce genre de statistiques signifie quelque chose. Je n'avais rencontré qu'un cas avant Chandonne. A l'époque, j'étais interne en pédiatrie à Miami. Une femme mexicaine venait d'accoucher de la pire difformité que j'aie jamais vue. Le bébé, une petite fille, était couvert de longs poils gris qui n'épargnaient que les muqueuses, la plante des pieds et la paume des mains. Des touffes poilues sortaient de ses narines, de ses oreilles, et elle avait trois tétons. Les sujets atteints de cette maladie sont parfois hyper-

sensibles à la lumière et porteurs d'anomalies génitales et dentaires. L'existence de doigts surnumé-
raires n'est pas exclue. Certains ont été vendus à des
cirques ou comme ornement d'une cour au cours des
siècles passés, d'autres traqués comme loups-garous.

— Ce n'est donc peut-être pas un hasard qu'il
morde les pieds et les paumes de ses victimes ?...

Je remarque pour la première fois la voix de Berger, grave, élégante, modulée, le genre de voix qui
retient l'attention et que l'on prise sur les plateaux
de télévision.

— ... Peut-être parce que ce sont les seules parties
de son corps dépourvues de poils ? Je ne sais pas,
hésite-t-elle. Mais en ce cas, il faudrait y voir une
implication sexuelle. Après tout, il existe des féti-
chistes des pieds. Il est vrai que ceux que je connais
ne mordent pas.

Mon passe électronique déverrouille la porte qui
condamne la pièce ignifugée que nous avons baptisée « la salle des indices ». Les murs y sont blindés
d'acier et un système informatique recueille tous les
codes d'entrée ainsi que la durée de séjour dans la
pièce. En réalité, fort peu d'objets personnels sont
conservés ici, puisque nous les confions à la police
ou que nous les renvoyons aux familles. Consciente
que fort peu d'endroits sont immunisés contre les
fuites, j'ai fait construire cette salle protégée parce
qu'il me fallait un lieu sûr où entreposer les dossiers
concernant des enquêtes très délicates. Accolés au
mur du fond se trouvent de lourds casiers métalliques. Je déverrouille l'un d'eux pour en sortir deux
épais dossiers scellés d'un ruban adhésif, une de mes
inventions pour empêcher quiconque de venir fouiner en douce. Je note sur le fichier électronique les
numéros de dossiers correspondant à Kim Luong et
Diane Bray. Nous continuons de discuter tout en
retournant vers la salle de réunion.

— Pourquoi ne pas avoir fait appel à un profileur
pour cette enquête ? demande Berger.

Je dépose les deux dossiers sur la table tout en

jetant un regard à Marino. A lui de jouer. Il n'est pas de mon ressort d'appeler un profileur à la rescousse.

D'un ton presque agressif, il rétorque :

— Un profileur ? Pour quoi faire ? Un profileur, ça vous dit à quel type de tordu vous avez affaire. Nous, on connaît le tordu en question.

Sans lui accorder la moindre attention, elle insiste :

— Mais les motivations, la signification, le symbolisme. J'aimerais bien savoir ce qu'en pense un profileur. Surtout en ce qui concerne les mains et les pieds. C'est très étrange.

Décidément, ce détail l'a marquée. Marino pérore :

— Si vous voulez que je vous dise, le profil psychologique, c'est de la fumée et des tours de passe-passe. Attention, je suis sûr que certains de ces mecs ont vraiment un don, mais pour la plupart, c'est des foutaises. Prenez un tordu comme Chandonne, dont le truc c'est de mordre les mains et les pieds. Vous croyez que vous avez besoin d'un profileur pour vous raconter que, peut-être, ça signifie quelque chose pour lui ? Que peut-être ces parties de son corps à lui ont un truc qui cloche, ou plutôt que c'est les seuls endroits où il a pas de poils, sauf peut-être dans sa putain de bouche ou son trou de balle.

Mais Berger n'a pas l'intention de se laisser malmener :

— J'arrive à comprendre qu'il démolisse ce qu'il déteste chez lui, le visage, par exemple. Mais les mains et les pieds, ça n'a pas de sens. Il y a autre chose derrière.

Chaque geste, chaque inflexion de sa voix est une rebuffade destinée à Marino.

— Ouais, mais ce qu'il préfère dans la poulette, c'est le blanc. C'est son truc, les femmes à gros nibards. C'est un machin maternel qui le pousse à choisir un certain type de femmes. Pas besoin d'un profileur du FBI pour mettre les points sur les « i ».

Ils me font penser à un couple d'amants en train de se chamailler. Le regard que je destine à Marino est évocateur : il se conduit comme un vrai con. Il a tellement envie de marquer des points contre Berger qu'il ne se rend même plus compte de ce qu'il dit devant moi. Il sait pourtant bien que Benton avait un don, un don discipliné par la science, et par les tonnes de références contenues dans la banque de données que le Bureau a mis au point en interrogeant des milliers de criminels. En outre, ses commentaires sur l'allure physique des victimes me déplaisent vivement, puisque je faisais partie des choix de Chandonne.

Du ton plat qu'elle utiliserait pour refuser un peu de sauce béarnaise, les yeux rivés à ceux de Marino, Berger précise :

— Je n'aime pas le terme « nibard ». Du reste, étymologiquement, d'où vient-il, capitaine ? L'étymologie, comme vous le savez, n'est pas la science qui étudie les insectes. Il ne faut pas confondre avec l'entomologie. Non, je parle de l'origine des mots. Les mots peuvent offenser dans un sens ou dans l'autre. Ainsi, prenons « couilles », d'où vient « couillon », petite couille et abruti, peut-être en référence au minuscule cerveau qui se trouve entre les jambes des messieurs qui parlent de nibards. (Elle s'interrompt, le contemple un instant, puis conclut :) Bien, maintenant que nous avons dépassé nos problèmes de langage, continuons notre travail, voulez-vous ?

Marino est blanc comme un linge, sans voix, pour une fois.

— Avez-vous reçu des copies des rapports d'autopsies ?

Ma question est formelle, puisque j'en connais la réponse.

— Je les ai parcourus une bonne centaine de fois.

J'arrache le ruban protecteur et pousse les deux dossiers vers elle. Marino fait craquer ses articulations et évite de nous regarder. Berger tire d'une enveloppe une série de photographies.

— Que pouvez-vous m'en dire ? demande-t-elle à la cantonade.

D'un ton très professionnel, alors qu'il bout intérieurement, Marino commence :

— Kim Luong, asiatique, trente ans. Elle travaillait à temps partiel dans une épicerie du West End, le Quick Cary. Il semble que Chandonne ait attendu que la boutique se vide. Ça se passait de nuit.

— Jeudi. Le 9 décembre, murmure Berger en examinant une photo : le corps à demi nu et atrocement mutilé de Kim Luong.

— Ouais. L'alarme s'est déclenchée à 19 h 16.

Quelque chose me trouble : mais de quoi ont-ils bien pu parler hier soir, si ce n'est des enquêtes ? Je m'étais mis dans la tête qu'ils se rencontraient pour passer en revue tous les détails de ces dossiers, mais il devient clair qu'ils n'ont pas abordé les meurtres de Kim Luong et de Diane Bray.

Berger fronce à nouveau le front en découvrant une nouvelle photo :

— 19 h 16. C'est l'heure à laquelle il a pénétré dans le magasin, ou bien celle de sa fuite ?

— Quand il est reparti. Il s'est tiré par la porte de derrière, toujours fermée et branchée sur un système d'alarme autonome. Ça signifie donc qu'il était arrivé plus tôt. Sans doute qu'il est juste entré comme ça, à la tombée de la nuit. Il avait un flingue. Il a tiré sur Kim Luong assise derrière le comptoir. Il a fermé la porte de la boutique, installé le panonceau « fermé » et il l'a traînée à l'arrière pour s'amuser avec elle.

Marino a adopté un ton laconique et presque courtois, mais je reconnais, sous cette façade à peu près posée, le mélange explosif de la chimie de ses émotions. Il veut impressionner Jaime Berger, il veut d'abord la rabaisser et coucher avec ensuite. Tout cela suinte de ses vieilles blessures, de sa solitude, de son sentiment d'incertitude et puis de toutes les frustrations qu'il a accumulées à cause de moi. Une étrange tristesse me vient comme je le regarde dissimuler sa gêne sous une attitude d'extrême nonchalance. Si seulement il parvenait à s'épargner un peu, si seulement il ne provoquait pas les situations qu'il ne supporte pas.

Le regard toujours rivé aux photos étalées devant elle, Berger me demande :

— Etait-elle toujours en vie lorsqu'il l'a mordue et qu'il a commencé à la tabasser ?

— Oui.

— Sur quoi repose votre affirmation ?

— Les coups portés au visage ont provoqué une réponse tissulaire très forte. En d'autres termes, elle vivait. Par contre, il est impossible de savoir si elle était consciente lorsqu'il a commencé à frapper, ou plutôt combien de temps elle est restée consciente.

Marino intervient d'une voix faussement ennuyée :

— J'ai des cassettes vidéo prises sur les lieux des crimes.

— Je les veux. Je veux tout.

— J'ai filmé les scènes de Kim Luong et de Diane Bray, mais pas celle du frérot Thomas. On l'a pas enregistré dans son conteneur, ce qui est sans doute pas plus mal.

Marino fait semblant de réprimer un bâillement. Il devient exaspérant et parfaitement grotesque.

— Vous êtes-vous rendue sur toutes les scènes de crime ? me demande Berger.

— En effet.

— Ça, je mangerai plus jamais du bleu d'Auvergne, pas après avoir passé d'aussi bons moments avec ce vieux Thomas.

L'hostilité de Marino redevient palpable. Je tente une diversion :

— Marino, j'allais préparer du café. Ça ne vous dérange pas ?

— Dérange pourquoi ?

L'obstination le colle à sa chaise.

Mon regard lui indique clairement que je souhaite qu'il nous laisse seules durant quelques minutes, et j'insiste :

190

— Ça ne vous dérange pas de vous occuper de la cafetière ?

— Je suis pas certain de savoir faire marcher votre truc.

— Oh, je suis certaine que vous allez vous débrouiller à merveille.

J'attends que Marino soit hors de portée d'oreille, avant de lâcher :

— Eh bien, dites-moi, vous êtes en phase, tous les deux !

Berger me jette un regard :

— Nous avons eu l'occasion de faire connaissance ce matin, très tôt. A l'hôpital, juste avant le transfert de Chandonne.

— Si vous comptez passer quelque temps avec nous, puis-je me permettre de vous suggérer une petite mise au point, madame Berger ? Conseillez-lui de s'occuper seulement de l'enquête. J'ai le sentiment qu'il se préoccupe un peu trop de la querelle privée qu'il entretient vis-à-vis de vous, et cela n'aide ni à sa concentration ni à notre efficacité.

Elle scrute toujours les photos, le visage dépourvu d'expression.

— Mon Dieu. On dirait qu'un animal s'est acharné sur elles. C'est le même tableau que dans le cas de Susan Pless. En fait, toutes les photos sont interchangeables. C'est à vous faire gober toutes ces histoires de loups-garous. Bien sûr, la théorie actuelle explique la légende des loups-garous par des cas d'hypertrichose.

Quel est son but ? Cherche-t-elle à m'impressionner en me montrant qu'elle a bien étudié le sujet, ou simplement à faire dévier la conversation de Marino ?

Elle lève les yeux vers moi et conclut :

— Merci de vos conseils. Je sais que vous travaillez en collaboration avec lui depuis une éternité. Sans doute n'est-il donc pas si épouvantable.

— En effet, et de surcroît vous ne trouverez jamais de meilleur enquêteur.

— Ah, et laissez-moi deviner : il a été odieux lorsque vous vous êtes rencontrés.

— Il est toujours odieux.

Elle sourit :

— Marino et moi n'avons pas encore eu le temps d'aborder quelques détails cruciaux. En fait, je crois qu'il n'a pas l'habitude qu'un procureur soit chargé du déroulement d'une enquête. C'est un peu différent chez nous, à New York. A titre d'exemple, les flics ne peuvent pas arrêter un accusé sans l'approbation du District Attorney. C'est nous qui dirigeons les enquêtes et, très franchement (elle attrape les rapports de labos), ça marche beaucoup mieux comme cela. Marino ne tolère pas de se sentir désinvesti de ses responsabilités, et il est beaucoup trop protecteur à votre égard. En fait, il est jaloux de quiconque s'approche de vous.

Elle s'interrompt quelques secondes, passant au crible les rapports, avant de poursuivre :

— Pas d'alcool, sauf dans le cas de Diane Bray. On pense qu'elle aurait ingéré un bout de pizza et une ou deux bières avant l'arrivée du tueur, c'est bien cela ? Je ne crois pas avoir jamais vu quelqu'un dans cet état. Quelle rage, quelle incroyable rage ! Et de la lubricité, si tant est que l'on puisse nommer de la sorte une telle chose. Il n'existe sans doute pas de mot pour désigner ce qu'il ressentait à ce moment-là.

— Si. Le mot est « diabolique ».

— On a recherché la présence éventuelle de drogues ?

— On va passer en revue toute la batterie. Mais ça prendra des semaines.

Elle range les photos devant elle, modifiant leurs positions respectives comme si elle se lançait dans une réussite.

— Quel effet cela vous fait-il, lorsque vous pensez que vous auriez pu être la troisième ?

— Je n'y pense pas.

— Alors à quoi pensez-vous ?

— A ce que me disent toutes ces blessures.

— C'est-à-dire ?

Je ramasse un des clichés de Kim Luong, une jolie jeune femme, intelligente, qui travaillait pour se payer des études d'infirmière.

— Les dessins. Presque toutes les parties dénudées de son corps sont recouvertes de volutes de sang. C'est son rituel, il peint au sang avec les doigts.

— *Postmortem* ?

— Sans doute. On voit distinctement l'orifice d'entrée de la balle sur cette photo. Là, à la base du cou. La balle a perforé la carotide et la moelle épinière. Elle était certainement paralysée, du cou aux membres inférieurs inclus, lorsqu'il l'a traînée dans l'arrière-boutique.

— Et en pleine hémorragie à cause de la blessure carotidienne.

— C'est cela. Les traces de sang artériel maculent toutes les étagères devant lesquelles il a tiré le corps. (Je me penche au-dessus d'elle pour désigner quelques clichés.) De larges éclaboussures de sang qui s'atténuent et faiblissent au fur et à mesure qu'elle se vidait de son sang.

Berger est à la fois fascinée et écœurée :

— Consciente ?

— La blessure de la moelle n'était pas instantanément fatale.

— Combien de temps a-t-elle pu survivre en saignant comme cela ?

— Quelques minutes.

Je récupère une photo prise au cours de l'autopsie. La moelle est couchée sur une serviette verte à côté d'un double décimètre en plastique blanc qui tient lieu d'étalon de mesure. Le tube lisse de couleur crème est abîmé par une contusion bleu-violet et presque totalement sectionné à l'endroit correspondant à la zone de pénétration de la balle dans le cou de Luong, c'est-à-dire entre la cinquième et sixième vertèbre cervicale. Je précise :

— Elle a sans doute été paralysée immédiatement.

Mais cette sorte de bleu, là, indique qu'elle avait toujours une pression cardiaque, ce que confirment les éclaboussures de sang retrouvées sur les lieux. Alors, selon moi, on peut penser qu'elle était toujours consciente lorsqu'il l'a tirée par les pieds dans la travée du magasin. Le problème, c'est combien de temps ?

— Donc, elle pouvait voir ce qu'il allait lui faire, elle voyait son sang fuir de son corps, elle savait qu'elle se vidait.

Le visage de Berger trahit son attention, elle est tendue d'une étrange énergie qui fait briller son regard.

— Encore une fois, cela dépend de combien de temps elle est restée consciente.

— Mais il est du domaine du possible qu'elle le soit restée tout le temps qu'il la tirait le long de la travée, jusqu'à l'arrière-boutique ?

— Absolument.

— Pouvait-elle parler, crier ?

— Il est fort possible qu'elle en ait été incapable.

— En d'autres termes, ce n'est pas parce que personne ne l'a entendue hurler qu'elle était inconsciente ?

— Non, en effet. D'autant que si vous avez pris une balle dans le cou, que vous êtes en pleine hémorragie et que votre agresseur vous tire par les pieds...

— Surtout un agresseur qui ressemble au sien !

— Oui, il est légitime de penser que vous soyez trop terrifiée pour crier. Peut-être même l'a-t-il menacée en lui ordonnant de se taire.

Berger a l'air ravie :

— Bien. Comment pouvez-vous être certaine qu'il l'a tirée par les pieds ?

— Les traces de sang laissées par ses longs cheveux sur le sol de la boutique. La marque sanglante de ses doigts. Imaginez : si vous êtes paralysée et qu'on vous agrippe par les chevilles pour vous tirer, vos bras vont s'écarter de votre corps pour remonter vers la tête. Comme un oiseau qui ouvre les ailes.

— Le réflexe instinctif serait de plaquer les mains sur la blessure pour arrêter le sang. Mais elle ne peut pas. Elle est paralysée mais consciente. Elle sait qu'elle va mourir et elle attend ce qui va suivre, ce qu'il va lui faire.

Berger s'interrompt pour évaluer l'effet de ses mots. Elle a le jury devant elle, et il est évident qu'elle n'a pas forgé son incroyable réputation sur du vent.

— Ces femmes ont terriblement souffert, conclut-elle, presque paisible.

— Ça ne fait aucun doute.

Ma blouse est humide et j'ai à nouveau froid.

— Docteur Scarpetta, avez-vous pensé qu'il allait vous arriver la même chose ?

Berger me fixe, une lueur dans le regard, comme si elle me défiait d'oser replonger dans tout ce qui s'est bousculé dans mon esprit lorsque Chandonne a forcé ma porte, tentant de m'immobiliser en me jetant son manteau sur la tête.

— Vous souvenez-vous de ce que vous avez pensé ? Que ressentiez-vous ? Ou peut-être tout a-t-il été si rapide que...

Je l'interromps :

— Rapide, oui. Ça s'est passé très vite. Très vite, mais pour toujours. Nos horloges internes cessent de fonctionner lorsque nous paniquons, lorsqu'il s'agit d'un combat pour la survie. Ce n'est pas une donnée médicale, juste une observation personnelle.

Je tâtonne à la recherche de souvenirs épars.

— En ce cas, les minutes ont dû paraître sans fin à Kim Luong. Revenons à votre cas : admettons que cette course-poursuite avec Chandonne n'ait duré que quelques petites minutes. Comment les évalue-riez-vous ?

Toute son énergie est concentrée sur moi, dans l'attente de ma réponse. Je patauge lamentablement pour répondre :

— J'ai eu l'impression d'un... comment dire ?... d'un flottement.

Je ne parviens pas à trouver une comparaison qui

signifie quelque chose, et ma voix se termine en murmure indistinct. Je fixe le vide, hagarde, en nage et glacée. La voix teintée d'incrédulité de Berger me rejoint, très loin :

— Un flottement ? Que voulez-vous dire, au juste ?

— C'est comme une distorsion. Comme les rides provoquées par un coup de vent à la surface de l'eau. Tous vos sens sont en éveil, si aiguisés. Ça vient du plus profond de nous, cet instinct de survie. Vous entendez l'air glisser, vous le voyez. Tout est au ralenti, tout s'étire à l'infini. Vous distinguez chaque détail, vous remarquez...

— « Remarquez » ?

— Oui, c'est le mot. Vous remarquez les poils qui couvrent ses mains, comme des filaments translucides, des lignes de pêche. Vous remarquez qu'il a l'air content.

— Content ? Que voulez-vous dire ? Souriait-il ?

— Non, je ne dirais pas cela. C'est différent. Plutôt l'expression d'une joie primitive, de la convoitise, la faim féroce qu'on lit dans les yeux d'un animal qui s'apprête à dévorer un morceau de chair crue.

J'avale une longue gorgée d'air, le regard fixé sur le mur qui me fait face, sur le calendrier orné d'un dessin de Noël qui y est accroché. Berger est assise bien droite, les mains posées à plat devant elle, immobiles. Un peu de lucidité me revient :

— Le problème n'est pas tant ce que vous remarquez que ce dont vous vous souvenez. Je crois que le choc est si violent qu'une connexion se débranche. Il devient impossible de se souvenir de chaque détail avec précision. Mais peut-être est-ce là aussi une manifestation de l'instinct de survie ? Peut-être avons-nous besoin d'oublier certaines choses, de les évacuer ? Ça fait sans doute partie du processus de guérison. Comme cette joggeuse agressée par un gang dans Central Park, violée, battue et laissée pour morte. Pourquoi voudrait-elle se rappeler tout cela ? Ce dossier vous est familier, n'est-ce pas ?

Ma question ne manque pas d'une certaine ironie : je sais que l'affaire fut confiée à Berger.

Le procureur change de position sur sa chaise et insiste avec calme :

— Mais vous vous souvenez, n'est-ce pas ? De plus, vous aviez vu ce qu'il faisait subir à ses victimes.

Elle entreprend de lire à haute voix le rapport d'autopsie de Kim Luong :

— D'importantes lacérations du visage. Massives fractures du pariétal droit... Fracture du frontal droit... Hématome subdural bilatéral, accompagné de dégâts des tissus nerveux sous-jacents et d'une hémorragie subarachnoïde. Enfoncements localisés de la masse cérébrale dus à des fractures... Formation de caillots...

Je retrouve mon rôle de traductrice des morts :

— La coagulation suggère une survie de six minutes après que la blessure a été infligée.

— Ça fait très long.

Je l'imagine parfaitement contraignant un jury à demeurer assis en silence durant six minutes, à titre de démonstration.

— Vous voyez, ici, sur cette photo, les os faciaux ont été broyés. Et là, ces déchirures de la peau faites par une sorte d'outil. Regardez les marques : circulaires et linéaires.

— Il a cogné avec un flingue.

— Dans le cas de Luong, oui. Mais pour Bray, il a utilisé une sorte de marteau inhabituel.

— Un marteau à piquer, utilisé par les maçons.

— Vous avez fait vos devoirs, on dirait ?

— Oui, c'est une de mes manies.

Je poursuis :

— Il y a préméditation. Il a apporté l'arme avec lui, il ne l'a pas trouvée sur les lieux du crime. Et sur cette photo-là (je désigne du doigt une autre monstruosité), on distingue nettement la marque laissée par ses phalanges. En d'autres termes, il l'a également cognée à mains nues, à coups de poing. Il a arraché son sweater et son soutien-gorge et les a balancés, c'est le petit tas dans ce coin.

— Comment peut-on affirmer qu'il les a arrachés ?

— L'analyse des fibres. Elles ne sont pas coupées nettement, mais effilochées.

Berger détaille un diagramme d'autopsie sur lequel sont relevées les localisations des blessures :

— Je n'ai jamais vu autant de morsures sur un corps humain. Un vrai forcené. Se pourrait-il qu'il ait été sous l'influence d'une drogue quelconque ?

— Comment voulez-vous que je le sache ?

— Vous auriez pu remarquer quelque chose lorsqu'il vous a attaquée, samedi soir. Il était armé du même genre de marteau, c'est bien cela ?

— « Forcené » n'est pas le mot qui convient. Mais je n'ai aucune raison d'affirmer qu'il était sous l'influence d'une substance. Et oui, il avait ce marteau à piquer lorsqu'il a tenté de m'attaquer.

— Tenté ? Soyons claires et précises. Il n'a pas « tenté de vous attaquer », il vous a bel et bien attaquée ! Il vous a attaquée et vous êtes parvenue à vous sauver, j'insiste. Vous avez eu le temps de voir son arme improvisée.

— Vous avez raison, soyons précises. C'était un outil. Je sais très bien à quoi ressemble un marteau à piquer.

— De quoi vous souvenez-vous ? Ce flottement, précise-t-elle en faisant référence à mon étrange définition de ce moment. Ces interminables minutes. Les poils de ses mains qui accrochent la lumière comme des filaments.

Mais ce que je vois, c'est un manche noir, torsadé.

— J'ai vu cette espèce de grosse spirale. De cela, je me souviens. C'est inhabituel. La poignée d'un marteau à piquer ressemble à un épais ressort, noir.

— Vous êtes certaine que c'est bien ce que vous avez vu lorsqu'il s'est jeté sur vous ? insiste-t-elle.

— Vaguement.

— Cela nous aiderait beaucoup si vous étiez moins « vague » et plus « certaine ».

— J'en ai vu le bout, comme un grand bec noir. Au moment où il l'a levé pour me frapper. Oui, je suis sûre. Il tenait un marteau à piquer.

L'agacement me gagne.

— Lorsque Chandonne a été transporté aux urgences, on lui a fait une prise de sang, m'informe Berger. Pas d'alcool, ni de drogue.

J'ai maintenant la confirmation qu'elle me soumet à un test. Elle savait depuis le début que Chandonne n'était pas sous influence, et pourtant elle s'est tue pour me pousser dans mes retranchements. Je comprends sa stratégie : elle veut savoir si je peux rester objective, même lorsqu'il s'agit de la tentative de meurtre à laquelle j'ai échappé, si je peux me contenter de relater des faits. Marino nous rejoint, porteur de trois gobelets en plastique fumants qu'il pose sur la table. Il pousse un café noir vers moi.

— J'savais pas ce que vous preniez, mais c'est au lait, lance-t-il grossièrement à Berger. Et votre serviteur se l'est chargé en crème et en sucre, parce que je voudrais pas risquer de manquer de calories.

— Ce formol dans les yeux, est-ce vraiment dangereux, handicapant ? me demande Berger.

— Tout dépend de la rapidité avec laquelle vous vous rincez.

Ma réponse est objective, presque théorique, comme s'il s'agissait d'une information sans aucun lien avec moi.

— Ça doit faire affreusement mal. C'est un acide, c'est cela ? C'est ce truc qui conserve les tissus. Mais ça les transforme en caoutchouc.

— Pas réellement, non.

L'ébauche de sourire qu'elle me destine est une invitation à un peu plus d'optimisme. Comment le pourrais-je ? Elle acquiesce :

— Non, bien sûr.

— Le formol permet de conserver presque indéfiniment les tissus des organes. C'est ce que l'on injecte pour l'embaumement.

Mais Berger se moque des propriétés du formol.

Du reste, je ne suis même pas sûre que les suites des blessures de Chandonne l'intéressent beaucoup. Ce qu'elle cherche à savoir, me semble-t-il, c'est ce que j'en pense, ce que j'éprouve d'avoir blessé un homme, peut-être même de l'avoir rendu aveugle. Mais elle ne le demande pas, se contentant de me scruter. Et je commence à ressentir presque physiquement le poids de ses regards.

Histoire de nous rappeler qu'il existe, Marino lance :

— Vous savez qui il aura comme avocat ?

— Ah, c'est la question à dix millions de dollars !

— Alors vous savez rien ? insiste Marino d'un ton soupçonneux.

— Si ! Je sais que ce sera quelqu'un que nous n'allons pas aimer.

— Sans blague ? Géniale, celle-là. J'ai jamais rencontré un avocat de la défense que j'aimais.

— De toute façon, ce n'est pas votre problème, mais le mien, le remet-elle une nouvelle fois à sa place.

Je me hérisse à mon tour :

— Ecoutez, madame Berger, ce procès à New York ne me plaît pas non plus.

— Je vous comprends.

— J'en doute.

D'un ton à peine sarcastique, posé, son ton d'expert, Berger explique :

— Bien, j'ai pas mal discuté avec votre ami, M. Righter, assez pour prédire ce qui se passerait si M. Chandonne était jugé en Virginie. Vous seriez déboutés de la plainte pour « usurpation de la qualité d'officier de police » et la cour réduirait de ce fait l'accusation principale, qui est « tentative de meurtre », à « infraction avec intention d'homicide ».

Elle s'interrompt quelques instants pour me donner le temps de digérer cette information et reprend :

— Le problème, voyez-vous, c'est qu'il ne vous a pas touchée.

Elle commence à me gonfler sérieusement, mais je parviens à répondre sans perdre mon calme :

— Le gros problème pour moi aurait été qu'il me touche !

— Peut-être a-t-il levé le marteau pour vous frapper, mais il ne l'a pas abaissé. Nous en sommes, bien sûr, tous ravis.

— Vous savez ce que l'on dit : on n'a conscience de vos droits que lorsqu'on les viole.

— Docteur Scarpetta, Righter se serait débrouillé pour faire passer une motion permettant de regrouper toutes les accusations. Imaginez, un seul procès. Quel aurait été votre rôle ? Expert ? Témoin à charge ? Victime ? L'alternative était évidente : ou bien vous témoigniez en tant que médecin expert général, auquel cas votre agression était laissée de côté, ou alors vous étiez convoquée simplement comme victime ayant survécu et quelqu'un d'autre témoignait à votre place. Ah, j'ai oublié un cas de figure : le pire. C'est Righter qui rend vos conclusions d'expert. Si j'ai bien compris, c'est son habitude.

— Ce mec a autant de tripes qu'une chaussette, intervient Marino. Mais le doc a raison : il faut que Chandonne paye pour ce qu'il a fait ou tenté de faire, à elle et aux deux autres femmes. Et il doit ramasser la peine de mort. Au moins, chez nous, on le grillerait.

— Pas si le témoignage du docteur Scarpetta était discrédité, capitaine. Un bon avocat de la défense insisterait sur les inévitables séquelles du traumatisme qu'elle a subi, et parviendrait à convaincre qu'elle ne peut pas être juge et partie.

— De toute façon, cette discussion, c'est du vent, non ? Je ne suis pas né de la dernière pluie. Je sais qu'il sera pas jugé ici. Jamais. Vous allez le boucler à New York et nous autres, les péquenots, on n'aura jamais l'occasion de rien dire devant la cour.

Une question me vient :

— Que faisait-il à New York, il y a deux ans ? En avez-vous une idée ?

— C'est toute une histoire, grommelle Marino comme s'il détenait des informations que nul n'a cru bon partager avec moi.

— Peut-être sa famille a-t-elle des connexions mafieuses dans ma bonne vieille ville, suggère Berger d'un ton léger.

— Putain, je suis sûr qu'ils y possèdent même un appartement grand luxe, rétorque Marino.

— Et Richmond ? poursuit Berger. Richmond n'est-elle pas une plaque tournante entre New York et Miami, une jolie petite aire de repos le long de l'Interstate 95, autrement nommée « le couloir de la drogue » ?

— Ah ouais. Richmond était une villégiature idéale pour ceux qui voulaient mener leurs petites affaires tranquilles ! Mais c'était avant le projet Exile, qui a permis de boucler les connards qu'on prenait avec de la came ou des flingues dans les prisons fédérales. Pour un bout de temps. Alors si le cartel des Chandonne est basé à Miami — et ça, on le sait grâce au boulot de taupe de Lucy là-bas —, et si y a bien une connexion avec New York, je vous surprendrai pas en affirmant que leur came et leurs armes arrivaient aussi chez nous.

— « Arrivaient » ? s'enquiert Berger. Ce n'est plus le cas ?

— Tout ceci devrait occuper l'ATF pour un moment.

— Ouais, grogne à nouveau Marino.

Une longue pause suit. Quelque chose dans l'attitude de Berger me dit qu'elle va lâcher une information qui ne devrait pas me combler d'aise.

— Puisque vous abordez tous les deux ce sujet, il semble que l'ATF rencontre une petite difficulté. Le FBI et la police française également. L'espoir que partageaient les uns et les autres, vous vous en doutez, était d'utiliser l'arrestation du fils Chandonne pour obtenir une commission rogatoire du juge afin de passer la demeure familiale au peigne fin. L'idée était de trouver assez de preuves pour parvenir à démanteler le cartel. L'ennui, c'est que la pièce Jean-Baptiste ne rentre pas dans le puzzle Chandonne ! Nous n'avons aucun moyen de prouver ses liens familiaux avec les autres, ou son identité. Pas de permis de conduire, pas de passeport, ni d'extrait de naissance. Il n'existe aucune trace de l'existence de cet homme. Nous ne possédons que son empreinte ADN, dont les analogies avec celle obtenue du cadavre du port permettent d'affirmer que les deux hommes avaient d'étroits liens de parenté, des frères, peut-être. Mais il me faut du solide si je veux convaincre un jury.

— Et on peut être sûr que sa putain de famille viendra pas réclamer son rejeton *loup-garou*, assène Marino, massacrant le mot français. Pour quelle autre raison y aurait rien sur ce mec, hein ? Les grands Chandonne doivent pas avoir trop envie que le monde sache qu'ils ont pondu un putain de serial killer velu !

Je m'agite :

— Attendez un peu, il a bien décliné son identité lors de l'arrestation ? S'il ne l'avait pas fait, où donc aurions-nous pêché ce nom ?

Marino se frotte les joues :

— Ouais, c'est lui. Merde, enfin, montrez-lui cette vidéo, lance-t-il soudain à Berger. Elle a quand même le droit d'être au courant, non ?

J'ignore à quelle vidéo il fait référence. Ce qui est clair, par contre, c'est que Berger se serait volontiers passée de cette sortie. Elle biaise :

— Voilà donc un autre angle de vue à l'équation « profil d'ADN mais pas d'identité » !

Une nouvelle bourrasque de paranoïa me suffoque :

— Quelle vidéo ? Hein, quelle vidéo ?

— Vous l'avez avec vous, non ?

Il fixe Berger avec une évidente hostilité. Ils s'observent, de chaque côté de la table, prêts au combat. Le visage de Marino tourne au violet sombre et il agrippe brutalement la sacoche de Berger, la tirant vers lui comme s'il avait l'intention de la fouiller. Berger plaque les mains sur les flancs de cuir, avec un regard sans aménité :

— Capitaine !

C'est une mise en garde lourde des pires menaces. Marino lâche la sacoche, le visage congestionné. Berger ouvre le cartable et revient vers moi :

— J'avais l'intention de vous la projeter. Un peu plus tard. Mais ce n'est pas grave.

En dépit de sa fureur, elle garde son sang-froid et tire une cassette d'une grande enveloppe en papier fort. Elle se lève et se dirige vers le magnétoscope :

— Quelqu'un sait faire marcher cet appareil ?

XI

J'allume la télévision et tends la télécommande à Berger.

Ignorant résolument Marino, elle commence :

— Docteur Scarpetta, avant que nous visionnions cette bande, j'aimerais préciser certains aspects de l'organisation des bureaux du District Attorney à Manhattan. Ainsi que je vous l'ai déjà dit, nous ne procédons pas comme vous, sur pas mal de points. J'espérais avoir le temps de tout vous expliquer avant d'aborder l'existence de cet enregistrement. Avez-vous entendu parler de notre système de permanence pour les homicides ?

Je suis tendue à l'extrême :

— Non.

— Un procureur est de permanence vingt-quatre heures sur vingt-quatre, sept jours sur sept, pour intervenir en cas d'homicide ou lorsque les policiers localisent un suspect. Je vous l'ai déjà dit : à Manhattan, les flics ne peuvent pas procéder à l'arrestation d'un suspect sans le feu vert de nos bureaux. Le but de tout cela est de s'assurer que tout est en accord avec la procédure, les mandats de perquisition, par exemple. En règle générale, le procureur se rend sur les lieux du crime. Lorsqu'un suspect ou un coupable est arrêté, et si tant est qu'il ou elle l'accepte, nous pouvons procéder aux premiers interrogatoires. Je peux vous dire que nous ne nous en privons pas. Capitaine Marino ? Vous avez commencé votre carrière dans le département de police de New York avant que tout ceci ne soit mis en place, je suppose ?

— Jamais entendu parler, grommelle-t-il, le visage toujours dangereusement congestionné.

— Pas non plus de la procédure verticale ?

— On dirait un truc sexuel.

Berger fait comme si elle ne l'avait pas entendu :

— C'est une des idées de Morgenthau.

Robert Morgenthau est District Attorney de Manhattan depuis bientôt vingt-cinq ans. Cet homme est une légende vivante. Il est évident que Berger adore travailler en collaboration avec lui, et quelque chose me remue. Quoi, de l'envie ? Non, je ne le crois pas, plutôt un vague regret. Je suis lasse. Je me sens de plus en plus impuissante. Qu'est-ce que j'ai ? Marino, dont on ne peut pas dire qu'il soit le comble de l'inventivité ou de la culture, Marino n'a rien d'une légende et, en ce moment, j'en ai assez de travailler avec lui, ou même simplement de le savoir à proximité.

— Le procureur suit l'affaire de A jusqu'à Z. Cela évite de se colleter avec les trois ou quatre personnes qui ont interrogé le suspect ou le témoin avant vous. Admettons que l'on me confie une affaire, j'ai le loisir d'initier mon enquête sur les lieux du crime pour ne la boucler qu'après le procès. Avouez qu'il y a là-dedans une pureté, une rigueur dont on ne peut que se féliciter. Alors, bien sûr, le coup de bol, c'est lorsque l'on parvient à interroger le suspect avant l'arrivée de son avocat, qui lui conseillera de se taire. C'est ce qui s'est passé avec Chandonne. J'ai réussi à l'approcher à l'hôpital, à plusieurs reprises, avant qu'on ne lui trouve un avocat. Je n'ai pas fait dans la dentelle, puisque les interrogatoires ont débuté à 3 heures du matin.

Le mot « sidérée » serait un grossier euphémisme s'il devait décrire ce que je ressens. Je n'arrive pas à croire que Jean-Baptiste Chandonne ait accepté de répondre aux questions de Berger.

— Vous n'en revenez pas, n'est-ce pas, docteur Scarpetta ?

Cette remarque est purement formelle. A-t-elle besoin de marquer un point ?

— Vous pouvez le dire.

— Peut-être n'avez-vous jamais songé que votre agresseur était capable de marcher, parler, mâcher du chewing-gum, boire du Pepsi ? Croyez-vous qu'il ne soit pas vraiment humain ? Vous ne pensez tout de même pas qu'il s'agisse d'un loup-garou ?

La seule fois où je l'ai entendu parler de façon intelligible, il se cachait derrière ma porte.

— *C'est la police. Tout va bien, madame ?*

C'est après qu'il s'est métamorphosé en monstre. Oui, en monstre. Un monstre qui me pourchassait, brandissant un outil en acier noir, une sorte d'instrument de torture digne de la Tour de Londres. Après, il n'avait plus proféré que des grognements, des hurlements, des sons hideux, à son image. Une bête !

Un sourire las aux lèvres, Berger annonce :

— Eh bien, vous allez assister à notre coup de force. Docteur Scarpetta, Chandonne n'est ni surnaturel, ni surtout fou. Ce que nous cherchons à éviter par-dessus tout, c'est que les jurés soient trompés par son infortunée pathologie. Mais je voulais aussi m'assurer qu'ils le verraient tel qu'il est maintenant, avant qu'on le fasse propre et beau dans un costume trois pièces. Les jurés doivent se rendre compte de la terreur qu'il a pu inspirer à ses victimes, ne croyez-vous pas ? Sans doute cela m'aidera-t-il à les persuader qu'aucune femme saine d'esprit ne l'aurait invité à pénétrer chez elle.

La gorge sèche, je parviens à articuler :

— Pourquoi, c'est ce qu'il prétend ?

— Oh, il raconte pas mal de choses.

Marino renchérit d'un ton dégoûté :

— Putain, c'est le plus gros paquet de merde que j'aie jamais entendu de ma vie ! Bon, c'est pas que ça m'a étonné, notez. Je lui ai rendu une petite visite dans sa chambre, la nuit dernière. Alors voilà, je lui dis que Mme Berger veut l'interroger et il me demande comment elle est. Mais je la ferme, je joue l'andouille. Je lui réponds : « John, on pourrait dire qu'il y a pas mal de gars qui trouvent un peu raide de devoir se concentrer quand elle est dans les parages, tu vois ce que je veux dire ? » Euh, sans mauvais jeu de mots, bien sûr.

Le prénom tourne dans ma tête. Mais c'est pas vrai, Marino l'appelle « John » !

Un mur de ciment nu apparaît sur l'écran et une voix résonne dans la salle de réunion :

— Test : un, deux, trois, un, deux, trois...

Un mouvement de caméra découvre une table nue sous laquelle est poussée une chaise. La sonnerie d'un téléphone retentit quelque part en arrière-plan.

— Alors, ce dingue veut savoir si elle est bien roulée. Mme Berger, surtout ne m'en veuillez pas, ça vient pas de moi, je fais que répéter ce que cette merde me disait !

Une ironie méchante déforme la voix de Marino. Il lui en veut vraiment, et pour des raisons que je ne parviens toujours pas à analyser.

— ... Alors, je lui dis : « Ben, ce serait pas correct que je fasse des commentaires, mais comme j'ai dit, les gars, là-bas, trouvent raide de devoir se concentrer. »

Je suis bien certaine que Marino n'a jamais dit une chose pareille, et pas du tout convaincue que Chandonne ait réellement abordé le sujet Berger sous cet angle. Ce que je crois, c'est que Marino a essayé d'appâter le tueur en lui vantant les courbes du procureur, pour le pousser à la recevoir. Et puis, je n'ai pas oublié la remarque très limite qu'a faite Marino hier soir, lorsque nous rejoignions la voiture de Lucy, au sujet des seins de Berger. J'en ai assez de Marino et de son machisme, assez de sa phallocratie et de sa grossièreté. Une colère mêlée de ressentiment me monte dans la gorge et je n'ai pas envie de la retenir plus longtemps. J'explose :

— Ce n'est pas bientôt fini ! Le corps féminin doit-il obligatoirement faire partie de chaque foutue conversation ? Marino, croyez-vous qu'il soit dans vos capacités intellectuelles de vous préoccuper de cette enquête, plutôt que de la taille des seins d'une femme ?

La voix du cameraman résonne à nouveau :

— Test : un, deux, trois, un, deux, trois.

Un bruit de pas traînant, des murmures, et soudain la voix de Marino :

— On va vous conduire jusqu'à la table et vous aider à vous asseoir.

Quelqu'un frappe à une porte.

Berger me fixe toujours, son regard scrute chaque recoin de moi, cherchant mes faiblesses, détectant les zones douloureuses que je parviens en général à dissimuler. Elle murmure presque :

— En fait, il m'a beaucoup parlé.

— Pour ce que ça vaut !

Cette nouvelle vacherie de Marino m'éclaire soudain. Il regarde d'un air mauvais l'écran de télévision. J'ai compris. Marino a peut-être réussi à persuader Chandonne de parler, mais c'est à Berger qu'il a réservé ses confidences, pas à Marino, et c'est ce que celui-ci ne digère pas.

La caméra est immobile, et l'image sera donc celle que voit le cameraman. Le gros bide de Marino apparaît dans le champ. Il tire la chaise de bois et quelqu'un, dont je ne distingue qu'une manche de costume bleu marine et un bout de cravate bordeaux, l'aide à conduire Chandonne jusqu'au siège. Chandonne est revêtu de la blouse à manches courtes de l'hôpital. De longs poils pâles pendent de ses bras, dans une confusion de boucles jaune doré.

D'autres sortent de son col en V pour remonter le long du cou. Il s'assied et sa tête apparaît enfin sur l'image, emmaillotée de gaze du front jusqu'au bout du nez. Les zones proches du bandage ont été rasées et j'aperçois sa peau, si livide qu'on croirait qu'elle n'a jamais vu la lumière du soleil. Rien ne restreint les mouvements de Chandonne, ni entrave, ni menottes.

— Je peux avoir mon Pepsi, s'il vous plaît ?

— Vous voulez que je vous le décapsule ? lui demande Marino.

Pas de réponse. La silhouette de Berger coupe l'image. Elle porte un tailleur chocolat, assez épaulé. Elle s'installe face à Chandonne, offrant juste l'arrière de sa tête et ses épaules à la caméra.

— Une autre boisson, John ? demande Marino à l'homme qui a voulu me tuer.

— Pas tout de suite. Je peux fumer ?

Chandonne a une voix douce, mâtinée d'un fort accent français. Il est courtois et calme. Je fixe l'écran, ma concentration vacille. Ma migraine progresse et de petites décharges nerveuses me font parfois trembler, un vrai début de crise post-traumatique. Le bras bleu marine souligné du poignet blanc d'une chemise réapparaît, posant devant Chandonne un haut gobelet bleu et blanc, l'un de ceux que l'on sert à la cafétéria de l'hôpital, et un paquet de Camel. Le bras tend la flamme d'un briquet vers le prisonnier.

Berger commence d'une voix posée, ferme, comme si elle avait l'habitude de discuter tous les jours avec des serial killers monstrueux.

— Monsieur Chandonne. Je me présente. Mon nom est Jaime Berger, je suis l'assistante du District Attorney du comté de New York, à Manhattan.

Chandonne palpe doucement ses bandages. Ses phalanges sont recouvertes du même pelage presque albinos, plus court cependant que sur le reste du corps, comme s'il s'était récemment rasé le dos des mains. Je revois en flash ces mains qui se tendent vers moi. Ses ongles sont très longs et sales. Mais ce sont ses muscles qui m'étonnent. Rien à voir avec cette grosse masse musculaire épaisse qu'acquièrent les hommes obsédés par le body-building. Les siens sont longilignes, durs, des muscles d'animal sauvage, d'un être qui se sert de son corps pour manger, se battre, fuir, survivre. Comment peut-il avoir acquis une telle force en menant l'existence sédentaire, inactive, que nous lui avons prêtée, en se terrant dans l'hôtel particulier de l'île Saint-Louis qui appartient à sa famille ?

— Vous avez déjà rencontré le capitaine Marino, poursuit Berger. Notre cameraman est l'officier Escudero, attaché à mes bureaux. Aussi présent dans cette pièce, l'agent spécial Jay Talley de l'ATF.

Je sens le regard de Berger posé sur moi, et l'évite. Je me retiens d'interrompre la projection en exigeant de savoir pour quelle raison Jay Talley était présent. Berger est typiquement le genre de femme qui pourrait lui plaire, beaucoup. Je tire un mouchoir en papier de la poche de ma veste et tamponne la sueur froide qui se forme en haut de mon front.

— Vous savez, monsieur Chandonne, que nous sommes en train de filmer. Vous ne voyez aucune objection à cela ?

— Non.

Chandonne tire sur sa cigarette, et retire un petit fragment de tabac collé sur sa langue.

— Monsieur, je vais vous poser des questions au sujet de la mort de Susan Pless, le 3 décembre 1997.

Il n'a aucune réaction. Il tend la main, attrape son gobelet, et pince la paille de ses lèvres roses irrégulières. Berger précise l'adresse de la victime dans l'Upper East Side à New York, et souhaite lui réciter à nouveau ses droits, bien que plusieurs personnes l'aient déjà fait un certain nombre de fois. Chandonne écoute. Peut-être est-ce mon imagination, mais j'ai le sentiment qu'il s'amuse. Il n'a pas l'air de souffrir et, en tout cas, il n'est pas du tout impressionné. Très calme, il pose ses mains velues à plat sur la table, ou frôle ses bandages comme pour nous rappeler ce que nous, ce que je lui ai fait subir.

— Tout ce que vous direz pourra être utilisé contre vous devant le tribunal. Comprenez-vous, monsieur Chandonne ? Je vous serais reconnaissante de bien vouloir répondre par oui ou par non, un hochement de tête ne suffit pas.

Chandonne coopère avec beaucoup de bonne volonté :

— Je comprends.

— Vous avez le droit de consulter un avocat avant de nous répondre ou d'exiger sa présence durant les interrogatoires. Comprenez-vous ?

— Oui.

— Si vous n'avez pas les moyens financiers d'engager un avocat, il vous en sera commis un d'office. Est-ce clair ?

Chandonne reprend son gobelet de Pepsi. Berger continue, insistant encore et encore pour que nul n'ignore que la façon dont elle procède est parfaitement légale et honnête, que Chandonne est informé de ses droits, qu'il a accepté de parler de son plein gré, et qu'aucune pression ne le contraint à répondre.

— Bien, après cette introduction, j'aimerais savoir, monsieur Chandonne, si vous comptez nous dire la vérité.

— Je dis toujours la vérité, répond doucement Chandonne.

— Racontez-moi ce qui est arrivé à Susan Pless, comme cela vous vient.

— Elle était très gentille. Cette histoire me rend toujours malade.

La réponse me sidère, et Marino grommelle à côté de moi :

— C'est ça, mon pote !

Berger arrête la bande et le fustige :

— Capitaine, nous nous passerons de vos commentaires, merci !

Marino se renfrogne, mauvais. L'image s'anime à nouveau. Berger veut savoir comment Chandonne a rencontré Susan Pless. La réponse est anodine : chez Lumi, un restaurant de 70th Street, entre 3rd Street et Lexington.

— Pourquoi vous y trouviez-vous ? Comme client ? Vous travailliez là-bas ?

— Non, client. J'étais seul, ce soir-là. Cette femme est entrée, seule, elle aussi. Elle était très belle. J'avais commandé une excellente bouteille : un Massolino Barolo de 93.

Le barolo est le vin italien que je préfère. C'est un vin cher. Chandonne poursuit. Il était installé devant une assiette d'antipasto *crostini di polenta con funghi trifolati e olio tartufato*, lorsque l'éblouissante Afro-Américaine a poussé la porte du restaurant. Son accent italien est irréprochable. Le chef de rang entourait la jeune femme de prévenances, comme s'il s'agissait de quelqu'un de célèbre et d'une cliente habituelle, la conduisant à une petite table de coin.

— Elle était très élégante, pas du tout le genre prostituée.

Chandonne avait demandé au chef de rang de proposer à la femme de le rejoindre à sa table, précisant qu'elle « n'avait pas fait de difficulté ».

— Que voulez-vous dire par « pas de difficulté » ?

Il hausse légèrement les épaules, attrape son gobelet de Pepsi et aspire quelques gorgées à l'aide de la paille.

— Je pourrais en avoir un autre ? demande-t-il en tendant le verre bleu et blanc vers la manche du costume sombre : Jay Talley.

La main velue de Chandonne rampe à la recherche du paquet de cigarettes posé sur la table.

— Que voulez-vous dire par « Susan Pless n'a pas fait de difficulté » ? insiste Berger.

— Il n'a pas fallu lui faire du charme pendant une heure. Elle s'est levée et s'est gentiment installée à ma table, et nous avons eu une conversation très agréable.

Sa voix me déroute, je ne la reconnais pas.

— De quoi avez-vous parlé ?

Chandonne frôle à nouveau ses bandages. J'imagine cet être hideux, recouvert de longs poils, installé dans un endroit public, dégustant un excellent vin, choisissant des mets raffinés, et séduisant une femme. Et s'il s'était douté que Berger visionnerait cette cassette devant moi ? Cette référence à la cuisine italienne m'est-elle destinée ? Est-il en train de se payer ma tête ? Que sait-il de moi, après tout ? Rien, il ne sait rien. Comment pourrait-il en être autrement ? Il explique à Berger que leur conversation a roulé de la politique à la musique. Oui, en effet, il savait qu'elle travaillait pour la télévision, elle le lui a dit.

— Je lui ai dit : « Alors, vous êtes une célébrité », et elle a ri.

— L'aviez-vous déjà vue à la télévision ? demande Berger.

Il exhale tranquillement une bouffée de fumée :

— Je ne regarde pas beaucoup la télévision. Et puis, maintenant, je ne peux plus rien voir !

— Répondez à la question, je vous prie. Je ne vous ai pas demandé si vous regardiez la télévision, mais si vous aviez déjà vu Susan Pless sur le petit écran.

Je fais un effort désespéré depuis quelques minutes pour retrouver sa voix. Quelque chose me panique. Elle ne ressemble pas du tout à celle qu'avait cet homme, derrière ma porte : « *Madame, nous avons reçu un appel. Il semble qu'un rôdeur ait été aperçu autour de chez vous.* »

— Pas que je m'en souvienne, déclare Chandonne.

— Que s'est-il passé, ensuite ?

— Nous avons dîné, bu le vin, et puis je lui ai demandé si elle voulait aller prendre une coupe de champagne quelque part.

— Quelque part ? Où résidiez-vous ?

— A l'hôtel Barbizon, sous un nom d'emprunt. Je venais juste d'arriver de Paris et je n'étais à New York que depuis quelques jours.

— Quel nom avez-vous donné à la réception ?

— Je ne m'en souviens plus.

— Comment avez-vous réglé votre note ?

— En liquide.

— Pourquoi être venu à New York ?

— J'avais très peur.

Marino se tortille sur sa chaise et souffle comme un phoque en annonçant :

— Alors, c'est le moment de vous cramponner, les potes, parce que ça va décoiffer !

— Peur ? Mais par quoi étiez-vous effrayé, monsieur Chandonne ?

— Tous ces gens qui m'en veulent ! Votre gouvernement. Vous n'avez pas compris que toute cette histoire est une mascarade ? Ils veulent m'utiliser pour atteindre ma famille, à cause de tous ces mensonges au sujet de ma famille.

Chandonne touche à nouveau ses bandages d'une main, des volutes de fumée s'étirent au-dessus de sa tête.

— Attendez un peu, coupe Berger.

Marino s'agite de plus en plus sur sa chaise, la repousse un peu de la table de réunion et croise ses bras sur son gros ventre. Il hoche la tête, furieux, et siffle entre ses dents :

— Vous l'avez cherché !

J'en déduis qu'il ne voulait pas que Berger interroge Chandonne, jugeant sans doute qu'il n'en sortirait rien de bon.

— Je vous en prie, capitaine ! rétorque Berger, qui me fait face avant de rendre la parole à son double sur l'écran :

— Qui vous utilise ?

— Le FBI, Interpol. Peut-être même la CIA. Je ne sais pas, au juste.

Mais le Marino de la salle n'en a pas fini et éructe :

— Ouais, c'est ça ! Il a pas causé de l'ATF parce que personne sait ce que c'est. Le terme n'est même pas dans le dictionnaire !

La haine de Marino envers l'ATF avait flambé à cause de Jay Talley, et ce qui arrive à Lucy ne fait que l'attiser. Berger ne répond rien, mais la bande avance, la montrant décidée, ne lâchant pas un pouce de terrain :

— Monsieur, il faut que vous compreniez à quel point votre sincérité est cruciale. Le comprenez-vous ?

D'un ton convaincu et toujours paisible, Chandonne réplique :

— Mais je dis la vérité. Je suis conscient que cela paraît invraisemblable. Tout est lié à ma famille, une famille très puissante. Tout le monde nous connaît, en France. Nous vivons depuis des siècles dans l'île Saint-Louis, et maintenant courent ces rumeurs selon lesquelles mes parents auraient des accointances avec le crime organisé, comme la mafia. C'est sans fondement ! C'est de là qu'est né ce quiproquo, je n'ai jamais vécu chez eux.

— Mais vous faites pourtant partie de cette famille, vous êtes leur fils ?

— Oui.

— Vous avez des frères et des sœurs.

— J'avais un frère, Thomas.

— Avais ?

— Oui, il est mort et vous le savez. C'est pour cette raison que je suis ici.

— Nous y reviendrons, si vous le voulez bien. Mais j'aimerais parler de votre famille, à Paris. Vous m'avez dit que vous n'aviez jamais habité avec eux.

— Non, jamais.

— Mais pourquoi ?

— Ils n'ont jamais voulu de moi. Ils m'ont placé très tôt dans une famille sans enfant, pour que personne ne sache.

— Ne sache quoi ?

— Que je suis le fils de M. Thierry Chandonne.

— Pourquoi votre père voudrait-il cacher que vous êtes son fils ?

La colère crispe ses lèvres :

— Vous m'avez en face de vous et vous me posez cette question ?

— Oui, je vous la pose. Alors ?

— Eh bien, d'accord. Faisons comme si vous ne remarquiez pas mon apparence, c'est très gentil à vous. Je souffre d'une pathologie assez difficile et ma famille a honte de moi. C'est cela, honte !

Une trace de sarcasme s'est glissée dans sa voix.

— Ce couple qui s'est occupé de vous, où vit-il ?

— Quai de l'Horloge, non loin de la Conciergerie.

— La prison de Marie-Antoinette durant la Révolution ?

— Oui, c'est un endroit célèbre, très touristique. On dirait que les prisons, les tortures et la guillotine fascinent beaucoup de monde. Surtout les Américains. Cela m'a toujours surpris. Les Etats-Unis me tueraient volontiers. Vous autres tuez tout le monde. Cela fait partie d'un plan complexe, la conspiration.

— Où, au juste, *quai de l'Horloge ?* Je croyais que tout le pâté de maisons était occupé par le *Palais de justice* et *la Conciergerie ?* Bien sûr, il y a quelques appartements, hors de prix. C'est là que vivait votre famille d'adoption ?

Berger prononce ces quelques noms de lieux français comme quelqu'un qui parle la langue.

— Pas très loin.

— Comment s'appelaient-ils ?

— Olivier et Christine Chabaud. Malheureusement, ils sont morts tous les deux. Il y a pas mal de temps, déjà.

— Quelles étaient leurs professions ?

— Olivier était boucher et Christine coiffeuse.

— Un boucher et une coiffeuse ?

Le ton de Berger est volontairement dubitatif. Elle veut qu'il sache qu'elle n'est pas dupe, qu'elle sait qu'il se moque d'elle et de tout le monde. Jean-Baptiste Chandonne est un boucher vêtu de poils.

— Oui, c'est cela, un boucher et une coiffeuse, insiste Chandonne.

— Avez-vous rencontré votre famille, les Chandonne, lorsque vous étiez placé dans cette famille adoptive ?

— Parfois. J'y allais toujours après la tombée de la nuit, afin que nul ne me voie.

— Pourquoi ce désir de passer inaperçu ?

Il tapote la cendre de sa cigarette :

— Je vous l'ai dit. Mes parents ne tiennent pas à ce que l'on sache que je suis leur fils. Cela aurait fait des gorges chaudes. Mon père est très, très connu, vous savez, c'est pour cela que je ne peux pas vraiment lui en vouloir. Alors j'y allais à la nuit tombée, lorsque les rues de l'île Saint-Louis sont désertées par les passants, et parfois, ils me donnaient un peu d'argent, ou autre chose.

— Ils vous laissaient quand même pénétrer dans la demeure familiale ?

Berger insiste, encore et encore, il faut qu'elle parvienne à le placer dans cette maison, que j'ai vue lors de mon récent passage à Paris, pour permettre à la police d'obtenir une commission rogatoire. Mais Chandonne est très rusé, il a parfaitement compris où elle voulait en venir et il n'a pas l'intention de l'aider. On ne fouillera jamais cette maison.

— Oui, mais je restais peu. En fait, je connais à peine cette maison. C'est une très grande maison, vous savez. Moi, je n'ai jamais pénétré que dans l'entrée, et la cuisine aussi. Je me suis débrouillé tout seul, en grande partie du moins.

— Quand y êtes-vous allé pour la dernière fois ?

— Oh, ça ne date pas d'hier. Il y a au moins deux ans. En réalité, je ne m'en souviens pas précisément.

— Vous ne vous en souvenez pas ? Je ne vous demande pas de deviner, je souhaite une réponse précise.

— Je ne sais pas. Mais cela fait un certain temps.

Berger lève la télécommande et l'image se fige. S'adressant à moi, elle demande :

— Vous avez compris son jeu, n'est-ce pas ? D'abord, il nous file des informations invérifiables, des gens qui sont morts. Du liquide pour régler une note d'hôtel dans lequel il a séjourné sous un faux nom, mais il a une petite amnésie, bien sûr. Et le plus beau, c'est qu'il nous coupe l'herbe sous le pied : pas de commission rogatoire possible. Il n'a jamais habité cette maison, qu'il connaît à peine. Cela fait bien longtemps qu'il n'y a pas mis les pieds, en d'autres termes rien de suffisamment récent pour nous permettre de nous justifier auprès des magistrats français.

— Putain, rien du tout, oui ! lâche Marino. Sauf si on trouve des témoins pour affirmer l'avoir vu entrer et sortir de cette baraque !

XII

Berger repasse en mode lecture. L'interrogatoire de Chandonne reprend :

— Avez-vous actuellement ou par le passé eu un emploi ?

— Par-ci, par-là, répond-il. Ce que je trouve.

— Pourtant, vous pouviez vous offrir un hôtel de luxe et fréquenter des restaurants chers à New York ? Vous aviez choisi un excellent vin italien ? Où trouviez-vous l'argent pour tout cela, monsieur ?

Chandonne hésite. Il bâille, nous offrant le spectacle de ses dents immondes. Petites et pointues, elles sont très espacées, leur émail gris.

— Désolé, je suis très fatigué. Je n'ai plus beaucoup d'énergie, dit-il en touchant de nouveau ses bandages.

Berger lui rappelle qu'il parle de son plein gré, sans contrainte. Elle lui propose d'arrêter l'interrogatoire, mais il se ravise et affirme qu'il peut continuer encore un peu, juste quelques minutes.

— J'ai souvent été à la rue quand je ne pouvais pas trouver de travail, lui dit-il. Parfois, je mendie, mais la plupart du temps, je trouve des petits boulots. Je fais la plonge, le ménage. J'ai même été conducteur de *moto-crottes*.

— Qu'est-ce que c'est ?

— Ce sont les motos vertes qui nettoient les trottoirs de Paris, vous savez, avec un petit aspirateur pour les crottes de chien.

— Vous avez le permis ?

— Non.

— Alors comment pouvez-vous conduire une moto ?

— Quand elles font moins de cent vingt-cinq centimètres cubes, le permis n'est pas nécessaire, et les *moto-crottes* ne dépassent pas vingt kilomètres-heure.

Foutaises, rien que des foutaises ! Il se fiche de nous encore une fois. Non loin de moi, Marino se tortille sur son siège.

— Ce connard a réponse à tout, hein ?

— Vous aviez d'autres moyens de vous procurer de l'argent ? interroge Berger.

— Oui, les femmes, parfois.

— Et comment procédiez-vous ?

— Elles m'en donnent. J'avoue que les femmes sont mon point faible. Je les adore — leur allure, leur odeur, leur contact, leur goût.

Lui qui plonge ses dents dans la chair des femmes qu'il brutalise et assassine énonce tout cela d'une voix très calme. Il feint la parfaite innocence. Il plie et déplie les doigts comme s'ils étaient engourdis, lentement, faisant briller ses poils.

Le ton de Berger devient plus agressif :

— Vous aimez leur goût ? C'est pour cela que vous les mordez ?

— Je ne les mords pas.

— Vous n'avez pas mordu Susan Pless ?

— Non.

— Elle était couverte de morsures, monsieur.

— Ce n'était pas moi. C'étaient eux. Je suis suivi, ce sont eux qui tuent. Ils tuent mes maîtresses.

— Qui ça, eux ?

— Je vous l'ai dit. Des agents du gouvernement. Le FBI, Interpol. Pour pouvoir s'en prendre à ma famille.

— Si votre famille a pris la précaution de cacher votre existence, comment ces gens — le FBI, Interpol, qui vous voulez — peuvent-ils savoir que vous êtes un Chandonne ?

— Sans doute m'ont-ils vu sortir de la maison, et m'ont-ils suivi. Ou bien quelqu'un leur a dit.

— Pourtant, vous nous avez affirmé ne pas avoir remis les pieds dans votre demeure familiale depuis deux ans !

— Au moins.

— Combien de temps aurait duré cette filature, selon vous ?

— Des années. Peut-être cinq. C'est difficile de savoir. Ils sont très habiles.

— Et comment ces gens pourraient-ils, je vous cite, « s'en prendre à votre famille » ? lui demande Berger.

— S'ils parviennent à me faire accuser à tort d'être un épouvantable assassin, la police pourra entrer chez ma famille. Ils ne trouveront rien. Ma famille est innocente. Tout ça, c'est de la politique. Mon père est très puissant dans le milieu politique. En dehors de ça, je ne sais pas. Je peux seulement vous dire ce qui m'est arrivé, que c'est un vaste complot pour me faire venir ici, m'arrêter et me condamner à mort. Parce que vous autres Américains, vous tuez les gens, même les innocents. C'est connu.

Sa voix s'est teintée d'une certaine lassitude, comme s'il était fatigué de devoir toujours souligner le même point.

— Où avez-vous appris l'anglais, monsieur ?

— J'ai appris tout seul. Lorsque j'étais petit, mon père me donnait des livres quand je rendais visite à ma famille. J'ai beaucoup lu.

— En anglais ?

— Oui. Je voulais bien le parler. Mon père parle

plusieurs langues parce qu'il est dans le commerce international et qu'il travaille avec les pays étrangers.

— Y compris les Etats-Unis ?

— Oui.

Le bras de Talley apparaît à nouveau sur l'écran, pour pousser un autre gobelet de Pepsi devant Chandonne, qui glisse d'un geste avide la paille entre ses lèvres et aspire bruyamment.

— Quel genre de livres lisiez-vous ? poursuit Berger.

— Des tas d'histoires et puis des livres plus sérieux, parce que j'ai été obligé de m'instruire seul, voyez-vous. Je ne suis jamais allé à l'école.

— Où sont ces livres, à présent ?

— Oh, comment savoir ? Disparus. Parce que je suis parfois sans logis et que je déménage souvent. Je bouge beaucoup, en regardant derrière moi parce que ces gens me poursuivent.

— Connaissez-vous d'aùtres langues en dehors du français et de l'anglais ?

— L'italien. Et un peu d'allemand.

Il rote tranquillement.

— Et vous avez appris ces langues seul, aussi ?

— A Paris, on trouve beaucoup de journaux étrangers. Cela m'a beaucoup aidé. Parfois, je dormais sur des piles de journaux, voyez. Quand j'étais à la rue.

— Pauv' p'tit gars ! Il va me faire chialer, grogne Marino incapable de se retenir, alors que Berger continue son interrogatoire :

— Revenons à Susan, à sa mort le 5 décembre, il y a deux ans à New York. Parlez-moi de cette nuit-là, celle où vous dites l'avoir rencontrée au Lumi. Que s'est-il passé exactement ?

Chandonne soupire comme si la fatigue le rattrapait. Il touche fréquemment ses bandages, et ses mains tremblent.

— Il faut que je mange quelque chose, dit-il. Je me sens faible, très faible.

Berger appuie sur la télécommande et l'image se fige, trouble.

— Nous nous sommes arrêtés environ une heure, me dit-elle. Suffisamment pour qu'il mange un peu et se repose.

— Ouais, ce mec connaît le système, c'est clair, me dit Marino, comme s'il avait affaire à une novice. Et ces trucs sur les parents adoptifs qui l'auraient élevé, c'est des conneries. Il protège sa famille de mafieux.

— Connaissez-vous bien le restaurant Lumi ? me demande Berger.

— Comme cela, je dirais non.

— Eh bien, c'est intéressant. Lorsque nous avons commencé à enquêter sur le meurtre de Susan Pless il y a deux ans, nous savions déjà qu'elle avait dîné au Lumi le soir de sa mort. Le serveur qui s'était occupé d'elle avait appelé la police dès qu'il avait appris la nouvelle. Le légiste a même trouvé dans son estomac des restes alimentaires, indiquant qu'elle avait mangé quelques heures, tout au plus, avant de mourir.

— Etait-elle seule au restaurant, madame Berger ?

— Elle est arrivée seule et a été rejointe par un homme seul, sauf que ce n'était pas un monstre — vraiment pas. D'après son signalement, il était grand, large d'épaules, bien habillé, séduisant. Un homme pour qui l'argent ne représentait pas un problème, c'est du moins l'impression qu'il donnait.

— Vous savez ce qu'il a commandé ?

Berger se passe la main dans les cheveux. C'est la première fois que je la vois indécise. En réalité, on a l'impression qu'elle est confrontée à un phénomène paranormal.

— Il a payé en liquide, mais le serveur se rappelle ce qu'il leur a servi. Lui a commandé de la polenta aux champignons accompagnée d'une bouteille de barolo, exactement comme le dit Chandonne sur la vidéo. Susan a choisi un antipasto de légumes grillés à l'huile d'olive et de l'agneau, ce qui est cohérent avec le contenu de son estomac.

— Bon Dieu, fait Marino, manifestement surpris.

Comment c'est possible, merde ? Bordel, il faudrait toute une équipe d'effets spéciaux d'Hollywood pour transformer ce monstre poilu en séducteur.

— Sauf si nous admettons que ce n'était pas lui, dis-je. Peut-être son frère Thomas ? Et Jean-Baptiste l'aurait suivi ?

La surprise me rend muette : je suis parvenue à prononcer le prénom du monstre !

— Une idée à première vue très logique, dit Berger. Mais il y a un autre coup tordu dans ce scénario. Le portier de l'immeuble de Susan se souvient de l'avoir vue revenir avec un homme correspondant au signalement recueilli chez Lumi. Vers 21 heures. Il était de service jusqu'à 7 heures le lendemain matin. Il était encore là lorsque l'homme qui nous intéresse est reparti, à 3 h 30, heure à laquelle Susan se levait normalement pour aller travailler. Elle était attendue à la télévision pour 4 heures, 4 h 30, car le programme commence à 5 heures. On a trouvé son corps vers 7 heures, et selon le légiste, elle était morte depuis plusieurs heures. Le principal suspect a toujours été l'inconnu qu'elle a rencontré au restaurant. D'ailleurs, je ne vois pas très bien qui d'autre cela pourrait être. Il la tue. Prend le temps de mutiler un peu le corps. Part à 3 h 30, et on n'en entend plus parler. S'il n'est pas le coupable, pourquoi n'a-t-il pas contacté la police en apprenant le meurtre ? Dieu sait que la nouvelle a fait suffisamment de bruit.

J'ai été mise au courant de cette affaire dès le début, et qu'elle refasse soudain surface me procure une étrange sensation. Brusquement, je me rappelle vaguement des détails, des histoires sensationnelles qui ont couru à l'époque. Comment aurais-je pu me douter, à l'époque, que deux ans plus tard, je me retrouverais mêlée à ce meurtre, surtout de cette manière ?

— Sauf s'il n'est pas de la région, ni même du pays, avance Marino.

Berger hausse les épaules et lève les paumes vers le plafond, un air interrogateur sur le visage.

Je tente d'organiser tous les détails qu'elle vient de nous fournir, mais rien de cohérent n'en sort.

— Si elle a dîné entre 19 et 21 heures, le bol alimentaire aurait dû être largement digéré dès 23 heures, fais-je remarquer. Si l'estimation de l'heure de la mort donnée par le légiste est fiable, c'est-à-dire le décès survenant plusieurs heures avant la découverte du corps — disons vers 1 ou 2 heures —, son estomac aurait dû être vide.

— L'explication serait le stress. Elle était terrorisée, et la digestion aurait été ralentie, dit Berger.

— L'hypothèse tiendrait s'il s'agissait d'un inconnu tapi dans un placard qui vous saute dessus quand vous entrez chez vous. Mais Susan semblait suffisamment à l'aise avec cet homme pour l'inviter chez elle. Et lui assez détendu pour ne pas se soucier que le portier le voie arriver et repartir beaucoup plus tard. Qu'ont donné les frottis vaginaux ?

— Positifs pour le fluide séminal.

J'insiste :

— Ce qui intéresse ce type (je désigne Chandonne à l'écran), ce n'est pas la pénétration, et rien, jusque-là, ne permet d'affirmer qu'il soit capable d'éjaculer. Pas lors des meurtres parisiens, et certainement pas dans ceux d'ici. Les victimes sont toujours habillées de la taille jusqu'aux pieds. A priori, les parties basses du corps ne l'attirent pas, sauf les pieds. Il me semblait qu'on avait retrouvé Susan Pless dans la même situation.

— C'est le cas, elle portait un pantalon de pyjama. Mais nous avons retrouvé du sperme dans le vagin, ce qui indiquerait un acte sexuel consentant, du moins au début. Certainement pas ensuite, quand on voit ce qu'il lui a fait, répond Berger. L'ADN du sperme correspond à celui de Chandonne. Et nous avons aussi de très longs poils bizarres qui ressemblent vraiment aux siens. (Elle désigne la télévision du menton.) Et vous avez l'empreinte ADN de son frère Thomas, non ? Puisqu'elles ne sont pas identiques, le sperme que nous avons analysé n'est pas celui de Thomas.

— Leurs cartes ADN sont très proches, mais pas identiques, conviens-je. Et ils ne pourraient l'être que s'ils étaient de vrais jumeaux, ce qui n'est clairement pas le cas.

— Comment en êtes-vous certaine, Doc ? interroge Marino.

— S'ils étaient de vrais jumeaux, Thomas et Jean-Baptiste auraient l'un et l'autre une hypertrichose congénitale. Pas un seul sur les deux.

— Alors quelle est l'explication ? demande Berger. Nous avons une bonne analogie génétique dans les deux affaires, pourtant les signalements des tueurs ne sont pas comparables.

— Si l'ADN recueilli sur Susan Pless correspond à celui de Jean-Baptiste Chandonne, la seule explication que je vois, c'est que l'homme qui a quitté son appartement à 3 h 30 du matin n'est pas son meurtrier, dis-je. Chandonne l'a tuée, et l'inconnu des témoignages du portier et du restaurant est quelqu'un d'autre.

— Peut-être que le Loup-Garou les baise de temps en temps, après tout, ajoute Marino. Ou bien il essaie, et nous n'en savons rien parce qu'il ne laisse pas son jus, habituellement.

— Et alors ? le défie Berger. Il leur remet leur petite culotte ? Il les rhabille, mais seulement le bas ?

— Hé, c'est pas comme si on discutait de quelqu'un de normal, d'accord ? Oh, j'allais oublier. (Il se tourne vers moi.) L'une des infirmières a jeté un coup d'œil à son petit bagage. Col roulé. (Dans le jargon de Marino, cela signifie qu'il n'est pas circoncis.) Et plus petit qu'une saucisse cocktail. (Il écarte le pouce et l'index de deux centimètres.) Pas étonnant que le mec soit tout le temps à cran.

XIII

Un clic de la télécommande me ramène dans la salle d'interrogatoire en béton de l'étage de détention de la faculté de médecine de Virginie. J'y retrouve Jean-Baptiste Chandonne, tentant de nous faire croire qu'il est capable d'abandonner, Dieu sait comment, cette hideuse apparence pour se transformer en séducteur quand il est d'humeur à dîner au restaurant et à draguer une femme. Impossible. Son torse couvert de poils frisés, immatures, remplit l'écran tandis qu'on l'aide à se rasseoir. Je sursaute lorsque son visage apparaît : on lui a ôté ses bandages, et ses yeux sont dissimulés par des lunettes de glacier en plastique noir. La chair mise à nu est du rose irrité d'une peau à vif. Ses longs sourcils se rejoignent au-dessus du nez. Les mêmes poils pâles couvrent son front et ses tempes.

Il n'est pas tout à fait 19 h 30, et Berger et moi sommes seules dans la petite salle de réunion. Marino nous a abandonnées parce que son biper lui a transmis un appel concernant l'identification éventuelle du corps découvert dans la rue à Mosby Court. Berger l'a encouragé à nous fausser compagnie, suggérant qu'elle souhaitait rester en tête à tête avec moi. Je crois qu'au fond elle en a tout simplement assez de lui, et je peux difficilement lui en vouloir. Marino a lourdement insisté sur le fait qu'il n'appréciait pas qu'elle ait procédé elle-même à l'interrogatoire de Chandonne, et encore moins la manière dont elle l'a mené. C'est en partie — non, c'est massivement — de la jalousie. Il n'y a pas de policier en ce monde qui ne voudrait interroger cette espèce de tueur monstrueux. Il se trouve que la bête a choisi la belle, et Marino est furieux.

A l'écran, Berger rappelle à Chandonne qu'il a bien compris ses droits et accepté de poursuivre l'entretien. La conviction que je ne suis qu'une petite créature prise dans une toile d'araignée, une toile maléfique tissée autour du globe, s'impose de plus en plus à moi. Cette tentative de meurtre à laquelle j'ai échappé n'était qu'une parenthèse dans un vaste plan, une sorte de distraction pour Jean-Baptiste Chandonne. Une distraction qui continue s'il se doute que je visionne cette cassette. Rien de plus. S'il était parvenu à me déchiqueter, quelqu'un d'autre mobiliserait déjà son attention. Je ne serais rien de plus qu'un bref et sanglant épisode de sa vie, un rêve érotique supplémentaire stocké dans son haïssable et épouvantable cerveau.

— L'inspecteur vous a apporté à manger et à boire, n'est-ce pas ? lui demande-t-elle.

— Oui.

— De quoi s'agissait-il ?

— D'un hamburger et d'un Pepsi.

— Et de frites ?

— *Mais oui*, des frites.

Cette succession de questions matérielles semble le distraire.

— Donc, nous vous avons fourni tout ce qu'il fallait, n'est-ce pas ?

— Oui.

— Et le personnel hospitalier vous a ôté vos bandages et donné des lunettes spéciales. Vous êtes à l'aise ?

— J'ai un petit peu mal.

— On vous a donné des antalgiques ?

— Oui.

— Du Tylenol, c'est bien ça ?

— Oui, je crois. Deux cachets.

— Rien d'autre. Rien qui puisse vous empêcher de réfléchir.

— Non, rien.

Il la fixe derrière ses lunettes noires.

— Personne ne vous a fait de promesses, et vous n'êtes pas sous la contrainte, n'est-ce pas ?

Elle tourne une page de son bloc-notes.

— Non.

— Vous ai-je menacé ou promis quoi que ce soit pour vous amener à parler ?

Berger égrène sa liste un moment. Elle s'assure que l'avocat de Chandonne sera coincé, incapable d'arguer qu'on a intimidé, harcelé, maltraité ou menacé son client.

Il est assis bien droit, les bras croisés dans un enchevêtrement de poils qui s'étalent sur la table et pendent en mèches répugnantes des manches courtes de sa chemise d'hôpital, comme des soies de maïs sales. Rien, dans l'ensemble de son anatomie, ne paraît cohérent. Il me rappelle ces vieux films d'un goût douteux où des pitres s'enterrent dans le sable, se peignent des yeux sur le front ou portent leurs lunettes sur la nuque, ou encore s'agenouillent dans des chaussures pour jouer les nains. Cette métamorphose en monstres les amuse, mais Chandonne n'a rien d'amusant. Je n'arrive même pas à le trouver pathétique. La colère ne me lâche pas, en dépit de cette façade posée que je parviens encore à maintenir.

— Revenons à la nuit où vous avez rencontré Susan Pless, dit Berger à l'écran. Chez Lumi. C'est au coin de 70th Street et de Lexington ?

— Oui, oui.

— Vous dites avoir dîné ensemble, puis vous lui auriez proposé de boire une coupe de champagne quelque part en votre compagnie. Etes-vous conscient que le signalement de l'homme avec qui Susan a dîné ce soir-là ne vous ressemble absolument pas ?

— Je n'ai aucun moyen de le savoir.

— Mais vous devez bien vous rendre compte que vous souffrez d'une pathologie qui vous distingue de la majorité des gens. Il est donc inconcevable que l'on vous ait confondu avec un individu non porteur de cette maladie. L'hypertrichose. C'est bien ce que vous avez ?

Je surprends l'imperceptible clignement de paupières de Chandonne derrière ses lunettes noires.

Berger a touché un point sensible. Les muscles de son visage se tendent. Il recommence à crisper les doigts.

— Est-ce bien le nom de votre maladie ? Savez-vous comment elle s'appelle ?

— Je sais ce que c'est, répond Chandonne d'une voix plus sèche.

— Et vous l'avez depuis toujours ? (Il la fixe.) Veuillez répondre à la question.

— Evidemment. Cette question est idiote. Qu'est-ce que vous croyez ? Que ça s'attrape comme un rhume ?

— Ce à quoi je veux en venir, c'est que votre apparence est très singulière. En conséquence, il est difficile de concevoir qu'on puisse vous prendre pour un homme impeccable, séduisant, et sans pilosité faciale. (Elle marque une pause. Elle le vexe. Elle veut qu'il perde son assurance.) Quelqu'un de bien mis, dans un costume coûteux. (Une autre pause.) Ne venez-vous pas de me dire que vous viviez pratiquement comme un sans-abri ? Comment pourriez-vous être l'homme du Lumi ?

— J'avais un costume noir, une chemise et une cravate...

La haine. La véritable nature de Chandonne commence à percer sous son masque d'hypocrisie. Je m'attends à ce qu'il plonge par-dessus la table à tout instant et qu'il saisisse Berger à la gorge ou lui fracasse la tête contre le mur avant que Marino ou quiconque ait pu réagir. Je retiens presque mon souffle. Je me répète que Berger est bien vivante, assise à la table à côté de moi. Nous sommes jeudi soir. Dans quatre heures, cela fera exactement cinq jours que Chandonne a fait irruption chez moi, qu'il a tenté de m'abattre à coups de marteau à piquer.

Chandonne se reprend, redevient lisse et courtois :

— ... J'ai connu des périodes où mon état n'était pas aussi prononcé qu'actuellement. Le stress est un facteur aggravant. Si vous saviez la pression à laquelle j'ai dû résister. A cause d'eux.

— Qui cela, *eux* ?

— Les agents américains qui m'ont piégé. C'est eux qui m'ont poussé à devenir un fugitif, quand j'ai commencé à comprendre ce qui m'arrivait : ils essayaient de me faire accuser de meurtre ! Ma santé s'est détériorée de façon catastrophique et j'ai dû me cacher, je ne pouvais plus me montrer. Je n'ai pas toujours eu cet aspect. (Il se détourne légèrement de la caméra pour fixer Berger.) Lorsque j'ai rencontré Susan, j'allais beaucoup mieux. Je pouvais me raser. Je décrochais des boulots de temps en temps et parfois je parvenais même à être assez séduisant. Et puis, mon frère m'aidait de temps en temps, alors j'avais un peu d'argent et des vêtements convenables.

Berger arrête la cassette et se tourne vers moi.

— Selon vous, cela tient la route, cette histoire de stress ?

— Le stress est toujours un facteur d'aggravation. Mais cet homme n'a jamais été beau. Il peut raconter ce qu'il veut, je n'y crois pas.

— Vous parliez de votre frère Thomas, reprend Berger sur la vidéo. Il vous donnait des vêtements, de l'argent, d'autres choses, peut-être ?

— Oui.

— Vous dites que vous portiez un costume noir, ce soir-là, au Lumi. C'est Thomas qui vous l'avait donné ?

— Oui. Il aimait les très beaux vêtements. Nous faisions à peu près la même taille.

— Donc, vous avez dîné avec Susan. Et ensuite ? Que s'est-il passé ? Vous avez payé l'addition ?

— Bien sûr. Je suis un gentleman.

— A combien se montait la note ?

— Deux cent vingt et un dollars. Pourboire non compris.

Berger corrobore ses déclarations pour mon information tout en fixant l'écran.

— C'est le montant exact de la note. L'homme a payé en liquide et laissé deux billets de vingt dollars sur la table.

— Ces informations sur le restaurant, la note et le pourboire ont-elles été rendues publiques aux informations ?

— Non, docteur Scarpetta. Comment pourrait-il connaître ces détails, si ce n'est pas lui l'homme du restaurant ?

Une certaine frustration teinte sa voix.

La Berger de la vidéo questionne Chandonne au sujet du pourboire. Il prétend avoir laissé quarante dollars :

— Deux billets de vingt dollars, je crois.

— Et ensuite ? Vous avez quitté le restaurant ?

— Nous avons décidé d'aller prendre un verre chez elle.

XIV

Chandonne se lance dans une narration très détaillée de la suite de la soirée. Il a quitté le Lumi en compagnie de Susan Pless. Il faisait très froid, mais ils ont décidé de marcher, puisque la jeune femme habitait à quelques rues de là. Il évoque la lune et les nuages en termes presque poétiques. De longues traînées d'un blanc presque bleuté striaient le ciel, voilant partiellement la pleine lune. Il confesse que la pleine lune l'a toujours sexuellement excité, parce qu'elle lui fait penser au ventre d'une femme enceinte, à des fesses, des seins. Des rafales de vent soufflaient autour des immeubles et à un moment il a tendu son écharpe à Susan pour qu'elle ne prenne pas froid. Il portait un long manteau en cachemire noir et, soudain, le souvenir de cette légiste française, le docteur Ruth Stvan, me racontant sa rencontre avec l'homme que nous pensons être Chandonne, me revient.

J'ai rendu visite au docteur Stvan à l'Institut

médico-légal il n'y a pas deux semaines, parce que Interpol m'avait demandé d'examiner les affaires parisiennes avec elle. Durant notre conversation, elle m'a raconté qu'un homme avait tenté de pénétrer chez elle en prétextant une panne de voiture. Il cherchait un téléphone. Elle se souvenait qu'il portait un long manteau noir, un homme extrêmement bien élevé. Le docteur Stvan a ajouté quelque chose : une étrange et très déplaisante odeur se dégageait de l'homme, une odeur d'animal mouillé et sale. L'individu la mettait mal à l'aise, très mal à l'aise. Elle avait perçu l'horreur. Cependant, elle était prête à le laisser entrer ; de toute façon, il l'y aurait forcée, s'il n'était survenu un incident miraculeux.

Le mari du docteur Stvan est le chef cuisinier d'un célèbre restaurant parisien, le Dôme. Malade ce soir-là, il se trouvait chez lui, et avait appelé sa femme d'une autre pièce. L'inconnu en manteau noir avait décampé. Le lendemain, le docteur Stvan avait trouvé un message, un morceau de papier brun déchiré et ensanglanté, écrit en grosses lettres capitales et signé « Le Loup-Garou ». C'est si évident : le docteur Stvan a autopsié les victimes françaises de Chandonne et il s'en est pris à elle. J'ai autopsié ses victimes américaines sans chercher à me protéger. Ce refus d'affronter l'évidence dissimule un dénominateur commun si flagrant : on croit toujours que le pire n'arrive qu'aux autres.

— Pouvez-vous décrire le portier ? demande Berger à Chandonne dans la vidéo.

— Une moustache fine. Un uniforme. Elle l'a appelé Juan.

— Attendez une minute, interviens-je.

Berger arrête la bande.

— A-t-il une odeur corporelle ? Quand vous vous trouviez dans cette pièce, ce matin, avec lui, quand vous l'avez interrogé, avait-il... ?

— Sans rire, me coupe-t-elle. Il sentait le chien crotté. Une espèce de mélange étrange de poil mouillé et de transpiration. C'est tout juste s'il ne me

232

donnait pas la nausée. Je crois qu'on ne lui a pas fait prendre de bain, à l'hôpital.

On croit toujours, à tort, qu'on lave les patients, à l'hôpital. Généralement, on ne nettoie que les plaies, sauf lorsqu'il s'agit d'une hospitalisation de longue durée.

— Durant l'enquête sur le meurtre de Susan, il y a deux ans, quelqu'un du Lumi a-t-il évoqué une odeur corporelle ? A-t-on dit que l'homme qui accompagnait Susan sentait mauvais ?

— Non, pas du tout. Encore une fois, je ne vois pas comment Chandonne pourrait être notre homme. Mais écoutez. C'est de plus en plus étrange.

Durant les dix minutes suivantes, je regarde Chandonne boire du Pepsi et fumer en faisant l'incroyable récit de sa prétendue visite à l'appartement de Susan. Il décrit les lieux avec un luxe de détails stupéfiant, des tapis sur le parquet au tissu d'ameublement à motifs floraux en passant par les fausses lampes Tiffany. Il dit n'avoir guère été impressionné par son goût en matière d'art. Les murs étaient couverts d'affiches d'exposition assez ordinaires ainsi que de lithos de paysages marins et de chevaux. Il précise qu'elle aimait les chevaux. Elle avait grandi au milieu d'eux et ils lui manquaient terriblement. A côté de moi, Berger pianote sur la table alors qu'elle vérifie ses déclarations. Oui, sa description de l'appartement de Susan est fidèle. Oui, Susan a grandi avec des chevaux. Oui, oui à tout.

— Mon Dieu !

Je secoue la tête. La peur m'étrangle, parce que je sais où cela nous mène. Je tente de ne pas y penser, en vain. Chandonne va prétendre que je l'ai invité chez moi.

La Berger de la vidéo demande :

— Quelle heure était-il, à ce moment-là ? Vous avez dit que Susan ouvrait une bouteille de vin blanc. A quelle heure ?

— Peut-être 22 ou 23 heures. Je ne me souviens pas. Ce n'était pas du bon vin.

— Qu'aviez-vous bu jusque-là ?

— Oh, peut-être une demi-bouteille de vin au restaurant. Mais j'ai à peine goûté celui qu'elle m'a servi chez elle. Un vin californien quelconque.

— Vous n'étiez donc pas ivre.

— Je ne suis jamais saoul !

— Votre esprit était clair.

— Evidemment.

— A votre avis, Susan était-elle ivre ?

— Peut-être un peu. Je dirai qu'elle était gaie. Nous nous sommes assis sur le sofa du salon. On a une très jolie vue, vers le sud-ouest. Depuis le salon, on voit l'enseigne rouge de l'hôtel Essex House sur le parc.

— Tout est exact, me dit Berger, qui recommence à pianoter. Et son alcoolémie était de 0,8. Elle avait un peu bu, en effet.

Berger précise quelques-uns des détails de l'autopsie.

— Ensuite, que s'est-il passé ? demande-t-elle à Chandonne.

— Nous nous tenions la main. Elle a sucé mes doigts, un à un, très sexy. Nous avons commencé à nous embrasser.

— Pouvez-vous me dire vers quelle heure ?

— Je n'avais aucune raison de regarder ma montre.

— Vous portiez une montre ?

— Oui.

— L'avez-vous encore ?

— Non. Ma vie a été gâchée, par *eux*. (Il crache ce mot, « *eux* ». Un peu de salive se forme à la commissure de ses lèvres à chaque fois qu'il le prononce, avec une haine indéniable.) Je n'avais plus d'argent. Je l'ai mise au clou il y a peut-être un an.

— Eux ? Ces gens auxquels vous faites constamment allusion ? La police ?

— Les agents fédéraux américains.

— Revenons à Susan.

— Je suis plutôt timide, vous savez ? Jusqu'où dois-je entrer dans les détails ?

Il attrape son gobelet de Pepsi et ses lèvres se referment sur la paille comme deux ventouses.

— Je veux que vous me racontiez tout ce dont vous vous souvenez. La vérité.

Chandonne repose le Pepsi et je sursaute à nouveau lorsque la manche de Talley entre dans le champ. Il allume une autre Camel pour Chandonne. Celui-ci se rend-il compte que Talley est un agent fédéral, l'un de ces « eux » dont il a fait ses tortionnaires, ses persécuteurs ?

— Oui, alors je vais vous le dire. Je ne veux pas, mais j'essaie de coopérer.

Il exhale une bouffée de fumée.

— Continuez, je vous prie. Avec le plus de détails possible.

— Nous nous sommes embrassés un moment, et nous avons rapidement progressé.

— Que voulez-vous dire par « nous avons rapidement progressé » ?

D'ordinaire, il suffit que l'inculpé réponde qu'il y a eu rapport sexuel, et on n'insiste pas. D'ordinaire, le policier ou le procureur qui mène l'interrogatoire ne juge pas utile de pousser la confession. Mais les violences sexuelles dont ont été victimes Susan et toutes ces autres femmes exigent des détails, tous les détails de ce qu'il considère comme un acte sexuel.

— J'ai des réticences, dit Chandonne, qui s'amuse à nouveau avec Berger et veut se faire prier.

— Pourquoi ?

— Je ne parle pas de ce genre de chose, et surtout pas à une femme.

— Il vaudrait mieux pour tout le monde que vous me considériez comme un procureur, non comme une femme !

— Je ne peux pas vous parler sans penser *femme*, dit-il doucement, dans un petit sourire. Vous êtes très jolie.

— Vous pouvez me voir ?

— J'y vois à peine. Mais je suis sûr que vous l'êtes. On me l'a dit.

— Je vais vous demander de ne plus évoquer mon physique. Les choses sont-elles bien claires ?

Il la fixe et hoche la tête.

— Monsieur Chandonne, qu'avez-vous fait après avoir embrassé Susan ? Ensuite ? L'avez-vous touchée, caressée, déshabillée ? Et elle, qu'a-t-elle fait ? Vous souvenez-vous des vêtements qu'elle portait ce soir-là ?

— Un pantalon en cuir marron. Je dirais qu'il était de la couleur du chocolat belge. Assez moulant, sans être vulgaire. Elle portait des bottes, en cuir brun, des bottines, plutôt. Elle avait aussi un petit haut noir, une sorte de maillot. A manches longues. (Il fixe le plafond.) Un décolleté. Assez profond. Le genre de maillot à bouton pression à l'entrejambe.

— Un body, précise Berger.

— Oui. J'ai été un peu pris de court au début, je ne savais pas comment le lui enlever.

— Et comment a-t-elle réagi en vous voyant essayer de lui ôter ?

— Elle a ri devant ma perplexité et s'est moquée de moi.

— Elle s'est moquée de vous ?

— Oh, pas méchamment. Elle a trouvé cela drôle. Elle a blagué. A propos des Français. Il paraît que nous sommes des amants si doués, vous savez.

— Elle savait donc que vous étiez français.

— Mais bien sûr, répond Chandonne d'un ton paisible.

— Elle parlait français ?

— Non.

— Elle vous l'a dit, ou c'est vous qui le déduisez ?

— Je lui avais posé la question, au restaurant.

— Donc, elle s'est moquée de vous à propos de son body.

— Oui. Elle m'a pris la main, l'a glissée dans son pantalon et m'a aidé à le dégrafer. Je me rappelle qu'elle était très excitée et que cela m'a surpris, c'était si rapide.

— Et vous le savez parce que... ?

— Elle mouillait. Enormément. Je n'aime vraiment pas parler de ces choses. (Son visage s'anime. Au contraire, il adore.) Est-il vraiment nécessaire d'entrer dans de tels détails ?

— S'il vous plaît. Tout ce que vous vous rappellerez.

Berger reste ferme, dépourvue d'émotions. Chandonne pourrait tout autant lui parler d'un réveil qu'il a démonté.

— J'ai commencé à lui caresser les seins et j'ai dégrafé son soutien-gorge.

— De quelle couleur, ce soutien-gorge ?

— Il était noir.

— Les lumières étaient allumées ?

— Non, mais le soutien-gorge était foncé, j'ai pensé qu'il était noir, mais j'ai pu me tromper. Quoi qu'il en soit, ce n'était pas une couleur claire.

— Comment l'avez-vous dégrafé ?

Chandonne marque une pause et fixe la caméra derrière ses lunettes noires.

— Dans le dos.

Il mime le geste.

— Vous ne l'avez pas arraché ?

— Bien sûr que non.

— Nous avons retrouvé son soutien-gorge déchiré sur le devant. On le lui a arraché. Littéralement.

— Ce n'est pas moi. C'est sûrement quelqu'un d'autre, après mon départ.

— Très bien. Revenons au moment où vous le lui ôtez. Elle porte encore son pantalon ?

— Il est ouvert, mais elle l'a encore sur elle. Je soulève son maillot. Je suis très oral, voyez-vous. Cela lui plaisait pas mal. J'avais du mal à la réfréner.

— Expliquez « j'avais du mal à la réfréner », je vous prie ?

— Elle me... touchait. Entre les jambes. Elle

essayait de m'enlever mon pantalon, mais je n'étais pas prêt. J'avais encore tellement à faire.

— Tellement à faire ? Qu'aviez-vous d'autre à faire, monsieur ?

— Je n'étais pas prêt pour la conclusion...

— Comment cela, la conclusion ? La conclusion du rapport ? Quelle conclusion ?

« La conclusion de sa vie » s'impose dans mon cerveau.

— A faire l'amour vraiment, là, tout de suite, répond-il.

Je déteste cette situation. Ses élucubrations me sont intolérables, surtout lorsque je pense qu'il sait peut-être que je les écoute. Il me les fait subir, comme à Berger. Et Talley les entend aussi, il est assis là et il assiste à cette scène. Finalement, Chandonne et Talley partagent quelque chose : tous deux haïssent les femmes, même s'ils les désirent. Je m'en suis rendu compte trop tard, quand Talley était déjà dans mon lit, dans cet hôtel parisien. Je l'imagine, si proche de Berger dans la petite salle d'interrogatoire de l'hôpital. Je m'immisce dans sa tête tandis que Chandonne nous inflige le récit d'une nuit d'amour qu'il n'a probablement jamais vécue de toute son existence.

— Elle avait un corps ravissant et je voulais m'en délecter encore, mais elle insistait tant. Elle ne pouvait plus attendre. (Chandonne savoure chaque mot.) Alors nous sommes allés dans la chambre. Nous nous sommes couchés, déshabillés et nous avons fait l'amour.

— A-t-elle enlevé ses vêtements ou bien l'avez-vous dévêtue vous-même ? Autrement qu'en l'aidant à les dégrafer ?

L'incrédulité de Berger transperce dans sa voix.

— Je lui ai enlevé tous ses vêtements. Et elle les miens.

— A-t-elle fait un commentaire concernant votre corps ? Vous étiez intégralement rasé ?

— Oui.

— Et elle n'a pas remarqué ?

— J'étais très... lisse. Elle n'a rien remarqué. Il faut que vous compreniez que beaucoup de choses se sont passées depuis, à cause *d'eux*.

— Que s'est-il passé ?

— J'ai été pourchassé, persécuté et battu. Des hommes m'ont agressé quelques mois après ma nuit avec Susan. Ils m'ont cruellement tabassé au visage. J'ai eu la lèvre fendue et plusieurs os fracturés, là. (Il désigne les lunettes pour indiquer les orbites.) Et puis, j'ai eu tous ces ennuis dentaires dans mon enfance à cause de ma maladie, beaucoup d'interventions. Des couronnes sur les dents de devant pour qu'elles paraissent normales.

— Le couple qui vous élevait a payé des soins dentaires esthétiques ?

— Ma famille les soutenait financièrement.

— Vous vous rasiez avant d'aller chez le dentiste ?

— Je ne rasais que les parties visibles. Mon visage, par exemple. Toujours, quand je devais sortir dans la journée. Quand on m'a battu, mes couronnes se sont brisées et au bout du compte, eh bien, vous voyez à quoi ressemblent mes dents, à présent.

— Où s'est passée cette agression ?

— J'étais encore à New York.

— Avez-vous bénéficié de soins médicaux ou porté plainte auprès de la police ?

— C'était hors de question. Des gens très haut placés sont mêlés à cette affaire, même dans les sphères judiciaires, bien sûr. Je leur dois tous mes malheurs. Je ne pouvais pas porter plainte. Je n'ai pas reçu le moindre soin. Je suis devenu un nomade, toujours en fuite, caché. Détruit.

— Comment s'appelle votre dentiste ?

— Oh, c'était il y a très longtemps. Je ne pense pas qu'il soit encore en vie. Il s'appelait Corps. Maurice Corps. Son cabinet est rue Cabanis, je crois.

— *Corps*, comme synonyme de « cadavre » ? fais-je remarquer à Berger. Et *Cabanis*, serait-ce un jeu de mot sur cannabis ?

Je hoche la tête, aussi révoltée que fascinée.

— Susan Pless et vous avez donc fait l'amour dans sa chambre, reprend Berger dans la vidéo. Veuillez continuer. Combien de temps êtes-vous restés au lit ?

— Je dirais jusqu'à 3 heures du matin. Après quoi, elle m'a dit de partir parce qu'elle devait se préparer pour le travail. Je me suis donc habillé et nous sommes convenus de nous retrouver le soir. Nous avions rendez-vous à 19 heures à l'Absinthe, un joli bistro français du quartier.

— Vous dites que vous vous êtes habillé. Et elle ? Etait-elle habillée quand vous l'avez quittée ?

— Elle portait un pyjama en satin noir. Elle l'a mis pour me raccompagner et m'embrasser sur le seuil.

— Vous êtes donc descendu. Vous avez vu quelqu'un ?

— Juan, le portier. Je suis sorti, j'ai marché, puis j'ai trouvé un café ouvert et j'ai pris mon petit déjeuner. J'avais très faim. (Silence.) Neil's. C'est le nom du café. C'est juste en face du Lumi.

— Vous souvenez-vous de ce que vous avez pris ?

— Un expresso.

— Vous mouriez de faim et vous n'avez rien pris d'autre qu'un expresso ?

Berger lui fait comprendre qu'elle a bien saisi le mot « faim » et qu'elle se rend compte qu'il se moque d'elle, non, qu'il se fout de sa gueule et qu'il tente de l'entuber. La faim de Chandonne n'avait rien à voir avec un petit déjeuner. Il savourait les restes de cette violence, de ce carnage, parce qu'il venait de quitter une femme qu'il avait battue à mort et mordue. Quoi qu'il raconte, c'est ce qu'il a fait. Le salaud. Le foutu salaud de menteur.

— Quand avez-vous appris le meurtre de Susan ? demande Berger.

— Elle n'est pas venue à notre rendez-vous.

— Ça semble évident.

— Et le lendemain...

— Ce serait donc le 5 ou le 6 décembre ? demande

Berger, qui accélère le tempo pour qu'il comprenne qu'elle en a assez de son petit jeu.

— Le 6. J'ai lu la nouvelle dans le journal, le lendemain matin de notre rendez-vous manqué à l'Absinthe. (Il joue la comédie de la tristesse, à présent.) J'ai été bouleversé.

Il renifle.

— Il est évident qu'elle ne pouvait venir à l'Absinthe la veille. Mais vous dites y être allé ?

— J'ai pris un verre de vin au bar et j'ai attendu. Puis, j'ai fini par partir.

— Quelqu'un, dans ce café, pourrait-il corroborer vos dires ?

— Oui. J'ai demandé au maître d'hôtel si elle était passée. Après tout, peut-être avait-elle laissé un message pour moi. Ils la connaissaient, à cause de la télé.

Berger lui pose des questions précises sur le maître d'hôtel, demande son nom, ce que Chandonne portait ce soir-là, combien il a payé son vin, si c'était en liquide et s'il a donné son nom lorsqu'il s'est renseigné à propos de Susan. Evidemment, il n'a pas décliné son identité. Elle s'acharne durant cinq minutes.

Berger, assise en face de moi, précise que le bistrot a contacté la police pour l'informer qu'un homme cherchant à joindre Susan Pless était passé. Tout a été laborieusement vérifié à l'époque. Tout est vrai. La description des vêtements de l'homme correspond en tout point à celle que donne Chandonne des siens. L'homme a effectivement commandé un verre de vin au bar et demandé si Susan était passée ou avait laissé un message, sans donner son nom. Le signalement de cet homme correspond à celui de l'homme qui a abordé la jeune femme au Lumi la veille.

— Avez-vous dit à quiconque que vous étiez avec elle la nuit du meurtre ? demande Berger sur la vidéo.

— Non. Dès que j'ai su ce qui s'était passé, j'ai compris que je devais me taire.

— Et que saviez-vous de ce qui s'était passé ?

— C'est *eux* qui l'ont fait. *Eux* qui l'ont tuée. Pour me piéger encore une fois.

— Encore une fois ?

— Comme les autres femmes, à Paris. *Ils* leur ont fait subir le même sort.

— Ces femmes, c'était avant la mort de Susan ?

— Il y en a eu une ou deux avant. Et puis quelques-unes après, aussi. La même chose leur est arrivée à toutes parce que j'étais suivi. C'est pour cela que je me suis terré. C'est à cause de cela que mon état a empiré, tout ce stress, ces difficultés. Un vrai cauchemar, et je n'ai rien dit. Qui m'aurait cru ?

— Bonne question, réplique sèchement Berger. Parce que vous savez quoi ? Je ne vous crois pas. Vous avez assassiné Susan, n'est-ce pas ?

— Non.

— Vous l'avez violée, n'est-ce pas ?

— Non.

— Vous l'avez battue et mordue, n'est-ce pas ?

— Non. C'est pour cela que je n'ai rien dit à personne. Qui m'aurait cru ? Qui aurait cru que des gens tentent de m'anéantir parce que, selon eux, mon père est un criminel, un parrain ?

— Vous n'avez jamais informé la police ni quiconque que vous étiez peut-être la dernière personne à avoir vu Susan en vie parce que c'est vous qui l'avez tuée, n'est-ce pas ?

— Je n'ai rien dit à personne. Sinon, on m'aurait accusé de son crime, tout comme vous le faites. Je suis rentré à Paris. J'ai erré. J'espérais qu'ils m'oublieraient, mais j'avais tort, vous le voyez bien.

— Etes-vous conscient que Susan était couverte de morsures et que l'ADN de la salive retrouvée sur ses plaies, tout comme celui du sperme retrouvé dans son vagin, correspond au vôtre ? (Il fixe ses lunettes noires sur Berger.) Vous savez ce qu'est l'ADN, n'est-ce pas ?

— Je me doutais qu'on retrouverait mon ADN.

— Parce que vous l'avez mordue.

242

— Je ne l'ai jamais mordue. Mais je suis très oral. Je...

Il s'interrompt.

— Vous quoi ? Qu'avez-vous fait cette nuit-là qui puisse expliquer la présence de votre ADN autour de morsures que vous prétendez ne pas lui avoir infligées ?

— Je suis très oral, répète-t-il. Je suce, je lèche. Partout.

— Où, plus précisément ? Partout signifie-t-il littéralement le moindre centimètre de peau ?

— Oui. Partout. J'aime le corps des femmes. Le moindre centimètre de peau. Peut-être parce que je n'ai... Peut-être parce que c'est si beau, un corps de femme, et que la beauté m'a été refusée. Alors je les vénère. Mes femmes. Leur chair.

— Vous léchez et embrassez leurs pieds, par exemple ?

— Oui.

— La plante des pieds ?

— Partout.

— Avez-vous déjà mordu les seins d'une femme ?

— Non. Elle avait de très beaux seins.

— Mais vous les avez sucés, léchés ?

— Avec obsession.

— Les seins sont importants, pour vous ?

— Oh, oui, énormément. Je ne m'en cache pas.

— Vous aimez les femmes à forte poitrine ?

— J'ai un type, bien sûr.

— Et quel est-il, exactement ?

— Très plantureux...

Il met ses mains en coupe devant sa poitrine, et la tension sexuelle électrise son visage. Peut-être que je me l'imagine. J'ai presque la vision de ses yeux brillant derrière les lunettes noires, mais peut-être est-ce mon imagination.

— ... Mais pas grosses. Je n'aime pas les femmes grosses, non, non. Les hanches et la taille minces, mais très plantureuses plus haut.

Il refait le même geste. Les veines et les muscles saillent sur ses bras.

— Et Susan était votre genre ? poursuit Berger, imperturbable.

— Dès que je l'ai vue entrer dans le restaurant, elle m'a attiré.

— Au Lumi ?

— Oui.

— On a aussi trouvé des poils sur son corps. Vous êtes conscient que des longs poils fins, très caractéristiques, ont été retrouvés sur son corps ? Comment est-ce possible, si vous vous étiez rasé ? Ne venez-vous pas de me dire que vous étiez imberbe, cette nuit-là ?

— Mais c'est eux qui laissent de faux indices.

— Ces gens qui sont après vous ?

— Oui.

— Et où se seraient-ils procuré ces poils ?

— Il y a cinq ans, à Paris, quand j'ai commencé à sentir qu'on me suivait... J'avais l'impression d'être épié, filé. Je ne savais absolument pas pourquoi. Voyez-vous, quand j'étais jeune, je ne me rasais pas toujours intégralement. Mon dos, vous imaginez ? C'est presque impossible de se raser le dos, et parfois il se passait des mois et des mois, et puis, quand j'étais plus jeune, j'étais encore plus timide avec les femmes. J'avais un mal fou à les aborder. Alors je cachais mes jambes et mes bras sous mes vêtements et ne rasais que les mains, le cou et le visage. (Il touche sa joue.) Un jour, je suis rentré à l'appartement qu'habitait ma famille d'adoption...

— Votre famille d'adoption était encore vivante à cette époque ? Le couple dont vous nous avez parlé ? Qui habitait près de la prison ? ajoute-t-elle avec une trace d'ironie.

— Non. J'y suis resté un certain temps après leur mort. Ce n'était pas cher et j'avais du travail, des petits boulots. Je suis rentré et j'ai bien vu que quelqu'un s'y était introduit. C'était étrange. Rien ne manquait, sauf les draps de mon lit. Je me suis dit

que ce n'était pas trop grave. Mais cela s'est repro-
duit, à plusieurs reprises. Maintenant, je sais que
c'était eux. Ils voulaient mes poils. C'est pour cela
qu'ils avaient pris les draps. J'en perds beaucoup (Il
touche ses cheveux.) Ils tombent en abondance, si je
ne me rase pas. Ils s'accrochent partout, quand ils
sont trop longs.

Il tend le bras vers Berger et de longs poils flottent,
se détachant de sa peau.

— Vous affirmez donc vous être rasé de près avant
de rencontrer Susan ? Même dans le dos ?

— C'est cela. Si vous avez trouvé de longs poils sur
son corps, c'est qu'on les y a mis, vous comprenez ?
Cependant, j'admets que ce meurtre est ma faute.

XV

— Pourquoi cela ? demande Berger à Chandonne.
Pourquoi dites-vous que le meurtre de Susan est
votre faute ?

— Parce qu'*ils* m'ont suivi. Ils ont dû pénétrer
chez elle juste après mon départ, et ils lui ont fait
subir cela.

— Et vous auraient-ils également suivi jusqu'à
Richmond, monsieur ? Pourquoi êtes-vous venu ici ?

— A cause de mon frère.

— Expliquez-moi cela.

— J'ai entendu parler du cadavre découvert sur le
port et je me suis convaincu qu'il s'agissait de mon
frère Thomas.

— Quelle était la profession de votre frère ?

— Il travaillait avec mon père dans l'import-
export maritime. Il était un peu plus âgé que moi.
Thomas était gentil avec moi. Je ne le voyais pas
beaucoup, mais il me donnait les vêtements dont il
ne voulait plus, et diverses autres choses. Et de

l'argent. La dernière fois que je l'ai vu, il y a peut-être deux mois, à Paris, il avait très peur que quelque chose d'affreux lui arrive.

— Où a eu lieu cette rencontre avec Thomas ?

— Faubourg Saint-Antoine. Il aimait beaucoup ce coin, c'est le quartier des artistes et des boîtes de nuit. Nous nous sommes retrouvés dans une impasse. Cour des Trois-Frères, là où se trouvent les artisans, vous savez, pas loin du Sans Sanz, du Balajo et bien sûr du Bar américain. Il m'a donné de l'argent et m'a dit qu'il allait à Anvers, en Belgique, puis qu'il gagnerait les Etats-Unis. Je n'ai plus jamais eu de ses nouvelles. Ensuite, j'ai appris la découverte d'un cadavre.

— Et comment l'avez-vous appris ?

— Je vous ai dit que je lis beaucoup de journaux. Je ramasse ce que les gens jettent. Et beaucoup de touristes qui ne parlent pas français lisent l'édition internationale de *USA Today*. Il y avait dedans un petit article sur le corps découvert ici et j'ai tout de suite su que c'était mon frère. J'en étais sûr. C'est pour cela que je suis venu à Richmond. Il fallait que je sache.

— Comment êtes-vous arrivé ici ?

Chandonne soupire. Il a de nouveau l'air fatigué. Il porte la main vers la peau à vif autour de son nez.

— Je ne veux pas le dire.

— Pourquoi ne voulez-vous pas le dire ?

— J'ai peur que vous vous en serviez contre moi.

— Il faut que vous me disiez la vérité.

— Je suis pickpocket. J'ai volé le portefeuille d'un homme qui avait posé son manteau sur une pierre tombale, au Père-Lachaise. Une partie de ma famille y est enterrée. Une *concession à perpétuité*, précise-t-il fièrement. Quel imbécile. Un Américain. C'était un gros portefeuille, avec son passeport et des billets d'avion. J'ai récidivé, plusieurs fois, je regrette de devoir vous le dire. Cela fait partie de la vie des sans-abri, et seule la rue pouvait m'accueillir lorsqu'ils ont commencé à me pourchasser.

— Ces mêmes gens. Les agents fédéraux.

— Oui, c'est cela. Des agents, des magistrats, tout le monde. J'ai immédiatement pris l'avion. Je craignais que l'homme ne signale la perte de son portefeuille. J'aurais pu me faire arrêter à l'aéroport. C'était un billet d'avion aller-retour pour New York.

— De quel aéroport êtes-vous parti, et à quelle date ?

— De Roissy. Ce devait être jeudi dernier.

— Le 16 décembre ?

— Oui. Je suis arrivé de bonne heure le matin et j'ai pris un train pour Richmond. J'avais sept cents dollars, ceux trouvés dans le portefeuille.

— Ce portefeuille et ce passeport sont-ils toujours en votre possession ?

— Non. Ce serait idiot. Je les ai jetés.

— Où cela ?

— Dans une poubelle, à la gare, à New York. Je ne saurais pas vous dire exactement où. Je suis monté dans le train...

— Et durant ces voyages, personne ne vous regardait ? Vous n'étiez pas rasé ? Personne ne vous a regardé, personne n'a réagi à votre apparence ?

— Mes cheveux étaient retenus dans un filet, sous un chapeau. Je portais des manches longues et un col haut. (Il hésite.) Il y a autre chose que je fais quand j'ai cet aspect. Je porte un masque. Vous savez, ceux dont on se couvre le nez et la bouche quand on souffre d'allergies graves. Et j'ai aussi des gants en coton blanc et de grandes lunettes teintées.

— C'est ce que vous portiez dans l'avion et le train ?

— Oui. Ça marche très bien. Les gens s'écartent et, en l'occurrence, j'ai eu toute une rangée de sièges pour moi. Alors j'ai dormi.

— Vous avez encore le masque, le chapeau, les gants et les lunettes ?

Il marque un temps avant de répondre. Elle l'a coincé, et il tente de contrer :

— Peut-être pourrais-je les retrouver.

— Qu'avez-vous fait en arrivant à Richmond ?

— Je suis descendu du train.

Elle l'interroge sur ce sujet pendant plusieurs minutes. Où est la gare ? A-t-il pris un taxi ensuite ? Comment s'est-il orienté dans cette ville ? Que pensait-il au juste pouvoir faire au sujet de son frère ? Ses réponses sont cohérentes, quant à ses descriptions, elles rendent ses déplacements plausibles. Par exemple, la gare Amtrak de Staples Mill Road fidèlement rendue, ce taxi bleu qui l'a laissé à un motel sinistre sur Chamberlayne Avenue. Il a payé la chambre vingt dollars, utilisant encore sa fausse identité et réglant en liquide.

Il déclare ensuite avoir appelé mes bureaux pour obtenir des renseignements concernant le corps non identifié que nous avons retrouvé dans un conteneur.

— Je voulais m'entretenir avec le docteur, mais personne n'a voulu m'aider, dit-il.

— A qui avez-vous parlé ?

— A une femme. Peut-être une secrétaire.

— Cette employée vous a-t-elle donné le nom du docteur ?

— Oui. Le docteur Scarpetta. J'ai demandé à parler à ce monsieur et elle a précisé qu'il s'agissait d'une femme. Alors j'ai dit d'accord, pouvez-vous me passer cette *dame* ? Elle était occupée. Je n'ai pas laissé mon nom ni mon numéro, bien sûr, parce que je devais être très prudent. Peut-être qu'on me suivait encore. Comment en être sûr ? Et puis, je suis tombé sur ce journal : une femme avait été assassinée ici, dans un magasin. J'ai été bouleversé, effrayé : *ils* étaient sur mes talons.

— Ces mêmes gens ? Ceux dont vous prétendez qu'ils vous poursuivent ?

— *Ils* sont là, ne voyez-vous pas ? Ils ont tué mon frère. Ils savaient que je viendrais.

— Ce sont des gens sidérants, n'est-ce pas, monsieur Chandonne ? Stupéfiant qu'ils aient pu deviner que vous feriez tout ce chemin jusqu'à Richmond, en Virginie, parce que vous étiez tombé, par hasard, sur

248

un exemplaire de *USA Today* qui traînait, ledit journal vous apprenant que l'on avait découvert un corps dans le port. Ils avaient donc même prévu que vous penseriez immédiatement à votre frère Thomas, et que vous voleriez un portefeuille et un passeport pour arriver jusqu'à chez nous !

— Ils savaient que je viendrais. J'aime mon frère. C'est tout ce que j'ai, dans la vie. C'est la seule personne qui m'a fait du bien. Et il fallait que j'apprenne la vérité pour papa. Pauvre papa.

— Et votre mère ? Elle ne sera pas bouleversée d'apprendre que son fils est mort ?

— Elle boit tellement.

— Votre mère est alcoolique ?

— Elle boit sans arrêt.

— Tous les jours ?

— Tous les jours, toute la journée. Et puis elle se met en colère et elle crie.

— Vous ne vivez pas avec elle et vous savez malgré tout qu'elle boit tous les jours, du matin au soir ?

— C'est Thomas qui me le disait. Il s'en occupe depuis toujours. On m'a toujours dit qu'elle buvait. Les rares fois où j'allais chez eux, elle était ivre. Il n'est pas exclu que mon état soit la conséquence de son alcoolisme durant sa grossesse.

— C'est possible ? me demande Berger.

— Un syndrome d'alcoolisme fœtal ? (Je réfléchis.) Peu probable. Généralement, si la mère est une alcoolique chronique, le résultat est un retard mental et physique. Pas des affections comme l'hypertrichose.

— Ce qui ne veut pas dire qu'il n'en est pas persuadé.

— En effet.

— Cela pourrait contribuer à expliquer sa haine pathologique des femmes.

— Pour autant que quelque chose peut expliquer ce genre de haine.

Notre attention revient vers l'enregistrement. Berger questionne Chandonne sur son prétendu appel à la morgue de Richmond.

— Vous avez donc vainement essayé de joindre le docteur Scarpetta au téléphone. Et ensuite ?

— Ensuite, le lendemain, vendredi, j'ai vu à la télévision, dans ma chambre au motel, qu'une autre femme avait été assassinée. Une policière, cette fois. Ils diffusaient un flash d'infos, voyez. Je regardais, et soudain les caméras se braquent sur une grosse voiture noire qui s'arrête sur le lieu du crime, et ils annoncent que c'est la légiste. C'est elle, le docteur Scarpetta. Du coup, j'ai eu l'idée d'aller tout de suite là-bas. Je me suis dit que j'allais attendre qu'elle ressorte et je l'aborderais. J'avais l'intention de lui dire qu'il fallait absolument qu'elle me consacre un peu de son temps. Et j'ai pris un taxi.

Sa remarquable mémoire lui fait soudain défaut. Plus rien. Ni sur la compagnie de taxis, ou sur la couleur du véhicule, simplement que le chauffeur était « un Noir ». C'est probablement le cas de quatre-vingts pour cent des chauffeurs de taxis de Richmond. Chandonne prétend que, durant le trajet jusqu'au lieu du crime — il en connaît l'adresse, puisqu'elle a été diffusée aux informations —, il a entendu un autre flash : une mise en garde de la population contre le tueur, précisant qu'il est affligé d'une maladie particulière qui lui donne un aspect très étrange. La description de l'hypertrichose le désigne, lui.

— A partir de ce moment-là, les choses ne faisaient plus aucun doute dans mon esprit, continue-t-il. Ils m'ont tendu un piège, et tout le monde pense que c'est moi qui ai tué ces femmes à Richmond. Alors j'ai paniqué dans le taxi, je cherchais quoi faire. J'ai demandé au chauffeur s'il connaissait la dame dont ils parlaient, le docteur Scarpetta. Il a répondu que tout le monde la connaît, ici. J'ai prétendu que j'étais un touriste et il m'a conduit dans son quartier. Il m'a déposé devant la grille, à cause du poste de surveillance. Mais j'en savais assez. J'étais décidé à la trouver avant qu'il soit trop tard.

— Trop tard pour quoi ? demande Berger.

— Avant que quelqu'un d'autre ne se fasse tuer. Mon plan, c'était de revenir plus tard dans la soirée, de la convaincre de m'ouvrir afin que nous discutions. Je craignais qu'elle ne soit la suivante sur la liste des tueurs. C'est leur manière de faire. Ils l'ont fait à Paris, vous savez. Ils ont essayé de tuer la légiste de là-bas, une femme. Elle a eu beaucoup de chance.

— Restons-en à ce qui s'est passé ici, à Richmond. Racontez-moi la suite. Nous sommes en milieu de matinée, le vendredi 17 décembre, soit vendredi dernier ? Qu'avez-vous fait une fois que le taxi vous a déposé ? Qu'avez-vous fait du reste de la journée ?

— J'ai erré. J'ai trouvé une maison abandonnée près de la rivière et j'y suis entré m'abriter du mauvais temps.

— Pouvez-vous me dire où se trouve cette maison ?

— Non, mais ce n'est pas loin de son quartier.

— Le quartier du docteur Scarpetta ?

— Oui.

— Vous pourriez la retrouver, cette maison, n'est-ce pas, monsieur ?

— Elle est en construction. Très grande. Une vaste demeure inhabitée pour l'instant. Je sais où elle est.

Berger se tourne vers moi :

— Est-ce bien celle où la police pense qu'il s'est terré durant tout son séjour à Richmond ?

Je hoche la tête. Je connais cette maison. Je pense aux propriétaires et me demande comment ils auront le courage d'y habiter maintenant. Chandonne déclare qu'il s'y est caché jusqu'à la tombée de la nuit. Il se serait aventuré à plusieurs reprises hors de sa cachette, évitant le poste de garde en suivant la rivière et les voies de chemin de fer qui la bordent. Il prétend avoir frappé chez moi en début de soirée et n'avoir pas obtenu de réponse.

Je précise, au profit de Berger, que je suis rentrée à 20 heures passées. Je m'étais arrêtée à la quincaillerie Pleasant Hardware en sortant du bureau. Je voulais regarder les outils, les curieuses plaies trouvées sur le corps de Diane Bray et les traces de sang maculant son matelas m'ayant plongée dans la perplexité. C'est en explorant les rayons du magasin que je suis tombée sur le marteau à piquer.

Chandonne continue dans ses mensonges : il aurait eu peur de venir me voir. Selon lui, de nombreuses voitures de police faisaient des rondes dans le quartier et à un moment, alors qu'il revenait chez moi tard dans la nuit, deux d'entre elles étaient garées devant ma cour. Bien sûr... mon alarme s'était déclenchée parce que Chandonne avait forcé la porte de mon garage pour attirer la police. Evidemment, il nie être à l'origine de cet incident. C'était *eux*, forcément. Il poursuit sa narration : il est maintenant minuit, la neige s'est faite drue. Il se cache derrière un arbre près de ma maison et attend que la police s'en aille. Il dit que c'est sa dernière chance s'il veut me rencontrer. Il redoute qu'*ils* soient toujours dans les environs avec l'intention de m'abattre. Il frappe à ma porte.

— Comment avez-vous frappé ? demande Berger.

— Je me rappelle qu'il y a un heurtoir. Je crois bien.

Il a terminé son gobelet et Marino lui demande s'il en veut un autre. Chandonne secoue la tête et bâille. Cet enfoiré est venu chez moi pour me défoncer le crâne à coups de marteau et il bâille !

— Pourquoi n'avoir pas sonné, monsieur Chandonne ?

Ce point est d'importance. La sonnette déclenche la caméra vidéo. Si Chandonne avait sonné, j'aurais pu le voir sur l'écran dans l'entrée.

— Je ne sais pas, dit-il. J'ai vu le heurtoir, alors je m'en suis servi.

— Avez-vous dit quelque chose ?

— Au début, non. Puis j'ai entendu une voix de femme qui demandait : « Qui est là ? ».

— Et qu'avez-vous répondu ?

— J'ai décliné mon identité en précisant que j'avais des informations au sujet du corps qu'elle tentait d'identifier et qu'il fallait que je lui parle.

— Vous lui avez dit votre nom ? Vous vous êtes présenté comme Jean-Baptiste Chandonne ?

— Oui. J'ai dit que je venais de Paris et que j'avais essayé de la joindre à son bureau. (Il bâille à nouveau.) Et là, quelque chose d'incroyable s'est produit. La porte s'est brusquement ouverte. Elle était là devant moi, me priant d'entrer, et elle a claqué la porte derrière moi. Je suis resté pétrifié. Tout à coup, elle a brandi un marteau et elle a essayé de me frapper.

— Tout à coup, un marteau ? D'où l'a-t-elle sorti ? Il a surgi de nulle part ?

— Je crois qu'elle l'a pris sur une table, juste dans l'entrée. Je ne sais pas. C'est arrivé tellement vite. Et moi, je voulais lui échapper. J'ai couru dans le salon en lui criant d'arrêter. Et puis, ce truc affreux ! Si vite. Je me rappelle seulement que j'étais de l'autre côté du canapé et que quelque chose a jailli sur moi. J'ai senti comme un liquide brûlant dans mes yeux. Je n'ai jamais éprouvé quelque chose d'aussi... aussi... (Il renifle.) La douleur. Je hurlais et j'essayais de m'essuyer le visage. J'essayais de m'enfuir de chez elle. Je savais qu'elle allait me tuer et, brusquement, je me suis dit qu'elle était l'une d'*eux*. *Eux.* Ils avaient fini par m'avoir. Je m'étais jeté dans leur piège ! C'était prévu depuis le début qu'elle serait chargée du corps de mon frère parce que c'est l'une d'*eux*. A présent, on allait m'arrêter, et ils allaient avoir enfin l'occasion qu'ils cherchaient, finalement. Finalement.

— Et que veulent-ils ? Redites-le moi, parce que je vous avoue que j'ai du mal à comprendre, et encore plus à croire à ce rebondissement.

— Ils veulent mon père ! s'écrie-t-il en montrant

pour la première fois une émotion. Coincer papa ! Trouver une raison de le poursuivre et de le faire tomber, l'anéantir. Ils veulent faire croire que son fils est un tueur de manière à pouvoir s'en prendre à ma famille. Toutes ces années ! C'est moi, Chandonne, regardez-moi ! *Regardez-moi donc !*

Il écarte les bras à la manière d'un crucifié, et les poils flottent sur ses membres. Stupéfaite et choquée, je le regarde arracher ses lunettes noires. La lumière brûle ses yeux à vif. Je fixe ces grandes cornées rouge vif, brûlées par le produit chimique, ce regard vague qui tente de percer le flou qui l'environne et les larmes qui dégoulinent le long de ses joues.

— Je suis anéanti ! s'écrie-t-il. Je suis laid, aveugle et accusé de crimes que je n'ai pas commis ! Vous autres Américains, vous voulez exécuter un Français ! C'est ça, hein ? Pour faire un exemple ! (Le raclement de chaises. Talley et Marino se précipitent pour le forcer à se rasseoir.) Je n'ai tué personne ! C'est elle qui a essayé de me tuer ! *Regardez ce qu'elle m'a fait !*

Et Berger répond calmement :

— Cela fait une heure que nous parlons. Nous allons arrêter, à présent. Ça suffit. Calmez-vous, calmez-vous.

Les images clignotent et des lignes strient l'écran, qui passe finalement au bleu d'une après-midi parfaite. Berger éteint le magnétoscope. Je reste assise, abasourdie.

Elle brise le sortilège malsain qu'a jeté Chandonne sur ma petite salle de réunion.

— Cela m'ennuie de vous dire cela, mais... il y a dans le pays des imbéciles paranoïaques et antigouvernement qui vont trouver ce type crédible. Espérons qu'aucun d'eux ne siégera dans le jury. Il en suffirait d'un seul.

XVI

— Jay talley.

Je sursaute en entendant Berger prononcer ce nom. Chandonne a disparu d'un simple déclic de la télécommande, et l'assistante au District Attorney de New York ne perd pas un instant, se concentrant à nouveau sur moi. Nous sommes revenues dans la douce et simple réalité : une salle de réunion avec une table en bois ronde, des étagères encastrées et un écran de télévision éteint. Devant nous sont étalés des dossiers et des photos sanglantes, oubliées, ignorées, parce que Chandonne a envahi toutes choses au cours des deux dernières heures.

— Vous vous lancez, ou je commence par vous dire ce que je sais ? demande Berger.

— Je ne sais pas très bien ce que vous voudriez que je déclare...

Je suis prise de court, puis offensée, puis carrément furieuse en repensant à la présence de Talley lors de l'interrogatoire de Chandonne. Berger et lui ont dû discuter avant et après l'interrogatoire et même, sans doute, durant l'interruption ménagée pour qu'il se restaure et qu'il se repose. Elle a passé des heures en compagnie de Talley et de Marino.

— ... Et plus précisément, quel est le rapport avec votre affaire new-yorkaise ?

Elle s'appuie contre le dossier de sa chaise. J'ai l'impression d'avoir passé la moitié de ma vie enfermée avec elle dans cette pièce. Je suis en retard. Affreusement en retard à mon rendez-vous avec le gouverneur.

— Docteur Scarpetta, si difficile que ce soit pour vous, je vous demande de me faire confiance. En êtes-vous capable ?

— Je ne sais plus à qui je peux faire confiance, madame Berger.

Et c'est l'expression de la vérité. Elle sourit faiblement et soupire.

— Ça a le mérite de la franchise, et c'est envoyé !
Vous n'avez aucune raison de me faire confiance. Du
reste, peut-être avez-vous de bonnes raisons de vous
méfier de tout le monde. Mais rien ne vous permet
de douter de moi en tant que professionnelle dont
l'unique intention est de faire payer Chandonne pour
ses crimes — s'il a tué ces femmes.

— Si ?

— Nous devons le prouver. Tout ce que je peux gla-
ner sur les événements de Richmond me sera extrêmement précieux. Croyez-moi : mon but n'est pas de
jouer les voyeurs ou de m'immiscer dans votre vie
privée. Mais il faut que je comprenne tout le
contexte. Il faut que je sache à quoi et à qui j'ai
affaire. Toute la difficulté réside dans le fait que je
ne connais pas tous les protagonistes, ni en quoi ils
peuvent être liés à mon affaire new-yorkaise. Par
exemple, l'addiction de Diane Bray aux médicaments
pourrait-elle être l'indice d'autres activités illégales
éventuellement liées au crime organisé, à la famille
Chandonne ? Ou même liée au fait que le corps de
Thomas a atterri à Richmond ?

— J'y pense... (Je suis restée bloquée sur une autre
question, celle de ma crédibilité.) Comment Chandonne explique-t-il la présence de deux marteaux à
piquer chez moi ? Oui, j'en ai acheté un à la quincaillerie, comme je vous l'ai dit. Donc, d'où venait
l'autre, si ce n'est pas lui qui l'a apporté ? Si mon
intention était de le tuer, pourquoi ne me suis-je pas
servi de mon pistolet ? Mon Glock était juste à portée de main, sur la table de la salle à manger.

Berger hésite, éludant mes questions.

— Si je ne connais pas toute la vérité, il me sera
difficile de démêler ce qui concerne ou non mon
affaire de New York.

— Je peux comprendre cela.

— Pouvons-nous aborder le sujet de vos relations
avec Jay ?

Je renonce. Il est évident que je ne serai pas celle
qui interroge, dans cette histoire.

— Il m'a conduite à l'hôpital. Quand je me suis cassé le bras. Il est arrivé avec la police, avec l'ATF, et je lui ai brièvement parlé le samedi après-midi quand la police était encore chez moi.

— Selon vous, pourquoi a-t-il jugé nécessaire de venir de France pour s'associer à cette chasse à l'homme ?

— Sans doute parce qu'il connaît bien le dossier.

— Ou pour avoir une raison de vous revoir ?

— C'est à lui qu'il faut le demander.

— Quand l'avez-vous vu pour la dernière fois ?

— Samedi après-midi, comme je l'ai déclaré.

— Plus depuis ? Pourquoi ? Considérez-vous que votre relation est parvenue à son terme ?

— Je ne considère pas qu'elle ait jamais commencé.

— Mais vous avez couché avec lui.

Elle hausse un sourcil.

— Je suis donc coupable d'avoir pris une mauvaise décision.

— Il est séduisant, brillant. Et jeune. D'aucuns vous accuseraient plus volontiers d'avoir eu bon goût. Il est célibataire. Vous aussi. Ce n'est pas comme si vous aviez commis un adultère...

Elle marque une pause qui s'éternise. Fait-elle allusion à ma relation avec Benton ? Elle reprend :

— ... Jay Talley a beaucoup d'argent, n'est-ce pas ? (Elle tapote son bloc-notes du bout de son feutre comme un métronome cadençant le sale quart d'heure que je suis en train de passer.) Fortune familiale, paraît-il. Je vérifierai. Au fait, je lui ai parlé. A Jay. Longuement.

— Je suis convaincue que vous avez parlé au monde entier, même si je me demande comment vous en avez eu le temps.

— Nous avons eu quelques petits moments de répit, à l'hôpital.

Je l'imagine sirotant un café avec Talley. Je pourrais décrire l'expression peinte sur son visage à lui, son comportement. Est-elle attirée par Jay Talley ?

— J'ai parlé à Talley et à Marino pendant que Chandonne se reposait.

Ses mains sont croisées sur le bloc qui porte l'en-tête de son bureau. Elle n'a pas griffonné le moindre mot depuis qu'elle est ici. Déjà, elle prévoit les envolées de manches des avocats de la partie adverse, brandissant la jurisprudence à tout propos. La défense a le droit de consulter tout ce qui a été couché sur le papier. Donc, ne rien rédiger. De temps en temps, elle gribouille. Elle a rempli deux pages de dessins. Une sonnette d'alarme retentit dans mon cerveau. Elle me traite comme un témoin. Ce ne devrait pas être le cas, du moins en ce qui concerne le cas Susan Pless.

— J'ai l'impression que vous vous demandez si Jay ne serait pas impliqué d'une manière ou d'une autre...

Elle m'interrompt d'un haussement d'épaules.

— Je ne laisse jamais rien au hasard. L'hypothèse est-elle invraisemblable ? A ce stade, je suis prête à croire n'importe quoi. Avouez que, si Talley était coupable de collusion avec les Chandonne, il aurait occupé une place de choix, non ? Interpol, un vrai rêve pour la mafia. Il vous fait venir en France, peut-être dans le but de voir ce que vous savez au sujet de ce dément incontrôlable qu'est Jean-Baptiste. Et brusquement, le revoici à Richmond, en pleine chasse à l'homme. (Elle croise les bras et plonge à nouveau son regard dans le mien.) Je ne l'aime pas. Cela m'étonne qu'il vous ait séduite.

Je sens que je perds pied :

— Ecoutez, Jay et moi avons eu une liaison à Paris pendant vingt-quatre heures, tout au plus.

— C'est vous qui vous êtes débrouillée pour coucher avec lui. Vous vous êtes disputés dans un restaurant, un soir, et vous êtes partie furieuse parce qu'il regardait une autre femme.

— Quoi ? Il a prétendu cela ?

Elle me considère sans un mot. Elle use du même ton que celui qu'elle réservait à Chandonne, cet épouvantable monstre. Mais, maintenant, c'est moi qu'elle interroge. Et j'ai l'impression que cette monstruosité me contamine.

— Cela n'avait rien à voir avec une autre femme, réponds-je. Quelle autre femme ? De la jalousie ? Il me cherchait, utilisant mon passé contre moi d'une façon inacceptable.

— Le Café Runtz, rue Favart. Vous avez fait une sacrée scène.

Berger relate la version de Talley.

— Je n'ai pas fait de scène. Je me suis levée de table et j'ai quitté les lieux, point final.

— De là, vous êtes retournée à l'hôtel, vous y avez pris un taxi et vous vous êtes rendue dans l'île Saint-Louis, où habite la famille Chandonne. Vous avez rôdé dans le noir en observant les fenêtres de leur maison, puis vous avez prélevé un échantillon d'eau dans la Seine.

Le choc. Un filet glacial de sueur dégouline sous mon chemisier. Je n'ai jamais dit à Jay ce que j'avais fait après avoir quitté le restaurant. Comment Berger sait-elle tout cela ? Comment Jay l'a-t-il su, si c'est bien lui son informateur ? Marino. Jusqu'où sont allées les confidences de Marino ?

— Quelle était votre intention en vous rendant chez les Chandonne ? Que pensiez-vous apprendre ? me demande-t-elle.

— Si je savais ce que je pourrais apprendre, je n'aurais pas besoin de mener des enquêtes, madame Berger. Quant au prélèvement d'eau, ainsi que vous l'ont appris les rapports du labo, nous avions trouvé des diatomées, des algues microscopiques, sur les vêtements du corps non identifié du port de Richmond, le cadavre de Thomas. Je voulais un échantillon de l'eau de la Seine pour vérifier s'il s'agissait bien du même type de diatomées. C'était le cas. Les diatomées étaient identiques à celles retrouvées sur le corps de Thomas, bien que cela n'ait aucun intérêt pour le moment. Vous ne voulez pas inculper Jean-Baptiste pour le meurtre de son prétendu frère, puisqu'il a probablement eu lieu en Belgique. Vous l'avez clairement précisé.

— Mais l'échantillon d'eau est important.

— Pourquoi ?

— Tous ces détails m'en révèlent davantage sur l'accusé et peuvent permettre d'élucider son mobile. Et, plus important, l'identité et l'intention.

L'identité et l'intention. Je connais le droit, et le sens de ces termes.

— Pourquoi avoir prélevé cet échantillon ? Est-ce votre habitude d'aller recueillir des indices un peu partout, indices sans lien direct avec vos enquêtes ? Cela ne relève pas vraiment de vos fonctions, surtout dans un pays étranger. Et d'abord, pourquoi être allée en France ? N'est-ce pas un peu exceptionnel, pour une légiste ?

— Interpol a requis ma présence. Vous l'avez vous-même souligné.

— Non, soyons précises, c'est Jay Talley qui vous a fait venir.

— Il représente Interpol. C'est leur agent de liaison avec l'ATF.

— La question, c'est pour quelle raison véritable souhaitait-il votre venue ?

Elle marque une pause, permettant à la peur de s'infiltrer dans chacune de mes cellules. Jay m'a peut-être manipulée depuis le début, et je ne crois pas être capable de supporter d'apprendre les raisons qui l'ont poussé.

Berger continue sur sa lancée, le visage énigmatique :

— Talley est un homme complexe. Si Jean-Baptiste avait comparu là-bas, je parie que Talley aurait été requis par la défense, pas par l'accusation. Probablement pour vous discréditer en tant que témoin.

Une vague de chaleur m'envahit. La terreur me secoue. C'est comme si on mettait sauvagement en pièces, sous mes yeux, le dernier de mes espoirs. Cette femme me scandalise, et j'ai toutes les peines du monde à conserver mon calme :

260

— J'aimerais vous poser une question. Existe-t-il encore des zones d'ombre dans ma vie que vous n'ayez passées au crible ?

— Un bon nombre, oui.

— Pourquoi ai-je l'impression que c'est moi qui vais me retrouver sur le banc des accusés, madame Berger ?

— Je ne sais pas. Dites-le moi.

— J'essaie de prendre cela avec détachement, mais j'ai de plus en plus de mal.

Berger ne sourit pas. Sa détermination étincelle dans son regard et durcit sa voix.

— Cela va devenir très personnel. Je vous recommande vivement de vous cramponner. Vous êtes bien placée pour savoir comment les choses se passent. Finalement, l'acte criminel en lui-même disparaît face aux véritables dégâts qu'il laisse dans son sillage. Jean-Baptiste Chandonne ne vous a pas infligé un seul coup, ce soir-là. C'est maintenant qu'il va vous faire souffrir. Il a *déjà* commencé. Il va *continuer*. Même en prison, il vous torturera quotidiennement. Il a entamé un processus mortel et cruel : la destruction de Kay Scarpetta. On est en plein dedans. J'en suis désolée. C'est un fait, et nous le connaissons toutes les deux.

Je la fixe sans répondre, la bouche sèche. Mon cœur me remonte dans la gorge.

D'un ton tranchant qui prouve qu'elle sait disséquer un être humain aussi bien que moi, elle poursuit :

— Ce n'est pas juste, n'est-ce pas ? Mais selon vous, vos patients apprécieraient-ils d'être allongés tout nus sur votre table, sous votre bistouri, pendant que vous explorez leurs poches et leurs orifices, s'ils en étaient conscients ? Et oui, j'ignore des tas de choses sur vous, votre vie. Et oui, vous n'allez pas apprécier mes questions insidieuses. Et oui, vous allez coopérer si vous êtes telle qu'on me l'a dit. Et oui, merde, à la fin, j'ai désespérément besoin de votre aide, sans quoi cette affaire est foutue d'avance.

— Parce que vous allez essayer d'introduire devant la cour ses autres méfaits ?

Elle hésite. Son regard s'attarde sur moi et s'éclaire un instant, comme si je venais de dire quelque chose qui la remplissait de joie, ou peut-être d'un respect soudain. Puis, tout aussi brusquement, son regard me quitte, et elle répond :

— Je ne sais pas encore très bien.

Je ne la crois pas. Je suis le seul témoin en vie. L'unique. Elle a tout à fait l'intention de m'impliquer là-dedans, d'aborder jusqu'au dernier crime de Chandonne durant le procès, le tout magnifiquement mis en scène dans le cadre du meurtre vieux de deux ans d'une femme à Manhattan. Chandonne est malin. Mais il a peut-être commis une erreur fatale sur la vidéo. J'ai donné à Berger les deux armes dont elle a besoin : l'identité et l'intention. Je suis en mesure d'identifier Chandonne. Quant à son intention quand il a forcé ma porte, elle ne fait aucun doute dans mon esprit. Je suis l'unique personne en vie qui puisse saper ses mensonges à la base.

— Donc, maintenant, nous martelons ma crédibilité ?

Ce mauvais jeu de mots est délibéré. Berger attaque, comme Chandonne, mais pour des raisons opposées. Elle ne veut pas me démolir mais s'assurer que personne n'y parviendra.

— Pourquoi avez-vous couché avec Jay Talley ? recommence-t-elle.

— Parce qu'il était là, bordel !

Elle éclate brusquement d'un rire profond, rauque, et se renverse dans son fauteuil.

Je n'essayais pas d'être drôle. Du reste, je ne ressens que du dégoût.

— C'est la plus banale vérité, madame Berger.

— Appelez-moi Jaime, soupire-t-elle.

— Certaines réponses me manquent, même celles que je devrais connaître. Par exemple, pourquoi j'ai couché avec Jay. Mais j'ai honte. Il y a encore quelques minutes, je me sentais même coupable, je craignais l'avoir manipulé, blessé. Mais au moins, je n'ai pas été tout raconter aussitôt après...

Elle reste silencieuse, témoin de mon indignation :

— ... J'aurais dû savoir que c'était encore un collégien. Il ne vaut pas mieux que ces adolescents qui bavaient devant ma nièce à la galerie marchande, l'autre soir. Des hormones ambulantes. Donc, Jay s'est vanté d'avoir couché avec moi, j'en suis sûre, il l'a dit à tout le monde, vous y compris. Et permettez-moi d'ajouter... (Je marque une pause pour déglutir. La colère forme une boule dans ma gorge.) Permettez-moi d'ajouter que certains détails ne vous regardent pas, et rien ne me fera changer d'avis. Je vous demande, madame Berger, au titre de la courtoisie professionnelle, de ne pas aborder des sujets qui ne vous concernent pas.

— Si seulement les autres pouvaient en faire autant.

Je consulte ostensiblement ma montre. Mais je ne peux pas partir, pas tant que je ne lui ai pas posé la plus importante question.

— Me croyez-vous quand je dis qu'il m'a attaquée ?

Elle sait que je parle de Chandonne.

— Ai-je la moindre raison de ne pas vous croire ?

— Mon témoignage prouve qu'il n'a raconté que des foutaises. Ce n'était pas « *eux* ». Il n'y a jamais eu d'« *eux* ». Seulement ce foutu salaud qui prétendait être de la police et qui m'a poursuivie avec un marteau. J'aimerais savoir comment il se sortira de cela. Lui avez-vous demandé comment il se faisait que la police ait retrouvé deux marteaux à piquer chez moi ? Je peux prouver que je n'en ai acheté qu'un, grâce à la facture. (J'insiste.) Alors, d'où provenait l'autre ?

— Permettez-moi de vous poser une question, plutôt. (Elle évite encore une fois de me répondre.) Serait-il possible que vous ayez seulement cru qu'il vous agressait ? Que vous ayez paniqué en le voyant ? Vous êtes certaine qu'il avait un marteau à la main et qu'il vous a sauté dessus ?

Je la fixe.

— Que je l'aie *cru* ? Quelle autre explication y aurait-il au fait qu'il se trouvait chez moi ?

— Eh bien, vous lui avez ouvert. Cela, nous le savons, n'est-ce pas ?

— Vous ne me demandez pas si je ne l'aurais pas invité, tout de même ?

Je la défie du regard, la bouche sèche. Mes mains tremblent. Je repousse ma chaise en voyant qu'elle ne répond pas. Cette fois, j'ai ma dose. Nous sommes passées du ridicule à l'infiniment grotesque !

— Docteur Scarpetta, quelle serait votre réaction si on prétendait publiquement que vous avez fait entrer Chandonne chez vous et que vous l'avez agressé ? Peut-être sous le coup de la panique ou, pire, parce que vous faites partie du complot dont il parle dans la vidéo, vous et Jay Talley. Cela contribuerait à expliquer votre voyage à Paris, votre liaison avec Jay Talley et votre visite au docteur Stvan, visite durant laquelle vous avez pris des pièces à conviction de la morgue.

— Comment je réagirais ? Je ne sais pas quoi vous répondre.

— Vous êtes l'unique témoin, la seule personne en vie qui sait que Chandonne ne fait que débiter mensonge sur mensonge. Si vous dites la vérité, cette affaire repose entièrement sur vous.

— Je ne suis pas témoin dans votre affaire. Je n'ai rien à voir avec l'enquête sur le meurtre de Susan Pless.

— J'ai besoin de votre aide. Cela va prendre énormément de temps.

— Je ne vous aiderai pas. Surtout si vous doutez de la véracité de mes déclarations ou de ma santé mentale.

— Mais moi, je ne remets rien en question. Par contre, la défense n'y manquera pas. Sérieusement. Cruellement.

Elle trace prudemment les contours d'une réalité qu'elle doit me faire partager. Celle de la partie adverse. Je la soupçonne de savoir qui représentera l'accusé. Elle sait précisément qui va porter le coup de grâce, achever ce qu'a entrepris Chandonne, me mettre en pièces, m'anéantir devant le monde entier. Mon cœur bat à tout rompre. J'ai l'impression d'être morte. Ma vie vient de s'écrouler.

— Il faudra que je vous fasse venir à New York, me dit Berger. Le plus tôt sera le mieux. A ce sujet, permettez-moi une petite mise en garde : faites très attention à qui vous parlez à partir de maintenant. Evitez de mentionner ces affaires sans me demander conseil au préalable. (Elle commence à ranger ses livres et ses papiers.) Je vous déconseille vivement d'avoir le moindre contact avec Jay Talley. (Son regard m'effleure et elle referme son attaché-case.) Je crois bien que le cadeau de Noël de cette année ne nous plaira pas.

Nous nous levons en même temps et nous nous retrouvons face à face.

Je suis si fatiguée, mais il faut que je sache :

— Qui ? Vous savez qui va le représenter, c'est cela ? C'est pour cette raison que vous avez passé la nuit à l'interroger. Vous vouliez l'avoir à votre disposition avant que son conseil vous ferme la porte au nez.

— On ne peut rien vous cacher, répond-elle, vaguement irritée. Toute la question, c'est de savoir si je me suis fait rouler dans la farine. (Nous nous regardons par-dessus la table vernie.) Quelle étonnante coïncidence que, une heure après mon interrogatoire, j'apprenne que Chandonne a retenu son avocat, ne trouvez-vous pas ? Tout me porte à croire qu'il savait déjà qui il choisirait, et il n'est pas exclu qu'il ait contacté son conseil avant même l'interrogatoire. Mais Chandonne et le salaud avec qui il s'est acoquiné considéreraient que cette bande (elle tapote son attaché-case) ne pouvait que nous nuire, et les aider.

— Parce que les jurés le croiront, ou penseront que ce n'est qu'un fou et un paranoïaque ?

— Oh, oui. Ils joueront la folie, si le reste échoue. Et nous ne voulons pas que M. Chandonne soit envoyé à Kirby, n'est-ce pas ?

Kirby est un pénitencier psychiatrique new-yorkais qui a très mauvaise réputation. C'est là que Carrie Grethen était incarcérée jusqu'à son évasion, peu de temps avant le meurtre de Benton. Berger vient là de toucher un aspect douloureux de mon passé.

— Vous êtes au courant pour Carrie Grethen, dis-je d'un ton abattu, alors que nous quittons une salle de réunion que je ne considérerai plus jamais comme avant. C'est maintenant devenu une autre scène de crime. Du reste, c'est le cas de tout mon univers.

— J'ai mené ma petite enquête sur vous, me dit Berger en s'excusant presque. Et vous avez raison. Je sais qui va représenter Chandonne, et ce n'est pas de bon augure. Pour tout dire, c'est carrément affreux. (Elle enfile son vison tout en continuant dans le couloir.) Connaissez-vous le fils de Pete Marino ?

Je m'arrête et la fixe, ébahie.

— Je ne connais personne qui l'ait rencontré.

— Allons, partons à votre soirée. Je vais vous expliquer en chemin. (Elle serre contre elle ses dossiers et marche à pas comptés sur la moquette.) Rocco Marino, affectueusement surnommé Rocky, est un avocat particulièrement dégueulasse qui a une prédilection pour la pègre et tous ceux qui le paient assez cher pour qu'il les tire du pétrin par tous les moyens. Il fait beaucoup d'esbroufe. Il adore la publicité. (Elle me jette un coup d'œil.) Mais, plus qu'autre chose, il adore faire souffrir. Ça l'excite, c'est son pouvoir à lui.

J'éteins les plafonniers du couloir, l'obscurité nous environne lorsque nous parvenons devant la première porte en acier inoxydable.

— Il y a quelques années, à la faculté de droit, m'a-t-on dit, continue-t-elle, Rocky a changé de nom. Il s'appelle désormais Caggiano. Une manière de rejeter définitivement un père qu'il méprise, sans doute.

J'hésite, face à elle dans l'ombre. Je ne veux pas qu'elle me voie totalement défaite. J'ai toujours su que Marino détestait son fils. J'ai échafaudé bien des théories pour me l'expliquer : un Rocky homosexuel, drogué, ou simplement un raté. Rocky est devenu pour son père un véritable anathème, et je sais maintenant pourquoi. Quelle honte, mon Dieu, quelle insupportable ironie !

— Rocky dit Caggiano a appris les faits et s'est proposé comme défenseur ? demandé-je.

— Possible. Possible aussi que les liens qu'entretient la famille Chandonne avec le crime organisé l'aient conduit à leur fils, ou même que Rocky soit déjà lié avec eux. C'est peut-être un mélange des deux : des relations personnelles, et celles de Rocky. Une vraie corrida, le père et le fils face à face dans l'arène. Un parricide devant le monde, même indirectement. Marino ne témoignera peut-être pas dans le procès de Chandonne à New York, mais ce n'est pas exclu, tout dépend de la tournure que prennent les événements.

Moi, je sais quelle tournure ils prendront. C'est tellement clair. Berger est venue à Richmond avec la ferme intention d'intégrer toutes ces affaires à celle de New York. Je ne serais pas autrement surprise qu'elle parvienne à y ajouter celles de Paris.

— Mais quoi qu'il arrive, dit-elle, Marino considérera toujours l'affaire Chandonne comme la sienne. Les flics comme lui suivent ce qui se passe. Et le fait que Rocky représente Chandonne me met dans une position déplaisante. Si l'affaire était jugée à Richmond, j'irais immédiatement trouver le juge *ex parte* pour dénoncer un très évident conflit d'intérêts. Je me ferais probablement expulser de son bureau et réprimander. Mais, à tout le moins, je pourrais amener Son Honneur à réclamer la présence d'un second avocat de la défense afin que le fils n'interroge pas directement le père.

D'autres portes métalliques s'ouvrent devant nous.

— Mais, cela soulèverait un ouragan de protestations, continue-t-elle. Et peut-être que la cour se rangerait à mon avis, ou bien j'utiliserais cette situation pour m'attirer la sympathie du jury, montrant à quel point Chandonne et son conseil sont des criminels.

— Quel que soit le développement de votre dossier new-yorkais, Marino ne sera pas un témoin factuel. (Je vois où elle veut en venir.) Pas pour le meurtre de Susan Pless. En d'autres termes, vous n'avez aucune chance de vous débarrasser de Rocky.

— Juste ! Pas de conflit, dans ce cas. Je ne pourrai rien faire. Et Rocky est un vrai poison.

Notre conversation continue sur la zone de chargement, dans le froid, devant nos voitures. Le ciment nu qui nous entoure se transforme en symbole, décrivant ma vie telle qu'elle est devenue : dure et impitoyable. Pas d'ouverture, aucune issue. Comment Marino réagira-t-il lorsqu'il apprendra que le monstre qu'il a contribué à arrêter est défendu par son fils, ce fils renégat ?

— Marino n'est manifestement pas au courant, dis-je.

— Peut-être ai-je failli à mes devoirs en omettant de le lui révéler. Mais il est déjà suffisamment chiant comme ça. Je pensais attendre jusqu'à demain ou après-demain pour lâcher le morceau. Vous savez qu'il n'était pas content que j'interroge Chandonne, ajoute-t-elle avec une certaine fierté.

— Je m'en suis rendu compte.

— J'ai plaidé une affaire contre Rocky, il y a quelques années. (Elle ouvre sa portière et met le contact pour réchauffer l'habitacle.) Un riche homme d'affaires, en voyage à New York, est abordé par un jeune mec armé d'un couteau. (Elle se relève et se retourne vers moi.) L'homme se débat et parvient à maîtriser le jeune, lui cogne la tête contre le trottoir et l'assomme. Malheureusement, il reçoit un coup de couteau en pleine poitrine au cours de la bagarre. L'homme meurt. Le jeune est hospitalisé et se remet. Rocky a tenté de démontrer que c'était de la légitime défense, mais le jury n'a pas avalé ça.

— Et M. Caggiano est, depuis, l'un de vos plus grands fans.

— Ce que je n'ai pas pu empêcher, c'est qu'il représente ce jeune dans un procès civil et demande dix millions de dommages et intérêts pour préjudice émotionnel, bla-bla-bla. La famille de la victime a fini par accepter un arrangement. Pourquoi ? Parce qu'ils n'en pouvaient plus. Il se passait des choses effrayantes en coulisse : harcèlement, événements étranges. On les a cambriolés. Une de leurs voitures a été volée. Leur petit chien, un Jack Russel terrier, a été empoisonné. Je suis convaincue que tout cela était orchestré par Rocky Marino Caggiano. Seulement, je n'ai jamais pu le prouver. (Elle monte dans sa berline de sport Mercedes.) Sa technique est très simple. Il est sur tous les fronts et il fait le procès de tout le monde, sauf de l'accusé. Et c'est un très mauvais perdant.

Marino m'a dit, il y a des années, qu'il préférerait que Rocky soit mort.

— C'est peut-être en partie ce qui le motive ? dis-je. La vengeance. Pas simplement vis-à-vis de son père, mais de vous ? Et le tout en public.

— Possible. Quel que soit son mobile, j'ai l'intention de m'élever en cour contre sa présence. Je ne sais pas trop ce que cela donnera, étant donné qu'il ne s'agit pas véritablement d'une violation de la déontologie. C'est au juge de décider. (Elle boucle sa ceinture de sécurité.) Comment comptez-vous passer le réveillon de Noël, Kay ?

Tiens ! J'ai maintenant droit à Kay. Je réfléchis un instant. Le réveillon, c'est demain.

— Il faut que je suive ces affaires, celles des brûlés.

— C'est important que nous puissions retourner sur les lieux des crimes de Chandonne tant qu'ils existent, ajoute-t-elle.

Ma maison y compris, sans doute.

— Vous avez un petit moment demain après-midi ? demande-t-elle. Votre heure sera la mienne. Je travaille pendant les fêtes, mais je n'ai pas l'intention de gâcher les vôtres.

Cette involontaire ironie me fait sourire. Les fêtes. Oui, joyeux Noël. Berger vient de me faire un cadeau, et elle ne le sait pas. Elle m'a aidée à prendre une décision importante, peut-être la plus importante de toute ma vie. Je vais démissionner de mon poste et le gouverneur sera le premier informé.

— Je vous appelle quand j'en aurai fini dans le comté de James City, lui dis-je. On peut dire 14 heures.

— Je passerai vous prendre.

XVII

Il est presque 22 heures quand je quitte 9th Street pour entrer sur Capitol Square en passant devant la statue équestre de George Washington. Je contourne le portique sud du bâtiment conçu par Thomas Jefferson. Derrière les colonnes blanches se dresse un sapin de Noël de dix mètres de haut, illuminé et décoré de boules. La soirée du gouverneur était juste un cocktail, et le départ de ses invités me soulage. Je ne vois pas la moindre voiture garée aux emplacements réservés aux législateurs et aux visiteurs.

La résidence de stuc jaune pâle à moulures et de colonnes blanches du gouverneur date du début du XIXe siècle. Si l'on en croit la légende, elle aurait été sauvée par les seaux d'eau d'une brigade de pompiers lorsque les habitants de Richmond ont incendié leur ville, à la fin de la guerre de Sécession. Des bougies sont allumées à toutes les fenêtres décorées de couronnes végétales et des guirlandes de houx et de gui pendent aux grilles de fer forgé noir, décorations appropriées à la tradition de modestie des Noëls virginiens.

Je baisse ma vitre à l'approche d'un des gardes du capitole.

— Puis-je vous aider ? me demande-t-il d'un air soupçonneux.

— J'ai rendez-vous avec le gouverneur Mitchell. (Je suis déjà passée chez lui bien des fois, mais jamais à une heure pareille, et encore moins dans une grosse Lincoln.) Je suis le docteur Scarpetta. Je suis un peu en retard. S'il est trop tard, je comprendrai. Veuillez lui dire que je suis désolée.

— Je vous avais pas reconnue dans cette voiture, me dit-il en se radoucissant. Vous avez plus votre Mercedes ? Si vous voulez bien attendre juste un peu.

Il retourne téléphoner de son poste, et je contemple Capitol Square. Une incertitude, puis la tristesse, m'envahissent. J'ai perdu cette ville sans possibilité de revenir en arrière. Je peux en accuser Chandonne, mais soyons honnête : il n'est pas le seul responsable. Il est temps que j'aborde la partie la plus difficile. Changer. Le courage de Lucy est peut-être passé en moi, ou bien elle m'a permis une certaine lucidité. Je suis devenue quelqu'un de statique, d'institutionnalisé, repliée sur moi-même. J'occupe le poste de médecin expert de Virginie depuis plus de dix ans. Je frôle la cinquantaine. Je n'aime pas ma sœur unique. Ma mère est pénible et en mauvaise santé. Lucy va s'installer à New York. Benton est mort. Je suis seule.

— Joyeux Noël, docteur Scarpetta. (L'officier se penche à ma portière et baisse la voix. Son badge précise « Renquist ».) Je voulais juste vous dire que j'étais désolé de ce qui arrivait, mais je suis content que vous ayez eu cet enfoiré. Ça, on peut dire que vous avez des réflexes !

— Merci, vraiment, officier Renquist.

— C'est peut-être la dernière fois que vous me

voyez, continue-t-il. On m'a muté au civil, à partir du 1er de l'an.

— J'espère que c'est une bonne chose.

— Oh, oui, madame.

— Vous nous manquerez.

— Peut-être qu'on se retrouvera un jour sur une enquête ?

J'espère que non, car cela sous-entendrait que quelqu'un d'autre serait mort. Il me salue d'un geste vif et me fait signe de passer.

— Vous pouvez vous garer juste devant.

Changer. C'est cela, changer. Brusquement n'existe plus que cette notion. Dans treize mois, le gouverneur Mitchell ne sera plus là, et cela aussi me dérange. Je l'aime bien. J'apprécie surtout sa femme, Edith. En Virginie, les gouverneurs n'ont droit qu'à un seul mandat et, tous les quatre ans, c'est le grand bouleversement. Des centaines d'employés sont mutés, licenciés, engagés. Les numéros de téléphone changent. On reformate les ordinateurs. Les profils de poste ne correspondent plus, même si le travail reste identique. Des dossiers disparaissent ou sont détruits. Les menus de la résidence changent. La seule permanence, c'est le personnel de la résidence. Les mêmes détenus entretiennent le jardin et bricolent, les mêmes personnes cuisinent et font le ménage et, lorsqu'on les remplace, cela n'a rien d'une décision politique. Aaron, par exemple, est majordome depuis que je vis en Virginie. C'est un bel homme, un grand Afro-Américain, mince et gracieux dans son habit blanc impeccable et son nœud papillon noir.

— Comment allez-vous, Aaron ?

Le hall resplendit sous les lustres en cristal, les torchères et les chandeliers qui s'alignent sous les voûtes et les arches jusqu'au fond du couloir. Entre les deux salles de bal s'élève l'arbre de Noël, décoré de boules rouges et de guirlandes lumineuses blanches. Les murs et les frises, récemment restaurées dans leur gris et blanc d'origine, ressemblent à de la porcelaine Wedgwood. Aaron prend mon manteau. Il va bien et il est heureux de me voir, le tout exprimé en peu de mots, car il maîtrise l'art d'être agréable tout en restant discret.

Deux salons assez guindés, meublés de tapis de Bruxelles et d'impressionnantes antiquités, s'ouvrent de chaque côté du hall d'entrée. Le papier peint du salon des messieurs est décoré d'une frise gréco-romaine. Celui des dames a droit à une frise florale. La psychologie de ces pièces est assez simple. Elles permettent au gouverneur de recevoir des invités sans vraiment les laisser pénétrer dans la résidence. Les gens obtiennent une audience à proximité de la porte et ne sont pas censés rester longtemps. Aaron et moi dépassons ces deux pièces historiques et impersonnelles pour monter un escalier dont le tapis est décoré du motif fédéral, étoiles noires sur fond rouge foncé, pour parvenir aux appartements privés.

Edith Mitchell, vêtue d'un tailleur-pantalon de soie rouge mousseuse, m'attend dans un salon parqueté, meublé de fauteuils et de canapés accueillants. Nous nous embrassons et je sens un parfum exotique.

— Quand allons-nous rejouer au tennis ? demande-t-elle en fixant mon plâtre.

— C'est un sport qui ne pardonne pas quand on l'a délaissé un an, qu'on a un bras cassé et qu'on se bagarre contre la cigarette, dis-je.

Mon allusion à l'an passé ne lui échappe pas. Ceux qui me connaissent savent que, après le meurtre de Benton, je me suis diluée dans un tourbillon d'activités. J'ai cessé de voir mes amis. Je ne sortais plus, n'invitant personne, évitant le sport. Je me suis laissé aspirer par le travail, jusqu'à l'obsession, sans voir ce qui se passait autour de moi, sans plus rien entendre. Ce que je mangeais n'avait aucun goût. J'ai connu la privation sensorielle, comme la nomme Anna. Pourtant, dans cette tourmente, je n'ai pas commis d'erreurs dans mon travail. Au pire, je n'en étais que plus maniaque. Mais mon vide émotionnel n'a pas été sans conséquences professionnelles. Je suis devenue une piètre administratrice, et cela a commencé à se voir. Et ce qui est certain, c'est que je suis devenue une amie merdique pour tous ceux que je connais.

— Comment allez-vous ? me demande Edith gentiment.

— Aussi bien qu'on peut l'espérer.

— Asseyez-vous, je vous en prie. Mike est au téléphone. Je crois qu'il n'a guère parlé aux gens, durant la soirée.

Elle sourit et lève les yeux au ciel comme s'il était question d'un enfant turbulent.

Edith n'a jamais assumé le rôle de première dame, pas dans la tradition de l'Etat de Virginie. Bien qu'elle ait de nombreux détracteurs, elle est également reconnue comme une femme énergique et moderne. Archéologue, elle n'a jamais renoncé à sa carrière quand son mari a été élu, et évite toutes les manifestations sociales qu'elle considère frivoles ou ineptes. Pourtant, elle est la partenaire dévouée de son mari et elle a élevé trois enfants, aujourd'hui grands ou à l'université. La quarantaine finissante, elle porte ses cheveux châtain foncé au carré. Ses yeux couleur d'ambre recèlent tant de questions :

— Je voulais vous parler en tête à tête à la soirée, Kay. Je suis contente que vous soyez passée. Merci. Vous savez que ce n'est pas mon genre de m'immiscer dans vos dossiers, mais je suis vraiment troublée par ce que j'ai lu dans les journaux, cet homme qu'on a découvert dans cet affreux motel près de Jamestown. Mike et moi sommes très préoccupés, enfin, c'est logique, étant donné le lien avec Jamestown.

Ma première pensée est que de nouvelles informations sont apparues, que j'ignore :

— Je ne suis pas au courant d'un lien avec Jamestown, dis-je, interloquée. Aucun lien avec des fouilles archéologiques.

— Juste une intuition, se contente-t-elle de répondre. Tout au plus.

Jamestown est la passion d'Edith Mitchell. Sa profession l'a amenée à fréquenter ce site il y a des années et son actuelle position politique lui a permis d'en devenir l'avocate. Elle a exhumé des poteries et des ossements humains, courtisant sans relâche les médias et les éventuels soutiens financiers.

— Je suis passée devant ce motel presque chaque fois que j'allais là-bas. C'est plus rapide depuis le centre-ville de prendre la Route 5 que la 64. (Une ombre passe sur son visage.) Un véritable taudis. Franchement, ce n'est pas étonnant que quelque chose d'affreux soit arrivé là-bas. On dirait le genre d'endroit où traînent des dealers et des prostituées. Vous y êtes allée ?

— Pas encore.

— Voulez-vous boire quelque chose, Kay ? J'ai un très bon whisky. Je l'ai passé clandestinement en revenant d'Irlande, le mois dernier. Je sais que vous aimez cela.

— Seulement si vous en prenez avec moi.

Elle décroche le téléphone et demande à Aaron d'apporter la bouteille de Black Bush et trois verres.

— Quoi de neuf à Jamestown, ces derniers temps ? (L'air empeste le cigare et cela réveille mon désir de fumer.) Je crois que je n'y suis pas retournée depuis trois ans.

— Quand nous avons trouvé J.R., dit-elle.

— Oui.

— Mon Dieu, cela fait si longtemps que vous n'y êtes pas allée ?

— Depuis 1996, je crois.

— Eh bien, vous devez nous rendre visite. C'est stupéfiant comme le tracé du fort a évolué. Nous avons mis à jour des centaines de milliers d'objets, comme vous avez dû l'apprendre par la presse. Quant aux analyses isotopiques sur les ossements, vous devriez les trouver intéressantes, Kay. J.R. continue d'être notre plus grand mystère. Son profil isotopique n'est pas cohérent avec un régime à base de maïs ou de blé, et nous nous demandons ce que cela signifie, à moins d'imaginer qu'il n'était pas anglais. Nous avons donc envoyé une de ses dents en Angleterre pour une analyse d'ADN.

J.R. est le sigle de Jamestown Redécouvert. Chaque objet découvert sur le site des fouilles porte un numéro avec le préfixe J.R. Mais en l'occurrence, Edith évoque le cent deuxième article exhumé au niveau C. JR102C est une tombe, la plus célèbre sépulture du site, parce qu'on pense que le squelette qu'elle contient est celui d'un jeune homme arrivé à Jamestown avec John Smith en mai 1607 et abattu d'une balle à l'automne de la même année. En découvrant dans le cercueil maculé d'argile la preuve d'une mort violente, Edith et le responsable des fouilles m'avaient fait appeler, et nous avions extrait de sa gangue de terre une balle de mousquet à un coup de calibre 60. Le projectile avait fracturé le tibia, le faisant tourner de cent quatre-vingts degrés, si bien que le pied était orienté vers l'arrière. De toute évidence, l'artère poplitée avait été arrachée et J.R., puisque c'était le petit nom qu'on lui avait attribué, était rapidement mort d'une hémorragie.

Bien entendu, l'affaire avait suscité un grand intérêt pour ce qui a été aussitôt baptisé « le premier meurtre d'Amérique », titre plutôt présomptueux puisque nous ne sommes pas certains qu'il s'agisse d'un meurtre, ni que ce soit le premier, et que le Nouveau Monde n'était pas encore vraiment l'Amérique. Grâce à une batterie de tests scientifiques, nous sommes parvenus à la conclusion que J.R. avait été abattu par une charge de combat tirée d'une arme européenne, un mousquet matchlock, d'une distance d'environ cinq mètres. Il ne pouvait donc pas s'être blessé accidentellement. L'hypothèse retenue fut donc celle d'une agression par un autre colon. Ce qui nous amène à la conclusion, qui n'est pas si tirée par les cheveux que cela, que l'infortuné karma des Américains est de s'entretuer.

— Tout a été rentré à l'abri pour l'hiver. (Edith ôte sa veste pour la poser sur le dos du canapé.) Nous nous occupons de cataloguer et d'étiqueter les objets, toutes choses que nous ne pouvons faire quand nous travaillons sur le site. Et puis bien sûr, c'est la course aux fonds, rôle déplaisant s'il en fut, qui m'incombe de plus en plus ces derniers temps. Ce qui m'amène à ce que je voulais vous dire. J'ai reçu un coup de fil assez troublant de l'un de nos législateurs, qui venait d'apprendre le meurtre du motel. Il est dans tous ses états. C'est regrettable, étant donné qu'il va finir par provoquer ce qu'il veut précisément éviter, c'est-à-dire attirer l'attention sur cette affaire.

— Dans tous ses états pourquoi ? Il y a eu très peu de précisions dans les journaux.

Edith se raidit. Qui que soit ce législateur, elle ne le porte manifestement pas dans son cœur.

— Il est de la région de Jamestown, me dit-elle. Il pense qu'il pourrait s'agir d'un crime haineux, que la victime est homosexuelle.

Un écho de pas étouffé nous parvient de l'escalier et Aaron apparaît avec un plateau, une bouteille et trois verres frappés au sceau de l'Etat de Virginie.

— Inutile de dire qu'une telle chose pourrait sérieusement compromettre ce que nous faisons là-bas.

Elle choisit ses mots avec soin tandis qu'Aaron nous sert le Black Bush. Une porte s'ouvre sur le côté et le gouverneur sort de son bureau privé dans un nuage de fumée de cigare, débarrassé de sa veste de smoking et de son nœud papillon.

— Kay, désolé de vous avoir fait attendre, me dit-il en m'embrassant. Des feux de broussaille. Edith vous en a peut-être parlé.

— Nous y venions, réponds-je.

XVIII

Quelque chose ennuie le gouverneur Mitchell. Sa femme se lève pour nous permettre de converser en tête à tête. Ils discutent brièvement d'un coup de fil à passer à l'une de leurs filles. Puis Edith me souhaite une bonne soirée et s'en va. Le gouverneur allume un autre cigare. C'est un homme bourru, séduisant, au physique robuste d'ancien joueur de football-américain et à la belle crinière blanche.

— Je m'étais décidé à vous contacter demain, mais je craignais que vous ne soyez partie pour les fêtes. Merci d'être venue.

Le whisky me réchauffe progressivement tandis que nous bavardons de nos projets de fin d'année et de l'évolution de l'Institut des sciences médico-légales de Virginie. Mais l'inspecteur Stanfield ne quitte pas mon esprit. Cet imbécile. Il a manifestement divulgué des informations sensibles sur l'affaire un peu partout, et c'est arrivé jusqu'aux oreilles d'un fichu politicien, son beau-frère, le député Dinwiddie. Le gouverneur est un homme avisé. En outre, il a commencé sa carrière comme procureur. Il sait que je suis furieuse, et pour quelle raison.

— Dinwiddie a une propension à jeter de l'huile sur le feu.

Voilà qui confirme mes craintes. Dinwiddie est un emmerdeur professionnel qui ne tolère pas que quiconque oublie que sa lignée remonte, bien qu'indirectement, jusqu'au chef Powhatan, le père de Pocahontas.

— L'inspecteur a eu tort de se répandre auprès de Dinwiddie, réponds-je. Et Dinwiddie a eu tort d'en parler, à vous ou à quiconque. C'est une affaire criminelle. Il ne s'agit pas du quatre centième anniversaire de Jamestown. Il ne s'agit pas de tourisme ou de politique. Il s'agit d'un homme probablement torturé et brûlé dans une chambre de motel.

— Personne ne remet cela en question, répond Mitchell. Mais nous devons prendre en compte d'autres implications. Un crime de haine lié, d'une manière ou d'une autre, à Jamestown, serait catastrophique.

Une certaine exaspération me gagne :

— Je ne vois absolument pas le lien avec Jamestown, en dehors du fait que la victime a pris une chambre au rabais dans un motel dans la région.

— Avec toute la publicité qui entoure déjà Jamestown, une chose comme celle-ci suffirait à faire dresser l'oreille des médias. (Il roule son cigare entre ses doigts et le porte lentement à ses lèvres.) Si l'on en croit les prévisions, les festivités de 2007 pourraient générer un bénéfice d'un milliard de dollars pour l'Etat. C'est notre Exposition universelle, Kay. L'an prochain, une pièce, un *quarter*, sera frappée pour commémorer Jamestown. Les équipes de journalistes accourent déjà sur le site des fouilles.

Il se lève pour tisonner le feu et je me souviens de ses costumes froissés, de ses airs harassés et de son bureau du palais de justice, croulant sous les dossiers et les bouquins. Nous avons travaillé ensemble sur plusieurs affaires, certaines parmi les plus pénibles de ma vie. Des crimes cruels et aveugles dont les victimes me hantent encore : la livreuse de journaux enlevée, violée et abandonnée à une lente agonie. La vieille femme abattue pendant qu'elle étendait son linge, sans raison, juste comme ça. Les innombrables personnes exécutées par les frères Briley. Mitchell et moi avons été malmenés par tant d'actes d'abominable brutalité, et il m'a tellement manqué lorsqu'il a été appelé à des fonctions supérieures... La réussite sépare les amis. La politique, surtout, c'est la mort des relations, parce que son véritable objet est de créer un personnage différent. Le Mike Mitchell que je connaissais a été remplacé par un homme d'Etat qui a appris à passer ses certitudes les plus fondamentales au crible d'analyses méticuleusement calculées et sûres. Il a un plan. Et il en a un pour moi.

— Je n'apprécie pas plus que vous la frénésie des médias, lui dis-je.

Il repose le tisonnier et fume, dos au feu, le visage rougi par les flammes. Le bois craque et siffle.

— Que pouvons-nous faire, Kay ?

— Conseiller à Dinwiddie de la fermer.

— M. Gros Titres ? sourit-il tristement. Qui a clamé haut et fort que certains considèrent Jamestown comme le lieu du premier crime de haine — contre les premiers Américains ?

— Eh bien, je pense aussi que c'est faire preuve de haine que de tuer, scalper et affamer des gens. La haine a toujours été présente, depuis le début des temps. Ce n'est pas moi qui userai du terme « crime de haine », monsieur le gouverneur. Il ne figure sur aucun des formulaires que je remplis, ce n'est même pas une case à cocher sur un certificat de décès. Ainsi que vous le savez, ce genre de terme appartient à l'accusation, aux enquêteurs, pas au légiste.

— Quelle est votre opinion ?

Je lui parle du second corps découvert à Richmond en fin d'après-midi. Je crains que les deux meurtres ne soient liés.

— Sur quoi fondez-vous votre certitude ?

Son cigare se consume dans le cendrier. Il se frotte le visage et se masse les tempes comme s'il avait la migraine.

— Les liens. Et les brûlures.

— Brûlés ? Le premier a bien été victime d'un incendie. Pourquoi le second aurait-il des brûlures ?

— Je soupçonne qu'on les a torturés.

— Homosexuels ?

— Aucun indice probant pour le second. Mais nous ne pouvons pas écarter cette hypothèse.

— Savons-nous qui il est et s'il est du coin ?

— Pour le moment, non. Nous n'avons pas retrouvé d'effets personnels, pour aucun des deux.

— Ce qui signifie que l'on ne veut pas qu'ils soient identifiés. Ou qu'on les a détroussés. Ou les deux.

— C'est envisageable.

— Dites-m'en plus sur ces brûlures.

Je les décris et évoque l'affaire de New York dont m'a parlé Berger. L'inquiétude du gouverneur devient palpable, et la colère tend son visage.

— Ces spéculations ne doivent pas sortir d'ici. Il ne manquerait plus qu'on lie tout cela à New York. Seigneur !

— Mais rien ne permet d'affirmer qu'il existe un lien entre ces affaires, à moins que quelqu'un n'ait ramassé cette idée dans la presse, réponds-je. Du reste, il me serait impossible de conclure pour l'instant qu'un pistolet à chaleur a été utilisé dans les cas qui nous concernent.

— N'est-ce pas un peu étrange que les meurtres de Chandonne aient un rapport avec New York ? Le procès migre donc là-bas. Et brusquement, nous nous retrouvons avec deux meurtres sur les bras qui sont similaires à une affaire new-yorkaise ?

— C'est étrange, très, monsieur le gouverneur. Ce dont vous pouvez être certain, c'est que je n'ai aucune intention de permettre que mes rapports d'autopsie deviennent un alibi politique pour certains. Je m'en tiendrai aux faits en évitant les spéculations, comme toujours. Je vous propose de penser en termes de gestion de crise plutôt que de censure.

— Bon Dieu. Ça va mettre le feu aux poudres, murmure-t-il.

— J'espère que non.

Et Mitchell se lance enfin :

— Et votre affaire ? Le loup-garou français, comme l'appellent certains. Quelles vont être les conséquences pour vous, Kay ?

Il se rassied et me contemple avec gravité.

J'avale une gorgée de whisky. Comment lui dire ? Mais il n'y a aucun moyen de procéder avec délicatesse. Mon sourire attristé répond à son regard :

— Les conséquences pour moi ?

— Je me doute que ce sera affreux. Je suis vraiment content que vous ayez coincé cet enfoiré !

Les larmes lui viennent aux yeux et il se détourne précipitamment. Mitchell est à nouveau le procureur. Nous nous retrouvons, tous les deux. De vieux collègues, de vieux amis. C'est une telle émotion, et pourtant, je suis complètement déprimée. Le passé est le passé. Mitchell est gouverneur. Il finira probablement à Washington. Je suis le chef légiste de Virginie et c'est mon patron. Dans quelques secondes, je lui annoncerai que je démissionne :

— Je crois qu'il n'est pas dans mon intérêt, ni dans celui de l'Etat, que je continue d'occuper mes fonctions.

Voilà, je l'ai dit.

Il se contente de me fixer.

— Je soumettrai bien entendu ma démission plus officiellement, par écrit. Mais j'ai pris ma décision. Je souhaite être relevée de mes fonctions à compter du 1er janvier. Evidemment, je resterai aussi longtemps que vous aurez besoin de moi, en attendant mon successeur.

S'y attendait-il ? Peut-être est-il soulagé. Peut-être est-il fâché.

— Vous n'êtes pas une lâcheuse, Kay, dit-il. Ce n'est pas vous ! Ne laissez pas des salauds avoir votre peau, bordel !

— Je ne renonce pas à ma profession. Je change simplement de cadre. Et personne n'a eu ma peau.

— Ah oui, de cadre, souligne le gouverneur en s'enfonçant dans les coussins et en m'observant. Quoi, deviendriez-vous une mercenaire ?

— Je vous en prie.

Nous partageons tous les deux le même mépris pour les experts qui choisissent leurs employeurs au nom du mercantilisme.

— Vous savez ce que je veux dire, Kay.

Il rallume son cigare, les yeux dans le vague. Je sens qu'il planifie déjà sa contre-attaque.

— Je vais travailler dans le privé, gouverneur.

Mais je ne serai jamais une mercenaire. En fait, ma première affaire ne me rapportera pas un sou, Mike. New York. Il faut que je les aide, et cela devrait me prendre beaucoup de temps.

— Très bien. Tout est simple, en ce cas. Vous travaillez dans le privé, et l'État sera votre premier client. Vous deviendrez notre chef légiste en extérieur, en attendant une meilleure solution pour la Virginie. J'espère que vous avez des tarifs raisonnables, plaisante-t-il.

Ce n'est pas du tout ce à quoi je m'attendais.

— Vous semblez surprise, observe-t-il.

— En effet, oui.

— Pourquoi ?

L'indignation me gagne à nouveau :

— Peut-être Righter pourrait-il vous fournir une explication ? Deux femmes ont été atrocement assassinées dans cette ville et je ne trouve pas normal que leur meurtrier soit expédié à New York. Je n'y peux rien, Mike. J'ai l'impression que c'est ma faute, que j'ai compromis les affaires de Richmond parce que Chandonne s'en est pris à moi. J'ai l'impression d'être devenue un poids mort.

— Ah, Buford, commente doucereusement Mitchell. Eh bien, c'est un type plutôt bien, mais un procureur merdique, Kay. Et, au regard des circonstances, permettez-moi de vous dire que c'est plutôt une bonne chose de laisser New York se dépêtrer avec Chandonne. (Il marque une pause, puis :) Voyez-vous, ce serait un vrai casse-tête, même pour moi...

Son ton est assez lourd pour que je comprenne qu'il a mûrement réfléchi à toutes les implications du procès Chandonne, notamment et surtout à la manière dont réagiraient, je crois, les Européens si la Virginie exécutait un ressortissant français. La Virginie est connue pour le nombre d'exécutions auxquelles elle procède chaque année. Je les autopsie toutes. Je ne connais que trop bien les statistiques.

C'est comme si le sol devenait soudain instable.

Tant de secrets m'échappent, mais il est inutile que j'insiste. Rien ne contraindra le gouverneur Mitchell à divulguer des informations qu'il n'est pas prêt à lâcher.

— Essayez de ne pas prendre cela trop personnellement, Kay, me conseille-t-il. Je vous soutiens. Je continuerai de le faire, et vous le savez. Nous travaillons ensemble depuis longtemps.

— Tout le monde me dit de ne pas prendre tout cela à cœur.

Je souris faiblement. Mon sentiment de malaise se renforce. Il continuera de me soutenir, insiste-t-il. Comme s'il avait de bonnes raisons de ne pas le faire.

— Edith, mes enfants, mon personnel, tout le monde me serine la même chose à longueur de temps, continue-t-il. Et je prends moi aussi les choses à cœur, à ceci près que je ne le laisse pas voir.

— Mais, dans le cas qui nous occupe... vous n'aviez rien à voir avec Berger ? Avec cet ahurissant changement de programme, si je puis dire ?

Il joue avec son cigare, en tire quelques bouffées, gagne du temps. Il a quelque chose à voir avec Berger. Tout à y voir, j'en suis convaincue.

— C'est une pro, Kay, elle est excellente !

Cette non-réponse est un aveu.

J'accepte. Je résiste à la tentation de poser des questions, me contentant de lui demander s'il la connaît très bien.

— Eh bien, nous sommes tous deux d'anciens étudiants de la faculté de droit de Virginie, dit-il. Ensuite, il y a eu cette affaire, j'étais Attorney Général à l'époque. Vous devez vous en souvenir, puisqu'elle avait un rapport avec vos bureaux. Cette New-Yorkaise mondaine qui avait pris une énorme assurance-vie sur la tête de son mari un mois avant de l'assassiner dans un hôtel de Fairfax, puis de tenter de faire passer cela pour un suicide.

Je m'en souviens trop bien. Elle nous a ensuite traînés en justice, moi et mes services, nous accusant de racket, entre autres, et de collusion avec la compagnie d'assurances. Selon elle, nous avions falsifié les rapports d'autopsie pour l'empêcher de toucher la prime.

— Le premier mari de cette femme était mort dans des circonstances suspectes à New York quelques années plus tôt, continue Mitchell. D'où l'entrée en scène de Berger. C'était un vieillard, fragile. Il s'était noyé dans sa baignoire juste un mois après que sa femme eut pris une énorme assurance-vie. Le légiste avait trouvé des contusions pouvant indiquer une lutte, mais l'affaire est restée dans les tiroirs pendant très longtemps dans l'attente de preuves concluantes, en vain. Le bureau du District Attorney n'a pas pu constituer un dossier assez solide. Puis la femme s'est également retournée contre le légiste. Pour calomnie, cruauté mentale, des sottises de ce genre. J'avais pas mal discuté avec les gens de là-bas, surtout Bob Morgenthau, le District Attorney, mais aussi avec Jaime. On a maintes fois comparé nos conclusions.

— Je finis par me demander si les fédéraux ne vont pas essayer de convaincre Chandonne de retourner sa veste et de trahir le cartel familial. « Tope là, si on passait un marché », vous voyez ce que je veux dire ? Et ensuite, que se passerait-il ?

— Je crois que vous pouvez compter là-dessus, répond solennellement Mitchell.

— Donc, j'avais raison ! On lui a garanti qu'il ne serait pas condamné à mort ? C'est ça, le marché ?

— Morgenthau a la réputation d'éviter les condamnations à mort, dit-il. Mais moi pas. Je suis un vieux coriace.

L'indice que vient de lâcher le gouverneur permet au puzzle de s'organiser un peu : les fédéraux reçoivent le feu vert pour s'occuper de Chandonne. En échange, Chandonne est jugé à New York, et sauve ainsi sa peau. Quoi qu'il arrive, le gouverneur Mitchell sauve la face. Ce n'est plus son problème. Ce n'est plus celui de la Virginie. Nous ne déclencherons pas un incident diplomatique en exécutant Chandonne.

— C'est scandaleux. Non pas que j'aie foi dans la peine capitale, Mike, mais c'est scandaleux que la politique s'en mêle. Je viens de visionner une bande : Chandonne mentant pendant des heures. Il n'aidera personne à faire plonger sa famille. Jamais. Et je vais vous dire autre chose, s'il échoue à Kirby ou à Bellevue, il parviendra à en sortir. Il recommencera à tuer. Je suis contente qu'un excellent procureur s'occupe de cette affaire, et d'être débarrassée de Righter. Righter est un lâche. Mais je suis déçue que nous perdions tout contrôle sur Chandonne.

Mitchell avance le torse et pose les mains sur les genoux, un geste qui signifie que notre conversation est terminée. Il n'en discutera pas davantage avec moi, et cela aussi en dit long.

— C'est gentil d'être venue, Kay, dit-il en soutenant mon regard.

Une manière de couper court à toute autre question.

XIX

Aaron me raccompagne jusqu'au pas de la porte avec un sourire. Le soldat me salue quand je franchis la grille.

Je contourne Capitol Square et la résidence disparaît dans mon rétroviseur, comme un présage que quelque chose vient de se refermer, de se terminer. Je viens d'abandonner la vie que je connaissais après avoir découvert en moi un germe de défiance envers un homme que j'admirais tant. Non, je ne pense pas qu'il ait mal agi. Mais je sais qu'il n'a pas été franc avec moi, pas totalement. Il est directement responsable si Chandonne échappe à notre juridiction, et la raison en est la politique, non la justice. Je le sens. J'en suis certaine. Mike Mitchell n'est plus le procureur. Il est le gouverneur. Pourquoi serais-je étonnée ? Mais enfin, à quoi je m'attendais ?

Le centre-ville me paraît étranger, inhospitalier tandis que je suis 8th Street pour gagner l'autoroute. Je détaille les têtes des automobilistes que je dépasse, fascinée : presque aucun ne semble concentré sur la route. Ils conduisent en se regardant dans le rétroviseur, cherchent quelque chose sur le siège, tripotent leur radio, discutent au téléphone ou parlent à leurs passagers. Ils ne remarquent pas l'inconnue qui les observe. Je vois si clairement leurs visages, beaux, ou simplement jolis, leurs cicatrices d'acné, leurs belles dentures. Il existe au moins une grosse différence entre tueurs et victimes : c'est que les tueurs sont présents. Ils vivent intensément dans le moment, si conscients de leur environnement, du moindre détail et de la manière dont il peut les servir ou les compromettre. Ils observent les inconnus. Ils choisissent un visage et décident de le suivre jusque chez lui. Est-ce ainsi que ces deux jeunes hommes, mes derniers patients, ont été sélectionnés ? A quel genre de prédateur ai-je affaire ? Quelles étaient les intentions cachées du gouverneur en me faisant venir ce soir et pourquoi son épouse et lui m'ont-ils posé des questions sur l'affaire du comté de James City ? Quelque chose se trame. Quelque chose de mauvais.

Je trouve sept messages dans la mémoire de mon répondeur, dont trois de Lucy. Elle ne me dit pas ce qu'elle veut, seulement qu'elle tente de me joindre. J'appelle sur son mobile et détecte une certaine tension lorsqu'elle me répond. Elle n'est pas seule.

— Tout va bien ?

Elle hésite.

— Tante Kay, je voudrais venir avec Teun.

— Teun est à Richmond ?

— On peut être chez Anna dans un quart d'heure, répond-elle.

Des trucs indéfinissables se télescopent dans ma

tête. C'est quoi, une mise en garde, une incontournable vérité que je ne parviendrais pas à admettre ? Mais qu'est-ce que c'est, bordel ? Je suis si inquiète et désorientée que le conducteur de la voiture derrière moi klaxonne, furibard, me faisant sursauter : le feu est passé au vert, et cette idiotie manque me faire hurler de peur ! La lune partielle est voilée de nuages et sous Huguenot Bridge, la James River ressemble à une plaine noyée de ténèbres.

Je gagne le sud de la ville et me gare devant la maison d'Anna, derrière la Suburban de Lucy. La porte de la maison s'ouvre immédiatement. Lucy et Teun viennent d'arriver. Elles se tiennent toutes les deux dans l'entrée, aux côtés d'Anna, sous le lustre en cristal scintillant. Le regard de Teun croise le mien et elle m'adresse un sourire rassurant, comme pour me certifier que tout se passera bien. Elle s'est coupé les cheveux très court. Teun McGovern est une femme encore très séduisante, mince. Elle a des allures de jeune garçon dans son collant noir et sa longue veste en cuir. C'est un de ces êtres qui tiennent debout, responsables mais bienveillants. Nous nous embrassons. Je suis heureuse de la voir, vraiment très heureuse.

— Entrez, entrez, dit Anna. Joyeux réveillon, ou presque. Comme c'est amusant !

Mais elle a l'air de tout sauf de s'amuser. Ses traits sont tirés, ses yeux cernés par les soucis et la fatigue. Elle surprend mon regard et tente un sourire. Nous nous dirigeons en bande vers la cuisine. Anna propose de boire quelque chose et de grignoter. Tout le monde a mangé ? Lucy et Teun veulent-elles dormir ici ? Personne ne devrait aller à l'hôtel un soir de Noël, c'est criminel. Et elle parle, encore et encore, et ses mains tremblent en sortant les bouteilles d'un placard et en alignant whiskies et digestifs. J'entends à peine ce qui se dit, la panique me gagne, une sonnerie d'alarme retentit dans mon cerveau. Puis, brusquement, la lucidité. J'ai compris. La vérité se dévoile tandis qu'Anna me sert un scotch.

J'ai dit à Berger que je n'avais aucun secret inavouable. Ce que je voulais dire, c'est que ma réserve me protège. Je ne dis rien à personne qui puisse être utilisé contre moi. Je suis d'une nature prudente. Mais dernièrement, j'ai parlé à Anna. Nous avons passé des heures à explorer les recoins les plus obscurs de ma vie. J'ai déterré des choses que j'ignorais moi-même, et je n'ai jamais payé ces séances. Elles ne sont donc pas protégées par le secret professionnel. Rocky Caggiano pourrait citer Anna à comparaître. Et un regard sur son visage me renseigne : c'est exactement ce qu'il vient de faire. Je prends le verre qu'elle me tend, mes yeux accrochant les siens :

— Il est arrivé quelque chose, n'est-ce pas ?

Elle détourne les yeux. Je rumine le scénario. Berger va faire casser la citation. C'est ridicule. Caggiano me harcèle, il essaie de m'intimider, c'est aussi évident que cela, et ça ne marchera pas. Qu'il aille se faire foutre. J'ai tout compris, tout élucidé, très vite, parce que je suis une pro quand il s'agit d'éviter toute vérité qui pourrait m'atteindre directement, influencer ce que je suis au plus profond, ma santé mentale, mes sentiments.

— Dites-moi, Anna.

Le silence s'abat sur la cuisine. Lucy et Teun se sont tues. Lucy se rapproche et m'enlace.

— Nous sommes là pour t'aider, dit-elle.

— Tu peux compter sur nous, fait Teun.

Leurs efforts pour me rassurer m'angoissent. Elles sortent de la cuisine pour s'installer dans le salon. Anna me fixe et dans les yeux de mon inébranlable amie autrichienne brillent des larmes.

— J'ai fait une chose affreuse, Kay.

Elle s'éclaircit la voix, remplit comme une somnambule un verre de glaçons au distributeur. L'un d'eux tombe par terre et glisse derrière la poubelle.

— L'adjoint du shérif. Je n'en revenais pas quand on a sonné ce matin à ma porte. Il était là avec la convocation. Me faire cela chez moi ! Je reçois toujours les convocations à mon bureau. Ce n'est pas exceptionnel, je suis appelée comme expert de temps en temps, vous le savez. Je n'arrive pas à croire qu'il m'ait fait cela. Moi qui lui faisais confiance.

Le doute. Mais c'est impossible ! Et l'amorce de la peur.

— Qui est à l'origine de cela ? Rocky ?

— Qui ? demande-t-elle, stupéfaite.

— Oh, mon Dieu. Oh, mon Dieu !

Je m'appuie sur le comptoir. Il ne s'agit pas de Chandonne. C'est impossible. Si Caggiano n'a pas convoqué Anna, il ne reste qu'une seule autre possibilité, et ce n'est pas Berger, car l'accusation n'a aucune raison d'interroger Anna. Je repense aux curieux appels de ma banque, au message d'AT&T et à l'expression de Righter quand il m'a vue samedi dernier dans le pick-up de Marino. Je repense au besoin soudain qu'a eu le gouverneur de me voir, à ses réponses évasives, et même aux humeurs de Marino, à sa tendance à m'éviter. Et soudain, je me demande si la calvitie galopante de Jack n'a pas un rapport avec tout cela, avec son manque d'enthousiasme à me succéder. Tout se met en place, formant un incroyable paysage. Je suis dans de sales draps. Mon Dieu, je suis dans de vraiment sales draps. Mes mains se mettent à trembler.

Anna bafouille, trébuche sur les mots, comme si l'anglais lui faisait soudain défaut et qu'elle ne retrouvait que sa langue maternelle. Elle confirme mes soupçons. Elle a été convoquée par un grand jury. Un grand jury chargé de déterminer s'il existe des preuves suffisantes pour m'inculper du meurtre de Diane Bray. On a utilisé Anna. On lui a tendu un piège.

— Qui ça ? Righter ? Il est derrière tout cela ?

Elle hoche la tête :

— Je ne lui pardonnerai jamais, jure-t-elle. Je lui ai dit.

Nous passons dans le salon et j'attrape le téléphone posé sur un élégant petit meuble en bois d'if.

Je compose le numéro de Marino, m'efforçant au calme :

— Vous vous rendez bien compte que vous n'êtes pas obligée de me dire tout cela, Anna. Righter n'apprécierait pas.

— Je m'en moque. Dès que j'ai reçu la convocation, Righter m'a appelée pour m'expliquer ce qu'il voulait. J'ai immédiatement téléphoné à Lucy.

Anna continue dans son anglais hésitant tout en fixant Teun d'un air absent, réalisant qu'elle ignore qui est cette femme et ce qu'elle fait chez elle.

— A quelle heure l'adjoint est-il venu chez vous apporter la convocation ?

C'est la boîte vocale de Marino qui décroche.

— ... Merde !

Il est déjà en ligne. Je laisse un message demandant qu'il me rappelle, précisant qu'il s'agit d'une urgence.

— Vers 10 heures, ce matin, répond Anna.

— Intéressant. C'est à peu près à la même heure qu'on a transféré Chandonne à New York. Ensuite, il y a eu les obsèques de Bray, et j'ai été présentée à Berger.

— A votre avis, comment tout ça s'agence-t-il ?

C'est la première question que pose Teun, son regard pénétrant et professionnel rivé sur moi. C'était l'une des meilleures enquêtrices de l'ATF, une spécialiste des incendies, avant d'être promue par ceux qui allaient être à l'origine de sa démission.

— Je ne sais pas trop, réponds-je. Sauf que Berger tenait à savoir qui assisterait à la cérémonie. Peut-être voulait-elle s'assurer de ma présence, ce qui tendrait à indiquer qu'elle sait qu'on enquête sur moi et qu'elle se renseigne de son côté. (Le téléphone sonne.) Résidence d'Anna Zenner, réponds-je.

— Qu'est-ce qui se passe ? braille Marino pour couvrir le vacarme de sa télé.

— C'est ce que j'essaie de comprendre.

Ma voix le renseigne : il n'est plus temps de poser des questions. Il faut qu'il saute dans son pick-up et qu'il vienne, maintenant ! Le moment de vérité est là. Plus de petits jeux ni de secrets, lui dis-je. Nous l'attendons devant la cheminée du salon, où se dresse un sapin décoré de guirlandes lumineuses blanches, d'animaux en pâte de verre et de fruits en bois, protégeant de ses branches les cadeaux empilés dessous. Je me remémore tout ce que j'ai pu dire à Anna, tentant de dresser la liste de ce qu'elle rapportera certainement à Righter lorsqu'il l'interrogera sous serment devant des jurés, des jurés qui siègent pour décider si l'on doit me faire comparaître pour meurtre. Une peur brute me glace, pourtant ma voix ne me trahit pas. J'écoute, en apparence impassible, Anna nous expliquer comment on l'a piégée. Tout a commencé quand Righter l'a contactée le mardi 14 décembre. Righter appelait en tant qu'*ami*, un *ami si préoccupé*. Des gens parlaient de moi. Des rumeurs lui étaient venues aux oreilles, rumeurs qu'il devait vérifier, et Anna et moi étions proches...

— Mais ça ne tient pas debout ! s'exclame Lucy. Diane Bray était encore en vie, à ce moment-là. Pourquoi Righter aurait-il initié les travaux d'approche avec Anna ?

— Je ne comprends pas non plus, renchérit Teun. Il y a quelque chose qui pue, là-dedans.

Lucy et elle sont assises par terre devant le feu. Je suis dans mon fauteuil à bascule habituel et Anna sur l'ottomane, raide comme un piquet.

— Quand Righter a appelé le 14, qu'est-ce qu'il vous a dit exactement, Anna ?

— Il s'inquiétait de votre santé mentale, répond-elle en me fixant droit dans les yeux. C'est la première chose qu'il m'a dite.

Je me contente de hocher la tête. Je ne suis pas vexée. S'il est exact que j'ai dangereusement vacillé après la mort de Benton, je n'ai jamais été folle. J'ai confiance dans ma stabilité mentale et ma capacité à raisonner et à penser. Mon seul tort est d'avoir tenté d'échapper au chagrin.

— Je sais que je n'ai pas bien réagi à la mort de Benton.

— Pourquoi ? Il y a une façon appropriée de *bien* réagir face à une chose pareille ? demande Lucy.

— Non, non, ce n'est pas ce que Righter voulait dire, reprend Anna. Il n'appelait pas pour savoir comment vous réagissiez à ce drame, Kay. Il voulait savoir quelles étaient vos relations avec Diane Bray.

Diane Bray avait appelé Righter pour me tendre un autre de ses pièges ?

— Quelles relations ? Je la connaissais à peine.

Anna me fixe toujours, et le reflet du feu danse sur son visage défait. On croirait qu'elle a vieilli de dix ans en une journée.

— Vous avez eu plusieurs discussions orageuses, vous me l'avez dit, répond-elle.

— C'est elle qui les a déclenchées. Nous n'avions pas de relations personnelles. Pas même d'ordre social...

— Il n'y a rien de plus personnel que de déclarer la guerre à quelqu'un. Les gens qui se haïssent ont une relation intime, si vous voyez ce que je veux dire. En tout cas, elle vous en voulait très personnellement, Kay. Toutes ces rumeurs, ces mensonges qu'elle a répandus sur votre compte. Elle a même réalisé une page médicale bidon sur l'Internet, essayant de vous en faire passer pour l'auteur, afin de vous ridiculiser et de vous mettre en porte-à-faux avec le secrétariat d'Etat à la santé, et même avec le gouverneur.

— Je sors de chez lui, justement. Je n'ai pas l'impression que nos relations soient difficiles !

D'un autre côté, même cela est étrange. Si Mitchell sait qu'un grand jury enquête sur moi, et il doit le savoir, pourquoi n'a-t-il pas accepté ma démission en remerciant le ciel d'être débarrassé de moi et de ma vie « sulfureuse » ?

— Elle a aussi mis en péril la carrière de Marino parce que c'est votre comparse, continue Anna.

Marino n'apprécierait sûrement pas qu'on

l'appelle mon comparse. Et, comme par hasard, l'Interphone sonne pour annoncer qu'il est à la grille.

— Elle sabotait votre carrière. (Anna se lève.) C'est bien ce que vous m'avez dit ?

Anna se lève et appuie sur un bouton du mur, remplie d'une soudaine énergie. La colère a consumé sa dépression.

— ... Oui ? Qui est-ce ? aboie-t-elle.

— Moi, chérie.

Le grondement du pick-up remplit le salon.

— Oh, s'il m'appelle encore une fois « chérie », je l'égorge, dit Anna en levant les bras au ciel.

Marino est sorti de chez lui si vite qu'il n'a pas pris le temps de mettre un blouson et porte simplement un jogging gris et des tennis. Il est ébahi de voir Teun assise en tailleur près du feu.

— Eh bien, bon sang ! fait-il. Regardez-moi ce que le chat nous a rapporté.

— Je partage votre bonheur, réplique Teun.

— Quelqu'un veut bien me dire ce qui se passe, merde ?

Il tire un fauteuil près du feu et s'y assied en nous dévisageant les unes après les autres, jouant les imbéciles, comme s'il ne savait pas déjà tout. Je suis sûre qu'il sait. Sa récente et si bizarre attitude prend soudain un sens.

Anna récapitule les événements qui ont précédé l'arrivée de Jaime Berger à Richmond. Berger règne, comme si elle était assise avec nous. Je n'ai pas confiance en elle et pourtant il semble que ma vie soit bel et bien entre ses mains. Nous sommes le 23 décembre. Où me trouvais-je le 14 ? A Lyon, ce mardi-là, j'étais en France, au quartier général d'Interpol. C'est là-bas que l'on m'avait présenté Jay Talley. Je me repasse cette entrevue en tête à tête dans la cafétéria d'Interpol. Marino avait immédiatement pris Talley en grippe et s'était éclipsé. Durant le déjeuner, j'avais évoqué Diane Bray, racontant à Jay les problèmes qu'elle me causait et le harcèlement moral qu'elle réservait à Marino, essayant de le faire rétrograder dans la police en tenue et les patrouilles de nuit. Quelle a été l'expression employée par Jay ? « Des déchets toxiques en fringues moulantes. » Apparemment, ils s'étaient frottés l'un à l'autre quand elle était à la police de Washington DC et lui en stage au quartier général de l'ATF. Il semblait en savoir très long sur elle. Serait-ce une coïncidence que, ce même jour, Righter ait appelé Anna pour lui poser des questions sur ma relation avec Bray et s'enquérir de ma santé mentale ?

— Je ne voulais pas vous en parler, continue Anna. Je ne devrais pas, mais il est clair qu'on m'utilise contre vous...

— Comment ça, on vous *utilise contre elle* ? la coupe Marino.

La voix d'Anna se durcit :

— Au départ, j'espérais vous guider, dissiper ces doutes concernant votre stabilité psychologique. Je n'y croyais pas. Si le moindre doute m'était venu à l'esprit — et peut-être y en avait-il un, infime, parce que je ne vous avais pas vue depuis si longtemps —, j'avais l'intention de vous en parler. J'étais inquiète, Kay. Vous êtes une amie. Righter m'a donné sa parole qu'il n'utiliserait rien de ce que je lui confierais. Notre conversation était censée demeurer privée. Il n'a jamais été question de vous accuser.

— Righter ? s'étrangle Marino. Il vous a demandé de jouer les fouille-merde ?

— Non, les guides, répète-t-elle.

— Quel enfoiré de merde. Pauvre type !

— Il fallait qu'il sache si Kay était mentalement stable. Ça paraissait logique, puisqu'elle devait être son principal témoin. C'est ce que je me suis dit. Jamais je n'aurais cru qu'ils la transformeraient en suspecte !

— Suspecte mon cul, grogne Marino.

Il ne fait plus semblant, à présent. Il sait exactement ce qui se passe.

— Marino, je sais que vous n'êtes pas censé me

dire qu'un grand jury enquête sur moi dans le cadre du meurtre de Diane Bray, lui dis-je sans m'emporter. Mais depuis combien de temps le savez-vous, simple curiosité ? Lorsque vous m'avez littéralement expulsée hors de chez moi samedi soir, vous étiez déjà au courant, n'est-ce pas ? C'est pour cela que vous me colliez aux basques. Pour que je ne fasse pas d'entourloupe, que je ne dissimule pas des preuves, ou Dieu sait quoi ? C'est pour cela que vous m'avez empêchée de prendre ma voiture, n'est-ce pas ? Parce que la police veut la passer au peigne fin, dans l'espoir d'y découvrir des traces de sang de Diane Bray ? Des fibres ? Des cheveux ? Quelque chose qui prouverait que j'étais chez elle le soir où on l'a tuée ?

Mon débit est calme, terriblement sec.

— Bordel de merde ! explose Marino. Je sais que vous avez rien fait ! Righter est le roi des enculés, et je le lui ai déjà dit. Je le lui répète tous les jours. Qu'est-ce que vous lui avez fait, hein ? Pourquoi il en a après vous ?

— Vous savez quoi ? (Je le fixe durement.) J'interdis à quiconque de prétendre une fois encore que tout est de ma faute ! Je n'ai rien fait à Righter. J'ignore ce qui a pu lui fourrer cette idée grotesque en tête, à moins que Jay n'ait semé le doute.

— Et lui, c'est sans doute pas de votre faute ? C'est pas vous qui avez couché avec ?

— Il ne fait pas cela parce que j'ai couché avec lui. Et si c'est le cas, c'est parce que je n'ai couché avec lui qu'une seule fois.

Teun fronce les sourcils et déclare :

— Ce bon vieux Jay. M. Propre. Le joli garçon. C'est marrant, mais il ne m'a jamais plu.

Anna crispe les mâchoires et me fixe d'un air féroce.

— J'ai certifié à Righter que vous étiez saine d'esprit. Il voulait savoir si je vous jugeais compétente pour l'assister, si je vous trouvais stable. Vous voyez bien qu'il a menti. Il était censé s'agir du procès de Chandonne. C'est incroyable. Comment Righter a-t-il pu me tendre un piège et m'envoyer cette citation à comparaître ?

Elle plaque la main sur sa poitrine comme si son cœur la gênait et ferme un instant les yeux. Je me lève d'un bond :

— Ça va, Anna ?

Elle secoue la tête :

— Rien n'ira plus jamais. Si je m'étais doutée de ce qui allait se produire, je ne vous aurais jamais incitée à vous confier, Kay.

— Vous avez enregistré vos entretiens, pris des notes ? demande Teun.

— Bien sûr que non.

— Bon.

— Mais si on me questionne..., commence-t-elle.

— Je comprends, réponds-je. Anna, je comprends. Ce qui est fait est fait...

Puisque nous sommes jusqu'au cou dans les déballages insupportables, il me reste une très mauvaise nouvelle à annoncer à Marino :

— Votre fils, Rocky.

Je ne vais pas plus loin. Peut-être pour déceler s'il sait déjà cela aussi.

— Ouais, quoi ?

— Il semblerait qu'il représente Chandonne.

Le visage de Marino se congestionne, dangereusement rouge. Pendant un moment, tout le monde reste coi. Il ne savait pas. Lorsqu'il parle enfin, c'est d'une voix blanche :

— C'est bien son genre de faire ça. Ça a probablement un rapport avec ce qui vous arrive, si c'est possible. Marrant, mais j'en étais presque à me demander s'il avait pas quelque chose à foutre dans l'arrivée de Chandonne à Richmond.

— Pourquoi ? interroge Teun, interloquée.

— Parce que c'est un petit gars sympa avec la mafia, voilà pourquoi. Il doit sûrement connaître le grand papa Chandonne de Paris, et je vous fous mon billet que rien ne lui ferait plus plaisir que de me causer des emmerdements à Richmond.

— Je crois qu'il est temps d'en parler, Marino.

— Vous auriez pas du bourbon, des fois ? demande-t-il à Anna.

Elle se lève pour aller en chercher.

— Tante Kay, tu ne peux plus rester ici, me dit Lucy à voix basse.

— Vous ne devez plus rien dire à Anna, Kay, renchérit Teun.

Je ne réponds pas. Bien sûr, elles ont raison, sur tout. Et, comme si ce n'était pas suffisant, je viens de perdre une amie.

— Alors, qu'est-ce que vous lui avez raconté ? demande Marino d'un ton accusateur qui devient un peu trop habituel, à mon goût.

— Je lui ai dit que la disparition de Diane Bray n'était pas une grosse perte pour l'humanité... En d'autres termes, de là à affirmer que je suis satisfaite de sa mort !

— Ben, c'est ce que disent tous ceux qui la connaissaient, réplique Marino. Et je serais ravi de le faire savoir au jury.

— Ce n'est pas une déclaration qui nous aide, mais ça ne signifie pas pour autant que vous l'ayez tuée, dit Teun.

Marino murmure entre ses dents :

— Non, ça, c'est pas pour dire mais « ça nous aide » vraiment pas ! Merde, j'espère qu'Anna dira pas à Righter que vous êtes contente que Bray soit clamsée.

— C'est trop absurde.

— Oui et non, Doc.

— Vous n'êtes pas obligé de vous occuper de cela, Marino. Ne vous mettez pas dans la panade pour moi.

— Oh, et puis merde ! Je sais bien que vous avez pas tué cette salope. Mais il faut que vous voyiez les choses sous l'angle opposé. Vous aviez des problèmes avec elle. Elle essayait de vous faire virer. Vous vous êtes comportée un peu bizarrement depuis la mort de Benton, ou, du moins, c'est ce que disent les gens, non ? Vous vous êtes disputée avec Bray sur le par-king. La rumeur, c'est que vous étiez jalouse de la nouvelle grande chef de la police. Elle vous faisait passer pour une minable et se plaignait de vous. Donc, vous l'avez tuée et vous avez maquillé le crime pour donner l'impression que le meurtrier était le même que celui de Kim Luong. Et qui d'autre était mieux placé que vous, hein ? Vous êtes la candidate idéale pour le meurtre parfait, non ? Et vous aviez toute liberté pour accéder aux indices. Vous auriez pu la tabasser à mort, déposer des poils du Loup-Garou sur son cadavre et même intervertir les échantillons de prélèvements pour qu'on y détecte l'ADN de Chandonne. Et ça la fout mal aussi que vous ayez pris des échantillons à la morgue de Paris pour les rapporter ici. Ça et l'échantillon d'eau. Righter vous prend pour une cinglée, excusez-moi de vous le dire. Pour faire bon compte, ajoutons qu'il peut pas vous saquer, et ça depuis toujours. Normal : il a des couilles de soprano et il supporte pas les femmes à poigne. Il supporte déjà pas Anna, pour tout dire. Et l'arrivée de Berger est sa grande vengeance. Il la déteste.

Silence.

— Je me demande si on va me citer à comparaître aussi, dit Lucy.

XX

— Righter pense que t'es aussi une cinglée, dit Marino à ma nièce. C'est d'ailleurs la seule chose sur laquelle on est d'accord.

— Rocky aurait-il eu des liens avec la famille Chandonne ? lui demande Teun. Dans le temps ? Vous étiez sérieux quand vous vous posiez la question ?

— Bof ! Rocky a fréquenté des criminels presque toute sa vie. Mais est-ce que je sais en détail comment il passe son putain de temps, jour après jour, mois après mois ? Non. Je peux rien certifier. Je sais juste ce qu'il est. Un sac à merde. Il est né mauvais. Mauvaise graine. Et, en ce qui me concerne, c'est pas mon fils.

— Il n'en demeure pas moins que *c'est bien* votre fils, dis-je.

— Pas d'après mes critères. Il a hérité de toutes les merdes qu'y a dans ma famille, insiste Marino. Dans le New Jersey, il y a les bons Marino et les mauvais. J'avais un oncle dans la mafia, un autre qui était flic. Deux frères aussi différents que le jour et la nuit. Et quand j'ai eu quatorze ans, mon enfoiré d'oncle Louie a fait descendre l'autre, celui qui était flic et qui s'appelait aussi Pete. On m'avait baptisé comme lui. Abattu d'une balle devant chez lui alors qu'il ramassait son foutu canard. On a jamais pu prouver que c'était l'oncle Louie, mais tout le monde en était convaincu dans la famille. Je le suis toujours.

— Et où est votre oncle Louie, maintenant ? demande Lucy alors qu'Anna revient avec un verre pour Marino.

— Il est mort il y a deux, trois ans. On se voyait pas. Je voulais rien avoir à faire avec. (Il prend son verre.) Mais Rocky, c'est son portrait craché. Il lui ressemblait même quand il était môme. Dès le premier jour, c'était un tordu, une vraie petite merde. Pourquoi vous croyez qu'il a pris le nom de Caggiano ? Parce que c'est le nom de jeune fille de ma mère, et que ce petit con savait que ça me foutrait en rogne qu'il dégueulasse le nom de ma mère. Il y a des gens qu'on peut pas redresser. Ils sont nés mauvais. Me demandez pas de vous expliquer, parce que Doris et moi, on a fait tout ce qu'on a pu pour ce gosse. On a même essayé de l'envoyer dans une pension militaire, et c'était une erreur. Il a fini par apprécier, ça le bottait, les techniques de brimades, faire des vraies saloperies aux autres. Personne s'en est jamais pris à lui, pas même le premier jour. Il était costaud comme moi et tellement méchant que les autres gosses osaient pas lever le petit doigt sur lui.

— Ce n'est pas bien, murmure Anna en se rasseyant sur l'ottomane.

— Selon vous, Marino, pour quelle raison Rocky se charge-t-il de cette affaire ?

Je connais la version de Berger, mais je veux entendre la sienne.

— ... Pour vous faire du mal ?

— La publicité, ça le fait bander. Une affaire comme ça, ça va faire sensation.

Marino refuse d'en venir à l'évidence : que Rocky veut peut-être simplement humilier et surpasser son père.

— Il vous déteste ? demande Teun.

Marino ricane et son biper sonne.

— Qu'est-il devenu, ensuite ? Vous l'avez envoyé dans cette école militaire, et après ?

— Je l'ai foutu dehors avec un coup de pied dans le cul. Je lui ai dit que, s'il pouvait pas respecter les règles de la maison, il vivrait pas sous mon toit. C'était après sa première année à l'école militaire. Et vous savez ce que ce petit malade a fait ? (Marino consulte le numéro sur son biper et se lève.) Il est parti dans le Jersey habiter avec son oncle Louie, ce foutu mafioso. Et il a eu les couilles de revenir ici faire ses études, y compris la fac de droit, William et Mary. Alors, oui, c'est sûr que c'est un malin.

— Il est inscrit au barreau de Virginie ?

— Ici, il plaide constamment. J'ai pas vu Rocky depuis dix-sept ans. Anna, ça vous embête pas que je passe un coup de fil ? J'ai pas trop envie de me le faire, celui-là. (Il me jette un coup d'œil en sortant.) C'est Stanfield.

Une question me revient :

— Ah oui. Et l'identification au sujet de laquelle il vous a appelé tout à l'heure ?

— Espérons que c'est pour ça qu'il appelle, répond Marino. Encore un drôle de truc, si c'est vrai.

Anna profite de cet appel pour s'éclipser. Peut-être aux toilettes. Son absence s'éternise, et je comprends qu'elle cache sa détresse ailleurs. A bien des égards, je me fais plus de souci pour elle que pour moi. J'en sais suffisamment long sur sa vie pour mesurer son extrême vulnérabilité et sentir toutes ses cicatrices. Je me sens glisser, perdre progressivement mon calme. Tout ce qui m'est arrivé ces derniers jours, que j'ai cru pouvoir contenir, maîtriser, me tombe soudain dessus :

— Ce n'est pas juste ! C'est injuste pour tout le monde. Quelqu'un pourrait me dire ce qui se passe ? Est-ce que j'ai fait quelque chose de mal dans une vie antérieure ? Je ne mérite pas ça. Aucun de nous ne le mérite.

Je me répands devant Lucy et Teun, silencieuses. Elles semblent avoir leur petite idée et un plan, mais ne pas être disposées à m'en faire part tout de suite.

— Enfin, dites quelque chose, reprends-je. Allez-y, crachez le morceau. (Je parle surtout pour ma nièce.) Ma vie est foutue. Je n'ai pas réagi comme il aurait fallu. Je suis désolée. (Les larmes me guettent.) Bon, là, j'ai vraiment besoin d'une cigarette. Quelqu'un peut m'en offrir une ?...

Marino en a, mais il est au téléphone dans la cuisine et je ne vais pas aller l'interrompre pour une cigarette, comme s'il m'en fallait vraiment une, d'ailleurs.

— ... Vous savez, ce qui me fait le plus de peine, c'est d'être accusée de la seule et unique chose contre laquelle je me bats. Je n'abuse jamais de mon pouvoir, bordel ! Jamais je ne tuerais personne de sang-froid. (Je ne m'arrête plus.) Je déteste la mort. Je déteste qu'on tue. Je déteste toutes les foutues saloperies que je vois tous les jours. Et maintenant, on pense que j'aurais commis une chose pareille ? Un grand jury se pose la question ?

Le point d'interrogation reste en suspens. Ni Lucy ni Teun ne répondent.

Marino parle fort. Sa voix est aussi puissante que

lui, et comme lui, elle tend à contraindre plutôt qu'à guider, à confronter plutôt qu'à expliquer.

— Vous êtes sûr que c'est sa petite amie ? hurle-t-il au téléphone. (Je suppose qu'il s'adresse à l'inspecteur Stanfield.) C'est-à-dire pas seulement une amie. Dites-moi comment vous pouvez en être sûr. Ouais, ouais. Quoi ? Si je pige ? Eh ben non, je pige pas. Je vois pas du tout ce qu'il y a de logique là-dedans, Stanfield. (Marino arpente la cuisine tout en parlant. Il est à deux doigts de bouffer le nez de Stanfield.) Vous savez ce que je dis aux gars comme vous, Stanfield ? aboie-t-il. Je leur dis de me lâcher la grappe. Je me fous pas mal de votre enfoiré de beau-frère, vu ? Il peut aller se faire foutre, j'en ai rien à secouer.

Manifestement, Stanfield doit essayer d'en placer une, mais Marino ne lui en laisse pas le temps.

— Oh, mince, murmure Teun, me rappelant à la réalité et à mes propres problèmes. Il parle à l'enquêteur chargé des deux bonshommes qui ont été torturés avant d'être abattus ? C'est cela ?

Je la regarde d'un drôle d'air et une étrange sensation me parcourt.

— Comment êtes-vous au courant de ces deux meurtres ?

Je cherche désespérément une réponse qui me manque. Teun était à New York. Je n'ai pas encore procédé à l'autopsie du deuxième inconnu. Pourquoi tout le monde semble-t-il au courant de tout, brusquement ? Jaime Berger. Le gouverneur Mitchell. Le député Dinwiddie. Anna. L'odeur puissante et délétère de la peur souille l'air comme les relents corporels de Chandonne. Ils me montent au nez à nouveau et mon corps réagit, incontrôlable. Je commence à trembler comme si j'avais bu trop de café. Je suis plus effrayée que jamais et je commence à envisager l'impensable : peut-être Chandonne révélait-il une vérité quand il persistait dans ses affirmations apparemment absurdes et prétendait être victime d'une immense conspiration politique. Je suis paranoïaque, il y a de quoi. J'essaie de me raisonner. Après tout, je fais l'objet d'une enquête dans le cadre du meurtre d'une policière corrompue dont les liens avec le crime organisé sont probables.

Lucy me parle, mais je mets un instant avant de m'en rendre compte. Elle a quitté sa place devant le feu et approche une chaise de moi, s'y assied en se penchant avant de poser une main sur mon bras valide, comme pour me réveiller.

— Tante Kay ? Où es-tu, là ? Tu nous écoutes ?

Je la regarde. J'entends Marino annoncer à Stanfield qu'ils se verront demain matin, et cette promesse sonne comme une menace.

— On avait rendez-vous ensemble chez Phil pour prendre une bière...

Elle indique la cuisine d'un geste, et je me souviens que Marino et elle devaient se retrouver dans l'aprèsmidi parce qu'elle avait une nouvelle à lui apprendre.

— ... Nous sommes au courant pour le type du motel. (Elle parle de Teun, immobile devant l'âtre et qui me regarde, attendant ma réaction quand Lucy m'annoncera le reste.) Teun est ici depuis samedi, continue-t-elle. Quand je t'ai appelée de Jefferson, tu te rappelles ? Teun était avec moi. Je lui ai demandé de venir immédiatement.

— Oh. (C'est tout ce que j'arrive à dire.) Eh bien, tant mieux. Ça m'ennuyait de t'imaginer toute seule à l'hôtel...

Les larmes me montent aux yeux. Gênée, je me détourne. Je suis censée être une femme solide. C'est moi qui ai sauvé ma nièce des ennuis, ennuis dont elle était en général l'artisan. J'ai toujours été celle qui la guidait sur le droit chemin. Je lui ai payé ses études à l'université. J'ai acheté ses livres, son premier ordinateur, je lui ai permis de suivre tous les cours spécialisés qui la tentaient. Je l'ai emmenée avec moi à Londres, un été. J'ai tenu tête à quiconque essayait de se mettre en travers de son chemin, y compris sa propre mère, qui n'a récompensé mes efforts que par des insultes.

— ... Tu es censée me respecter, lui dis-je en m'essuyant les yeux. Comment le pourrais-tu encore ?

Elle se relève et baisse les yeux vers moi.

— Tu dis des conneries. (Marino revient dans le salon avec un autre bourbon.) Ça n'a rien à voir avec le respect, dit Lucy. Bon Dieu. Tout le monde ici te respecte toujours autant, tante Kay. Mais tu as besoin qu'on t'aide. Pour une fois, il faut que tu tolères que l'on t'aide. Tu ne peux pas affronter cela toute seule, et c'est le moment de t'asseoir sur ton amour-propre, tu sais ? Je n'ai plus dix ans. J'en ai vingt-huit, OK ? Je ne suis pas une bleue. J'ai été agent du FBI et de l'ATF et je suis sacrément riche. Je pourrais être n'importe quel putain d'agent fédéral, si je voulais. (Ses blessures se rouvrent sous mes yeux. Elle ne digère pas l'humiliation de ce congé administratif.) Et maintenant, je suis à mon propre compte et je fais ce que bon me semble.

— J'ai démissionné ce soir.

Un silence de plomb s'abat sur la pièce.

— Qu'est-ce que vous dites ? demande Marino devant la cheminée, son verre à la main. Vous avez quoi ?

— Je l'ai annoncé au gouverneur, réponds-je.

Un calme inexplicable m'envahit. Cela me fait un bien fou de me dire que c'est moi qui ai pris une décision. Cela change un peu de tous ceux qui cherchent à gouverner ma vie. Peut-être qu'en démissionnant j'admets que je suis une victime et que, par là même, je me donne le moyen de ne plus l'être ? La seule riposte possible, c'est d'achever ce que Chandonne a commencé : mettre un terme à la vie que j'ai connue jusqu'ici, et tout recommencer. Quelle étrange et stupéfiante idée. Je raconte à Marino, Lucy et Teun ma conversation avec Mike Mitchell.

Marino est assis devant le feu. Il est presque minuit, et Anna est si discrète que j'ai oublié un instant son absence. Peut-être est-elle allée se coucher ?

— Attendez, dit-il. Ça veut dire que vous pouvez plus bosser sur des affaires ?

— Pas du tout. Je resterai dans mes fonctions jusqu'à ce que le gouverneur se décide.

Personne ne me demande quels sont mes projets. Du reste, cela n'aurait aucun sens de se soucier d'un avenir si lointain alors que le présent est mort. Je leur suis reconnaissante de leur discrétion. Les gens sentent quand il faut se taire. Au pire, je suis passée experte dans l'art de détourner l'intérêt des autres, et ils ne se rendent pas compte que je les ai manipulés afin qu'ils ne posent pas de questions malvenues. C'est un talent que j'ai développé très jeune, lorsque je ne voulais pas que mes camarades de classe me demandent des nouvelles de mon père, s'il était encore malade, s'il allait mieux ou quel effet cela fait de savoir que son père va mourir. Je me suis conditionnée à ne rien dire — et aussi à ne rien demander. Les trois dernières années de la vie de mon père se sont passées dans le déni. Toute la famille fermait les yeux, lui y compris, lui le premier. Il ressemblait beaucoup à Marino : c'étaient tous les deux des machos italiens convaincus que leur corps ne leur fausserait jamais compagnie, même malade ou diminué. Je revois mon père tandis que Marino, Lucy et Teun discutent de ce qu'ils vont faire pour m'aider, y compris les recherches en cours et toutes les opportunités offertes par cette fameuse Dernière Chance.

Mais, en réalité, je n'écoute plus. Je retrouve l'épais gazon du Miami de mon enfance, les buissons desséchés et le limettier de notre petit jardin. Mon père m'apprenait à ouvrir les noix de coco avec un marteau et un tournevis. Je passais des heures et des heures à racler la chair blanche et sucrée de la coquille dure et velue. Mon obstination, la pugnacité dont je faisais preuve, l'amusaient beaucoup. La noix de coco râpée finissait dans le petit réfrigérateur blanc et personne, pas même moi, ne la mangeait jamais. Durant les samedis de chaleur accablante, mon père nous faisait, à Dorothy et à moi, la surprise de rapporter deux gros pains de glace de l'épicerie du quartier. Nous avions une petite piscine gonflable qu'on remplissait avec le tuyau d'arrosage et ma sœur et moi nous asseyons sur la glace, brûlées par le soleil, mais les fesses gelées. Nous sautions dans la piscine pour les dégeler, puis nous en ressortions pour nous rasseoir sur nos trônes glacés et glissants comme deux princesses. Mon père nous observait de la fenêtre du salon, éclatant de rire en frappant à la vitre, tandis que hurlait sur la chaîne un disque de Fats Waller.

Mon père était un homme bien. Lorsqu'il se sentait à peu près en forme, il était généreux, attentionné, plein d'humour et amusant. Il était séduisant, de taille moyenne, blond, et, avant que son cancer ne le ronge, il avait de larges épaules. Il s'appelait Kay Marcellus Scarpetta III et avait tenu à ce que le nom, dans sa famille depuis toujours, soit transmis à l'aîné de ses enfants. C'était moi, une fille. Kay convient aux deux sexes, mais ma mère m'a toujours appelée Katie. En partie, disait-elle, pour ne pas confondre les deux Kay qui vivaient sous son toit. Plus tard, lorsque je suis restée la seule Kay, elle avait continué, refusant d'accepter la mort de mon père, de s'en remettre, et c'est toujours le cas. Elle ne tolère pas de le laisser partir. Mon père est mort il y a plus de trente ans, lorsque j'en avais douze, et ma mère n'a jamais fréquenté d'autre homme. Elle porte toujours son alliance et continue de m'appeler Katie.

Lucy et Teun discutent de leurs plans jusqu'à minuit passé. Elles ont renoncé à me faire participer à la conversation et plus personne ne semble remarquer que j'ai dérivé dans le passé, les yeux fixés sur les flammes, me massant distraitement la main gauche et en remuant péniblement un doigt sous le plâtre pour gratter ma peau privée d'air. Marino bâille comme un ours et se lève. Il vacille un peu à cause du bourbon et empeste le tabac froid.

Il me jette un regard tristement amoureux, c'est du moins ce que j'en déduirais si j'étais prête à accepter ce qu'il éprouve vraiment pour moi.

— Allez, me dit-il, raccompagnez-moi à mon pick-up, Doc.

C'est sa manière de proposer une trêve entre nous. Marino n'est pas une brute. Il s'en veut de m'avoir traitée comme il l'a fait depuis le jour où j'ai failli être assassinée, et il ne m'a jamais vue si distraite et si étrangement silencieuse.

La nuit est froide et calme et les étoiles disparaissent sporadiquement derrière de vagues nuages. De l'allée d'Anna, j'aperçois les lueurs des innombrables bougies qui brillent aux fenêtres. Demain, c'est le réveillon, le dernier réveillon du XXᵉ siècle. Le bruit des clés trouble ce paisible silence, et Marino hésite à ouvrir sa portière.

— On a beaucoup à faire. Je vous retrouve de bonne heure à la morgue. (Ce n'est pas ce qu'il voudrait dire. Il fixe le ciel noir et soupire.) Merde, Doc. Ecoutez, je vous connais depuis un bail, non ? Depuis le temps, vous avez compris. Je savais ce que ce salaud de Righter s'apprêtait à faire, et j'étais obligé de fermer les yeux.

— Quand alliez-vous m'en parler ?

Je ne l'accuse pas, je suis juste curieuse.

Il hausse les épaules.

— Je suis content qu'Anna ait mis le sujet sur le tapis. Je sais bien que vous avez pas tué Diane Bray, bordel ! Quoique je vous en voudrais pas si vous l'aviez fait, je vous assure. C'était la pire saloperie de merde qui soit. Selon mes critères à moi, si vous l'aviez butée, ç'aurait été de la légitime défense.

— Non, ça n'aurait pas été de la légitime défense. (J'envisage sérieusement la possibilité.) Certainement pas, Marino. Et puis, je ne l'ai pas tuée...

Je scrute sa silhouette massive à contre-jour devant les lanternes de l'entrée et les guirlandes lumineuses dans les arbres.

— ... Marino, vous n'avez jamais pensé... ?

Je ne vais pas jusqu'au bout de la phrase. Je ne suis pas certaine de souhaiter connaître sa réponse.

— Merde, je sais pas trop ce que je pense, en ce moment, dit-il. C'est vrai. Mais qu'est-ce que je vais faire, Doc ?

— Faire ? A quel sujet ?

Il hausse les épaules et s'étrangle. Je n'en crois pas mes yeux. Marino est sur le point de pleurer.

— Si vous démissionnez.

Sa voix se brise, il se racle la gorge et cherche son paquet de Lucky Strike. Il met ses grosses mains en coupe et m'allume une cigarette. Je sens sa peau contre la mienne, les poils de son poignet effleurent mon menton. Il fume, le regard dans le vague, le cœur brisé.

— Hein, quoi ? Faudrait que j'aille jusqu'à cette foutue morgue et vous y seriez pas ? Merde, je refuse de descendre dans ce trou puant si vous y êtes pas, Doc. Vous êtes la seule chose qui donne un peu de vie à ce truc, sans rigoler.

Je le serre contre moi. Je lui arrive à peine à la poitrine, et son ventre sépare le battement de nos cœurs. Lui aussi s'est protégé derrière des barrières, et une folle compassion pour lui me submerge. Je tapote sa large poitrine et je lui dis :

— Ça fait longtemps qu'on travaille ensemble, Marino. Vous ne vous débarrasserez pas de moi de sitôt.

XXI

Toutes les dents racontent une histoire, souvent bien plus révélatrice que les bijoux ou les vêtements griffés. Elles peuvent permettre de vous identifier plus sûrement que tout autre moyen, à condition bien sûr que l'on dispose d'un dossier dentaire. Les dents me parlent de votre hygiène. Elles dévoilent à mots couverts l'utilisation de drogue, d'antibiotiques dans la petite enfance, les maladies, les blessures et l'importance que revêt pour vous votre apparence. Elles avouent que votre dentiste était un escroc qui facturait à votre assurance sociale des travaux qu'il n'a jamais effectués. *A contrario*, elles témoignent de sa compétence.

Marino débarque à la morgue avant l'aube le lendemain. Il a apporté le dossier dentaire du jeune homme de vingt-deux ans habitant le comté de James City, sorti faire un jogging hier non loin du campus de William et Mary et qui n'est jamais rentré. Il s'appelle Mitch Barbosa. William et Mary est à quelques kilomètres du Fort James Motel, et lorsque Marino a discuté hier soir avec Stanfield et appris les dernières nouvelles, cette autre bizarre coïncidence m'a surprise : le fils de Marino, Rocky Caggiano, l'avocat marron, a poursuivi ses études à William et Mary.

Il est 6 h 45 quand je sors le corps de la salle de radiologie et que je pousse le chariot jusqu'à mon poste de travail dans la salle d'autopsie. Marino a enfilé une tenue pour m'aider. Je n'attends personne d'autre — en dehors du dentiste légiste. Marino va surtout m'aider à déshabiller le corps raide et réticent et à le déposer sur la table d'autopsie. Je ne lui permets jamais de m'aider pour la moindre procédure médicale, non qu'il se propose. Quant aux notes, il est hors de question qu'il les prenne, étant donné sa propension à massacrer les termes médicaux et latins.

— Maintenez-le de l'autre côté, Marino. Voilà. Comme ça.

Marino empoigne l'autre côté du crâne du mort pendant que j'introduis difficilement une fine spatule entre les molaires pour forcer les mâchoires à s'ouvrir. L'acier racle l'émail. Je prends bien garde de ne pas entailler les lèvres, mais c'est inévitable, et j'éraille également la surface des dents du fond.

310

— C'est une chance que ces gens soient morts quand vous leur faites des trucs pareils. Je suis sûr que vous serez contente de retrouver l'usage de vos deux mains.

— Ne m'en parlez pas.

J'en ai tellement assez de ce plâtre que j'ai même songé à l'enlever moi-même.

Les mâchoires du cadavre cèdent et s'ouvrent. J'allume le scialytique et sa bouche se remplit de lumière blanche. Je recueille les fibres que je trouve sur sa langue. Marino m'aide à forcer la raideur cadavérique des bras afin que nous puissions lui ôter son blouson et son polo, puis je retire ses chaussures, ses chaussettes, son jogging et son short. Je déballe pour lui tous les tests du PERK, ne trouvant aucune trace de lésion anale, rien pouvant suggérer une pratique homosexuelle. Le biper de Marino se déclenche. C'est encore Stanfield. Marino n'a pas dit un mot concernant Rocky, ce matin, mais le spectre de son fils rôde autour de nous. Rocky est là, et l'effet produit sur son père est subtil, mais profond. Marino suinte l'angoisse impuissante. Je devrais m'inquiéter du sort que me réserve Rocky, mais je ne pense qu'à une chose : que va-t-il arriver à Marino ?

Mon patient est nu. Je prends une photo. Il mesure un mètre soixante-dix et pèse un soixante-trois kilos dépourvu d'excès de graisse. Ses jambes sont musclées, mais le haut du corps est moins développé, ce qui est cohérent avec la musculature habituelle d'un coureur. Il n'a pas de tatouages, il est circoncis et il se souciait manifestement de son apparence, si j'en juge par ses ongles des mains et des pieds soignés. Pour l'instant, je ne trouve aucune blessure externe, et les radios n'ont révélé ni fracture ni projectile. Il porte des cicatrices anciennes aux genoux et au coude gauche, rien de récent, en dehors des abrasions produites par les liens et le bâillon. Qu'est-ce qui t'est arrivé ? Pourquoi es-tu mort ? Il se tait. Seul Marino parle d'une voix forte et bourrue pour dissimuler son trouble. Il pense que Stanfield est une

cruche et le traite comme tel. Marino est encore plus
impatient et grossier qu'à l'habitude.

— Mais oui, c'est sûr que ça serait bien si on le
savait, ironise-t-il. La mort prend pas de vacances,
ajoute-t-il un peu plus tard. Dites-leur que j'arrive et
qu'il faudra voir à ce qu'on me laisse entrer. Ouais,
ouais, ouais. C'est la saison. Ah, et puis, Stanfield :
fermez-la, OK ? Vous pigez ? Si jamais je lis encore
quoi que ce soit dans ce foutu canard... Ah ouais ?
Eh bien, peut-être que vous avez pas encore lu le
journal de Richmond. Je vous le découperai. Toutes
ces conneries sur Jamestown et un crime de haine.
Encore une fuite et je pète les plombs. Vous m'avez
encore jamais vu péter les plombs, hein ? Eh ben,
soyez content !

Il enfile une paire de gants neufs et revient vers le
chariot, faisant voler les pans de sa blouse à chaque
enjambée.

— Bon, ça devient de plus en plus compliqué, Doc.
Si on part du principe que ce mec est notre jogger
porté disparu, il semblerait qu'on ait affaire à un routier tout ce qu'il y a de banal. Pas de casier. Jamais
d'ennuis. Vivait dans un appart avec une copine,
celle qui l'a identifié d'après photo. C'est à elle que
Stanfield a parlé hier soir, apparemment, mais elle
répond plus au téléphone depuis ce matin.

Il a l'air un peu perdu, comme s'il se demandait ce
qu'il a bien pu me révéler jusque-là.

— Mettons-le sur la table, dis-je.

J'aligne le chariot contre la table d'autopsie.
Marino prend un pied, moi un bras, et nous tirons.
Le corps se cogne contre l'acier et du sang coule du
nez de l'homme. J'ouvre le robinet, l'eau coule en
tambourinant dans le bénitier d'acier. Les radios du
mort plaquées sur les caissons lumineux brillent le
long du mur, révélant des os parfaitement intacts, le
crâne sous des angles différents, les côtes délicatement incurvées.

La sonnerie du quai de chargement retentit au
moment où j'incise la peau, d'une épaule à l'autre,

312

puis jusqu'au pelvis en contournant légèrement le nombril. Le docteur Sam Terry apparaît sur le moniteur de surveillance, j'enfonce le bouton d'ouverture d'un coup de coude. C'est l'un de nos odontologistes, celui sur lequel est tombée cette garde de soir du réveillon de Noël.

— On devrait passer rendre visite à la fille pendant qu'on est dans le coin, continue Marino. J'ai l'adresse de l'appart où ils habitent. (Il baisse les yeux vers le cadavre.) Habitaient, je veux dire.

— Et vous pensez que Stanfield est capable de se taire ?

Je soulève les tissus à petits coups de bistouri en maintenant maladroitement les pinces du bout des doigts gantés de ma main gauche, empêtrée dans sa gangue de plâtre.

— Ouais. Il dit qu'il nous retrouve au motel. Il paraît qu'ils sont pas très aimables, qu'ils râlent que c'est Noël et qu'ils en ont marre de la mauvaise publicité faite à leur établissement. Ils auraient eu quelque chose comme dix annulations depuis que les gens ont appris la nouvelle aux infos. Ouais, mon cul, voilà ce que j'en dis. La plupart des gens qui descendent dans ce boui-boui savent pas ce qui s'y est passé ou s'en foutent.

Le docteur Terry entre, sa trousse médicale noire à la main, sa blouse de chirurgien, toute propre, dénouée, flotte dans son dos. C'est l'une de nos dernières recrues, l'une des plus jeunes, et il mesure près de deux mètres dix. On raconte qu'il aurait pu faire carrière dans le basket, mais qu'il a préféré poursuivre ses études. Mais il avoue bien volontiers qu'il était un assez médiocre défenseur de l'équipe de l'université de Virginie, que les seuls tirs convenables qu'il ait jamais réalisés, c'était avec des armes à feu, et qu'il doit les seuls rebonds dont il puisse s'enorgueillir à ses partenaires féminines. Il a choisi la dentisterie parce qu'il n'avait pas pu faire médecine. Terry aurait désespérément voulu devenir légiste.

Son volontariat chez nous est ce qui s'en rapproche le plus.

— Merci, merci, lui dis-je alors qu'il glisse des feuilles sur son bloc. Vous êtes bien bon d'être venu nous aider ce matin, Sam.

Il sourit et fait un signe de tête à Marino.

— Comment ça va, Marino ? demande-t-il en exagérant l'accent du New Jersey.

— Vous avez déjà vu ce que fait le père Fouettard ? Non ? Ben, restez un peu avec moi. Je suis d'humeur à reprendre les jouets des petits enfants et à donner une tape sur les fesses de leur mère avant de remonter dans la cheminée.

— N'essayez surtout pas. Vous resteriez coincé dedans.

— Hé, mais vous, vous pourriez atteindre le haut de la cheminée en gardant les pieds dans l'âtre. Vous continuez votre croissance ?

— Pas autant que vous, mon vieux. Combien vous pesez, en ce moment ?

Terry feuillette le dossier dentaire qu'a apporté Marino.

— Eh bien, ça ne prendra pas bien longtemps. Bon, la seconde prémolaire du maxillaire droit est une dent sur pivot. Et... et... pas mal de boulot un peu partout dans la bouche. Ce qui veut dire que ce type (il brandit le dossier), et le vôtre sont une seule et même personne.

— Et les Rams qui ont battu Louisville, hein ? crie Marino par-dessus le bruit d'eau.

— Vous y étiez ?

— Non, mais vous non plus, Terry, c'est pour ça qu'ils ont gagné.

— C'est sûrement vrai.

Le téléphone sonne au moment où j'attrape un bistouri posé sur le chariot.

— Sam, ça ne vous embête pas de répondre ?

Il trotte jusqu'au coin, décroche et annonce : « La morgue ».

Je coupe les jonctions du cartilage costochondral en ôtant un triangle de sternum et de côtes.

— Ne quittez pas, dit Terry à son interlocuteur. Docteur Scarpetta ? Vous pouvez prendre l'appel ? C'est Benton Wesley.

La salle n'est plus qu'un trou noir qui aspire toute lumière, toute vie. Je reste figée, pétrifiée, le regard fixe, mon bistouri ensanglanté dans la main.

— Qu'est-ce que c'est que cette connerie ? bafouille Marino. (Il rejoint Terry à grands pas et lui arrache le téléphone.) Vous êtes qui ? beugle-t-il à l'appareil. Merde !

Il raccroche brutalement. Manifestement, on a coupé. Terry a l'air terrifié. Il ne comprend rien à ce qui vient de se passer. Il me connaît depuis peu et n'a aucune raison d'être au courant pour Benton, à moins qu'on ne lui ait fait des confidences, ce qui, de toute évidence, n'est pas le cas.

— Que vous a dit exactement cette personne ? lui demande Marino.

— J'espère que je n'ai rien fait de mal.

— Non, non, dis-je, retrouvant ma voix. Je vous assure que non.

— Un type, répond-il. Tout ce qu'il a dit, c'est qu'il voulait vous parler et qu'il s'appelait Benton Wesley.

Marino décroche à nouveau et fulmine en jurant parce que nous n'avons pas la présentation du numéro. Nous n'en avons jamais eu besoin, à la morgue. Il presse plusieurs boutons et écoute. Il note un numéro et le compose.

— Ouais. C'est qui ? demande-t-il à la personne qui a décroché. Où ça ? OK. Vous avez vu quelqu'un utiliser ce téléphone il y a une minute ? Celui que vous avez à la main. Ouais, eh bien, je te crois pas, connard ! dit-il en raccrochant brutalement.

— Vous pensez que c'est la même personne que celle qui vient d'appeler ? lui demande Terry sans comprendre. Qu'est-ce que vous avez composé, comme numéro ? Etoile-69 ?

— C'est un téléphone public. A la station Texaco

du Midlothian Turnpike. Paraît-il. Je sais pas si c'est le même interlocuteur que le vôtre. Comment était sa voix ? demande-t-il à Sam en le fixant.

— Il faisait jeune. Je crois. Je ne sais pas. Qui est Benton Wesley ?

J'éjecte la veille lame du bistouri en l'appuyant contre une planche de dissection avant d'en introduire une neuve dans le manche et de jeter l'ancienne dans un conteneur spécial :

— Il est mort. C'était un ami. Un ami proche.

— Encore un connard qui fait une blague à la con ! Comment peut-on connaître le numéro d'ici ?

Marino est bouleversé, furieux. Il voudrait retrouver celui qui a appelé et le démolir. Et il songe que ce pourrait être une malveillance de son fils, je le lis dans son regard. Il pense à Rocky.

— Dans l'annuaire, avec tous les autres numéros d'appel des administrations, dis-je.

Je coupe les vaisseaux sanguins, sectionnant les carotides très bas et progressant vers l'artère iliaque et les veines du pelvis.

— Me dites pas que c'est écrit « morgue » dans ce foutu annuaire !

Marino radote, et c'est encore ma faute.

— Je pense qu'on le trouve à la rubrique « information funéraire ».

Je coupe la mince couverture musculeuse du diaphragme, libérant le bloc des organes, le détachant de la colonne vertébrale. Poumons, foie, reins et rate luisent de différentes nuances de rouge. Je les dépose sur la planche de dissection et les débarrasse de leur sang sous un filet d'eau froide. Des zones de saignement pas plus grandes que des têtes d'épingle sur le cœur et les poumons signent des hémorragies pétéchiales, trahissant la difficulté respiratoire du sujet au moment du décès.

Terry transporte sa trousse jusqu'à mon poste de travail et la pose sur le chariot à instruments. Il en sort un miroir dentaire et l'introduit dans la bouche du mort. Nous travaillons en silence : ce qui vient de se passer pèse comme une charge très confidentielle. Je sélectionne un plus gros bistouri pour les sections d'organes avant de trancher le cœur. Les artères coronaires sont ouvertes et nettes, le ventricule gauche mesure un centimètre de large et les valves sont normales. En dehors de quelques traces de graisse dans l'aorte, le cœur et les vaisseaux sont sains. La seule chose qui cloche, c'est l'évidence : le cœur a lâché. Pour une raison inconnue, son cœur s'est arrêté. Et je ne trouve aucune explication nulle part.

— Comme je disais, ce cas est très simple, dit Terry en prenant des notes sur ses diagrammes.

Il est nerveux. Il s'en veut d'avoir répondu au téléphone.

— C'est bien lui ?

— Sans aucun doute, docteur Scarpetta.

Les artères carotides s'alignent parallèlement le long du cou. Entre elles se trouvent la langue et les muscles du cou, que je retourne et excise afin de les examiner de plus près. Il n'y a pas traces d'hémorragie dans les tissus. Le minuscule et fragile os hyoïde en forme de U est intact. On ne l'a pas étranglé. Je ne découvre aucune contusion ni fracture lorsque je rabats le cuir chevelu. Ce n'est qu'en branchant la prise de la scie Stryker que je me rends compte de mon incapacité à la manier. Terry m'aide à maintenir la tête pendant que j'applique la lame semi-circulaire qui gémit contre le crâne. De la poussière d'os chauffé s'élève dans l'air et la calotte crânienne se détache avec un léger bruit de succion, révélant les circonvolutions du cerveau. A première vue, il n'y a rien d'anormal. Les sections que je découpe luisent comme une agate crème bordée de gris. Je plonge le cerveau et le cœur dans des flacons de formol pour les envoyer à l'Ecole de médecine de Virginie, parce que je souhaite les soumettre à d'autres examens.

Mon diagnostic est typiquement une conclusion par défaut. N'ayant trouvé aucune cause évidente de décès, je me rabats sur des détails infimes. Les minuscules hémorragies cardiaques et pulmonaires, les brûlures et les abrasions laissées par des liens, laissent à penser que Mitch Barbosa est mort d'une arythmie causée par la panique. Je postule également que, à un moment donné, il a retenu son souffle, ou bien la trachée a été obstruée, ou encore que sa respiration a été gênée, si bien qu'il s'est partiellement asphyxié. Peut-être est-ce le bâillon imbibé de salive qui est à l'origine de cet étouffement ? Quoi qu'il en soit, j'entrevois une scène simple, et si horrible qu'elle exige une démonstration. J'ai deux cobayes sous la main : Terry et Marino.

Je coupe plusieurs longueurs de l'épaisse ficelle blanche que nous utilisons habituellement pour recoudre les incisions et demande à Marino de retrousser ses manches de blouse et de tendre les mains. J'attache l'un des morceaux de ficelle à son poignet, puis lie l'autre, pas trop serré, mais solide. Je lui demande de lever les bras en l'air et je demande à Terry de prendre le bout des ficelles et de tirer vers le haut. Le dentiste légiste est assez grand pour y parvenir sans grimper sur une chaise. Les liens s'enfoncent immédiatement dans la chair des poignets de Marino selon un angle oblique. Nous essayons différentes positions, rapprochant les bras ou les écartant en croix. Les pieds de Marino restent en contact avec le sol. En aucun cas il n'est suspendu. J'explique ma démonstration :

— Lorsque les bras sont tendus, le poids du corps rend l'expiration difficile. L'inspiration est facile, pas l'expiration parce que les muscles intercostaux sont sollicités en position adverse. Au bout d'un certain temps, cela peut dégénérer en asphyxie. Ajoutez le choc causé par la douleur de la torture, la peur, la panique, et vous pouvez sans aucun doute provoquer une arythmie.

— Et les saignements de nez ?

Marino me tend les poignets et j'examine les

marques créées par la ficelle. Elles sont semblables à celles trouvées sur le cadavre.

— Augmentation de la pression intracrânienne, dis-je. Quand on doit retenir son souffle, on saigne du nez. C'est une conclusion très probable, étant donné l'absence de lésion.

— Ce que je voudrais savoir, c'est si on avait l'intention de le tuer, dit Terry.

— Je doute que quelqu'un ligote sa victime de la sorte, la torture, pour la laisser ensuite partir et raconter son aventure ! Bon, je vais laisser la cause de la mort ouverte jusqu'à ce que le résultat des analyses toxicologiques nous parvienne. (Je me tourne vers Marino.) Cela étant, je vous conseille de considérer cette affaire comme un meurtre, un meurtre particulièrement affreux.

La question revient sur le tapis un peu plus tard dans la matinée, alors que nous roulons vers le comté de James City. Marino a insisté pour que nous prenions son pick-up et j'ai proposé de suivre la Route 5 qui longe la rivière et traverse le comté de Charles City, ses vastes plantations du XVIIIe siècle aujourd'hui en friche qui s'étendent de la route jusqu'aux impressionnantes demeures en brique de Sherwood Forest, Westover, Berkeley, Shirley et Belle Air. Il n'y a pas un seul car de touristes en vue, pas de camions ni de travaux de voirie, et les magasins sont fermés. C'est la veille de Noël. Le soleil brille au travers des frondaisons des vieux arbres, des ombres dansent sur la chaussée et l'ours Smoky demande de l'aide sur sa pancarte dans cette délicieuse région du monde où deux hommes viennent de mourir d'une manière barbare. On n'imagine pas qu'un acte aussi odieux puisse se produire ici, jusqu'au moment où on arrive au Fort James Motel et à son camping. Abrité de la route par la forêt, c'est un amas de bungalows, mobil-homes et caravanes rongés de rouille, et de chambres de motel à la peinture écaillée.

Le bureau de réception est une petite maison entourée de sapins rabougris dont les aiguilles recouvrent le toit et les alentours d'un tapis brun. Des distributeurs de soda et de glaçons luisent, abandonnés entre les taillis désordonnés, juste devant la porte. Des vélos d'enfants gisent dans les feuilles mortes et les balançoires et tourniquets ont l'air peu sûrs. Une vieille chienne bâtarde, le ventre fatigué par des portées à répétition, se lève lourdement sur ses pattes et nous observe depuis le porche affaissé.

— Je croyais que Stanfield nous retrouvait ici, dis-je en ouvrant ma portière.

— Allez savoir.

Marino descend et jette un regard alentour.

Un voile de fumée s'élève de la cheminée, presque horizontal dans le vent. Des guirlandes de Noël criardes clignotent derrière une fenêtre. Je sens qu'on nous observe. Un rideau bouge, le volume d'une télévision baisse au fond de la maison et nous attendons sur les marches. La chienne me flaire la main et la lèche. Marino annonce notre visite d'un coup de poing sur la porte, puis il hurle :

— Hé ! Il y a quelqu'un ? (Un autre coup de poing.) Police !

— J'arrive, j'arrive, chantonne une voix de femme agacée.

Un visage dur et fatigué apparaît dans l'entre-bâillement de la porte retenue par une chaîne de sécurité.

— Vous êtes Mme Kiffin ? demande Marino.

— Vous êtes qui ? rétorque-t-elle.

— Capitaine Marino, police de Richmond. Voici le docteur Scarpetta.

— Pourquoi que vous amenez un docteur ?...

Froncement de sourcils de la dame. Elle me regarde. A ses pieds, quelque chose bouge. Un enfant lève les yeux vers nous et nous destine un sourire de lutin.

— ... Zack, retourne dans la maison !

De petits bras nus, des mains aux ongles sales s'accrochent à la jambe de maman. Elle le fait lâcher.

— ... Allez !

Il s'en va.

— On voudrait voir la chambre où a eu lieu l'incendie, dit Marino. L'inspecteur Stanfield du comté de James City devrait être là. Vous l'avez vu ?

— Y a pas eu de police, ce matin !

Elle referme la porte, la chaîne cliquette, et le panneau s'ouvre tout grand, cette fois. Mme Kiffin sort sur le porche, enfilant précipitamment un gros blouson de bûcheron, un trousseau de clés à la main. Elle se retourne pour crier :

— Restez là ! Zack, tu touches pas à la pâte à cookies ! Je reviens. (Elle referme la porte.) J'ai jamais vu un gosse qu'aime la pâte comme celui-là, dit-elle en descendant les marches. Des fois, j'achète celle qui est toute prête en rouleaux et l'autre jour je tombe dessus, il était en train d'en manger. Il avait enlevé le papier d'aluminium comme une peau de banane. La moitié, qu'il avait déjà mangée. J'y ai dit : tu sais ce qu'y a dedans ? Des œufs crus, voilà ce qu'y a.

Bev Kiffin n'a probablement pas plus de quarante-cinq ans. Marino dirait qu'elle a la beauté dure et criarde d'un restaurant pour routiers ouvert vingt-quatre heures sur vingt-quatre. Ses cheveux, très décolorés, très blonds, sont frisés comme les poils d'un caniche, et son visage est creusé de fossettes. Sa silhouette plantureuse s'achemine sûrement vers un embonpoint de matrone. Elle a cet air buté, sur la défensive, que j'associe aux gens qui se débattent en permanence dans les problèmes. Il y a aussi quelque chose de sournois chez elle, et j'ai la ferme intention de douter de chacun de ses mots.

— Je veux pas d'ennuis ici, nous fait-elle savoir. Comme si j'en avais déjà pas assez, surtout à cette époque de l'année, continue-t-elle en chemin. Tous ces gens qui débarquent ici matin, midi et soir pour mater et prendre des photos.

— Quels gens ? demande Marino.

— Juste des gens. Ils garent leur voiture sur le chemin, et puis ils regardent. Il y en a qui descendent et qui rôdent. L'autre nuit, il y en a un qui m'a réveillée en arrivant en pleine nuit. Il était 2 heures.

Marino allume une cigarette. Nous suivons Kiffin le long d'un chemin bordé de sapins, envahi par la végétation et couvert de neige piétinée, longeant de vieux camping-cars penchés comme des bateaux sur le point de sombrer. Près d'une table de pique-nique traîne un ballot d'affaires qui ressemble à un tas d'ordures qu'on aurait négligé de jeter. Mon regard s'arrête sur quelque chose d'inattendu : une collection d'objets hétéroclites, certains en bon état — poupées, livres de poche —, des draps, deux taies d'oreillers, une couverture, une poussette double. Tout est sale et trempé, oublié dehors, à l'abandon. Des fragments d'emballages plastique lacérés sont éparpillés un peu partout, assez semblables à celui que j'ai retrouvé collé dans le dos de la première victime brûlée. De minces lanières de plastique blanc, bleu et orange vif, déchirées avec minutie.

— Quelqu'un est parti en vitesse, commente Marino. (Kiffin m'observe.) Peut-être même sans payer sa note ? reprend-il.

— Oh, non. (Elle a l'air pressée de gagner le petit motel miteux qui se dresse derrière les arbres.) Ils ont payé d'avance, comme tout le monde. Une famille avec deux petits gosses qui campaient sous une tente, et puis tout à coup, ils ont filé. Je sais pas pourquoi ils ont laissé tout ça. Surtout qu'il y a des trucs bien, comme la poussette des petits. Evidemment, après, il a neigé sur tout.

Une rafale de vent éparpille les fragments d'emballage comme des confettis. Je m'approche et retourne une taie d'oreiller du bout du pied. Une odeur âcre et aigre me monte aux narines quand je m'accroupis pour y regarder de plus près. Des cheveux — de longs cheveux pâles et très fins sans la moindre pigmentation sont toujours accrochés dessous. Mon cœur fait un bond soudain dans ma poitrine. Je fouille du bout de l'index dans les fragments colorés. Le plastique est souple, mais solide, il ne se déchire pas facilement, sauf au niveau des bords soudés de l'emballage. Certains sont assez grands et facilement reconnaissables, comme ce morceau d'enveloppe qui entourait une barre chocolatée caramel-cacahuètes PayDay. Je distingue même l'adresse du site web des Chocolats Hershey. Un poil court, noir, adhère à la couverture, un poil pubien. Et d'autres longs cheveux pâles.

— Des barres chocolatées PayDay, dis-je à Marino. (Je regarde Kiffin en ouvrant ma sacoche.) Il y a un amateur, dans le coin, quelqu'un qui déchire les emballages ?

— Eh bien, ça vient pas de chez nous.

Comme si nous les avions accusés, elle ou Zack et son goût pour les sucreries.

Je n'apporte ma mallette en aluminium sur les lieux d'un crime que lorsqu'il y a une victime. Mais j'ai toujours dans ma sacoche un nécessaire d'urgence, un sac à congélation qui contient entre autres choses des gants jetables, des sachets à indices, des Coton-Tige, un petit flacon d'eau distillée et un kit GSR qui permet de collecter d'éventuels résidus de poudre. J'ôte le capuchon du kit. Ce n'est rien de plus qu'un tube en plastique transparent muni d'une extrémité adhésive qui me permet de recueillir trois poils sur l'oreiller et deux sur la couverture. Je scelle le tout dans un petit sachet à indices en plastique transparent.

— Ça vous embête pas que je vous demande pourquoi vous faites ça ? demande Kiffin.

— Je crois que je vais faire empaqueter toutes ces saloperies, tout le campement, et l'envoyer au labo, Doc.

Marino est brusquement très calme, comme un joueur de poker expérimenté. Il sait comment s'occuper de Kiffin, qui en a besoin. Marino n'ignore pas non plus que les individus affligés d'hypertrichose ont des poils caractéristiques, très fins, non pigmentés, rudimentaires, comme des cheveux de bébé. A ceci près que les cheveux de bébé ne mesurent pas dix à douze centimètres, comme ceux que Chandonne a laissés sur les lieux de ses crimes. Jean-Baptiste Chandonne aurait-il séjourné dans ce camping ?

— Vous dirigez tout ça toute seule ? demande Marino à Kiffin.

— En gros, oui.

— Quand est-ce que les campeurs sont partis ? C'est pas vraiment un temps pour vivre sous la tente.

— Ils étaient là juste avant qu'il neige. En fin de semaine dernière.

— Vous avez su pourquoi ils étaient partis si précipitamment ? continue de la sonder Marino du même ton doucereux.

— J'ai pas eu de nouvelles.

— Il va falloir qu'on regarde de plus près ce qu'ils ont laissé.

Kiffin souffle sur ses mains pour se réchauffer et croise les bras sur sa poitrine, tournant le dos au vent. Elle contemple sa maison, se demandant sans doute quel genre d'ennuis l'attend cette fois. Marino me fait signe de le suivre.

— Attendez ici, lui dit-il. On revient tout de suite. Faut juste que j'aille chercher un truc dans mon pick-up. Touchez à rien, d'accord ?

Elle nous suit du regard. Marino et moi discutons à voix basse. Quelques heures avant que Chandonne ne surgisse sur le pas de ma porte, Marino avait passé la région au crible avec l'aide de l'équipe d'urgence. Ils avaient découvert la tanière du tueur à Richmond, une grande demeure en travaux au bord de la James River, tout près de mon quartier. Notre hypothèse étant que Chandonne minimisait ses sorties durant la journée, il paraissait logique que personne n'ait remarqué ses allées et venues. Jamais nous n'avions envisagé qu'il pouvait avoir une autre cachette. Jusqu'à aujourd'hui.

Marino ouvre sa portière et passe la main sous la banquette arrière, là où est dissimulé son fusil à pompe.

— Vous croyez qu'il a fait peur aux campeurs pour piquer leur tente ? Parce qu'il faut que je vous dise, Doc. Il y a un truc qu'on a remarqué quand on est entré dans la maison près de la James River : des emballages de bouffe partout. Des tas de papiers de barres chocolatées. (Il sort une boîte à outils rouge et referme la portière.) Comme s'il adorait les trucs sucrés.

Durant l'interrogatoire vidéo, j'ai remarqué l'invraisemblable quantité de soda que descendait Chandonne.

— Vous rappelez-vous des marques ?

— Des barres de Snickers. Je me rappelle pas s'il y avait des PayDay. Mais des trucs sucrés. Et des cacahuètes. Des petits sachets de cacahuètes Planter's pour l'apéritif, et maintenant que j'y repense, tous les sachets étaient déchirés.

— Mon Dieu. Peut-être est-il hypoglycémique ?

J'essaie de rester professionnelle, clinique, pour ne pas perdre contenance et me laisser envahir par la peur panique que je sens monter.

— Mais qu'est-ce qu'il foutait par ici ? dit Marino. Et comment il y est arrivé ? Peut-être qu'il avait une voiture, finalement.

Il ne cesse de regarder dans la direction de Kiffin, pour s'assurer qu'elle ne tripote rien sur ce campement désormais considéré comme une scène de crime.

— Avez-vous découvert un véhicule dans la maison où il se cachait ?

Kiffin nous regarde revenir, emmitouflée dans son blouson rouge, son haleine se condensant en petits nuages dans l'air glacé.

— Les gens qui possèdent cette maison n'y laissaient pas leurs bagnoles pendant les travaux, me dit Marino à voix basse. Peut-être qu'il en a volé une et l'a garée dans un endroit discret. Bon, mais j'étais parti du principe que ce tordu savait même pas conduire, étant donné qu'il a surtout vécu au fond d'une cave à Paris.

— Oui, encore des hypothèses fausses !

Chandonne a prétendu conduire l'une de ces motos vertes qui nettoient les trottoirs parisiens. Je ne l'ai pas cru, mais peut-être existe-t-il un fond de vérité dans tout cela.

Nous sommes revenus à la table de pique-nique, et Marino ouvre sa boîte à outils. Il en sort des gants de travail en cuir, les enfile, puis déplie plusieurs sacs-poubelle industriels que je tiens ouverts. Nous en remplissons trois, et il en découpe un quatrième pour envelopper la poussette. Ce faisant, il explique à Kiffin que quelqu'un a peut-être fait peur aux campeurs qui séjournaient sous la tente, ne serait-ce que pour y passer une seule nuit. Se souvient-elle d'une chose inhabituelle, un véhicule inconnu était-il garé dans les environs avant samedi dernier ? Il lui pose toutes ces questions comme s'il ne lui venait pas un instant à l'esprit qu'elle puisse dissimuler la vérité.

Kiffin ne nous est d'aucune aide. Elle prétend n'avoir rien constaté d'inhabituel, sauf qu'un matin elle est sortie chercher du bois, a remarqué que la tente avait disparu, et que les affaires de la famille étaient restées, du moins une partie. Elle ne le jurerait pas, mais plus Marino la questionne, plus elle croit avoir remarqué que la tente n'était plus là dès vendredi dernier, vers 8 heures du matin. Chandonne a tué Diane Bray le jeudi soir. Aurait-il filé ensuite se cacher dans le comté de James City ? Je l'imagine pénétrant dans la tente occupée par un couple et ses deux petits enfants. Il y avait de quoi paniquer, sauter dans sa voiture et décamper sans prendre la peine de faire les bagages.

Les sacs-poubelle sont stockés à l'arrière du pick-up. Kiffin attend que nous ayons terminé nos rangements, les mains enfoncées dans les poches de sa veste, le visage rosi par le froid. Le motel est juste en face de nous, derrière les sapins, petit bâtiment blanc de deux étages en forme de boîte à chaussures, dont les portes sont peintes d'un vert foncé. Derrière s'étendent d'autres bois, puis un large étang qui naît de la James River.

— Combien de personnes vous avez, en ce moment ? demande Marino à la femme qui gère cet infâme piège à touristes.

— Là, maintenant ? Dans les treize, sauf s'il y en a qui sont partis. Des tas de gens laissent leur clé dans la chambre. Je me rends compte qu'ils sont partis que quand je monte faire le ménage. Dites, j'ai laissé mes cigarettes chez moi, lui dit-elle sans le regarder. Ça vous embête pas ?

Marino pose sa boîte à outils sur le chemin. Il secoue son paquet pour en sortir une cigarette et lui donne du feu. Sa lèvre supérieure se plisse comme du papier crépon tandis qu'elle aspire la fumée et la souffle du coin de la bouche. J'ai à nouveau une irrésistible envie de fumer. Mon coude fracturé se plaint du froid. Je n'arrête pas de penser à la famille de campeurs et à la terreur qu'elle a dû éprouver — si tant est que notre nouveau scénario se révèle exact. Si Chandonne s'est précipité ici directement après avoir tué Bray, qu'a-t-il fait de ses vêtements, vraisemblablement maculés de sang ? Est-il concevable qu'il ait quitté la maison de Bray pour débouler ici, ensanglanté, avant d'effrayer les campeurs, tout cela sans que personne n'appelle la police ni ne dise rien à âme qui vive ?

— Combien de personnes étaient ici avant-hier soir, quand le feu s'est déclaré ? demande Marino en ramassant sa boîte à outils et en reprenant son chemin.

— Je sais combien sont arrivés, dit-elle, très vague. Mais je sais pas qui était encore là. Il y a eu onze nouveaux, lui compris.

J'interviens :

— Y compris l'homme qui est mort dans l'incendie ?

— C'est ça, fait Kiffin en me jetant un regard.

— Racontez-moi son arrivée, dit Marino. Vous avez vu sa voiture ralentir devant chez vous, comme la nôtre ? J'ai l'impression que les voitures viennent se garer juste devant chez vous.

Elle secoue la tête.

— Non, monsieur. J'ai pas vu de voiture. Y a eu un coup à la porte et j'ai ouvert. J'y ai dit d'aller à la porte à côté, celle du bureau. C'était un type pas mal, bien mis, pas le genre habituel, ça, c'est clair comme le jour.

— Il vous a dit son nom ? demande Marino.

— Il a payé cash.

— Donc, quand on vous paie en liquide, vous ne demandez pas de remplir les formulaires.

— Ils peuvent s'ils veulent. C'est pas obligé. J'ai un carnet à souche qu'on peut remplir, et je donne la feuille comme reçu. Il a dit qu'il en voulait pas.

— Il avait un accent, quelque chose ?

— Il faisait pas de la région.

— Vous pourriez dire d'où il était ? Du Nord ? Etranger, peut-être ? continue Marino.

Elle regarde autour d'elle en tirant sur sa cigarette et en réfléchissant. Nous la suivons sur le chemin boueux qui conduit au parking du motel.

— Pas du Sud, décide-t-elle. Mais il faisait pas étranger. Vous savez, il a pas dit grand-chose. Le minimum. J'ai eu une impression, vous savez. Comme qui dirait qu'il était pressé et un peu inquiet, et ça, il était pas bavard.

Tout cela paraît complètement inventé. Elle a même changé de ton.

— Il y a des gens qui habitent ces mobil-homes ? demande Marino.

— Je les loue. Les gens viennent plus avec leurs camping-cars, en ce moment. C'est pas la saison.

— Quelqu'un vous loue, en ce moment ?

— Non, j'ai personne.

Un fauteuil à la tapisserie déchirée attend à côté d'un distributeur de Coca et du téléphone à pièces, juste devant le motel. Plusieurs voitures sont garées, des américaines, pas toutes jeunes. Une Granada, une LTD, une Firebird. Mais je ne vois personne aux alentours, aucun propriétaire potentiel. Je demande :

— Quel genre de clients avez-vous en cette saison ?

— Toutes sortes.

Nous traversons le parking pour gagner le côté sud du bâtiment.

Je scrute l'asphalte mouillé.

— Des gens qui s'entendent pas. Y en a beaucoup, à cette époque de l'année. Des gens qui s'engueulent, alors il y en a un qui s'en va ou qui se fait jeter dehors et qui a besoin d'un toit. Ou alors des gens qui voyagent un bout de chemin pour rendre visite à leur famille et à qui il faut une chambre pour la nuit. Ou alors, quand la rivière déborde, comme l'autre fois, il y a des gens qui viennent parce que je tolère les animaux. Et puis j'ai des touristes.

— Des gens qui visitent Williamsburg et Jamestown ?

— Pas mal de gens viennent voir Jamestown. Ça attire du monde, depuis qu'ils ont commencé à déterrer les tombes, là-bas. C'est drôle comme y sont, les gens.

XXII

La chambre 17 est tout au bout, au premier, isolée d'un ruban jaune vif. L'endroit est éloigné, à l'orée de la dense forêt qui isole le motel de la Route 5.

Ce sont les fragments et les débris de végétation qui pourraient se trouver sur le goudron juste devant la chambre, où les premiers secours ont traîné le corps, qui m'intéressent. De la poussière, des morceaux de feuilles mortes et des mégots s'y sont accumulés. Le petit bout d'emballage de barre chocolatée trouvé sur le dos du cadavre provient-il de la chambre ou du parking ? Dans le premier cas, cela pourrait indiquer qu'il était resté collé aux chaussures de l'assassin, lorsque celui-ci a traversé ou longé le campement abandonné avant le meurtre, à moins que ce morceau de papier n'ait été dans la chambre, apporté par Mme Kiffin quand elle est venue faire le ménage après le départ du précédent client. Les indices vous jouent des tours. Finalement, c'est surtout leur origine qui compte, bien plus que l'endroit où on les retrouve. Ainsi, des fibres prélevées sur un cadavre peuvent provenir de l'assassin, qui les aura ramassées sur une moquette où quelqu'un d'autre les aura déposées après les avoir récoltées sur le siège d'une voiture occupé par une tierce personne.

Kiffin cherche une clé dans son trousseau et je demande :

— A-t-il demandé une chambre en particulier ?

— Il en voulait une tranquille. Je lui ai donné la 17, parce qu'elle est isolée. Qu'est-ce que vous vous êtes fait au bras ?

— J'ai dérapé sur la glace.

— Oh, c'est pas de chance. Vous allez devoir porter ce plâtre longtemps ?

— Plus tellement.

— Il vous a donné l'impression d'être accompagné ? intervient Marino.

— J'ai vu personne d'autre...

Son ton, lorsqu'elle s'adresse à Marino, est sec. Elle est plus aimable avec moi. Je sens son regard sur moi et j'ai la désagréable impression qu'elle m'a vue en photo dans les journaux, ou à la télévision.

— ... Quel genre de docteur vous m'avez dit que vous étiez ?

— Je suis médecin légiste.

Son visage s'éclaire :

— Oh. Comme Quincy. J'adorais cette série. Vous vous rappelez l'épisode où il débite toute la vie de quelqu'un rien qu'en regardant un os ? (Elle tourne la clé dans la serrure, pousse la porte, et un souffle d'air empuanti de l'âcre odeur de brûlé nous accueille.) J'ai trouvé ça stupéfiant. La race, le sexe, même sa profession, sa taille, et puis le moment et la manière exacts qu'il est mort, rien qu'avec un tout petit os...

La porte s'ouvre sur la chambre souillée d'une suie noire et grasse. La femme s'efface pour nous laisser passer :

— ... Je peux pas vous dire combien ça va me coûter. L'assurance couvre même pas ces trucs-là. Jamais. Saloperies d'assureurs.

— Je vais vous demander d'attendre dehors, lui dit Marino.

La forme du grand lit se découpe dans la chiche clarté diurne qui filtre par l'entrée. Le feu a rongé le matelas jusqu'aux ressorts et creusé un cratère au milieu. Marino allume sa torche, dont le faisceau lumineux parcourt la chambre, balayant d'abord le placard juste à ma droite, près de l'entrée. Deux cintres tordus pendouillent sur la tringle en bois. La salle de bains s'ouvre sur la gauche et une commode se dresse le long du mur, en face du lit. Il y a quelque chose dessus. Un livre ouvert. Marino s'approche pour l'éclairer.

— Une bible, m'informe-t-il.

Le pinceau de lumière se déplace à l'autre bout de la chambre, frôle deux fauteuils, une petite table devant une fenêtre et la porte de derrière. Marino tire les rideaux et un pâle soleil s'infiltre dans la pièce. Seul le lit a été atteint par l'incendie. Il s'est consumé lentement en produisant une grande quantité de fumée. Tout le reste est couvert de suie : une aubaine inattendue pour un légiste. Je m'exclame, ravie :

— Toute la chambre est enfumée.

— Hein ?

Marino continue de balayer la pièce de sa torche pendant que je sors mon portable. De toute évidence, Stanfield n'a pas tenté de retrouver des empreintes sous cette crasse carbonisée, mais je ne lui en veux pas : pour la plupart des enquêteurs, l'intense fumée et la suie ne peuvent que les faire disparaître. En fait, c'est tout le contraire. La chaleur et la suie ont tendance à fixer les empreintes. Il existe même une vieille méthode de laboratoire appelée « fumage ». On la réserve aux matériaux non poreux comme le métal poli, qui tend à avoir des propriétés antiadhésives lorsqu'on utilise des poudres révélatrices traditionnelles. Si les empreintes digitales restent sur une surface, c'est parce que les reliefs des doigts et de la paume sont enduits de sécrétions grasses résiduelles. Ce sont elles qui se retrouvent sur une poignée de porte, un verre, une vitre. La chaleur les ramollit, ce qui permet à la fumée et la suie d'y adhérer. En refroidissant, elles se solidifient, et il suffit d'épousseter délicatement la suie, comme on procéderait avec une poudre traditionnelle. Avant l'utilisation de la fumée de Super Colle et de sources de lumière alternatives, il arrivait souvent que l'on révèle les empreintes en brûlant des copeaux de sapin, du camphre ou du magnésium. Il se peut très bien que cette patine de suie recouvre une pléthore d'empreintes déjà fixées.

J'appelle Neils Vander, le chef du service des empreintes digitales, à son domicile, afin de lui exposer la situation, et il se propose immédiatement de se rendre à l'hôtel, deux heures plus tard. Marino a d'autres préoccupations : son attention est attirée par un point au-dessus du lit, qu'il éclaire de sa torche.

— Merde, murmure-t-il. Doc, vous pouvez venir jeter un coup d'œil ?

Le faisceau de sa lampe est immobile sur deux tire-fond noircis de suie vissés dans le plafond, à un mètre d'écart. Il appelle Kiffin.

Elle passe la tête dans la pièce et suit le pinceau de lumière.

— Vous savez pourquoi il y a ces anneaux au plafond ? lui demande-t-il.

Elle fait une drôle de tête et hausse la voix, comme chaque fois qu'elle veut rester vague, sans doute.

— Jamais vu ça. Je me demande d'où ça sort.

— La dernière fois que vous êtes entrée ici, c'était quand ? demande Marino.

— Un ou deux jours avant qu'il arrive. Quand j'ai fait le ménage après le précédent occupant.

— Ils y étaient, ces anneaux ?

— Si c'est le cas, j'ai pas remarqué.

— Mme Kiffin, ne vous éloignez pas, au cas où nous aurions d'autres questions.

Marino et moi mettons des gants. Il écarte les doigts, le latex claque. La fenêtre de derrière donne sur une piscine remplie d'eau croupissante. En face du lit se trouve une petite télévision Zenith scellée à son pied. Une notice collée à l'appareil rappelle aux clients de l'éteindre avant de sortir. La chambre est assez conforme à la description qu'en a donnée Stanfield, mais il n'a pas parlé de la bible ouverte sur la commode, ni de la prise électrique à droite du lit, près de laquelle gisent deux fils débranchés, celui de la lampe de chevet et celui du radioréveil d'un modèle ancien, sans affichage digital. Quand on l'a débranché, les aiguilles indiquaient 15 h 32. Marino demande à Kiffin de revenir.

— A quelle heure vous dites qu'il est arrivé ?

— Oh, vers 15 heures. (Elle reste sur le seuil, le regard vide, fixé sur le réveil.) On dirait qu'il a débranché le réveil et la lampe, non ? C'est bizarre, à moins qu'il ait eu besoin de la prise pour brancher autre chose. Ces gens-là ont souvent des ordinateurs portables.

— C'était le cas ? demande Marino.

— Je n'ai rien remarqué, à part des clés de voiture et son portefeuille.

— Vous n'aviez pas parlé d'un portefeuille. Vous l'avez vu ?

— Il l'a sorti pour me payer. Cuir noir, je me rappelle. Le genre beau, qui coûte de l'argent, comme toutes ses affaires. C'était peut-être du crocodile, ajoute-t-elle.

— Combien il vous a payée, et avec quels billets ?

— Un billet de cent et quatre de vingt. Il m'a dit de garder la monnaie. Le total faisait cent soixante dollars et soixante-dix cents.

— Ah, oui. 1607 spécial, lâche Marino.

Il n'aime pas Kiffin. En tout cas, il ne lui fait pas confiance pour un sou, mais n'en laisse rien paraître... Il pourrait même me bluffer, si je ne le connaissais pas si bien.

— Vous avez un escabeau quelque part ?

Elle hésite.

-— Ouais, je crois.

Mme Kiffin repart, laissant la porte grande ouverte.

Marino s'accroupit pour examiner la prise et les cordons débranchés.

— Vous croyez qu'ils ont branché le pistolet à chaleur là-dessus ? réfléchit-il à haute voix.

— C'est possible. A condition qu'il s'agisse bien d'un tel instrument.

— Moi, j'm'en sers pour dégeler les tuyauteries et dégager les marches de chez moi en hiver. Ça marche impec. (Il éclaire sous le lit avec la torche.) Jamais encore eu d'affaire où on s'en serait servi sur quelqu'un. Bordel de merde ! On a dû sacrément bien le bâillonner pour que personne l'entende. Je me demande pourquoi ils ont débranché les deux, la lampe et le réveil ?

— Pour ne pas trop tirer sur les fusibles, peut-être ?

— Ouais, peut-être, faut dire que dans ce genre de boui-boui ! C'est à peu près la même puissance qu'un sèche-cheveux, un pistolet à chaleur. Et un sèche-cheveux, ça ferait sûrement disjoncter toute la baraque, ici.

Je m'approche de la commode pour examiner la bible. Elle est ouverte aux sixième et septième chapitres de l'Ecclésiaste. Les pages sont couvertes de suie alors que la surface du meuble sous le livre est intacte ; elle était donc déjà ainsi lorsque le feu s'est déclaré. Reste à savoir si la bible était ouverte avant que la victime n'arrive. Du reste, appartient-elle à la chambre ? Mon regard parcourt la page et s'arrête sur le premier vers du septième chapitre.

« Mieux vaut le renom que l'huile exquise et le jour de la mort que le jour de la naissance. »

Je le lis au profit de Marino, en précisant que le chapitre traite de la vanité.

— Ça va bien avec des trucs de pédés, non ? commente-t-il.

Un raclement d'aluminium annonce le retour de Kiffin. Elle pénètre dans la chambre dans un courant d'air hivernal. Marino s'empare de l'escabeau tordu et taché de peinture. Il y grimpe afin d'éclairer les anneaux de plus près.

— Putain, faut que je m'achète des nouvelles lunettes. J'y vois rien du tout, annonce-t-il pendant que je maintiens l'escabeau.

— Vous voulez que je regarde ?

— Allez-y.

Il redescend.

Je sors une petite loupe de ma sacoche et je monte à mon tour. Il me tend la lampe et j'inspecte les tire-fond. Pas la moindre fibre. Le gros problème consiste à préserver un type d'indice sans en détruire un autre. Dans le cas présent, nous en avons trois sortes : les empreintes, les fibres et les traces d'outils. Si on applique de la poudre pour révéler les empreintes, on risque de perdre les fragments éventuels de fibres provenant de la corde passée dans les anneaux, que l'on ne peut pas dévisser à l'aide de pinces sans risquer de faire des marques qui s'ajouteront à celles laissées par l'outil initial. Mais le pire, c'est, bien sûr, d'effacer par mégarde des empreintes. L'éclairage de la chambre et ma position en haut de l'escabeau sont tellement mauvais que nous ne devrions rien tenter sur place. Une idée me vient.

— Vous pouvez me passer deux sachets ? Et du Scotch.

Il me tend deux petits sacs en plastique transparent. J'y fourre chacun des tire-fond, puis scotche l'ouverture en prenant bien garde de ne toucher ni l'anneau ni le plafond. Je redescends pendant que Marino ouvre sa caisse à outils.

— Ça m'embête de faire ça, dit-il à Kiffin, qui attend toujours sur le seuil, les mains enfoncées dans les poches pour se réchauffer. Mais il va falloir que je découpe votre plafond.

— Pour ce que ça changera, au point où on en est, se résigne-t-elle, à moins qu'il ne s'agisse d'indifférence. Allez-y.

Ce qui me sidère, c'est la propagation de la combustion, si lente, sans flammes. Là, je suis vraiment coincée. Je demande à Kiffin quel genre d'alèse couvrait le lit.

— Eh bien, une verte, assure-t-elle. Le dessus de lit était vert foncé, un peu comme la couleur des portes. Et les draps étaient blancs.

— Vous savez en quelle matière ils étaient ?

— Oh, le dessus de lit, c'était sûrement du polyester.

Le polyester est tellement combustible que je m'interdis de porter du synthétique quand je prends l'avion, en cas d'atterrissage en catastrophe et de début d'incendie. Autant s'arroser d'essence. S'il y avait un couvre-lit en polyester quand on y a mis le feu, la chambre avait toutes les chances de partir en flammes, et très vite.

— D'où viennent les matelas ?

Elle hésite. Elle ne veut pas me le dire, puis se résigne à avouer ce qui me semble la vérité.

— Eh bien, les neufs coûtent affreusement cher. Je les achète plutôt d'occasion, quand je peux.

— Où ça ?

— A la prison qu'on a fermée à Richmond, il y a quelques années.

— Spring Street ?

— C'est ça. Mais je n'achète pas quelque chose où je ne voudrais pas dormir moi-même, se défend-elle. Les derniers que j'ai eus viennent de là-bas.

Ce qui pourrait expliquer sa résistance aux

flammes, puisque les matelas de prisons ou d'hôpitaux sont ignifugés. Celui qui a mis le feu n'avait aucune raison de s'en douter. De surcroît, il est logique de penser que l'incendiaire ne s'est pas suffisamment attardé pour se rendre compte que le feu s'était éteint de lui-même.

— Madame Kiffin, y a-t-il une bible dans chaque chambre ?

— C'est la seule chose qu'y volent pas.

Elle évite ma question, soupçonneuse à nouveau.

— Savez-vous pourquoi celle-ci est ouverte à l'Ecclésiaste ?

— Je m'embête pas à les ouvrir. Je les laisse sur la commode. C'est pas moi qui l'ai ouverte. (Elle hésite, puis :) Il a dû être assassiné, sinon tout le monde se donnerait pas autant de mal.

— Nous devons examiner toutes les possibilités, lui fait remarquer Marino en remontant sur l'escabeau, armé d'une petite scie bien utile dans ce genre de situations, parce que ses dents sont renforcées et droites.

Elles peuvent couper *in situ* des portions de moulures, de plinthes, de tuyaux ou, en l'occurrence, de solives.

— Les affaires sont mauvaises, dit Mme Kiffin. Je suis toute seule parce que mon mari est constamment sur les routes.

Je demande :

— Quelle est sa profession ?

— Il est routier chez Overland Transfer.

Marino entreprend d'enlever les dalles du faux plafond autour de celles où sont vissés les tire-fond.

— Il ne doit pas être souvent à la maison, dis-je.

Sa lèvre tremble imperceptiblement et son regard se fait douloureux.

— Il manquait plus qu'un meurtre. Oh, mon Dieu, ça va me causer un de ces torts.

— Doc, ça ne vous embête pas de me tenir la torche ? demande Marino, qui n'a pas très envie de répondre à son brusque besoin de compassion.

— Un meurtre cause toujours du tort à beaucoup de gens. (Je braque la lampe sur le plafond tout en maintenant l'escabeau de mon bras valide.) C'est une triste et injuste vérité, madame Kiffin.

Marino commence à couper. De la sciure tombe lentement.

— J'ai jamais eu un seul mort chez moi, continue-t-elle à gémir. Il peut rien arriver de pire à un hôtel.

— Allez, fait Marino par-dessus le bruit de la scie. La publicité vous amènera sûrement du monde.

Elle lui balance un regard torve.

— Ben, ce genre de monde, je préfère pas.

Je reconnais la partie du mur contre laquelle a été dressé le corps d'après les photos que m'avait montrées Stanfield, et en déduis approximativement l'endroit où on a retrouvé les vêtements. L'homme devait être nu sur le lit, les bras maintenus par la corde passée par les anneaux du plafond, peut-être à genoux ou même assis — juste légèrement soulevé. Mais la position de crucifixion et un bâillon gênent sa respiration. Il halète, il suffoque. La panique et la douleur affolent son rythme cardiaque. Il voit quelqu'un brancher le pistolet à chaleur. Un souffle d'air brûlant s'en échappe lorsqu'on appuie sur la détente. Je n'ai jamais compris l'appétence humaine pour la torture. Je connais sa dynamique, je sais qu'il s'agit avant tout de contrôle, du summum de l'abus de pouvoir. Mais comment peut-on y trouver une justification, une satisfaction, et encore pire, un plaisir sexuel ?

Je me sens mal. Mon cerveau se hérisse, mon pouls m'échappe. Je suis en nage sous mon manteau, alors qu'il fait assez froid dans la chambre pour que nos haleines se condensent.

— Madame Kiffin, dis-je pendant que Marino continue de scier. Cinq jours — un tarif spécial affaires ? A cette époque de l'année... ?

Je m'interromps en découvrant la confusion qui se peint sur son visage. Elle n'est pas moi. Elle ne voit pas ce que je vois. Elle ne peut même pas imaginer l'horreur que je reconstitue et qui défile devant mes yeux, à cet instant, dans cette chambre de motel bon marché avec son matelas de récupération.

— ... Pourquoi aurait-il réservé pour cinq jours, la semaine de Noël ? A-t-il dit quelque chose concernant la raison de son séjour ici, ce qu'il faisait, d'où il venait ? Hormis le fait que, selon vous, il n'avait pas l'air de la région ?

— Je pose pas de questions. (Elle regarde Marino travailler.) Je devrais peut-être. Il y a des gens très bavards qui vous en disent plus que vous voudriez. Et d'autres qui ne veulent pas qu'on se mêle de leurs affaires.

— Mais quelle impression vous a-t-il donnée ?

— En tout cas, Mr. Cacahuètes l'aimait pas.

— Qui c'est, ça, Mr. Cacahuètes ? demande Marino, occupé avec une des dalles encore fixées par un tire-fond à un morceau de poutre de dix centimètres.

— Notre chienne. Vous l'avez sûrement remarquée en arrivant. Je sais que c'est un drôle de nom pour une femelle qui a fait autant de petits, mais c'est Zack qui l'a baptisée. Mr. Cacahuètes a aboyé comme une dingue quand ce type s'est pointé à la porte. Elle voulait pas s'en approcher, elle avait le poil tout hérissé.

— Peut-être y avait-il quelqu'un d'autre que vous n'avez pas vu ?

— Possible, madame.

La seconde dalle tombe, et l'escabeau tremble sous la descente de Marino. Il tire un rouleau de Cellophane de sa caisse à outils et emballe soigneusement les deux dalles. Je me dirige vers la salle de bains. Tout y est d'un blanc institutionnel. Le meuble du lavabo est creusé de brûlures jaunâtres, sans doute laissées par les cigarettes allumées des clients qui se lavent, se maquillent ou se coiffent. Je repère quelque chose que Stanfield a omis. Un bout de fil dentaire pend dans les toilettes. Il repose sur le bord de la cuvette, coincé sous la lunette. Je le ramasse d'une main gantée. Il mesure une trentaine de centimètres, une grande partie est mouillée et le milieu taché de rouge, comme si quelqu'un avait saigné des gencives en se nettoyant les dents. Ma trouvaille n'est pas totalement sèche, aussi est-il préférable de la préserver dans un carré de Cellophane. Nous allons sûrement trouver de l'ADN, mais de qui provient-il ?

Lorsque Marino et moi retournons à son pick-up, il est presque 1 h 30. Mr. Cacahuètes file hors de la maison quand Mme Kiffin entrouvre sa porte. La chienne fonce après la voiture en aboyant. Dans le rétroviseur, la femme crie après l'animal, en tapant rageusement dans ses mains :

— Reviens ici tout de suite ! Ici !

— Un tordu qui s'interrompt durant sa séance de torture pour se curer les dents ? commence Marino. Mais qu'est-ce que ça veut dire ? A tous les coups, ce truc traîne dans les toilettes depuis Noël dernier.

Mr. Cacahuètes est arrivée à la hauteur de ma portière, et le pick-up cahote sur le chemin creusé d'ornières qui rejoint la Route 5 à travers bois.

— Reviens ici ! beugle Kiffin en redescendant les marches.

— Foutu cabot, râle Marino.

— Arrêtez !

Si ça continue comme cela, nous allons finir par heurter la pauvre bête.

Marino écrase le frein et nous pilons net. Mr. Cacahuètes bondit le long de la voiture en aboyant et sa tête apparaît et disparaît devant ma vitre.

— Qu'est-ce qui se passe ?

Incroyable ; cette chienne s'intéressait à peine à nous, quand nous sommes arrivés.

— Reviens ici ! crie Kiffin en courant après la chienne.

Derrière elle, un enfant surgit sur le seuil. Pas le petit gamin que nous avons vu tout à l'heure, mais un autre, presque aussi grand qu'elle.

Je descends de voiture et Mr. Cacahuètes frétille de

la queue en me flairant la main. La pauvre bête est crasseuse et empeste. Je l'empoigne par le collier et la pousse vers sa maîtresse, mais elle ne veut pas me quitter.

— Allez, lui dis-je. Retourne chez toi avant de te faire rouler dessus.

Kiffin arrive à grandes enjambées, congestionnée de rage. Elle tape brutalement le crâne du chien qui gémit, la queue entre les jambes.

— Tu vas te décider à obéir, d'accord ? grince Kiffin en agitant un doigt menaçant. Rentre !

Mr. Cacahuètes se réfugie derrière moi.

— Rentre !

La chienne s'assied derrière moi et se blottit contre ma jambe. Le jeune homme que j'ai aperçu sur le seuil a disparu, mais Zack surgit sous le porche. Il porte un jean et un sweat-shirt beaucoup trop grands.

— Viens là, Cacahuètes ! chantonne-t-il en claquant des doigts.

Il a l'air aussi effrayé que la chienne.

— Zack ! Ne m'oblige pas à te répéter de garer tes fesses. Rentre à la maison ! lui crie sa mère.

Cruauté. Si nous partons, la chienne se fera battre. L'enfant aussi, peut-être. Bev Kiffin est une femme frustrée, hors d'elle. La vie l'a rendue impuissante, et à l'intérieur elle bouillonne de dépit et de colère devant toute cette injustice. A moins qu'elle ne soit tout simplement mauvaise et que cette pauvre Mr. Cacahuètes coure après la voiture parce qu'elle espère que nous l'emmènerons, que nous la sauverons. Assez ! Assez avec ces fantasmes !

De cette voix calme, pleine d'autorité — cette voix glaciale, si glaciale que je réserve aux gens à qui j'ai décidé de flanquer la trouille, j'ordonne :

— Madame Kiffin, si vous touchez encore à Mr. Cacahuètes, que ce soit gentiment. Je n'aime pas du tout les gens qui font souffrir les animaux...

Son visage s'assombrit de colère. Mon regard se rive à ses iris.

— ... Il y a des lois qui répriment la cruauté envers les animaux, madame Kiffin. De surcroît, frapper Mr. Cacahuètes n'est pas un exemple à donner à vos enfants.

Je lui fais comprendre que j'ai repéré son deuxième fils, dont elle avait omis de nous parler.

Elle recule, tourne les talons et regagne la maison. Mr. Cacahuètes est toujours assise, la tête levée vers moi.

— Retourne chez toi, lui dis-je, le cœur serré. Allons, ma chérie, il faut que tu rentres.

Zack descend les marches et court vers nous. Il la prend par le collier, s'accroupit et la caresse derrière les oreilles en lui parlant.

— Sois gentille, mets pas maman en colère, Mister Cacahuètes. Allons. (Il lève les yeux vers moi.) Elle est pas contente parce que vous emportez sa poussette.

Je ne laisse rien voir du choc que me cause sa dernière phrase. Je me baisse pour caresser Mr. Cacahuètes en essayant d'oublier cette odeur épouvantable qui me rappelle Chandonne. Une nausée s'empare de moi.

— La poussette est à elle ?

— Quand elle a des petits, je les promène dedans, me dit Zack.

— Pourquoi était-elle là-bas, près de la table de pique-nique, Zack ? Je croyais que c'étaient des campeurs qui l'avaient oubliée.

Il secoua la tête et continue de caresser la vieille chienne.

— Bof. C'est la poussette à Mr. Cacahuètes, hein, Mister Cacahuètes ? Faut que je rentre.

Il se lève en jetant un regard furtif à la porte ouverte.

— Tu vois, Zack, il faut juste qu'on jette un coup d'œil à la poussette de Mr. Cacahuètes, mais je te promets de la rapporter une fois que ce sera fait.

— D'ac !

Il entraîne la chienne, qui résiste un peu. Je les

regarde regagner la maison et refermer la porte, plantée au beau milieu du chemin à l'ombre des sapins, les mains dans les poches, parce que je suis sûre que Bev Kiffin m'observe.

Dans l'univers des rues, on appelle ce genre d'attitude « signifier », faire connaître sa présence. Je n'en ai pas fini, ici. Je reviendrai.

XXIII

Nous prenons vers l'est sur la Route 5 et je m'inquiète de l'heure. Même s'il était en mon pouvoir de faire apparaître l'hélicoptère de Lucy d'un claquement de doigts, je n'arriverais jamais chez Anna pour 14 heures. Je sors de mon portefeuille la carte où Berger a noté ses numéros de téléphone. Elle n'est pas à son hôtel, et je lui laisse un message lui demandant de me prendre à 18 heures. Marino ne dit rien.

Il fixe la route étroite et tortueuse, le pick-up proteste. Il rumine ce que je viens de lui dire sur la poussette. Bien entendu, Bev Kiffin nous a menti.

— Quand je repense à tout ça, putain..., dit-il finalement en secouant la tête. Ça fout les jetons. Comme si des tas d'yeux avaient épié tous nos gestes. Comme si cet endroit était vivant et que personne le savait.

— Elle, elle le sait. Elle sait quelque chose. Elle a tenu à nous dire que ces campeurs avaient oublié la poussette en partant. On ne lui demandait rien. Elle tenait à ce qu'on en soit persuadé. Pourquoi ?

— Ils existent pas, ces gens. Si les poils appartiennent à Chandonne, il va falloir envisager qu'elle l'a laissé séjourner là et que c'est pour cela qu'elle a réagi comme ça.

La vision de Chandonne débarquant dans le bureau de réception du motel et demandant un endroit où passer la nuit dépasse mon entendement. Je n'arrive pas à me l'imaginer. Le Loup-Garou, comme il se surnomme lui-même, ne prendrait pas un tel risque. Son mode opératoire, pour autant que nous le sachions, ne consiste pas à se montrer, sauf lorsque l'envie de carnage le prend. *Pour autant que nous le sachions.* C'est bien là tout le problème. Le fait est que nous en savons moins aujourd'hui qu'il y a deux semaines.

— Il faut qu'on reprenne à zéro, dis-je à Marino. Nous avons dressé le profil de quelqu'un à l'aveuglette, et où cela nous a-t-il menés ? Nous avons fait l'erreur de croire dans notre projection. Eh bien, sa personnalité comporte des dimensions qui nous ont totalement échappé, et quand bien même il est en prison, il n'y est pas...

Marino sort son paquet de cigarettes.

— Vous voyez ce que je veux dire ? Dans notre arrogance, nous avons décrété ce qu'il était. A l'aide de quelques éléments scientifiques, nous avons formulé ce qui n'est en réalité qu'une hypothèse. Une caricature. Ce n'est pas un loup-garou. C'est un être humain et, si maléfique soit-il, sa complexité nous tombe dessus aujourd'hui ! Bordel, mais c'était évident, sur la vidéo. Pourquoi sommes-nous si lents à comprendre ? Je ne veux pas que Vander aille tout seul dans ce motel.

Marino attrape le téléphone :

— Bien vu... Je vais l'accompagner. Vous, vous n'aurez qu'à prendre mon pick-up pour rentrer à Richmond.

— Il y avait quelqu'un d'autre, dans l'embrasure de la porte. Vous l'avez vu ? Quelqu'un de grand.

— J'ai vu personne. Juste le petit gamin — comment il s'appelle, déjà ? Zack. Et la chienne.

— J'ai vu quelqu'un d'autre !

— Je vérifierai. Vous avez le numéro de Vander ?

Vander est déjà en route. Sa femme nous communique son numéro de portable. Les zones résidentielles boisées, au milieu desquelles se nichent de vastes demeures coloniales, défilent devant ma vitre. D'élégantes décorations de Noël brillent à travers les arbres.

— Ouais, y a des merdes bizarres, là-bas, dit Marino à Vander. Alors votre serviteur jouera le rôle du garde du corps.

Il raccroche, et nous restons un moment silencieux. Le souvenir de la nuit dernière investit tout l'habitacle. Je veux qu'il réponde à cette question, et non pas qu'il s'en débarrasse comme hier, devant chez Anna, lorsque je l'ai raccompagné à sa voiture.

— Depuis combien de temps le saviez-vous ? Quand exactement Righter vous a-t-il dit qu'il déclenchait une enquête spéciale du grand jury et quelle était sa raison ?

— Vous n'aviez même pas encore fini sa putain d'autopsie, répond-il en allumant une cigarette. Bray était encore allongée sur votre table, si vous voulez tout savoir ! Righter m'appelle et il me dit, comme ça, qu'il veut pas que vous réalisiez l'autopsie. Alors, je lui demande ce qu'il suggère : que j'aille à la morgue, vous ordonne de lâcher votre scalpel et de lever les mains ? Espèce de connard !...

Il expire la fumée. Ma consternation cède place à l'inquiétude.

— ... C'est pour ça qu'il vous a pas demandé la permission pour venir fouiner autour de chez vous non plus...

Ça, au moins, je l'avais deviné.

— ... Il voulait voir si les flics trouvaient quelque chose, un marteau à piquer, par exemple. En particulier un qui aurait eu dessus des traces du sang de Bray.

Je réponds d'un ton calme et raisonnable, alors que l'angoisse me gagne de plus en plus :

— Celui avec lequel il a tenté de m'attaquer pouvait très bien avoir son sang dessus.

— Ouais, mais le problème, c'est que le marteau avec son sang a été trouvé chez vous, me rappelle Marino.

— Ça tombe sous le sens, puisqu'il l'a apporté pour me massacrer.

— Et en effet, il y a son sang dessus, continue Marino. Ils ont déjà fait l'analyse ADN. Jamais j'ai vu des labos faire aussi vite, et c'est facile de comprendre pourquoi. Le gouverneur surveille tout ce qui se passe — au cas où son chef légiste se révélerait être un assassin dément. (Il tire sur sa cigarette et me jette un regard.) Et puis, y a un autre truc, Doc. Je sais pas si Berger vous en a parlé. Mais le marteau à piquer, celui que vous avez acheté à la quincaillerie, il est introuvable.

— Quoi ?

Je suis incrédule, puis furieuse.

— Donc, le seul qui se trouvait chez vous, c'était celui qui avait le sang de Bray. Un marteau. Trouvé chez vous. Avec le sang de Bray.

Il m'expose sa logique, une certaine réticence dans la voix.

— Mais vous savez pourquoi j'ai acheté ce marteau, réponds-je, comme si c'était lui que je devais convaincre. Je voulais voir si son utilisation était cohérente avec les blessures de Bray. Et il était chez moi. S'il n'y était pas quand vous avez perquisitionné, c'est que quelqu'un l'a pris, ou que vous ne l'avez pas vu.

— Vous vous rappelez où vous l'aviez rangé ?

— Je m'en suis servie sur un poulet, dans la cuisine, pour voir quel type de marques il provoquait sur la chair, et aussi reconstituer les traces abandonnées sur une feuille de papier par le manche enduit d'une substance quelconque.

— Oui, on a trouvé un poulet écrabouillé dans les ordures. Et une taie d'oreiller avec des traînées de sauce barbecue, comme si vous y aviez essuyé ce manche...

Marino écoute mes explications avec attention, rien ne le surprend. Il sait que je fais des expériences un peu inhabituelles lorsque je tente de comprendre ce qui est arrivé à une victime... Il reprend :

— ... Mais pas de marteau. On n'a rien trouvé de tel. Avec ou sans sauce barbecue. Je me demande donc si ce trouduc de Talley l'aurait pas piqué. Peut-être que vous devriez demander à Lucy et Teun de lancer leur petite bande de fouineurs sur ses traces, non ? La première grande enquête de La Dernière Chance. Moi, pour commencer, j'aimerais bien inspecter son compte bancaire, histoire de savoir d'où ce connard tire tout son fric.

Je consulte nerveusement ma montre, calculant et recalculant le temps que nous mettrons avant d'arriver. Le lotissement où habitait Mitch Barbosa est à dix minutes du Fort James Motel. Les maisons en planches grises sont neuves et il n'y a aucune végétation, rien que des langues de terre nue parsemée de touffes de jeunes herbes mortes et de plaques de neige. Des véhicules de police banalisés sont garés côte à côte lorsque nous arrivons : trois Ford Crown Victoria et une Chevrolet Lumina, deux d'entre elles portent des plaques de Washington DC.

— Oh, merde, lâche-t-il en arrêtant le pick-up. Ça sent les fédéraux. Oh, putain, c'est mal barré !

Un détail curieux me frappe, alors que nous remontons l'allée pavée de briques vers la maison que Mitch Barbosa occupait avec sa prétendue petite copine. Une canne à pêche est posée contre la vitre de la fenêtre du premier étage. Pourquoi ce détail saugrenu me choque-t-il ? Certes, ce n'est pas la saison de la pêche, ni celle du camping. Je repense, à nouveau, à ces gens mystérieux — pour ne pas dire imaginaires — qui ont abandonné leur campement et la plupart de leurs affaires. Bev Kiffin et ses mensonges. J'ai la sensation de m'enfoncer toujours davantage dans un territoire dangereux contrôlé par des forces inconnues. Marino et moi patientons devant la porte de la villa D. Il sonne à nouveau.

L'inspecteur Stanfield nous accueille d'un air distrait en jetant des regards alentour. La tension qui règne entre Marino et lui est palpable.

— Désolé de ne pas avoir pu vous rejoindre au

motel, annonce-t-il sèchement en s'effaçant devant nous. Il s'est passé un truc. Vous allez comprendre...

Il porte un pantalon de velours côtelé gris et un gros pull en laine, et évite mon regard. Sait-il ce que je pense de lui, de ses bavardages inconsidérés avec son beau-frère, le député Dinwiddie ? Est-il au courant de l'enquête pour meurtre dont je fais l'objet ? Mieux vaut ne pas y penser. Il est inutile de se tracasser pour le moment.

— ... Tout le monde est là-haut, finit-il.

— Qui ça, tout le monde ? demande Marino alors que nous lui emboîtons le pas.

La moquette étouffe le son de nos pas. Stanfield continue sa marche.

— L'ATF et le FBI, répond-il sans s'arrêter ni se retourner.

Des photos encadrées sont accrochées sur le mur, à gauche de l'escalier. J'y reconnais Mitch Barbosa souriant dans un bar en compagnie de gens qui me semblent pas mal imbibés. Un autre cliché le montre penché à la portière d'un camion. Sur le suivant, il est étalé en slip de bain sur une plage tropicale, Hawaii, peut-être. Il brandit un verre en salut au photographe. Sur plusieurs autres, il est en compagnie d'une jolie femme, celle avec qui il vit, peut-être. L'escalier débouche sur un premier palier, éclairé par la fenêtre contre laquelle est posée la canne à pêche.

Je m'arrête, me laissant aller à une étrange sensation tandis que j'examine, sans la toucher, la canne en fibre de verre de marque Shakespeare et le moulinet Shimano. La ligne est pourvue d'un hameçon et de poids de jeté. Un petit nécessaire de pêche en plastique bleu est posé sur le tapis. Juste à côté, comme si on les avait oubliés en entendant quelqu'un sonner, se trouvent deux bouteilles de bière Rolling Rock vides, un paquet neuf de cigares Tiparillo et quelques pièces de monnaie. Marino se retourne pour voir ce que je fais. Je le rejoins en haut de l'escalier. Nous pénétrons dans un salon brillamment éclairé et décoré avec goût de quelques meubles modernes et de tapis indiens.

— Quand êtes-vous allé pêcher pour la dernière fois ?

— Pas en eau douce. C'est fini, ça, dans la région, Doc.

— Précisément.

Je m'interromps : je connais l'une des trois personnes debout près de la fenêtre. Mon cœur saigne lorsque la familière tête brune se tourne vers moi. Jay Talley. Il ne sourit pas, et son regard est aigu, sans concession. Marino laisse échapper une sorte de grognement à peine audible. Jay est la dernière personne qu'il souhaite voir. L'autre homme est jeune, en costume-cravate, d'allure hispanique. Lorsqu'il pose sa tasse de café, sa veste glisse et révèle un holster et un pistolet de gros calibre.

La troisième personne est une femme. Elle n'a pas cet air perdu et hagard de quelqu'un dont on vient de tuer l'amant. Elle est bouleversée, c'est certain, mais contient ses émotions. Je reconnais le flamboiement du regard et la mâchoire crispée de colère. J'ai déjà vu cette expression chez Lucy, Marino ou d'autres, quand ils sont accablés parce qu'on a blessé une personne qui leur est chère. Des flics. La rage des flics, leur exigence de revanche lorsqu'il arrive quelque chose à l'un des leurs. La petite amie de Mitch Barbosa fait partie de la police, probablement en civil, sans doute un agent infiltré. En quelques minutes, le scénario a totalement changé.

— Je vous présente Bunk Pruett, du FBI, annonce Stanfield. Jay Talley, de l'ATF. (Jay me serre la main comme s'il me rencontrait pour la première fois.) Et Jilison McIntyre. (Sa poignée de main est distante, mais ferme.) Mme McIntyre est de l'ATF.

Nous disposons les sièges en cercle. L'air est si dense, si lourd de colère, je le reconnais, c'est ce qui s'installe quand un flic est tué. Stanfield, notre M. Loyal, se glisse derrière un rideau de silence boudeur. Bunk Pruett prend les choses en mains, très FBI.

— Docteur Scarpetta, capitaine Marino, commence-t-il. Au risque d'enfoncer une porte ouverte, permettez-moi d'insister sur le fait que cette affaire est très, extrêmement, sensible. Très franchement, cela me fait mal d'évoquer ce qui va suivre, mais il faut que vous sachiez de quoi il s'agit. (Il crispe les mâchoires.) Mitch Barbosa est — était — un agent du FBI infiltré qui travaillait dans la région sur une importante enquête, enquête à laquelle nous allons mettre un terme, du moins jusqu'à un certain point.

— Drogue et armes, dit Jay en nous regardant tour à tour.

XXIV

— Interpol est de la partie ?

Pourquoi Jay Talley est-il présent ? Deux semaines plus tôt, il travaillait en France.

— Eh bien, vous devriez le savoir, répond Jay d'un ton que je trouve un peu sarcastique. L'affaire non identifiée pour laquelle vous venez de contacter Interpol, le type mort dans un motel sur la route. Nous avons une petite idée de son identité. Donc, oui, Interpol est sur l'affaire. Maintenant. Vous pensez bien que oui.

— Je savais pas qu'on avait une réponse d'Interpol, grommelle Marino, à peine courtois avec Jay. Donc, le mec du motel serait une sorte de fugitif international, c'est bien ça ?

— Oui, répond Jay. Rosso Matos, un Colombien de vingt-huit ans. Vu pour la dernière fois à Los Angeles. Surnommé le Chat, parce qu'il est particulièrement discret quand il tue. C'est sa spécialité. Eliminer des gens. C'est un tueur à gages. Matos a la réputation d'aimer les vêtements coûteux, les voitures et les jeunes hommes. Je crois qu'il faudra parler de lui à l'imparfait. (Il marque une pause. Personne n'intervient.) Ce qu'aucun de nous ne comprend, c'est ce qu'il faisait ici, en Virginie.

— De quelle opération s'agit-il exactement ? demande Marino à Jilison McIntyre.

— L'histoire a débuté il y a quatre mois, à la suite de l'arrestation d'un type par un flic de James City. Motif : excès de vitesse à quelques kilomètres d'ici sur la Route 5. (Elle jette un coup d'œil à Stanfield.) En le contrôlant, le flic s'aperçoit que c'est un criminel. En plus, il remarque la crosse d'un fusil qui dépasse de sous une couverture sur la banquette arrière. Un MAK-90 dont le numéro de série a été limé. Nos labos de Rockville sont parvenus à révéler le numéro et ont remonté la piste de l'arme jusqu'à un chargement en provenance de Chine — une cargaison régulière débarquée à Richmond. Comme vous le savez, le MAK-90 est une version réduite du fusil d'assaut AK-47, qui fait un tabac auprès de la pègre et se vend entre mille et deux mille dollars. Les gangs adorent le MAK de fabrication chinoise. Des cargaisons régulières débarquent dans les ports de Richmond ou de Norfolk dans des caisses scrupuleusement identifiées. D'autres MAK arrivent d'Asie en contrebande, accompagnés d'héroïne. Les mentions des conteneurs sont alors très fantaisistes, depuis appareillage électronique jusqu'à tapis d'orient.

D'un ton très professionnel où ne transparaît qu'occasionnellement son état de tension, McIntyre décrit un réseau de contrebande dans lequel, outre des ports de la région, est impliquée la compagnie de transports routiers du comté de James City. Mitch Barbosa l'avait infiltrée comme chauffeur routier, et elle-même comme petite amie dudit chauffeur. Il lui avait déniché un emploi au siège de l'entreprise, là où les bordereaux de marchandises et factures étaient falsifiés pour maquiller un trafic très lucratif concernant également des cigarettes de Virginie à destination de New York et d'autres Etats du Nord-Est. Certaines des armes sont revendues par un armurier marron de la région, mais une grande quantité finit dans les salles de vente des expositions d'armes.

— Je ne vous apprendrai rien en vous confiant que la Virginie totalise un nombre appréciable de ce genre de manifestations commerciales, conclut-elle.

— C'est quoi, le nom de la compagnie de transport ? demande Marino.

— Overland.

Marino me jette un coup d'œil et passe une main dans ses cheveux clairsemés.

— Bordel, dit-il à la cantonade. C'est pour eux que travaille le mari de Bev Kiffin. Bon Dieu.

— La femme qui possède et gère le Fort James Motel, explique Stanfield aux autres.

— Overland est une grosse entreprise, et tous les employés ne sont pas mouillés dans une activité illégale, s'empresse de préciser Pruett par souci d'objectivité. C'est ce qui rend les choses si difficiles. La compagnie et la majorité des gens respectent la loi. Du coup, vous pourriez fouiller tous leurs camions sans rien trouver d'illégal. Et puis un beau jour, au lieu d'un chargement de papeterie, de télévisions ou de Dieu sait quoi, vous trouveriez des fusils d'assaut et de la drogue.

— Vous pensez que quelqu'un a repéré Mitch ? demanda Marino à Pruett. Et qu'on aura décidé de le buter ?

— Dans ce cas, pourquoi Matos est-il mort, lui aussi ? répond Jay à sa place. Et apparemment, c'est Matos qui est mort en premier, non ? (Il se tourne vers moi.) On découvre son cadavre dans des circonstances vraiment étranges, dans ce motel en bord de route. Et le lendemain, c'est le corps de Mitch qu'on balance à Richmond. Je vous rappelle que Matos est un tueur de premier choix. Je ne vois pas où serait son intérêt : même si quelqu'un a voulu éliminer Mitch, il n'aurait pas sélectionné un tueur comme Matos. C'est le genre qu'on réserve pour les grosses proies des puissantes organisations criminelles, des types difficiles à abattre parce qu'ils sont entourés de gardes du corps armés jusqu'aux dents.

— Pour qui travaille Matos ? demanda Marino. On le sait ?

— Pour qui accepte de le payer, répond Pruett.

— Il est partout, ajoute Jay. Amérique du Sud, Europe, son propre pays. Il n'est associé à aucun réseau ou cartel, il opère seul. Vous voulez éliminer quelqu'un, vous engagez Matos.

— En d'autres termes, s'il est arrivé chez nous, c'est que quelqu'un l'a engagé, conclus-je.

— Cela semble logique, répond Jay. Je ne crois pas qu'il était dans la région pour admirer Jamestown ou les décorations de Noël de Williamsburg.

— Bon, c'est pas lui qu'a descendu Mitch Barbosa, ajoute Marino. Matos était déjà mort et sur la table du Doc quand Mitch est sorti faire son jogging.

Hochements de tête. Stanfield se récure un ongle d'un air distrait, extrêmement mal à l'aise. Il s'éponge constamment le front, essuyant la paume de sa main contre son pantalon. Marino demande à Jilison McIntyre de nous raconter ce qui s'est passé au juste.

— Mitch aime bien courir en début de journée, avant le déjeuner, commence-t-elle. Il est sorti juste avant midi et n'est pas rentré. C'était hier. Je suis partie à sa recherche en voiture vers 2 heures et, comme je ne le trouvais pas, j'ai appelé la police et, bien entendu, nos collègues. L'ATF et le FBI. Des agents sont venus et ne l'ont pas retrouvé. Nous savons qu'il a été aperçu dans les environs de la faculté de droit.

Je lève le nez de mes notes :

— Marshall-Wythe ?

— Oui. A William et Mary. Mitch affectionne le même itinéraire. D'ici, il suit la Route 5, puis il emprunte Francis Street et South Henry avant de revenir. Un circuit d'une heure, environ.

— Vous rappelez-vous la façon dont il était habillé et ce qu'il avait pris avec lui ?

— Un survêtement rouge et un blouson. Et puis un gilet sans manches qu'il portait par-dessus. Euh... Gris, North Face ? Et sa ceinture à poches. Il ne sortait jamais sans.

— Il y rangeait son arme ? déduit Marino.

Elle hoche la tête, stoïque, et déglutit.

— Une arme, de l'argent, son portable. Ses clés.

— Il ne portait pas le gilet quand on a trouvé son corps, l'informe Marino. Ni la ceinture. Décrivez-moi la clé.

— *Les* clés. Il avait celle d'ici, celle de l'appartement en ville et celle de la voiture sur le même trousseau.

J'interviens, ignorant le regard de Jay posé sur moi :

— A quoi ressemble la clé de l'appartement ?

— C'est une simple clé en laiton. Normale.

— On a trouvé une clé en acier dans la poche de son short, dis-je. Elle portait le numéro 233 inscrit au feutre indélébile.

L'agent McIntyre fronce les sourcils. Elle n'est pas au courant.

— Alors là, c'est vraiment curieux. Je ne sais pas à quoi correspond celle-là.

— Ce qui revient donc à penser qu'il a été emmené quelque part, dit Marino. On l'a attaché, torturé, puis le corps a été emmené à Richmond et balancé dans une des rues pimpantes de l'une de nos zones de développement urbain, Mosby Court.

— Zone de trafic de drogue intense, non ? demande Pruett.

— Oh, ouais ! C'est des coins en plein développement économique. Armes et drogue. Vous pensez ! (Marino connaît sa partie.) Mais un autre avantage de ce genre de quartier, c'est que les gens ne voient rien. Vous pouvez larguer un cadavre devant cinquante personnes. Ils sont pris de cécité temporaire et d'amnésie.

— Quelqu'un qui connaît bien Richmond, donc, finit par dire Stanfield.

Je vois la stupeur se peindre sur le visage de McIntyre, ses yeux s'élargissent :

— On ne m'avait pas parlé de torture.

Son professionnalisme obstiné vacille, la réalité la gifle de plein fouet.

Je décris les brûlures de Mitch Barbosa, détaillant également celles de Rosso Matos. Je parle de marques de liens et de bâillons, puis Marino mentionne les tire-fond enfoncés dans le plafond de la chambre du motel. Les images se forment et tous peuvent comprendre, imaginer, ce qu'ont subi les deux hommes. Si, *a priori*, la même ou les mêmes personnes sont responsables de leur mort, cela ne nous indique pas pour autant à qui nous avons affaire, ni le mobile des meurtres. Nous ignorons où Mitch Barbosa a été emmené, mais j'ai une idée :

— Marino, quand vous y retournerez avec Vander, inspectez donc les chambres voisines, à la recherche d'autres tire-fond.

— Ça marche. De toute façon, je dois y retourner.

Il consulte sa montre.

— Aujourd'hui ? demande Jay.

— Ouais.

— Vous avez des raisons de penser que Mitch a été drogué comme le premier type ? me demande Pruett.

— Je n'ai pas trouvé de traces de piqûre, réponds-je. Mais nous verrons ce que donnent les analyses toxicologiques.

— Mon Dieu, murmure McIntyre.

— Et tous les deux se sont pissé dessus ? demande Stanfield. Ce n'est pas le cas, lorsqu'on meurt ? On perd le contrôle de sa vessie ? Un truc naturel, quoi ?

— En effet, les émissions d'urine non contrôlées ne sont pas rares. Mais le premier, Matos, a été retrouvé nu. En conclusion, il s'est d'abord pissé dessus, puis déshabillé.

— Donc, avant d'être brûlé, dit Stanfield.

— Je pense, oui. On ne l'a pas brûlé à travers ses vêtements, réponds-je. Il est très possible que les deux victimes aient perdu le contrôle de leur vessie sous l'effet de la peur, de la panique.

— Mon Dieu, répète McIntyre.

— Et quand on voit un cinglé qui visse des tire-fond au plafond et qui branche un pistolet à chaleur, c'est suffisant pour avoir la trouille et se pisser dessus, explique crûment Marino. C'est pas la peine d'avoir un doctorat pour se douter de la suite.

— Mon Dieu ! explose McIntyre, le regard flamboyant. Mais qu'est-ce que c'est que cette merde ?

Silence.

— Pourquoi on aurait fait cela à Mitch ? Il était hyper prudent, pas le genre à monter dans la voiture d'un inconnu, ou même à s'approcher de quelqu'un essayant de l'arrêter en route.

— Ça me fait penser au Vietnam, dit Stanfield. A ce qu'ils faisaient aux prisonniers de guerre. Ils les torturaient pour les faire parler.

L'obtention d'aveux est sans conteste une des raisons majeures de la torture.

— C'est aussi une dose de pouvoir pur, absolu. Certaines personnes aiment torturer parce que cela les excite, réponds-je à Stanfield.

— Vous pensez que c'est le cas ? demande Pruett.

— Comment voulez-vous que je le sache ? J'ai remarqué une canne à pêche, en arrivant, dis-je à McIntyre.

Elle semble prise de court, étonnée par ma question, puis répond :

— Ah oui. Mitch aime pêcher.

— Par ici ?

— Oui, une sorte d'étang, près de College Landing Park.

Je regarde Marino. La pièce d'eau se termine par une petite rivière qui longe la zone boisée du camping du Fort James Motel.

— Mitch vous a déjà parlé du motel qui est là-bas ? demande Marino.

— Je sais juste qu'il aimait aller y pêcher.

— Il connaissait la femme qui tient ce truc ? Bev Kiffin ? Et son mari ? Vous l'avez peut-être déjà rencontré, vous aussi, puisqu'il travaille pour Overland ? insiste Marino.

— En tout cas, je sais que Mitch discutait souvent avec ses enfants. Elle a deux petits garçons. Ils se retrouvaient parfois là-bas. Il avait de la peine pour eux parce que leur père n'était jamais là. Mais je ne connais personne du nom de Kiffin dans cette entreprise — et je travaille dans l'administration.

— Vous pourriez vérifier ? dit Jay.

— Peut-être qu'il porte un nom de famille différent.

— C'est possible, en effet.

Elle hoche la tête.

— C'était quand, la dernière fois que Mitch est allé pêcher là-bas ? demande Marino.

— Juste avant qu'il neige. Le temps avait plutôt été beau, jusque-là.

— J'ai remarqué de la monnaie, deux bouteilles de bière et des cigares sur le palier, dis-je. Juste à côté de la canne.

— Vous êtes sûre qu'il est pas allé pêcher récemment ? renchérit Marino, qui a compris où je voulais en venir.

Je lis l'incertitude dans son regard. Elle ne sait plus très bien. Jusqu'à quel point était-elle au courant des activités de son petit copain et collègue ?

— Selon vous et Mitch, y aurait rien qui pue l'illégal, dans cette taule ? continue Marino.

Elle secoua la tête :

— Il n'a jamais rien mentionné de tel. Rien du tout. Son seul rapport avec cet endroit, c'était la pêche, et aussi les deux gamins, avec lesquels il était sympa quand il les voyait.

— Uniquement quand ils se pointaient pour pêcher au même endroit que lui ? insiste Marino. Rien n'indique qu'il serait allé là-bas uniquement pour leur dire bonjour ? (Elle hésite.) Mitch est quelqu'un de généreux ?

— Oh, oui. Extrêmement. Peut-être qu'il y est allé comme ça. Je ne sais pas. Il aime vraiment les gosses. Il les aimait.

Les larmes lui montent aux yeux, pourtant, la rage l'étouffe en même temps.

— Qu'est-ce qu'il était pour les gens du coin ? Il disait être un chauffeur routier ? Et comment il vous présentait ? Vous étiez censée travailler ? En réalité, vous n'étiez pas vraiment amants, n'est-ce pas ? Ça faisait juste partie de la mission ?

Marino vient de mordre dans quelque chose. Il se penche en avant, les coudes sur les genoux, et fixe intensément Jilison McIntyre. Dans ces moments-là, il enchaîne question sur question, laissant à peine le temps à son vis-à-vis de répondre. Jusqu'au moment où l'autre perd contenance et lâche quelque chose qu'il va regretter. Ce qu'elle fait à cet instant précis.

— Qu'est-ce qui se passe, là ? Je suis pas une fou-tue suspecte, aboie-t-elle. Et quant à nos relations, je ne vois pas où vous voulez en venir. C'était profes-sionnel. Mais on ne peut pas s'empêcher d'être proche de quelqu'un quand on vit avec et qu'on fait semblant d'être un couple pour la galerie.

— Mais vous n'étiez pas amoureux, dit Marino. Ou du moins, lui ne l'était pas. Vous faisiez votre tra-vail, n'est-ce pas ? En d'autres termes, s'il voulait s'occuper d'une femme seule avec deux gentils gar-çons, il pouvait. (Marino se radosse. La pièce est tel-lement silencieuse qu'elle vibre presque.) Le pro-blème, c'est que Mitch aurait pas dû faire ça. C'était dangereux, complètement con, vu la situation. C'est le genre qui a du mal à garder sa braguette fermée, hein ?

Elle ne répond pas. Les larmes qu'elle retient depuis si longtemps coulent enfin.

— Vous savez quoi, les mecs ? fait Marino en par-courant l'assistance du regard. Si ça se trouve, Mitch s'est empêtré dans un truc qui n'a rien à voir avec votre opération d'infiltration. Le plan du : au mauvais endroit au mauvais moment. En tout cas, il a pêché quelque chose qu'a pas dû le brancher.

Stanfield entreprend de rassembler les pièces du puzzle.

— Savez-vous où était Mitch à 15 heures, mercredi, quand Matos est arrivé au motel et que le feu a pris ? Etait-il ici ou sorti ?

— Non, il n'était pas là, marmonne-t-elle en s'essuyant les yeux avec un Kleenex. Il était parti, mais je ne sais pas où.

Marino pousse un soupir révolté. Il ne commentera pas, du reste, c'est inutile : deux agents infiltrés en mission doivent se surveiller mutuellement, et si l'agent McIntyre ignorait parfois où se trouvait l'agent spécial Mitch Barbosa, c'est qu'il était occupé à autre chose qu'à leur enquête.

— Je sais que vous refusez d'y penser, Jilison, continue Marino plus doucement. Mais Mitch a été torturé et tué, OK ? Je veux dire, putain, ce mec était *mort de trouille*. Littéralement. Ce qu'on lui a fait subir était tellement épouvantable qu'il est mort d'une crise cardiaque. Il s'est pissé dessus. On l'a emmené quelque part, attaché et bâillonné, puis un cinglé a fourré cette clé dans sa poche — pour quelle raison ? Pour quoi faire ? Est-ce qu'il était sur un coup dont nous devrions être informés, Jilison ? Est-ce qu'il pêchait autre chose que du poisson, dans cette rivière près du camping ?

Les larmes ruissellent sur le visage de McIntyre. Elle les essuie vaguement et renifle bruyamment.

— Il aimait l'alcool et les femmes, murmure-t-elle. D'accord ?

— Il sortait parfois le soir faire la tournée des bars, ce genre de choses ? demande Pruett.

— Oui. Ça faisait partie de son rôle. Vous l'avez vu... (Elle se tourne vers moi.) Vous l'avez vu. Les cheveux teints, la boucle d'oreille, tout ça. Mitch jouait le rôle d'une sorte de, enfin, d'un noceur, et il aimait vraiment les femmes. Il n'a jamais fait sem-

blant de m'être, euh, fidèle, moi, sa prétendue petite copine. Ça faisait partie de la mise en scène, mais c'était aussi lui. Oui. Ça m'inquiétait, d'accord ? C'était un bon agent. Je ne crois pas qu'il ait fait quoi que ce soit d'illégal, si c'est là que vous voulez en venir. Mais il ne me disait pas tout non plus. S'il a surpris quelque chose qui se tramait sur le camping, par exemple, peut-être s'est-il mis en tête de fouiner. C'est possible.

— Sans vous informer, s'enquiert Marino.

— Non. Moi aussi, j'agissais de mon côté. Je ne restais pas à l'attendre ici à chaque instant. Je travaillais dans les bureaux d'Overland. A mi-temps, du moins. Ce qui veut dire que nous ignorions parfois ce que faisait l'autre.

— Je vais vous dire, intervient Marino. Mitch est tombé sur un truc. Et je me demande s'il était pas au motel quand Matos est arrivé. Alors, je sais pas ce que Matos mijotait, mais peut-être que Mitch s'est fait repérer. Pas de bol ! Peut-être que c'est aussi simple que ça. Quelqu'un a cru qu'il avait surpris ou qu'il savait quelque chose, et hop, on l'enlève et on lui fait un traitement.

Personne ne relève. La théorie de Marino est pour l'instant la seule qui tienne debout.

— Ce qui nous ramène à la question : que faisait Matos là-bas ? commente Pruett.

Je détaille Stanfield. Il s'est retiré de la conversation. Il est blême. A bout de nerfs. Son regard se pose sur moi et se détourne précipitamment. Il s'humecte les lèvres et toussote plusieurs fois.

Je décide d'enfoncer le clou devant tout le monde :

— Inspecteur Stanfield, pour l'amour du ciel, ne rapportez rien de tout cela à votre beau-frère. Je vous en prie.

Une étincelle de colère traverse son regard. Je l'ai humilié, mais je m'en moque.

Hargneux, il rétorque soudain :

— Vous voulez que je vous dise tout ? Je veux rien avoir à faire avec tout ça. (Il se lève lentement et balaie la pièce d'un regard vitreux, **clignant des yeux**.) Je sais pas de quoi il s'agit, mais je veux pas en être ! J'insiste : absolument pas. Vous autres, les fédéraux, vous êtes dedans jusqu'au cou, je vous y laisse. Je renonce. (Il hoche la tête.) Vous m'avez bien entendu : je renonce.

Et l'inspecteur Stanfield s'effondre, sous nos regards stupéfaits. Il tombe si violemment que le plancher résonne sous le choc de son poids. Je bondis. Il respire. Son pouls bat à tout rompre, mais rien n'indique une détresse cardiaque ou quoi que ce soit d'irréparable. Il s'est simplement évanoui. Je m'assure qu'il ne s'est pas blessé à la tête. Il revient à lui. Marino et moi l'aidons à se remettre debout et à gagner le canapé. Je l'allonge, lui soutenant la tête grâce à plusieurs coussins. Plus qu'autre chose, il est gêné, terriblement gêné.

— Inspecteur Stanfield, êtes-vous diabétique ? Avez-vous des problèmes de cœur ?

— Donnez-moi un Coca, ou quelque chose comme ça, ça ira, dit-il d'une voix faible.

— Laissez-moi voir ce que je peux faire, dis-je en me dirigeant vers la cuisine comme si j'étais chez moi.

Je sors du réfrigérateur le jus d'orange et un pot de beurre de cacahuète. C'est en cherchant de l'essuie-tout que je remarque un flacon de médicaments, au nom de Mitch Barbosa, près du grille-pain : du Prozac, un antidépresseur. A mon retour dans le salon, McIntyre nous informe que son collègue était sous Prozac depuis plusieurs mois. Il souffrait d'angoisses et de dépression qu'il attribuait au stress de sa mission d'infiltration, précise-t-elle.

— Intéressant, se contente de commenter Marino.

— Vous avez dit que vous retourniez au motel en partant d'ici ?

— Ouais, Doc. Vander va chercher si on n'est pas passé à côté d'empreintes.

— Des empreintes ? murmure Stanfield depuis le canapé.

— Bon Dieu, Stanfield ! explose Marino, exaspéré. On vous a appris quelque chose, à l'école de police ? Ou bien vous êtes monté en grade grâce à votre tocard de beauf ?

— Pour être tocard, ça, il l'est, si vous voulez tout savoir...

Son ton est si candide et pathétique que nous éclatons tous de rire. Stanfield redresse un peu la tête. Son regard croise le mien :

— ... Et vous avez raison : j'aurais jamais dû lui piper mot de toute cette affaire. Et je lui dirai plus rien d'autre, parce que, pour ce type, c'est rien que des trucs de politique. Mais ce que je peux vous affirmer, c'est que c'est pas moi qui ai traîné là-dedans tout ce truc au sujet de Jamestown.

— Quel truc de Jamestown ? demande Pruett en fronçant les sourcils.

— Oh, mais vous savez, les fouilles, là-bas, et la grande cérémonie prévue par l'Etat. Eh bien, je vais vous apprendre quelque chose : Dinwiddie n'a pas plus de sang indien que moi. Et toutes ses conneries, soi-disant qu'il descend du chef indien Powhatan. Mon cul !

La rancune que je lis dans son regard doit rarement s'exprimer. Il déteste probablement son beau-frère.

— Mitch a du sang indien, lâche McIntyre d'un ton sombre. Il est moitié indien.

— Eh bien, espérons que les journaux ne découvriront pas ça, murmure Marino à Stanfield, sans doute parce qu'il ne croit pas à la discrétion de l'inspecteur. On avait un pédé, et maintenant un Indien. Oh, bon sang de bon sang... Il faut planquer tout ça, j'y tiens, et que les politiques fourrent pas leur nez là-dedans. (Il fixe Stanfield, puis Jay.) Parce que, voyez-vous, on peut pas parler de tout ça, de cette grosse opération d'infiltration. On peut pas dévoiler que Mitch était un agent du FBI. Et il est possible que Chandonne soit mêlé à ce qui se passe ici. Me demandez pas comment, je sais pas, mais c'est sûrement un truc à la mords-moi-le-nœud. Donc, si quelqu'un se met à baratiner des conneries au sujet d'un crime raciste et homophobe, qu'est-ce qu'on fait, puisqu'on peut pas dire la vérité ?

— Je ne suis pas d'accord, lâche Jay. Je ne suis pas prêt à dire ce que signifient ces meurtres. Mais je ne peux pas croire que Rosso Matos, puis Mitch Barbosa, n'ont rien à voir avec la contrebande d'armes. Je suis intimement convaincu que les deux meurtres sont liés.

Personne n'en disconvient. Les modes opératoires sont trop semblables pour que ces morts ne soient pas liées, voire commises par le ou les mêmes auteurs.

— Je refuse également d'écarter que ces meurtres soient des crimes racistes et homophobes, continue Jay. Un homosexuel. Un Indien. (Il hausse les épaules.) La torture est si familière dans les crimes de haine. Des blessures sur leurs parties génitales ? me demande-t-il.

— Non.

Je soutiens son regard. C'est si étrange de songer que nous avons été amants, de voir ses lèvres pleines et ses belles mains et de se rappeler qu'elles m'ont touchée. Quand nous nous promenions dans les rues de Paris, les gens se retournaient pour le regarder.

— Mmm, fait-il. Je trouve cela intéressant, et peut-être important. Je ne suis pas psychiatre, bien sûr, mais c'est en général le cas dans les crimes de haine. Les assassins s'attaquent rarement aux parties génitales de leurs victimes.

Marino le regarde comme s'il s'agissait d'une bête étrange, la bouche ouverte, méprisant.

— Parce qu'un bouseux homophobe ne toucherait jamais le sexe du type, ajoute Jay.

— Eh bien, si vous tenez tant que ça à en parler, lui dit aigrement Marino, prenons le cas de Chandonne. Il n'a jamais touché non plus les parties génitales de ses victimes. Merde, il leur a jamais enlevé leur pantalon ou leur slip : il se contentait de les frapper et de leur mordre le visage et les seins. Le seul intérêt qu'il portait au bas de leur corps, c'était quand il leur enlevait chaussures et chaussettes pour leur mordre les pieds. Et pour quelle raison ? Ce mec a peur du sexe féminin parce que ses parties génitales sont aussi tordues que le reste de sa personne. (Il balaie l'assistance du regard.) L'avantage d'avoir mis ce mec sous les verrous, c'est que nous avons pu découvrir à quoi il ressemblait tout entier. Pigé ? Et devinez quoi ? Il a pas de bite. Ou plutôt, disons que ce qu'il a à cet endroit, ça n'a rien à voir avec une bite.

Stanfield s'est totalement redressé, à présent, les yeux écarquillés de stupéfaction.

— Je viens avec vous au motel, dit Jay à Marino.

Celui-ci se lève et regarde par la fenêtre.

— Je me demande bien où peut être Vander, dit-il.

Il finit par l'avoir au téléphone, et nous partons quelques minutes plus tard le retrouver sur le parking. Jay marche à côté de moi. Je sens son besoin irrépressible de me parler, de parvenir d'une manière ou d'une autre à un consensus. Un vrai cliché féminin. Il veut discuter, clarifier les choses, mettre fin à notre relation ou la ranimer de manière à pouvoir se faire à nouveau désirer. Mais tout cela m'est si étranger, maintenant.

— Kay, me demande-t-il sur le parking. Tu as une minute ?

Je m'arrête pour le fixer tout en boutonnant mon manteau. Marino jette des coups d'œil de notre côté en déchargeant les sacs d'ordures et la poussette de son pick-up pour les transférer dans le coffre de la voiture de Vander.

— Je sais que c'est gênant, mais nous pourrions essayer de rendre les choses un peu plus aisées ? Pour commencer, nous devons travailler ensemble, dit Jay.

— Peut-être aurais-tu pu y penser avant de te répandre en détails auprès de Jaime Berger, réponds-je.

— Ce n'était pas dirigé contre toi.

Son regard est brûlant.

— Bien sûr !

— Elle m'a posé des questions, ce qui se comprend. Elle fait son travail.

Il ment, je m'en doute. C'est là l'essence de mon problème avec Jay Talley. Je ne lui fais pas confiance, et je regrette de l'avoir jamais cru.

— Eh bien, voilà qui est curieux, Jay. Vois-tu, il semblerait que les gens ont commencé à poser des questions sur mon compte bien avant que Diane Bray n'ait été assassinée. D'ailleurs, les enquêtes ont débuté au moment précis où je me trouvais avec toi en France.

Il s'assombrit, ne parvenant pas à dissimuler sa colère.

— Tu es parano, Kay.

— Absolument, Jay. Absolument.

XXV

Je n'ai jamais conduit la Dodge 4×4 de Marino et, si les circonstances n'étaient pas si graves, je trouverais probablement la situation comique. Je suis de taille moyenne, à peine un mètre soixante-cinq, mince, et je n'ai rien d'excentrique ni d'extrême. Je dirais que je m'habille comme un médecin légiste ou une avocate, étant généralement en tailleur ou en pantalon de flanelle et blazer, sauf lorsque je travaille sur le lieu d'un crime. Mes cheveux blonds sont courts et bien coiffés, je ne force pas sur le maquillage, ne porte pas de bijoux en dehors de ma chevalière et de ma montre et encore moins de tatouage. Bref, je n'ai pas du tout l'allure d'une femme qui sillonnerait les routes juchée dans un énorme pick-up de macho, bleu marine métallisé, tout en chromes, garde-boue, et scanner, hirsute d'immenses antennes CB et radio qui se balancent.

Je bifurque sur l'Interstate 64 Ouest pour retourner vers Richmond, la voie la plus rapide, très concentrée sur ma conduite, parce que ce n'est pas une mince affaire de manœuvrer un mastodonte pareil avec un seul bras. Ce réveillon de Noël vire au cauchemar, et cela me déprime de plus en plus d'y penser. D'habitude, à cette heure-là, j'ai déjà bourré réfrigérateur et congélateur, préparé sauces et soupes, et décoré la maison. Je me sens définitivement seule, comme en terre étrangère, et je ne sais pas où je vais dormir ce soir. Sûrement chez Anna, mais je redoute l'inévitable froid qui s'installera entre nous. Je ne l'ai même pas vue, ce matin. Une sorte de pesanteur me cloue contre le siège. J'appelle Lucy.

— Il faut que je retourne chez moi, demain.

— Peut-être que tu devrais séjourner à l'hôtel avec Teun et moi ? propose-t-elle.

— Et si Teun et toi vous veniez plutôt chez moi ?

J'ai tellement de mal à exprimer ce désir — et pourtant, j'ai besoin d'elles. Vraiment. Pour tout un tas de raisons.

— Quand veux-tu qu'on vienne ?

— On fêtera Noël ensemble demain matin.

— De bonne heure.

Lucy ne s'est jamais levée après 6 heures, le matin de Noël.

— Je serai levée et on ira à la maison.

24 décembre. Les jours ont beaucoup raccourci et la lumière solaire hésitera de longues heures à revenir digérer cette pénible angoisse. Il fait nuit quand j'arrive à Richmond et, lorsque je m'arrête devant la maison d'Anna à 18 h 5, Berger m'attend, assise dans sa Mercedes dont les phares trouent l'obscurité. La voiture d'Anna n'est pas là. Elle non plus. Pourquoi cette constatation me trouble-t-elle tant ? Peut-être parce que je soupçonne qu'elle sait que Berger a rendez-vous avec moi, et qu'elle a préféré ne pas assister à cette entrevue. Anna a parlé à des gens. Peut-

être un jour sera-t-elle forcée de révéler ce que je lui ai confié durant les heures les plus pénibles et les plus fragiles de ma vie ? Berger descend de voiture et, si elle est stupéfaite de me voir arriver dans cet équipage, elle n'en laisse rien voir.

— Vous avez besoin de prendre quelque chose dans la maison avant qu'on y aille ? demande-t-elle.

— Donnez-moi juste une minute. Le docteur Zenner était là lorsque vous êtes arrivée ?

Elle se raidit imperceptiblement.

— Je ne suis là que depuis quelques minutes, à peine.

Elle élude ma question, c'est évident. J'ouvre la porte et débranche l'alarme. L'entrée est sombre : le grand lustre et les guirlandes de Noël sont éteints. Je laisse un mot à Anna pour la remercier de son aimable hospitalité. Je dois retourner chez moi demain et je sais qu'elle comprendra pourquoi. Mais surtout, je veux qu'elle sache que je ne suis pas fâchée, que je suis consciente qu'elle est victime des circonstances, tout comme moi. J'emploie le terme de « circonstances » parce que je ne comprends plus très bien qui force Anna à divulguer les confidences que je lui ai faites. Rocky Caggiano fait, certes, un bon candidat, sauf si je suis inculpée, parce qu'à ce moment-là je deviendrais quantité négligeable dans le procès de Chandonne. Je laisse le mot sur le lit Biedermeier impeccablement fait d'Anna, avant de retrouver Berger à sa voiture.

Je lui conte ma journée dans le comté de James City, le campement abandonné et les longs poils dépigmentés. Elle écoute attentivement tout en conduisant : elle sait s'orienter comme si elle avait vécu à Richmond toute sa vie.

— Pouvons-nous prouver que ces poils appartiennent à Chandonne ? demande-t-elle enfin. S'il n'y a pas de racines, comme d'habitude. Et il n'y en avait pas sur ceux retrouvés sur les lieux des crimes, n'est-ce pas ? Les vôtres : Luong et Bray.

— Pas de racines, dis-je. (Je lui en veux d'avoir dit

« *les vôtres* ». Ce ne sont pas les miens !) Il a perdu ces poils, donc il n'y aura pas de racines. Mais nous pouvons trouver de l'ADN mitochondrial dans le poil et lui attribuer avec certitude ceux du campement.

— Expliquez-moi. Je ne suis pas experte en ADN mitochondrial. Ni experte en cheveux ou poils, surtout les siens.

L'ADN est un sujet complexe. Expliquer la vie humaine au niveau moléculaire, c'est un peu contraindre les gens à comprendre ou à apprendre plus qu'ils ne le souhaitent. Les flics et les procureurs adorent les services que leur rend l'ADN. Mais ils détestent en parler scientifiquement. Rares sont ceux qui comprennent. La plupart ne savent même pas comment s'écrit *ADN*. C'est une blague, bien sûr, mais elle est assez descriptive de la réalité. Je lui explique que l'ADN *nucléaire* est obtenu des noyaux des cellules, comme celles du sang, des tissus, du fluide séminal ou des racines capillaires. Il s'agit d'un mélange de l'ADN des deux parents. D'une certaine façon, c'est une image de l'individu dans sa totalité, et nous pouvons comparer son profil ADN avec n'importe quel autre échantillon abandonné par ce même individu sur un autre lieu du crime.

— Alors pourquoi ne pas tout simplement comparer les poils du campement à ceux qu'il a laissés sur les lieux des crimes ? demande Berger.

— Ça ne donnerait rien. Examiner les caractéristiques microscopiques, en l'occurrence, ne nous dirait pas grand-chose, car les poils ne sont pas pigmentés. Tout au plus pourrons-nous dire que leurs morphologies sont semblables ou cohérentes.

— Et ce n'est pas probant devant un jury, conclut-elle.

— Pas du tout.

— Si nous ne faisons pas de comparaison microscopique, la défense le soulignera, réfléchit-elle. Elle dira : *Pourquoi vous ne l'avez pas fait ?*

— Eh bien, nous pouvons effectuer cette analyse, si vous voulez.

— Les poils trouvés sur le corps de Susan Pless et ceux de vos affaires.

— Si vous voulez, oui.

— Expliquez-moi cette histoire de poils sans racine. Comment fonctionne l'ADN, dans ce cas ?

Je lui explique que l'ADN mitochondrial se trouve dans les mitochondries, comme l'indique son nom, et non dans le noyau. C'est, en quelque sorte, l'ADN anthropologique des cheveux, poils, ongles, dents et os. Son intérêt est limité pour nous parce qu'il ne provient que de la mère. J'utilise l'œuf comme analogie. Imaginez que l'ADN mitochondrial est le blanc, tandis que l'ADN nucléaire est le jaune. Vous ne pouvez pas comparer l'un et l'autre. Mais si vous avez de l'ADN sanguin, vous avez l'œuf entier, et vous pouvez comparer un ADN mitochondrial avec un autre : un blanc d'œuf à un autre. Nous avons du sang parce que nous avons Chandonne. Il a été contraint à une prise de sang, à l'hôpital. Nous avons son profil ADN complet et nous pouvons comparer l'ADN mitochondrial des poils inconnus retrouvés un peu partout à l'ADN mitochondrial de son sang.

Berger m'écoute sans m'interrompre. Elle semble avoir compris.

— Il a laissé des cheveux chez vous ?

— La police ne m'a pas fourni de liste.

— Il semble perdre pas mal de poils. On peut espérer que ça a été le cas chez vous ou lorsqu'il se roulait dans la neige de la cour.

— C'est très envisageable.

Elle passe à un autre sujet.

— Je me suis documentée sur les loups-garous. On rapporte des cas de gens qui pensaient vraiment en être, ou qui ont essayé toutes sortes de choses bizarres pour le devenir. Sorcellerie, magie noire. Culte satanique. Morsures. Ingestion de sang. Pensez-vous qu'il soit possible que Chandonne se prenne vraiment pour un loup-garou ? Et qu'il veuille même en être un ?

— Il ne serait donc pas coupable. Aliénation mentale.

J'ai toujours pensé que ce serait sa ligne de défense.

— Au début du XVIe siècle, il y avait une comtesse hongroise, Elizabeth Bathory-Nadasdy, également connue sous le nom de comtesse Sanglante, continue Berger. On lui attribue la torture et le meurtre de quelque six cents jeunes femmes. Elle prenait des bains de sang, convaincue que cela préserverait sa jeunesse et sa beauté. Vous connaissez l'histoire ?

— Vaguement.

— On raconte que la comtesse enfermait ces jeunes filles dans des oubliettes, les engraissait et les saignait, puis elle se baignait dans leur sang et forçait d'autres prisonnières à la lécher, car le linge aurait endommagé sa peau. Ointe de sang sur tout le corps ! Selon moi, ces récits ont omis l'évidence : la composante sexuelle, ajoute-t-elle platement. Meurtres sexuels. Même si l'assassin croit sincèrement aux propriétés magiques du sang, c'est une question de pouvoir et de sexe. Ça se résume à cela, que l'on soit une belle comtesse ou une anomalie génétique qui a vu le jour sur l'île Saint-Louis.

Nous prenons Canterbury Road pour pénétrer dans le luxueux quartier arboré de Windsor Farms en bordure duquel s'élevait la propriété de Diane Bray, protégée des bruits de l'autoroute par un mur.

— Je donnerais cher pour savoir ce qu'il y a dans la bibliothèque de Chandonne, continue Berger. Ou plus exactement, le genre de lecture qui lui est tombé sous la main — en dehors des livres d'histoire et autres ouvrages d'érudition que son père, selon lui, lui aurait donnés, et bla-bla-bla. Par exemple, connaît-il l'histoire de la comtesse Sanglante ? Se frottait-il le corps de sang dans l'espoir d'être magiquement guéri de sa maladie ?

— Nous pensons qu'il se baignait dans la Seine, et ici dans la James River. Peut-être pour cela, pour être magiquement guéri.

— Une espèce de truc biblique.

— Peut-être.

— Peut-être lit-il aussi la Bible, avance-t-elle. A-t-il été influencé par le Français Gilles de Rais, qui tuait des petits garçons, les mangeait et hurlait à la lune ? Il y a eu en France bon nombre de prétendus loups-garous durant le Moyen Âge. Quelque trente mille personnes en ont été accusées, vous imaginez ? (Manifestement, Berger s'est abondamment documentée.) Et puis il y a une autre idée bizarre, continue-t-elle. Selon les légendes, quelqu'un qui était mordu par un loup-garou en devenait un lui-même. Serait-il possible que Chandonne ait essayé de transformer ses victimes en loups-garous ? Peut-être afin de se trouver une fiancée comme lui, à l'instar du monstre de Frankenstein ?

Ces considérations saugrenues commencent à former un ensemble bien plus factuel qu'il n'y paraît. Berger anticipe simplement les manœuvres de la défense, et une tactique évidente consisterait à distraire le jury de la nature haineuse des crimes en l'occupant avec les difformités de Chandonne, sa prétendue aliénation mentale et ses excentricités. Si l'on parvient à prouver qu'il se prend sincèrement pour une créature paranormale, un loup-garou, un monstre, il devient improbable que le jury le trouve coupable et le condamne à la perpétuité. Certains jurés éprouveront même sans doute une sorte de pitié pour lui.

— Le coup de la balle d'argent...

Berger fait allusion à la superstition selon laquelle seule une balle d'argent peut tuer un loup-garou.

— ... Nous avons une montagne de preuves, mais c'était aussi le cas dans le procès O.J. Simpson. Pour la défense, la balle d'argent sera de transformer Chandonne en pauvre malade pathétique.

La maison de Diane Bray est blanche, dans le style de Cape Cod, avec un toit en croupe et, bien que la police ait terminé son travail sur les lieux, la propriété n'est pas retournée à la vie. Même Berger ne peut entrer sans l'autorisation du propriétaire, en l'occurrence, la personne désignée pour le règlement de la succession. Nous attendons dans la voiture qu'Eric Bray, le frère, arrive avec la clé.

— Vous l'avez peut-être vu lors du service funèbre. Eric Bray portait l'urne contenant les cendres de sa sœur. Selon vous, comment Chandonne a-t-il pu convaincre une policière chevronnée d'ouvrir la porte ?

Berger a lâché les monstres lointains de la France médiévale pour s'intéresser à l'abattoir bien réel qui se dresse devant nous.

— C'est un peu en dehors des limites de mes compétences, madame Berger. Peut-être devriez-vous limiter vos questions aux cadavres et à ce que j'y découvre.

— Pour le moment, il n'y a pas de limites, juste des questions.

— Pourquoi ? Parce que vous pensez que je ne serai jamais convoquée devant la cour ? Du moins pas à New York. Je suis « souillée », c'est cela ? Ce n'est pas faux, pour tout vous dire, on ne peut pas être plus souillée que je le suis en cet instant précis...

Je marque une pause pour voir si elle est au courant. Elle demeure silencieuse et je la mets au pied du mur.

— ... Righter vous a-t-il laissé entendre que je ne vous serais pas très utile ? Qu'un grand jury enquête sur moi parce qu'il s'est fourré dans la tête l'idée idiote que j'ai un rapport avec la mort de Bray ?

— C'était plus qu'un sous-entendu, répond-elle sans s'émouvoir, le regard fixé sur la silhouette sombre de la maison de Bray. Marino et moi en avons parlé aussi.

D'un ton volontairement sarcastique, je commente :

— Bravo pour la confidentialité de la procédure !

— Eh bien, la règle veut que rien de ce qui se passe

dans la salle du grand jury ne soit discuté. Nous en sommes encore au point mort de ce côté-là. Mais Righter se sert du grand jury comme alibi pour accéder à tout ce qu'il peut. Sur vous. Vos factures téléphoniques. Vos relevés bancaires. Ce que les gens ont à raconter. Vous savez comment ça fonctionne. Je suis sûre que vous avez témoigné suffisamment souvent dans des audiences de grand jury.

Elle me dit cela comme si c'était une routine sans importance. Mon indignation monte :

— Madame Berger, je ne suis pas une machine, j'ai des émotions. Les inculpations pour meurtres sont peut-être votre lot quotidien, mais ce n'est pas mon cas ! Mon intégrité est la seule chose que je ne puisse me permettre de perdre. M'accuser, moi, d'un tel crime, c'est scandaleux. Moi, vous vous rendez compte ? Moi, commettre l'acte contre lequel je me bats chaque instant de ma vie ? Jamais. Je n'abuse pas de mon pouvoir. Jamais. Je ne fais pas souffrir délibérément. Jamais. Et je ne traite pas ces conneries à la légère, madame Berger. Il ne pouvait rien m'arriver de pire. Rien.

— Voulez-vous un conseil ?

Elle se tourne vers moi.

— Je suis toujours ouverte aux suggestions.

— D'abord, les médias vont l'apprendre. Vous le savez. Moi, je les coifferais au poteau en donnant une conférence de presse. Tout de suite. La bonne nouvelle, c'est que vous n'avez pas été licenciée. Vous n'avez pas perdu le soutien des gens qui ont autorité sur votre vie professionnelle. Un foutu miracle. Les politiciens s'empressent généralement de se défiler, mais le gouverneur a une très haute opinion de vous. Pour lui, vous n'avez pas tué Diane Bray. S'il l'annonce publiquement, vous devriez vous en sortir, à condition que le grand jury ne revienne pas à la charge avec une inculpation.

— En avez-vous discuté avec le gouverneur Mitchell ?

— Nous avons déjà eu des contacts. Nous nous

connaissons. Nous avons travaillé ensemble sur une affaire, lorsqu'il était Attorney Général.

— Oui, je le sais.

Mais cela ne répond pas à ma question.

Silence. Son regard est toujours perdu vers la maison. Il n'y a aucune lumière à l'intérieur. Je lui rappelle que Chandonne a l'habitude de dévisser l'ampoule qui éclaire le porche ou de couper les fils pour demeurer dans l'obscurité quand sa victime lui ouvre.

D'un ton ferme, presque cassant, Berger déclare brusquement :

— J'aimerais avoir votre opinion. Je suis certaine que vous en avez une. Vous êtes une enquêtrice observatrice et expérimentée. Vous connaissez également le mode opératoire de Chandonne, pour en avoir été victime.

Cette nouvelle allusion à l'agression dont j'ai fait l'objet est pénible. Bien sûr, Berger ne fait que son travail, mais je suis froissée par son objectivité et son absence de tact. Et puis, cette façon qu'elle a de se dérober m'agace. Je commence à lui en vouloir de mener toutes nos conversations : leur sujet, leur durée et même leur survenue. Je n'y peux rien. Je suis humaine. Je voudrais qu'elle me témoigne au moins un peu de compassion.

Je lâche, hors de propos :

— Ce matin, quelqu'un a appelé la morgue et s'est présenté sous le nom de Benton Wesley. Vous avez des nouvelles de Rocky Marino Caggiano ? Qu'est-ce qu'il mijote ?

La colère et la peur me font hausser le ton.

— Nous n'en aurons pas d'ici un moment, répond-elle comme si elle était au courant. Pas son genre. Mais je ne serais pas surprise qu'il recoure à ses bons vieux trucs : harceler. Faire souffrir. Terroriser. Toucher les points sensibles, au moins en guise d'avertissement. Selon moi, vous n'aurez aucun contact direct avec lui. Il va se défiler jusqu'au dernier moment, juste avant le procès. Il est comme ça, ce salaud. En coulisse, constamment.

Nous nous taisons. Elle attend que je baisse ma garde.

— Mon opinion ou mes hypothèses, d'accord, dis-je finalement. C'est ce que vous voulez ? Très bien.

— C'est ce que je veux. Vous feriez une excellente assistante.

Une allusion à un District Attorney adjoint qui serait son conseiller, son coéquipier durant un procès. Compliment ou ironie, je l'ignore.

D'accord, je vais abandonner ma réserve habituelle, mon goût pour les faits démontrés, et m'avancer dans le flou des déductions :

— Diane Bray avait une amie qui passait la voir assez souvent. L'inspectrice Anderson. Bray l'obsédait. Elle l'allumait, apparemment. Chandonne aurait pu épier Bray et rassembler des informations sur elle. Observer, par exemple, Anderson lui rendre visite. Le soir du meurtre, il a attendu qu'elle quitte la maison de Bray, s'est précipité pour dévisser l'ampoule, et il a frappé. Bray a sans doute pensé qu'Anderson revenait pour poursuivre leur dispute ou se réconcilier, ou Dieu sait quoi.

Songeuse, Berger rattrape ma phrase au vol :

— Parce qu'elles se disputaient. Elles se disputaient beaucoup.

— De toute évidence, il s'agissait d'une relation orageuse...

Je continue à m'enfoncer dans ce territoire étroit. Je ne suis pas censée entrer dans cette partie d'une enquête, mais je continue quand même.

— ... Ce n'était pas la première fois qu'Anderson partait en claquant la porte pour revenir un peu plus tard.

— Vous avez assisté à l'interrogatoire d'Anderson après la découverte du corps.

Berger est au courant. Quelqu'un le lui a dit. Marino, probablement.

— Oui, en effet.

— Et qu'en est-il de cette nuit-là, celle où Anderson a mangé de la pizza en buvant de la bière chez Bray ?

— Elles se sont disputées — selon Anderson. Elle est partie fâchée et, peu de temps après, on a frappé à la porte de la même façon qu'Anderson. Il l'a imitée, tout comme il a imité la police quand il est venu chez moi.

— Montrez-moi.

Je frappe sur la console entre nos deux sièges. Trois coups, très fort.

— C'est comme ça qu'Anderson s'annonçait ? Elle ne sonnait pas ?

— Vous fréquentez assez les flics pour savoir qu'ils sonnent rarement. Ils ont l'habitude des quartiers où les sonnettes ne fonctionnent plus, quand il y en a.

— Intéressant, qu'Anderson ne soit pas revenue, observe-t-elle. Et dans le cas contraire ? Pensez-vous que Chandonne pressentait, d'une manière ou d'une autre, qu'elle ne reviendrait pas ce soir-là ?

— Je me suis posé la question, moi aussi.

— Peut-être qu'il aura perçu quelque chose dans son comportement en la voyant partir. Ou alors, il ne parvenait plus à se contrôler. Ou encore, son désir était plus fort que la peur d'être interrompu.

— Il a peut-être aussi observé un détail important. Anderson n'avait pas la clé de chez Bray.

— Oui, mais la porte n'était pas fermée à clé quand Anderson est revenue le lendemain matin et a découvert le corps, n'est-ce pas ?

— Ça ne signifie pas qu'elle n'était pas fermée quand il était à l'intérieur et agressait Bray. Il a bien accroché le panneau « Fermé » et verrouillé le magasin avant de massacrer Kim Luong.

— Mais nous ne sommes pas certains qu'il a verrouillé derrière lui quand il est entré chez Bray, insiste Berger.

— Oui, c'est vrai.

— Donc, peut-être n'a-t-il pas fermé la porte, continue-t-elle sur sa lancée. Admettons qu'il ait forcé l'entrée pour la poursuivre dans la maison. Durant tout le temps où il la mutile dans la chambre, la porte aurait été ouverte ?

— Ce qui impliquerait qu'il ne se contrôlait plus et qu'il prenait de gros risques, fais-je remarquer.

— Oui, oui. Je ne veux pas m'engager sur cette histoire de perte de contrôle, répond Berger comme pour elle-même.

— La perte de contrôle n'a rien à voir avec la folie. Tous les gens qui commettent un meurtre, hormis en cas de légitime défense, ont perdu le contrôle d'eux-mêmes.

— Ah, c'est juste, acquiesce-t-elle. Donc, Bray ouvre la porte, la lumière est éteinte, et il est là, dans le noir.

— Même scénario que pour le docteur Stvan à Paris. Des femmes ont été assassinées, là-bas. Même mode opératoire et, dans plusieurs cas, Chandonne a laissé des mots sur les lieux des crimes.

— C'est de là que lui vient son surnom de Loup-Garou, coupe-t-elle.

— Il a également écrit ce nom à l'intérieur du conteneur où le corps a été découvert — le corps de son frère Thomas. Mais, oui, c'est à Paris qu'il a commencé à laisser cette signature de Loup-Garou. Un soir, il s'est présenté à la porte du docteur Stvan, sans se rendre compte que son mari était là, alité. Il travaille de nuit comme chef cuisinier, mais ce jour-là, il était là, Dieu merci. Le docteur Stvan ouvre la porte et, lorsque Chandonne entend son mari l'appeler d'une autre pièce, il s'enfuit.

— Elle a eu le temps de bien le voir ?

— Je ne crois pas. Il faisait sombre. Elle se souvient qu'il était bien habillé, avec un long manteau sombre, une écharpe, les mains dans les poches. Il s'exprimait très correctement, en homme bien élevé, et il a utilisé le prétexte d'une panne de voiture pour lui demander de téléphoner. C'est alors qu'il s'est rendu compte qu'elle n'était pas seule et qu'il a pris ses jambes à son cou.

— Elle se rappelait autre chose ?

— Son odeur. Très forte, comme un chien mouillé.

Berger émet un drôle de bruit. Je commence à me familiariser avec les subtilités de son comportement. Lorsqu'un détail est particulièrement étrange ou dégoûtant, elle se mord les joues et produit une sorte de petit cri étranglé, comme un oiseau.

— Bien. Il s'en prend donc à la légiste en chef là-bas et ensuite à celle d'ici. Vous. Pourquoi ?

Elle s'est tournée face à moi, un bras posé sur le volant.

— Pourquoi ?... J'aimerais bien que quelqu'un me le dise.

C'est une question à laquelle je ne peux pas répondre, et elle n'aurait pas dû me la poser. Je sens à nouveau la colère monter en moi.

— Préméditation, répond-elle. Les malades mentaux ne planifient pas leurs crimes à ce point. Des légistes, à Paris et ici. Deux femmes. Toutes deux ont autopsié ses victimes. Il s'est donc établi une familiarité assez perverse entre lui et elles. Mais peut-être sont-elles devenues plus intimes qu'une maîtresse, parce que, d'une certaine façon, elles sont ses témoins. Vous avez vu où il les avait touchées et mordues. Vous avez posé vos mains sur le même corps que lui. Si l'on veut, vous l'avez regardé faire l'amour à ces femmes, car c'est ainsi que Jean-Baptiste Chandonne fait l'amour à une femme.

— C'est révoltant.

Son interprétation psychologique m'irrite, de façon très personnelle.

— C'est un schéma répétitif. Un plan. Pas du tout au hasard. Il importe donc que nous comprenions ce schéma, Kay. Et cela, sans révulsion ni réaction personnelle. (Elle marque une pause.) Vous devez le considérer sans émotion. Vous n'avez pas les moyens de vous laisser emporter par la haine.

— Franchement, c'est difficile de ne pas haïr quelqu'un comme lui.

— Oui, mais lorsque nous en voulons à quelqu'un,

que nous le détestons, il devient très difficile de lui consacrer notre temps et notre attention, de nous intéresser à lui. Or, nous devons avoir de l'intérêt pour Chandonne. Un immense intérêt. Vous devez vous préoccuper de lui plus que de quiconque dans toute votre vie.

Je sais qu'elle a raison et qu'elle énonce une vérité capitale. Mais je résiste désespérément à mon intérêt pour Chandonne.

— J'ai toujours considéré les choses du point de vue de la victime, lui dis-je. Je n'ai jamais perdu de temps à me mettre à la place des ordures qui commettent les crimes.

— Et c'est aussi la première fois que vous travaillez sur une affaire de ce genre, contre-t-elle. Je vous rappelle que vous n'avez jamais été soupçonnée de meurtre avant cette affaire. Je peux vous aider à vous tirer de ce pétrin. Mais vous devrez m'aider à me sortir du mien. Aidez-moi à pénétrer dans l'esprit de Chandonne, dans son cœur. Il ne faut pas que vous le haïssiez.

Je reste silencieuse. Je ne veux pas donner à Chandonne plus de moi-même qu'il n'a déjà pris. Je résiste aux larmes d'impuissance et de colère qui me viennent en les chassant d'un battement de paupières.

— Comment pouvez-vous m'aider, madame Berger ? Vous n'êtes pas dans votre juridiction. Vous n'êtes pas chargée de l'affaire Diane Bray. Sans doute pouvez-vous l'impliquer dans l'enquête concernant le meurtre de Susan Pless, mais moi, je reste en plan, maintenant qu'il s'agit du grand jury de Richmond. Surtout si certains essaient de faire croire que j'ai tué Bray. Que je suis dérangée.

Je respire un bon coup. Mon cœur bat la chamade.

— Mais parce que la solution, l'unique, à nos problèmes à toutes deux, porte le même nom : Susan Pless. Comment auriez-vous pu être mêlée à sa mort à elle ? Comment auriez-vous pu falsifier ces preuves-là ?

Elle attend ma réponse, comme si j'en avais une. Cette pensée m'accable. Bien sûr que je n'ai rien à voir avec le meurtre de Susan Pless.

— Alors, ma question est simple : si l'ADN du dossier Pless correspond à celui des vôtres et éventuellement de ceux de Paris, cela ne signifie-t-il pas que le meurtrier est une seule et même personne ?

Jouant l'avocat du diable de mon propre procès, j'argumente :

— Les jurés ne sont pas obligés de le croire au-delà d'un doute raisonnable. Tout ce qu'il leur faut, c'est une cause probable. Le marteau à piquer qui porte le sang de Bray a été découvert chez moi. Et une facture prouve que j'ai acheté un marteau à piquer. Ajoutez à cela que l'outil que j'ai vraiment acheté a disparu. C'est comme si on m'avait prise l'arme encore fumante à la main, madame Berger, ne trouvez-vous pas ?

— Répondez-moi, dit-elle en posant la main sur mon épaule. Etes-vous coupable ?

— Non. Bien sûr que non.

— Tant mieux. Il ne faudrait surtout pas que vous soyez coupable. J'ai besoin de vous, comme elles...

Elle fixe la maison vide et froide. Elle parle des autres victimes de Chandonne, de celles qui n'ont pas survécu. Elles ont besoin de moi. Berger revient à ce qui nous a amenées ici, dans cette allée. Elle revient à Diane Bray.

— ... Bien. Donc, il entre par la porte. Aucune trace de lutte à ce niveau, impliquant qu'il ne tente pas de l'agresser tant qu'ils ne sont pas dans la chambre, à l'autre bout de la maison. Il ne semble pas qu'elle ait essayé de s'enfuir ou de se défendre. Elle n'a jamais cherché son arme ? Diane Bray est un flic. Où se trouve son arme ?

— Lorsqu'il a pénétré chez moi, il a tenté de m'aveugler en me jetant son manteau sur la tête.

Je tente de me conformer à ce qu'elle attend de moi : me considérer comme une femme inconnue.

— Alors peut-être qu'il a emprisonné Bray avec un

manteau ou quelque chose qu'il a jeté sur sa tête, avant de l'entraîner de force dans sa chambre ?

— Ce n'est pas exclu. La police n'a jamais trouvé l'arme de Bray. Pas à ma connaissance.

— Je me demande ce qu'il en a fait...

Des phares brillent dans le rétroviseur. Un break remonte lentement l'allée. Je me retourne tout en poursuivant :

— Il manquait de l'argent. Deux mille cinq cents dollars. L'argent de la vente clandestine de médicaments. Anderson venait de l'apporter, c'est du moins ce qu'elle prétend.

— Et selon vous, elle dit la vérité ?

— Toute la vérité ? Je ne sais pas. Peut-être que Chandonne a subtilisé l'argent et l'arme de Bray. A moins qu'Anderson n'ait ramassé l'argent en revenant le lendemain matin et en découvrant le corps. Mais j'ai vu l'état de la chambre. Difficile d'imaginer qu'elle ait eu assez de sang-froid. Il y avait de quoi prendre ses jambes à son cou.

— Cela me paraît la seule réaction, si j'en juge par les photos que vous m'avez montrées.

Nous descendons de voiture. Je ne distingue pas assez Eric Bray pour le reconnaître, mais j'ai la vague impression d'un homme séduisant, bien habillé, à peu près du même âge que sa sœur assassinée, quarante ans et quelques. Il tend à Berger une clé à laquelle est attachée une étiquette en carton.

— Le code de l'alarme est écrit dessus, dit-il. Je préfère attendre dehors.

— Je suis vraiment navrée de vous traîner ici, dit Berger en attrapant un dossier et un appareil photo sur la banquette arrière. Surtout le soir de Noël.

— C'est votre travail, j'en suis conscient, dit-il d'une voix sans timbre.

— Vous êtes entré ?

Il hésite et jette un regard à la maison.

— Je ne peux pas. (Sa voix se brise sous l'émotion et les larmes. Il secoue la tête et remonte dans sa voiture.) Je ne sais pas si l'un d'entre nous... Enfin... (Il se racle la gorge et continue à parler par la portière ouverte, plafonnier allumé, tandis que l'alarme tinte.) Enfin, je veux dire que j'ignore qui parmi nous va pouvoir entrer et s'occuper de ses affaires.

Il me fixe et Berger fait les présentations. Je suis certaine qu'il sait déjà très bien qui je suis.

— Il y a des services de nettoyage professionnels dans la région, lui dis-je délicatement. Vous devriez en contacter un. Ils nettoieraient avant que vous ou votre famille n'entriez. Service Master, par exemple.

Ce n'est pas la première fois que je donne ce conseil à des familles dont un membre a été brutalement assassiné chez lui. Personne ne devrait avoir à affronter les éclaboussures de sang et de cervelle de ses proches.

— Ils peuvent entrer sans nous ? demande-t-il. Les entreprises de nettoyage font ça ?

— Vous laissez la clé dans un endroit sûr. Et oui, en effet, ils entrent et s'occupent de tout sans que vous soyez là. Ils sont assurés et soumis au secret professionnel.

— C'est une excellente idée. Nous voulons vendre cette maison, dit-il à Berger. Dès que vous n'en aurez plus besoin.

— Je vous tiens au courant, répond-elle. Cependant, vous avez le droit de faire ce que vous voulez de votre propriété, monsieur Bray.

— Enfin, je ne sais pas qui voudra l'acheter après tout cela, murmure-t-il.

Ni Berger ni moi ne relevons. Il a probablement raison. La plupart des gens ne veulent pas d'une maison entachée du souvenir d'un tel drame.

— J'ai déjà parlé à une agence immobilière, continue-t-il du même ton monocorde afin de dissimuler sa colère. Ils m'ont dit qu'ils ne pouvaient pas la prendre. Qu'ils étaient désolés et tout, mais qu'ils ne voulaient pas se charger de cette propriété. Je ne sais pas quoi faire. (Il contemple fixement la maison sombre et sans vie.) Vous savez, aucun de nous n'était très proche de Diane. Elle n'était pas le genre très famille ou amis. En fait, elle se préoccupait surtout d'elle-même. Je sais que je ne devrais pas dire ça, mais c'est pourtant la stricte vérité.

— Vous la voyiez souvent ? demande Berger.

— Non ; je crois que c'est moi qui la connaissais le mieux, parce qu'on a seulement deux ans d'écart. Nous savions tous qu'elle avait plus d'argent qu'elle n'aurait dû. A Thanksgiving, elle est passée chez moi au volant d'une Jaguar rouge toute neuve. (Il secoue la tête avec un sourire amer.) C'est là que j'ai eu la certitude qu'elle faisait des trucs que je ne souhaitais pas connaître. En fait, je ne suis pas surpris. (Il prend une profonde inspiration.) Pas surpris du tout que ça se soit fini comme ça.

— Vous saviez qu'elle était mêlée à des histoires de drogue ? demande Berger en changeant son dossier de main.

Je commence à avoir froid, à rester devant cette maison obscure qui nous attire comme un trou noir.

— La police en avait un peu parlé. Diane ne nous disait jamais rien de ce qu'elle faisait et on ne posait pas de questions, c'est la vérité. Pour autant que je sache, elle n'avait pas fait de testament. On va se retrouver avec ça sur les bras, en plus. Qu'est-ce qu'on va faire de ses affaires ? Je suis un peu perdu.

Il lève la tête vers nous depuis la voiture, et l'obscurité ne parvient pas à dissimuler son accablement.

Les morts violentes suscitent toujours tant de remous. Les films ou les journaux ne parlent jamais du plus terrible : de la famille, et des épreuves effroyables qui lui tombent dessus. Je donne à Eric Bray ma carte de visite en lui disant d'appeler mon bureau s'il a d'autres questions. Je l'informe que l'Institut médico-légal a publié un fascicule très utile, intitulé *Que faire une fois la police partie ?*. Bill Jenkins, dont le jeune fils a été tué il y a quelques années durant un hold-up dans un fast-food, a écrit ce petit document.

— Ce livret répondra à bon nombre de vos questions. Je suis désolée. Une mort violente laisse de nombreuses victimes dans son sillage. C'est malheureux, mais c'est la réalité.

— Oh, oui, madame, ça, c'est sûr, dit-il. Ça oui, j'aimerais bien lire tout ce que vous pourrez me fournir. Je ne sais pas ce qui va se passer, ni quoi faire de tout ça, répète-t-il. Je reste devant, si vous avez des questions. Je serai dans ma voiture.

Il referme sa portière. Son chagrin me touche, vraiment, mais je n'éprouve pourtant pas de peine pour sa sœur assassinée. Le portrait qu'il en brosse ne contribue pas à me la faire aimer, au contraire. Même sa famille lui était indifférente.

Nous gravissons les marches. Berger ne dit rien, pourtant, elle me scrute sans répit. Toutes mes réactions l'intéressent. Elle est assez intelligente pour sentir que j'en veux encore à Diane Bray de ses stratagèmes. Du reste, je ne cherche pas à le cacher. Pourquoi prendre cette peine, au point où j'en suis ?

Berger lève les yeux vers le lampadaire au-dessus de l'entrée, faiblement éclairée par les phares de la voiture d'Eric. C'est un modèle simple, en verre, un petit globe maintenu par des vis sur son support. La police l'a retrouvé dans l'herbe, près d'un buis, là où Chandonne l'a probablement jeté. Après quoi, il suffisait de dévisser l'ampoule.

— Elle devait être brûlante, dis-je à Berger. A mon avis, il a dû se protéger les doigts. Peut-être avec son manteau.

— Il n'y a pas d'empreintes dessus. Pas celles de Chandonne, d'après Marino. (Voilà qui est nouveau pour moi.) Ce qui est cohérent avec votre supposition.

— Et le globe ?

— Pas d'empreintes. Pas les siennes. (Elle enfonce la clé dans la serrure.) Mais il avait peut-être les mains couvertes quand il l'a enlevé. Comment l'a-t-il atteint ? C'est assez haut. (Elle ouvre la porte et l'alarme retentit.) Il aurait grimpé sur quelque chose ? demande-t-elle en composant le code sur le clavier.

— Sur la balustrade, peut-être.

Me voilà devenue experte en comportement de Jean-Baptiste Chandonne, et cela ne me plaît pas du tout.

— Et chez vous ?

— Il aurait pu en faire autant. Monter sur la balustrade en s'appuyant au mur ou au toit du porche.

— Aucune empreinte sur votre lampe ou sur l'ampoule non plus, au cas où vous ne sauriez pas. Pas les siennes, en tout cas.

Des pendules cliquettent dans le salon, et je me souviens de ma surprise à ma première visite chez Diane Bray, après sa mort, en découvrant sa collection d'horloges parfaitement synchronisées et ses antiquités anglaises, grandioses mais glaciales.

— De l'argent. (Berger parcourt du regard le long sofa, la bibliothèque tournante, le buffet en ébène.) Oh, oui, vraiment. De l'argent, de l'argent et de l'argent. Les flics n'ont pas un tel train de vie.

— La drogue.

Le regard de Berger inspecte le moindre détail :

— Sans blague ! Consommatrice et revendeuse. Mais d'autres jouaient les mulets pour elle. Anderson comprise. Ainsi que votre ancien employé à la morgue, celui qui volait des médicaments en vous faisant croire qu'il avait vidé les flacons dans l'évier. Chuck Je-ne-sais-plus-quoi. (Elle caresse les draperies en brocard doré et contemple les lambrequins.) Tiens, des toiles d'araignée. De la poussière, de la vieille poussière. Nous ne sommes sûrement pas au bout de nos trouvailles.

— Probablement. Dealer des médicaments ne rapporte pas assez pour tout cela et la Jaguar neuve.

— Ce qui m'amène à la question que je pose à tous les gens qui ne s'enfuient pas devant moi, dit Berger en se dirigeant vers la cuisine. Pourquoi Diane Bray a-t-elle emménagé à Richmond ? (Je n'ai aucune réponse.) Pas pour son travail, malgré ce qu'elle prétendait. Pas pour ça. Sûrement pas...

Elle ouvre le réfrigérateur. L'intérieur est plus que

frugal : des céréales aux fruits secs, des mandarines, de la moutarde, un pot de Miracle Whip. La date de péremption du lait écrémé est dépassée de la veille.

— ... Assez intéressant, dit Berger. Cette dame n'était pas souvent chez elle...

Elle ouvre un placard et inspecte les boîtes de soupe Campbell et de biscuits apéritifs. Il y a trois bocaux d'olives fourrées.

— ... Pour les cocktails ? Elle buvait beaucoup ?

— Pas la nuit où elle est morte, en tout cas.

— C'est vrai. 0,3 gramme d'alcool dans le sang. (Elle ouvre d'autres placards et finit par trouver les alcools.) Une bouteille de vodka. Une de scotch. Deux cabernets argentins. Ce n'est pas le bar d'une grande buveuse. Elle devait trop se soucier de sa ligne pour ça. Les cachets, au moins, ça ne fait pas grossir. Quand vous êtes arrivée sur les lieux, c'était la première fois que vous veniez chez elle — dans cette maison ?

— Oui.

— Pourtant, vous habitez à quelques rues de là.

— J'avais vu la maison en passant. Depuis la rue. Sans jamais lui rendre visite. Nous n'étions pas amies.

— Mais elle l'aurait voulu.

— On m'a dit qu'elle voulait qu'on déjeune ensemble, ou Dieu sait quoi. Pour faire ma connaissance.

— Marino.

— En effet, réponds-je, habituée à présent à sa manière de questionner.

— Croyez-vous qu'elle s'intéressait sexuellement à vous ? demande-t-elle d'un ton dégagé en ouvrant un élément où sont rangés des assiettes et des verres. De nombreux indices donnent à penser qu'elle était à voile et à vapeur.

— On me l'a déjà demandé, je ne sais pas.

— Cela vous aurait ennuyée ?

— Cela m'aurait gênée. Probablement.

— Elle allait souvent au restaurant ?

— Pour ce que j'en sais, oui.

Berger me pose des questions dont elle connaît déjà les réponses. Elle veut savoir ce que j'ai à dire et compare mes impressions à celles des autres. Certains des sujets qu'elle explore me rappellent les questions d'Anna durant nos confessions près du feu. Est-il possible que les deux femmes se soient rencontrées ?

— Ça me fait penser à un magasin qui sert de couverture à une affaire illégale. (Elle regarde sous l'évier : des produits d'entretien et quelques éponges desséchées.) Ne vous inquiétez pas, continue-t-elle, comme si elle lisait dans mes pensées. Je ne laisserai personne vous interroger comme cela au tribunal, je veux dire au sujet de votre vie sexuelle ou privée. Je me rends compte que ce n'est pas censé être votre domaine d'expertise.

La remarque est si étrange que je la relève.

— Pas censé l'être ?

— Le problème, c'est que vous tenez certaines de vos informations de Diane Bray, en personne. Elle vous a dit (elle ouvre un tiroir) qu'elle dînait souvent seule au bar de Buckheads.

— En effet.

— Le soir où vous l'avez rencontrée là-bas pour lui parler.

— Le soir où j'essayais de prouver qu'elle était en cheville avec mon assistant, Chuck.

— Et c'était le cas.

— Malheureusement, oui.

— Et vous l'avez mise au pied du mur.

— C'est cela.

— Eh bien, ce bon vieux Chuck est sous les verrous, comme il le méritait. (Elle sort de la cuisine.) Parce que, voyez-vous, si vous ne tenez vos informations que d'une rumeur, reprend-elle, Rocky Caggiano va vous cuisiner, et je ne pourrai pas faire d'objection. Enfin, si, mais ça ne me mènera nulle part. Il faut que vous en soyez consciente. Et que vous compreniez pour quoi vous passerez.

— Pour le moment, ce qui m'inquiète, c'est de quoi j'aurai l'air avec tout cela devant le grand jury, lui fais-je remarquer.

Elle s'arrête dans le couloir. Au bout, la porte de la chambre est entrebâillée, renforçant cette impression de négligence indifférente qui glace cette maison. Berger me regarde droit dans les yeux.

— Je ne vous connais pas personnellement, et ce sera le cas de tous les membres du jury. Ce sera donc votre parole contre celle d'une policière assassinée quand vous déclarerez que c'était elle qui vous harcelait et non pas le contraire, et que vous n'avez rien à voir avec son meurtre... Alors même que vous pensez que le monde se porte mieux maintenant qu'il est débarrassé d'elle.

J'interviens d'un ton amer :

— C'est Anna ou Righter qui vous a dit cela ?

— Docteur Scarpetta, vous allez très vite vous endurcir, dit-elle en descendant le couloir. J'en fais une mission personnelle.

XXVI

Le sang est la quintessence de la vie. Il se comporte comme une créature vivante.

Lorsque le système circulatoire est confronté à une brèche, les vaisseaux sanguins se contractent immédiatement et rapetissent de manière à diminuer la quantité de sang transportée, donc l'hémorragie. Les plaquettes s'amassent pour obstruer la blessure. Il existe treize facteurs de coagulation qui, ensemble, génèrent l'alchimie permettant d'arrêter cette fuite de sang. J'ai toujours pensé que le sang était rouge vif pour cette raison. C'est la couleur de l'alerte, de l'urgence, du danger et de la détresse. Si le sang était transparent comme la sueur, nous risquerions de ne pas nous apercevoir que nous sommes blessés. Le rouge vif souligne fièrement l'importance du sang. C'est la sirène qui se déclenche lorsque se produit la plus grande de toutes les violations : la mutilation ou la perte de la vie.

Le sang de Diane Bray hurle dans toutes ces gouttes, ces éclaboussures, ces taches et ces traînées. En vraie commère, il raconte qui a fait quoi, comment, et dans certains cas, pourquoi. La violence des coups modifie la vitesse et le volume de sang qui s'échappe. Le sang qui gicle d'une arme permet de déduire le nombre de coups. En l'occurrence, au moins cinquante-six. C'est toute la précision avec laquelle nous pouvons calculer, car certaines taches en recouvrent d'autres, et en déterminer le nombre relève de l'impossible. Le nombre de coups indiqué par les taches correspond à ce que j'ai appris en autopsiant le corps de Bray. Mais les fractures étaient, elles aussi, si nombreuses et voisines les unes des autres, les os tellement broyés, que je n'ai pu les dénombrer. La haine. Un désir et une violence invraisemblables.

Personne n'a tenté de nettoyer la chambre, et ce que Berger et moi trouvons est un contraste saisissant avec le reste de la maison, figé et stérile. Cette sorte d'immense toile d'araignée rose vif, ce sont les techniciens du labo qui ont utilisé une méthode faisant intervenir une ficelle pour repérer les trajectoires des gouttes de sang qui maculent tout. Le but est de déterminer la distance, la vitesse et l'angle, d'échafauder par un modèle mathématique la position exacte du corps de Bray lors de chacun des coups portés. Au final, on dirait une étrange œuvre d'art moderne, une bizarre géométrie fuchsia qui relie les murs, le plafond, le sol, les meubles anciens et les quatre miroirs moulurés où Bray admirait son exceptionnelle et sensuelle beauté. Les flaques de sang coagulé sur le sol sont désormais dures et épaisses, et le grand matelas nu où était crûment étalé son corps semble recouvert de litres de peinture noire.

Je sens ce qu'éprouve Berger. Elle se tait en regardant cet incompréhensible carnage. En elle monte cette énergie particulière que seuls les gens — et surtout les femmes — qui luttent quotidiennement contre la violence peuvent véritablement comprendre.

— Où sont les draps ? (Elle ouvre son dossier.) On les a portés au labo ?

— On ne les a jamais trouvés.

Je repense à la chambre du motel, à ses draps disparus. Lors de son interrogatoire filmé, Chandonne a prétendu que quelqu'un aurait subtilisé ceux de son appartement parisien.

— Enlevés avant ou après qu'on l'a tuée ? demande Berger en sortant des photos d'une enveloppe.

— Avant. C'est évident, d'après la pénétration du sang dans le matelas.

J'entre dans la pièce et contourne les fils qui désignent le crime de Chandonne. J'indique à Berger des traînées parallèles, très caractéristiques, sur le matelas : le manche spiralé du marteau à piquer, lorsque Chandonne l'a posé entre ou après les coups. Berger n'en distingue pas immédiatement le dessin. Elle reste à le fixer en plissant le front tandis que je déchiffre ce chaos de taches sombres, d'empreintes de mains et de traînées qui doivent correspondre aux genoux de Chandonne lorsqu'il chevauchait le corps pour laisser libre cours à ses épouvantables fantaisies sexuelles. J'explique :

— Ces taches n'auraient pu pénétrer aussi profond dans le matelas s'il y avait eu des draps sur le lit.

Berger examine une photo représentant Bray allongée sur le dos, étalée au milieu du matelas, vêtue d'un pantalon en velours noir et d'une ceinture, sans chaussures ni chaussettes, dénudée à partir de la taille, sa montre en or fracassée à son poignet gauche. L'anneau en or à sa main droite a été enfoncé jusqu'à l'os de la phalange sous la violence des coups.

J'ajoute :

— Donc, soit il n'y avait pas de draps à ce moment-là, soit il les a enlevés pour une raison quelconque.

— J'essaie de me le représenter, lâche Berger en examinant le matelas. Il est dans la maison. Il la poursuit dans le couloir, jusqu'ici. Il n'y a aucun signe de lutte, rien qui laisse penser qu'il l'ait blessée avant qu'ils arrivent dans la chambre et là, boum ! Il se déchaîne. Ma question est : lui a-t-il dit quelque chose du genre « Attends une seconde que j'enlève les draps » ? Avait-il le temps pour cela ?

— Je doute sérieusement qu'elle parlait encore ou était en état de courir lorsqu'il l'a balancée sur le lit. Tenez, regardez ici, là, là et là. (Je désigne les portions de ficelle fixées aux gouttes de sang dans l'entrée de la chambre.) Ce sont des giclées de sang provenant de l'arme — en l'occurrence, le marteau à piquer.

Berger suit le fil et tente de corréler ce qu'il indique à ce qu'elle voit sur les photos :

— Dites-moi, vous attribuez beaucoup de crédit à cette méthode ? Certains flics de ma connaissance sont convaincus que ce sont des conneries et une vaste perte de temps.

— Pas si on sait ce qu'on fait et qu'on procède scientifiquement.

— Et de quelle science s'agit-il ?

Le sang comporte quatre-vingt-onze pour cent d'eau. Il subit les lois physiques des liquides et celles du mouvement et de la gravité. Une goutte de sang libre parcourt dans sa chute sept mètres soixante-cinq par seconde, le diamètre de la tache qu'elle produira augmentant en fonction de la hauteur. Une goutte de sang tombant sur une autre génère une couronne de gouttelettes autour de la tache originelle. Ces éclaboussures forment de longues traînées étroites autour d'une tache centrale et, à mesure que le sang sèche, il passe du rouge vif au rouge marron, puis au brun et enfin au noir. Je connais des experts qui ont passé toute leur carrière à observer du sang qui goutte d'un sachet de perfusion en utilisant des fils à plomb, en le faisant couler, le projetant ou le versant sur différentes surfaces selon des angles et des hauteurs variables, qui ont marché dans des flaques, en tapant ou en traînant les pieds, à titre d'expérimentation. Enfin, il reste les mathématiques, la géométrie et la trigonométrie qui permettent de déterminer le point d'origine de la goutte.

Au premier coup d'œil, le sang qui macule la chambre de Diane Bray est un véritable enregistrement vidéo de ce qui s'est passé. Il convient d'utiliser la science, l'expérience et le raisonnement logique pour le décrypter. Berger souhaite également mon intuition. Une fois de plus, elle me pousse au-delà des frontières de mes compétences. Je suis les dizaines de fils qui relient les taches sur le mur et l'encadrement de la porte et convergent vers un point à mi-hauteur au milieu de la pièce. Comme on ne peut pas fixer un fil dans le vide, les techniciens ont installé un ancien portemanteau trouvé dans l'entrée et y ont attaché les fils à environ un mètre cinquante du sol pour déterminer le point d'origine. Je montre à Berger l'endroit où se tenait probablement Bray lorsque Chandonne a porté le premier coup.

— Elle était déjà à l'intérieur, dis-je. Vous voyez cette zone vide, ici ? (Je désigne un espace du mur intact autour duquel les taches forment comme une auréole.) C'est son corps ou celui de Chandonne qui a fait écran. Elle était debout. Ou lui l'était. Si c'était lui, elle aussi l'était forcément, parce qu'on ne reste pas debout pour frapper quelqu'un qui est allongé par terre. (Je me redresse pour lui montrer.) A moins évidemment d'avoir des bras de deux mètres. Par ailleurs, le point d'origine est à plus d'un mètre cinquante du sol, ce qui implique que des coups ont atteint leur cible. Son corps. Et plus probablement sa tête. (Je me rapproche du lit.) Maintenant, elle est par terre.

Je désigne des traînées et des gouttes sur le sol. J'explique que les taches produites à un angle de quatre-vingt-dix degrés sont rondes. Si, par exemple, on est à quatre pattes, et que le sang vous coule du visage, les taches sont rondes. Plusieurs de celles que nous examinons le sont. Au contraire, certaines autres sont irrégulières. Elles recouvrent une zone d'environ soixante centimètres. Bray, pendant un court moment, était donc à quatre pattes et essayait peut-être d'échapper à son agresseur qui continuait à la frapper.

— Il donnait des coups de pied ou il la piétinait ? demande Berger.

— Rien ne me permet de trancher.

C'est une bonne question. Qu'il l'ait bourrée de coups de pied ou l'ait écrasée ajouterait une autre dimension insupportable à ce crime.

— Les mains sont une arme plus personnelle que les pieds, remarque Berger. D'après mon expérience des meurtres sexuels, il est plus rarement question de coups de pied.

Je progresse dans la chambre pour lui montrer d'autres éclaboussures, avant de m'arrêter devant une flaque de sang coagulé à bonne distance du lit.

— Là, elle a saigné. C'est peut-être ici qu'il lui a arraché son chemisier et son soutien-gorge.

Berger passe en revue les photos et trouve celle où le chemisier de satin vert et le soutien-gorge noir gisent à deux mètres du lit.

Je poursuis la traduction des hiéroglyphes sanglants :

— On se rapproche du lit, et c'est là que l'on retrouve des fragments de tissus cervicaux.

— Il dépose donc le corps sur le lit, poursuit Berger. Ou bien il la force à s'y allonger. Reste à savoir si elle est encore consciente à ce moment-là.

— Franchement, j'en doute...

Je désigne de minuscules amas noirâtres collés à

393

la tête du lit, au mur, le long d'une lampe de chevet et au plafond au-dessus du lit.

— Là, tissus cervicaux. Elle n'est plus consciente de ce qui se passe. C'est mon opinion.

— Toujours en vie ?

— Elle continue de saigner. (Je lui montre la vaste zone noire sur le matelas.) Là, ce n'est plus mon opinion, c'est un fait. Elle a encore de la pression sanguine, mais elle est très probablement inconsciente.

— Dieu merci...

Berger a sorti son appareil photo et mitraille. Elle sait très bien s'y prendre, une vraie pro. Elle sort de la pièce pour y pénétrer à nouveau en prenant des photos afin de fixer sur la pellicule ce que je viens de lui raconter.

— ... Je vais demander à Escudero de venir faire une vidéo.

— Les flics l'ont déjà fait.

— Je sais, répond-elle tout en continuant de flasher. (Elle s'en fiche. C'est une perfectionniste. Elle veut procéder à sa manière.) J'adorerais vous enregistrer en train de m'expliquer tout cela, mais je ne peux pas.

C'est impossible, en effet, sauf si elle accepte de communiquer la bande à la défense. C'est la raison pour laquelle elle ne prend aucune note. Elle cherche à éviter que Rocky Caggiano ait accès au moindre mot — enregistré ou écrit — en dehors de mon rapport officiel. Berger est extrêmement prudente. Des soupçons que j'ai du mal à prendre au sérieux pèsent sur moi. Je n'arrive toujours pas à croire que l'on puisse sérieusement m'accuser d'avoir assassiné la femme dont le sang s'étale partout autour de nous.

Berger et moi en avons terminé avec la chambre. Nous explorons ensuite d'autres parties de la maison sur lesquelles je ne me suis pas attardée lorsque je suis venue pour la première fois dans cette maison, sur le lieu du crime. J'avais pourtant examiné l'armoire à pharmacie, dans la chambre. C'est une chose que je n'omets jamais. Ce que les gens prennent comme médicaments est toujours très instructif. Je sais qui a des migraines, des problèmes mentaux ou qui est hypocondriaque. Je sais ainsi que les médicaments favoris de Bray étaient le Valium et l'Ativan, des centaines de cachets rangés dans des flacons de Nuprin et de Tylenol. Elle avait également un peu de BuSpar. Bray aimait les sédatifs. Il lui fallait absolument de l'apaisement.

Berger et moi explorons la chambre d'amis, plus loin dans le couloir. Je n'y suis jamais entrée. Nulle trace d'occupation, et cela ne m'étonne pas. La pièce n'est pas meublée, mais encombrée de cartons toujours fermés.

— N'avez-vous pas l'impression qu'elle ne comptait pas habiter longtemps ici ?...

Le ton de Berger a subtilement changé. Elle me parle comme si je faisais partie de l'équipe du procureur, comme si j'étais son adjointe.

— ... Parce que moi, j'en suis sûre. C'est d'autant plus curieux qu'on n'accepte pas un poste important dans un service de police sans se dire qu'on va le garder pendant au moins quelques années. Même si ce n'est guère plus qu'un marchepied.

J'inspecte la salle de bains sans y trouver le moindre rouleau de papier toilette, ni Kleenex, ni même de savon. Par contre, un médicament dans l'armoire à pharmacie me surprend :

— De l'Ex-Lax. Une bonne douzaine de boîtes.

— Merde alors, fait Berger en me rejoignant. Peut-être que notre amie si préoccupée de son apparence avait des petits problèmes de comportement alimentaire ?

Il n'est pas rare que les gens qui souffrent de boulimie recourent aux laxatifs pour se purger après s'être goinfrés. Je soulève le couvercle des toilettes pour découvrir des traces de vomi sur le rebord intérieur et dans la cuvette. Rougeâtres. Bray était censée avoir mangé de la pizza avant de mourir. Mais le bol alimentaire stomacal retrouvé à l'autopsie était très léger : quelques traces de viande hachée et de légumes.

— Si quelqu'un a vomi juste après avoir mangé et est mort entre trente et soixante minutes plus tard, vous attendriez-vous à trouver son estomac totalement vide ? m'interroge Berger en devinant mon raisonnement.

— Il resterait des traces de nourriture sur les parois. L'estomac n'est jamais totalement vide, sauf si le sujet a bu une très grande quantité d'eau et s'est purgé. Comme un lavage d'estomac destiné à évacuer un poison, par exemple.

Une nouvelle séquence du film se dévide. Cette pièce était le secret répugnant et honteux de Bray. Elle est située à l'écart du reste de la maison, et comme Bray était la seule à y entrer, personne ne risquait de le découvrir. Je connais suffisamment bien les problèmes de dépendance et les troubles de l'alimentation pour savoir que le sujet éprouve un besoin vital de dissimuler son honteux rituel. Bray était bien décidée à ce que personne n'entrevoie qu'elle se goinfrait et se purgeait, et peut-être cela explique-t-il la quasi-absence de nourriture chez elle. Peut-être les médicaments lui permettaient-ils de maîtriser l'angoisse qui accompagne inévitablement tout comportement compulsif.

— C'est peut-être pour cela qu'elle s'est empressée de mettre Anderson dehors après dîner, conjecture Berger. Elle voulait régurgiter sa nourriture sans témoins.

— Ce serait une raison. Les gens qui souffrent de ce problème sont tellement dominés par leur obsession qu'elle leur fait oublier tout le reste. C'est donc une hypothèse recevable. Et elle était peut-être même dans cette pièce quand Chandonne est apparu.

— Ce qui renforçait sa vulnérabilité.

Berger prend des photos de l'intérieur de l'armoire à pharmacie et des boîtes d'Ex-Lax.

— Oui. Etre surprise au milieu de son rituel l'aurait décontenancée et rendue paranoïaque. Elle aurait d'abord pensé que son secret risquait d'être exposé, avant de comprendre le danger immédiat.

— Distraite, donc, dit Berger en se penchant pour photographier la cuvette.

— Extrêmement distraite.

— Elle se dépêche donc de terminer de vomir. Elle sort précipitamment de la salle de bains, referme la porte et court à l'entrée. Elle pense que c'est Anderson qui frappe ses trois coups. Sans doute est-elle agacée et ennuyée. Peut-être même lâche-t-elle quelque chose de désagréable en ouvrant et... (Berger retourne dans le couloir et fait une grimace.) Elle est morte.

Elle laisse ce scénario en suspens tandis que nous cherchons la buanderie. Je peux comprendre cette distraction et l'horreur paralysante que l'on éprouve en ouvrant une porte et en voyant Chandonne se précipiter sur vous hors de l'obscurité. Berger ouvre tous les placards dans le couloir et finit par trouver l'escalier du sous-sol. La buanderie est en bas, et je suis étrangement troublée en descendant les marches sous la lumière crue d'ampoules nues d'où pendent les cordons d'interrupteur. Cette partie de la maison m'est inconnue, elle aussi. Je n'ai encore jamais vu la Jaguar rouge vif dont tout le monde parle tant. Sa présence dans cet endroit sombre, encombré et sinistre, est absurde. Cette voiture est le symbole claironnant du pouvoir dont Bray était insatiable, et qu'elle étalait. Je revois Anderson me raconter qu'elle était le « chien-chien » de Bray. Je n'imagine pas la créature arrogante conduisant elle-même sa voiture au lavage.

Le garage en sous-sol est sans doute toujours dans le même état que lorsque Bray a acheté la maison.

Sombre, poussiéreux, bétonné et figé dans le temps. Apparemment, on ne l'a pas arrangé. Les outils accrochés sur un rack et la tondeuse mécanique sont vieux et rouillés. De vieux pneus sont adossés au mur. Le lave-linge et le séchoir ne sont pas de la première jeunesse et, bien que je sois certaine que la police les a inspectés, je ne vois pas de trace d'examen. Les deux appareils sont pleins. Bray ne s'est pas donné la peine de les vider. La lingerie, les jeans et les serviettes sont chiffonnés et sentent l'aigre. D'autres serviettes, des chaussettes et des vêtements de sport sales attendent encore dans le lave-linge. Je sors un T-shirt de jogging Speedo.

— Elle était inscrite dans un club de gym ?

— Bonne question. Elle devait se surveiller, c'était une obsessionnelle de la forme et du corps. (Berger fouille dans le tas de linge et en extrait une petite culotte souillée de sang.) Quand on parle de laver son linge sale en famille... Parfois je me sens comme une voyeuse. Enfin, peut-être qu'elle avait eu récemment ses règles. Encore que ça n'ait pas beaucoup de rapport avec nos moutons.

— Peut-être que si. Tout dépend de la manière dont cela l'affectait. Le syndrome prémenstruel renforce les dysfonctionnements de la prise alimentaire, et ses sautes d'humeur ne devaient pas faciliter sa relation orageuse avec Anderson.

— C'est stupéfiant de penser que des détails triviaux peuvent mener à une catastrophe, dit Berger en laissant retomber la petite culotte dans la machine. J'ai eu une affaire, un jour. Un homme qui avait envie de pisser et qui s'arrête dans Bleeker Street pour se soulager dans une impasse. Il ne voit pas ce qu'il fait, jusqu'au moment où les phares d'une autre voiture qui passe l'éclairent : il est en train de pisser sur un cadavre sanglant. Le type a une crise cardiaque. Un peu plus tard, un flic s'intéresse à sa voiture mal garée, entre dans l'impasse et trouve un cadavre de Latino criblé de coups de couteau. Et à côté, un Blanc plus âgé, braguette baissée et bite à l'air. (Berger va se laver les mains à l'évier et les secoue.) Nous nous sommes pas mal arraché les cheveux pour reconstituer les faits.

XXVII

Nos investigations chez Bray se terminent à 21 h 30. Je suis épuisée, pourtant, je sais que je ne parviendrai pas à dormir. La tension m'électrise, je me sens presque fiévreuse. Je ne l'admettrai jamais devant quiconque, mais j'aime collaborer avec Berger. Rien ne lui échappe. Et elle en garde encore plus pour elle. Elle m'intrigue. J'ai goûté le fruit défendu — m'aventurer hors des limites de la bureaucratie — et cela me plaît. C'est un peu comme si je sollicitais certaines vertus que j'ai moi-même oubliées. Berger ne borne pas mon domaine d'expertise et ne se sent pas menacée dans ses compétences, parce qu'elle est sûre d'elle. Sans doute ai-je envie qu'elle me respecte aussi. Elle a fait ma connaissance au pire moment, alors que je suis traînée dans la boue, accusée.

Elle rend la clé à Eric Bray, qui ne nous pose aucune question. Il n'a même pas l'air curieux, et semble pressé de s'en aller.

— Comment vous sentez-vous ? me demande Berger alors que nous partons. Vous tenez le coup ?

— Je tiens le coup.

Elle allume le plafonnier et déchiffre un Post-it collé au tableau de bord. Elle compose un numéro sur le téléphone de voiture qu'elle branche sur haut-parleur. Le message de son répondeur défile et elle frappe un code pour connaître le nombre de messages reçus. Huit. Puis elle décroche pour que je ne puisse pas écouter. Bizarre. Veut-elle me faire savoir le nombre de ses messages ? Je reste un moment plongée dans mes pensées tandis qu'elle traverse mon quartier, le téléphone coincé contre l'oreille. Elle appuie nerveusement sur une touche pour faire défiler les appels et je la soupçonne d'être aussi impatiente que moi. Quand un message est interminable, j'ai tendance à l'effacer avant même d'arriver à la fin. Berger doit faire la même chose. Nous suivons Sulgrave Road, au centre de Windsor Farms, en passant devant Virginia House et Agecroft Hall — d'anciennes demeures Tudor démontées et mises en caisses en Angleterre avant d'être expédiées chez nous et remontées par de riches habitants de Richmond à l'époque où cette partie de la ville était une immense et unique propriété privée.

Nous approchons de la guérite du vigile de Lockgreen, ma résidence. Rita en sort. A son expression, je comprends qu'elle a déjà vu cette Mercedes et sa conductrice.

— Bonjour, dit Berger. Je raccompagne le docteur Scarpetta.

Rita se penche à la portière et rayonne. Elle est heureuse de me voir.

— Bienvenue chez vous, me dit-elle d'un air soulagé. Vous restez un moment, j'espère ? Ça fait tout drôle que vous ne soyez pas là. C'est très calme, dernièrement.

— Je rentrerai demain matin...

Curieux comme cette phrase anodine m'inquiète, sans que je sache pour quelle raison.

— ... Joyeux Noël, Rita. On dirait que tout le monde travaille, ce soir.

— Faut bien faire ce qu'il y a à faire.

Une sorte de culpabilité m'étreint tandis que nous continuons notre route. Ce sera le premier Noël où je ne pense pas aux gardes. D'habitude, je confectionne du pain ou fais porter un petit pique-nique à celui dont le triste destin est de rester assis dans cette petite guérite alors qu'il devrait être en famille. Berger se rend compte que je suis troublée.

— Il est très important que vous me disiez ce que

vous ressentez, dit-elle tranquillement. Je sais que c'est totalement contre votre nature et que cela viole toutes les règles que vous observez dans votre vie. (Nous suivons la rue vers la rivière.) Je ne le comprends que trop bien.

— Le meurtre rend tout le monde égoïste.

— Sans blague !

— Il s'y associe une peine et une colère terribles. Vous ne pensez qu'à vous. J'ai fait beaucoup de statistiques sur notre base de données informatiques. Un jour que j'essayais de retrouver le dossier d'une femme violée et assassinée, trois affaires portant le même nom sont ressorties. Et j'ai découvert le reste de sa famille : un frère décédé d'une overdose quelques années après le meurtre, puis un père suicidé un peu plus tard et une mère tuée dans un accident de voiture. Nous avons entrepris une ambitieuse étude à l'Institut : analyser ce qui arrive aux survivants. Ils divorcent. Ils se droguent. Ils sont soignés pour troubles mentaux. Ils perdent leur travail. Déménagent.

— La violence contamine tout.

Telle est la réponse plutôt banale de Berger.

— J'en ai assez d'être égoïste. C'est ce que je ressens. C'est le soir de Noël, et qu'est-ce que j'ai fait pour autrui ? Rien, pas même pour Rita. Elle travaille encore à minuit passé : elle collectionne les petits métiers, parce qu'elle a des enfants. Eh bien, je déteste tout cela. Il a fait du mal à tant de gens, et il continue. Deux meurtres nous sont tombés dessus, et pour moi ils sont liés. Torture, connexions internationales. Armes, drogues. Draps de lit manquants. Mais quand donc cela va-t-il cesser ?

Elle tourne dans mon allée sans même essayer de prétendre qu'elle ignore où j'habite exactement.

— La réalité, c'est : pas pour bientôt, malheureusement, répond-elle.

Ma maison, comme celle de Bray, est totalement sombre. Quelqu'un a éteint toutes les lumières, y compris les projecteurs discrètement placés dans les arbres ou fixés sous les gouttières et inclinés vers le bas pour ne pas illuminer ma propriété comme un stade de base-ball et gêner mes voisins. Je ne me sens pas la bienvenue. Je redoute d'entrer et d'affronter ce que Chandonne, ou la police, ont fait de mon petit univers. Je reste assise à attendre, contemplant la maison. La colère succède à la peine. Je suis blessée, vraiment.

— Qu'est-ce que vous éprouvez ? me demande Berger en regardant dans la même direction.

Je rétorque d'un ton aigre :

— Ce que j'éprouve ? *Più si spende e peggio si mangia*, c'est cela ?

Je descends et claque rageusement la portière.

C'est un proverbe italien qui signifie *plus on paie, moins bien on mange*. La vie campagnarde en Italie est censée être simple et douce. Pas compliquée. Les meilleurs plats sont préparés avec des ingrédients frais et les gens ne quittent pas précipitamment la table ni ne se soucient d'affaires somme toute peu importantes. Pour mes voisins, mon imposante demeure est une forteresse dotée de tous les systèmes de sécurité connus. Mais ce que j'ai fait construire est une *casa colonica*, une charmante ferme en pierres de différentes nuances de crème et de gris, aux volets bruns qui me réchauffent en me faisant penser tendrement aux gens dont je suis issue. Je regrette de ne pas avoir couvert le toit de *coppi*, ces tuiles en terre cuite arrondies, au lieu de ces ardoises. Lorsque je ne parvenais pas à dénicher des matériaux anciens, je choisissais ceux qui se fondaient le mieux dans l'environnement.

L'essence de ce qui me compose est détruite. La simple beauté tranquille de ma vie est souillée. J'en tremble et les larmes brouillent ma vue tandis que je monte les marches pour me retrouver sous la lampe que Chandonne a dévissée.

L'air de la nuit est mordant et les nuages occultent la lune. Un temps lourd de neige. Je cligne des yeux, inspirant de grandes goulées d'air froid pour tenter de me calmer et de balayer cette émotion qui me sub-merge. Berger a au moins la décence de m'accorder un moment de paix. Elle est restée en retrait. Je pénètre dans l'entrée sombre et glacée et compose le code de l'alarme. Un pressentiment fait se hérisser les poils de ma nuque. J'allume d'un geste vif et fixe la clé d'acier Medeco au creux de ma main. Mon pouls s'accélère. C'est fou. C'est impossible. Hors de question. Berger entre à son tour. Elle contemple les murs en stuc et les plafonds voûtés. Les peintures sont abîmées. Les précieux tapis persans froissés, dérangés et sales. Rien n'a été remis en place ni net-toyé. C'est scandaleux. Personne ne s'est donné la peine d'essuyer la poudre à empreintes et les traces de boue, mais ce n'est pas à cause de cela que je suis dévastée. L'attention de Berger est immédiatement en alerte. Sa main s'immobilise contre les boutons de son manteau de fourrure :

— Qu'est-ce qu'il y a ?

— Il faut que j'appelle quelqu'un très vite.

Ne rien dire, ne pas lui laisser percevoir ma peur. Ne pas lui confier que, si je suis ressortie pour appe-ler discrètement depuis mon portable, c'est parce que je voulais demander à Marino de rappliquer au plus vite.

— Tout va bien ? me demande-t-elle quand je reviens.

Je ne réponds pas. Evidemment que tout *ne va pas* bien.

— Par où voulez-vous que je commence ? lui dis-je, pour lui rappeler que nous avons du travail.

Berger souhaite que je retrace exactement les évé-nements de cette nuit où Chandonne a tenté de me tuer. Nous passons dans le grand salon. Je com-mence par le canapé en coton blanc, devant la che-minée. C'était là que je m'étais installée ce vendredi soir pour éplucher des factures, la télévision allumée avec le son baissé. A intervalles réguliers, un flash d'information avertissait les téléspectateurs qu'un serial killer baptisé le Loup-Garou rôdait toujours. Il mentionnait sa probable anomalie génétique, son extrême difformité et, à mesure que je me rappelle cette soirée, il semble absurde d'imaginer qu'un très sérieux présentateur d'une chaîne régionale puisse parler d'un homme qui mesure un mètre quatre-vingts, a une bizarre dentition et le corps couvert de longs poils duveteux. Il était conseillé aux gens de ne pas ouvrir la porte à des inconnus.

— Vers 11 heures, dis-je à Berger, j'ai zappé sur NBC, je crois, pour regarder les dernières nouvelles, et quelques minutes plus tard, l'alarme a retenti. D'après le tableau de contrôle, quelqu'un venait de pénétrer dans le garage. Lorsque le service de sécurité a appelé, je leur ai demandé de contacter la police en précisant que je ne savais pas du tout pourquoi elle s'était déclenchée.

— Donc, votre garage est muni d'une alarme, répète Berger. Pourquoi le garage ? Pourquoi pensez-vous qu'il ait essayé de s'y introduire ?

— Mais précisément pour déclencher l'alarme, afin de faire venir la police. Ils sont venus, et repartis. C'est à ce moment-là que Chandonne est arrivé. Il a prétendu être policier, et j'ai ouvert ma porte. Quoi qu'on raconte et quoi que j'aie vu sur la vidéo, il parlait anglais. Un anglais parfait, sans le moindre accent.

— Ce n'est pas le cas de l'homme de la vidéo, convient-elle.

— Non, certainement pas.

— Vous n'avez pas reconnu sa voix sur cet enregistrement ?

— Non.

— Si j'ai bien compris, selon vous, il ne cherchait pas à s'introduire dans votre garage. Il voulait juste déclencher l'alarme, me sonde-t-elle sans rien noter, comme d'habitude.

— C'est cela.

— Comment savait-il que votre garage est pourvu d'une alarme ? C'est assez inhabituel.

— J'ignore s'il le savait, et comment.

— Il aurait pu la déclencher avec la porte de derrière, par exemple. Il était assuré du résultat, à condition que vous l'ayez armée. Mais de cela, il se doutait. Il sait, sans doute, que vous êtes une femme très préoccupée par sa sécurité, surtout après les meurtres survenus dans la région.

— Je n'ai aucune idée de ce qu'il pouvait penser, dis-je assez sèchement.

Berger arpente la pièce. Elle s'arrête devant la cheminée. Béante, vide et sombre, elle donne l'impression que ma maison est inhabitée et négligée comme celle de Bray.

Pointant un index dans ma direction, Berger poursuit :

— Vous *savez* ce qu'il pense. Pendant qu'il rassemblait des informations sur vous, votre manière de penser et vos habitudes, vous en faisiez autant. Vous avez appris tant de choses à son sujet en lisant dans les blessures de ses cadavres. Vous communiquiez avec lui par leur intermédiaire, grâce aux lieux de ses crimes, et de tout ce que vous avez appris en France.

XXVIII

Mon canapé italien blanc est maculé de taches roses de formol. La trace d'une chaussure marque un des coussins, sans doute la mienne quand j'ai bondi par-dessus pour échapper à Chandonne. Je ne pourrai plus jamais m'installer sur ce canapé et je n'ai qu'une hâte : qu'on l'enlève. Je m'assieds du bout des fesses sur l'un des fauteuils assortis.

— Je dois le connaître pour pouvoir l'anéantir au tribunal, continue Berger, le regard électrisé par une sorte de passion intérieure. Et je ne peux le connaître que par votre intermédiaire. Montrez-le-moi. (Elle s'assied sur le rebord de l'âtre et lève les mains dans un geste théâtral.) Qui est Jean-Baptiste Chandonne ? Pourquoi votre garage ? Pourquoi ? Qu'est-ce qu'il a de particulier ? Quoi donc ?

Je réfléchis un moment.

— Je ne vois absolument pas ce que mon garage peut avoir de particulier pour lui.

— Très bien. Dans ce cas, qu'est-ce qu'il a de particulier pour vous ?

— C'est là que je range mes vêtements de travail. (Je commence à entrevoir ce que mon garage pourrait avoir de si particulier.) Ainsi qu'un lave-linge et un séchoir industriels. Je ne ramène jamais mes vêtements de travail chez moi, ce garage est donc une sorte de vestiaire.

Une lueur s'allume dans les yeux de Berger. Elle perçoit quelque chose. Un rapport. Elle se lève.

— Montrez-moi.

J'allume la lumière dans la cuisine alors que nous traversons le débarras, où s'ouvre la porte du garage.

— Votre petit vestiaire personnel, commente Berger.

J'appuie sur l'interrupteur. Une surprise déplaisante m'attend : le garage est vide. Ma Mercedes a disparu.

— Bordel, mais où est ma voiture ?...

Je parcours du regard les éléments muraux, le placard en cèdre à ventilation spéciale, le matériel de jardinage soigneusement rangé, les outils habituels et le renfoncement qui abrite le lave-linge, le séchoir et le grand évier en acier.

— ... Personne ne m'a avertie qu'on emmenait ma voiture...

Je lui lance un regard accusateur et je retrouve instantanément ma méfiance. De deux choses l'une : ou c'est une excellente actrice, ou elle n'en sait rien du tout. Je m'avance au milieu du garage, regardant autour de moi, à la recherche d'un indice qui me dira ce qu'est devenue ma voiture. Je précise au profit de Berger que ma Mercedes noire était là samedi dernier, le jour où je suis allée m'installer chez Anna. Je ne l'ai pas vue depuis, n'étant pas revenue chez moi. J'ajoute :

— Mais vous, si. Ma voiture était là quand vous êtes venue, la dernière fois ?

Elle aussi inspecte les lieux. Elle s'accroupit devant la porte du garage et examine des traces de caoutchouc à l'endroit où, selon moi, Chandonne s'est servi d'un outil quelconque pour soulever la porte.

— Vous pouvez ouvrir, s'il vous plaît ? me demande Berger d'un air sinistre.

J'appuie sur l'interrupteur et la porte s'enroule bruyamment sur elle-même. L'air froid de la nuit investit immédiatement le garage.

— Non, votre voiture n'y était pas quand je suis venue, répond-elle en se relevant. Je ne l'ai jamais vue. Allons, ne me dites pas que vous n'avez pas une petite idée de l'endroit où elle se trouve.

Dehors s'étale l'immensité obscure de la nuit. Je m'approche de Berger.

— Probablement sous scellés, dis-je. Mon Dieu.

— Nous devons aller jusqu'au bout, acquiesce-t-elle.

Elle se retourne vers moi et je lis dans ses yeux quelque chose de différent. Le doute. Berger est mal à l'aise. Peut-être suis-je en train de me faire des idées, mais il me semble qu'elle a de la peine pour moi.

Contemplant mon garage comme si je le découvrais, je murmure :

— Et alors ? Comment je suis censée me déplacer, à présent ?

Berger redevient une implacable professionnelle. Ferme et logique. Elle reprend notre mission : retracer les gestes de Chandonne :

— Votre alarme s'est déclenchée à 23 heures vendredi soir. Les flics arrivent. Vous les emmenez ici et vous découvrez que la porte est soulevée d'environ vingt centimètres. (Manifestement, elle a lu le procès-verbal de la tentative d'effraction.) Il neigeait et vous avez découvert des empreintes devant la porte. (Je la suis dehors.) Elles étaient légèrement recouvertes par la neige, mais vous avez pu déduire qu'elles longeaient la maison en direction de la rue.

Nous sommes sur l'allée, sans manteau. L'air vif nous saisit. Je fixe le ciel sombre et des flocons de neige glacés fondent sur mon visage. Ça recommence. L'hiver est hémorragique. On dirait qu'il ne peut plus retenir sa neige ou sa pluie. Les lumières de mon voisin brillent à travers les magnolias et les arbres dépouillés. Que reste-t-il de tranquillité aux résidents de Lockgreen ? Chandonne a souillé leur vie à eux aussi. Je ne serais pas étonnée de voir des gens déménager.

— Vous rappelez-vous où se trouvaient les empreintes ?

Je lui montre. Je suis l'allée qui contourne la maison et traverse la pelouse vers la rue.

— Par où est-il parti ? demande Berger en regardant de part et d'autre de la rue sombre et déserte.

— Je ne sais pas. La neige avait été piétinée un peu partout, et elle continuait à tomber. Impossible de savoir quelle direction il a prise. D'un autre côté, je n'ai pas longtemps persisté dans mes recherches. Vous demanderez à la police...

Marino. Qu'il se dépêche d'arriver. Je me rappelle pourquoi je l'ai appelé. La peur et la stupéfaction me reviennent en bloc. Je regarde les maisons voisines. J'ai appris à déchiffrer mon environnement et je sais, selon les fenêtres allumées, les voitures garées dans les allées et les journaux qu'on livre, quand les gens sont là, ce qui n'arrive vraiment pas souvent. Une grande partie des résidents sont des retraités qui passent l'hiver en Floride et les mois les plus chauds de l'été au bord de la mer. Je me rends brusquement compte que je n'ai jamais vraiment eu d'amis dans le voisinage : seulement des étrangers qui m'adressent un petit signe lorsque nous nous croisons en voiture.

Berger retourne vers le garage, bras croisés pour se réchauffer. Son haleine se condense en petits nuages blancs. Le souvenir de Lucy enfant me revient. Elle habitait Miami et le seul froid qu'elle connaissait était celui qu'elle trouvait à Richmond lors de ses visites. Elle roulait des feuillets arrachés à un calepin pour faire semblant de fumer sur le patio, faisant tomber d'une pichenette une cendre imaginaire, sans savoir que je la regardais de la fenêtre.

— Revenons, dit Berger, au lundi 6 décembre. Jour de la découverte du cadavre dans le conteneur sur le port de Richmond. Corps que nous pensons être celui de Thomas Chandonne, supposé assassiné par son frère Jean-Baptiste. Dites-moi ce qui s'est passé exactement ce lundi.

— On m'a prévenue de la découverte du corps.

— Qui ?

— Marino. Dix minutes après, mon adjoint, Jack Fielding, m'a téléphoné. J'ai annoncé que je me rendais sur les lieux.

— Mais vous n'étiez pas obligée, me coupe-t-elle. C'est vous la chef. Nous avions sur les bras un cadavre décomposé qui empestait, par une matinée fort chaude pour la saison. Vous auriez pu laisser cela à Fielding ou à un autre.

— J'aurais pu.

— Pourquoi ne l'avez-vous pas fait ?

— L'affaire promettait d'être compliquée. Le bateau venait de Belgique, et il n'était pas exclu que le corps soit celui d'un ressortissant étranger, ce qui posait donc des problèmes internationaux. J'ai tendance à me charger des affaires difficiles, celles qui sont très médiatisées.

— Parce que vous aimez toute cette publicité ?

— Parce que je n'aime pas ça.

Nous sommes revenues dans le garage, totalement frigorifiées. Je referme la porte.

— Peut-être vouliez-vous vous charger de cette affaire parce que quelque chose vous avait troublée durant la matinée ? (Berger s'approche du grand placard en cèdre.) Je peux ?

Je lui réponds de faire comme chez elle et je m'émerveille une fois de plus des détails qu'elle semble connaître sur moi.

Un lundi noir. Ce matin-là, le sénateur Frank Lord, président du comité judiciaire et très vieil ami, était passé me rendre visite. Il avait en sa possession une lettre que Benton m'avait écrite. Je n'en connaissais pas l'existence. Comment aurais-je imaginé que Benton, en vacances au lac Michigan des années auparavant, m'aurait écrit une lettre, chargeant le sénateur Lord de me la remettre si jamais il lui arrivait quelque chose ? Je me souviens d'avoir reconnu l'écriture quand le sénateur m'a tendu l'enveloppe. Mon Dieu, quel choc. J'étais effondrée. Le chagrin finissait par me rattraper, et c'était ce qu'avait escompté Benton. Il était resté un profileur exceptionnel jusqu'au bout. Il savait précisément comment je réagirais si quelque chose lui arrivait, et il me forçait à sortir du néant où je m'étais réfugiée en me plongeant dans le travail.

— Comment êtes-vous au courant de cette histoire de lettre, madame Berger ?

Elle inspecte le contenu du placard : combinaisons, bottes en caoutchouc, cuissardes imperméables, gros gants en cuir, caleçons longs, chaussettes, chaussures de tennis.

— Soyez patiente, s'il vous plaît, me répond-elle presque gentiment. Contentez-vous de répondre à mes questions pour le moment. Je répondrai aux vôtres ensuite.

Mais « Ensuite » ne me suffit pas.

— En quoi la lettre importe-t-elle ?

— Je ne sais pas. Commençons simplement par votre état d'esprit ce matin-là.

Elle me laisse digérer sa remarque. Mon état d'esprit, c'est le cœur de cible de Caggiano, si jamais je dois finir à New York. Pour le moment, c'est le sujet sur lequel tout le monde semble se poser des questions.

— Disons que, si je sais quelque chose, la partie adverse est également au courant, ajoute-t-elle. Vous recevez cette lettre inattendue. De Benton. (Elle marque une pause et une ombre passe sur son visage.) Je, enfin... (Elle se détourne.) Moi aussi, cela m'aurait anéantie, totalement. Je suis désolée de ce que vous avez subi...

Elle croise de nouveau mon regard. Est-ce un truc pour que je lui fasse confiance, que je la considère comme une alliée ?

— ... Benton vous rappelle, un an après sa disparition, que vous n'avez probablement pas accepté sa mort. Vous avez fui le chagrin.

Je n'en crois pas mes oreilles. Mon indignation sort :

— Ne me dites pas que vous avez lu cette lettre. Elle est dans un coffre. Comment savez-vous ce qu'elle dit ?

— Vous l'avez montrée à des gens, répond-elle.

En dépit du peu d'objectivité qui me reste, il tombe sous le sens que si Berger n'a pas parlé à tous ceux qui m'entourent, Lucy et Marino compris, elle ne va pas tarder. L'inverse serait une preuve de sottise et de négligence. Elle poursuit :

— Il a écrit cette lettre le 6 décembre 1996 et donné pour instruction au sénateur Lord de vous la remettre le 6 décembre de l'année suivant sa mort. Pourquoi tenait-il à cette date ? (J'hésite.) Il faut vous endurcir, Kay, me rappelle-t-elle. Vous endurcir.

— Je ne connais pas la signification exacte du 6 décembre, si ce n'est que Benton précise dans sa lettre qu'il sait que Noël est une période pénible pour moi. Il voulait que je la reçoive aux environs de Noël.

— C'est une période pénible pour vous ?

— N'est-ce pas le cas pour tout le monde ?

Elle se tait. Puis :

— Quand vos relations amoureuses avec lui ont-elles commencé ?

— A l'automne. Il y a des années.

— D'accord. A l'automne. Il y a des années. C'est là que vous avez entamé vos relations sexuelles. (Elle dit cela comme si j'évitais la réalité.) Quand il était encore marié. C'est là que votre liaison a commencé.

— C'est cela.

— Bon. Ce 6 décembre dernier, vous recevez la lettre et, plus tard dans la matinée, vous vous rendez sur le lieu du crime, à Richmond. Ensuite, vous revenez. Racontez-moi précisément ce que vous faites habituellement quand vous rentrez du lieu d'un crime.

— Mes vêtements de travail étaient rangés dans un sac doublé, dans le coffre de ma voiture. Une combinaison et des chaussures de tennis. (Je fixe l'endroit où devrait se trouver ma voiture.) J'ai mis la combinaison dans la machine à laver et les chaussures dans l'évier rempli d'eau bouillante avec du désinfectant.

Je lui montre les chaussures. Elles sont encore à l'endroit où je les ai laissées sécher il y a deux semaines.

— Ensuite ? demande Berger en allant examiner lave-linge et sèche-linge.

— Ensuite, je me suis déshabillée. J'ai tout enlevé et j'ai balancé les vêtements dans la machine. Puis je l'ai mise en marche et je suis rentrée dans la maison.

— Nue.

— Oui. Je suis allée dans ma chambre et j'ai pris une douche immédiatement. C'est comme cela que je me désinfecte quand je rentre directement chez moi après mon travail.

Berger est fascinée. Elle est en train d'échafauder une théorie et, quelle qu'elle soit, je me sens de plus en plus mal à l'aise et vulnérable.

— Je me demande... Je me demande s'il le savait.

— S'il le savait ? Je voudrais vraiment rentrer, si ça ne vous ennuie pas. Je suis gelée.

— S'il connaissait vos habitudes, d'une manière ou d'une autre, insiste-t-elle. S'il s'intéressait à votre garage à cause de cela. Il ne s'agissait pas seulement de déclencher l'alarme. *Peut-être qu'il essayait vraiment de rentrer.* Le garage, c'est l'endroit où vous rangez vos vêtements de mort — en l'occurrence, des vêtements souillés par une mort qu'il avait causée. Vous étiez nue et sans défense, même de façon fugace...

Elle me suit et je referme la porte du débarras derrière nous.

— ... Il est possible que cela soit pour lui un véritable fantasme sexuel.

— Je ne vois pas comment il aurait pu être au courant de mes habitudes. Il n'a pas été témoin de mes faits et gestes, ce jour-là.

Elle hausse un sourcil.

— En êtes-vous certaine ? Y a-t-il une possibilité qu'il vous ait suivie jusque chez vous ? Nous savons qu'il était sur le port à un moment, parce que c'est par là qu'il est arrivé à Richmond, à bord du *Sirius*, vêtu d'un uniforme blanc, après avoir rasé toutes les parties visibles de son corps. Il a voyagé dans la cuisine la plupart du temps, comme cuisinier. Un cuisinier très discret. N'est-ce pas notre hypothèse ? Il prétend avoir volé un passeport et un portefeuille et pris l'avion, mais je ne crois pas un mot de ce qu'il a dit quand je l'ai interrogé.

— L'hypothèse est qu'il est arrivé au moment où a été découvert le cadavre de son frère, réponds-je.

— Donc, Jean-Baptiste, en homme attentionné qu'il est, a probablement rôdé autour du bateau et vous a regardée vous activer lors de la découverte du corps. Un fameux spectacle. Ces ordures adorent nous regarder travailler sur leurs crimes.

— Comment aurait-il pu me suivre ? Il avait une voiture ?

— Peut-être. J'en suis à envisager que Chandonne

n'est pas la pauvre créature solitaire débarquée comme cela dans votre ville parce que c'était commode ou simplement par hasard. Je ne suis plus très sûre des relations qu'il a, et je commence à me dire qu'il fait peut-être partie d'un plan plus vaste en rapport avec les affaires de famille. Peut-être même avec Bray, puisqu'elle fréquentait des criminels. Et maintenant, nous avons d'autres meurtres, et l'une des victimes émargeait auprès de la pègre. Un assassin. Et un agent du FBI infiltré sur une affaire de trafic d'armes. Et les poils retrouvés dans le camping qui pourraient être ceux de Chandonne. Vous ajoutez tout cela, et il devient clair que nous n'en sommes plus simplement à l'histoire d'un homme qui a tué son frère et pris sa place sur un bateau en route pour Richmond — tout cela pour quitter Paris parce que sa petite habitude malsaine de tuer et de mutiler des femmes commençait à gêner de plus en plus sa puissante famille. Et il aurait commencé à commettre des meurtres ici parce qu'il ne peut s'en empêcher ? Eh bien... (Elle s'appuie contre une étagère.) Cela fait un peu trop de coïncidences. Comment serait-il arrivé jusqu'au camping s'il n'avait pas de voiture ? A condition que les poils soient bien les siens.

Je m'assieds. Il n'y a pas de fenêtres dans mon garage, mais la porte est munie de petits hublots. Et si Berger avait vu juste ? Si Chandonne m'avait suivie et épiée par ces ouvertures pendant que je me nettoyais et que je me déshabillais ? Peut-être qu'on l'a aussi aidé à trouver refuge dans cette maison abandonnée sur la rivière. Peut-être qu'il n'a jamais été seul. Il est presque minuit, presque Noël, Marino n'est toujours pas là et, à voir comme Berger s'active, je doute qu'elle se fatigue avant l'aube.

— L'alarme se déclenche, reprend-elle. Les flics viennent, puis repartent. Vous retournez dans votre grand salon. (Elle me fait signe de l'y suivre.) Où êtes-vous assise ?

— Sur le sofa.

— Très bien. Télé allumée, vous feuilletez des factures. Et vers minuit ?

— On frappe à la porte.

— Quel genre de coups ?

Je plonge dans mes souvenirs, à la recherche du moindre détail :

— Rapides, avec un objet dur. Une torche ou une matraque, par exemple. Exactement comme la police. Je me lève, demande qui est là. Enfin, je crois. Je ne suis pas très sûre, mais une voix d'homme me répond qu'il est de la police. Il me dit qu'un rôdeur a été repéré autour de la maison et me demande si tout va bien.

— Et c'est logique, puisque vous savez qu'un rôdeur a essayé de forcer la porte de votre garage une heure plus tôt.

— Exactement. J'éteins l'alarme, j'ouvre la porte. Il est devant moi.

Je raconte tout cela comme s'il s'agissait d'une vague plaisanterie, d'un inoffensif gamin qui sonne chez vous le soir de Halloween.

— Montrez-moi.

Je traverse le salon, puis la salle à manger pour gagner l'entrée. J'ouvre la porte. Le simple fait de recréer cette scène, où j'ai failli perdre la vie, provoque chez moi une réaction viscérale. Un malaise. Mes mains se mettent à trembler. L'éclairage du porche ne fonctionne toujours pas. La police a emporté l'ampoule et son socle en vue d'une recherche d'empreintes. Personne ne les a remplacés. Des fils électriques nus pendent au-dessus de moi. Berger attend patiemment que je continue.

— Il se précipite à l'intérieur en refermant derrière lui la porte d'un coup de pied. (Ce que je mime.) Il porte un manteau noir et tente de le jeter sur ma tête.

— Il porte le manteau sur lui ou non quand il entre ?

415

— Sur lui. Il l'enlève en entrant. (Je reste immobile.) Et il essaie de me toucher.

— De vous toucher ? répète-t-elle en fronçant les sourcils. Avec le marteau à piquer ?

— De la main. Il a tendu la main et touché ma joue, ou essayé de le faire.

— Vous êtes restée comme ça durant tout ce temps ? Sans rien faire ?

— Tout s'est passé si vite. Tellement vite. Je ne sais plus. Je sais seulement qu'il a essayé de me toucher, puis qu'il a ôté son manteau et voulu le jeter sur ma tête. Je me suis enfuie en courant.

— Et le marteau à piquer ?

— Il l'avait à la main. Je ne sais plus très bien. Ou bien il l'a sorti. Mais je sais qu'il le tenait quand il m'a poursuivie dans le grand salon.

— Il ne l'avait pas en main en entrant ? Vous en êtes sûre ? insiste-t-elle.

J'essaie de me rappeler, de revoir la scène.

— Non, pas en entrant. Il a d'abord essayé de me toucher. Puis de m'aveugler avec le manteau. Ensuite, il a sorti le marteau.

— Vous pouvez me montrer comment vous avez réagi ?

— Vous voulez que je coure ?

— Oui, s'il vous plaît.

— Je ne vais pas pouvoir le reproduire exactement. Il faudrait la même poussée d'adrénaline, la même panique, pour courir comme ça.

— Kay, faites le même trajet en marchant, s'il vous plaît.

Je quitte l'entrée, passe la salle à manger, puis j'entre dans le salon. Juste devant moi se trouve la table basse Jarrah que j'ai dénichée dans cette merveilleuse boutique de Katonah, dans l'Etat de New York. Comment s'appelait-elle ? Antipodes ? Le bois blond prend des reflets de miel. J'évite de remarquer la poudre à empreintes qui la recouvre et la tasse à café qu'on y a posée.

— Le bocal de formol était là, sur le bord de la table, dis-je à Berger.

— Et pour quelle raison ?

— Il contenait le tatouage. Celui que j'avais découpé sur le dos du cadavre que nous supposons être Thomas Chandonne.

— La défense va vouloir savoir pourquoi vous avez rapporté un bout de peau humaine chez vous, Kay.

Cette insistance m'agace :

— Evidemment. Tout le monde me l'a demandé. Le tatouage est important. L'identification du motif nous a donné beaucoup de mal. Le corps était affreusement décomposé, ce qui a failli nous dissimuler le tatouage, et de surcroît il en masquait un autre. Il était capital que nous parvenions à définir l'original, celui qu'on avait tenté de recouvrir d'un motif plus récent.

— Deux points dorés recouverts par une chouette, dit Berger. Tous les membres du gang Chandonne portent deux points dorés.

— C'est ce que m'a dit Interpol, en effet.

Décidément, Jay Talley et Berger ont dû passer beaucoup de temps ensemble.

— Le frérot Thomas baisait sa famille. Il avait sa propre affaire, détournait des bateaux, falsifiait les bordereaux de chargement et trafiquait lui-même armes et drogue. Selon notre hypothèse, la famille s'en est aperçue. Il a recouvert son tatouage d'une chouette et commencé à jongler avec les fausses identités parce qu'il savait que sa famille le descendrait si elle parvenait à mettre la main sur lui.

Je débite d'un trait ce qu'on m'a dit, ce que Jay m'a raconté à Lyon.

Berger regarde autour d'elle, un doigt posé sur la lèvre.

— Intéressant. Et la famille l'a tué. Son frère. Bon, le bocal de formol. Pourquoi l'avoir rapporté chez vous ? Redites-le moi.

— Ce n'était pas vraiment intentionnel. Je suis allé

chez un tatoueur de Petersburg, un expert du tatouage. Et puis, je suis rentrée directement chez moi et j'ai posé le bocal dans mon bureau. C'est une coïncidence, si le soir où il est venu...

— Jean-Baptiste Chandonne.

— Oui.... Ce soir-là, donc, j'avais rapporté le bocal ici, dans le grand salon. Je le tournais dans tous les sens tout en faisant autre chose. Je l'ai posé sur la table. Et à ce moment-là, il entre de force chez moi et je m'enfuis en courant. Il sort le marteau à piquer et le brandit pour me frapper. La panique, et puis un réflexe de défense. Je vois le bocal et je le saisis. Je saute par-dessus le canapé, dévisse le couvercle et je lui jette le formol au visage.

— Un réflexe, parce que vous savez que le formol est caustique.

— On ne peut pas l'ignorer quand on s'en sert tous les jours. Dans ma profession, tout le monde sait que son inhalation répétée est dangereuse, et nous prenons bien garde de ne pas nous éclabousser.

De quoi aurait l'air cette histoire devant le grand jury ? Forcée. Incroyable. Grotesque et bizarre.

— En avez-vous déjà reçu dans les yeux ? me demande Berger. Ou sur la peau ?

— Non, Dieu merci.

— Donc, vous lui balancez en plein visage. Et ensuite ?

— Je suis sortie en courant. Au passage, j'ai attrapé mon pistolet Glock sur la table de la salle à manger. C'est là que je l'avais posé dans la soirée. J'ai glissé sur les marches verglacées et je me suis cassé le bras, dis-je en levant mon plâtre.

— Et lui ?

— Il m'a poursuivie.

— Tout de suite ?

— Il me semble.

Berger fait le tour du canapé et contemple les cicatrices laissées sur mon parquet de chêne ancien. Le formol a attaqué le vernis. Elle suit le jeu de piste des zones plus claires. Les éclaboussures se prolongent jusqu'à l'entrée de la cuisine. Sur le coup, je ne l'avais pas remarqué. Je me rappelle seulement ses hurlements de douleur, ses glapissements. Il porte les mains à ses yeux. Berger est sur le seuil, le regard fixé vers le centre de la cuisine. Je la rejoins, me demandant ce qui a attiré son attention.

— Petit hors-sujet, Kay : je n'ai jamais vu une cuisine comme la vôtre, déclare-t-elle.

Cette pièce est le cœur de ma maison. Des casseroles et des marmites en cuivre luisantes sont suspendues à des rails autour de l'immense fourneau Thirode. La grosse cuisinière trône au milieu avec ses deux grils, un bain-marie, une tôle à pâtisserie, deux plaques, deux brûleurs à gaz, une rôtissoire et un énorme brûleur réservé aux marmites de soupe que j'adore préparer. Tout est en acier inoxydable, y compris le réfrigérateur-congélateur.

Des étagères d'épices s'alignent le long des murs, et je possède un billot de boucherie aussi vaste qu'un lit. J'ai conservé le plancher de chêne brut, et mon récent caprice, une cave à vin, est adossée contre un coin. Lorsque je m'installe à la petite table sous la fenêtre, mon regard se perd jusqu'à une courbe de la James River.

— Industriel, murmure Berger en visitant cet endroit crucial qui, avouons-le, me remplit de fierté. C'est la cuisine de quelqu'un qui ne compte pas ses efforts et qui aime les choses raffinées. La rumeur veut que vous soyez un vrai cordon bleu.

— J'aime cuisiner. C'est un parfait dérivatif pour moi.

— D'où provient votre argent ?

Quelle audace, cette femme n'a peur de rien ! Mais je n'aime pas parler finances, aussi réponds-je assez sèchement :

— Je le gère intelligemment. J'ai eu de la chance avec mes investissements, ces dernières années. Beaucoup de chance.

— Vous êtes une femme d'affaires avisée.

— J'essaie. Et puis, quand Benton est mort, il m'a

laissé son appartement de Hilton Head. (Je marque une pause.) Je l'ai revendu, impossible d'y remettre les pieds. (Une autre pause.) J'en ai retiré six cent mille et quelques dollars.

— Je vois. Et ça, qu'est-ce que c'est ? demande-t-elle en désignant mon appareil à panini. (Je lui explique.) Eh bien, quand tout ceci sera terminé, il faudra que vous m'invitiez à dîner chez vous, dit-elle, un peu présomptueuse. J'ai cru comprendre que la cuisine italienne était votre spécialité ?

— Oui. Surtout la cuisine italienne.

Comme si elle en doutait ! Berger en sait plus sur moi que moi-même.

— Pensez-vous qu'il aurait pu venir ici essayer de se rincer à l'évier ?

— Je n'en ai pas la moindre idée. Tout ce que je peux vous dire, c'est que je suis partie en courant et que je suis tombée. En me relevant, je l'ai vu qui arrivait sur moi en titubant. Il a descendu les marches en criant, puis il est tombé à genoux et s'est frotté le visage avec de la neige.

— Pour se débarrasser du formol qu'il avait dans les yeux. C'est un peu visqueux, non ? Difficile à rincer ?

— Pas très facile. Il faut une grande quantité d'eau chaude.

— Et vous n'avez fait aucun effort pour l'aider ?

Je la dévisage, attentive à la colère qui me gagne :

— Mais enfin, qu'est-ce que vous auriez fait, à ma place ? Quoi ? Il aurait fallu que je joue au docteur avec le salaud qui venait d'essayer de me massacrer ?

— On vous posera la question, répond Berger sans s'émouvoir. Mais non, je ne l'aurais pas aidé non plus, je vous le dis entre nous. Donc, il est sur la pelouse.

— J'avais oublié de vous dire que j'avais appuyé sur l'alarme d'urgence en sortant.

— Récapitulons : vous vous emparez du bocal de formol. Ensuite, vous prenez votre arme. Après, vous déclenchez l'alarme. Vous avez une sacrée présence d'esprit, dites-moi ! Enfin, bref, vous et Chandonne vous retrouvez dehors. Lucy arrive et vous devez la dissuader de l'abattre d'une balle dans le crâne à bout portant. L'ATF au grand complet suit, et c'est terminé.

— J'aimerais tant que ça le soit !

— Le marteau à piquer, reprend Berger. Vous l'avez identifié après vous être rendue dans une quincaillerie et avoir cherché quelque chose qui pouvait causer des blessures identiques à celles que portait le corps de Bray ?

— Non, j'avais davantage de substance que cela. Je savais que Bray avait été frappée avec quelque chose dont les deux extrémités étaient différentes. Une pointue et l'autre plus carrée. Les blessures de son crâne donnaient une bonne indication de la forme de l'instrument. On avait découvert une marque sanglante sur le matelas, très probablement abandonnée par l'arme. Un outil comme un marteau ou un pic, mais peu commun. J'ai cherché, je me suis renseignée.

— Et lorsqu'il est venu chez vous, l'outil en question se trouvait dans la poche de son manteau, et il a tenté de vous en frapper.

Elle dit cela d'un ton détaché.

— Oui.

— Donc, il y avait deux marteaux à piquer chez vous. Celui que vous aviez rapporté de la quincaillerie après le meurtre de Bray. Et un second, celui de Chandonne.

— Oui...

Soudain, ce qu'elle vient de dire prend toute sa réalité. Toutes ces histoires m'ont complètement embrouillé l'esprit !

— ... Mon Dieu, mais c'est vrai. J'ai acheté le marteau après le meurtre, pas avant. Mais où avais-je la tête ? La date sur la facture...

Ma phrase reste en suspens. Je me souviens d'avoir payé en liquide. Cinq dollars, quelque chose comme ça. Je n'ai pas de facture, j'en suis pratiquement sûre.

Je blêmis. Berger savait depuis le début ce que j'avais oublié : que j'avais acheté le marteau non pas la veille du meurtre de Bray, mais le lendemain. Le problème, c'est que je ne peux pas le prouver. A moins que l'employé du magasin ne puisse me fournir le double du ticket de caisse et jurer que c'est bien moi qui ai acheté le marteau, il n'y a aucune preuve.

— Et maintenant, l'un des deux a disparu. Celui que vous avez acheté...

Je réfléchis à toute vitesse et lui réponds que je ne suis pas informée de ce qu'a trouvé la police.

— ... Mais vous étiez là lorsqu'ils ont perquisitionné.

— Je leur ai montré ce qu'ils voulaient voir. J'ai répondu à leurs questions. J'étais là le samedi et ne suis partie que le soir, de bonne heure, ils n'avaient pas encore terminé. En d'autres termes, je ne peux pas dresser un inventaire précis de ce qu'ils ont fait ou pris. Franchement, je ne sais même pas s'ils sont revenus ensuite chez moi. (La colère me gagne à nouveau, et Berger s'en aperçoit.) Mon Dieu, mais je n'avais pas le marteau quand Bray a été assassinée ! Je me suis trompée parce que je l'ai acheté le jour où on a découvert son corps, pas celui où elle est morte. Or, on a découvert son corps le lendemain de l'assassinat.

— A quoi sert précisément un marteau à piquer ? demande Berger. Et par ailleurs, Kay, excusez-moi de vous le dire, mais peu importe la date que vous donnerez pour l'achat du marteau. Il reste juste un petit problème : celui qui a été retrouvé chez vous est maculé du sang de Bray.

— On s'en sert en maçonnerie. On travaille beaucoup l'ardoise, dans la région. Et la pierre.

— Donc, c'est plutôt un outil de couvreur ? Chandonne aurait trouvé le marteau dans une maison où il s'est introduit. Celle où il se cachait est en chantier ?

Berger ne lâche pas prise.

— C'est notre hypothèse, oui.

— Votre maison est en pierre avec un toit en ardoise. Avez-vous surveillé les travaux de construction ? Parce qu'on vous verrait bien, perfectionniste comme vous êtes, tout vérifier.

— Ce serait idiot de ne pas surveiller quand on fait construire.

— Je me demande simplement si vous auriez pu voir un marteau à piquer durant les travaux. Sur le chantier ou à la ceinture d'un ouvrier ?

— Je ne m'en souviens pas. Mais je ne peux rien affirmer.

— Et vous n'en possédiez pas avant votre expédition chez Pleasant Hardware la nuit du 17 décembre, soit vingt-quatre heures après le meurtre de Bray ?

— Non. Je ne savais même pas à quoi cela ressemblait.

— A quelle heure l'avez-vous acheté ?

Le lourd pick-up de Marino se gare devant chez moi, avec un sourd grondement que je reconnaîtrais entre mille.

— Vers 18 heures. Je ne sais pas exactement. Disons entre 18 h 30 et 19 heures, ce vendredi-là, le 17 décembre.

Je n'ai plus l'esprit très clair, à présent. Berger m'épuise, et je ne vois pas comment un menteur pourrait tenir longtemps devant elle. Le problème consiste à distinguer le mensonge de la vérité, et je ne suis pas convaincue qu'elle me croie.

— Et vous êtes rentrée directement chez vous depuis la quincaillerie ? Racontez-moi comment vous avez passé le reste de la soirée.

La sonnette retentit. Je jette un coup d'œil à l'Aiphone dans le salon, découvrant le visage de Marino sur l'écran. Berger vient de poser *la* question. Elle teste la tactique que Righter, j'en suis sûre, va adopter pour transformer ma vie en calvaire. Elle veut connaître mon alibi : où étais-je au moment précis où Bray a été tuée le jeudi 16 décembre au soir.

— Je rentrais de Paris le matin même. J'ai fait des

423

courses, je suis rentrée chez moi vers 18 heures. Un peu plus tard, vers 22 heures, je suis allée à la faculté de médecine de Virginie pour rendre visite à Jo — l'ancienne amie de Lucy, la jeune femme qui a été prise dans la fusillade de Miami. Mon but était de l'aider, parce que ses parents s'en mêlaient. (On sonne à nouveau.) En plus, j'étais inquiète au sujet de Lucy. Jo m'a dit qu'elle était dans un bar de Greenwich Village, poursuis-je en allant à la porte, accompagnée par le regard de Berger. A New York. Lucy était à New York. Je suis rentrée à la maison pour l'appeler. Elle était ivre. (Marino sonne comme un détraqué et donne de grands coups contre la porte.) En conclusion, madame Berger, je n'ai pas d'alibi entre 18 heures et 22 h 30 le jeudi soir, parce que j'étais soit dans ma voiture, soit ici, et seule, absolument seule. Personne ne m'a vue, ni ne m'a parlé. Je n'ai aucun témoin qui puisse certifier que je n'ai pas déboulé entre 19 h 30 et 22 h 30 chez Diane Bray pour la massacrer avec ce foutu marteau à piquer !

J'ouvre la porte, le poids de son regard entre mes omoplates. Marino semble d'une humeur calamiteuse. Je ne sais pas s'il est furieux ou mort de terreur. Peut-être les deux.

— Mais bordel ? demande-t-il, son regard passant de l'une à l'autre. C'est quoi, cette merde ?

— Excusez-moi de vous avoir fait attendre par ce froid, Marino. Entrez, je vous en prie.

XXIX

Marino a fait un saut au quartier général, dans la réserve où sont stockées les pièces à conviction, ce qui explique son retard. Je voulais qu'il rapporte la clé en acier que j'ai trouvée dans le short de Mitch Barbosa.

Marino nous explique qu'il a dû fouiller longtemps la petite pièce grillagée dont les étagères débordent de sachets étiquetés de codes-barres, certains contenant ce que la police a pris chez moi samedi dernier.

Je connais un peu l'endroit et n'ai aucune peine à me le représenter. Les sonneries des téléphones portables et des bipers empaquetés sonnent : on continue d'appeler des gens sans savoir qu'ils sont en prison, ou morts. Des réfrigérateurs fermés à clé contiennent les kits de prélèvements utilisés sur le lieu d'un crime, et tout autre indice périssable — comme le poulet cru auquel j'ai assené des coups de marteau à piquer.

— Mais enfin, pourquoi vous être acharnée sur ce poulet ?

Berger veut que je clarifie cette partie de l'histoire pour le moins étrange.

— Pour voir si les plaies correspondaient à celles du corps de Bray, réponds-je.

— Ben, le poulet est toujours dans le frigo, dit Marino. Vous l'avez drôlement massacré !

— Décrivez-moi en détail ce que vous lui avez fait subir, insiste Berger, comme si j'étais à la barre des témoins.

Nous sommes toujours dans l'entrée. J'explique avoir allongé des filets de poulet crus sur une planche à découper avant de porter des coups à l'aide du marteau, selon différents angles, pour déterminer les impacts. Ceux produits par le côté plat et la pointe étaient de forme et de taille identiques aux blessures du cadavre de Bray, en particulier sur les cartilages et le crâne, dont les déformations évoquent toujours très bien la forme de l'outil qui les a frappés. Ensuite, j'ai déplié une taie d'oreiller blanche avant d'enduire le manche du marteau de sauce barbecue. Quel genre de sauce barbecue ? s'enquiert bien évidemment Berger.

De la Smokey Pig diluée, pour reproduire la viscosité du sang. Ensuite, j'ai appuyé le manche sur le tissu pour déterminer le type d'empreinte qu'il laisserait : les mêmes stries que celles relevées sur le matelas de Bray. Marino précise que la taie d'oreiller en question a été apportée au labo pour une analyse d'ADN. C'est vraiment une perte de temps. Tout ce qu'ils vont trouver, c'est de l'ADN de tomate. Ce n'est pas le moment de faire de l'esprit, mais le sarcasme calme un peu mon agacement. Marino fait les cent pas.

Selon lui, je suis « baisée » parce que le marteau que j'ai acheté pour procéder à mes petites expérimentations a disparu. Marino l'a cherché partout, en vain. L'outil ne figure pas dans la liste informatique des pièces à conviction, n'est jamais parvenu jusqu'à la pièce où elles sont stockées, et les techniciens ne l'ont pas envoyé au labo. Il a disparu. Disparu. Et je n'ai pas de facture. A présent, j'en suis certaine.

— Mais Marino, je vous ai téléphoné de ma voiture pour vous dire que je l'avais acheté.

— Ouais !

Il se souvient de mon appel, juste après que je fus sortie de la quincaillerie, entre 18 h 30 et 19 heures. Je lui annonçais que je pensais qu'un marteau à piquer avait servi à tuer Bray, et que je venais d'en acheter un. Mais, souligne-t-il, ça ne signifie pas que je ne l'ai pas acheté après le meurtre de Bray pour me fabriquer un alibi :

— ... Vous savez, pour faire croire que vous n'en aviez pas, ou que vous ignoriez jusque-là avec quoi elle avait été tuée.

— Mais merde, à la fin, vous êtes de quel côté ? Vous croyez aux conneries de Righter ? Vraiment, ça devient insupportable.

— Il est pas question d'être d'un côté ou de l'autre, Doc, répond tristement Marino tandis que Berger nous observe.

Nous revenons à cette histoire de marteau : le seul que nous avons, celui qui porte le sang de Bray, a été retrouvé chez moi. Plus précisément dans mon grand salon, sur le tapis persan, à quarante-quatre centimètres à droite de la table Jarrah. Cela vire à l'obsession : le marteau de Chandonne, pas le mien ! J'imagine les sacs en papier kraft avec un numéro et un code-barres qui désigne Scarpetta : moi derrière le grillage des étagères de la petite salle des pièces à conviction.

Je m'adosse au mur, étourdie. C'est comme si je sortais de mon corps et que je me contemplais, là, en bas, après un terrible et fatal accident. Ma destruction. Mon anéantissement. Je suis morte, comme d'autres gens dont les sacs en papier kraft finissent dans cette salle. Je ne suis pas morte, mais peut-être est-ce pire d'être accusée. Je n'ose même pas parler de l'étape suivante. C'est de l'acharnement.

— Marino, dis-je. Essayez la clé sur ma serrure.

Il hésite, fronce les sourcils. Puis il sort le sachet de plastique transparent de la poche intérieure de son vieux blouson dont la doublure en fourrure a connu de biens meilleurs jours. Un vent froid s'engouffre dans la maison lorsqu'il ouvre la porte et glisse la clé dans la serrure. Elle y pénètre sans peine. Il la tourne et le verrou se referme.

— Et le numéro inscrit dessus, leur dis-je tranquillement. 233 : c'est le code de mon alarme.

— Quoi ?

Pour une fois, Berger reste presque sans voix.

Nous passons dans le salon. Je m'assieds sur le rebord de l'âtre, comme Cendrillon. Berger et Marino évitent le canapé taché et restent face à moi. Qu'attendent-ils ? Une éventuelle explication ?

— La police et Dieu savent qui entre et sort de chez moi depuis samedi. Ce tiroir dans la cuisine. J'y range les clés de tout. De ma maison, de ma voiture, de mon bureau, des classeurs. Tout. Il n'était pas compliqué d'y avoir accès. Et vos collègues avaient le code de mon alarme, non ? (Je me tourne vers Marino.) Je veux dire, quand vous partiez, vous la mettiez en marche. L'alarme était branchée quand nous sommes entrés, tout à l'heure.

— Il faut établir la liste de tous les gens qui sont entrés ici, décide Berger.

— Je peux déjà vous dire ceux que je connais, répond Marino. Mais j'étais pas là à chaque fois.

Je soupire et m'adosse contre la cheminée. J'énonce les noms des policiers que j'ai personnellement vus, dont Jay Talley. Et Marino.

— Righter aussi est venu, dis-je.

— Et moi aussi, répond Berger. Mais je n'aurais pas pu entrer seule. Je ne connaissais pas votre code.

— Qui vous a fait entrer ?

Pour toute réponse, elle regarde Marino. Il ne m'a jamais dit qu'il lui avait fait visiter les lieux. Je suis vexée, c'est irrationnel, mais c'est comme ça. Après tout, qui était mieux placé que lui ? En qui aurais-je plus confiance ? Marino est visiblement énervé. Il se lève et se dirige vers la cuisine. Je l'entends ouvrir le tiroir où je range mes clés, puis le réfrigérateur.

— Bon, j'étais avec vous quand vous avez découvert la clé sur Mitch Barbosa, commence à raisonner Berger à voix haute. Vous n'avez pas pu la mettre vous-même dans sa poche. Vous n'étiez pas présente sur la scène de crime, et Marino et moi étions là quand vous avez ouvert la housse. (Elle souffle d'exaspération.) Marino et moi ?

— Jamais, dis-je avec un geste las de la main. C'est invraisemblable. Bien sûr, il avait accès aux clés, mais il ne l'aurait pas fait. Et, d'après ce qu'il a dit, il n'a jamais vu le corps de Mitch Barbosa sur le lieu du crime. Le cadavre était déjà dans l'ambulance quand il est arrivé à Mosby Court.

— Donc, c'est l'un des flics qui l'a fait...

— Ou bien... la clé a été mise dans la poche de Mitch Barbosa quand il a été tué. Sur le lieu du crime. Pas là où on a jeté le corps.

Marino revient avec une bouteille de Spaten que Lucy a dû apporter. Je ne me rappelle pas l'avoir achetée. Rien dans cette maison ne semble plus m'appartenir, et je repense à l'histoire d'Anna. Je commence à comprendre ce qu'elle a dû éprouver quand les nazis ont occupé sa maison. C'est vrai, finalement, que des gens peuvent être poussés au-delà de la colère, des larmes, de l'indignation, ou même du chagrin. On finit par sombrer dans les ténèbres de la résignation. Ce qui est, est. Et ce qui était est passé.

— Je ne peux plus vivre ici, dis-je.

— Ça, vous avez raison, réplique Marino de ce ton agressif et bourru qu'il semble incapable d'abandonner ces derniers temps.

— Arrêtez de me crier dessus, Marino. Nous sommes tous en colère, frustrés et épuisés. Je ne comprends pas ce qui se passe, mais il est évident que quelqu'un de notre entourage est mêlé au meurtre de ces deux hommes que l'on a torturés. Celui qui a fourré ma clé dans la poche de Mitch Barbosa veut m'impliquer dans ces crimes ou, plus probablement, me donner un avertissement.

— Ouais, ça me branche comme explication, l'avertissement, je veux dire, ponctue Marino.

J'hésite, dévorée par l'envie de lui demander ce que devient Rocky. Mais c'est Berger qui le fait à ma place :

— Votre cher fils, Rocky.

Marino avale une gorgée de bière et s'essuie les lèvres d'un revers de main. Il ne répond pas. Berger consulte sa montre et nous regarde.

— Eh bien, nous y sommes : joyeux Noël !

XXX

Il n'est pas loin de 3 heures du matin lorsque j'arrive devant la maison d'Anna, sombre et silencieuse. Elle a eu l'attention de laisser la lumière dans l'entrée et dans la cuisine, où m'attendent un verre en cristal et la bouteille de Glenmorangie, au cas où il me faudrait un sédatif. A l'heure qu'il est, je m'abstiens. J'aimerais tant qu'elle ne soit pas encore endormie. Je suis presque tentée de faire du bruit dans l'espoir qu'elle vienne s'asseoir avec moi. Je suis devenue curieusement accro de nos séances, alors que je devrais regretter qu'elles aient jamais commencé. Je me dirige vers l'aile réservée aux invités, je commence à penser au transfert, si tant est que j'en connaisse un avec Anna. Peut-être est-ce simplement que je suis si seule, démoralisée. C'est Noël, je suis debout dans une maison étrangère, épuisée d'avoir passé la journée à enquêter sur des meurtres, accusée d'en avoir commis un.

Anna a laissé un mot sur le lit. L'élégante enveloppe crème est épaisse : elle a été prolixe. Je laisse mes vêtements en tas par terre dans la salle de bains. Leurs fibres se sont imprégnées de l'horreur de tout ce que j'ai fait durant les dernières vingt heures. C'est seulement en sortant de la douche que je me rends compte qu'elles dégagent encore l'odeur de brûlé répugnante de cette chambre de motel. Je les roule en boule dans une serviette pour pouvoir les oublier en attendant de les porter chez le teinturier. J'enfile l'un des gros peignoirs d'Anna et reprends nerveusement l'enveloppe dans laquelle sont pliés six feuillets d'un papier raide et filigrané. Je lis, m'efforçant de ne pas aller trop vite. Anna est quelqu'un de réfléchi : elle veut que j'absorbe chacun de ses mots, elle ne se perd pas en bavardages.

Très chère Kay,
Etant une enfant de la guerre, j'ai appris que la vérité n'est pas ce qui est juste, ou bien. Si les SS arrivaient à votre porte et vous demandaient si vous abritiez des Juifs, vous n'admettiez jamais la vérité. Quand des hommes des SS Totenkopf ont occupé la maison familiale en Autriche, je n'ai pas pu dire la vérité : que je les haïssais. Quand le commandant SS de Mauthausen venait dans mon lit toutes ces nuits et

me demandait si j'aimais ce qu'il me faisait, je ne disais pas la vérité.

Il me racontait des blagues ignobles et sifflait dans mon oreille pour imiter le bruit des Juifs que l'on gazait, et je riais, parce que j'avais peur. Parfois, il était ivre quand il revenait du camp, et un jour il s'est vanté d'avoir tué un villageois de douze ans à Langenstein, durant une battue. Par la suite, j'ai appris que ce n'était pas vrai, que c'était le Leitstelle — le chef de la Staatspolizei de Linz — qui avait tué l'enfant. Sur le moment, je l'avais cru, et ma peur était indescriptible. Moi aussi, j'étais une enfant, un civil. Personne n'était en sécurité. En 1945, ce même commandant est mort à Gusen, et son corps a été exposé en public pendant des jours. J'y suis allée et j'ai craché dessus. Telle était la vérité de mes sentiments pour lui : une vérité qu'il était hors de question que je laisse sortir jusque-là !

La vérité est donc relative. Elle est liée au temps. A ce qui n'est pas dangereux. La vérité est le luxe des privilégiés, de ceux qui ont amplement de quoi manger et ne sont pas forcés de se cacher parce qu'ils sont juifs. La vérité peut détruire, et il n'est donc pas toujours sage ni sain de la dire. C'est bien étrange pour une psychiatre d'avouer cela, n'est-ce pas ? Si je vous dis cela, c'est pour une bonne raison, Kay. Une fois que vous aurez lu ma lettre, vous devrez la détruire et ne jamais avouer son existence. Je vous connais bien. Une telle dissimulation, même mineure, vous sera difficile. Si l'on vous pose des questions, vous ne devrez rien dire de ce que je vous raconte ici

Ma vie dans ce pays serait anéantie si l'on savait que ma famille a nourri et abrité des SS, même si nous le faisions contre notre gré. C'était pour survivre. Je pense aussi que vous en pâtiriez si l'on savait que votre meilleure amie a été une sympathisante nazie, car c'est certainement ainsi que l'on me qualifierait. Et ce serait épouvantable, surtout lorsqu'on hait les nazis autant que moi. Je suis juive. Mon père avait deviné les intentions de Hitler. A la fin des années 30, il s'est servi de ses relations dans la politique et la finance pour nous acheter de nouvelles identités. Nous avons pris le nom de Zenner et sommes partis de Pologne en Autriche, à une époque où j'étais trop jeune pour me rendre compte de quoi que ce soit.

Vous pourriez donc dire que j'ai vécu dans le mensonge depuis presque toujours. Peut-être cela vous permettra-t-il de comprendre pourquoi je ne veux pas être interrogée dans une procédure légale et pourquoi je l'éviterai autant que possible. Mais la véritable raison de cette longue lettre, Kay, n'est-elle pas de vous raconter mon histoire ? Il faut enfin que je vous parle de Benton.

Il a été mon patient, durant quelque temps. C'est une surprise, n'est-ce pas ? Il y a trois ans environ, il est venu à mon cabinet. Il était déprimé et éprouvait des difficultés liées à son travail dont il ne pouvait parler à personne, vous y compris. Durant toute sa carrière au FBI, il avait vu le pire absolu, les choses les plus aberrantes, invraisemblables, et, bien qu'elles l'aient hanté et qu'il ait souffert d'avoir approché ce qu'il appelait « le mal », il n'avait jamais vraiment eu peur. La plupart de ces criminels ne s'intéressaient pas à lui, disait-il. Ils ne lui voulaient aucun mal. Au contraire, ils adoraient qu'il leur accorde son temps et son attention en venant les interroger en prison. Et les nombreuses affaires qu'il a permis de résoudre ne l'ont jamais mis en danger. Les violeurs et tueurs en série ne lui en voulaient pas personnellement.

Pourtant, quelques mois avant sa visite, des choses étranges ont commencé à se produire. Je regrette de ne pas m'en souvenir mieux, Kay, mais il s'agissait d'événements bizarres. Des appels téléphoniques, des gens qui raccrochaient, qui ne pouvaient être tracés parce que les communications provenaient de mobiles. Il recevait des lettres anonymes disant sur vous des choses affreuses. Des menaces, dont il était là encore impossible de remonter la piste. Pour Benton, il était évident que l'auteur des lettres détenait sur vous deux des informations personnelles.

Bien sûr, il soupçonnait fortement Carrie Grethen. Il répétait sans cesse : « Nous n'avons pas fini d'entendre parler de cette femme ». Mais à l'époque, il ne voyait pas comment elle aurait pu passer ces appels ou envoyer du courrier, puisqu'elle était détenue à New York, à Kirby.

Je vais vous résumer six mois de conversations avec Benton en disant qu'il avait la forte prémonition de sa mort imminente. Ont suivi la dépression, des angoisses et la paranoïa, et il a commencé à boire. Il disait qu'il vous cachait ses accès de boisson et que ses problèmes détérioraient vos relations. D'après ce que vous m'avez vous-même raconté, Kay, je vois en quoi son comportement avec vous avait changé. Vous comprenez peut-être à présent pourquoi.

Je voulais mettre Benton sous antidépresseurs légers, mais il a refusé. Il s'inquiétait en permanence de ce que vous deviendriez, vous et Lucy, s'il lui arrivait quelque chose. Il en a pleuré, devant moi, au cabinet. C'est moi qui lui ai suggéré d'écrire la lettre que le sénateur Lord vous a remise il y a plusieurs semaines. Je lui ai dit : « Imaginez que vous êtes mort, c'est votre dernière occasion de parler à Kay ». C'est ce qu'il a fait. Il a écrit cette lettre.

Je lui ai fréquemment suggéré qu'il en savait peut-être plus long qu'il ne pensait sur la personne qui le harcelait, que c'était peut-être le déni qui l'empêchait de voir la vérité en face. Il hésitait. Je me souviens très bien avoir eu le sentiment qu'il était détenteur d'informations qu'il ne pouvait ou ne voulait pas donner. A présent, je suis parvenue à la conclusion que tout a un rapport avec le fils mafioso de Marino, tout ce qui vous arrive à vous et à Benton. Rocky est lié à des criminels très puissants, et il hait son père. Il haïrait quiconque est cher à son père. Serait-ce une coïncidence que Benton ait reçu des lettres de menace et ait été assassiné, puis que ce monstre de Chandonne fasse son apparition à Richmond, et que le fils de Marino devienne son avocat ? Cette route tortueuse ne nous conduirait-elle pas enfin à une inacceptable conclusion : anéantir tous ceux qui ont une valeur dans la vie de Marino ?

Lorsque nous nous rencontrions, Benton faisait souvent allusion à un dossier « Ladec ». Il y conservait toutes les étranges lettres de menace, toutes ces choses dont il était victime. Durant des mois, je n'ai pas compris, mais un jour, il m'a expliqué qu'il s'agissait de LA-DE-C. Je lui ai demandé à quoi correspondaient les initiales et il m'a répondu : « La Dernière Chance ». Je lui ai demandé ce que cela signifiait, et des larmes lui sont montées aux yeux. Ses paroles exactes ont été : « Mais c'est là où je finirai, Anna. Là où je finirai ».

Vous n'imaginez pas ce que j'ai ressenti quand Lucy m'a dit que c'était également le nom de la firme de conseil et d'investigation dans laquelle elle s'est tant investie. Si j'étais aussi bouleversée hier soir, ce n'était pas simplement à cause de la citation à comparaître que j'avais reçue. J'ai appelé Lucy parce que je pensais qu'il fallait l'informer de ce qu'il vous arrivait. Elle m'a dit que sa nouvelle chef, Teun, était en ville, et elle a mentionné La Dernière Chance. Cela m'a bouleversée. Je le suis encore, et je ne comprends pas ce que tout cela signifie. Lucy était-elle au courant du dossier de Benton ?

Est-ce une simple coïncidence, Kay ? Aurait-elle simplement imaginé le même nom que Ben-ton ? Tous ces liens peuvent-ils être des coïncidences ? A présent, nous savons qu'il existe quelque chose qui s'appelle La Dernière Chance, basé à New York. Lucy déménage là-bas, le pro-cès de Chandonne doit avoir lieu à New York parce qu'il a tué dans cette ville il y a deux ans, lorsque Carrie Grethen était encore incarcérée à New York, et c'est là aussi que vous avez abattu Temple Gault. C'est aussi là que Marino a com-mencé sa carrière de policier. Enfin, Rocky habite New York.

Laissez-moi terminer en vous disant que je me sens coupable si je contribue d'une manière ou d'une autre à aggraver votre situation, mais soyez sûre que je ne tolérerai pas que l'on déforme mes propos. Jamais. Je suis trop vieille pour cela. Demain, jour de Noël, je quitte cette maison pour Hilton Head, où je resterai jusqu'à ce qu'il me soit possible de revenir à Richmond. Plusieurs raisons m'y poussent. Je ne tiens pas à faciliter la tâche à Buford. Plus important encore, il vous faut un endroit où séjourner. Ne retournez pas chez vous, Kay.

Votre amie dévouée,
Anna.

Je lis, et relis. J'ai la nausée en pensant à Anna éle-vée dans l'air vicié de Mauthausen. Je sais ce qui s'y est passé. Quel épouvantable chagrin de songer que durant toute sa vie, elle a entendu des allusions aux Juifs, des plaisanteries de mauvais goût sur leur compte, et appris toutes les atrocités commises contre eux, alors qu'elle aussi était juive. Elle peut chercher des raisons, son père était lâche. Je soup-çonne qu'il savait que le commandant SS qu'il rece-vait à sa table violait sa fille, pourtant, il n'a rien fait.

Il est 5 heures du matin. Mes paupières sont lourdes et j'ai les nerfs à vif. Inutile de tenter de dormir. J'ai besoin d'un café. Je reste un moment devant la fenêtre obscure à contempler une rivière indiscernable tout en songeant à ce qu'Anna vient de me révéler. Tant de choses m'apparaissent désormais logiques dans le comportement de Benton, durant les derniers temps. Toutes ces fois où il prétendait avoir la migraine et où je trouvais qu'il avait plutôt la gueule de bois : c'était sans doute le cas. Il était de plus en plus déprimé, distant et frustré. D'une certaine manière, je comprends qu'il ne m'ait pas parlé des lettres, des coups de fil, du dossier « Ladec », comme il l'appelait. Mais j'aurais aimé qu'il me fasse confiance.

Où est passé ce dossier ? Je ne l'ai pas trouvé quand j'ai rangé ses affaires après sa mort. Mais il faut dire que j'oubliais tant de choses, à l'époque. C'était comme si je vivais sous terre, gênée et ralentie dans mes mouvements, incapable de voir où j'allais et d'où je venais. Après la mort de Benton, Anna m'a aidée à trier ses effets personnels. Elle a vidé les placards et les tiroirs pendant que j'arpentais les pièces, fébrile, déboussolée. Par moments, je l'aidais, et puis je fondais en larmes, radotant jusqu'à la nausée. A-t-elle vu ce dossier ? Il faut que je le retrouve, s'il existe encore.

Les premières lueurs bleu sombre de l'aube apparaissent. Je nous prépare du café et me dirige vers la chambre d'Anna avec une tasse. Je tends l'oreille devant sa porte pour savoir si elle est réveillée. Pas un bruit. J'ouvre discrètement et je pose le café sur la table ovale près du lit. Anna aime que sa chambre soit éclairée la nuit. On dirait une piste d'atterrissage balisée de lampes. J'ai trouvé cela étrange, la première fois, mais je commence à comprendre. Peut-être associe-t-elle l'obscurité complète avec ces nuits où, seule et terrifiée dans son lit, elle attendait qu'un nazi empestant l'alcool entre et utilise son corps adolescent. Pas étonnant qu'elle ait passé sa vie à traiter des gens brisés. Elle les comprend. Elle étudie avec autant d'attention que moi les tragédies de son passé, d'une autre façon.

Je chuchote :

— Anna ? Anna ? C'est moi. Je vous ai apporté du café.

Elle se redresse dans un sursaut, un œil entrouvert, ses cheveux blancs hirsutes et épars sur son visage.

— « Joyeux Noël » est la première chose qui me vient à l'esprit, mais je me rabats sur « bonnes vacances ».

— Vous savez, j'ai fêté Noël toutes ces années, alors que je suis juive. (Elle tend la main vers le café.) Je suis rarement de bonne humeur, le matin.

Je lui prends la main. Elle me paraît soudainement vieille et fragile dans la pénombre partielle de sa chambre.

— J'ai lu votre lettre, Anna. Je ne sais pas quoi dire, mais je ne peux pas la détruire. Il faut que nous en parlions.

Elle demeure silencieuse un instant. Et dans ce silence s'installe une sorte de soulagement. Puis elle se bute à nouveau et m'écarte d'un geste, comme si elle pouvait balayer toute l'histoire, tout ce qu'elle m'a confié de sa vie. Les lampes projettent les ombres fantasmagoriques des meubles Biedermeier, les précieuses antiquités et les tableaux qui ornent sa vaste et splendide chambre. Les épaisses tentures de soie sont tirées.

— Je n'aurais probablement pas dû vous écrire tout cela, dit-elle d'un ton ferme.

— J'aurais préféré que vous me l'écriviez plus tôt. (Elle boit son café et tire les draps sur ses épaules.) Ce qui vous est arrivé dans votre enfance n'est pas votre faute, Anna. Les décisions, c'est votre père qui les a prises, pas vous. Il vous a protégée, d'une certaine façon, et il ne vous a pas protégée du tout non plus. Peut-être qu'il n'avait pas le choix.

— Vous ne savez pas. Vous ne pouvez pas savoir... Comment prétendre le contraire ?

— ... Aucun monstre ne peut leur être comparé. Ma famille n'avait pas le choix. Mon père buvait beaucoup de schnaps. Il était ivre la plupart du temps, eux aussi. C'est étrange, l'odeur du schnaps me donne toujours la nausée.

Elle serre la tasse dans ses deux mains et reprend :

— ... Ils se saoulaient tous, ça n'avait pas d'importance. Quand le Reichsminister Speer et sa suite ont visité les installations de Gusen et d'Ebensee, ils sont venus à notre *Schloss*. Oui, notre charmant petit château. Mes parents ont donné un somptueux banquet avec des musiciens venus de Vienne, les mets les plus fins et le meilleur champagne, et tout le monde était ivre. Je me rappelle m'être cachée dans la chambre, terrorisée de ce qui allait s'ensuivre. Je suis restée planquée toute la nuit sous le lit et plusieurs fois quelqu'un est entré dans ma chambre, a soulevé les draps et poussé des jurons. Toute la nuit, sous mon lit, en pensant à un de ces jeunes gens, qui tirait de si douces mélodies de son violon. Il me regardait souvent et je rougissais, et je pensais à lui. Quelqu'un qui créait tant de beauté ne pouvait pas être méchant. Toute la nuit, rien que lui dans ma tête.

— Le violoniste de Vienne ? Celui que, plus tard... ?

— Non, non. C'était des années avant Rudi. Mais je crois que c'est à ce moment-là que je suis tombée amoureuse de Rudi, en avance, sans l'avoir jamais rencontré. Je voyais les musiciens dans leurs queues-de-pie noires et j'étais hypnotisée par cette magie, je voulais qu'ils m'enlèvent à cette horreur. Je m'imaginais que leurs notes pouvaient me permettre d'accéder à un lieu de pureté. Pendant un moment, je me suis retrouvée en Autriche avant cette boucherie et ces fours crématoires, quand la vie était simple, les gens honnêtes et agréables, avec leurs jardins parfaits et leurs jolies maisons. Durant les journées ensoleillées de printemps, nous sortions les édredons aux fenêtres pour qu'ils prennent l'air le plus doux que j'aie jamais respiré. Et nous jouions dans d'immenses champs d'herbe folle qui semblaient monter jusqu'au ciel. Mon père allait chasser le sanglier et ma mère cousait et faisait des pâtisseries.

Elle se tait, et une douce tristesse envahit son visage. Elle reste silencieuse quelques instants :

— ... Qu'un quatuor à cordes puisse ainsi transformer la plus affreuse des nuits ! Et puis ensuite, cette pensée magique m'emporte dans les bras d'un homme qui joue du violon, un Américain. Et je me retrouve ici. Ici. Je me suis enfuie. Mais je n'ai jamais pu y échapper, Kay.

L'aube éclaire les tentures, les teignant de miel. Je suis heureuse qu'Anna soit là. Je la remercie d'avoir parlé à Benton et de m'avoir enfin tout raconté. D'une certaine manière, le tableau semble plus clair, grâce à ce que je comprends désormais. C'est un leurre, bien sûr. Je ne discerne toujours pas précisément la progression des changements d'humeur de Benton, juste avant son meurtre, mais je sais qu'à cette époque Carrie Grethen cherchait un nouveau complice pour remplacer Temple Gault. Carrie était informaticienne. Une femme brillante, incroyablement manipulatrice, à tel point qu'elle avait obtenu le droit d'accéder à un ordinateur de l'hôpital psychiatrique de Kirby. C'est ainsi qu'elle avait pu tisser sa toile sur le monde entier, s'associant à un nouveau complice, un autre tueur psychopathe du nom de Newton Joyce. Elle a réussi à le contacter par Internet, et il l'a aidée à s'évader de Kirby.

— Peut-être a-t-elle contacté d'autres gens par le même moyen, avance Anna.

— Rocky, le fils de Marino ?

— J'y pensais.

— Anna, avez-vous une idée de ce qu'est devenu le dossier de Benton ? Le dossier Ladec ?

— Je ne l'ai jamais vu...

Elle se redresse, les draps retombent sur sa taille. Ses bras nus semblent pitoyablement maigres et ridés. Ses seins pendent, flasques, sous la soie sombre.

— ... Quand je vous ai aidée à trier ses vêtements et ses affaires, je n'ai pas vu de dossier. Mais je n'ai pas touché à son bureau.

Tout est tellement confus.

— Non, reprend-elle en repoussant les couvertures et en s'asseyant sur le bord du lit. Je n'aurais pas fait cela. Pas ses dossiers professionnels...

Elle se lève et enfile un peignoir.

— ... J'ai pensé que vous les aviez inspectés. C'est le cas, n'est-ce pas ? Et son bureau de Quantico ? Il avait déjà pris sa retraite, il a dû le vider.

— Oui, il ne restait plus rien. (Nous descendons le couloir vers la cuisine.) Les dossiers concernant chaque affaire sont restés là-bas. Contrairement à certains de ses collègues du FBI qui partent en retraite, Benton ne considérait pas que les affaires sur lesquelles il avait travaillé lui appartenaient. En d'autres termes, il n'a rien emporté de Quantico en partant. Ce que j'ignore, par contre, c'est s'il a laissé le dossier Ladec au FBI. Si c'est le cas, on peut lui dire adieu !

— Il lui appartenait, souligne Anna. Il contenait de la correspondance personnelle. Il ne le considérait pas comme un outil professionnel, je le sais, il m'en a parlé. Ces menaces, ces appels anonymes, étaient une chose très ciblée contre lui, et je ne crois pas qu'il se soit jamais confié à d'autres agents. Cela le rendait tellement paranoïaque, notamment à cause des menaces formulées contre vous. Je suis probablement la seule personne à qui il en ait parlé. Je le sais. Selon moi, il aurait dû évoquer cela au FBI. Il refusait.

Je vide le filtre à café dans la poubelle et j'éprouve à nouveau une sorte de rancœur. Benton me dissimulait tant de choses.

— C'est dommage. Peut-être que s'il en avait parlé à d'autres agents rien de tout cela ne serait arrivé.

— Vous voulez encore du café ?

Cela me rappelle que je n'ai pas dormi.

— Oui, je crois que j'en ai besoin.

— Du café viennois, décide Anna en ouvrant le réfrigérateur et en choisissant un sachet. J'ai un peu la nostalgie de l'Autriche, ce matin.

Je perçois le sarcasme. Se réprimande-t-elle d'avoir divulgué un peu de son passé ? Elle verse les grains dans le moulin et la cuisine bourdonne durant un instant. J'ajoute, comme pour moi-même :

— Vers la fin, Benton ne se faisait plus d'illusions sur le Bureau. Je suis sûre qu'il ne faisait plus confiance à son entourage. Les rivalités. Il était chef de l'unité et savait que tout le monde se battrait pour dépecer la bête dès qu'il annoncerait son intention de prendre sa retraite. Il gérait ses problèmes absolument seul — tout comme ses missions ; c'était dans sa nature. En tout cas, c'était un maître de discrétion.

Un véritable catalogue de possibilités défile dans ma tête. Où aurait-il rangé ce dossier ? Où pourrait-il se trouver ? Chez moi (il y avait sa chambre) ? Dans les classeurs qu'il avait installés ? Mais je les ai inspectés, et je n'ai jamais rien vu qui ressemble à ce qu'Anna m'a décrit.

Autre chose me revient soudain. Quand Benton a été tué, à Philadelphie, il séjournait dans un hôtel. Après sa mort, ils m'ont renvoyé ses bagages, dont cet attaché-case, que j'ai ouvert et fouillé, comme la police. Je n'ai rien vu qui puisse ressembler au dossier Ladec. D'un autre côté, si Benton soupçonnait Carrie Grethen d'être liée aux coups de fil et lettres anonymes, n'est-il pas logique de croire qu'il l'avait avec lui alors même qu'il travaillait à des affaires pouvant être liées à Grethen ? N'aurait-il pas emporté le dossier à Philadelphie ?

J'attrape le téléphone :

— Joyeux Noël, Marino. C'est moi.

— Quoi ? bafouille-t-il, à moitié endormi. Oh, merde. Quelle heure il est ?

— 7 heures et quelque.

— 7 heures !

Marino grogne comme un ours :

— ... Merde, le Père Noël est pas encore passé. Pourquoi vous m'appelez si tôt ?

— Marino, c'est important. Quand les policiers ont fouillé les effets personnels dans la chambre de Benton à Philadelphie, étiez-vous avec eux ?

Un long bâillement.

— Mince, faut que j'arrête de me coucher aussi tard. J'ai mal aux poumons, je vais arrêter de fumer. Moi et des mecs et Wild Turkey, on est sortis hier soir. (Un autre bâillement.) Attendez. Je réalise. Laissez-moi changer de chaîne. Vous me parliez de Noël, et maintenant, il est question de Philadelphie ?

— Oui. Des affaires que vous avez trouvées dans la chambre d'hôtel de Benton.

— Ouais. Eh bien oui, je les ai fouillées.

— Avez-vous pris quoi que ce soit ? Quelque chose qui aurait pu se trouver dans l'attaché-case, par exemple ? Un dossier contenant des lettres.

— Y en avait quelques-uns. Pourquoi cette question ?

Je m'anime. Mon cerveau reprend possession de ses capacités, s'éclaircit.

— Où sont ces dossiers, à présent ?

— Ouais, je me rappelle les lettres. Des conneries bizarres. J'ai pensé qu'il fallait y accorder de l'attention. Et puis Lucy a explosé Carrie et Joyce et en a fait de la bouffe à poissons, et ça a radicalement mis un terme à l'affaire. Merde. J'arrive toujours pas à croire qu'elle avait un AR-15 dans son foutu hélicoptère et que...

— Où sont les dossiers ?

J'insiste, incapable de dissimuler mon impatience. Mon rythme cardiaque m'échappe.

— Il faut que je voie celui qui contenait les lettres. Benton l'appelait le dossier Ladec, les initiales de La Dernière Chance. Peut-être est-ce l'inspiration de Lucy.

— La Dernière Chance ? Vous parlez du truc où va

bosser Lucy à New York ? L'agence de Teun ? Mais qu'est-ce que ça a à foutre avec l'attaché-case de Benton ?

— Bonne question.

— D'accord. Il est quelque part. Je vais le trouver et je passe.

Anna est retournée dans sa chambre. Je commence à m'agiter en songeant au repas de Noël. J'attends que Lucy et Teun arrivent. Je sors des tas de trucs du réfrigérateur en me remémorant ce que Lucy m'a dit de la firme new-yorkaise de Teun. Selon Lucy, ce nom, La Dernière Chance, est venu comme une blague. *Là où on va quand il n'y a plus rien d'autre à faire.* Benton a expliqué à Anna que c'était l'endroit où il finirait. Cryptique. Enigmes. Benton croyait que son avenir était lié à ce qu'il avait mis dans ce dossier. La dernière chance était la mort, me dis-je alors. Où allait finir Benton ? Il allait finir mort. Est-ce ce qu'il voulait dire ? Dans quel autre endroit aurait-il pu finir ?

J'ai promis à Anna que je préparerais le repas de Noël, si cela ne l'ennuyait pas d'avoir dans sa cuisine une Italienne qui refuse d'approcher une dinde ou sa farce. Anna a fait un gros effort : les courses. Elle a même de l'huile d'olive pressée à froid et de la mozzarella de bufflonne fraîche. Je remplis une grande casserole d'eau et retourne vers la chambre d'Anna. Elle ne peut pas partir à Hilton Head, ni ailleurs, tant qu'elle n'a pas mangé un peu de la *cucina Scarpetta* et goûté mon vin. C'est une journée réservée à la famille, lui dis-je pendant qu'elle se brosse les dents. Je me fiche des grands jurys, des procureurs et du reste tant que nous n'aurons pas déjeuné. Pourquoi ne prépare-t-elle pas un plat autrichien ? En m'entendant, elle crache. Jamais, siffle-t-elle. Si nous sommes toutes les deux en même temps dans la cuisine, nous allons nous entretuer.

Une bonne humeur, sans doute fugace, semble s'installer chez Anna. Lucy et Teun arrivent vers 9 heures et les cadeaux sont entassés sous le sapin.

Je commence à mélanger des œufs et de la farine et à pétrir la pâte sur une planche à découper. Je l'enveloppe ensuite dans un film plastique et je me mets en devoir de trouver la machine à pâtes qu'Anna prétend avoir quelque part. Mes pensées galopent, et j'entends à peine de quoi Lucy et Teun discutent.

— Ce n'est pas que je ne puisse pas voler quand il fait un temps de chiottes, explique Lucy à propos du nouvel hélicoptère qu'on lui livre à New York. Il y a le pilotage assisté. Mais ça ne m'intéresse pas, je veux voir constamment le sol, justement parce que je n'ai qu'un moteur. Donc je ne volerai pas au-dessus des nuages les jours où il fait moche.

— Ça paraît dangereux, observe Teun.

— Ça ne l'est pas. Les moteurs ne lâchent jamais sur ces trucs, mais il vaut toujours mieux envisager le pire.

Je commence à travailler la pâte. C'est mon moment préféré. Je n'utilise jamais de pétrin mécanique, parce que la chaleur de la main donne aux pâtes fraîches une texture que ne remplacent pas des lames d'acier. Je prends le rythme, j'écrase, je replie, je donne des demi-tours, et j'appuie du plat de ma main valide. Et durant tout ce temps, le pire trotte dans ma tête. C'était quoi, pour Benton, le pire ? C'était quoi, s'il pensait que sa métaphorique Dernière Chance était l'endroit où il finirait ? Non, ça ne signifiait pas la mort. Non. Si quelqu'un savait qu'il existe pire que la mort, c'était bien Benton.

— Je lui ai donné des leçons par-ci, par-là. Pour être du rapide, c'était du rapide. Mais les gens qui se servent de leurs mains ont un avantage, dit Lucy à Teun en parlant de moi.

C'est là que je finirai. Les paroles de Benton résonnent dans mon esprit.

— C'est vrai. Ça exige de la coordination.

— Il faut être capable d'utiliser ses deux mains et ses deux pieds en même temps. Et, contrairement aux appareils à ailes fixes, un hélicoptère est par essence instable.

— C'est ce que je dis : c'est dangereux.

C'est là que je finirai, Anna.

— Mais non, Teun. Tu ne peux pas perdre un moteur à mille pieds et dégringoler tout droit. L'air force les pales à continuer de tourner. Tu as déjà entendu parler de la compensation automatique ? Tu peux atterrir sur un parking ou dans un jardin. Avec un avion, c'est impossible.

Mais qu'est-ce que tu voulais dire, Benton. Bon sang, qu'est-ce que tu voulais dire ? Je pétris comme une folle, retournant la boule de pâte dans le sens des aiguilles d'une montre, parce que je ne me sers que de ma main droite.

— Je croyais que tu disais qu'on ne perdait jamais un moteur. Oh, j'ai envie d'œufs au rhum. Est-ce que Marino va nous en préparer, ce matin ? dit Teun.

— C'est un truc pour la Saint-Sylvestre.

— Quoi ? C'est illégal, à Noël ? Je ne sais pas comment elle y arrive.

— C'est de l'obstination.

— Sans blague. Et nous, on reste là sans rien faire.

— Elle ne te laissera pas l'aider. Personne ne touche à sa pâte. Tu peux me croire. Tante Kay, ça ne te fait pas mal au coude ?

Je relève la tête. Je pétris de la main droite et avec les doigts de la gauche. D'un coup d'œil à la pendule au-dessus de l'évier, je me rends compte que j'ai perdu la notion du temps et que cela fait dix minutes que je m'acharne.

— Mon Dieu, mais à quoi pensais-tu donc ? (La bonne humeur de Lucy sombre alors qu'elle scrute mon visage.) Ne te laisse pas ronger par tout ça. Tout finira bien.

Elle croit que la perspective du grand jury me tracasse, alors que, ironie du sort, c'est le dernier de mes soucis, ce matin.

— Teun et moi allons t'aider. On t'aide déjà. Qu'est-ce tu crois que nous avons fait, ces derniers jours ? Nous avons conçu un plan, et il faut qu'on t'en parle.

— Après mes œufs au rhum, sourit gentiment Teun.

— Lucy, Benton t'a-t-il jamais parlé de La Dernière Chance ?

Ça y est, je crève l'abcès, presque accusatrice, puis je me rends compte à leur air perplexe qu'elles ne savent pas du tout de quoi je parle.

— Tu veux dire ce que nous faisons maintenant ? Le bureau de New York ? demande Lucy. (Se tournant vers Teun, elle poursuit :) Il ne pouvait pas être au courant, sauf si tu lui as expliqué notre intention de nous mettre à notre compte.

Je divise la pâte en petits morceaux et je me remets à pétrir.

— J'ai toujours voulu être mon propre patron, répond Teun. Mais je n'en ai absolument pas parlé à Benton. Nous étions bien trop occupés par les affaires que nous avions en Pennsylvanie.

— Ce n'est rien de le dire, ajoute Lucy d'un air sombre.

— C'est vrai, soupire Teun en secouant la tête.

— Si Benton ignorait tout de l'agence privée que vous aviez l'intention de monter, dis-je, est-il possible qu'il vous ait entendue évoquer son concept, cette blague entre vous ? J'essaie de comprendre pourquoi il avait baptisé de la sorte son dossier.

— Quel dossier ? demande Lucy.

— Marino l'apporte. Il était dans l'attaché-case de Benton à Philadelphie.

Je leur rapporte le passage de la lettre d'Anna et Lucy m'aide à clarifier au moins un point. Elle est certaine d'avoir parlé de la philosophie qui soutient La Dernière Chance à Benton. Elle croit se rappeler qu'elle était en voiture avec lui un jour et lui posait des questions sur le business de conseil qu'il avait lancé une fois à la retraite. Il lui avait dit que cela se passait bien, mais qu'il était difficile de gérer la logistique seul, qu'il lui manquait une secrétaire et quelqu'un pour répondre au téléphone, ce genre de choses. Lucy avait alors répondu que nous devrions nous réunir et fonder notre propre agence. C'est là qu'elle avait utilisé l'expression La Dernière Chance — « notre petite bande à nous », explique-t-elle.

J'étale un torchon sec et propre sur le plan de travail.

— Savait-il que vous aviez vraiment l'intention de le faire un jour ?

— Je lui ai dit que si j'avais assez d'argent j'arrêterais de bosser pour ce foutu gouvernement, répond Lucy.

— Mon Dieu...

Je place les rouleaux dans la machine à pâtes et je la règle sur l'ouverture la plus large.

— ... Quiconque te connaît se serait douté que ce n'était qu'une question de temps. Benton disait toujours que tu étais trop indisciplinée pour faire une longue carrière dans la bureaucratie. Il ne serait pas du tout surpris de voir ce que tu es devenue, Lucy.

— En fait, ce n'est pas récent, fait remarquer Teun. C'est pour ça que tu n'as pas tenu au FBI.

Lucy le prend bien. Elle a accepté ses erreurs du début, la pire étant sa liaison avec Carrie Grethen. Elle n'en veut plus au FBI de l'avoir lâchée.

J'aplatis un morceau de pâte du plat de la main avant de le glisser dans la machine.

— Je me demande si Benton a délibérément choisi ce nom pour baptiser son mystérieux dossier. Peut-être savait-il que, d'une manière ou d'une autre, La Dernière Chance — c'est-à-dire nous — enquêterait un jour sur son meurtre. Que c'était *nous*, l'endroit où il finirait, parce que ces lettres de menace et tout le reste n'allaient pas s'arrêter, même avec sa mort...

Je repasse la pâte dans la machine plusieurs fois jusqu'à obtenir une bande parfaitement plate que j'étale sur le torchon.

— ... Il le savait. J'ignore comment, mais il le savait.

— Il a toujours tout su, dit Lucy, et je sens son interminable peine.

Benton est ici, avec nous, dans la cuisine. Il était tellement intuitif. Sa pensée l'a toujours devancé. Je ne suis pas surprise qu'il parvienne à se projeter dans l'avenir, même après sa mort. Cet attaché-case n'est pas un hasard. Benton savait avec certitude que, si quelque chose lui arrivait — et il le redoutait manifestement —, je fouillerais ses affaires. Et je l'ai fait. Ce qu'il n'avait peut-être pas prévu, c'est que Marino serait passé avant moi et y aurait pris un dossier sans m'en avertir.

Il n'est pas encore midi. Les bagages d'Anna sont dans la voiture et des lasagnes recouvrent les plans de travail de la cuisine. La sauce tomate mijote sur la cuisinière, le parmesan reggiano et de l'*asagio* vieilli sont râpés dans des bols et la mozzarella fraîche égoutte sur un torchon. La maison sent l'ail et le feu de bois et les lumières de Noël scintillent tandis que la fumée monte de la cheminée.

Lorsque Marino déboule avec son habituelle et très bruyante maladresse, notre légèreté le surprend. Il est vrai qu'elle s'est faite rare, ces derniers temps. Il est tout en jean et chargé de cadeaux, sans oublier une bouteille d'alcool de contrebande Virginia Lightning. J'aperçois le coin d'un dossier qui pointe du sac de cadeaux, et mon cœur fait un bond.

— Ho ! Ho ! Ho ! beugle-t-il. Putain de joyeux Noël !

Il fait cette blague tous les ans, mais le cœur n'y est pas. J'ai l'impression qu'il ne s'est pas contenté de chercher le dossier Ladec toute la matinée. Il l'a lu.

— J'ai besoin d'un verre, annonce-t-il.

XXXI

J'allume le four pour cuire les pâtes avant de mélanger les fromages râpés avec la ricotta et la sauce à la viande, pour en fourrer les lasagnes.

Anna fourre des dattes avec du cottage cheese et prépare un bol de fruits secs salés pendant que Marino, Lucy et Teun se servent bière, vin ou Dieu sait quel mélange festif, en l'occurrence pour Marino un bloody mary très épicé arrosé de l'alcool qu'il a apporté.

Il est d'une humeur bizarre, et bien parti pour se saouler. Le dossier Ladec est un trou noir, toujours dans le sac de cadeaux, posé comme par ironie sous le sapin. Marino sait ce qu'il contient, mais je ne lui demande rien. Personne n'en parle. Lucy rassemble les ingrédients pour préparer des cookies au chocolat et deux tartes — une au beurre de cacahuète, l'autre au citron —, comme si nous avions un régiment à nourrir. Teun débouche un chambertin grand cru tandis qu'Anna dresse la table.

Le dossier exerce son immense attraction silencieuse. C'est comme si nous étions tous convenus tacitement de porter au moins un toast et de manger avant de commencer à parler de meurtre.

— Quelqu'un d'autre veut un bloody ? braille Marino qui traîne dans la cuisine sans rien faire d'utile. Dites, Doc, et si j'en faisais une carafe ?

Il s'empare de boîtes de jus de légumes qu'il trouve dans le réfrigérateur. Qu'a-t-il bu avant de venir ? Je sens que ma colère va exploser. Merde ! Comment a-t-il pu déposer le dossier sous le sapin ? C'est quoi ? Son idée d'une blague morbide et de mauvais goût ? C'est mon cadeau de Noël, c'est cela ? C'est de la crétinerie ou de l'insensibilité de l'avoir laissé dans le sac des cadeaux ? Il me bouscule pour presser des citrons dont il jette les écorces dans l'évier.

— Bon, comme personne va m'aider, autant que je le fasse moi-même, marmonne-t-il. Hé ! crie-t-il comme si nous n'étions pas dans la même pièce que lui. Quelqu'un a pensé à acheter du raifort ?

Anna me jette un coup d'œil. Une ambiance délétère commence à s'installer, glaçant et assombrissant notre petite joie de tout à l'heure, et la moutarde me monte au nez. Je me retiens pour ne pas sortir Marino de la pièce. C'est Noël, bordel ! C'est Noël. Marino empoigne une grande cuiller en bois et fait tout un cinéma en touillant son mélange où il verse une quantité effrayante d'alcool.

— Berk, fait Lucy. Au moins, vous pourriez prendre du Grey Goose.

— C'est sûrement pas comme ça que je vais boire ma vodka *à la française*...

La cuiller claque sur le rebord du pichet.

— ...Vin français, vodka française. Dites donc, on n'aime plus l'Italie ? fait-il en exagérant son accent italien new-yorkais. On a oublié ses racines ?

— La saloperie que vous préparez n'a rien d'italien, répond Lucy en prenant une bière dans le réfrigérateur. Si vous buvez tout ça, tante Kay va vous emmener au bureau demain matin. Sauf que vous serez dans un sac à viande.

Marino se verse un verre de son dangereux mélange.

— Ça me rappelle ! hurle-t-il à la cantonade. Si je meurs, qu'elle vienne pas me charcuter. (Comme si je n'étais pas là.) C'est comme ça...

Il se sert un autre verre et nous nous figeons pour le fixer.

— ... Ça fait dix foutues années que ça me tracasse. (Une autre gorgée.) Merde, ce truc, ça vous réchauffe les bouts. Je veux pas qu'elle m'allonge sur une de ses fichues tables en ferraille et qu'elle m'ouvre comme un poisson du marché. Nan. Je me suis arrangé avec les filles de là-devant. (Il fait allusion aux employées de la réception.) On se passera pas mes photos en douce. Croyez pas que je sais pas ce qui se passe là-bas. Elles comparent les tailles des bites. (Il s'enfile la moitié du verre et s'essuie les lèvres d'un revers de main.) Elles m'ont dit qu'elles le faisaient. Surtout Clito, ajoute-t-il avec un mauvais jeu de mots sur le prénom de Cleta.

Il s'apprête à se resservir, mais je tends la main pour l'en empêcher et ma rage explose :

— Ça suffit. Qu'est-ce qui vous prend ? Comment osez-vous vous présenter ici déjà ivre et vous saouler encore plus ? Allez cuver, Marino. Je suis sûre qu'Anna vous trouvera un lit. Vous ne prendrez pas votre voiture, et personne n'a envie de vous subir pour l'instant.

Il me lance un regard de défi moqueur en levant à nouveau son verre.

— Au moins, je suis franc, rétorque-t-il. Vous pouvez faire semblant si ça vous chante, tous autant que vous êtes, sous prétexte qu'on est le putain de jour de Noël. Eh ben, y a pas de quoi, j'vous le dis ! Lucy a démissionné pour pas être virée parce que c'est une petite gouine qui sait tout.

— Marino, ne commencez pas, l'avertit Lucy.

— Teun a quitté son boulot aussi, mais je sais pas quel avantage elle y trouve.

Il la désigne du pouce, insinuant par là qu'elle est peut-être du même bord que Lucy. Il bégaye :

— ... Anna est obligée de foutre le camp de chez elle parce que vous êtes là et qu'on enquête sur vous pour meurtre, et maintenant vous démissionnez. Tu parles si c'est une surprise, on va bien voir si le gouverneur vous garde. Consultante privée. Ouais...

La voix pâteuse, il titube au milieu de la cuisine, son visage vire à l'écarlate.

— ... Ça va être la journée. Et devinez qui reste tout seul ? Moi, moi, moi.

Il repose violemment le verre sur le comptoir et sort de la cuisine, se cogne à un mur, fait tomber un tableau et se dirige d'un pas incertain vers le salon.

— Mon Dieu !

Teun laisse échapper un soupir soulagé.

— Gros con de *bouseux*, lâche Lucy.

— Le dossier, dit Anna en le suivant du regard. C'est ça qui l'a mis dans cet état.

Marino cuve un simili-coma éthylique dans le salon. Rien ne pourrait le faire bouger, mais ses ronflements nous rassurent : il est bien vivant, même s'il n'a plus conscience de ce qui se passe chez Anna. Les lasagnes sont cuites et restent au chaud dans le four, tandis que la tarte au citron prend au réfrigérateur. En dépit de mes protestations, Anna est partie pour ses huit heures de route vers sa résidence de Hilton Head. J'ai fait tout ce que je pouvais pour la pousser à rester, mais elle était convaincue qu'il fallait qu'elle s'en aille. Nous sommes au milieu de l'après-midi. Lucy, Teun et moi sommes assises à la table de la salle à manger depuis des heures. Couverts et assiettes sont repoussés au milieu de la table et les cadeaux sont restés intacts sous l'arbre. Mais le dossier Ladec est étalé devant nous.

Benton était un homme méticuleux. Il avait scellé chaque objet sous plastique, et les taches violettes sur certaines lettres et enveloppes indiquent l'utilisation de ninhydrine pour révéler d'éventuelles empreintes digitales. Elles portent le cachet de la poste de Manhattan, avec les mêmes trois premiers chiffres pour le code : 100. Impossible de savoir de quel bureau elles ont été postées. Tout ce que ces trois chiffres indiquent, c'est la ville, et le fait que les lettres n'ont pas été traitées par une machine automatique d'entreprise ou dans un bureau de campagne, auquel cas le code comporterait cinq chiffres.

Une table des matières dresse l'inventaire des soixante-trois objets datés du printemps 1996 (environ six mois avant que Benton n'écrive la fameuse lettre que le sénateur Lord m'a remise) à l'automne 1999 (quelques jours avant l'évasion de Carrie Grethen.) Le premier est étiqueté Pièce 1, comme s'il était destiné à l'examen d'un jury. C'est une lettre postée le 15 mai 1996, anonyme et sortie sur imprimante laser. La police de caractères est compliquée et difficile à déchiffrer, du Rançon, c'est le diagnostic de Lucy.

> *Cher Benton,*
> *Je préside le fan club des Moches et tu as été choisi pour devenir membre honoraire ! Et tu sais quoi ? Les membres deviennent moches gratuitement ! Ça ne t'enchante pas ? La suite plus tard...*

Cinq autres lettres suivent, toutes à quelques semaines d'intervalle, toutes faisant allusion à ce fan club des Moches dont Benton deviendrait membre. Chaque fois, c'est le même papier ordinaire, la même police Rançon, sans signature, avec le même code postal. Il est évident que l'auteur est le même, très habile, jusqu'au moment où, en postant la sixième, il commet une erreur assez criante aux yeux d'un professionnel, et je suis stupéfaite que Benton ne l'ait apparemment pas remarquée. Au dos de l'enveloppe blanche figurent des traces d'écriture visibles quand on incline l'enveloppe dans une lumière rasante.

Je sors une paire de gants en latex de ma sacoche et je les enfile avant d'aller chercher une torche dans la cuisine. Anna en a une dans un placard, près du grille-pain. Revenue dans la salle à manger, je sors l'enveloppe de son étui plastifié en la tenant par les coins et j'incline obliquement le faisceau de la lampe. Je perçois l'ombre du mot « receveur », et je comprends immédiatement ce qu'a fait l'auteur de la lettre.

— Franklin D. Est-ce qu'il y a un bureau de poste du nom de Franklin D. Roosevelt, à New York ? Parce qu'il est clairement écrit N-Y, N-Y.

— Oui, celui de mon quartier, dit Teun en ouvrant de grands yeux et en s'approchant pour mieux voir.

— C'est un truc assez classique pour fabriquer un alibi, dis-je en inclinant la lampe sous différents angles. Prétendre que vous étiez dans un autre endroit très distant du lieu du crime au moment crucial. Vous êtes donc innocent. Le plus facile pour le faire croire, c'est de poster une lettre d'un bureau très éloigné, à peu près à l'heure du crime. C'est logique : vous ne pouvez pas être en deux endroits à la fois.

— 3rd Avenue, dit Teun. C'est là que se trouve le bureau de poste FDR.

— Nous avons un fragment de l'adresse. L'autre partie est cachée par le pli. 9 quelque chose. 3 A-V. Oui, 3rd Avenue. Voici comment on s'y prend : on rédige l'adresse sur la lettre, on l'affranchit convenablement, puis on la met sous enveloppe et on l'adresse au receveur de la poste d'où on veut qu'elle parte. Le receveur est obligé de poster votre lettre avec le cachet de son bureau. C'est ce que cette personne a fait. Seulement, en écrivant l'adresse du bureau sur l'enveloppe, elle a laissé une marque sur la lettre placée à l'intérieur.

Lucy est collée contre mon dos, se penchant pour mieux voir.

— Le quartier de Susan Pless, dit-elle.

Ce n'est pas tout. Cette lettre, de loin la plus abjecte, est datée du 3 décembre 1997, jour du meurtre de Susan Pless.

> *Salut Benton,*
>
> *Comment ça va, mon bientôt moche ? Je me demandais : quel effet ça fait de se regarder dans le miroir et d'avoir envie de se suicider ? Pas toi ? Ça va venir. Ça vaaaaaaaa veniiiiiiiiiiir. Je vais te découper comme une dinde de Noël et ça sera pareil pour le Con Super-Chef que tu baises quand tu as le temps, quand tu arrêtes d'essayer de comprendre des gens comme moi & toi. Tu peux pas savoir comme ça va me botter (comme on dit dans le Sud) de me servir de la lame pour l'ouvrir, la Super-Chef-Connasse. Quid pro quo, pas vrai ? Quand est-ce que tu apprendras à te mêler de tes affaires ?*

J'imagine Benton recevant ces messages crus et malsains. Je l'imagine dans sa chambre, chez moi, assis au bureau devant son ordinateur portable, son attaché-case à côté de lui, une tasse de café à portée de main. D'après ses notes, il a identifié la police Rançon et envisagé qu'elle pourrait être un symbole. *Obtenir la libération de quelqu'un en payant un prix. Racheter. Délivrer du péché*, lis-je. J'étais peut-être au bout du couloir, dans mon bureau, ou dans la cuisine, au moment même où il lisait ces lettres, vérifiant la définition de « rançon » dans le dictionnaire. Il ne m'en a jamais parlé. Selon Lucy, il ne voulait pas m'accabler et, de toute façon, il n'aurait pas été plus avancé en m'inquiétant. Je n'aurais rien pu faire de plus, d'après elle.

— Cactus, lis, tulipes, lit Teun sur une autre page. Quelqu'un lui envoyait anonymement des arrangements floraux à Quantico.

Je commence à feuilleter la liste de coups de fil, suivis de la mention « raccroché » avec la date et l'heure. Les appels étaient passés sur sa ligne directe à l'Unité des sciences du comportement et sont identifiés comme « hors zone » sur le cadran de la présentation d'appel, ce qui signifie qu'ils provenaient sans doute d'un mobile. L'unique observation de Benton se borne à un « silence avant de raccrocher ». Teun nous informe que les commandes de fleurs étaient passées chez un fleuriste de Lexington Avenue. Benton s'y était rendu. Lucy appelle les renseignements pour savoir si la boutique existe toujours. C'est le cas.

— Il a précisé quelque chose concernant le paiement, dis-je, peinant à lire l'écriture serrée de Benton. Par courrier. Les commandes étaient passées par courrier. En liquide, c'est ce qu'il a écrit. Donc, la personne envoyait une commande par courrier avec du liquide...

Je me reporte à la table des matières. Les pièces 51 à 55 sont les commandes reçues par le fleuriste, bien sûr.

— ... Sorties imprimantes non signées. Un petit bouquet de tulipes pour vingt-cinq dollars à envoyer à l'adresse de Benton à Quantico. Un petit cactus à vingt-cinq dollars, etc. Toutes les enveloppes sont postées de New York.

— Probablement selon le même système, dit Lucy. Elles ont été postées par le receveur de New York. Reste à savoir d'où elles provenaient.

Nous ne pouvons pas le deviner sans les enveloppes extérieures, qui ont certainement été balancées après que les employés de la poste les eurent ouvertes. Quand bien même les aurions-nous en main, je doute que l'expéditeur y ait inscrit son adresse. Tout ce que nous pourrions espérer, c'est un cachet postal.

— Le fleuriste a sûrement pensé qu'il avait affaire à un cinglé qui n'aimait pas les cartes de crédit, commente Teun. Ou à quelqu'un qui avait une liaison.

— Ou à un détenu.

L'image de Carrie Grethen me revient. Je l'imagine envoyer tout cela de Kirby. En glissant les lettres dans des enveloppes adressées à un receveur des postes, elle pouvait être assurée que les employés de l'hôpital ignoreraient leur véritable destinataire : le fleuriste, ou directement Benton. Le stratagème était si logique : rien de plus facile que de se procurer les adresses des différents bureaux dans un annuaire. Elle se souciait sans doute bien peu que l'on sache que le courrier provenait de la ville où elle était incarcérée. Tout ce qu'elle voulait, c'était ne pas alerter le personnel de Kirby. Carrie Grethen était la personne la plus manipulatrice qui soit. Tous ses actes procédaient d'une bonne raison. Elle profilait Benton tout comme lui la profilait.

— Si c'est Carrie, fait sombrement remarquer Teun, comment connaissait-elle l'existence de Chandonne et de ses meurtres ?

Je me lève et crache, rageuse :

— Ça l'aurait fait jouir. Et elle savait très bien que, en écrivant à Benton une lettre datée du jour du meurtre de Susan, il sauterait au plafond. Qu'il ferait le rapprochement aussitôt.

— Sans compter qu'elle avait choisi un bureau dans le quartier de Susan, ajoute Lucy.

Nous spéculons et postulons ainsi jusqu'à la fin de l'après-midi. Il est temps de dîner.

Nous sortons Marino de son coma pour l'informer de ce que nous avons découvert, avant de poursuivre notre conversation devant une salade de tomates, légumes verts et oignons doux baignée de vinaigre rouge et d'huile d'olive. Marino engloutit tout comme s'il n'avait pas mangé depuis des jours, puis enfourne les lasagnes.

Et la question essentielle surgit : si Carrie Grethen harcelait Benton, si elle avait bien des liens avec la famille de Chandonne, l'assassinat de Benton était-il un simple crime de psychopathe ? Benton faisait-il l'objet d'un contrat mafieux déguisé en crime dément et absurde, avec Carrie comme exécutrice jubilante ?

— En d'autres termes, dit Marino, la bouche pleine, sa mort était-elle comme ce dont on vous accuse ?

Le silence s'abat sur la table. Personne ne comprend bien ce qu'il veut dire, puis soudain, le brouillard s'éclaircit :

— Attendez, Marino, ce que vous voulez dire, c'est qu'il y avait un mobile objectif à ce meurtre mais qu'on l'a maquillé en crime de serial killer ?

— Ouais, comme quand on vous accuse d'avoir tué Bray et de vouloir faire porter le chapeau au Loup-Garou.

— C'est peut-être pour ça qu'Interpol était dans tous ses états, observe Lucy.

Marino se sert de l'excellent vin français qu'il descend comme de la limonade.

— Ouais, Interpol. Peut-être que Benton s'est retrouvé empêtré avec le cartel et...

J'entrevois une piste qui pourrait nous mener à la vérité.

— A cause de Chandonne !

Jaime Berger a été notre involontaire invitée toute

la journée. Elle n'a pas cessé d'assombrir mes pensées. La première question qu'elle m'a posée quand nous nous sommes retrouvées dans ma salle de réunion tourne dans mon esprit. Quelqu'un avait-il profilé les meurtres de Chandonne à Richmond ? Elle croit manifestement au profilage et je suis certaine qu'elle y a eu recours dans le meurtre de Susan Pless. Benton était-il au courant de l'affaire ?

— Je vous en prie, faites comme chez vous, dis-je au fantôme de Berger qui ne m'a pas lâchée d'une semelle.

Je me lève, de plus en plus désespérée, pour chercher sa carte dans ma sacoche. J'appelle chez elle depuis la cuisine pour qu'on ne m'écoute pas. Je suis à la fois gênée, effrayée et furieuse. Si je me trompe, je vais passer pour une gourde. Dans le cas contraire, eh bien, elle pouvait être plus franche avec moi. Va te faire foutre, Berger !

— Allô ? répond une voix féminine.

— Madame Berger ?

— Ne quittez pas. (J'entends crier :) Maman ! C'est pour toi !

A peine Berger a-t-elle pris l'appel que j'attaque :

— Qu'est-ce que vous m'avez caché d'autre sur vous ? Figurez-vous que je ne sais pas grand-chose !

— Oh, vous parlez de Jill ? (Ce doit être la personne qui m'a répondu.) En fait, ils sont du premier mariage de Greg. Deux adolescents. Et je les donnerais volontiers à qui les veut. Merde, je paierais même pour qu'on les prenne.

— C'est pas vrai ! hurle Jill dans un concert de rires.

— Attendez, je migre dans un coin plus tranquille...

Je l'entends passer dans une autre pièce de cette maison où elle vit avec un mari et deux enfants dont elle ne m'a jamais parlé, même après toutes ces heures passées ensemble. Ma rancune croît.

— ... Qu'y a-t-il, Kay ?

Je ne prends pas de gants :

— Connaissiez-vous Benton ? (Silence.) Vous êtes là ?

— Oui, oui, dit-elle d'un ton soudain grave. Je réfléchis à la meilleure manière de vous répondre...

— Pourquoi pas la vérité ? Pour une fois.

— Je vous ai toujours dit la vérité.

— Grotesque. Il y a un truc qui s'appelle le mensonge par omission, vous savez ? Toute la vérité. Je l'exige. Merde, enfin, Benton avait-il quelque chose à voir avec l'affaire Susan Pless ?

— Oui, répond-elle. Absolument oui, Kay.

— Racontez-moi, madame Berger. Je viens de passer toute l'après-midi à consulter des lettres et d'autres bizarreries qu'il a reçues avant d'être assassiné. Elles provenaient du bureau de poste situé dans le quartier de Susan.

Un silence, puis :

— J'ai rencontré Benton à plusieurs reprises, et mon bureau peut sans conteste se prévaloir des services rendus par son Unité des sciences du comportement. A l'époque, en tout cas. Nous avons maintenant recours à un psychiatre de New York. J'ai travaillé avec Benton sur d'autres affaires au fil des ans, voilà ce que je veux dire. Dès que j'ai appris le meurtre de Susan et que je me suis rendue sur les lieux, je l'ai appelé et fait venir. Nous avons inspecté son appartement, tout comme vous et moi l'avons fait à Richmond.

— Vous a-t-il jamais confié qu'il recevait des lettres étranges, des appels anonymes ou d'autres choses ? A-t-il mentionné qu'un rapport entre la personne qui le harcelait et l'assassin de Susan Pless était envisageable ?

— Je vois, se borne-t-elle à répondre.

— Vous voyez ? Qu'est-ce qu'il y a à voir ?

— Je vois que vous êtes au courant. Seulement voilà : comment ?

Je lui parle du dossier Ladec. Il semble que Benton ait fait rechercher des empreintes sur les documents. Je me demande qui s'en est chargé et où se trouvent les résultats. Elle n'en a pas la moindre idée, mais elle me conseille de soumettre les diverses pièces à l'AFIS, le Système d'identification automatique des empreintes digitales.

J'ajoute :

— Il y a des timbres sur les enveloppes. Il ne les a pas enlevés, ce qui indique qu'il n'a pas fait procéder à une recherche d'ADN.

La recherche d'ADN est maintenant suffisamment sophistiquée, grâce à la technique de la PCR. On peut établir un profil ADN en partant de la salive, retrouvée par exemple derrière un timbre. Peut-être Carrie ignorait-elle cela à l'époque ? Moi, j'aurais su. Si Benton m'avait montré ces lettres, je lui aurais conseillé de faire examiner les timbres. Peut-être aurait-il obtenu un résultat ? Peut-être ne serait-il pas mort ?

— A l'époque, bien des gens, même dans les services de police, ne pensaient pas à ce genre de choses, continue Berger. Merde, on est proche du troisième millénaire et tout ce que font les flics, c'est chercher des tasses à café, des serviettes de toilette sales, des Kleenex ou des mégots de cigarettes. Stupéfiant.

Une pensée incroyable me vient. Ce qu'elle dit me rappelle une affaire en Angleterre : un homme accusé à tort d'un cambriolage à cause d'une correspondance dans la base de données ADN située à Birmingham. L'avocat de l'accusé avait demandé un nouveau test de l'ADN retrouvé sur les lieux, en exigeant l'utilisation de dix sondes, au lieu des six habituelles. Ces sondes révèlent des bouts particuliers de notre matériel génétique. Certaines signent l'individualité de quelqu'un, et c'est cela que l'on recherche. Plus on utilise de sondes correspondant à ces régions très spécifiques, plus la probabilité d'une erreur devient infime. *A contrario*, une concordance stricte désigne de façon indiscutable le coupable d'un crime. Dans l'affaire anglaise, l'accusé avait été innocenté grâce à une nouvelle analyse impliquant des sondes supplémentaires. Il y avait un risque sur trente-sept millions qu'une erreur se soit produite. Manque de bol, c'était tombé sur lui.

— Quand vous avez analysé l'ADN dans l'affaire Pless, avez-vous employé le STR ?

Le STR est la toute dernière méthode en matière d'analyse d'ADN. On amplifie l'ADN à l'aide d'une PCR et on recherche ensuite de courtes séquences de paires de bases répétitives et très discriminantes, appelées Short Tandem Repeats. En règle générale, de nos jours, les empreintes d'ADN enregistrées dans les banques de données sont réalisées avec au moins treize sondes, ce qui rend la possibilité d'erreur absolument négligeable.

— Je sais que nos labos sont très perfectionnés, dit Berger. Ils utilisent la PCR depuis des années.

— Tout passe par la PCR, maintenant, sauf si le labo utilise encore l'ancien système RFLP, très fiable, mais si long, réponds-je. En 1997, tout reposait sur le nombre de sondes utilisées. Il se trouve que plus vous les multipliez, plus l'empreinte revient cher. Il était donc fréquent que des labos se contentent de quelques-unes. En d'autres termes, si quatre sondes seulement ont été utilisées pour Susan, il n'est pas exclu que nous tombions dans l'exception statistique. Je suppose que le bureau du légiste a encore les échantillons au frigo.

— Quel genre d'exception statistique ?

— Lorsqu'il s'agit de frères, par exemple. Quand l'un a laissé du fluide séminal et l'autre des cheveux et de la salive.

— Mais vous avez analysé l'ADN de Thomas, n'est-ce pas ? Et il était similaire à celui de Jean-Baptiste, mais pas identique ?

Je n'arrive pas à le croire : Berger commence à s'énerver.

— C'est ce que nous avons fait il y a quelques jours avec treize sondes, pas quatre ou six. Les profils ont certainement beaucoup de gènes identiques, mais également certaines différences. Plus on utilise de sondes, plus on découvre de différences. Surtout dans une population fermée. Ce qui est sans doute le cas de la famille Chandonne. Ils habitent l'île Saint-Louis depuis des siècles, se marient entre eux. On peut donc supposer un haut degré de consanguinité, dont les difformités congénitales de Jean-Baptiste sont sans doute la conséquence.

— Il faut procéder à une nouvelle analyse du fluide séminal dans l'affaire Pless, décide Berger.

— Vos labos le feront de toute façon, puisqu'il est accusé de meurtre, réponds-je. Mais vous pouvez pousser à la roue.

— Mon Dieu, j'espère qu'on ne découvrira pas que c'est quelqu'un d'autre, se désespère-t-elle. Ce serait affreux que l'ADN ne corresponde plus en deuxième analyse. Alors là, ce serait vraiment me bousiller mon dossier.

Elle a raison. Même Berger aurait un mal de chien à faire croire à un jury que Chandonne a tué Susan si son ADN ne correspond pas à celui du sperme recueilli sur son cadavre.

— Je vais demander à Marino d'envoyer les timbres et les empreintes éventuelles aux labos de Richmond, enchaîne-t-elle. Une dernière chose, Kay : ne consultez pas le reste de ce dossier sans témoins. N'allez pas plus loin. C'est pour cela qu'il vaut mieux que vous ne soumettiez pas les pièces vous-même.

— Je comprends.

C'est une façon de me rappeler une fois de plus que je suis soupçonnée de meurtre.

— Je dis cela pour vous, ajoute-t-elle.

— Madame Berger, si vous connaissiez l'existence des lettres, si vous saviez ce que subissait Benton, qu'avez-vous pensé lorsqu'il a été assassiné ?

— A part le plus évident, le chagrin, bon Dieu, quel choc j'ai eu ! A part cela, donc, j'ai pensé qu'il avait été tué par la personne qui le harcelait. Oui, c'est la première chose qui me soit venue à l'esprit. Cependant, quand l'identité de ses assassins a été clairement établie et qu'ils ont été abattus, j'ai pensé qu'on ne pouvait pas aller plus loin.

J'insiste :

— Et si Carrie Grethen a écrit ces lettres, et elle a écrit la pire, apparemment, le jour même du meurtre de Susan ?

Berger reste muette.

— ... Pourquoi n'existerait-il pas un rapport ? Susan a peut-être été la première victime de Chandonne aux Etats-Unis. Mais Benton commençait à fouiner, il a peut-être découvert quelque chose qui incriminait le cartel. Carrie était en vie, à New York, quand Chandonne est venu y tuer Susan.

— Et Benton aurait fait l'objet d'un contrat ? demande Berger, dubitative.

— Ce n'est plus du conditionnel, réponds-je. Je connaissais Benton et sa manière de raisonner. Pour commencer, pourquoi transportait-il avec lui le dossier Ladec ? Pourquoi l'a-t-il emporté à Philadelphie s'il ne pensait pas que son étrange contenu avait un rapport avec les activités de Carrie et de son complice ? Tuer des gens et découper leur visage. *Les rendre moches*. Et les lettres que recevait Benton disaient clairement qu'il subirait le même sort. Ça n'a pas manqué...

— Il me faut une copie de ce dossier, conclut Berger. (A son ton, je comprends qu'elle souhaite en rester là pour l'instant.) Je vous donne le numéro de mon fax.

Il me faut une bonne demi-heure pour photocopier les documents dans le bureau d'Anna, parce que le fax n'accepte pas les feuilles plastifiées. Lorsque je reviens au salon, Marino a terminé le bourgogne et s'est rendormi sur le canapé, et Lucy et Teun discutent devant le feu en continuant d'échafauder des scénarios de plus en plus échevelés à mesure qu'elles boivent. Noël semble si loin. Les cadeaux ne sont pas déballés avant 22 h 30 et Marino nous joue un Père

Noël un peu approximatif, nous tendant les boîtes en se forçant à la jovialité. Mais son humeur n'a fait que s'assombrir. A 23 heures, le téléphone sonne. C'est Berger.

— *Quid pro quo, à titre compensatoire ?* démarre-t-elle aussitôt en faisant allusion à la lettre datée du 3 décembre 1997. Combien de gens peu familiers des termes légaux utilisent ces mots ? C'est une idée un peu folle, mais je me demande si nous pourrions obtenir un échantillon de l'ADN de Rocky Caggiano. Autant ne rien négliger et ne pas décréter trop vite que c'est Carrie l'auteur des lettres. Peut-être que oui. Mais peut-être pas.

Je retourne vers le grand sapin sous lequel gisent toujours les cadeaux. J'essaie de sourire, me confondant en remerciements qui ne trompent personne. Lucy m'a offert une Breitling en acier modèle B52 et Marino un bon pour un an de bois de chauffage qu'il me livrera et entreposera personnellement. Lucy adore le collier Whirly-Girls que je lui ai fait réaliser et Marino le blouson en cuir que Lucy et moi lui offrons. Anna serait ravie du vase en verre que je lui ai déniché, mais elle est quelque part sur l'Inter-state 95. Tout le monde expédie le déballage : tant de questions demeurent en suspens. Les papiers froissés et rubans sont ramassés et j'indique d'un signe à Marino que j'ai deux mots à lui dire en tête à tête. Nous allons nous asseoir dans la cuisine. Il a été plus ou moins ivre toute la journée. Cela lui arrive souvent. Il a de bonnes raisons pour cela.

— Vous ne pouvez pas continuer à boire ainsi, lui dis-je en nous servant à chacun un verre d'eau. Ça ne résout rien.

— Touché-coulé ! dit-il en se frottant le visage. On ne peut pas dire que ça améliore grand-chose. Là, tout de suite, tout me paraît merdique.

Il a les yeux injectés de sang et le regard trouble, comme s'il se retenait de pleurer.

Je me lance :

— Auriez-vous quelque chose, n'importe quoi, qui

puisse nous fournir un échantillon de l'ADN de Rocky ?

Il frémit comme si je l'avais frappé.

— C'est ça que vous a dit Berger, tout à l'heure ? Elle appelait au sujet de Rocky ?

— Elle passe en revue tous les noms de la liste. Tous ceux ayant un rapport avec Benton ou nous, et qui pourraient avoir un lien avec le crime organisé. Et Rocky vient forcément à l'esprit.

Je lui répète ce que m'a révélé Berger sur Benton et l'affaire Susan Pless.

— Mais il recevait ces conneries avant que Susan soit tuée, dit-il. Alors pourquoi quelqu'un le ferait tourner en bourrique s'il avait encore fourré son nez nulle part ? Pourquoi Rocky aurait fait ça, par exemple ? Vous pensez que c'est Rocky qui lui envoyait ces trucs, c'est ça ? (Je n'ai pas de réponse. Je ne sais pas.) La seule solution, c'est que vous preniez de l'ADN de Doris et moi, parce que j'ai rien à Rocky. Pas même des cheveux. Vous pouvez faire ça, non ? Si vous avez l'ADN des parents, vous pouvez le comparer à quelque chose comme de la salive ?

— On obtiendra un pedigree et on saura au moins que votre fils ne peut pas être écarté de la liste.

— Ça marche. Si vous y tenez. Bon, comme Anna s'est barrée, je peux fumer ?

— Je n'oserais pas. Et pour les empreintes de Rocky ?

— Laissez tomber. D'ailleurs, d'après moi, Benton a fait chou blanc de ce côté-là. C'est vrai, quoi, on voit bien qu'il a fait analyser les lettres et que ça s'est arrêté là. Je sais que vous allez pas être contente que je vous le dise, Doc, mais il faut que vous sachiez pourquoi vous vous fourrez là-dedans. Vous lancez pas dans une chasse aux sorcières sous prétexte que vous voulez rendre la monnaie de sa pièce au salaud qui a envoyé ces trucs à Benton et a peut-être un rapport avec sa mort. Ça vaut pas la peine. Surtout si vous pensez que c'est Carrie. Elle est morte. Qu'elle pourrisse.

— Je ne suis pas d'accord. Si je peux savoir avec certitude qui lui a envoyé ces lettres, à mon sens, ça vaut la peine.

— J'sais pas. Il a dit que La Dernière Chance, c'était là qu'il finirait. Eh bien, j'ai comme l'impression qu'il s'est pas trompé, dit pensivement Marino. Parce que c'est nous, La Dernière Chance, et qu'on s'occupe de son dossier. C'est pas déjà quelque chose ?

— Vous pensez qu'il a emporté ce dossier à Philadelphie parce qu'il voulait s'assurer que l'un de nous deux le récupérerait ?

— Si quelque chose lui arrivait ?

Je hoche la tête.

— Peut-être. Il se doutait qu'il en avait plus pour longtemps. Et c'est bizarre, en plus. Y a pas grand-chose, comme si Benton craignait qu'il finisse dans de mauvaises mains et qu'il voulait pas qu'ils y trouvent quoi que ce soit. Vous trouvez pas curieux qu'il y ait pas le moindre nom là-dedans ? Comme s'il avait pas voulu dire qu'il avait des suspects en tête ?

— En effet, le dossier est obscur.

— Alors, à qui il voulait le cacher ? Les flics ? Parce que, s'il lui arrivait quelque chose, Benton savait bien que les flics tomberaient dessus. Et c'est le cas. La police de Philly a perquisitionné sa chambre d'hôtel et m'a tout remis ensuite. Il devait aussi se douter que le dossier vous parviendrait un jour. Et peut-être à Lucy aussi.

— Oui, mais il ignorait qui tomberait sur le dossier en premier. Et Benton était connu pour sa prudence.

— Sans oublier qu'il était là-bas pour aider l'ATF. Donc, il a peut-être pensé que l'ATF verrait le dossier, non ? Lucy en faisait partie. Teun aussi. Elle était responsable de l'équipe d'intervention qui travaillait sur les incendies que Carrie et son enculé de complice déclenchaient pour dissimuler leur passe-temps préféré : découper le visage de leurs victimes.

(Il plisse les paupières.) Talley est de l'ATF. Peut-être qu'on devrait récupérer son ADN, à ce salaud. Dommage...

Il reprend son drôle d'air. Je crois qu'il ne me pardonnera jamais d'avoir couché avec Jay Talley.

— ... Vous aviez sûrement sa saloperie d'ADN, pardonnez l'allusion. A Paris. Il vous resterait pas une tache que vous auriez pas nettoyée ?

— La ferme, Marino, dis-je calmement.

— C'est ce foutu syndrome du sevrage qui me tape sur les nerfs. (Il se lève et va au placard. Cette fois, c'est du bourbon. Il se verse du Booker's et revient s'asseoir.) Ça serait pas sensationnel si on s'apercevait que Talley est mouillé là-dedans depuis le début ? Peut-être que c'est pour ça qu'il voulait que vous rejoigniez Interpol. Il voulait vous tirer les vers du nez pour voir si vous en saviez autant que Benton ? Parce que figurez-vous... Peut-être que quand Benton a commencé à fouiner, il a deviné des trucs après le meurtre de Susan ? Des trucs qui le rapprochaient d'une vérité que Talley peut pas se permettre de divulguer.

— De quoi vous parlez, tous les deux ? demande Lucy.

Elle me surprend, je ne l'ai pas entendue arriver.

— On dirait que c'est une mission pour toi, explique Marino en la fixant de ses yeux bouffis et en faisant tourner son bourbon dans le verre. Et si Teun et toi, vous enquêtiez un peu sur Talley pour savoir jusqu'où il est sali ? Sans déconner, je crois pas qu'on puisse l'être plus. Et au fait (il se tourne vers moi), au cas où vous sauriez pas, c'est l'un des mecs qui ont conduit Chandonne jusqu'à New York. Alors ça, si c'est pas intéressant, hein ? Il assiste à l'interrogatoire de Berger. Il passe six heures en voiture avec lui. Tiens, ils sont probablement potes, depuis le temps. S'ils l'étaient pas avant.

Lucy fixe le jardin de la fenêtre de la cuisine, les mains dans les poches de son jean, clairement vexée et gênée par Marino. Il est en sueur, grossier, il titube, alternant entre haine et mépris, et boudant l'instant d'après.

— Vous savez ce que je supporte pas ? continue-t-il. Les flics qui passent au travers des mailles du filet parce que tout le monde a trop la trouille de s'en prendre à eux. Personne ose lever le petit doigt sur Talley parce qu'il parle plein de langues, qu'il est allé à Harvard et que c'est un golden boy de la haute...

— Vous ne savez vraiment pas de quoi vous parlez, coupe Lucy alors que Teun entre dans la cuisine. Vous vous trompez. Jay n'est pas hors d'atteinte, et vous n'êtes pas la seule personne au monde à avoir des doutes sur lui.

— De sérieux doutes, renchérit Teun.

Marino se tait et s'adosse au comptoir.

— Je peux te dire ce que nous savons pour le moment, tante Kay...

Je perçois ses réticences, après tout, personne ne sait vraiment où j'en suis de ma relation avec Jay.

— ... Ça m'ennuie un peu, parce que rien n'est vraiment tranché. Mais ça n'augure rien de bon pour l'instant, ajoute-t-elle en me scrutant.

— Bien, vas-y.

— Ouais, fait Marino. Je suis tout ouïe.

— J'ai procédé à des recherches dans pas mal de bases de données. Pas de casier judiciaire au pénal ou au civil, pas de jugements, etc. Non que nous pensions découvrir qu'il avait été inculpé pour viol, parricide ou pédophilie. De surcroît, rien n'indique que le FBI, la CIA ou même l'ATF possèdent un dossier sur lui dans leurs archives. Mais une simple recherche sur ses biens immobiliers a tiré la sonnette d'alarme. Pour commencer, il occupe un appartement à New York où il héberge certains amis choisis — parmi lesquels des gens haut placés dans les milieux judiciaires, dit-elle pour Marino et moi. Un appartement de trois millions et quelques, bourré d'antiquités, avec vue sur Central Park. Jay se vante d'en être le propriétaire. Eh bien, ce n'est pas le cas. Il est au nom d'une société.

— Certaines personnes aisées mettent leurs biens au nom d'une entreprise dans un but de discrétion ou pour protéger leurs propriétés en cas de litige, fais-je remarquer.

— Je sais. Mais l'entreprise ne lui appartient pas, répond Lucy. Sauf s'il possède une compagnie aérienne.

— Un peu surréaliste, non ? ajoute Teun. Surtout quand on sait la quantité de fret qu'expédie la famille Chandonne. Peut-être y a-t-il un rapport ? Il est encore trop tôt pour le dire.

— Pas bien étonnant, marmonne Marino, puis son regard s'éclaire. Ouais, ça, je me rappelle bien l'avoir vu jouer les richards de Harvard, pas vrai, Doc ? Rappelez-vous que je me demandais pourquoi on prenait un Learjet, tout à coup, et puis ensuite le Concorde pour aller en France. Je savais qu'Interpol avait pas payé toutes ces conneries.

— Il n'aurait jamais dû se vanter de posséder cet appartement, remarque Lucy. Apparemment, il a le même talon d'Achille que les autres cons : l'ego. (Elle se tourne vers moi.) Il voulait t'impressionner, alors il t'a fait prendre le Concorde en prétendant que c'était un tarif réduit. Bien sûr, les compagnies aériennes font cette faveur pour les missions judiciaires, parfois. Mais nous enquêtons pour connaître l'identité de la personne qui a pris les réservations, et connaître le fin mot de l'histoire.

— Ma grande question, poursuit Teun, c'est évidemment de savoir si l'appartement pourrait être la propriété des Chandonne. Vous imaginez le nombre de prête-noms qu'il va falloir débusquer pour arriver jusqu'à eux.

— Merde, tout l'immeuble doit être à eux, dit Marino. Et une moitié de Manhattan, par la même occasion.

J'interviens :

— Et du côté des responsables de cette fameuse entreprise ? Vous avez trouvé des noms intéressants ?

— Ils ne nous disent rien de significatif pour l'instant, répond Lucy. Ce genre d'enquête prend beaucoup de temps. On vérifie tout, les relations des différentes personnes entre elles.

— Et Mitch Barbosa et Rosso Matos, Lucy ? Ils ont un rapport ? Ce qui est clair, c'est que quelqu'un a pris la clé de chez moi pour la mettre dans la poche de Mitch Barbosa. Vous pensez que c'est Jay ?

Marino ricane en avalant une gorgée de bourbon.

— Moi, je vote pour, rétorque-t-il. Pour ça et pour le vol de votre marteau à piquer. Je vois vraiment pas qui d'autre aurait pu. Je connais tous les mecs qui sont venus chez vous. Sauf si c'est Righter le coupable, mais il est trop trouillard, et je crois pas du tout qu'il soit malhonnête.

Décidément, l'ombre de Jay Talley rôde dans nos pensées avec de plus en plus d'insistance. Il s'est rendu chez moi. Il m'en veut. Mais la grande question est : qui est au juste Jay Talley ? Car si c'est lui qui a mis la clé dans la poche de Mitch Barbosa, ou qui l'a dérobée pour la confier à quelqu'un, cela l'implique directement dans le meurtre de Barbosa, et très probablement dans celui de Matos.

Je demande :

— Où est Jay, en ce moment ? Quelqu'un sait ?

— Eh bien, il était à New York, mercredi. Puis on l'a vu hier après-midi dans le comté de James City. Mais aujourd'hui, j'sais pas, répond Marino.

— Il y a encore quelques petits trucs qu'il faudrait que tu saches, reprend Lucy. En particulier un détail vraiment très étrange, mais sans queue ni tête pour l'instant. En faisant une recherche bancaire, je suis tombée sur deux Jay Talley, avec des adresses et des numéros de Sécurité sociale différents. Le premier a été immatriculé à Phoenix entre 1960 et 1961. Ça ne peut pas être celui qui nous intéresse, sauf s'il a dans les quarante ans. Il a quoi ? Quelques années de plus que moi ? Trente et quelques, tout au plus ? Quant au second Jay Talley, son immatriculation remonte à 1936-1937. Pas d'année de naissance, mais il doit faire partie des premiers enregistrés après la loi de 1935 sur la Sécurité sociale. En d'autres termes, difficile de donner une approximation concernant son âge. Au moins dans les soixante-dix ans. En tout cas, notre Jay Talley déménage beaucoup et utilise des boîtes postales en guise d'adresses. Il a aussi acheté beaucoup de voitures, parfois plusieurs par an.

— Talley vous a déjà dit où il était né ? me demande Marino.

— Il aurait passé la majeure partie de son enfance à Paris, puis sa famille a déménagé à Los Angeles. Vous étiez avec nous dans la cafétéria quand il l'a dit. A Interpol.

— Aucun de mes deux Jay Talley n'a jamais vécu à L.A., dit Lucy.

— Et puisqu'on parle d'Interpol, intervient Marino, est-ce qu'ils ont pas fait une enquête sur lui avant de l'engager ?

— Si, à tous les coups, mais pas très approfondie, explique Lucy. C'est un agent de l'ATF, donc supposé sans tache ni reproche.

— Et son deuxième prénom, demande Marino. On le connaît ?

— Il n'en a pas. Rien dans les archives de l'ATF, dit Teun en souriant. Pas plus que le Jay Talley qui a été immatriculé avant le Déluge. Rien que ça, c'est inhabituel. La plupart des gens ont plusieurs prénoms. D'après son dossier au quartier général, il serait bien né à Paris et y aurait vécu jusqu'à l'âge de six ans. Ensuite, il est censé avoir déménagé à New York avec son père, français, et sa mère, américaine. Il n'est pas fait mention de Los Angeles. Sur son formulaire de renseignements, il a indiqué avoir fait ses études à Harvard. Manque de bol, aucun Jay Talley n'a jamais fréquenté Harvard.

— Bordel ! s'exclame Marino. Les gens vérifient rien quand ils lisent ces formulaires d'embauche ? Vous prétendez être allé à Harvard ou à Rhodes, ou être champion olympique de saut à la perche, et ils vous croient sur parole ? Alors, on vous engage et on vous file un badge et un flingue ?

— En tout cas, il vaut mieux rester très discret sur ce que nous savons vis-à-vis des affaires internes, dit Teun. L'idée, c'est que personne ne prévienne Talley que nous sommes sur ses baskets, et nous ignorons qui sont ses amis au quartier général.

Marino lève les bras au-dessus de la tête pour s'étirer. Son cou craque.

— J'ai encore faim, dit-il.

XXXII

La chambre d'amis chez Anna donne sur la rivière, et je me suis arrangé un bureau improvisé devant la fenêtre. J'ai couvert d'une nappe une petite table pour ne pas abîmer le vernis satiné, et apporté de la bibliothèque un fauteuil pivotant en cuir vert pomme. Au début, j'étais consternée d'avoir oublié mon ordinateur portable, puis j'ai découvert une consolation inattendue en retrouvant le plaisir d'un stylo plume. J'ai une écriture affreuse, un vrai cliché pour un médecin. Il faut dire que je la réserve au paraphe ou à la signature de centaines de documents par jour, et les descriptions répugnantes, les mensurations griffonnées avec des gants tachés de sang n'arrangent sans doute pas les choses.

Ma vie chez Anna commence à trouver son rythme. Chaque matin, je me glisse dans la cuisine. La machine à café est réglée pour se mettre en marche à exactement 5 heures et demie. Je retourne à ma chambre, pour passer des heures à écrire devant un carreau de la fenêtre qui s'ouvre sur les ténèbres persistantes de la nuit. Lors de ma première matinée, je devais jeter les grandes lignes des cours que je donne à l'Institut. Mais les premières lueurs de l'aube sont venues animer la rivière, et j'ai oublié les accidents de la circulation, les asphyxies et la radiologie légale.

Ce matin, j'ai fidèlement contemplé ce spectacle une fois de plus. A 6 heures et demie, l'obscurité a viré au gris anthracite et, en quelques minutes, j'ai pu distinguer les silhouettes dépouillées des sycomores et des chênes, puis les vastes étendues sombres se sont métamorphosées en eau et en humus. De bon matin, un brouillard léger s'attarde à la surface de la James River. La rivière prend des allures de Styx. C'est seulement vers 8 heures qu'apparaissent les animaux ; ils m'apaisent. Je suis tombée amoureuse des oies du Canada qui se rassemblent sur le ponton d'Anna en cancanant. Des écureuils s'activent dans les arbres, leurs queues enroulées comme des panaches de fumée. Des oiseaux s'affolent devant la fenêtre en me découvrant. De l'autre côté de la rivière, des cerfs traversent au galop les bois dénudés par l'hiver et des faucons planent haut dans le ciel.

Parfois, un rare privilège m'est offert : des aigles chauves volent haut et si solitaires. Leurs ailes immenses, leur casque de plumes blanches et leurs culottes bouffantes de plumes les rendent immédiatement reconnaissables. Ils sont seuls, différents des autres oiseaux. Ils volent en cercle, se posent parfois brièvement sur un arbre pour disparaître ensuite si vite que je me demande, comme Emerson, s'ils ne sont pas un signe. La nature recèle tant de doux étonnements, contrairement à ma vie.

En ce lundi 17 janvier, je suis toujours exilée dans la maison d'Anna. C'est du moins ainsi que je le sens. Le temps a passé lentement, comme s'il stagnait. Ma vie se glisse selon un courant à peine perceptible, mais il est illusoire de tenter de dévier son inévitable avancée.

Les vacances sont terminées et mon plâtre a été remplacé par des bandages et une attelle. Je conduis une voiture de location, ma Mercedes étant toujours

473

retenue à Hull Street et Commerce Road, le terrain vague qui héberge les voitures perquisitionnées. La police ne surveille pas l'endroit en permanence, et il n'y a pas de chien de garde. C'est ainsi qu'au réveillon du nouvel an, on a fracassé une vitre et volé ma CB, mon lecteur de CD et Dieu sait quoi d'autre. Bravo pour la protection de l'intégrité des indices, ai-je dit à Marino.

Il y a du nouveau dans l'affaire Chandonne ; ainsi que je le soupçonnais, seulement quatre sondes ont été utilisées lors de l'analyse du fluide séminal retrouvé sur Susan Pless en 1997. Il semble que cette procédure économique soit habituelle à New York, parce que ces sondes sont produites à l'Institut médico-légal, et donc peu onéreuses. L'échantillon congelé a été analysé de nouveau avec quinze autres sondes, et le résultat est non concordant. Jean-Baptiste Chandonne n'est pas l'excréteur du sperme, pas plus que son frère Thomas. Mais il existe tant d'analogies génétiques entre les trois profils que nous en venons à supposer l'existence d'un troisième frère, le violeur de Susan. Cette trouvaille nous a pas mal secoués. Quant à Berger, elle est sens dessus dessous.

— L'ADN, c'est la preuve irréfutable, d'accord ? Donc nous sommes baisés, me dit-elle au téléphone.

La dentition de Chandonne correspond aux morsures et on a retrouvé sa salive et ses poils sur le corps, mais ce n'est pas lui qui a pénétré Susan Fless juste avant sa mort. Cela risque d'être insuffisant devant un jury, en cette époque où l'ADN est roi. Quelle invraisemblable ironie du sort. Apparemment, on n'a pas besoin de grand-chose pour m'accuser *moi* de meurtre : on se contente d'une rumeur, d'allégations et de quelques expériences réalisées à l'aide d'un marteau à piquer et de sauce barbecue.

J'ai attendu la convocation durant des semaines. Elle est arrivée hier, et l'adjoint du shérif s'est présenté à mon bureau, toujours aussi jovial, sans se douter que cette affaire me concerne en tant qu'accusée et non pas comme témoin expert. Je dois me présenter salle 302 au tribunal John Marshall pour déposer sous serment devant un grand jury. L'audience est prévue le 1er février, à 14 heures.

Je farfouille dans ma garde-robe tout en pensant à mon agenda de la journée. Jack Fielding m'a annoncé six affaires, et deux des médecins sont au tribunal. J'ai également une conférence par téléphone à 10 heures avec le gouverneur Mitchell. Je finis par me décider en faveur d'un tailleur-pantalon noir à rayures bleues et un chemisier bleu à poignets en revers.

Je m'installe devant une autre tasse de café et un bol de céréales protéinées apportées par Lucy. Je manque m'étrangler de rire en me cassant presque une dent sur ce cadeau diététique et pour le moins croustillant. Ma nièce est bien décidée à ce que je renaisse des cendres de ma vie, si possible en pleine forme. Je termine de m'habiller quand mon biper vibre. Le numéro de Marino apparaît sur l'écran, suivi du 911.

C'est sur l'allée devant la maison qu'est garé le plus grand changement dans ma vie : la voiture de location. Un Ford Explorer bleu nuit qui sent le tabac froid, et cela ne devrait pas s'arranger, sauf si je suis le conseil de Marino et colle une plaquette de désodorisant sur le tableau de bord. Je branche mon mobile sur l'allume-cigares et je le rappelle.

— Où vous êtes ? demande-t-il aussitôt.

— Sur le chemin de l'autoroute...

J'allume le chauffage et les grilles s'ouvrent devant moi. Je ne m'arrête même pas pour ramasser le journal et, quelques secondes plus tard, Marino me recommande de le lire.

— ... Trop tard, Marino. Je suis déjà sur Cherokee. (Je me raidis.) Alors, dites-moi. Qu'est-ce qu'il y a, dans ce journal ?

— La presse a eu vent de l'enquête du grand jury.

L'hiver continue de se dissoudre en gouttes et flaques, et une boue neigeuse glisse le long des toits.

— *Le médecin légiste en chef suspecté d'être l'auteur*

d'un abominable massacre, me lit Marino. C'est le titre. Et il y a une photo de vous. On dirait un cliché que cette salope aurait pris devant chez vous. La femme qui est tombée sur la glace, vous vous souvenez ? On vous voit en train de monter dans mon pick-up. Ouais, c'est un bon cliché de ma bagnole, moins de vous.

— Contentez-vous de me résumer l'article, s'il vous plaît.

Il me lit le principal tandis que je négocie les virages en épingle à cheveux de Cherokee Road. Un grand jury enquête sur moi dans le cadre du meurtre de la chef adjointe de la police Diane Bray. La révélation est qualifiée de « choquante et bizarre » et la police est « perplexe ». Bien que le procureur Righter ait refusé tout commentaire, des sources anonymes révèlent que la perspective de cette enquête lui a causé « une immense peine ». Malheureusement, il ne pouvait reculer après que des témoins sont venus spontanément déposer et que la police a présenté des preuves accablantes. D'autres sources, anonymes toujours, prétendent que j'étais totalement brouillée avec Bray, qui me jugeait incompétente et indigne de mon poste. Bray tentait de me faire licencier. Elle s'était plainte, peu de temps avant sa mort, racontant que nous nous étions disputées en plusieurs occasions et que je l'avais bousculée et menacée. Selon ces mêmes sources, des indices n'excluraient pas la possibilité que j'aie mis en scène son meurtre afin qu'il ressemble à celui de Kim Luong, etc.

Je suis arrivée dans Huguenot Road en plein embouteillage. J'en ai assez entendu.

— Il y en a une tartine, dit-il.

— Je n'en doute pas.

— Ils ont dû bosser dessus pendant toutes les vacances, parce qu'ils ont des tas d'informations sur vous et votre passé. (Je l'entends tourner les pages.) Même des trucs sur Benton et sa mort, et puis Lucy. Il y a un gros encadré qui dit tout, y compris les études que vous avez faites. Cornell, Georgetown, Hopkins. Les photos du canard sont bien. Il y en a même une de nous deux sur une scène de crime. Oh, merde, c'est celle du meurtre de Bray.

— Que disent-ils au sujet de Lucy ?

Mais Marino est fasciné par toute cette publicité, ces immenses photos de nous ensemble, sur les lieux de notre travail. Je l'entends feuilleter le journal :

— J'ai jamais rien vu de pareil, dit-il. Ça continue encore et encore, Doc. Ça court sur au moins cinq pages. Ils ont dû foutre tout le personnel de l'info là-dessus sans qu'on s'en doute. Il y a même une photo aérienne de chez vous.

— Et Lucy ? Qu'est-ce qu'ils disent d'elle ?

— Merde, il y a même une photo de Bray et vous sur le parking devant le magasin où a eu lieu le meurtre de Luong. Vous donnez l'impression de pas pouvoir vous saquer, toutes les deux...

Je hausse le ton, préoccupée par le flot des voitures qui m'entourent :

— Marino ! Ça suffit !

Un silence, puis :

— Excusez-moi, Doc. Bon Dieu, je sais que c'est affreux, mais j'ai pas eu le temps de regarder plus loin que la une avant de vous avoir au bout du fil. Je savais pas. Excusez-moi. J'ai simplement rien vu de pareil, sauf quand quelqu'un de vraiment connu claque.

Les larmes me montent aux yeux. Inutile de lui faire remarquer son ironie involontaire. Du reste, c'est assez juste, j'ai l'impression d'être morte.

— Attendez que je regarde ce qu'ils disent sur Lucy. Ouais, on s'y attendait... C'est votre nièce, mais vous avez toujours été plutôt une mère pour elle, euh... diplômée de l'université de Virginie et toutes ces conneries, son accident de voiture parce qu'elle était bourrée, le fait qu'elle est lesbienne, pilote un hélicoptère, FBI, ATF, ouais, ouais, ouais. Et qu'elle a failli descendre Chandonne devant chez vous. Je crois que c'est surtout ça, leur putain de truc. (Marino est de nouveau énervé. Il s'en prend à Lucy, mais il ne supporte pas qu'on l'attaque de la sorte.) Ils disent pas qu'elle est en disponibilité ou que vous vous cachez chez Anna. Au moins, ces enfoirés auront manqué quelque chose.

Je m'approche de West Cary Street.

— Où êtes-vous, Marino ?

— Au quartier général. Je viens par chez vous. Parce que vous allez avoir un sacré comité d'accueil. (Il veut parler de la presse.) Je me suis dit qu'un peu de compagnie vous ferait pas de mal. Et puis j'ai des trucs à voir avec vous. Ah, j'ai une bonne blague pour eux. Je vais arriver le premier à votre bureau et laisser ma voiture. Vous, arrêtez-vous côté Jackson Street au lieu de faire le tour sur 4th Street. Descendez, laissez-moi votre voiture et j'irai la garer. D'après mes hommes, il y a une trentaine de journalistes, photographes et reporters télé qui campent devant le parking et attendent que vous vous pointiez.

Ma première impulsion est d'accepter, puis je me ravise. Non. Je ne vais pas jouer à ce petit jeu de cache-cache et me planquer le visage derrière un dossier ou un manteau comme si j'étais une criminelle. Sûrement pas. Je préviens Marino que je le retrouverai à mon bureau, mais que je me garerai comme d'habitude. Je vais m'occuper des médias toute seule. Je fais d'une pierre deux coups : je cède à mon entêtement et, de surcroît, je ne vois pas ce que j'ai à perdre en faisant mon travail comme d'habitude et en disant la vérité. Cette foutue vérité, c'est que je n'ai pas tué Diane Bray. Je n'y ai jamais pensé, même si je la détestais plus que n'importe qui dans ma vie.

Sur 9th Street, je m'arrête à un feu rouge et enfile ma veste avant de m'inspecter dans le rétroviseur. Je retouche mon rouge à lèvres avant de me recoiffer d'une main. Puis j'allume la radio, prête à affronter le premier spot d'infos. Les stations locales interrompront sûrement fréquemment leurs programmes pour informer tout le monde que le docteur Kay Scarpetta est le premier scandale du millénaire.

— ... Donc, voici ce que je veux dire, Jim. Imaginez quelqu'un qui pourrait impunément exécuter le *meurtre parfait*.

— Sans blague. Vous savez, je l'ai déjà interviewée...

Je zappe d'une station à l'autre : on se moque de moi, on m'humilie, ou bien on en parle tout bonnement parce que quelqu'un a violé ce qui dans notre pays est censé être la plus sacrée et la plus secrète des procédures judiciaires.

Mais qui est le fameux violeur de silence ? Ce qui m'attriste le plus, c'est que plusieurs noms me viennent à l'esprit. Je ne fais pas confiance à Righter. Je ne fais confiance à aucun de ceux qu'il a contactés pour connaître mes communications téléphoniques ou mes antécédents bancaires. J'ai en tête un autre suspect — Jay Talley —, et je parie qu'il a lui aussi reçu une citation à comparaître. Je me ressaisis en pénétrant sur le parking et en découvrant les camions des télévisions et des radios alignés dans 4th Street. Des dizaines de gens m'attendent en brandissant caméras, micros et calepins.

Aucun des journalistes ne remarque mon Explorer bleu nuit. C'est à ce moment que je me rends compte de ma grave erreur tactique. Je conduis une voiture de location depuis des jours, et c'est seulement maintenant qu'il me vient à l'esprit qu'on pourrait m'en demander la raison. Je suis repérée dès que je me gare à mon emplacement réservé. La meute se rue vers moi, presque féroce, et je me glisse dans mon rôle. Je suis le chef. Je suis réservée, posée, sans peur. Je n'ai rien fait de mal. Je descends et je prends mon temps pour récupérer mon attaché-case et une pile de dossiers sur la banquette arrière. Mon coude me lance sous les bandages. Des appareils photo cliquettent et on brandit vers moi des microphones comme autant d'armes cherchant leur cible.

— Docteur Scarpetta ? Avez-vous des commentaires sur... ?

— Docteur Scarpetta... ?

— Quand avez-vous appris qu'un grand jury enquêtait sur vous ?

— Est-il vrai que Diane Bray et vous étiez fâchées ?...

— Où est votre voiture ?

— Pouvez-vous confirmer que vous avez été chassée de chez vous et que vous n'avez même plus votre voiture en ce moment ?

— Allez-vous démissionner ?

Je leur fais face sur le trottoir. Je me tais, attendant qu'ils en fassent autant. Quand ils se rendent compte que j'ai l'intention de répondre à leurs questions, je surprends des regards étonnés, et ils se calment rapidement. Je reconnais nombre de visages, sans parvenir à leur attribuer un nom. Du reste, je ne crois pas avoir jamais su les noms des petits soldats des médias qui vont récolter les informations sur le terrain. Je me répète qu'ils font simplement leur travail et que je n'ai aucune raison de le prendre personnellement. Ils sont grossiers, inhumains, indiscrets, insensibles et considérablement inexacts, mais ce n'est pas personnel, c'est bien ce que l'on prétend, n'est ce pas ?

— Je n'ai préparé aucune déclaration...

— Où étiez-vous la nuit du meurtre de Diane Bray ?

Je lui coupe la parole :

— S'il vous plaît. Comme vous, j'ai récemment appris qu'un grand jury menait une enquête sur son meurtre, et je vous demande de respecter la très nécessaire confidentialité d'une telle procédure. Veuillez comprendre pourquoi je n'ai pas la liberté d'en discuter avec vous.

— Mais est-ce que vous... ?

— C'est vrai que vous n'avez plus votre voiture parce que la police l'a prise ?

Leurs questions et accusations déchirent l'air matinal tandis que je poursuis mon chemin vers le bâtiment. Je n'ai rien de plus à dire. Je suis le chef. Je suis réservée, posée, sans peur. Je n'ai rien fait de mal. Il y en a un parmi eux que je reconnais : en effet, comment pourrais-je oublier un grand Afro-Américain à cheveux blancs et au visage taillé à coups de serpe dont le nom est Washington George ? Il porte un long trench-coat en cuir et se colle derrière moi alors que je peine à ouvrir la porte en verre.

— Je peux vous demander juste une chose ? dit-il. Vous vous souvenez de moi ? Ce n'est pas ça, ma question, précise-t-il en souriant. Je m'appelle Washington George. Je travaille pour Associated Press.

— Je me souviens de vous.

— Attendez, laissez-moi vous aider.

Il me tient la porte et nous entrons dans le hall. Mes vigiles me dévisagent. Je connais ce regard, à présent, il est le reflet de ma réputation souillée. Mon cœur se serre.

— Bonjour, Jeff, dis-je en passant devant le comptoir.

Hochement de tête.

Je glisse mon badge devant la cellule électronique et la porte qui mène à la partie du bâtiment que j'occupe s'ouvre. Washington George est toujours avec moi et il parle d'une information qui devrait m'intéresser, mais je n'écoute pas. Une femme est assise à la réception. Elle est effondrée dans un fauteuil, accablée et minuscule au milieu de ce décor de granit poli et de verre. Ce n'est pas un endroit très agréable. J'ai toujours de la peine pour ceux qui doivent m'y attendre.

— Quelqu'un s'occupe de vous, madame ?

Elle porte une jupe noire, des chaussures d'infirmière et un imperméable sombre, et serre contre elle son sac à main comme si elle craignait qu'on le lui vole.

— J'attends juste, répond-elle d'une toute petite voix.

— Qui venez-vous voir ?

— Eh bien, je sais pas vraiment, bafouille-t-elle, les yeux embués de larmes. (Des sanglots montent en elle et son nez commence à couler.) C'est pour mon petit. Vous pensez que je pourrais le voir ? Je comprends pas ce que vous êtes en train de lui faire...

Son menton tremble et elle s'essuie le nez d'un revers de main.

— ... Il faut juste que je le voie, vous comprenez ?

Fielding m'a laissé un message sur les dossiers du jour. L'un d'eux concerne un adolescent qui se serait pendu. Comment s'appelait-il ? White ? Elle hoche la tête. Benny, précise-t-elle. Ce doit être Mme White. Elle acquiesce de nouveau et explique qu'elle et son fils ont pris le nom de White quand elle s'est remariée il y a quelques années. La femme sanglote, maintenant. Je lui propose de me suivre. Ce que Washington George tient à me dire devra attendre.

— Je ne crois pas que ce soit une bonne idée, docteur, rétorque-t-il.

— D'accord, d'accord. Venez aussi, et je m'occupe de vous dès que je peux.

Je le fais entrer dans mon bureau avec mon badge. Cleta, occupée à saisir des dossiers sur notre ordinateur, rougit en me voyant.

— Bonjour.

Elle essaie d'être enjouée comme d'habitude. Mais je reconnais son regard, ce regard que j'ai fini par craindre et détester. Je préfère ne pas imaginer ce que mon personnel raconte ce matin. Un journal est plié sur son bureau, qu'elle a essayé de cacher avec son pull. Elle a pris du poids durant les vacances, et ses yeux sont cernés. Je rends tout le monde malheureux.

— Qui s'occupe de Benny White, Cleta ?

— Le docteur Fielding, je crois. (Apercevant

Mme White, elle se lève.) Je peux prendre votre manteau ? Vous voulez du café ?

Cleta a pour mission d'emmener Mme White dans la salle de réunion et de faire patienter Washington George dans la bibliothèque médicale. Je vais trouver ma secrétaire, Rose. Je suis tellement soulagée de la voir que j'en oublie mes problèmes. Rose, elle, ne me jette pas ce regard qui me les rappellerait — ce regard secret, curieux, gêné. Rose restera toujours Rose. Une catastrophe ne fait que l'endurcir. Elle secoue la tête en croisant mon regard.

— Ça me dégoûte tellement que je ferais un massacre, dit-elle quand j'apparais sur le seuil. C'est les pires foutaises que j'aie jamais lues de toute ma vie. (Elle prend son journal et l'agite devant moi comme si j'étais un chien désobéissant.) Ne vous laissez pas abattre par ce truc, docteur Scarpetta. (Comme si c'était aussi facile.) Les conneries, il les collectionne, ce foutu Righter. Comme s'il aurait pas pu venir vous le dire en face, hein ? C'est comme ça qu'on vous informe ? répète-t-elle en agitant toujours le journal.

— Rose, Jack est à la morgue ?

— Oh, mon Dieu, oui, il s'occupe de ce pauvre gosse. (Elle passe à un autre sujet, et l'indignation laisse la place à la pitié.) Seigneur, Seigneur ! Vous l'avez vu ?

— Je viens d'arriver...

— On dirait un enfant de chœur. Un blond aux yeux bleus, tellement mignon. Seigneur, Seigneur... Si c'était mon gosse...

Je pose un doigt sur mes lèvres en entendant Cleta qui revient, accompagnée de la femme brisée. J'articule muettement « *c'est sa mère* », et Rose se tait. Son regard s'attarde sur moi. Elle est tendue, presque nerveuse ce matin, toujours aussi austère avec ses vêtements noirs et ses cheveux tirés. Je murmure :

— Je vais bien, Rose.

— Je n'en crois pas un mot.

Son regard s'embue de larmes, et elle se replonge rageusement dans ses paperasses.

Jean-Baptiste Chandonne a décimé tout mon staff. Tous ceux qui savent et dépendent de moi sont effondrés et stupéfaits. Ils ne me font plus totalement confiance et s'angoissent secrètement de ce qui va advenir de leur existence et de leur travail. Cela me rappelle mes pires moments, au collège, quand j'avais douze ans : comme Lucy, j'étais précoce, la plus jeune de ma classe. Mon père était mort le 23 décembre de cette année-là. Le seul avantage que je puisse trouver à cette date, si proche de Noël, c'est que les voisins préparaient tous les fêtes chez eux. La mémoire de notre père avait été honorée dans l'abondance, dans la plus pure des traditions catholiques italiennes. La maison avait été remplie de rires, de larmes, de victuailles et de chansons durant plusieurs jours.

Lorsque j'étais retournée au lycée après le nouvel an, j'étais encore plus acharnée de conquêtes et d'explorations intellectuelles. Obtenir les meilleures notes aux examens ne me suffisait plus. J'avais un besoin désespéré d'attention, de reconnaissance, et je suppliais les bonnes sœurs de me confier des projets spéciaux, n'importe lesquels. Je traînais toutes les après-midi dans cet établissement religieux, secouant les chiffons à craie sur les marches, aidant les professeurs à noter les tests et confectionnant des tableaux d'affichage. J'étais devenue une as des ciseaux et de l'agrafeuse. Quand on avait besoin de découper des lettres et des chiffres pour fabriquer des mots, des phrases, des calendriers, c'était toujours à moi qu'on s'adressait.

Martha était une fille de ma classe de maths. Elle s'installait toujours devant moi sans rien dire, se retournant, froide, mais curieuse, tentant de déchiffrer les notes inscrites en rouge en haut de mes feuilles de test ou de mes devoirs, espérant en avoir obtenu de meilleures. Un jour, après un exercice d'algèbre particulièrement difficile, je remarquai que le comportement de sœur Teresa à mon égard s'était refroidi. Elle attendit que j'aie terminé de secouer les chiffons, accroupie sur les marches, environnée d'un nuage de craie, baignée par un soleil d'hiver tropical, et je levai le nez. Elle se dressait au-dessus de moi comme une géante, alourdie par son habit de nonne. On aurait dit un pingouin mécontent avec un crucifix. Quelqu'un m'avait accusée d'avoir triché à l'exercice et, bien que sœur Teresa n'eût pas identifié l'auteur de ce mensonge, je n'avais aucun doute sur la coupable : Martha. La seule manière de prouver mon innocence fut de refaire l'exercice, une fois de plus avec succès.

Après cet incident, sœur Teresa me surveilla étroitement. Je n'osais plus lever les yeux de mon travail. Plusieurs jours passèrent. Je vidais les corbeilles, nous étions toutes les deux dans la classe, et elle me déclara qu'il fallait que je prie constamment Dieu de me garder du péché. Je devais remercier Notre Seigneur des immenses dons que je possédais et le supplier de préserver mon honnêteté, parce que mon intelligence pouvait me conduire à accomplir bien des méfaits impunément. Dieu sait tout, disait Teresa. Je ne pouvais pas le tromper. Je protestai que j'étais honnête et que je n'essayais pas de tromper Dieu, qu'elle pouvait le lui demander elle-même, et je fondis en larmes.

— Je ne suis pas une tricheuse, sanglotai-je. Je veux mon papa.

Une fois installée à Johns Hopkins durant ma première année de médecine, j'écrivis à sœur Teresa, lui remémorant cet incident injuste et traumatisant. Je réaffirmais mon innocence, toujours aussi furieuse d'avoir été faussement accusée et que les religieuses ne m'aient jamais défendue, semblant presque défiantes par la suite.

Et voici que vingt ans plus tard, dans le bureau de Rose, je pense à ce que Jaime Berger m'a dit lors de notre première rencontre. Elle m'a promis que les souffrances ne faisaient que commencer. Evidemment, elle avait raison.

— Je souhaite réunir tout le personnel ce soir,

Rose. Je voudrais leur parler. Faites passer le message, s'il vous plaît. Nous trouverons bien un moment. Je vais aller m'occuper de Benny White. Assurez-vous que sa mère va bien et dites-lui que je reviens lui parler dans un moment.

Je descends le couloir et retrouve Washington George dans la bibliothèque.

— Je n'ai qu'une minute, lui dis-je distraitement.

Il inspecte les rangées de livres, le calepin dans sa main pendante.

— Une rumeur m'est parvenue, dit-il. Selon les cas, ce sera ou non une surprise. Righter ne sera pas le procureur chargé de votre audience devant le grand jury.

Je dissimule à grand-peine l'indignation que j'éprouve toujours quand la presse détient des informations que j'ignore. Je me contente de déclarer :

— Je ne suis pas au courant. Mais nous avons travaillé sur de nombreuses affaires ensemble, et il me paraît donc normal qu'il ne veuille pas se mêler de celle-ci.

— Je le pense aussi, et d'après ce qu'on dit, un procureur aurait été tout spécialement nommé. C'est à cela que je veux en venir. Etes-vous au courant ? demande-t-il en me scrutant.

— Non.

J'essaie de surprendre sur son visage une ombre qui me préviendrait d'un éventuel assaut.

— Personne ne vous a dit que c'est Jaime Berger qui est nommée, docteur Scarpetta ? (Il me regarde droit dans les yeux.) Ce serait l'une des raisons de sa venue ici. Vous avez suivi les affaires Luong et Bray avec elle et tout cela, mais une source digne de foi me dit que c'est un traquenard. Elle est infiltrée, comme vous diriez. C'est Righter qui a tout mis en branle après la visite de Chandonne chez vous. Je crois savoir que Berger est au courant depuis des semaines.

— La visite de Chandonne, dites-vous ?

Je suis tellement choquée que c'est tout ce que je parviens à articuler.

— Si j'en juge par votre réaction, vous n'étiez pas au courant.

— J'imagine que vous ne pouvez pas me dévoiler l'identité de cette source digne de foi ?

— Non, sourit-il, un peu piteusement. Vous ne pouvez pas confirmer, alors ?

— Evidemment que non, dis-je en reprenant mes esprits.

— Ecoutez, je vais continuer à fouiner par-ci par-là. Je vous aime bien et vous avez toujours été sympa avec moi.

Il continue sur sa lancée. Je l'écoute à peine. Tout ce à quoi je pense, c'est à Berger, à ces heures que nous avons passées ensemble dans sa voiture, chez moi ou chez Bray. Bordel ! Pendant tout ce temps, elle notait mentalement tout ce qu'elle pourrait utiliser contre moi durant cette audience. Mon Dieu, pas étonnant qu'elle ait eu l'air d'en savoir autant sur mon compte. Elle avait probablement parcouru mes factures de téléphone, mes relevés bancaires, et interrogé tous ceux qui me connaissent.

— Washington, dis-je. J'ai ici la mère d'un pauvre gosse qui vient de mourir. Il faut que j'y aille.

Je tourne les talons, et peu importe s'il pense que je suis grossière.

Je passe par les toilettes pour gagner le vestiaire où j'enfile une blouse et des protège-chaussures en papier. La salle d'autopsie bourdonne de bruit et chaque table est occupée par un malheureux. Jack Fielding est éclaboussé de sang. Il a déjà ouvert le fils de Mme White et enfonce une seringue terminée par une aiguille de 14 dans l'aorte pour pomper le sang. Jack a l'air hagard quand je viens le rejoindre : il est au courant.

— Plus tard, lui dis-je avant qu'il ait pu me poser sa question. Sa mère est dans mon bureau.

— Merde. Merde, c'est tout ce que je peux dire sur ce putain de monde dans lequel on vit.

— Elle veut le voir.

Je prends un chiffon dans un sac posé sur une civière pour essuyer le délicat visage du garçon. Il a des cheveux d'un blond paille et, hormis son visage boursouflé, la peau est d'un blanc laiteux. Un duvet surmonte sa lèvre et commence à apparaître sur son pubis : les hormones s'éveillaient, préparant une vie adulte qu'il ne connaîtra jamais. Un étroit sillon sombre court sur son cou et remonte derrière l'oreille droite, là où la corde a été nouée. En dehors de cela, son jeune corps robuste ne porte aucune trace de violence, et rien n'indique ce qui a pu le conduire à mettre fin à ses jours. Les suicides sont des énigmes. Contrairement à l'idée répandue, les gens laissent rarement une lettre. Ils ne parlent pas toujours de ce qu'ils éprouvent, et parfois leurs cadavres se taisent aussi.

— Bon sang, murmure Jack.

— Que savons-nous de lui ?

— Juste qu'il a commencé à se comporter bizarrement à l'école peu après Noël...

Jack rince la cage thoracique à l'aide d'un tuyau d'arrosage, jusqu'à ce qu'elle luise comme l'intérieur d'une tulipe, avant de poursuivre :

— ... Le père est mort d'un cancer des poumons il y a quelques années. Ce foutu Stanfield, putain ! Qu'est-ce qui se passe, en ce moment ? Putain, il y a quelque chose de spécial ? Ça fait trois putains de cadavres qu'il nous envoie en quatre putains de semaines !

Il rince la masse des organes. Un vernis sombre de sang s'étale sur la planche à dissection en attendant l'ultime profanation.

— ... Putain, on n'arrête pas de le voir, c'est pire qu'un putain de morpion. (Il s'empare d'un large bistouri sur le plateau roulant.) Pour le gosse, il rentre chez lui après l'église hier et va se pendre dans les bois.

Lorsque Jack Fielding accumule de la sorte les « putains », c'est qu'il s'énerve. Et il est à bout.

— Comment ça, Stanfield ? Je croyais qu'il démissionnait.

— Si seulement il pouvait. Ce mec est un putain de crétin. Il nous appelle concernant cette affaire et devinez quoi ? Apparemment, il se rend sur les lieux. Le môme est pendu à un arbre et Stanfield coupe la corde. (Je sens venir la suite.) Il a coupé *dans le nœud*.

Je ne m'étais pas trompée.

— Il a pris des photos avant, j'espère.

— Là-bas, dit-il en désignant d'un signe de tête le comptoir à l'autre bout de la pièce.

Je les détaille. Elles sont si pénibles. Apparemment, Benny ne s'est pas changé chez lui en rentrant de l'église. Il s'est rendu directement dans le bois, a balancé une corde en Nylon par-dessus une branche, l'a attachée, puis a fait un nœud simple avant de se la passer autour du cou. Il porte un costume bleu marine et une chemise blanche. Sa cravate à bandes rouges et bleues gît sur le sol. Le jeune garçon l'a-t-il enlevée avant ? Il est à genoux, les bras ballants, position typique du suicide par pendaison. Rares sont les cas où les gens sont totalement suspendus sans toucher le sol. Le but est de comprimer suffisamment les vaisseaux sanguins du cou pour qu'un sang insuffisamment oxygéné parvienne au cerveau. Il ne faut que deux kilos de pression pour compresser les veines jugulaires, et un peu plus du double pour bloquer les carotides. Le poids de la tête au-dessus du nœud est suffisant. L'inconscience survient rapidement. L'agonie ne dure que quelques minutes.

— Voilà ce qu'on va faire, dis-je en revenant. Recouvrez-le. Nous allons mettre des feuilles de plastique dessus pour que le sang n'imbibe pas le drap et permettre à la mère de le voir avant que vous continuiez. (Il respire un bon coup et balance son bistouri sur le plateau.) Je vais aller lui parler, au cas où elle saurait quelque chose d'autre. Appelez Rose quand vous serez prêt. Merci, Jack. (Je croise son regard.) On se parle plus tard ? On n'a pas encore pris notre tasse de café, et il faut qu'on se souhaite joyeux Noël, même si c'est un peu tardif.

Je retrouve Mme White dans la salle de réunion. Elle ne pleure plus. Elle s'est repliée sur elle-même, très loin, inanimée, le regard fixe. Elle réagit à peine quand j'entre et referme la porte. Je lui annonce qu'elle peut aller voir Benny quelques minutes. Ses yeux se remplissent à nouveau de larmes. Elle veut savoir s'il a souffert. Je lui réponds qu'il a certainement sombré dans l'inconscience très rapidement. Est-il mort d'asphyxie ? Nous ne possédons pas encore toutes les réponses, mais c'est improbable.

Benny est peut-être mort d'hypo-oxygénation du cerveau, mais je suis plus encline à penser que la compression des vaisseaux sanguins a causé une réponse vaso-vagale. En d'autres termes, son cœur s'est ralenti, et il est mort.

Lorsqu'elle apprend qu'il était agenouillé, elle avance qu'il priait peut-être le Seigneur de le rappeler à lui. Peut-être, réponds-je. Après tout, c'est très possible. Je réconforte Mme White du mieux que je peux. Elle m'explique que c'est un chasseur qui a trouvé le corps en cherchant un cerf qu'il venait d'abattre. Benny ne devait pas être mort depuis longtemps car il a disparu juste après l'église, vers 12 h 30, et la police est venue chez elle vers 17 heures. On lui a dit que le corps avait été découvert vers 14 heures. En tout cas, il n'est pas resté là-bas tout seul bien longtemps, répète-t-elle. Et c'est une bonne chose qu'il ait eu son Nouveau Testament dans sa poche de veste, parce qu'il portait son nom et son adresse. C'est comme ça que la police l'a identifié et a pu prévenir la famille.

— Madame White, y avait-il quelque chose qui n'allait pas avec Benny, dernièrement ? Par exemple à l'église hier matin ? Il aurait pu se passer quelque chose que vous auriez appris ?

— Eh bien, il est contrarié. (Elle s'est reprise. Elle parle de Benny comme s'il l'attendait à la réception.)

Il va avoir douze ans le mois prochain, vous savez comment c'est.

— Comment ça, « contrarié » ?

— Il va s'enfermer dans sa chambre et il reste à écouter de la musique au casque. De temps en temps, il fait le malin, alors qu'il était pas comme ça. Ça me tracasse. (Sa voix trébuche. Elle cligne des yeux, se rappelant brusquement où elle est et pourquoi.) Je comprends tout bonnement pas pourquoi il a fallu qu'il fasse une chose pareille ! (Des larmes roulent sur ses joues.) Je sais qu'il y a des gars à l'église qui le persécutent. Ils se moquent de lui, ils l'appellent le « petit mignon ».

— Quelqu'un s'est moqué de lui hier ?

— C'est bien possible. Ils vont tous au catéchisme ensemble. Et puis on a beaucoup parlé des meurtres qu'il y a eu dans la région, vous savez.

Elle se tait. Elle ne veut pas poursuivre sur une voie qui la mène vers un sujet qui reste étranger et aberrant à ses yeux.

— Les deux hommes tués juste avant Noël ?

— Oui, oui. Ceux qu'on disait qu'ils étaient maudits, parce que c'est pas comme ça qu'on a bâti l'Amérique, vous savez. Pas avec des gens qui faisaient des choses pareilles.

— Maudits ? Qui dit qu'ils sont maudits ?

— C'est ce qu'on raconte. Les gens parlent beaucoup. (Elle prend une profonde inspiration et continue.) Avec Jamestown qui est juste au bout de la route. Il y a toujours des gens qui racontent qu'ils ont vu les fantômes de John Smith et de Pocahontas et tout ça. Et puis ces deux types qui se font tuer juste à côté, près de Jamestown Island, et tout ce qu'on raconte sur ce qu'ils étaient, voyez. Des gens *contre nature*, c'est pour ça qu'on les a tués, sûrement. En tout cas, c'est ce qu'on dit.

— Benny et vous en aviez parlé ?

J'éprouve un étrange chagrin.

— Un peu. Enfin, tout le monde parlait de ces types qu'on a tués, brûlés et torturés. Maintenant, on a tendance à verrouiller sa porte. C'est inquiétant, il faut dire. Alors Benny et moi on en a parlé, oui. Pour tout vous dire, il était encore plus contrarié quand ça s'est passé. C'est peut-être ça qui l'a tout chamboulé. (Silence. Elle fixe la table. Elle ne sait plus à quel temps évoquer son fils.) Ça et puis les autres gars qui le traitaient de mignon. Il aimait pas ça, et je le comprends. Je lui disais toujours : « Attends d'être grand, tu seras plus beau que tous les autres. Et les filles te courront après. Ça leur apprendra. » (Elle sourit vaguement et recommence à pleurer.) Il est vraiment susceptible sur ce sujet. Vous savez comme les enfants peuvent être méchants.

— Peut-être qu'on s'est beaucoup moqué de lui, hier, à l'église ? Pensez-vous que les autres aient pu parler des prétendus crimes haineux, des homosexuels, et sous-entendu que...

— Mais..., bafouille-t-elle, mais oui. De la malédiction des gens mauvais et contre nature. La Bible est très claire. « Dieu les a abandonnés à leur péché », cite-t-elle.

La question que je lui pose ensuite est douce, mais ferme :

— Benny aurait-il pu avoir des doutes sur sa sexualité, madame White ? C'est très normal pour des adolescents. Une grande confusion sexuelle, ce genre de choses. Surtout de nos jours. Notre monde est compliqué, bien plus qu'avant. (Le téléphone sonne.) Excusez-moi un instant.

C'est Jack : Benny est prêt.

— Et Marino vous cherche. Il dit qu'il a des informations importantes.

— Dites-lui où je suis.

Je raccroche.

— Benny m'a en effet demandé si on a fait ces choses affreuses à ces hommes parce que c'étaient... Il a dit *des pédés*. Je lui ai répondu que c'était très possible que ce soit un châtiment divin.

— Comment a-t-il régi ?

— Je me rappelle pas qu'il ait dit quoi que ce soit.

— Quand était-ce ?

— Il y a peut-être trois semaines. Juste après qu'on a trouvé le deuxième corps et que tous les journaux ont parlé de crimes haineux.

Je me demande si Stanfield se doute des dégâts qu'il a causés en confiant des détails sur l'enquête à son maudit beau-frère. Mme White continue de parler, de plus en plus angoissée à mesure que nous avançons dans le couloir. Je la fais passer dans la petite salle réservée aux visiteurs. Elle est meublée d'un divan et d'une table, et une toile représentant un paisible paysage de campagne anglaise est accrochée au mur. En face du siège se trouve une paroi de verre dissimulée par un rideau, avec, de l'autre côté, la chambre froide.

— Asseyez-vous donc et mettez-vous à l'aise, lui dis-je en posant une main sur son épaule.

Elle est tendue, effrayée, les yeux rivés sur le rideau bleu. Elle pose le bout des fesses sur le divan, les mains serrées sur les genoux. J'ouvre le rideau et Benny apparaît, baigné de bleu, un drap tiré jusqu'au cou pour cacher la marque de la corde. Il a les cheveux peignés en arrière et les yeux fermés. Sa mère reste pétrifiée. Elle n'a pas l'air de respirer. Elle le fixe d'un regard vide, sans comprendre. Elle fronce les sourcils.

— Pourquoi il a le visage tout rouge comme ça ? dit-elle d'un ton presque accusateur.

— La corde a empêché le sang de redescendre jusqu'à son cœur. C'est la congestion.

Elle se lève et s'approche de la vitre.

— Oh, mon petit chéri, chuchote-t-elle. Mon petit bébé. Tu es au paradis, maintenant. Dans les bras de Jésus, au ciel. Regardez, il a les cheveux tout mouillés comme si on venait de le baptiser. Vous avez dû lui faire prendre un bain. Je veux juste savoir qu'il n'a pas souffert.

Je ne peux pas le lui assurer. J'imagine que, lorsqu'il a serré la corde autour de son cou, la pression qui bourdonnait sous son crâne a dû être effrayante. Il avait décidé de mettre fin à sa vie, et il était assez éveillé et conscient pour tout ressentir. Oui, il a souffert.

— Pas longtemps, finis-je par dire. Il n'a pas souffert bien longtemps, madame White.

Elle se cache le visage dans les mains et pleure. Je tire le rideau et l'entraîne hors de la pièce.

— Qu'est-ce que vous allez lui faire, maintenant ? demande-t-elle en me suivant d'une démarche lourde.

— Nous allons finir les examens et procéder à quelques analyses, juste pour voir s'il y a autre chose. (Elle hoche la tête.) Voulez-vous vous asseoir un peu ? Boire quelque chose ?

— Non, non, je vais m'en aller.

— Je suis désolée pour votre fils, madame White. Vous n'imaginez pas à quel point. Si vous avez des questions, appelez-moi. Si je ne suis pas disponible, quelqu'un d'autre vous renseignera. Cela va être difficile, vous allez passer par de nombreuses épreuves. Appelez-nous si vous en ressentez le besoin.

Elle s'arrête dans le couloir, me prend la main et me fixe intensément.

— Vous êtes sûre que personne lui a fait ça ? Comment on peut être sûr qu'il l'a fait tout seul ?

— Pour le moment, rien ne nous incline à penser que c'est quelqu'un d'autre. Mais nous n'écartons aucune possibilité. Nous n'avons pas encore terminé. Certaines analyses prennent des semaines.

— Vous allez pas le garder ici des semaines !

— Non, il sera prêt à partir dans quelques heures. Les pompes funèbres pourront venir le prendre.

Nous sommes revenues à la réception. Je l'accompagne jusqu'à l'entrée. Elle hésite, comme incertaine de ce qu'elle doit faire.

— Merci, me dit-elle. Vous avez été très gentille.

On me remercie rarement. La chape de chagrin ne me quitte pas, à tel point que je ne vois pas Marino qui m'attend sur le seuil de mon bureau, et je le bouscule presque. Il a des papiers à la main et contient difficilement son excitation.

— Putain, vous allez pas le croire ! annonce-t-il.

— J'en suis au point où je pourrais croire pratiquement n'importe quoi, dis-je en me laissant tomber dans le grand fauteuil en cuir derrière mon bureau encombré de dossiers.

Si Marino est venu me prévenir que Berger est le procureur de mon procès, sa surprise fera chou blanc.

— Si c'est à propos de Berger, je suis déjà au courant, dis-je. Un journaliste de l'AP m'a dit qu'elle avait été nommée. Je ne sais pas encore si c'est une bonne ou une mauvaise chose. Merde, je n'arrive pas à décider si je m'en fiche ou pas.

— Sans blague ? C'est elle ? répond Marino, l'air perplexe. Et comment elle va faire ? Elle fait partie du barreau de Virginie, maintenant ?

— Pas besoin. Elle peut apparaître *pro hac vice*.

L'expression signifie « pour cette occasion particulière ». J'explique à Marino qu'à la demande expresse d'un grand jury, la cour peut accorder à un magistrat extérieur à l'Etat l'autorisation exceptionnelle de travailler sur une affaire, même s'il n'est pas inscrit en Virginie.

— Et Righter, alors ? demande Marino. Qu'est-ce qu'il va faire pendant ce temps ?

— Il faudra bien que quelqu'un du bureau du procureur de Virginie travaille en collaboration avec elle. A mon avis, il sera son adjoint, et ce sera elle qui mènera l'interrogatoire.

— On a eu des nouveautés bizarres sur l'affaire du Fort James Motel. Vander a bossé comme un malade sur les empreintes qu'il a trouvées dans la pièce, et vous allez en rester sur le cul. Devinez qui s'est pointé dans la chambre ? Diane Bray. Non, je vous charrie pas. Une empreinte parfaite près de l'interrupteur de l'entrée. La foutue empreinte de Bray. Evidemment, on a les empreintes du mort, mais aucune autre à part celles de Bev Kiffin, normal. On les a retrouvées sur la bible, par exemple, alors que celles de Matos étaient absentes. C'est chouette, ça aussi, non ? On dirait que c'est Kiffin qui a ouvert la Bible à je sais plus quel passage.

— L'Ecclésiaste.

— Ouais. Une empreinte sur la page ouverte. Celle de Kiffin. Et rappelez-vous, comme elle disait qu'elle l'avait pas ouverte, je lui ai reposé la question au téléphone et elle persiste à dire que non. Du coup, je commence à vraiment me méfier de la petite dame, surtout qu'on sait maintenant que Bray était dans la pièce juste avant que le mec soit tué. Qu'est-ce qu'elle fichait au motel ? Vous voulez me le dire ?

— Peut-être que ses trafics de drogue l'y ont conduite, réponds-je. Je ne vois pas d'autre raison. En tout cas, ce n'est sûrement pas le genre d'endroit où on la verrait s'installer.

Marino pointe son index sur moi comme un revolver :

— Juste. Et le mari de Kiffin est censé travailler pour la même entreprise de livraisons que Mitch, hein ? Alors qu'on a toujours pas réussi à remonter la trace de quelqu'un du nom de Kiffin qui conduirait un camion — on le retrouve nulle part : admettez que c'est bizarre. Et on sait qu'Overland fait dans le trafic d'armes et de drogue, n'est-ce pas ? C'est sûr que ça deviendrait plus logique si on apprend que c'est Chandonne qui a laissé ces poils au campement. Peut-être que c'est un truc du cartel, non ? Peut-être que c'est ça, la raison de sa venue à Richmond : les affaires familiales. Et que pendant qu'il était dans le coin, il a tout simplement pas pu se retenir de dégommer des bonnes femmes.

— Cela nous aiderait aussi de savoir ce que faisait Matos par ici.

— Sans blague ! Peut-être que lui et Jean le Baptiste étaient potes. Ou bien que quelqu'un de la famille a envoyé Matos en Virginie pour descendre le petit Jeannot, histoire qu'il aille pas se vanter des affaires de famille.

Les possibilités sont infinies.

— Oui, mais là où nous demeurons dans le flou, c'est pourquoi Matos a-t-il été tué, et par qui. Et puis aussi, pourquoi Mitch Barbosa a-t-il été assassiné, fais-je remarquer.

— Ouais, mais je crois qu'on chauffe. Et ça me démange. Je crois que si on gratte, on pourrait bien trouver Talley. Peut-être que c'est lui, le chaînon manquant, dans tout ça.

— Il connaissait Bray à Washington. Et il a habité dans la ville où se trouve le quartier général de la famille Chandonne.

— Et il a le chic d'être toujours là au même moment que Chandonne, ajoute Marino. En plus, je crois que j'ai vu ce connard, l'autre jour. Je m'arrête à un feu rouge et il y a une grosse moto Honda noire dans la file d'à côté. Je l'ai pas reconnu à cause de son casque intégral à visière fumée, mais il observait mon pick-up. Je suis sûr que c'était Talley, d'ailleurs, il a détourné la tête aussitôt. L'enfoiré.

Rose m'appelle sur l'Interphone et m'informe que le gouverneur est en ligne pour notre rendez-vous téléphonique. Je fais signe à Marino de fermer la porte. La réalité nous rattrape une fois de plus. Je suis de nouveau confrontée à ma déplaisante situation et à la publicité qui va avec. Je crois savoir ce que le gouverneur a en tête.

— Kay ? demande Mike Mitchell d'une voix sombre. Le journal du matin m'a consterné.

— Ça ne me rend pas folle de joie non plus.

— Je vous soutiens et je continuerai, m'assure-t-il.

Tente-t-il de me préparer à ce qu'il va me dire ? Auquel cas, la pilule doit être amère. Je ne réponds pas. Je suis certaine qu'il est courant pour Berger, et sans doute a-t-il quelque chose à voir avec sa nomination. Cela ne servirait à rien d'aborder le sujet. Le gouverneur poursuit :

— A la lumière des circonstances actuelles, le mieux est que vous renonciez à votre travail en attendant que cette affaire soit résolue. Sachez que ce n'est pas parce que je ne vous crois pas, Kay. (Ce qui ne signifie pas la même chose que « je pense que vous êtes innocente ».) Mais je crois que continuer à diriger le service de médecine légale de l'Etat serait imprudent, avant que les choses ne se soient tassées.

Je réponds à brûle-pourpoint :

— Vous me virez, Mike ?

— Non, non, s'empresse-t-il de répondre, d'un ton plus conciliant. Passons déjà cette audience du grand jury, et nous aviserons ensuite. Je n'ai pas renoncé à vous ni à votre idée de rejoindre le privé. Mais finissons-en d'abord avec cela.

— Bien sûr, je ferai ainsi que vous le souhaitez, réponds-je avec tout le respect qui lui est dû. Mais je ne crois pas qu'il soit dans l'intérêt de l'Etat que je me retire d'affaires courantes qui exigent toujours mon attention.

— Kay, ce n'est pas possible. (Le revoilà politicien.) Il ne s'agit que de deux semaines, à condition que tout se passe bien durant l'audience.

— Mon Dieu, mais il ne manquerait plus que ce ne soit pas le cas !

— Je suis sûr que tout ira bien.

Après avoir raccroché, je me tourne vers Marino.

— Eh bien voilà, dis-je en commençant à balancer mes affaires dans mon attaché-case. J'espère qu'ils ne changeront pas les serrures dès que j'aurai le dos tourné.

— Qu'est-ce qu'il pouvait faire d'autre ? Si on y pense, Doc, qu'est-ce que vous voulez qu'il fasse ?

Marino s'est résigné à l'inévitable.

— Je voudrais quand même bien savoir d'où proviennent les fuites aux médias, dis-je en refermant mon attaché-case d'un coup sec. Avez-vous reçu une citation à comparaître, Marino ? Ça n'a rien de confidentiel. Autant me le dire.

— Vous saviez bien qu'on me convoquerait, dit-il d'un air peiné. Laissez pas ces enfoirés vous avoir, Doc. Lâchez pas le morceau.

Je prends mes affaires et je sors.

— Oh, je n'ai pas du tout l'intention de renoncer. D'ailleurs, j'ai beaucoup à faire.

Marino est interloqué. Quoi ? Aurais-je l'intention de désobéir aux ordres du gouverneur ?

— Mike est un type bien, Doc. Mais le poussez pas. Lui donnez pas une raison de vous virer. Et si vous alliez vous reposer ailleurs quelques jours ? Voir Lucy à New York, hein ? Elle y est retournée, non ? Avec Teun ? Barrez-vous d'ici en attendant l'audience. J'aimerais bien que vous fassiez ça pour que j'aie pas à me faire du mouron toutes les deux minutes. Ça me plaît déjà pas de vous savoir toute seule chez Anna.

Je respire un bon coup, essayant de ravaler ma colère et ma peine. Marino a raison. Cela ne sert à rien d'agacer le gouverneur, si ce n'est aggraver les choses. Le problème, c'est que j'ai l'impression que, en plus du reste, on me chasse de la ville, et pour couronner le tout je suis toujours sans nouvelle d'Anna. Je fournis un prodigieux effort pour ne pas fondre en larmes et détourne la tête, mais Marino comprend.

— Dites, vous avez le droit de pas vous sentir bien, Doc. Toute cette histoire schlingue.

Je traverse le couloir et coupe par les toilettes pour gagner la morgue. Turk recoud Benny White pendant que Jack remplit des formulaires. J'approche une chaise de mon adjoint et je récupère quelques cheveux tombés sur sa blouse. Mon émotion ne doit pas paraître :

— Et si vous arrêtiez de vous murer ? Pourquoi perdez-vous vos cheveux comme cela, Jack ?

Cela fait des semaines que j'hésitais à lui poser la question. Et puis, il s'est passé tant de choses que nous n'avons pas eu le temps de discuter.

— Il suffit de lire les journaux, dit-il en reposant son stylo. Vous comprendriez pourquoi je perds mes cheveux.

Je hoche la tête. C'est bien ce que je pensais : Jack sait depuis un moment que j'ai de graves ennuis.

Peut-être Righter l'a-t-il contacté pour lui tirer les vers du nez, comme il l'a fait avec Anna. Lorsque je lui pose la question clairement, Jack répond par l'affirmative. Il lâche pêle-mêle qu'il est au bout du rouleau, qu'il déteste la politique et l'administration et qu'il ne veut pas de mon poste.

— Vous m'avez toujours donné le beau rôle, docteur Scarpetta. Ils penseront peut-être qu'on devrait me nommer chef. Et alors, je ferais quoi ? Je ne sais pas. (Il se passe une main dans les cheveux. Quelques-uns tombent.) Si seulement tout pouvait redevenir comme d'habitude.

— Je suis assez d'accord.

Le téléphone sonne et Turk va répondre.

— On reçoit de drôles de coups de fil, ici. Je vous en ai parlé ?

— J'étais là quand on en a reçu un. Quelqu'un qui prétendait être Benton.

— Tordu.

— C'est le seul dont on m'ait parlé, Jack.

— Docteur Scarpetta ? crie Turk. C'est Paul. Vous pouvez le prendre ?

— Comment ça va, Paul ?

Paul Monty est le directeur d'État des labos de médecine légale.

— D'abord, je tiens à vous dire que tout le monde est pour vous, Kay, commence-t-il. Des conneries. J'ai lu toutes ces conneries et j'en ai avalé mon café de travers. Vous pouvez me croire, on se casse le cul à bosser pour vous.

Il fait référence aux analyses d'indices. Normalement, ils sont tous traités de la même façon : aucune victime n'est plus méritoire qu'une autre. Pourtant, une règle tacite existe, tout comme dans la police. On se serre les coudes. C'est comme ça. Paul continue :

— On a eu des résultats intéressants, et je voulais vous les communiquer personnellement. Les poils ramassés au camping, ceux dont vous pensiez qu'ils provenaient du corps de Chandonne. Eh bien, l'ADN correspond. Ce qui est plus intéressant, c'est que les fibres des draps en coton du campement sont identiques à celles recueillies sur le matelas de la chambre de Diane Bray.

Un scénario s'esquisse. Chandonne a pris les draps de Diane Bray après le meurtre et s'est enfui au camping. Peut-être qu'il a dormi dedans. Ou bien s'en est-il simplement débarrassé. Mais dans un cas comme dans l'autre, nous sommes certains que Chandonne était au Fort James Motel. Paul n'a rien de plus à me dire pour le moment.

— Et le fil dentaire trouvé dans les toilettes ? Dans la chambre où Matos a été tué ?

— Rien là-dessus. L'ADN n'est ni celui de Chandonne, ni celui de Bray ou des autres suspects. Peut-être un client précédent ? Ça pourrait n'avoir aucun rapport.

Je retourne au comptoir où Jack reprend son récit concernant les différents coups de téléphone.

— J'ai répondu à l'un d'eux. Le type vous a demandée en disant qu'il était Benton, et puis il a raccroché. Turk a répondu la deuxième fois. Le type demande qu'on vous dise qu'il a appelé, qu'il s'appelle Benton, qu'il sera en retard d'une heure au dîner et puis il raccroche. Ajoutez ça au reste. Pas étonnant que je devienne chauve.

— Pourquoi ne m'avez-vous rien dit ? fais-je en examinant distraitement les Polaroid pris de Benny White lorsqu'il est arrivé sur sa civière.

— Je me disais que vous aviez déjà assez de problèmes comme ça. J'aurais dû vous en parler, j'ai eu tort.

La vision de ce jeune garçon, bien habillé pour la messe, dans la housse plastique ouverte, allongé sur une table roulante en acier, est totalement incongrue. Une vague de tristesse incohérente me submerge lorsque je remarque que son pantalon est un peu court et que ses chaussettes ne sont pas assorties : l'une est noire, l'autre bleue.

— Au sujet du gamin, vous avez trouvé quelque chose de bizarre ?

Assez parlé de mes problèmes. D'ailleurs, que sont mes problèmes à côté de ces photos et de cette mère démolie dans le salon de visite ?

— Ouais, il y a un truc qui m'a intrigué, dit Jack. D'après les faits, il est revenu directement de l'église et n'est pas entré dans la maison. Il descend de voiture, file à la grange en disant que tout va bien et qu'il cherche son canif — il pense qu'il est dans sa boîte de pêche et qu'il a oublié de le reprendre en rentrant de la rivière l'autre jour. Bref, il ne rentre pas dans la maison. En d'autres termes, il n'a jamais mangé. Sauf que le petit bonhomme avait l'estomac plein.

— Vous pouvez me dire ce qu'il aurait mangé ?

— Du pop-corn, pour commencer. Et des hot-dogs. J'ai appelé chez lui. Je suis tombé sur son beau-père. Je lui ai demandé si Benny pouvait avoir mangé quelque chose à l'église. Il m'a certifié que non. Son beau-père n'a pas la moindre idée d'où peut venir cette nourriture.

— Etrange. Donc, il rentre de l'église et va se pendre, mais il s'arrête avant pour manger du pop-corn et des hot-dogs ? (Je me lève.) Il y a quelque chose qui cloche.

— S'il n'y avait pas le bol alimentaire, je dirais que c'est un suicide direct. J'écrabouillerais bien Stanfield pour avoir coupé le nœud. Pauvre con.

— Peut-être devrait-on aller voir l'endroit où il s'est pendu, Jack.

— Ils habitent une ferme du comté de James City. Juste sur la rivière. Le bois où le gosse s'est pendu est au bout d'un champ, à même pas un kilomètre de la maison.

— Allons voir. Peut-être que Lucy pourra nous y conduire.

Le vol depuis New York jusqu'à HeloAir à Richmond prend deux heures, et Lucy était ravie de pouvoir nous montrer son nouvel engin. Le plan est simple. Elle passe nous prendre et nous atterrirons à la ferme, puis nous irons inspecter l'endroit où Benny White se serait pendu. Je veux aussi visiter sa chambre. Ensuite, nous déposerons Jack à Richmond et je rentrerai avec Lucy à New York, où je séjournerai jusqu'à l'audience du grand jury. Tout est décidé pour demain matin, mais l'inspecteur Stanfield ne juge pas crucial de nous rejoindre là-bas.

— Pour quoi faire ? me demande-t-il aussitôt. Pourquoi vous avez besoin d'aller là-bas ?

Je manque lui parler du bol alimentaire, qui n'est pas logique. Et je me retiens de lui demander si un détail lui a paru suspect. Quelque chose me pousse à la prudence.

— Si vous pouvez simplement me dire comment m'y rendre...

Il me décrit l'endroit où habitent les White, juste à côté de la Route 5. Impossible de se tromper, parce qu'il y a un petit magasin au carrefour, là où il faut prendre à gauche. Des repères visuels qui ne me serviront à rien depuis les airs. Après un luxe de précisions inutiles, il finit par me dire que la ferme est à moins de deux kilomètres du ferry, près de Jamestown. Tiens, très proche du Fort James Motel et du camping.

— Ah, mais oui, répond Stanfield lorsque je le lui signale. Il était pile dans le même coin que les autres. C'est ce qui le bouleversait, d'après sa mère.

— A quelle distance du motel est située la ferme ?

— Juste en face, de l'autre côté de l'espèce d'étang. C'est pas vraiment une ferme.

— Inspecteur Stanfield, Benny aurait-il pu connaître les enfants de Bev Kiffin, ses deux garçons ? Je crois savoir que Benny aimait pêcher.

Je revois la canne à pêche posée contre la fenêtre de la maison de Mitch Barbosa.

— Bon, je sais qu'il prétendait aller chercher son canif dans sa boîte de pêche, mais je pense pas que c'était vrai. Je crois qu'il voulait un prétexte pour se sauver, répond Stanfield.

Ses hypothèses n'ont aucun intérêt :

— Savez-vous où il a eu la corde ?

— Son beau-père dit qu'il y en a des tas dans la grange. Bon, ils appellent ça une grange, mais c'est juste un bâtiment où ils entreposent tout et n'importe quoi. Je lui ai demandé ce qu'il y avait dedans et il m'a répondu « des saloperies ». Vous savez, j'ai dans l'idée que Benny aurait pu rencontrer Mitch Barbosa par là-bas, à la pêche, et on sait que Mitch était gentil avec les gosses. Ça expliquerait sûrement tout. Sa mère a dit que le gamin faisait des cauchemars et était bouleversé par les meurtres. Mort de trouille, c'est ce qu'elle a dit. Bon, ce que vous allez faire, c'est aller tout droit vers l'étang. Vous verrez la grange au bord du champ, puis les bois juste à votre gauche. Il y a un sentier mal dégagé, et l'endroit où il s'est pendu est peut-être à quinze mètres plus bas, là où il y a un affût pour la chasse aux cerfs. Vous pouvez pas le manquer. Je suis pas monté dans l'affût pour couper la corde, j'ai juste coupé la boucle autour du cou. Donc elle devrait y être encore. La corde, je veux dire.

Je me retiens de lui dire ce je pense de son impardonnable désinvolture. Mais il devrait vraiment mettre sa menace à exécution : donner sa démission.

J'appelle Mme White pour l'informer de mon projet. Elle répond d'une toute petite voix douloureuse. Elle est désorientée et n'a pas l'air de comprendre que nous voulons nous poser en hélicoptère à la ferme.

— Il nous faut un endroit dégagé. Un champ bien plat, sans ligne de téléphone ni arbres, madame.

— On n'a pas de piste d'atterrissage, répète-t-elle plusieurs fois.

Finalement, elle me passe Marcus, son mari. Il y a un champ de soja entre la maison et la Route 5, avec un silo peint en vert foncé. C'est le seul dans les environs de cette couleur, ajoute-t-il. Marcus ne voit aucun inconvénient à ce que nous atterrissions dans son champ.

Le reste de la journée s'éternise. La petite réunion

que j'ai organisée me permet d'expliquer à tout le monde ce qui se passe. Je m'efforce de les rassurer sur leur avenir. Mais je n'évoque pas ma démission : inutile d'ajouter au séisme environnant. Et en quittant mon bureau, je n'emporte rien d'autre que mon attaché-case, comme si tout allait bien et que nous nous reverrions le lendemain, comme d'habitude.

Je grignote une grosse tranche de cheddar accompagnée d'un verre de vin rouge dans la cuisine d'Anna. Il est 21 heures. Je tente d'évacuer de mon esprit toutes les choses qui l'encombrent. Je ne parviens pas à avaler de repas plus consistant. J'ai perdu du poids, n'ai pas d'appétit, et en plus j'ai pris la sale habitude de sortir régulièrement fumer une cigarette.

Je réitère mes appels à Marino toutes les demi-heures, en vain. Le dossier Ladec fait des incursions fréquentes dans ma tête, du reste, son souvenir ne me quitte presque pas depuis Noël. Vers minuit, le téléphone sonne. Je me précipite, certaine qu'il s'agit de Marino.

— Scarpetta.

— C'est Jaime, répond la voix assurée et très reconnaissable de Berger.

Surprise, je me tais. Berger n'éprouve décidément aucune difficulté à discuter avec les gens qu'elle a l'intention d'envoyer en prison, quelle que soit l'heure.

— J'ai eu Marino au téléphone, commence-t-elle. Vous êtes donc au courant de ma situation. Je devrais plutôt dire de *notre* situation. Ne vous faites pas de souci, Kay. Je vous épargnerai la leçon, mais contentez-vous de parler au jury comme à moi. Et essayez de ne pas vous inquiéter.

— Je crois que j'ai dépassé ce stade.

— Je vous appelle surtout pour vous communiquer des informations. Nous avons l'ADN des timbres. Ceux des lettres du dossier Ladec, précise-t-elle, comme si elle avait encore une fois lu dans mon esprit. (Alors, voilà que les labos de Richmond traitent directement avec elle !) Décidément, Diane Bray était partout ! C'est elle qui a humecté ces timbres. Cela ne me surprendrait pas qu'elle soit l'auteur des lettres, mais elle a été assez futée pour ne pas y laisser ses empreintes. Celles que nous avons retrouvées appartiennent à Benton. Sans doute laissées lorsqu'il a ouvert les lettres avant de comprendre ce dont il s'agissait. Je ne sais pas pourquoi il ne l'a pas noté. Benton vous avait-il jamais parlé de Bray ? Vous avez des raisons de penser qu'ils pouvaient se connaître ?

— Je ne me souviens pas l'avoir entendu mentionner Bray.

Ce qu'elle vient de m'apprendre est si stupéfiant que j'ai du mal à la croire.

— Il aurait très bien pu la connaître, continue-t-elle. Elle était à Washington DC. Et lui à quelques kilomètres de là, à Quantico. Je ne sais pas. Mais je suis très étonnée qu'elle lui ait envoyé ces lettres. Les a-t-elle postées de New York pour qu'il croie qu'elles provenaient de Carrie Grethen ?

— Et c'est la piste qu'il a suivie.

— Nous devons également nous demander si Bray aurait pu — je dis bien « pu » — avoir un rapport avec son assassinat, ajoute Berger, comme si le reste ne suffisait pas.

Ne serait-elle pas en train de me tester à nouveau ? Qu'est-ce qu'elle espère ? Que je bafouille quelque chose comme « Bien fait, Bray a eu ce qu'elle méritait ». Peut-être aussi que je cède à ma paranoïa. Et si Berger me disait simplement ce qu'elle pense, rien de plus ?

— Bray ne vous a jamais parlé de Benton, n'est-ce pas ?

— Je ne crois pas, non.

— Ce que je ne comprends pas, c'est ce que vient faire Chandonne là-dedans. Si nous partons du principe que Jean-Baptiste Chandonne connaissait Bray — disons qu'ils étaient en affaires —, dans ce cas, pourquoi l'avoir tuée ? Et de la manière dont il l'a tuée ? Pour moi, ça ne colle pas. Ce n'est pas le bon profil. Qu'en pensez-vous ?

— Que vous devriez peut-être me lire mes droits avant de me demander ce que j'en pense. Ou bien garder vos questions pour l'audience.

Cela paraîtra fou, mais je l'entends sourire. Oui, ce que je lui dis l'amuse.

— Vous n'avez pas été arrêtée, Kay. Donc, nul besoin de vous lire vos droits. (Elle reprend, soudain sérieuse :) Je ne joue pas avec vous, je vous demande votre aide. Ce devrait être un soulagement pour vous que je remplace Righter.

— Pas vraiment. Personne ne devrait se retrouver là-bas. En tout cas pas à cause de moi.

Berger continue impassiblement :

— Bien, deux des pièces clés posent encore problème. Le sperme retrouvé sur Susan Pless ne provient pas de Chandonne. Et maintenant, nous avons un nouveau truc sur Diane Bray. Je ne crois pas que Chandonne connaissait Bray, d'accord, c'est juste une intuition. Pas personnellement. Il a observé toutes ses victimes de loin, sans se rapprocher. Il les a épiées, suivies, et a échafaudé ses fantasmes. C'était aussi l'opinion de Benton quand il a profilé l'affaire Pless.

— Pensait-il également que son violeur et son meurtrier étaient le même homme ?

— Pour lui, une seule personne était concernée, concède Berger. Nous avons toujours recherché ce type séduisant et bien habillé avec qui elle avait déjeuné chez Lumi, pas un soi-disant loup-garou affligé d'anomalies génétiques. Enfin, jusqu'aux affaires de Richmond.

Impossible de trouver le sommeil après tout cela. Je m'assoupis, me réveille, consultant régulièrement l'heure sur la pendulette. Les heures avancent avec une lenteur désespérante. Je rêve que je suis dans ma maison avec un chiot, une adorable petite labrador retriever gold aux longues et épaisses oreilles. Elle a de grosses pattes et une petite trogne adorable. Elle me rappelle les peluches de Gund chez FAO Schwarz, ce merveilleux magasin de jouets de New York où j'achetais des cadeaux pour Lucy quand elle était petite. Le rêve bancal né de ma semi-conscience se poursuit. Je joue avec la petite chienne, je la chatouille, elle me lèche en frétillant de la queue. Puis je parcours de nouveau ma maison. Il y fait si sombre, si froid. Un espace sans vie ni bruit, un silence absolu. J'appelle la chienne dont j'ai oublié le nom, et je la cherche comme une folle dans toutes les pièces. Et finalement je me réveille dans la chambre d'amis, chez Anna, en larmes, je sanglote, geignant comme un animal.

XXXIII

Le matin arrive enfin. Une brume flotte alors que nous survolons les arbres à basse altitude. Lucy et moi sommes seules dans son nouvel engin : Jack s'est réveillé avec des courbatures et de la migraine. Il a préféré rester chez lui. Je parierais que cette pseudo-grippe est une gueule de bois. L'énorme tension que j'ai causée chez mon personnel a encouragé ses mauvaises habitudes. Jack était satisfait de son existence, et voilà que tout lui échappe.

Le Bell 407 noir à rayures vives sent le neuf et se déplace avec une sorte de souplesse puissante. Nous nous dirigeons vers l'est, à deux cent quarante mètres d'altitude. Je suis plongée dans une carte posée sur mes genoux, où j'essaie de rapprocher les symboles des lignes électriques, routes et chemins de fer que nous survolons. Nous connaissons notre position, car l'hélicoptère de Lucy est aussi bien équipé en électronique qu'un Concorde, mais j'ai besoin de m'absorber dans une tâche quelconque, n'importe laquelle, pour dissiper mon malaise.

— Deux pylônes à une heure, dis-je en lui montrant la carte. Cent soixante mètres au-dessus du niveau de la mer. Ça ne devrait pas poser de problème, mais je ne les vois toujours pas.

— Je cherche.

Les antennes seront bien au-dessous de l'horizon, et ne représenteront donc pas un danger, même si nous nous en approchons. Mais j'ai la phobie des obstacles, et il y en a de plus en plus dans cet univers de communications croissantes. La tour de contrôle de Richmond nous appelle pour nous informer que son service radar est terminé. Je change la fréquence, commençant à peine à distinguer les pylônes à plusieurs kilomètres devant nous. Il ne s'agit pas de lignes à haute tension, et cela ressemble tout au plus à des traits de crayon droits rayant l'épaisse brume grise. Je les lui montre.

— Vu, répond Lucy. Je déteste ces trucs.

L'appareil oscille et nous les contournons par le nord. Les lourds câbles d'acier sont mortels.

La voix de Lucy résonne dans mon casque :

— Le gouverneur va être furax s'il découvre ce que tu fais, non ?

— Il m'a suggéré de prendre des vacances. Je ne suis pas au bureau.

— Alors tu vas venir à New York avec moi, dit-elle. Tu peux séjourner à l'appartement. Je suis vraiment contente que tu quittes ton poste pour te mettre à ton compte. Peut-être que tu pourrais t'associer avec Teun et moi ?

Je ne veux pas faire de peine à ma nièce, aussi ne lui confierai-je pas que je suis malheureuse : je veux rester ici. Je veux être chez moi, faire mon travail comme d'habitude, et ce n'est pas possible. J'ai l'impression d'être une fugitive, dis-je à ma nièce, qui garde les yeux fixés sur sa route. Parler à quelqu'un qui pilote un hélicoptère, c'est comme être au téléphone. Votre interlocuteur ne vous voit pas vraiment, et il est impossible d'échanger un geste.

Le soleil monte et la brume diminue au fur et à mesure que nous progressons vers l'est. Les ruisseaux scintillent sous le ventre de l'appareil comme les entrailles de la terre, et la James River brille sous la lumière solaire. Nous descendons en ralentissant, passant au-dessus de la *Susan Constant*, du *Godspeed* et du *Discovery*, les répliques grandeur nature des bateaux qui ont amené cent quatre hommes et adolescents en Virginie en 1607. Au loin, un obélisque pointe parmi les arbres de Jamestown Island, où les archéologues ressuscitent le premier comptoir anglais en Amérique. Un ferry transporte lentement des voitures en direction de Surry.

— J'aperçois un silo vert à 9 heures, dit Lucy. Tu crois que c'est ça ?

Je suis son regard vers une petite ferme qui se dresse au bord d'un mince étang. De l'autre côté de la langue d'eau boueuse, des toits et de vieilles caravanes surgissent entre les denses sapins : le Fort James Motel et le terrain de camping. Lucy contourne la ferme, évalue la zone et semble satisfaite, puis elle réduit la puissance, et nous descendons à soixante nœuds. Nous commençons notre approche vers une clairière entre les bois et la petite maison de brique où Benny White a passé ses douze courtes années. L'herbe sèche s'envole quand Lucy nous pose doucement en tâtant le sol pour vérifier qu'il est stable.

Mme White sort de la maison. Elle nous regarde, une main en visière, et un grand homme en costume la rejoint. Ils restent sur le porche le temps que nous arrêtions les moteurs. En m'approchant de la maison, je me rends compte que les parents de Benny se sont habillés pour nous. On dirait qu'ils sortent de l'église.

— J'aurais jamais pensé qu'un truc comme ça atterrirait dans ma ferme, dit M. White en regardant l'hélicoptère.

— Entrez donc, dit Mme White. Je peux vous faire du café ou quelque chose ?

Nous parlons gentiment de notre vol, de choses et d'autres, dans une atmosphère pesante. Les White me soupçonnent d'avoir en tête d'abominables hypothèses au sujet de leur fils. Sans doute croient-ils que Lucy fait partie de l'équipe d'enquêteurs, car ils s'adressent à elle comme à moi. La maison est très soignée et joliment meublée de confortables fauteuils, décorée de tapis et de lampes en cuivre. Le plancher est en pin et des aquarelles de la guerre de Sécession pendent aux murs chaulés. Près de la cheminée du salon se dressent des étagères remplies de boulets de canon, de vieilles bouteilles, et de toutes sortes d'objets qui datent de l'époque de la guerre de Sécession. Voyant que je m'y intéresse, M. White m'explique qu'il est collectionneur. Il chasse les trésors et fouille la région avec un détecteur de métaux quand il n'est pas occupé à son bureau. Il est comptable. Sa ferme n'est pas exploitée, mais elle appartient à la famille depuis plus d'un siècle, nous explique-t-il.

— Je suis sûrement un cinglé d'histoire, continue-t-il. J'ai même trouvé des boutons datant de la révolution américaine. On ne sait jamais sur quoi on va tomber, par ici.

La cuisine est agréable, et Mme White sert un verre d'eau à Lucy.

— Et Benny ? Il s'intéressait à la chasse aux trésors ?

— Oh, oui, me répond sa mère. Bien sûr, il espérait toujours en trouver un vrai. De l'or.

Elle commence à accepter sa mort, et parle de lui au passé.

— Vous savez, on raconte que les confédérés ont caché tout cet or qui n'a jamais été retrouvé. Eh bien, Benny était persuadé qu'il le dénicherait, dit M. White.

Il tient un verre d'eau, ne sachant visiblement pas

quoi en faire, et le pose sur le plan de travail sans le boire avant de reprendre :

— Il adorait être dehors, ça, c'est sûr. J'ai souvent pensé que c'était dommage qu'on n'exploite plus la ferme, parce que je suis sûr que ça lui aurait convenu.

— Surtout les animaux, renchérit Mme White. Ce gosse adorait les animaux plus que n'importe qui. Tellement tendre. (Elle fond en larmes.) Si un oiseau cognait la fenêtre, il sortait pour essayer de le retrouver et revenait hystérique si la pauvre bête s'était cassé le cou.

Le beau-père de Benny reste les yeux fixés sur la fenêtre ; le chagrin se lit sur son visage. Sa mère se tait. Elle s'efforce de se contenir.

— Benny a mangé quelque chose avant de mourir, leur dis-je. Je crois que le docteur Fielding vous a déjà demandé si cela aurait pu être à l'église.

— Non, madame, répond M. White, le regard toujours perdu à l'extérieur. Ils servent pas à manger à l'église, sauf le mercredi soir. Si Benny a mangé, je sais pas où il l'a fait.

— Pas ici, insiste Mme White. J'avais préparé un ragoût pour le dimanche soir, eh bien, il l'a jamais mangé. C'était pourtant un de ses plats préférés.

— Il avait du pop-corn et des hot-dogs dans l'estomac, dis-je. Il semble qu'il les ait mangés peu de temps avant de mourir.

Je m'assure qu'ils comprennent bien l'étrangeté de la situation et la nécessité d'y trouver une explication.

Ils semblent ébahis. Une lueur d'incompréhension passe dans leur regard. Ils n'ont pas la moindre idée de l'endroit où Benny aurait pu manger ces cochonneries, comme ils disent. Lucy leur parle des voisins, suggérant que Benny aurait pu aller chez quelqu'un avant de se rendre dans les bois. Là encore, ils ne le voient pas du tout faire cela, surtout à l'heure du dîner. D'autant que les voisins sont âgés, et n'auraient jamais nourri Benny sans appeler ses parents pour s'assurer que tout allait bien.

— Ils iraient pas lui gâcher le dîner sans nous demander, nous assure Mme White.

Je demande doucement :

— Cela vous ennuierait-il que j'aille voir sa chambre ? Il m'est plus aisé de cerner un patient si je peux voir ses effets personnels.

Ils hésitent.

— Bon, ça devrait pas poser de problème, décide finalement le beau-père.

Nous suivons le couloir qui traverse la maison, passant devant une chambre qui semble être celle d'une fille, si j'en juge par ses rideaux et son dessus-de-lit roses. Sur les murs sont accrochés des posters de chevaux. Mme White nous explique que c'est celle de Lori, la petite sœur de Benny, envoyée à Williamsburg chez sa grand-mère. Elle ne rentrera pas de l'école avant les obsèques prévues pour demain. Je déduis qu'ils ne souhaitaient pas que l'enfant soit présente lorsque le médecin légiste descendrait du ciel et commencerait à poser des questions sur la mort de son frère.

La chambre de Benny est une ménagerie de peluches : dragons, ours, oiseaux, écureuils, mignonnes et toutes ébouriffées, souvent comiques. Il y en a des douzaines. Lucy et les parents restent sur le seuil tandis que je m'immobilise au milieu de la pièce, attendant des lieux qu'ils me parlent. Aux murs sont scotchés des dessins au feutre, des animaux, encore, témoignant d'une grande imagination et d'un indiscutable talent. Benny était artiste. M. White me dit que l'enfant emportait son cahier de dessin pour aller dessiner des arbres, des oiseaux, tout ce qu'il voyait au-dehors. Il offrait ses dessins aux gens. Mme White pleure en silence, de grosses larmes dévalant le long de son visage.

Je contemple le dessin à droite de la commode. Coloré, imaginatif, il représente un homme dans un petit bateau. L'homme porte un chapeau à larges bords et sa canne à pêche est arquée, comme si elle résistait aux secousses d'une prise. Un soleil rayonnant, à peine troublé par quelques nuages, éclaire la scène et au fond, sur la rive, se dresse un bâtiment carré avec beaucoup de fenêtres et de portes.

— C'est l'étang derrière chez vous ? demandé-je.

— C'est ça, dit M. White en passant un bras autour de la taille de sa femme. Ça va aller, chérie, répète-t-il péniblement, parce qu'il lutte, lui aussi contre son chagrin.

— Benny aimait pêcher ? demande Lucy depuis le couloir. En général, les gens qui adorent les animaux n'aiment pas ça, ou bien ils relâchent leurs prises.

La remarque de ma nièce est intéressante. Je demande :

— Je peux regarder dans le placard ?

— Allez-y, répond M. White sans hésiter. Non, Benny ne ramenait rien. En fin de compte, il aimait surtout s'installer dans le bateau ou s'asseoir sur la rive. La plupart du temps, il restait là à dessiner.

— Alors ce doit être vous, monsieur White, dis-je en désignant le dessin de l'homme dans la barque.

— Non, je pense que c'est plutôt son père, répond M. White d'un air sombre. Son père l'emmenait souvent en barque. Moi, pas. (Un silence.) C'est-à-dire que je ne sais pas nager, alors je suis mal à l'aise sur l'eau.

— Benny avait un peu honte de dessiner, explique Mme White d'une voix tremblante. Je crois qu'il prenait sa canne à pêche pour que, eh bien, vous voyez, pour faire comme les autres gosses. Il n'emportait même pas d'appât. Il n'aurait pas tué un asticot, alors encore moins un poisson.

— Du pain, dit M. White. Il prenait du pain comme pour en faire des boulettes. C'est pas faute de lui avoir répété qu'il attraperait jamais rien s'il prenait du pain en guise d'appât.

Je passe en revue les costumes, les pantalons et les chemises sur les cintres, les chaussures alignées par terre. Ce sont des vêtements très stricts qui semblent avoir été choisis par ses parents. Au fond du placard est posé un fusil Daisy BB, et M. White explique que Benny tirait sur des cibles ou des boîtes de conserve. Non, il n'aurait pas tiré des oiseaux. Evidemment que non. Il n'aurait même pas pu se résigner à attraper un poisson, répètent les parents.

Une pile de cahiers, une boîte de feutres et un carnet à dessins sont posés sur le bureau. Les parents n'ont pas feuilleté le carnet, puis-je ? Ils hochent la tête. Je reste debout devant le bureau. Comment prendre ses aises dans la chambre de leur fils mort ? Je tourne précautionneusement les pages du carnet, examinant les méticuleux dessins au crayon. Le premier représente un cheval dans un pâturage, il est d'une surprenante qualité. Suivent plusieurs esquisses d'un faucon perché dans un arbre dépouillé sur fond de rivière. Benny a dessiné plusieurs paysages enneigés, une vieille clôture brisée. Le carnet est à moitié rempli d'esquisses du même genre, sauf les dernières. Là, l'ambiance et le sujet ont radicalement changé. Cette scène nocturne dans un cimetière, une lune pleine derrière des branches nues illuminant les pierres tombales penchées. Plus loin, une main, musclée, le poing serré, puis une chienne. Elle est grasse, les babines retroussées, le poil dressé, et bat en retraite comme si on la menaçait.

Je lève le regard vers les White, et demande :

— Benny vous a-t-il parlé de la chienne des Kiffin ? Elle s'appelle Mr. Cacahuètes.

Quelque chose d'étrange passe sur le visage du beau-père, et ses yeux brillent de larmes.

— Lori est allergique, soupire-t-il comme si cela répondait à ma question.

— Il se plaignait tout le temps de la manière dont ils traitent leur chienne, explique Mme White. Benny voulait qu'on la prenne. Il disait que les Kiffin accepteraient sûrement, mais on pouvait pas.

— A cause de Lori, c'est cela ?

— Et puis, c'était un vieux chien, ajoute Mme White.

— C'était ?

— Oh, c'est un peu triste, reprend-elle. Juste après Noël, Mr. Cacahuètes avait plus l'air bien. Benny disait que la pauvre bête tremblait et se léchait tout le temps, comme si elle avait mal, voyez. Et puis, il y a peut-être une semaine, elle a disparu, sans doute pour aller mourir quelque part. Les bêtes font souvent ça. Benny l'a cherchée tous les jours. J'en avais le cœur brisé. Oh, ça, il l'aimait, cette chienne. Je crois que c'est surtout pour ça qu'il allait là-bas, pour jouer avec Mr. Cacahuètes, et il a remué ciel et terre pour la retrouver.

— C'est là que le comportement de votre fils a commencé à changer ? Après la disparition de Mr. Cacahuètes ?

— C'était par là, oui, répond M. White...

Ni l'un ni l'autre ne semblent pouvoir supporter d'entrer dans la chambre. Ils se cramponnent à l'embrasure comme pour se retenir. M. White poursuit :

— ... Vous pensez quand même pas qu'il a fait une chose pareille à cause d'un chien, si ?

Un quart d'heure plus tard, Lucy et moi laissons les parents à la ferme et nous dirigeons vers le bois. Ils ne sont pas allés jusqu'à l'affût à cerfs où Benny s'est pendu. M. White en connaît l'existence, l'ayant vu plusieurs fois lorsqu'il mène ses recherches avec son détecteur de métaux, mais ni sa femme ni lui n'ont eu le courage de s'y rendre. Je leur demande s'ils pensent que d'autres personnes connaissaient l'endroit où a été découvert le corps de Benny. Non, sauf si l'inspecteur qui est venu en a parlé, me répond M. White.

Le champ où nous avons atterri est situé entre la maison et l'étroit étang. C'est un lopin en friche qui ne semble pas avoir été labouré depuis des années.

A l'est s'étendent des kilomètres de bois à l'orée desquels se dresse le silo, rouillé et sombre, tourné vers le Fort James Motel et le camping. Comment Benny rendait-il visite aux Kiffin ? Il n'y a pas de pont au-dessus de la langue d'eau, qui mesure une trentaine de mètres de large et n'a pas d'embouchure. Lucy et moi suivons le sentier qui s'enfonce dans la forêt en scrutant les alentours. Près de l'eau, du fil de pêche s'est emmêlé dans les arbres, et des douilles et des boîtes de Coca traînent à terre. Il nous faut à peine cinq minutes pour atteindre l'affût. C'est une cabane juchée en haut d'un arbre, sans toit, qui donne l'impression d'avoir été construite à la hâte. Un bout de corde en Nylon jaune pend d'une poutre et se balance dans la brise fraîche.

Nous nous immobilisons et contemplons en silence les alentours. Rien, pas le moindre déchet, ni sac, ni emballage, qui indique que Benny a mangé ici. Je m'approche de la corde. Stanfield l'a coupée à un mètre vingt du sol. Lucy est plus sportive que moi, et je lui propose de grimper sur l'affût et de la décrocher afin d'examiner le nœud à l'autre extrémité. Je prends d'abord des photos. Les clous plantés dans le tronc semblent solides. Lucy grimpe, nullement gênée par son gros blouson molletonné, en vérifiant prudemment la résistance des planches de la plateforme.

— Ça a l'air costaud, tante Kay.

Je lui lance un rouleau de Cellophane, et elle ouvre sa trousse à outils de l'ATF qui contient lames, tournevis, tenailles et ciseaux. Lucy coupe la corde au-dessus du nœud et scotche les extrémités ensemble.

— Juste un double nœud carré tout simple, dit-elle en me les tendant. Un bon vieux nœud de boy-scout, avec le bout brûlé pour qu'elle ne se défasse pas.

Cela me surprend un peu. Tout ce mal pour se pendre.

— Atypique, dis-je à Lucy quand elle redescend.

Figure-toi que je vais oser. Je monte jeter un coup d'œil.

— Fais attention, tante Kay. Il y a des clous rouillés, et puis, prends garde aux échardes.

Je me demande si Benny avait fait de ce vieil affût sa cabane. Je me cramponne aux planches usées et je monte, contente d'avoir mis mes grosses chaussures et un pantalon de toile. Dans l'affût se trouve un banc où le chasseur peut attendre sa proie. J'éprouve la solidité du siège avant de m'y installer. Benny mesurait juste trois centimètres de plus que moi, je vois donc la même chose que lui, à condition qu'il soit monté, ce que je crois. Sinon, le plancher serait couvert de feuilles : or, il n'y en a aucune.

— Lucy, tu as remarqué comme c'était propre ?

— Les chasseurs s'en servent sûrement encore, répond-elle.

— Tu connais des chasseurs qui balaieraient les feuilles mortes à 5 heures du matin ?

De mon poste d'observation, je vois la rivière, l'arrière du motel et sa piscine sombre et sale. Un ruban de fumée monte de la cheminée de la maison des Kiffin. Je sens Benny assis là, épiant les gens qu'il dessinait, pour échapper peut-être à la tristesse de la mort de son père. Cela ne m'est pas difficile, mon enfance est assez similaire. L'affût devait être une merveilleuse cachette pour un gosse créatif et solitaire. A un jet de pierre de là, au bord de l'eau, se dresse un grand chêne couvert de lichens qui ressemblent à des crachats. Je m'imagine très bien un faucon à queue rouge perché tout en haut.

— Je crois qu'il a dessiné l'arbre là-bas, dis-je à Lucy. Et il avait une vue imprenable sur le terrain de camping.

— Je me demande s'il a vu quelque chose.

— Sans blague ? Et quelqu'un aurait pu tout autant le voir. Les arbres ont perdu leurs feuilles, il devait être visible. Surtout si l'observateur avait des jumelles et une raison de regarder par ici. (Et si on m'observait, moi aussi ? Un frisson me hérisse et je

redescends.) Tu as ton revolver, n'est-ce pas ? J'aimerais bien suivre ce chemin pour voir où il va.

Je ramasse la corde, l'enroule avant de la glisser
dans un sachet plastique que je fourre dans ma
poche. Je range le rouleau de Cellophane dans ma
sacoche et nous nous mettons en route. Nous trouvons d'autres douilles, et même une flèche.

Nous nous enfonçons dans les bois, longeant le
chemin qui contourne l'étang. Rien ne trouble le
silence que le gémissement des arbres et le craquement des brindilles sous nos pieds. Je voulais vérifier que le sentier nous mènerait de l'autre côté de
l'étang, et c'est le cas. Le Fort James Motel n'est qu'à
quinze minutes de marche. Benny pouvait parvenir
jusqu'ici après l'église. Une demi-douzaine de voitures sont garées sur le parking, certaines de location, et une grosse moto Honda attend auprès du distributeur de Coca.

Lucy et moi nous dirigeons vers la maison. Je lui
montre le camping où nous avons trouvé les draps
et la poussette, et le souvenir de Mr. Cacahuètes me
remplit de colère et de tristesse. Je ne crois pas à
cette histoire de chien se cachant pour mourir. Par
contre, je ne serais pas étonnée que Bev Kiffin lui ait
fait du mal, et je ne manquerai pas de lui poser cette
question, entre autres. Je me fiche de sa réaction.
Demain, je suis suspendue. J'ignore si je reprendrai
un jour la médecine légale. Peut-être serai-je licenciée, ou même radiée à vie ? Qui sait, peut-être fini-
rai-je en prison ? Je sens qu'on nous épie tandis que
nous montons les marches du porche.

— Cet endroit fout les jetons, murmure Lucy.

Un visage nous observe derrière les rideaux et disparaît. C'est l'aîné des fils Kiffin, celui que j'ai brièvement aperçu lors de ma première visite. Je sonne.
C'est lui qui vient ouvrir. Il est grand, costaud. Il y a
quelque chose de cruel dans son visage couvert
d'acné. Impossible de lui donner un âge, peut-être
entre douze et quatorze ans.

— C'est vous la dame qu'est venue l'autre fois, dit-il avec un regard mauvais.

— C'est moi. Peux-tu dire à ta mère que le docteur Scarpetta est là et veut lui parler ?

Il sourit comme s'il savait quelque chose d'affreux qu'il trouve drôle, et réprime un petit rire.

— Elle est pas là. Elle est occupée.

Son regard se durcit et se tourne vers le motel.

— Comment tu t'appelles ? demande Lucy.

— Sonny.

D'un ton faussement détaché, je m'enquiers :

— Sonny, qu'est-ce qui est arrivé à Mr. Caca-huètes ?

— Ce crétin de chien. On s'est dit que quelqu'un l'avait volée.

Comment aurait-on pu voler une vieille chienne poussive et épuisée ? D'autant qu'elle se méfiait des inconnus. Ecrasée par une voiture, éventuellement, mais pas volée.

— Ah bon ? C'est bien dommage, lui répond Lucy. Et qu'est-ce qui te fait croire cela ?

Sonny est pris de court. Son regard se trouble, et il s'emmêle dans des mensonges successifs.

— Euh... Une voiture s'est arrêtée un soir. J'ai entendu la portière claquer et puis elle a aboyé et puis c'est tout. Après, on l'a plus vue. Zack est tout retourné.

— Quand a-t-elle disparu ?

— Oh, je sais pas. (Haussement d'épaules.) La semaine dernière.

— Eh bien, Benny était tout retourné aussi.

Je guette sa réaction.

A nouveau le même regard froid.

— Les gars de l'école le traitaient de tapette. Et c'en *était* une. C'est pour ça qu'il s'est tué. Tout le monde le dit, répond Sonny avec un incroyable déta-chement.

— Je croyais que vous étiez amis, tous les deux ? attaque Lucy agressivement.

— Il m'emmerdait. Toujours à venir ici jouer avec

ce foutu cabot. C'était pas mon copain. C'était celui de Zack et de Mr. Cacahuètes. Je fréquente pas les tapettes.

Une moto démarre et vrombit. Le visage de Zack apparaît à la fenêtre, à droite de la porte. Il pleure.

— Benny est venu ici dimanche dernier, n'est-ce pas, Sonny ? Après l'église ? Disons vers midi et demi, 1 heure. Il a mangé des hot-dogs avec toi ?

Sonny est de nouveau pris de court. Il ne s'attendait pas à ce détail. Il est coincé, mais sa curiosité prend le dessus.

— Comment vous savez qu'il en a mangé ?

Il fronce les sourcils tandis que la moto gronde et prend le chemin qui mène du motel à la maison. Elle se dirige droit sur nous, et son conducteur est vêtu de cuir noir et rouge, le visage caché par un intégral à visière fumée. Pourtant, il a quelque chose de familier. La stupéfaction me fige : Jay Talley arrête l'engin et en descend lestement.

— Sonny, rentre ! lui ordonne Jay. Tout de suite.

Il a dit cela avec assurance, comme s'il connaissait bien le gamin.

Sonny rentre et referme la porte. Zack a disparu de la fenêtre. Jay ôte son casque.

— Qu'est-ce que vous faites ici ? lui demande Lucy.

Au loin, Bev Kiffin s'approche, un fusil à la main. Elle vient du motel, où elle devait être en compagnie de Jay. Des signaux d'alerte résonnent dans mon crâne, mais ni moi ni Lucy ne faisons le rapprochement assez vite. Jay a baissé la fermeture Éclair de son épais blouson et presque aussitôt, une arme est dans sa main, un pistolet noir.

— Bon sang, Jay ! dit Lucy.

— Je regrette vraiment que vous soyez venues, me dit-il calmement. Vraiment, je le regrette. (Il nous désigne le motel du bout du revolver.) Allez, nous allons bavarder un peu.

S'enfuir. Seulement, nous ne pouvons nous enfuir nulle part. Il risque de tirer sur Lucy si je m'échappe.

Ou de me tirer dans le dos. Il lève son arme et la braque sur la poitrine de Lucy, tout en dégrafant la lourde ceinture dans laquelle il sait qu'est fourrée son arme. Puis il agrippe ma sacoche et me fouille, palpant avec insistance les endroits les plus intimes, pour m'humilier, me remettre à ma place, savourer la rage qui crispe le visage de Lucy, obligée de le regarder faire.

— Arrêtez, Jay, lui dis-je calmement. Il est encore temps.

Il sourit, et une colère noire se peint sur ce visage qui pourrait être grec. Ou italien. Ou français. Bev Kiffin nous rejoint et plisse les paupières en me fixant. Elle porte le même blouson rouge de bûcheron que la dernière fois, et ses cheveux sont ébouriffés, comme si elle venait de se lever.

— Alors, alors, dit-elle. Il y en a qui comprennent pas qu'ils sont pas bienvenus, hein ?

Son regard s'attarde sur Jay.

Ils couchent ensemble, c'est évident, et tout ce que Jay m'a raconté était de l'affabulation. Je comprends pourquoi l'agent Jilison McIntyre était perplexe lorsque j'affirmais que le mari de Bev Kiffin était chauffeur de camion pour Overland. McIntyre était infiltrée. Elle tenait les registres de la compagnie. Elle aurait su s'il existait un employé nommé Kiffin. Le seul lien avec cette entreprise de transports criminelle était Bev Kiffin, et le trafic d'armes et de drogue était lié au cartel Chandonne. Les réponses. Je les ai, à présent qu'il est trop tard.

Lucy se rapproche de moi, le visage de marbre. Elle ne réagit absolument pas tandis qu'on nous conduit sous la menace des armes devant les caravanes rouillées. Elles sont inoccupées pour une bonne raison :

— Des laboratoires de synthèse, n'est-ce pas ? dis-je à Jay. Fabriquez-vous de la drogue ici aussi ? Ou bien vous contentez-vous de stocker vos fusils d'assaut et toutes ces armes qui finissent dans les rues ?

— Taisez-vous, Kay, dit-il doucement. Bev, occupe-toi d'elle. (Il désigne Lucy.) Trouve-lui une belle chambre et assure-toi qu'elle est bien installée.

Kiffin a un petit sourire. Elle pousse Lucy en lui donnant un petit coup sur la jambe. Nous sommes arrivés devant le motel, et je ne vois pas âme qui vive dans les voitures garées. Je pense brusquement à Benton. Mon cœur me fait mal lorsque je comprends : Bonnie et Clyde. Nous disions toujours que Carrie Grethen et Newton Joyce étaient comme Bonnie et Clyde. Le couple de tueurs. Nous avons toujours été convaincus qu'ils étaient les auteurs du meurtre de Benton. Pourtant, qui Benton était-il allé voir cette après-midi-là à Philadelphie ? Pourquoi y serait-il allé seul, sans rien nous dire ? Il n'était pas si imprudent. Il n'aurait jamais accepté de rencontrer Carrie Grethen ou Newton Joyce, ni même un inconnu prétendant détenir des renseignements. Je m'arrête sur le parking. Kiffin ouvre une porte et pousse Lucy dans une chambre. La 14. Lucy ne se retourne pas, et la porte se referme sur les deux femmes.

— Vous avez tué Benton, n'est-ce pas, Jay ?

C'est moins une question qu'une certitude.

Il pose une main dans mon dos. Le pistolet me frôle et il me demande d'ouvrir la porte. Nous entrons dans la chambre 15, celle-là même que Kiffin m'a fait visiter pour me montrer le genre de matelas et de draps qu'elle utilise dans son boui-boui.

— Vous et Bray, dis-je à Jay. C'est pour cela qu'elle a posté les lettres de New York. Vous vouliez faire croire qu'elles étaient de Carrie, de sorte que Benton pense qu'elle les avait envoyées alors qu'elle était bouclée à Kirby.

Jay referme la porte et agite son arme d'un geste las, comme si je le fatiguais et que tout cela l'ennuyait profondément.

— Asseyez-vous.

Je lève les yeux vers le plafond, cherchant les tire-fond. Où est le pistolet à chaleur ? Fait-il partie de mon destin ? Je reste debout, près de la commode sur laquelle repose une bible, fermée, celle-là.

— Je veux savoir si j'ai couché avec l'homme qui a tué Benton. (Je le fixe.) Vous allez me tuer ? Allez-y. Mais vous l'avez déjà fait quand vous avez massacré Benton...

C'est étrange, je n'éprouve aucune crainte, seulement de la résignation. Mais le sort qui attend Lucy me panique. J'attends avec terreur que la détonation du fusil ébranle les murs.

— ... Laissez Lucy en dehors de cela, Jay.

— Je n'ai pas tué Benton, dit-il, avec le visage hagard d'un homme résolu au pire. (Pâle, sans expression, un visage de zombie.) C'est Carrie et son enfoiré de copain qui l'ont tué. Moi, j'ai passé le coup de fil.

— Le coup de fil ?

— Pour lui donner rendez-vous. Ce n'était pas trop difficile. Je suis un agent, s'amuse-t-il à me rappeler. Carrie s'est occupée de la suite. Carrie et le cinglé de balafré avec qui elle s'était fourrée.

— Vous lui avez donc tendu le piège, dis-je. Et vous avez aidé Carrie à s'évader.

— Elle n'avait pas besoin de beaucoup d'aide. Juste un petit peu, réplique-t-il sans s'émouvoir. Elle était comme des tas de gens de ce milieu. Ils puisent dans la marchandise et achèvent de se bousiller un cerveau déjà pas mal amoché. Elle a commencé à faire ses trucs il y a des années. Si vous n'aviez pas résolu le problème, nous l'aurions fait. Elle avait perdu toute utilité.

— Alors, on est dans les affaires de famille, Jay ?

Je rive mon regard au sien. Il tient son arme, bras ballant, adossé contre la porte. Il n'a pas du tout peur de moi. Je suis comme une corde de violon trop tendue, prête à rompre, je guette, l'oreille tendue, le moindre bruit provenant de l'autre côté de la cloison.

— ... Toutes ces femmes assassinées... Avec combien d'entre elles avez-vous couché avant ? Comme Susan Pless. Je voudrais savoir si vous avez aidé

Chandonne, ou s'il vous a suivi et s'est repu de vos restes ? (Il me fixe intensément. J'ai touché juste.) Vous êtes beaucoup trop jeune pour être Jay Talley, poursuis-je. Jay Talley sans second prénom. Et vous n'êtes pas allé à Harvard, je doute que vous ayez jamais vécu à Los Angeles, en tout cas pas dans votre enfance. C'est votre frère, n'est-ce pas, Jay ? Cette abominable difformité qui se prétend un loup-garou ? C'est votre frère. Vos ADN sont tellement proches qu'une analyse superficielle conclurait que vous êtes de vrais jumeaux. Le saviez-vous ? Pour un test de routine, avec quatre sondes, vous êtes identiques.

La colère jaillit. Le beau, le vaniteux Jay ne supporte pas de penser que son ADN ressemble tant à celui de quelqu'un d'aussi laid et difforme que Jean-Baptiste Chandonne.

— Et le corps dans le conteneur de fret ? Celui que vous avez fait passer pour celui du frère — Thomas. Son ADN a de nombreux points communs avec celui de Jean-Baptiste Chandonne. Pas autant que le vôtre, cependant, vous savez, celui du sperme que vous avez laissé dans le vagin de Susan Pless avant de la massacrer. Thomas serait un parent ? Pas un frère ? Quoi, alors ? Un cousin ? Vous l'avez tué, lui aussi ? C'est vous qui l'avez noyé à Anvers, ou bien c'est Jean-Baptiste ? Ensuite, vous m'avez attirée à Interpol, pas parce que vous aviez besoin d'aide, mais parce que vous vouliez que je vous dise ce que j'avais appris. Je dois ignorer ce que Benton pressentait : vous êtes un Chandonne. (Il ne réagit pas.) Vous dirigez probablement les affaires pour le compte de votre père. C'est pour cela que vous avez intégré la police, une ordure infiltrée, un espion. Dieu sait le nombre de missions que vous avez fait échouer. Il faut dire que vous étiez aux premières loges. Laissez partir Lucy. Je ferai tout ce que vous voudrez, mais laissez-la partir.

— Impossible.

Il n'essaie même pas de relever ce que je viens de dire.

Il fixe le mur, comme s'il voyait au travers, se demandant ce qui se passe de l'autre côté, et la raison de ce silence. J'ai les nerfs à vif. *Mon Dieu, je vous en prie, je vous en prie. Faites vite, au moins. Qu'elle ne souffre pas.*

Jay ferme le verrou et boucle la chaînette de sûreté.

— Enlevez vos vêtements, dit-il. (Il ne prononce plus mon nom. Il est plus facile de tuer des gens qu'on a dépersonnalisés.) Ne vous inquiétez pas, ajoute-t-il bizarrement, je ne vais rien faire. Il faut juste que je donne l'impression que c'est autre chose.

Je jette un coup d'œil au plafond. Il sait ce que je pense. Il est pâle, en sueur, il ouvre le tiroir d'une commode et en sort plusieurs tire-fond et un pistolet à chaleur rouge.

— Pourquoi ? Pourquoi eux ?

Je fais allusion aux deux hommes parce que je suis sûre qu'il les a tués.

— Vous allez les visser dans le plafond, dit-il. Là-haut, sur la poutre. Maintenant, montez sur le lit et ne tentez rien. (Il pose les tire-fond sur le lit et me fait signe d'obéir.) On n'a pas le choix, lorsque les gens fourrent leur nez là où ils ne devraient pas. (Il sort une corde et un torchon du tiroir. Je reste sans bouger, les yeux fixés sur lui. Les tire-fond brillent comme de l'étain sur le lit.) Matos est venu ici chercher Jean-Baptiste. Nous avons dû user d'un peu de persuasion pour savoir exactement ce qu'il avait en tête, et surtout de qui il tenait ses ordres — et ce n'est pas ce que vous pensez. (Il ôte son blouson de cuir et le pose sur le dossier d'une chaise.) Pas quelqu'un de la famille. Un lieutenant qui redoute que Jean-Baptiste parle et gâche une affaire très juteuse pour beaucoup de gens. En ce qui concerne la famille...

— Votre famille, Jay.

Je lui rappelle que je connais sa famille et son nom.

— Ouais, dit-il avec un regard noir. C'est ça, ma famille. On se soutient mutuellement. Quoi qu'on fasse, la famille, c'est la famille. Jean-Baptiste est un tordu. C'est vrai, il suffit de le voir pour s'en rendre compte, et je comprends pourquoi il a ce problème. (Je ne dis rien.) Bien sûr, on n'approuve pas, continue-t-il comme s'il parlait d'un gosse qui boit trop de bière. Mais c'est notre sang, et on touche pas à notre sang.

— Quelqu'un a bien touché Thomas.

Je n'ai toujours pas ramassé les tire-fond ni grimpé sur le lit. Je n'ai nulle intention de l'aider à me torturer.

— Vous voulez connaître la vérité ? C'était un accident. Thomas ne savait pas nager. Il a trébuché sur une corde et est tombé du quai, quelque chose comme ça. Je n'étais pas là. Il s'est noyé. Jean-Baptiste voulait qu'on transporte le corps loin du port, loin de tout ce qu'on y faisait. Il ne fallait pas qu'on puisse l'identifier.

— Conneries, réponds-je. Désolée, mais Jean-Baptiste a laissé un mot avec le corps. *Bon Voyage Le Loup-Garou.* C'est ce qu'on fait pour ne pas attirer l'attention, peut-être ? Je ne vous crois pas. Vous feriez mieux de vérifier les dires de votre frère. Votre famille prend soin des siens ? Peut-être Jean-Baptiste est-il une exception. On dirait qu'il ne prend pas soin de sa famille, lui.

— Thomas était un cousin. (Comme si cela atténuait le crime.) Montez et faites ce que je vous dis, ajoute-t-il en désignant les tire-fond, l'air fâché, très fâché.

— Non. Faites ce que vous voulez, Jay. (Je répète constamment son prénom. Je le connais. Je ne le laisserai pas me maltraiter sans répéter son nom et le regarder dans les yeux.) Je ne vais pas vous aider à me tuer, Jay.

Un bruit sourd nous parvient d'à côté, comme quelque chose qui tombe par terre, suivi d'une détonation. Mon cœur fait un bond dans ma poitrine.

Des larmes me montent aux yeux et me serrent la gorge. Jay tressaille, puis son visage redevient impassible.

— Asseyez-vous, m'ordonne-t-il.

Je n'obéis pas, il s'approche et me pousse brutalement sur le lit. Je pleure. Je pleure pour Lucy.

— Espèce d'enfoiré ! Vous avez tué le gosse aussi ? Vous avez emmené Benny et vous l'avez pendu, un pauvre gosse de douze ans ?

— Il n'aurait pas dû venir ici. Mitch non plus. Je connaissais Mitch. Il m'a vu. Je ne pouvais rien faire d'autre.

Jay reste debout au-dessus de moi comme s'il ne savait pas quoi faire.

— Et vous avez tué le gosse, dis-je en essuyant mes larmes d'un revers de main. (Jay semble décontenancé. Le gamin lui pose problème. Les autres lui importent peu, mais pas le gamin.) Comment vous avez pu rester là à le regarder agoniser ? Un gosse ! Un gosse en costume du dimanche.

Jay m'assène une gifle à toute volée. Si vite que je ne sens tout d'abord rien. Puis mon nez et ma bouche s'engourdissent et commencent à me piquer tandis que quelque chose coule. Du sang goutte sur mes genoux. Je le laisse couler, secouée de tremblements, le regard rivé sur Jay. Maintenant, c'est plus facile pour lui. Il a commencé. Il me pousse sur le lit et m'enfourche en me coinçant les bras sous les genoux, et mon coude fracturé me donne envie de hurler. Il me cale les mains derrière la tête et s'efforce de les attacher. Et pendant tout ce temps, il parle de Diane Bray. Il se moque de moi, me raconte qu'elle connaissait Benton. Ah, parce que Benton ne m'avait jamais dit qu'elle en pinçait pour lui ? Et si Benton avait été un peu plus gentil avec elle, peut-être qu'elle l'aurait laissé tranquille. Peut-être qu'elle m'aurait laissée en paix aussi. Tout bourdonne dans ma tête. Je comprends à peine.

Pensais-je vraiment que Benton n'avait pas d'autre liaison ? Etais-je assez stupide pour croire que Benton trompait sa femme mais pas moi ? J'étais conne à ce point ? Jay se lève pour prendre le pistolet à chaleur. Les gens font ce qu'ils font, dit-il. Benton avait eu une liaison avec Bray à Washington DC. Certes, il l'a plaquée, très vite, mais elle n'allait pas passer l'éponge. Pas Diane Bray. Jay tente de me bâillonner et je me débats en tournant la tête. Je saigne du nez. Je ne vais pas pouvoir respirer. Bray a bien eu Benton, et c'est en partie pour cela qu'elle voulait déménager à Richmond, pour être bien sûre de me pourrir la vie.

— C'est cher payé pour avoir baisé deux ou trois fois avec quelqu'un, dit Jay en se relevant.

Il est en nage, pâle.

Je m'efforce de respirer par le nez, mon cœur bat à tout rompre et la panique m'empêche de réfléchir. J'essaie de me calmer. L'hyperventilation ? C'est encore plus difficile. Une peur invraisemblable. J'essaie de respirer et du sang coule dans ma gorge, je tousse, m'étouffe et mon cœur explose contre mes côtes, il cogne, cogne, encore et encore. La chambre devient floue. Je me sens partir.

XXXIV

Deux semaines plus tard

Ceux qui sont rassemblés ici en mon honneur sont des gens ordinaires. Ils sont assis en silence, presque respectueux, en état de choc.

Il faudrait vivre au fin fond de l'Afrique pour ignorer ce qui s'est passé ces dernières semaines, en particulier dans le comté de James City. Un cloaque de piège à touristes qui s'est révélé être l'œil d'un monstrueux cyclone de corruption et de mal.

Tout semblait si calme, dans ce camping délabré et envahi par la végétation. Combien de visiteurs ont-ils séjourné sous des tentes ou au motel sans avoir la moindre idée de ce qui faisait rage autour d'eux ? Pour autant qu'on le sache, Bev Kiffin n'est pas morte. Ni Jay Talley. Ironie du sort, il figure désormais sur la liste des personnes prioritairement recherchées par Interpol. Kiffin également. On suppose qu'ils ont tous les deux fui les Etats-Unis et qu'ils se terrent quelque part à l'étranger.

Jaime Berger est debout devant moi. Je suis assise dans le box des témoins, face à un jury de trois hommes et cinq femmes. Deux sont blancs, cinq afro-américains et une est asiatique. Les races de toutes les victimes de Chandonne sont représentées, même si ce n'est pas une volonté délibérée, j'en suis sûre. Mais on pourrait le croire, et j'en suis contente. Du papier kraft a été collé sur les portes de verre du tribunal afin de nous préserver des curieux et des médias. Jurés, témoins et moi-même sommes entrés dans le tribunal par la rampe souterraine utilisée pour les prisonniers. Le secret glace l'atmosphère et les jurés me fixent comme si j'étais une revenante. J'ai le visage couvert de contusions jaune verdâtre, le bras gauche à nouveau dans un plâtre et la brûlure des liens qui entravaient mes poignets m'élance parfois. Je suis en vie, en vie parce que Lucy portait un gilet pare-balles. Je l'ignorais.

Berger me pose des questions sur la nuit du meurtre de Diane Bray. J'ai l'impression d'être dans une maison où une musique différente retentit dans chaque pièce. Je réponds à ses questions tout en pensant à autre chose, des images me viennent, d'autres bruits traversent son esprit. Pourtant, je parviens à me concentrer sur ma déposition. Il est question du rouleau de caisse enregistreuse portant le code du marteau à piquer que j'ai acheté. Berger lit ensuite des passages du rapport du labo qui a été communiqué à la cour pour information, tout comme le rapport d'autopsie, de toxicologie et les autres. Elle décrit le marteau aux jurés et me demande d'expliquer comment sa forme correspond aux horribles blessures de Bray.

Cela continue un bon moment, et je regarde les visages de ceux qui sont là pour me juger. Leurs expressions vont d'impassible à intrigué en passant par horrifié. Une femme semble au bord de la nausée lorsque je décris les zones enfoncées du crâne et l'œil énucléé pendant hors de son orbite. Berger souligne que, selon le rapport du labo, le marteau à piquer trouvé chez moi portait des taches de rouille. Elle me demande donc si celui que j'ai acheté à la quincaillerie *après* le meurtre de Bray était rouillé. Je réponds que non.

— Un outil tel que celui-ci pourrait-il rouiller en quelques semaines ? me demande-t-elle. A votre avis, docteur Scarpetta, du sang pourrait-il l'avoir mis dans cet état, un état similaire à celui que Chandonne avait sur lui quand il vous a attaquée ?

— A mon avis, non.

C'est la meilleure réponse, mais cela n'a pas d'importance. Je dirais la vérité même si ce n'était pas dans mon intérêt.

— ... Pour commencer, la police devrait toujours s'assurer qu'un objet est sec avant de le placer dans un sachet.

— Et les scientifiques à qui a été confié le marteau assurent qu'il était rouillé, c'est bien exact ? J'ai bien compris ce qui est écrit dans ce rapport, n'est-ce pas ?

Elle sourit légèrement. Elle porte un tailleur noir à fines raies bleu pâle et fait les cent pas tout en parlant.

— Je ne sais pas ce qu'ont dit les labos, réponds-je. Je n'ai pas vu ces rapports.

— Evidemment que non. Cela fait environ dix jours que vous n'êtes plus à votre bureau. Et... (Elle consulte la date.)... ce rapport est arrivé juste avant-hier. Mais il dit bien que le marteau à piquer portant les traces du sang de Bray est rouillé. Il semble usagé. L'employé de la quincaillerie Pleasant Hardware Store a déclaré que le marteau que vous avez acheté le soir du 17 décembre — presque vingt-quatre heures *après* le meurtre de Diane Bray — était tout neuf. C'est exact ?

Je rappelle à Berger que j'ignore ce qu'a déclaré l'employé, tandis que les jurés enregistrent nos moindres mots et gestes. J'ai été exclue de tous les interrogatoires de témoins. Mais c'est une tactique. Elle ne me pose de questions que dans le but de faire passer des informations aux jurés. C'est à la fois dangereux et merveilleux, lors des procédures de grand jury. Le conseil de la défense est absent, et il n'y a pas de juge : personne ne peut objecter aux questions de Berger. Elle peut me demander n'importe quoi et elle ne s'en prive pas, puisque nous sommes dans le cas de figure rarissime où le procureur tente de démontrer l'innocence de l'accusée.

Berger me demande à quelle heure je suis rentrée de Paris, puis ressortie faire des courses. Elle mentionne que je suis allée à l'hôpital rendre visite à Jo, ce soir-là, puis ma conversation téléphonique avec Lucy. La fourchette de temps se rétrécit. De plus en plus. Où aurais-je trouvé le temps de foncer chez Bray pour la frapper à mort, déposer des indices et mettre le crime en scène ? Et pourquoi me serais-je donné la peine d'acheter un marteau presque vingt-quatre heures après les faits, si ce n'est pour procéder à des expériences ? Elle laisse ces questions planer pendant que Righter consulte des notes à la table du ministère public. Il évite autant qu'il peut de me regarder.

Je réponds à Berger point par point. J'ai de plus en plus de mal à parler. L'intérieur de ma bouche a été irrité par le bâillon, puis les blessures se sont ulcérées. Je n'ai pas eu de lésions buccales depuis mon enfance, et j'avais oublié à quel point c'était douloureux. Chaque fois que ma langue abîmée touche mes dents, je donne l'impression d'avoir un défaut de prononciation. Je me sens à bout de nerfs, épuisée. Mon bras gauche m'élance sous ce nouveau plâtre, car il s'est de nouveau cassé quand Jay m'a forcée à relever les bras au-dessus de la tête pour les attacher à la tête du lit.

— Je remarque que vous avez des problèmes d'élocution, souligne Berger. Docteur Scarpetta, je sais que c'est en dehors de notre propos...

Rien ne l'est, avec Jaime Berger. Elle a une bonne raison pour chaque mot, chaque pas, chaque expression — tout, absolument tout.

— ... Mais pouvons-nous faire une brève digression ? (Elle s'immobilise et hausse les épaules.) Il serait instructif que vous expliquiez au jury ce qui vous est arrivé la semaine dernière. Nous nous demandons tous pourquoi vous êtes couverte de bleus et éprouvez des difficultés à parler.

Elle enfonce les mains dans ses poches et m'encourage patiemment à raconter. Je m'excuse d'abord de ne pas être au mieux de ma forme, et les jurés sourient. Je leur parle de Benny. Ils sont bouleversés. Un homme a les larmes aux yeux en m'écoutant décrire les dessins qui m'ont amenée à l'affût. Je pensais que Benny y passait son temps à observer le monde et à esquisser ses dessins. J'explique que je redoutais que le jeune garçon ait été victime d'un criminel. Son bol alimentaire ne pouvait se justifier par ce que nous savions de ses dernières heures.

— Et parfois les pédophiles — les personnes qui abusent des enfants — attirent leurs victimes avec des bonbons, des friandises, quelque chose qui les séduira. Vous avez déjà connu des affaires de ce genre, docteur Scarpetta ? demande Berger.

— Oui, malheureusement.

— Pouvez-vous nous donner l'exemple d'une affaire de ce type ?

— Il y a quelques années, nous avons reçu le cadavre d'un garçon de huit ans. Il est devenu clair, au cours de l'autopsie, qu'il avait été asphyxié par une fellation forcée. J'ai retrouvé du chewing-gum dans l'estomac, un gros morceau. Il s'est révélé qu'un

voisin lui en avait donné quatre tablettes, du Den-
tyne, et c'est cet homme, finalement, qui a avoué le
meurtre.

— Vous aviez donc de bonnes raisons, fondées sur
vos années d'expérience, de vous poser des questions
lorsque vous avez trouvé du pop-corn et des hot-dogs
dans l'estomac de Benny White, déclare Berger.

— En effet.

— Veuillez continuer, docteur Scarpetta. Que
s'est-il passé lorsque vous avez quitté l'affût et que
vous avez suivi le sentier à travers bois ?

L'un des jurés est une femme. Elle est au premier
rang, deuxième siège à partir de la gauche, et me rappelle ma mère. Elle est obèse, et doit avoir au moins
soixante-dix ans. Elle est mal fagotée avec sa robe
noire à grosses fleurs rouges. Elle ne me quitte pas
des yeux, et je lui souris. Elle semble gentille, très
sensée, et je suis tellement heureuse que ma mère
soit restée à Miami. Je ne crois pas qu'elle ait la
moindre idée de ce qui m'arrive. Elle n'est pas en
bonne santé, et n'a pas besoin de se faire de souci
pour moi. Je ne cesse de regarder cette femme en
racontant ce qui est arrivé au Fort James Motel.

Berger m'encourage à donner quelques informations sur le passé de Jay Talley, notre rencontre et
notre liaison à Paris. Ces encouragements et conclusions sont destinés à amener les événements apparemment inexplicables qui ont eu lieu après que
Chandonne m'a agressée : la disparition du marteau
que j'avais acheté pour mes expérimentations, la clé
de chez moi retrouvée dans la poche de Mitch Barbosa — un agent du FBI infiltré, torturé et assassiné.
Berger me demande si Jay est jamais entré chez moi,
ce qui est bien sûr le cas. Il avait donc accès à une
clé et au code de l'alarme. Ainsi qu'aux indices. Je le
confirme.

Et il aurait été de l'intérêt de Jay Talley de me faire
accuser et de brouiller les pistes convergeant vers la

culpabilité de son frère, n'est-ce pas ? Berger s'immobilise à nouveau et me fixe. Je ne suis pas certaine de pouvoir répondre à la question. Elle continue. Quand il m'a attaquée dans la chambre du motel et bâillonnée, je lui ai griffé le bras, n'est-ce pas ?

— Je me souviens m'être débattue. Ensuite, j'ai retrouvé sous mes ongles du sang et de la peau.

— Pas la vôtre ? Vous seriez-vous écorchée dans la lutte ?

— Non.

Elle retourne à sa table et fouille dans ses papiers à la recherche d'un autre rapport d'analyse. Righter est pétrifié, le visage couleur d'ardoise. L'ADN retrouvé sous mes ongles ne correspond pas au mien. Il correspond à celui de la personne qui a éjaculé dans le vagin de Susan Pless.

— Et il s'agirait ainsi de Jay Talley, reprend Berger. Nous avons donc un agent appartenant à une agence gouvernementale qui a des relations sexuelles avec une femme juste avant qu'elle ne soit cruellement assassinée. L'ADN de cet homme ressemble si étroitement à celui de Jean-Baptiste Chandonne que nous pouvons conclure avec une quasi-certitude que Jay Talley est un parent proche, très probablement le frère de Jean-Baptiste Chandonne. (Elle fait quelques pas, un doigt sur les lèvres.) Nous savons que Jay Talley est un pseudonyme. Toute sa vie est un mensonge. Il vous a frappée, docteur Scarpetta ?

— Oui. Au visage.

— Il vous a attachée sur le lit avec l'intention apparente de vous torturer à l'aide d'un pistolet à chaleur ?

— C'est l'impression que j'ai eue.

— Il vous a ordonné de vous dévêtir, vous a attachée et bâillonnée, et il allait vous tuer ?

— Oui. Il l'a dit sans équivoque.

— Pourquoi ne l'a-t-il pas fait, docteur Scarpetta ?

Elle dit cela comme si elle ne me croyait pas. Mais c'est de la comédie. Elle me croit. Je le sais.

Je regarde la jurée qui me rappelle ma mère. J'explique que j'avais d'énormes difficultés à respirer une fois attachée et bâillonnée. Je paniquais et j'étais en hyperventilation, ce qui signifie que je respirais si vite et si peu que je ne parvenais pas à m'oxygéner. Je saignais du nez et j'avalais mon sang, et le bâillon m'empêchait de respirer par la bouche. J'ai perdu conscience et, quand je suis revenue à moi, Lucy était là. J'étais détachée, bâillon ôté, et Jay Talley et Bev Kiffin avaient disparu.

— Nous avons déjà entendu le témoignage de Lucy, dit Berger en se dirigeant pensivement vers les jurés. Nous savons donc ce qui s'est passé après que vous avez perdu conscience. Que vous a-t-elle dit quand vous avez repris vos esprits, docteur Scarpetta ?

Lors d'un procès, répéter ce que m'a dit Lucy constitue une déposition sur la foi d'autrui. Mais là aussi, Berger peut agir impunément durant cette audience à huis clos, unique en son genre.

— Elle m'a dit qu'elle portait un gilet pare-balles. Qu'il y avait eu une conversation dans la chambre...

— Entre Lucy et Bev Kiffin, clarifie Berger.

— Oui. Elle m'a dit qu'elle était contre le mur et que Bev Kiffin braquait le fusil sur elle. Elle a tiré, mais, le gilet ayant amorti le coup, elle a pu lui arracher le fusil en dépit de la contusion et s'échapper de la chambre.

— Car son premier souci à ce moment-là, c'était vous. Elle ne s'est pas mis en tête de capturer Bev Kiffin. Vous étiez sa priorité.

— Oui. Elle m'a dit qu'elle avait enfoncé les portes. Elle ignorait dans quelle chambre j'étais, et elle a fait le tour du motel, parce qu'elles ont des fenêtres qui donnent sur la piscine. Elle m'a vue allongée sur le lit, elle a fracassé la fenêtre d'un coup de crosse et est entrée. Il avait disparu. Apparemment, Bev Kiffin et lui sont partis par-devant, ont pris la moto et se sont enfuis. Lucy dit avoir entendu le bruit du moteur tandis qu'elle essayait de me ranimer.

— Avez-vous eu des nouvelles de Jay Talley depuis ?

Berger s'immobilise et me fixe.

— Non.

Et pour la première fois dans cette longue journée, la colère monte en moi.

— Et de Bev Kiffin ? Une idée de l'endroit où elle se trouve ?

— Non, pas la moindre.

— Ce sont donc des fugitifs. Elle laisse derrière elle deux enfants. Et une chienne. La chienne de la famille. Celle que Benny White aimait tant. Peut-être même la raison de sa visite au motel après l'église. Corrigez-moi si ma mémoire me fait défaut, mais Sonny Kiffin, le fils, ne vous a-t-il pas dit qu'il se moquait de Benny ? Benny était passé chez les Kiffin juste avant d'aller à l'église voir si on avait retrouvé Mr. Cacahuètes ? On lui avait raconté que la chienne était partie, je cite, « prendre un bain », et que s'il revenait il pourrait la voir ? Sonny n'a-t-il pas déclaré cela au capitaine Marino après les faits ?

— Je n'ai pas été témoin de ce que Sonny a déclaré à Pete Marino.

Ce n'est pas que Berger ait vraiment envie que je réponde. Elle veut juste que le jury entende la question. Mes yeux s'embuent alors que je pense à cette pauvre chienne pitoyable et à ce qui lui est arrivé.

— La chienne n'était pas allée prendre un bain — volontairement — n'est-ce pas, docteur Scarpetta ? Lucy et vous n'avez-vous pas trouvé Mr. Cacahuètes alors que vous attendiez l'arrivée de la police sur le camping ? continue Berger.

— En effet.

Les larmes me montent aux yeux.

Mr. Cacahuètes était derrière le motel, au fond de la piscine. Des briques étaient attachées à ses pattes arrière. La jurée en robe à fleurs se met à pleurer. Une autre femme étouffe un cri et se cache le visage dans les mains. Des expressions scandalisées, haineuses, même, se peignent sur chaque visage, et Berger laisse durer ce moment pénible et affreux. L'image de Mr. Cacahuètes est aussi vivante, réelle et insupportable que si Berger leur brandissait longuement la photo sous le nez. Silence.

— Mais comment peut-on faire une chose pareille ! s'exclame la jurée en robe à fleurs en refermant son sac à main et en s'essuyant les yeux. Ce que ces gens sont cruels !

— Des salauds, voilà ce que c'est.

— Dieu merci, notre Seigneur veillait sur vous, ça oui, me dit un juré, accablé.

Berger fait trois pas et balaie le jury du regard, puis elle me considère un long moment.

— Je vous remercie, docteur Scarpetta. Il y a en effet en ce monde des gens affreux et bien cruels, ajoute-t-elle gentiment pour le jury. Merci de nous avoir consacré votre temps, alors que nous savons tous que vous souffrez et que vous avez vécu un enfer. Eh oui, conclut-elle en se retournant vers le jury. C'est bien le mot : un enfer.

Hochements de tête.

— Un enfer, pour sûr, me dit la jurée en robe à fleurs, comme si je ne le savais pas. C'est ce que vous avez vécu. Je peux poser une question ? On a le droit, n'est-ce pas ?

— Je vous en prie, répond Berger.

— Figurez-vous, je vais vous dire quelque chose. Moi, telle qu'on m'a élevée, si on disait pas la vérité, on vous donnait une fessée, et une bonne, ajoute-t-elle en relevant le menton d'un air vertueusement indigné. J'ai jamais entendu parler de gens qui font toutes ces choses dont vous nous avez parlé, là. Je vais plus en fermer l'œil de ma vie. Je vous dis ça sérieusement.

— Je vous crois.

— Alors je vais y aller carrément. (Elle me fixe avec attention en serrant son gros sac à main vert dans ses bras.) Est-ce que c'est vous ? Vous avez tué la policière ?

— Non, madame, dis-je avec plus de conviction que jamais. Non, ce n'est pas moi.

Nous attendons sa réaction. Tout le monde se tait. On ne discute plus, on ne pose plus de questions. Les jurés en ont terminé. Jaime Berger retourne à sa table prendre des papiers. Elle se redresse et les range, tapotant la tranche sur la table, attendant que tout le monde se calme avant de relever la tête. Elle regarde chaque juré dans les yeux, puis se tourne vers moi.

— Je n'ai pas d'autre question, dit-elle. Mesdames et messieurs...

Elle s'approche de la balustrade et se penche vers les jurés comme si elle scrutait l'intérieur d'un immense bateau, et c'est un peu cela, finalement. La dame en robe à fleurs et ses collègues vont me faire traverser des eaux troubles et dangereuses.

— ... Je suis une professionnelle de la recherche de la vérité, dit-elle, usant de termes que je n'ai jamais entendus dans la bouche d'un procureur. Ma mission — constante — est de trouver la vérité, et de lui rendre les honneurs. C'est pourquoi il m'a été demandé de venir à Richmond — afin de révéler la vérité, certaine et absolue. Je sais que vous avez tous entendu dire que la justice est aveugle. (Elle attend : hochements de tête.) Eh bien, la justice est aveugle en ce sens qu'elle est suprêmement impartiale, et équitable pour tous. Mais (elle les dévisage un à un) nous ne sommes pas aveugles devant la vérité, n'est-ce pas ? Nous avons vu ce qui s'est passé dans cette salle. Je sais que vous comprenez ce qui s'est passé ici et que vous êtes tout sauf aveugles. Il faudrait l'être pour ne pas voir ce qui est évident. Cette femme (elle me désigne), le docteur Kay Scarpetta, ne mérite pas que nous la poursuivions de nos enquêtes, de nos doutes, de nos pénibles questions. En mon âme et conscience, je ne pourrais le tolérer. (Elle marque une pause. Les jurés, hypnotisés, la fixent sans ciller.) Mesdames et messieurs, je vous remercie de votre honnêteté, du temps que vous nous consacrez, de votre désir de justice. Vous pouvez retourner à vos occupations, votre foyer et votre famille. Vous êtes renvoyés. Cette affaire est nulle et non avenue. Bonne journée.

La femme en robe à fleurs sourit et soupire. Les jurés applaudissent. Righter baisse la tête et fixe ses mains croisées sur la table. Je me lève, et la pièce tangue devant mes yeux alors que je pousse la barrière et quitte le box des témoins.

Quelques minutes plus tard

J'ai l'impression d'émerger d'une catastrophe, et j'évite les regards des journalistes et des gens qui attendent derrière la porte en verre masquée par une feuille de papier. Elle me protégeait du monde extérieur, et il me faut à présent y retourner.

Berger m'accompagne dans la petite salle voisine réservée aux témoins, et Marino, Lucy et Anna se lèvent immédiatement, hésitant entre crainte et excitation. Ils ont senti ce qui s'était passé ; je me contente d'un hochement de tête et articule :

— Eh bien, ça va. Jaime a été parfaite.

J'ai fini par m'habituer à son prénom. J'ai patienté d'innombrables fois dans cette minuscule salle au cours des dix dernières années, attendant d'expliquer à des jurés la raison de morts, sans jamais imaginer qu'un jour je comparaîtrais dans un tribunal pour m'expliquer, moi.

Lucy me prend dans ses bras et me soulève. Je frémis à cause de mon coude blessé, et j'éclate de rire en même temps.

J'étreins Anna. J'étreins Marino. Berger attend sur le seuil : pour une fois, elle ne nous dérange pas. Je l'étreins elle aussi. Elle commence à fourrer des dossiers et des blocs-notes dans son attaché-case et enfile son manteau.

— Je file, annonce-t-elle.

Elle est de nouveau très professionnelle, mais je sens son allégresse. Bon sang, elle est fière d'elle, et elle a toutes les raisons de l'être.

— Je ne sais pas comment vous remercier, lui dis-je, remplie de gratitude et de respect. Je ne sais pas quoi dire, Jaime.

— Amen ! s'exclame Lucy.

Ma nièce porte un élégant tailleur noir. Elle est splendide. On dirait une avocate, un médecin ou Dieu sait quoi, ce qu'elle a envie d'être. Au regard qu'elle pose sur Berger, je me rends compte qu'elle la trouve attirante et impressionnante. Elle ne la quitte plus des yeux et se perd en félicitations. Ma nièce flirte. Elle drague mon procureur.

— Il faut que je retourne à New York. Vous vous rappelez la grosse affaire qui m'y attend ? me dit Berger d'un ton narquois, faisant allusion à Susan Pless. Eh bien, il y a du boulot. Quand pouvez-vous me rejoindre pour travailler là-dessus ?

Je crois qu'elle est sérieuse.

— Allez-y, dit Marino avec son costume bleu marine froissé et sa cravate rouge trop courte. (Une ombre passe sur son visage.) Allez à New York, Doc. Je suis sûr que vous avez pas envie de rester ici pour l'instant. Laissez les rumeurs s'éteindre.

Je ne réponds pas, mais il a raison. Je suis sans voix, pour le moment.

— Vous aimez les hélicoptères ? demande Lucy à Berger.

— Jamais vous ne me ferez monter dans ces trucs, fait Anna. Aucune loi de la physique ne justifie que ces engins puissent voler. Aucune.

— Oui, et il n'y en a aucune non plus qui explique pourquoi les bourdons volent, répond Lucy avec un sourire. De gros machins avec de toutes petites ailes.

Bzzzz, elle agite les bras comme une folle pour imiter l'insecte.

— Merde, t'as pas recommencé la dope, quand même ? lâche Marino en levant les yeux au ciel.

Lucy passe un bras autour de moi et nous sortons de la salle. Berger est déjà à l'ascenseur, seule, son attaché-case sous le bras. Les portes s'ouvrent, délivrant une cargaison d'individus pas très ragoûtants, venus assister à leur jugement ou voir quelqu'un passer un sale quart d'heure.

Berger nous tient la porte. Les journalistes sont à l'affût, mais n'approchent pas lorsque je leur fais comprendre d'un signe éloquent de la tête que je n'ai aucun commentaire à faire. La presse ignore ce qui s'est passé durant l'audience, le monde aussi. Les journalistes n'avaient pas l'autorisation d'assister au procès, même s'ils savaient que je comparaissais aujourd'hui. Des fuites, il y en aura d'autres, j'en suis certaine. Cela n'a pas d'importance, mais cela me conforte dans la certitude que Marino a eu raison de me suggérer de quitter la ville pendant un certain temps. Ma bonne humeur retombe à mesure que l'ascenseur descend. Nous nous arrêtons dans un sursaut au rez-de-chaussée. Je regarde la réalité en face, puis prends ma décision.

— Je viens, dis-je tranquillement à Jaime Berger en sortant de l'ascenseur. Prenons l'hélicoptère et partons à New York. Je serai honorée de vous aider du mieux que je pourrai. C'est mon tour, madame Berger.

Berger s'arrête dans le hall bruyant et rempli de monde et change son attaché-case de main. L'une des courroies s'est cassée. Elle plonge son regard dans le mien.

— Jaime, me rappelle-t-elle. On se retrouve au tribunal, Kay.

Composition réalisée par JOUVE

Imprimé en France sur Presse Offset par

BRODARD & TAUPIN

GROUPE CPI

La Flèche (Sarthe).
N° d'imprimeur : 14589 – Dépôt légal Édit. 26632-09/2002
LIBRAIRIE GÉNÉRALE FRANÇAISE - 43, quai de Grenelle - 75015 Paris.

ISBN : 2 - 253 - 17220 - 0   ✦ 31/7220/2